# OSSESSIONE TORMENTATA

## IL MIO TORMENTATORE: LIBRI 1 & 2

### ANNA ZAIRES

♠ MOZAIKA PUBLICATIONS ♠

Copyright © 2020 Anna Zaires e Dima Zales
www.annazaires.com/book-series/italiano/
Traduzione italiana: Martina Stefani



Pubblicato da Mozaika Publications, stampato da Mozaika LLC.
www.mozaikallc.com

Copertina di Najla Qamber Designs
www.najlaqamberdesigns.com

e-ISBN: 978-1-63142-560-8
ISBN: 978-1-63142-561-5

# IL MIO TORMENTATORE

IL MIO TORMENTATORE: LIBRO 1

# PARTE I

## 1

## 5 ANNI PRIMA, MONTI DEL CAUCASO SETTENTRIONALE

eter

"PAPÀ!" L'ACUTO GRIDO È SEGUITO DA UN RUMORE DI PASSETTI, mentre mio figlio si affaccia alla porta, con i boccoli scuri che gli coprono il viso luminoso.

Ridendo, afferro il suo corpicino robusto, quando si lancia verso di me. "Ti sono mancato, *pupsik?*"

"Sì!" Piega le braccine intorno al mio collo e respiro profondamente, inebriandomi del suo dolce profumo di bimbo. Sebbene Pasha abbia quasi tre anni, odora ancora di latte—di salute e innocenza.

Lo abbraccio forte e sento il gelo dentro di me che si scioglie, mentre un soffice calore mi inonda il petto. È doloroso, come essere sommersi nell'acqua calda dopo un congelamento, ma è un tipo di dolore piacevole. Mi fa sentire vivo, riempie il vuoto dentro di me fino a farmi quasi credere di essere pienamente meritevole dell'amore di mio figlio.

"Gli sei mancato, sì" dice Tamila, arrivando nel corridoio. Come sempre, si muove lentamente, quasi senza far rumore, con gli occhi bassi. Non mi guarda. Fin da piccola, le hanno insegnato a evitare il contatto visivo con gli uomini, quindi tutto quello che vedo sono le sue lunghe ciglia nere, mentre fissa il pavimento. Indossa un foulard tradizionale, che nasconde i suoi lunghi capelli scuri, e il suo abito grigio è lungo e privo di forma. Tuttavia, è sempre bellissima—proprio come tre anni e mezzo fa, quando si nascose nel mio letto per sfuggire al matrimonio con un anziano del villaggio.

"E a me siete mancati entrambi" dico, mentre mio figlio mi spinge sulle spalle, supplicandomi di liberarlo. Sorridendo, lo metto a terra, e mi afferra subito la mano, tirandola a sé.

"Papà, vuoi vedere il mio camion? Lo vuoi vedere, Papà?

"Certo" dico, con un sorriso sempre più luminoso, mentre mi spinge verso il salotto. "Di che genere di camion si tratta?"

"Uno grosso!"

"Va bene, vediamo."

Tamila ci segue, e mi rendo conto che non le ho ancora rivolto la parola. Fermandomi, mi volto e guardo mia moglie. "Come stai?"

Mi scruta tra quelle ciglia. "Sto bene. Sono felice di rivederti."

"E io sono felice di rivedere te." Vorrei baciarla, ma si sentirebbe in imbarazzo se lo facessi davanti a Pasha, quindi evito di farlo. Le sfioro delicatamente la guancia e poi lascio che mio figlio mi trascini verso il camion, che riconosco: è quello che gli ho mandato da Mosca tre settimane fa.

Mi mostra con orgoglio tutte le funzionalità del giocattolo, mentre mi accovaccio accanto a lui, osservandone il volto divertito. Ha la stessa bellezza esotica di Tamila, comprese le stesse ciglia, ma in lui c'è anche qualcosa di me, anche se non saprei descrivere cosa.

"Ha il tuo coraggio" dice Tamila sottovoce, inginocchiandosi accanto a me. "E credo che diventerà alto come te, anche se forse è troppo presto per dirlo."

La guardo. Spesso lo fa; mi osserva così da vicino che è quasi come se mi leggesse nel pensiero. Ma non è difficile intuire a cosa sto pensando. Mi accertai della paternità di Pasha prima che nascesse.

"Papà. Papà." Mio figlio mi tira di nuovo la mano. "Gioca con me."

Rido e torno a rivolgergli la mia attenzione. Durante l'ora successiva, giochiamo con il camion e una dozzina di altri giocattoli, tutte automobili. Pasha è ossessionato dai veicoli, dalle ambulanze alle auto da corsa. Nonostante tutti i giocattoli che gli regalo, gioca solo con quelli che hanno le ruote.

Dopo aver giocato, ceniamo e Tamila fa il bagnetto a Pasha prima di metterlo a dormire. Noto che la vasca è incrinata e annoto mentalmente di ordinarne una nuova. Il piccolo villaggio di Daryevo è situato in cima ai Monti del Caucaso ed è difficile da raggiungere, quindi non è possibile ricevere una normale consegna da un negozio, ma so come far arrivare l'ordine qui.

Quando menziono l'idea a Tamila, sbatte le ciglia, e stranamente mi guarda negli occhi, rivolgendomi un bel sorriso. "Sarebbe fantastico, grazie. Ho dovuto passare lo straccio quasi ogni sera."

Ricambio il sorriso, e finisce di fare il bagno a Pasha. Dopo averlo asciugato e avergli messo il pigiama, lo porto a letto e gli leggo una storia del suo libro preferito. Si addormenta quasi immediatamente, e gli do un bacio sulla fronte liscia, con il cuore che mi si stringe per una forte emozione.

Si tratta dell'amore. Lo riconosco, anche se non l'avevo mai provato—anche se un uomo come me non ha il diritto di provarlo. Niente di quello che ho fatto ha importanza qui, in questo piccolo villaggio del Dagestan.

Quando sto con mio figlio, il sangue sulle mani non mi brucia l'anima.

Facendo attenzione a non svegliare Pasha, mi alzo e esco senza fare rumore dalla stanzetta adibita a sua camera da letto. Tamila mi sta già aspettando nella nostra camera, così mi tolgo i vestiti e la raggiungo a letto, facendo l'amore con lei con tutta la dolcezza possibile.

Domani, dovrò affrontare la bruttura del mio mondo, ma stasera sono felice.

Stasera, posso amare ed essere amato.

"Non te ne andare, Papà." Il mento di Pasha trema, mentre si sforza di non piangere. Qualche settimana fa, Tamila gli ha detto che i bambini grandi non piangono, e lui sta facendo di tutto per essere un bambino grande. "Ti prego, Papà. Non puoi rimanere un altro po'?"

"Tornerò tra un paio di settimane" gli prometto, accovacciandomi per stare al livello dei suoi occhi. "Sai, devo andare al lavoro."

"Devi sempre andare al lavoro." Il mento gli trema ancora di più e i suoi grandi occhi castani si riempiono di lacrime. "Perché non posso venire al lavoro con te?"

Le immagini del terrorista che ho torturato la settimana scorsa mi invadono la mente e devo sforzarmi per mantenere la voce ferma, quando dico: "Mi dispiace, Pashen'ka. Il mio lavoro non è adatto ai bambini." Né agli adulti, se è per questo, ma non lo dico. Tamila sa qualcosa, sa che faccio parte di un'unità speciale degli Spetsnaz, le Forze Speciali russe, ma nemmeno lei è al corrente dell'oscura realtà del mio mondo.

"Ma farò il bravo." Non riesce a smettere di piangere ormai. "Te lo prometto, Papà. Farò il bravo."

"Lo so." Lo tiro a me e lo abbraccio forte, sentendo il suo corpicino che trema per i singhiozzi. "Sei il mio bravo bambino, e devi comportarti bene con la Mamma mentre sarò via, capito? Devi prenderti cura di lei, visto che sei un bambino grande ormai."

Quelle sembrano essere parole magiche, perché tira su col naso e si allontana. "Lo farò." Gli cola il naso e ha le guance bagnate, ma il suo mento è fermo, quando incrocia il mio sguardo. "Mi prenderò cura di Mamma, te lo prometto."

"È così intelligente" dice Tamila, inginocchiandosi accanto a me per abbracciare Pasha. "È come se avesse già cinque anni, non quasi tre."

"Lo so." Il mio petto si gonfia per l'orgoglio. "È straordinario."

Lei sorride e incontra di nuovo il mio sguardo, con i suoi grandi occhi castani così simili a quelli di Pasha. "Fa' attenzione e torna presto da noi, va bene?"

"Lo farò." Mi sporgo in avanti e la bacio sulla fronte, poi scompiglio i capelli setosi di Pasha. "Tornerò presto."

QUANDO VENGO A SAPERE LA NOTIZIA, MI TROVO A GROZNY, IN Cecenia, e sto seguendo una pista che mi condurrà verso un gruppo di ribelli. È Ivan Polonsky, il mio superiore a Mosca, che mi chiama.

"Peter." La sua voce è insolitamente bassa quando rispondo al telefono. "C'è stato un incidente a Daryevo."

Il mio stomaco si trasforma in ghiaccio. "Che genere di incidente?"

"Era in atto un'operazione di cui non sapevamo nulla. Era coinvolta la NATO. Ci sono... vittime."

Il ghiaccio dentro di me si espande, dilaniandomi con i suoi bordi taglienti, e mi sforzo di far uscire le parole nonostante la gola chiusa. "Tamila e Pasha?"

"Mi dispiace, Peter. Alcuni abitanti del villaggio sono rimasti uccisi nel fuoco incrociato e"—deglutisce a fatica—"secondo i primi rapporti Tamila era tra questi."

Per poco non schiaccio il telefono con le dita. "E Pasha?"

"Ancora non lo sappiamo. Ci sono state diverse esplosioni, e—"

"Arrivo."

"Peter, aspetta—"

Riattacco e mi precipito fuori dalla porta.

*TI PREGO, TI PREGO, TI PREGO, FA' CHE SIA VIVO. TI PREGO, FA' CHE sia vivo. Ti prego, farò qualsiasi cosa, fa' che sia vivo.*

Non sono mai stato religioso, ma man mano che l'elicottero militare si fa strada attraverso le montagne, mi ritrovo a pregare, supplicando e implorando per un piccolo miracolo, per una piccola grazia. La vita di un bambino è insignificante nel grande schema delle cose, ma significa tutto per me.

Mio figlio è la mia vita, la mia ragione di vita.

Il ruggito delle pale dell'elicottero è assordante, ma non è niente in confronto al baccano nella mia testa. Non riesco a respirare, non riesco a riflettere per la rabbia e la paura che mi soffocano dall'interno. Non so come sia morta Tamila, ma ho visto abbastanza cadaveri da immaginare il suo corpo nella mia mente, da immaginare con precisione i suoi bellissimi occhi vuoti e spenti, la sua bocca piegata e incrostata. E Pasha—

No. Non posso pensarci ora. Non finché non ne sarò certo.

Non sarebbe dovuto accadere. Daryevo non è vicino ad alcuna zona calda del Dagestan. È un piccolo insediamento pacifico, senza legami con i gruppi ribelli. Dovevano essere al sicuro là, lontani dal mio mondo violento.

*Ti prego, fa' che sia vivo. Ti prego, fa' che sia vivo.*

Il viaggio sembra durare un'eternità, ma alla fine attraversiamo la coltre di nubi e vedo il villaggio. Mi si chiude la gola, impedendomi di respirare.

Vedo il fumo che sale da diversi edifici del centro e alcuni soldati armati.

Salto giù dall'elicottero, non appena tocca terra.

"Peter, aspetta. Serve un permesso" grida il pilota, ma sto già correndo, spingendo via la gente. Un giovane soldato cerca di sbarrarmi la strada, ma gli strappo l'M16 dalle mani e glielo punto contro.

"Portami dai cadaveri. Subito."

Non so se sia per l'arma o per il tono letale della mia voce, ma il soldato obbedisce, affrettandosi verso un capannone all'estremità opposta della strada. Lo seguo, con l'adrenalina che somiglia a un fango tossico nelle mie vene.

*Ti prego, fa' che sia vivo. Ti prego, fa' che sia vivo.*

Vedo i cadaveri dietro al capannone, alcuni disposti in modo ordinato, altri accatastati l'uno sull'altro sull'erba innevata. Non c'è nessuno intorno a loro; per ora, i soldati devono aver tenuto gli abitanti del villaggio alla larga. Riconosco subito alcuni cadaveri—l'anziano del villaggio che Tamila avrebbe dovuto sposare, la moglie del panettiere, l'uomo da cui una volta acquistai il latte di capra—ma non riesco a identificarne molti altri, sia per la portata delle ferite, sia perché non ho trascorso molto tempo nel villaggio.

Ho trascorso *pochissimo* tempo qui e ora mia moglie è morta.

Facendomi forza, mi inginocchio accanto a un esile corpo femminile, poggio l'M16 sull'erba e le tolgo il foulard dal viso. Un pezzo della sua testa è stato spazzato via da un proiettile, ma riesco a distinguere i suoi lineamenti abbastanza da poter dire che non si tratta di Tamila.

Mi sposto sul cadavere della donna successiva, che presenta parecchie ferite da arma da fuoco sul petto. È la zia di Tamila, una donna timida di cinquant'anni che mi avrà rivolto meno di cinque parole negli ultimi tre anni. Per lei e il resto della famiglia di Tamila sono sempre stato uno straniero, un estraneo strambo e spaventoso proveniente da un altro mondo. Non riuscivano a capire la decisione di Tamila di sposarmi, condannandola addirittura, ma a Tamila non importava.

Era sempre stata indipendente.

Un altro cadavere femminile cattura la mia attenzione. La donna è distesa su un fianco, ma la delicata curva della sua spalla è dolorosamente familiare. Mi trema la mano quando la giro, e un dolore atroce mi dilania, quando vedo il suo viso.

La bocca di Tamila è piegata, come immaginavo, ma i suoi occhi non sono vuoti. Sono chiusi, con le ciglia lunghe bruciate e le palpebre incollate dal sangue. Altro sangue le copre il petto e le braccia, facendo sembrare il suo abito grigio quasi nero.

Mia moglie, la bellissima giovane donna che aveva avuto il coraggio di decidere del proprio destino, è morta. È morta senza mai lasciare il suo villaggio, senza vedere Mosca come aveva sognato. La vita le è stata strappata ancora prima di avere la possibilità di vivere, ed è tutta colpa mia. Sarei dovuto rimanere qui, avrei dovuto proteggere lei e Pasha. Dannazione, avrei dovuto sapere di questa fottuta operazione; nessuno sarebbe dovuto venire qui senza informare la mia squadra.

La rabbia prende il sopravvento, mescolandosi con il dolore e il senso di colpa, ma li respingo e mi sforzo di continuare a guardare. Ci sono solo cadaveri adulti disposti nelle file, ma c'è anche quel mucchio.

*Ti prego, fa' che sia vivo. Ti prego, fa' che sia vivo.*

Le gambe mi sembrano fiammiferi bruciati, mentre mi avvicino al mucchio. Ci sono arti staccati e cadaveri talmente danneggiati che è impossibile riconoscerli. Devono essere le vittime delle esplosioni. Sposto ciascuna parte dei cadaveri di lato, ordinandole una per una. Il fetore del sangue deteriorato e della carne carbonizzata impernia l'aria. Un normale uomo avrebbe già vomitato, ma io non sono mai stato normale.

*Ti prego, fa' che sia vivo.*

"Peter, aspetta. Sta arrivando una squadra speciale, e non vogliono che tocchiamo i cadaveri." È il pilota, Anton Rezov, che mi si avvicina da dietro il capannone. Lavoriamo insieme da anni ed è un mio caro amico, ma se proverà a fermarmi, non esiterò ad ucciderlo.

Senza rispondere, continuo con il mio macabro compito, esaminando meticolosamente ogni singolo arto e busto bruciato prima di metterlo da una parte. Molte parti del corpo dei cadaveri sembrano appartenere a degli adulti, anche se m'imbatto in alcune di dimensioni ridotte. Sono troppo grandi per essere quelle di Pasha, e sono abbastanza egoista da sentirmi sollevato per questo.

Poi lo vedo.

"Peter, mi hai sentito? Non puoi farlo ancora." Anton si allunga verso il mio braccio, ma, prima che possa toccarmi, mi giro, stringendo automaticamente la mano. Il mio pugno colpisce la sua mascella, e barcolla per il colpo, con gli occhi che gli girano nelle orbite. Non lo guardo cadere; ho già ripreso il mio compito, rovistando in mezzo al restante mucchio di cadaveri per raggiungere la manina che ho visto prima.

Una manina avvinghiata intorno ad una macchina giocattolo rotta.

*Ti prego, ti prego, ti prego. Fa' che ci sia stato un errore. Fa' che sia vivo. Fa' che sia vivo.*

Lavoro come un posseduto, con tutto il mio essere concentrato su un unico obiettivo: raggiungere quella manina. Alcuni dei cadaveri in cima al mucchio sono quasi interi, ma non ne sento il peso, quando li spingo da una parte. Non sento il bruciore dello sforzo, né l'odioso fetore della morte violenta. Mi piego, mi rialzo e li rimuovo, fin quando i resti dei corpi non sono disseminati intorno a me, e sono zuppo di sangue.

Non mi fermo finché non scopro il corpicino nella sua interezza e non c'è più alcun dubbio.

Tremando, affondo nelle ginocchia, con le gambe che non riescono a sostenermi.

Per qualche miracolo, la metà destra del volto di Pasha è intatta, con la sua soffice pelle da bambino priva di graffi. Ha un occhio chiuso, la boccuccia semi-aperta e, se fosse stato disteso su un fianco come Tamila, l'avrei scambiato facilmente per un bambino addormentato. Ma non è sdraiato su un fianco, e vedo il buco provocato dall'esplosione che gli ha strappato metà del cranio. Gli manca anche il braccio sinistro, nonché la gamba sinistra sotto al ginocchio. Il braccio destro, però, è intatto, con le dita avvolte rigidamente intorno all'auto giocattolo.

In lontananza, sento un urlo, un folle grido di rabbia disumana. È solo quando mi ritrovo a stringere il piccolo corpo al petto che mi rendo conto che quel potente grido proviene da dentro di me. Resto in silenzio, allora, ma non riesco a smettere di dondolare avanti e indietro.

Non riesco a smettere di abbracciarlo.

Non so per quanto tempo io rimanga così, ad abbracciare quel che rimane di mio figlio, ma è buio quando arrivano i soldati della squadra speciale. Non li combatto. Non avrebbe senso. Mio figlio è morto, e la sua luminosa luce è stata spenta prima ancora che avesse la possibilità di brillare.

"Mi dispiace" sussurro, mentre mi trascinano via. Man mano che mi allontano, il freddo dentro di me cresce, con i resti dell'umanità che sanguinano dalla mia anima. Non ho più suppliche, nessuna implorazione, niente di niente. Sono vuoto, privo di speranze, calore e amore. Non posso tornare indietro nel tempo e abbracciare mio figlio, non posso restare come mi aveva chiesto. Non potrò portare Tamila a Mosca l'anno prossimo, come le avevo promesso.

C'è solo una cosa che io possa fare per mia moglie e mio figlio, ed è questo il motivo per cui continuerò a vivere.

Farla pagare agli assassini.

Uno dopo l'altro.

Risponderanno per questo massacro con la loro vita.

## 2

# STATI UNITI, OGGI

ara

"Sei sicura di non voler venire a bere qualcosa con me e le ragazze?" chiede Marsha, avvicinandosi al mio armadietto. Si è già tolta il camice da infermiera e indossa un abito sexy. Con il suo rossetto rosso brillante e i ricci biondi, sembra una versione più grande di Marilyn Monroe e, come lei, le piace divertirsi nei locali.

"No, grazie. Non posso venire." Addolcisco il mio rifiuto con un sorriso. "È stata una giornata lunga e sono esausta."

Ruota gli occhi. "Certo. Sei sempre esausta ultimamente."

"È colpa del lavoro."

"Sì, se lavori novanta ore a settimana. Se non ti conoscessi meglio, penserei che tu stia cercando di ucciderti di lavoro.

Non sei più una specializzanda, sai? Non c'è bisogno di sopportare queste stronzate."

Sospiro e prendo la mia borsa. "Qualcuno dev'essere reperibile."

"Sì, ma non dovresti essere sempre tu. È venerdì sera, e hai lavorato ogni fine settimana del mese scorso, più tutti quei turni di notte. So che sei l'ultima arrivata e tutto il resto, ma—"

"Non mi dà fastidio fare i turni di notte" la interrompo, avvicinandomi allo specchio. Il mascara che ho messo questa mattina mi ha lasciato delle macchie scure sotto gli occhi, e utilizzo una salvietta di carta umida per toglierle. Questo non aiuta molto a farmi sembrare meno stanca, ma suppongo che non importi, visto che sto per andare dritta a casa.

"Già, perché tu non dormi" dice Marsha, arrivando dietro di me, e mi preparo spiritualmente, sapendo che sta per affrontare il suo argomento preferito. Pur avendo ben quindici anni più di me, Marsha è la mia miglior amica in ospedale, e non fa che dar voce alle sue preoccupazioni.

"Marsha, ti prego. Sono troppo stanca per questo" dico, sistemandomi i capelli disordinati in una coda. Non mi serve una ramanzina per sapere che mi sto esaurendo. I miei occhi color nocciola sembrano rossi e assonnati allo specchio, e mi sento come se avessi sessant'anni invece di ventotto.

"Sì, perché lavori troppo e dormi poco." Incrocia le braccia davanti al petto. "So che hai bisogno di distrarti dopo George e tutto il resto, ma—"

"Ma niente." Girandomi, la guardo storto. "Non voglio parlare di George."

"Sara..." Corruga la fronte. "Devi smettere di punirti per quello. Non è stata colpa tua. È stato lui che ha *voluto* mettersi al volante; è stata una *sua* decisione."

Mi si chiude la gola e mi bruciano gli occhi. Con grande orrore, mi rendo conto che sto per piangere, e mi allontano per cercare di controllarmi. Solo che non posso nascondermi da nessuna parte; lo specchio è davanti a me e riflette tutto ciò che provo.

"Mi dispiace, tesoro. Sono una stronza insensibile. Non avrei dovuto dirlo." Marsha sembra sentirsi davvero in colpa, quando mi raggiunge e mi stringe delicatamente il braccio.

Faccio un respiro profondo e mi giro per affrontarla di nuovo. Sono *esausta*, il che non aiuta, con tutte le emozioni che minacciano di sopraffarmi.

"Va tutto bene." Mi sforzo di sorridere. "Non è successo niente. Dovresti andare; probabilmente le ragazze ti stanno aspettando." E io devo tornare a casa prima che scoppi a piangere in pubblico, cosa che sarebbe una grossa umiliazione.

"Va bene, tesoro." Marsha mi sorride, ma vedo la compassione nel suo sguardo. "Riposati nel fine settimana, ok? Promettimelo."

"Sì, lo farò—*Mamma*."

Ruota gli occhi. "Sì, sì, ho capito. Ci vediamo lunedì." Esce dello spogliatoio e aspetto un minuto prima di seguirla per evitare di incontrare le sue amiche nell'ascensore.

Ne ho abbastanza della gente che prova compassione per me.

QUANDO ENTRO NEL PARCHEGGIO DELL'OSPEDALE, CONTROLLO IL telefono come faccio sempre, e il mio cuore salta un battito quando vedo un messaggio da parte di un numero privato.

Fermandomi, passo un dito tremolante sullo schermo.

*Va tutto bene, ma devo posticipare la visita di questo fine settimana*, dice il messaggio. *I piani sono saltati.*

Tiro un sospiro di sollievo, e vengo subito assalita dal familiare senso di colpa. Non dovrei sentirmi sollevata. Queste visite dovrebbero farmi piacere, non dovrei considerarle uno spiacevole obbligo. Ma non posso farci niente. Ogni volta che vedo George, riaffiorano i ricordi di quella notte, e poi non dormo per giorni.

Se Marsha pensa che io dorma poco, dovrebbe vedermi dopo una di quelle visite.

Rimettendo il telefono nella borsa, mi avvicino alla macchina. È una Toyota Camry, la stessa che ho da cinque anni. Ora che ho ripagato i prestiti scolastici e ho accumulato alcuni risparmi, potrei permettermi di meglio, ma non ne vedo il motivo.

Era George l'appassionato di auto, non io.

Il dolore mi attanaglia, intenso e familiare, e so che è per via di quel messaggio. Beh, per quello e per la conversazione con Marsha. Ultimamente, ho avuto giorni in cui non ho pensato minimamente all'incidente, affrontando la routine senza la schiacciante pressione del senso di colpa, ma oggi non è uno di quei giorni.

*Era adulto*, ricordo a me stessa, ripetendo ciò che dicono sempre tutti. *È stato lui a decidere di mettersi al volante quel giorno.*

Razionalmente, riconosco la verità di quelle parole, ma, a prescindere dalla frequenza con cui le sento, non cambia nulla. La mia mente è bloccata, rivivendo quella serata più e più volte, e per quanto mi sforzi, non riesco a non pensarci.

*Basta, Sara. Concentrati sulla strada.*

Facendo un respiro per calmarmi, esco dal parcheggio e mi dirigo verso casa. Dista circa quaranta minuti dall'ospedale, che sembrano quaranta minuti di troppo in questo momento. Sto cominciando a sentire i crampi allo stomaco, e mi rendo conto che il motivo per cui sono così emotiva oggi è in parte dovuto al ciclo imminente. Essendo un'ostetrica e ginecologa, so meglio di chiunque altro quanto possa essere potente l'effetto degli ormoni e quando alla sindrome premestruale si uniscono lunghe ore e ricordi legati a George... Beh, è già un miracolo che io non stia a pezzi.

Sì, è così. Sono solo stanca e ho gli ormoni in subbuglio. Devo tornare a casa e andrà tutto bene.

Determinata a sentirmi meglio, accendo la radio, sintonizzandomi su una stazione che trasmette canzoni pop degli anni '90, e comincio a cantare insieme a Britney Spears. Non sarà la musica più seria, ma è allegra, e questo è esattamente quello di cui ho bisogno.

Non mi lascerò andare. Stanotte, *dormirò*, anche a costo di dover assumere un Ambien per riuscirci.

LA MIA CASA SI TROVA IN UN VIALE ALBERATO SENZA USCITA, appena fuori da una strada a due corsie che attraversa un terreno agricolo. Come molte altre nell'elegante quartiere di Homer Glen, nell'Illinois, è immensa—cinque camere da letto e quattro bagni, oltre a un seminterrato completamente rifinito. C'è un enorme cortile, e così tante querce che circondano la casa che è come se si trovasse in mezzo a una foresta.

È perfetta per quella grande famiglia che voleva George e terribilmente vuota per me.

Dopo l'incidente, ho pensato di vendere la casa e avvicinarmi all'ospedale, ma non sono riuscita a farlo. Ancora non ci riesco. Io e George abbiamo rinnovato la casa insieme, modernizzando la cucina e i bagni, decorando accuratamente ogni camera per creare un'atmosfera accogliente e confortevole. Un'atmosfera *familiare*. So che le probabilità di avere quella famiglia sono inesistenti ora, ma una parte di me è aggrappata a quel vecchio sogno, alla vita perfetta che avremmo dovuto avere.

"Tre figli, almeno" mi aveva detto lui al quinto appuntamento. "Due maschi e una femmina."

"Perché non due femmine e un maschio?" gli avevo chiesto, sorridendo. "Che cos'è successo alla parità di genere e tutto il resto?"

"Credi che due contro uno sarebbe giusto? Sanno tutti che le femmine vogliono comandare, e quando ne hai due..." aveva scrollato le spalle in modo teatrale. "No, abbiamo bisogno di due maschi, per un maggior equilibrio in famiglia. Altrimenti, Papà è rovinato."

Avevo riso, colpendogli la spalla, ma in realtà mi piaceva l'idea di due maschi che correvano per tutta la casa, facendo disastri e proteggendo la sorellina. Sono figlia unica, ma ho sempre voluto un fratello maggiore, ed è stato facile adottare il sogno di George come se fosse il mio.

*No. Smettila.* Mi sforzo di scacciare quei ricordi, perché nel bene e nel male mi riportano a quella sera, e non posso permettermelo ora. I crampi sono peggiorati, e cerco di tenere le mani sul volante, mentre entro nel garage con tre posti auto. Ho bisogno dell'Advil, di una borsa calda e del mio letto, in quest'ordine, e se sono davvero fortunata, mi addormenterò subito, senza dover ricorrere all'Ambien.

Sopprimendo un gemito, chiudo la porta del garage, digito il codice dell'allarme, e mi trascino in casa. I crampi sono così forti che non riesco a camminare senza piegarmi, quindi mi dirigo verso il mobiletto di medicine nella cucina. Non accendo nemmeno le luci; l'interruttore è troppo lontano dall'ingresso del garage, e poi, conosco la cucina abbastanza bene da potermi muovere al buio.

Aprendo il mobiletto, trovo la bottiglietta di Advil toccandola, tiro fuori due pillole e le metto in bocca. Poi vado al lavandino, mi riempio la mano d'acqua e mando giù le pillole. Ansimando, afferro il ripiano della cucina e aspetto che il farmaco faccia effetto, prima di provare a fare qualcosa di audace come andare nella camera matrimoniale al secondo piano.

Lo sento appena un attimo prima che accada. È impercettibile, solo uno spostamento d'aria dietro di me, un sentore di qualcosa di estraneo... una sensazione di pericolo improvviso.

Mi si rizzano i capelli, ma è troppo tardi. In un attimo, mi ritrovo accanto al lavandino, e subito dopo una grande mano mi copre la bocca, mentre un grosso e forte corpo mi tiene bloccata contro il ripiano, tenendomi da dietro.

"Non urlare" mi sussurra nell'orecchio una profonda voce maschile, e qualcosa di freddo e affilato spinge sulla mia gola. "Non vorrai che mi scivoli la lama."

## 3

Non grido. Non perché sia la cosa più intelligente da fare, ma perché non riesco a fiatare. Sono bloccata dal terrore, totalmente e completamente impietrita. Tutti i miei muscoli sono paralizzati, comprese le corde vocali, e i polmoni hanno smesso di funzionare.

"Sto per toglierti la mano dalla bocca" mormora nel mio orecchio, con il respiro caldo sulla mia pelle sudata. "E tu rimarrai zitta. Chiaro?"

Non posso fare altro che frignare, ma in qualche modo riesco ad annuire debolmente.

Abbassa la mano, circondandomi il fianco con un braccio, e i miei polmoni scelgono quel momento per ricominciare a funzionare. Senza volerlo, mi lascio sfuggire un respiro affannoso. La lama spinge immediatamente più in profondità nella mia pelle, e mi blocco di nuovo, quando sento il sangue caldo che mi scorre lungo il collo.

*Sto per morire. Oh Dio, morirò qui, nella mia cucina.* Il terrore è una cosa mostruosa dentro di me, e mi trafigge con aghi di ghiaccio. Non ero mai stata così vicina alla morte prima d'ora. Solo un centimetro più a destra e—

"Ho bisogno che mi ascolti, Sara." La voce dell'intruso è delicata, mentre preme il coltello nella mia gola. "Se collaborerai, uscirai viva da qui. Altrimenti, del tuo corpo non rimarrà che un cadavere. A te la scelta."

*Viva?* Una scintilla di speranza squarcia la foschia del panico nel mio cervello e mi rendo conto che ha un debole accento. È qualcosa di esotico. Medio Oriente, forse, o Europa dell'Est.

Stranamente, quel dettaglio mi aiuta a concentrarmi un po', fornendo alla mente qualcosa di concreto a cui aggrapparsi. "C-che cosa vuoi?" Le parole escono con un sussurro tremante, ma è un miracolo che io riesca a parlare. Mi sento come un cervo davanti ai fari di un veicolo, sbalordita e sopraffatta, con il processo cognitivo lento e bizzarro.

"Solo alcune risposte" dice, ritirando leggermente il coltello. Senza quella fredda lama d'acciaio sulla pelle, una parte del mio panico svanisce, e mi soffermo su altri dettagli, come il fatto che il mio aggressore è muscoloso e più alto di me di almeno venti centimetri. Il braccio intorno al mio fianco è come una fascia d'acciaio e il suo grande corpo non smette di spingere sulla mia schiena, senza alcun segno di delicatezza. Sono di media altezza per essere una donna, ma sono esile e minuta, e se lui è così muscoloso come sospetto deve pesare quasi il doppio di me.

Anche se non avesse il coltello, non riuscirei a scappare.

"Che genere di risposte?" La mia voce è un po' più ferma

stavolta. Forse è qui solo per derubarmi e tutto quello che gli serve è la combinazione della cassaforte. Sa di pulito, profumando di detersivo per la biancheria e pelle sana, quindi non è un tossicodipendente o un senzatetto. Un ladro professionista, forse? Se è così, rinuncerò volentieri ai miei gioielli e al denaro d'emergenza che George ha nascosto in casa.

"Voglio che mi parli di tuo marito. In particolare, voglio sapere dove si trova."

"George?" La mia mente si svuota, mentre una nuova paura mi attanaglia. "C-che cosa... perché?"

La lama preme. "Sono io quello che fa le domande."

"T-ti prego" lo supplico. Non riesco a riflettere, né a concentrarmi su altro che non sia il coltello. Delle lacrime calde mi rigano il viso, e sto tremando. "Ti prego, non—"

"Rispondi alla domanda. Dov'è tuo marito?"

"Io—" Oh Dio, che cosa gli dico? Dev'essere uno di *loro*, il motivo di tutte le precauzioni. Il cuore mi batte così forte che sto per andare in iperventilazione. "Ti prego, io non... non ho—"

"Non mentirmi, Sara. Ho bisogno di sapere dov'è. Ora."

"Non lo so, te lo giuro. Per favore, siamo..." Mi si incrina la voce. "Siamo separati."

Stringe il braccio intorno al mio fianco e il coltello va più in profondità. "Vuoi morire?"

"No. No, non voglio. Ti prego..." Tremo ancora di più, con le lacrime che scorrono in modo incontrollabile. Dopo l'incidente, ci sono stati giorni in cui credevo di voler morire, quando il senso di colpa e il dolore dei rimpianti erano travolgenti, ma, ora che la lama è sulla mia gola, voglio vivere. Lo voglio davvero.

"Allora, dimmi dov'è."

"Non lo so!" Le ginocchia minacciano di piegarsi, ma non

posso tradire George in questo modo. Non posso esporlo a questo mostro.

"Stai mentendo." La voce del mio aggressore è ghiaccio puro. "Ho letto i tuoi messaggi. Sai esattamente dov'è."

"No, io—" cerco di pensare a una bugia plausibile, ma non riesco a trovarla. Il panico è acre sulla mia lingua, mentre le domande mi invadono la mente in preda alla frenesia. Come ha potuto leggere i miei messaggi? Quando? Da quanto tempo mi controlla? È uno di *loro*? "Io—io non so di cosa stai parlando."

Il coltello preme ancora più in profondità e chiudo gli occhi, con il respiro che lascia il posto ai singhiozzi. La morte è così vicina che la sento, la percepisco... con ogni fibra del mio essere. È il sapore metallico del mio sangue e il sudore freddo che mi scorre lungo la schiena, il ruggito del mio cuore nelle tempie e la tensione nei muscoli tremolanti. Tra un altro secondo, mi taglierà la vena giugulare, e morirò dissanguata, proprio qui, sul pavimento della mia cucina.

È questo che merito? È così che devo espiare i miei peccati?

Digrigno i denti per evitare di parlare. *Per favore, perdonami, George. Se è di questo che hai bisogno...*

Sento il mio aggressore sospirare, e l'istante successivo il coltello è sparito e mi ritrovo piegata sul ripiano. La mia schiena colpisce il granito duro, e la testa cade di peso all'indietro nel lavandino, con i muscoli del collo che urlano dal dolore. Ansimando, scalcio e cerco di dargli un pugno, ma è troppo forte e veloce. In un lampo, salta sul ripiano e si sistema sopra di me, bloccandomi col suo peso. Mi lega i polsi con qualcosa di solido e indistruttibile prima di stringerli con una mano, e, nonostante i miei tentativi di dimenarmi, non posso fare niente per liberarmene. I miei talloni scivolano inutilmente sul ripiano liscio e i muscoli del collo bruciano, dovendo tener sollevata la testa. Sono impotente, indifesa, e un nuovo tipo di panico mi pervade.

*Ti prego, Dio, no. Tutto tranne lo stupro.*

"Proveremo qualcosa di diverso" dice, e mi mette un panno sul viso. "Vediamo se sei davvero disposta a morire per quel bastardo."

Ansimando, giro la testa da una parte all'altra, cercando di liberarmi del panno, ma è troppo lungo e riesco a malapena a respirare. Sta cercando di soffocarmi? È questo il suo piano?

Poi, la manopola del rubinetto cigola e capisco tutto.

"No!" Mi dimeno con tutte le forze, ma mi stringe i capelli con la mano libera, tenendomi sotto al rubinetto con la testa piegata.

Lo shock iniziale dell'acqua non è poi così male, ma, dopo qualche secondo, essa mi entra nel naso. Mi si chiude la gola, i polmoni si bloccano e tutto il corpo protesta, mente soffoco. Il panico è istintivo, incontrollabile. Il panno è come una zampa umida stampata sul mio naso e sulla bocca, chiudendoli. Ho l'acqua nel naso, nella gola. Sto soffocando, annegando. Non riesco a respirare, non riesco a respirare...

L'aggressore chiude il rubinetto e mi toglie il panno dal viso. Tossendo, mando giù un po' d'aria, singhiozzando e ansimando. Tremo tutta e vedo delle macchie bianche. Prima che io possa riprendermi, mi rimette il panno sul viso e riapre il rubinetto.

Questa volta è ancora peggio. Le narici mi bruciano per l'acqua e i polmoni protestano per la mancanza d'aria. Ansimo e soffoco, annego e piango. Non riesco a respirare. *Oh, Dio, sto morendo; non riesco a respirare—*

Nell'istante successivo, il panno sparisce, e cerco disperatamente di mandare giù aria.

"Dimmi dov'è e mi fermerò." La sua voce è un sussurro oscuro sopra di me.

"Non lo so! Per favore!" Sento il vomito nella gola, e la consapevolezza che lo rifarà trasforma il mio sangue in acido. È stato facile fingere di essere coraggiosa con il coltello, ma non con questo. Non posso morire in questo modo.

"Ultima possibilità" dice sottovoce il mio tormentatore, e il panno umido torna a coprirmi il viso.

Il rubinetto ricomincia a cigolare.

"Smettila! Ti prego!" Quell'urlo mi sfugge quasi senza accorgermene. "Te lo dico! Te lo dico."

Chiude il rubinetto e mi toglie il panno dal viso. "Parla."

Singhiozzo e tossisco troppo per poter formare una frase coerente, così mi solleva dal ripiano e mi appoggia sul pavimento, piegandosi per avvolgermi con le braccia. Questo potrebbe essere scambiato per un abbraccio rassicurante o il gesto protettivo di un amante. La sensazione è avvalorata dalla voce gentile e dolce del mio torturatore, quando mi sussurra nell'orecchio: "Dimmelo, Sara. Dimmi quello che voglio sapere e me ne andrò."

"Lui—" mi fermo un attimo prima di rivelargli la verità. L'animale in preda al panico dentro di me vuole sopravvivere a tutti i costi, ma non posso fare questo. Non posso condurre questo mostro da George. "Si trova all'Advocate Christ Hospital" dico con voce strozzata. "Nel reparto di lunga degenza."

È una menzogna e, a quanto pare, nemmeno buona, perché stringe le braccia intorno a me, quasi schiacciandomi le ossa. "Non prendermi per il culo." La dolcezza nella sua voce è scomparsa, sostituita da una rabbia feroce. "È andato via da lì— è andato via da mesi. Dove si nasconde?"

Singhiozzo più forte. "Io... io non—"

Il mio aggressore si alza in piedi, tirandomi su insieme a lui, e io grido e mi dimeno mentre mi trascina verso il lavandino. "No! Per favore, no!" Sono isterica quando mi solleva sul ripiano, e agito le mani legate, mentre cerco di afferrargli il volto. I miei tacchi tamburreggiano sul granito, mentre si sistema sopra di me, bloccandomi nuovamente, e la bile mi sale nella gola, quando mi tira i capelli, piegandomi la testa all'indietro nel lavandino. "Basta!"

"Dimmi la verità e mi fermerò."

"Io—non posso. Ti prego, non posso!" Non posso fare questo a George, non dopo tutto quello che c'è stato tra noi. "Smettila, per favore!"

Il panno bagnato è di nuovo sul mio viso e mi si chiude la gola dal panico. Il rubinetto è ancora chiuso, ma sto già annegando; non riesco a respirare, non riesco a respirare...

"Fanculo!"

Mi spinge bruscamente a terra, dove crollo singhiozzando e sbattendo il fianco. Solo che questa volta non ci sono braccia a stringermi, e mi rendo vagamente conto che si è allontanato.

Dovrei alzarmi in piedi e correre, ma ho le mani legate e le gambe non mi reggono. Tutto quello che posso fare è rotolare pateticamente su un fianco, cercando di strisciare. La paura mi acceca, mi disorienta, e non riesco a vedere nulla nell'oscurità.

Non riesco a vedere *lui*.

*Correte*, incoraggio i miei muscoli sconnessi e tremanti. *Alzatevi e correte.*

Respirando, mi aggrappo a qualcosa—all'angolo del ripiano —e mi tiro su. Ma è troppo tardi; è già su di me, con il braccio duro avvolto intorno al mio fianco, mentre mi afferra da dietro.

"Vediamo se questo funziona meglio" sussurra, e qualcosa di freddo e appuntito mi colpisce sul collo.

Un ago, mi rendo conto con un sussulto di terrore, e perdo conoscenza.

~

Un volto danza davanti ai miei occhi. È un volto bello, addirittura stupendo, nonostante la cicatrice che gli sfiora il sopracciglio sinistro. Zigomi alti e obliqui, occhi grigi come l'acciaio incorniciati da ciglia nere, una robusta mascella ricoperta da barba incolta—il volto di un uomo, mi rendo conto vagamente. I suoi capelli sono folti e scuri, più lunghi sopra che ai lati. Non è vecchio, ma non è nemmeno un adolescente. Un adulto.

È accigliato, con i lineamenti che evidenziano rughe dure e sinistre. "George Cobakis" dice la bocca dura e scolpita. È una bocca sexy, con una bella forma, ma sento le sue parole come se provenissero da un megafono in lontananza. "Sai dov'è?"

Annuisco, o almeno ci provo. Ho la testa pesante e il collo stranamente dolorante. "Sì, so dov'è. Pensavo anche di conoscerlo, ma mi sbagliavo. Si conosce mai qualcuno per davvero? Non credo, o perlomeno non conoscevo *lui*. Credevo di conoscerlo, ma non lo conoscevo. Tutti quegli anni insieme, e tutti pensavano che fossimo così perfetti. La coppia perfetta, ci chiamavano. Ci credi? La coppia perfetta. Eravamo il meglio del meglio, la giovane dottoressa e un talentuoso giornalista in ascesa. Dicevano che un giorno avrebbe vinto un premio Pulitzer." Mi rendo vagamente conto che sto blaterando, ma non riesco a smettere. Le parole mi escono in tutta la loro amarezza e il dolore. "I miei genitori erano così orgogliosi, così felici il giorno del nostro matrimonio. Non avevano idea di quello che sarebbe accaduto, di quello che sarebbe successo—"

"Sara. Concentrati su di me" dice la voce da megafono, e percepisco un lieve accento straniero. Mi piace, quell'accento, mi fa venir voglia di allungarmi e di premere la mano su quelle labbra scolpite, per poi passare le dita su quella mascella dura e vedere se è ruvida. Mi piace la mascella ruvida. George spesso tornava a casa tutto ispido dai suoi viaggi all'estero, e mi piaceva. Mi piaceva, anche se gli dicevo di radersi. Era più attraente rasato, ma a volte mi piaceva sentire la barba, mi piaceva sentire quella ruvidità sulle cosce quando—

"Sara, smettila" mi interrompe la voce, e il cipiglio su quel volto esotico e bello si fa più marcato.

Stavo parlando ad alta voce, mi rendo conto, ma non mi sento imbarazzata, nient'affatto. Quelle parole non mi appartengono; escono di loro iniziativa. Anche le mie mani agiscono di loro iniziativa, cercando di raggiungere quel viso, ma qualcosa le ferma e, quando abbasso la testa pesante per guardare verso il basso, vedo una fascetta di plastica sui miei polsi, con la grande mano di un uomo sui miei palmi. È calda, quella mano, e mi tiene le mani sul grembo. Perché lo sta facendo? Da dove viene quella mano? Quando alzo lo sguardo, confusa, il suo viso è più vicino, con gli occhi grigi che mi scrutano.

"Ho bisogno che tu mi dica dov'è tuo marito" dice la bocca, e il megafono si avvicina. È come se fosse proprio accanto al mio orecchio. Rabbrividisco, ma nello stesso tempo quella bocca mi intriga. Quelle labbra mi fanno venir voglia di toccarle, leccarle, sentirle sulle mie—aspetta. Stanno chiedendo qualcosa.

"Dov'è mio marito?" La mia voce sembra rimbalzare dalle pareti.

"Sì, George Cobakis, tuo marito." Le labbra sembrano tentatrici mentre formano le parole e quell'accento mi accarezza le viscere, nonostante il persistente effetto megafono. "Dimmi dov'è."

"È al sicuro. È in un rifugio" dico. "Potevano trovarlo. Non volevano che pubblicasse quella storia, ma l'ha fatto. Era coraggioso, o stupido—probabilmente stupido, non è vero?—e poi è accaduto l'incidente, ma potrebbero trovarlo lo stesso. Alla mafia non importa che sia un vegetale ora, un cetriolo, un pomodoro, una zucchina. Beh, il pomodoro somiglia più a un frutto, ma lui è un vegetale. Un broccolo, forse? Non lo so. Non ha importanza, comunque. È solo che vogliono farne un esempio, minacciare altri giornalisti coraggiosi come lui. È questo che fanno; è così che agiscono. Corrompono la gente, e quando si fa luce su questo—"

"Dov'è il rifugio?" C'è una luce oscura in quello sguardo d'acciaio. "Dimmi l'indirizzo del rifugio."

"Non so l'indirizzo, ma è all'angolo vicino alla lavanderia di Ricky, a Evanston" dico a quegli occhi. "Mi portano sempre lì in macchina, quindi non so l'indirizzo preciso, ma ho visto l'edificio da un finestrino. Ci sono almeno due uomini in quella macchina, e fanno sempre un ampio giro, a volte cambiando le auto. È a causa della mafia, perché potrebbe essere in agguato. Mandano sempre un'auto per me, e questo fine settimana non hanno potuto. I piani sono saltati, hanno detto. A volte succede; i turni delle guardie non si allineano e—"

"Quante guardie ci sono lì?"

"Tre, a volte quattro. Sono dei militari. O ex-militari, non lo so. Hanno quell'aspetto. Non so perché, ma hanno tutti quell'aspetto. È come la protezione dei testimoni, ma non lo è, perché ha bisogno di un'assistenza particolare e non posso lasciare il mio lavoro. Non voglio lasciare il mio lavoro. Mi hanno detto che avrebbero potuto trasferirmi, farmi scomparire, ma non voglio scomparire. I pazienti hanno bisogno di me, oltre ai miei genitori. Come farei con i miei genitori? Non li vedrei, né li chiamerei più? No, è assurdo. Così, hanno fatto scomparire il vegetale, il cetriolo, il broccolo..."

"Sara, basta." Preme le dita sulla mia bocca, fermando il flusso di parole, e il volto si avvicina ancora di più. "Devi smetterla ora. È finita" mormora la bocca sexy, e io separo le labbra, succhiando quelle dita. Assaporo il sale e la pelle, e voglio di più, così avvolgo la lingua intorno alle sue dita, sentendo la rugosità dei calli e i bordi levigati delle unghie corte. Era da tanto che non toccavo qualcuno, e il mio corpo si scalda per quell'assaggio, per quello sguardo in quegli occhi d'argento.

"Sara..." La voce accentata è più bassa ora, più profonda e più dolce. Non sembra tanto un megafono ora, più un'eco sensuale, come la musica fatta su un sintetizzatore. "Non andare oltre, *ptichka*."

Oh, ma è quello che voglio. Voglio andare oltre. Continuo ad avvolgere la lingua intorno alle sue dita, e guardo quegli occhi grigi che si rabbuiano, con le pupille che si dilatano visibilmente. È un segno di eccitazione, lo so, e mi fa venir voglia di fare di più. Mi fa venir voglia di baciare quelle labbra scolpite, di strofinare la guancia su quella mascella ruvida. E i capelli, quei folti capelli scuri. Sono soffici? Voglio saperlo, ma non posso muovere le mani, così prendo le dita più in profondità nella bocca, facendo l'amore con loro con le labbra e la lingua, succhiandole come se fossero caramelle.

"Sara." La voce è bassa e rauca, il volto carico di lussuria celata a stento. "Devi fermarti, ptichka. Domani te ne pentiresti."

Pentirmi? Sì, probabilmente. Mi pentirò di tutto, di tante cose, e lascio andare le dita. Ma prima che io possa pronunciare una parola, le dita si allontanano dalle mie labbra, e il volto si allontana.

"Non lasciarmi." Il grido è lamentoso, come quello di una bambina appiccicosa. Desidero quel tocco umano, quella connessione. La mia testa sembra un sacco di pietre, e mi fa male tutto, soprattutto vicino al collo e alle spalle. Ho anche i crampi alla pancia. Voglio che qualcuno mi accarezzi i capelli e mi massaggi il collo, che mi abbracci e mi dondoli come una bambina. "Ti prego, non andartene."

Qualcosa di simile al dolore attraversa il volto dell'uomo, e sento nuovamente la fredda puntura dell'ago nel collo.

"Ciao, Sara" mormora la voce, e perdo conoscenza, con la mente che vaga come una foglia al vento.

4

 Sara

MAL DI TESTA. LA PRIMA COSA DI CUI MI RENDO CONTO È IL MAL di testa. Mi sento come se il cranio stesse per frantumarsi in mille pezzi, con le ondate di dolore simili a un tamburo nel cervello.

"Dr.ssa Cobakis... Sara, mi senti?" La voce femminile è dolce e gentile, ma mi riempie di paura. C'è preoccupazione in quella voce, unita a un'urgenza controllata. Sento sempre quel tono in ospedale, e non è mai positivo.

Cercando di non muovere il cranio palpitante, sbatto spasmodicamente le palpebre davanti alla luce luminosa. "Che cosa... dove..." La mia lingua è spessa e ingombrante, la bocca dolorosamente secca.

"Ecco, sorseggia questo." Mi viene messa una cannuccia

vicino alla bocca, e mi ci attacco, succhiando l'acqua con avidità. I miei occhi stanno cominciando ad abituarsi alla luce, e riesco a distinguere la stanza. È un ospedale, ma non il mio ospedale, a giudicare dall'arredo sconosciuto. Inoltre, non sto al mio solito posto. Non sto accanto al letto d'ospedale di qualcuno; sono sdraiata su un letto.

"Che cos'è successo?" chiedo con voce roca. Man mano che riacquisto la lucidità, prendo nota della nausea e di una serie di dolori. La schiena mi sembra un livido gigante, e il collo è rigido e dolorante. Mi fa male anche la gola, come se avessi urlato o vomitato, e quando sollevo la mano per toccarla, trovo una benda sul lato destro del collo.

"Sei stata aggredita, Dr.ssa Cobakis" spiega dolcemente una donna di colore di mezza età, e riconosco la sua voce: è quella che ha parlato poco fa. Indossa il camice da infermiera, ma in qualche modo non sembra un'infermiera. Quando lo guardo senza rispondere, chiarisce: "In casa tua. C'era un uomo. Ricordi qualcosa?"

Sbatto le palpebre, sforzandomi di dare un senso a quell'affermazione confusa. Mi sento come se mi avessero inserito una palla di cotone gigante nel cervello, oltre al tamburo battente. "In casa mia? Sono stata aggredita?"

"Sì, Dr.ssa Cobakis" risponde una voce maschile, e sussulto istintivamente, con il cuore che mi batte all'impazzata, prima di riconoscere quella voce. "Ma sei al sicuro ora. È finita. Questa è una struttura privata, nella quale ci prendiamo cura dei nostri agenti; sei al sicuro qui."

Girando con attenzione la testa dolorante, guardo l'Agente Ryson, e il mio stomaco si svuota davanti all'espressione sul suo volto pallido e preoccupato. I ricordi del mio calvario iniziano a riaffiorare, e con essi anche una sensazione di terrore.

"George, lui—"

"Mi dispiace." Le righe sulla fronte di Ryson si fanno più profonde. "C'è stata un'aggressione anche nel rifugio la notte scorsa. George... Non ce l'ha fatta. E nemmeno le tre guardie."

"Che cosa?" È come se un bisturi mi avesse perforato i polmoni. Non riesco a metabolizzare le sue parole, non riesco a riflettere sul loro significato. "È... è morto?" Poi, rifletto sul resto dell'affermazione. "E le altre tre guardie? Che cosa... come—"

"Dr.ssa Cobakis—Sara." Ryson si avvicina. "Devo sapere esattamente cos'è successo la notte scorsa, in modo da incastrarlo."

"*Incastrarlo?* Incastrare chi? Un individuo singolo?" Sono sempre stati *loro*, la mafia, e sono troppo sconvolta dall'improvviso cambiamento di pronome. George è morto. George e le tre guardie. Non riesco a farmene una ragione, quindi non ci provo nemmeno. Non ancora, almeno. Prima di lasciarmi andare al dolore, devo recuperare quei ricordi, pezzo dopo pezzo, e riordinare quell'orribile puzzle.

"Potrebbe non ricordare. Il cocktail nel suo sangue era abbastanza forte" dice l'infermiera, e suppongo che sia una collega dell'agente Ryson. Questo spiegherebbe perché lui stia parlando così liberamente davanti a lei, quando generalmente è discreto al limite della paranoia.

Mentre rifletto, la donna si avvicina. Sono attaccata a un monitor di segnali vitali, e mi controlla il polso della pressione sanguigna intorno al braccio, per poi stringermi delicatamente l'avambraccio. Mi guardo il braccio, e mi si stringe il cuore quando vedo una sottile linea rossa intorno al polso. Anche l'altro polso ne ha una.

*Fascetta di plastica.* Il ricordo riaffiora con improvvisa chiarezza. Avevo una fascetta intorno ai polsi.

"Mi ha torturata con l'acqua. Vedendo che continuavo a non rivelargli dove si trovasse George, mi ha conficcato un ago nel collo."

Non mi rendo conto di aver parlato ad alta voce, finché non vedo lo shock sul volto dell'infermiera. L'espressione dell'Agente Ryson è più contenuta, ma vedo che anche lui è sconvolto.

"Mi dispiace tanto." La sua voce è confusa. "Avremmo dovuto immaginarlo, ma non aveva ancora iniziato a vendicarsi delle famiglie degli altri, e tu non volevi allontanarti... Tuttavia, avremmo dovuto sapere che lui non si sarebbe fermato di fronte a nulla—"

"Gli altri? Lui?" Alzo la voce man mano che mi tornano in mente altri ricordi. *Il coltello sulla gola, il panno bagnato sul viso, l'ago nel collo, non riesco a respirare, non riesco a respirare...*

"Karen, ha un attacco di panico! Fa' qualcosa." La voce di Ryson è frenetica, quando i monitor iniziano a emettere un segnale acustico. Sto andando in iperventilazione e tremo, ma in qualche modo trovo la forza di guardare quei monitor. La pressione sanguigna è alle stelle, e il cuore mi batte in modo pericolosamente veloce, ma vedere quei numeri mi tranquillizza. Sono un medico. Questo è il mio ambiente, la mia zona di comfort.

Posso farcela. *Inspira. Espira.* Non sono debole. *Inspira. Espira.*

"Brava, Sara. Respira." La voce di Karen è dolce e rilassante, mentre mi accarezza il braccio. "Continua così. Un altro respiro profondo. Ecco. Ottimo lavoro. Ora un altro. E un altro ancora..."

Seguo le sue gentili istruzioni, mentre guardo i numeri sui monitor e, lentamente, la soffocante sensazione si placa e i miei parametri vitali si normalizzano. Riaffiorano altri ricordi oscuri, ma non sono ancora pronta per affrontarli, così li respingo, schiacciandoli mentalmente con tutta la forza che ho.

"Chi è lui?" chiedo, quando posso parlare di nuovo. "Chi sono 'gli altri'? George aveva scritto quell'articolo da solo. Per quale motivo la mafia starebbe dando la caccia a qualcun altro?"

L'Agente Ryson rivolge un'occhiata a Karen, poi torna a concentrarsi su di me. "Dr.ssa Cobakis, temo che non siamo stati completamente sinceri con te. Non abbiamo rivelato la situazione reale per proteggerti, ma chiaramente abbiamo fallito." Fa un respiro. "Non è stata la mafia locale a dare la caccia a tuo marito. Si è trattato di un fuggitivo internazionale, un criminale pericoloso che tuo marito ha conosciuto durante un incarico all'estero."

"Che cosa?" La testa mi palpita dolorosamente, come se fosse difficile metabolizzare tutte quelle rivelazioni. George aveva iniziato come corrispondente estero, ma negli ultimi cinque anni ha cominciato a raccogliere sempre più storie locali. Mi chiedevo quale fosse il motivo, vista la sua passione per gli affari esteri, ma, quando gliene parlavo, mi diceva che voleva passare più tempo a casa con me, così non indagavo ulteriormente.

"Quest'uomo ha una lista di persone che lo hanno ostacolato —o che pensa lo abbiano ostacolato" dice Ryson. "Temo che George fosse su quella lista. Le informazioni esatte intorno ad essa e l'identità del fuggitivo sono riservate, ma, dopo quello che è accaduto, meriti di sapere la verità—almeno quella che posso rivelare."

Lo fisso. "Un uomo? Un fuggitivo?" Mi torna in mente un

volto, un volto maschile e bellissimo. È un'immagine sfocata, come se si trattasse di un sogno, ma in qualche modo so che è lui, l'uomo che ha fatto irruzione in casa mia e che mi ha fatto quelle cose orribili.

Ryson annuisce. "Sì. È altamente addestrato e ha risorse enormi; è per questo che è riuscito a sfuggirci per tutto questo tempo. Ha contatti dappertutto, dall'Europa dell'Est al Sud America, al Medio Oriente. Quando abbiamo scoperto che il nome di tuo marito era sulla sua lista, abbiamo portato George nel rifugio, e avremmo dovuto fare la stessa cosa con te. Abbiamo pensato che—" Si ferma e scuote la testa. "Suppongo che non importi cosa abbiamo pensato. Lo abbiamo sottovalutato, e ora quattro uomini sono morti."

*Morti. Quattro uomini sono morti.* A questo punto, mi rendo conto che George se n'è andato. Prima non ci avevo riflettuto, in realtà. Gli occhi iniziano a bruciarmi, e mi sento come se il petto fosse stretto in una morsa. In un lampo di lucidità, i pezzi del puzzle si ricompongono.

"Sono stata io, non è vero?" Mi siedo, ignorando l'ondata di vertigini e di dolore. "Sono stata io. In qualche modo, ho rivelato l'ubicazione del rifugio."

Ryson rivolge un'altra occhiata all'infermiera, e il mio cuore cessa di battere. Non rispondono alla mia domanda, ma il loro linguaggio del corpo parla chiaro.

Sono la responsabile della morte di George. Di tutte e quattro le morti.

"Non è colpa tua, Dr.ssa Cobakis." Karen mi tocca di nuovo il braccio, con gli occhi castani carichi di comprensione. "Il farmaco che ti ha somministrato avrebbe fatto cedere chiunque. Conosci il tiopentale sodico?"

"L'anestetico?" Sbatto le palpebre. "Certo. È stato

ampiamente utilizzato per indurre l'anestesia, fin quando il propofol non è diventato la norma. Che cosa—oh."

"Sì" dice l'Agente Ryson. "Vedo che sei a conoscenza del suo uso alternativo. È utilizzato raramente in quel modo, perlomeno al di fuori della comunità di intelligence, ma è abbastanza efficace come siero della verità. Riduce le funzioni cerebrali della corteccia e rende i soggetti espansivi e cooperativi. E questa è stata la versione di un professionista, tiopentale mescolato con composti che non avevamo mai visto prima."

"Mi ha drogata per farmi parlare?" Il mio stomaco si dilata dalla bile. Questo spiegherebbe il mal di testa e la nebbia nel cervello, e la consapevolezza che mi è stato fatto questo—che mi ha fatta cedere in quel modo—mi fa venir voglia di lavare l'interno del mio cranio con la candeggina. Quell'uomo non si è solo intrufolato in casa mia; ha invaso la mia mente, violandola come un ladro.

"Questa è l'ipotesi più probabile, sì" dice Ryson. "Avevi una gran quantità di quel farmaco nell'organismo, quando i nostri agenti ti hanno trovata legata nel salotto. Avevi anche del sangue sul collo e sulle cosce, e inizialmente hanno pensato che—"

"Del sangue sulle mie cosce?" Mi preparo ad affrontare un nuovo orrore. "Mi ha—"

"No, non preoccuparti, non ti ha fatto del male in quel modo" dice Karen, rivolgendo a Ryson un'occhiataccia. "Ti abbiamo esaminata a fondo, quando sei stata portata qui, e abbiamo scoperto che si trattava del sangue mestruale, niente di più. Non c'erano segni di trauma sessuale. A parte qualche contusione e dei tagli superficiali sul collo, stai bene—o meglio, starai bene, non appena le droghe cesseranno di far effetto."

*Starò bene.* Una risata isterica minaccia di uscire dalla gola, e faccio appello a tutta la mia forza per evitare di lasciarmela sfuggire. Mio marito e altri tre uomini sono morti per colpa mia. La mia casa è stata invasa; la mia *mente* è stata invasa. E lei pensa che starò bene?

"Perché avete inventato quella menzogna sulla mafia?" chiedo, cercando di contenere il dolore che si sta espandendo nel mio petto. "In che modo quella bugia mi avrebbe protetta?"

"Perché in passato questo fuggitivo non aveva dato la caccia agli innocenti—alle mogli e ai figli delle persone sulla sua lista che non erano coinvolte in alcun modo" spiega Ryson. "Ma ha ucciso la sorella di un uomo, perché quell'uomo si era fidato di lei, coinvolgendola nella copertura. Meno sapevi, più saresti stata al sicuro, soprattutto dal momento che non volevi trasferirti e sparire accanto a tuo marito."

"Ryson, per favore" dice Karen bruscamente, ma è troppo tardi. Sto già metabolizzando questa nuova informazione. Potrei avere la scusante della droga che mi ha indotta a parlare, ma il rifiuto di partire è da imputare solo a me stessa. Sono stata egoista, pensando ai miei genitori e alla carriera, anziché al pericolo in cui avrei potuto mettere mio marito. Credevo che fosse la *mia* sicurezza ad essere in gioco, non la sua, ma questa non è una giustificazione.

Ho la morte di George sulla coscienza, proprio come l'incidente che gli aveva danneggiato il cervello.

"Ha—" deglutisco a fatica. "Ha sofferto? Voglio dire… com'è successo?"

"Un proiettile alla testa" risponde Ryson a bassa voce. "Come i tre uomini che gli facevano da guardia. Credo che sia successo troppo in fretta per poter soffrire."

"Oh Dio." Il mio stomaco si contorce con una violenza improvvisa, e il vomito mi sale nella gola.

Karen deve aver notato il colorito del mio viso, perché agisce velocemente, afferrando un vassoio di metallo da un tavolo vicino e spingendomelo tra le mani. Fa appena in tempo, perché il contenuto del mio stomaco inizia a riversarsi all'esterno, con l'acido che mi brucia l'esofago, mentre tengo il vassoio con mani tremanti.

"Va tutto bene. Va tutto bene. Ecco, fatti pulire." Karen è molto efficiente, proprio come una vera infermiera. Qualunque sia il suo ruolo nell'FBI, sa cosa fare in un ambiente medico. "Vieni, lascia che ti aiuti ad andare al bagno. Ti sentirai subito meglio."

Sistemando il vassoio sul comodino, mi mette un braccio intorno alla schiena per aiutarmi a scendere dal letto e mi conduce in bagno. Le gambe mi tremano così tanto che riesco a malapena a camminare; se non fosse stato per il suo sostegno, non ce l'avrei mai fatta.

Eppure, ho bisogno di un minuto di privacy, così dico a Karen: "Puoi uscire un attimo? Sto bene ora."

Devo sembrarle abbastanza convincente, perché dice: "Sono qui fuori, se hai bisogno di me" e chiude la porta dietro di lei.

Sudo e tremo, ma riesco a sciacquarmi la bocca e a pulirmi i denti. Poi, mi prendo cura degli altri bisogni urgenti, lavo le mani e mi spruzzo l'acqua fredda sul viso. Quando Karen bussa alla porta, mi sento un po' più umana.

Inoltre, cerco di tenere la mente vuota. Se ripensassi al modo in cui George e gli altri sono morti, ricomincerei a vomitare. Ho visto tante ferite da arma da fuoco durante il mio periodo di specializzazione al pronto soccorso, e conosco il danno devastante che causano i proiettili.

*Non pensarci. Non ancora.*

"I miei genitori sono stati avvisati?" chiedo, quando Karen mi aiuta a tornare al letto. Ha già tolto il vassoio e l'Agente Ryson è seduto su una sedia accanto al letto, con il volto che mostra tutta la sua tensione.

"No" dice Karen dolcemente. "Non ancora. Volevamo discuterne con te, infatti."

La guardo, poi mi concentro su Ryson. "Discutere di cosa?"

"Dr.ssa Cobakis—Sara—crediamo che sia meglio se le circostanze esatte della morte di tuo marito, così come quelle della tua aggressione, restino riservate" dice Ryson. "In questo modo, ti risparmieresti un sacco di spiacevole attenzione da parte dei media, oltre a—"

"Vuoi dire, *vi* risparmiereste un sacco di spiacevole attenzione da parte dei media." Un'ondata di rabbia spazza via una parte della foschia nella mia mente. "Ecco perché sono qui e non in un normale ospedale. Volete coprire tutto questo, fingere che non sia mai accaduto."

"Vogliamo tenerti al sicuro e aiutarti a superare questo momento" spiega Karen, con gli occhi castani concentrati sul mio viso. "Pubblicare questa storia su tutti i giornali non porterebbe a niente di buono. Ciò che è accaduto è stata una terribile tragedia, ma tuo marito era già tenuto in vita artificialmente. Sai meglio di chiunque altro che sarebbe stata solo una questione di tempo prima che—"

"E gli altri tre uomini?" la interrompo bruscamente. "Anche loro erano tenuti in vita artificialmente?"

"Sono morti svolgendo il proprio dovere" spiega Ryson. "Le loro famiglie sono già state informate, quindi non devi preoccuparti di questo. Per quanto riguarda George, tu eri la sua unica famiglia, quindi..."

"E così, adesso sono stata informata anch'io." Faccio una smorfia. "Avete la coscienza a posto, e ora è giunto il momento di fare pulizia. O, meglio, di 'coprirvi il culo'?"

Corruga la fronte. "Questo è ancora in gran parte segreto, Dr.ssa Cobakis. Se ti rivolgessi ai media, scuoteresti un nido di calabroni e, fidati, non ti piacerebbe. Non piacerebbe nemmeno a tuo marito, se fosse ancora vivo. Non voleva che lo sapesse nessuno, compresa te."

"Che cosa?" Fisso l'agente. "George sapeva? Ma—"

"Non sapeva di essere sulla lista, e nemmeno noi" dice Karen, posando la mano sul retro della sedia di Ryson. "L'abbiamo saputo dopo l'incidente, e a quel punto abbiamo fatto il possibile per proteggerlo."

La testa mi palpita, ma scaccio il dolore e cerco di concentrarmi su quello che mi stanno dicendo. "Non capisco. Che cos'è successo durante quell'incarico all'estero? Come ha fatto George a entrare in contatto con quel fuggitivo? E quando?"

"Questa è la parte segreta" dice Ryson. "Mi dispiace, ma è meglio che lasci perdere. Stiamo cercando l'assassino di tuo marito ora, e stiamo cercando di proteggere le altre persone incluse nella sua lista. Viste le sue risorse, non sarà un compito facile. Se avremo i media alle calcagna, non riusciremo a svolgere il nostro lavoro in modo efficace e potrebbero morire altre persone. Capisci cosa sto dicendo, Dr.ssa Cobakis? Per la tua sicurezza, e quella di altre persone, devi lasciar perdere."

Mi irrigidisco, ripensando a ciò che ha detto l'agente sugli altri. "Quante ne ha uccise già?"

"Troppe, temo" risponde Karen sommessamente. "Abbiamo saputo della lista solo dopo che era già arrivato a diverse persone in Europa, e quando siamo riusciti a prendere le opportune contromisure, erano rimasti solo pochi individui."

Faccio un respiro tremante, con la testa che mi gira. So cosa faceva George come corrispondente estero, naturalmente, e ho letto molti dei suoi articoli e pubblicazioni, ma quelle storie non mi sembravano completamente reali. Anche quando l'Agente Ryson mi avvicinò nove mesi fa per informarmi sulla presunta minaccia della mafia alla vita di George, la paura che provai fu più accademica che viscerale. All'infuori dell'incidente di George e dei dolorosi anni che ne erano seguiti, avevo condotto una vita straordinaria, ricca delle tipiche preoccupazioni suburbane sulla scuola, il lavoro e la famiglia. I fuggitivi internazionali che torturano e uccidono la gente su qualche lista misteriosa sono talmente estranei alle mie esperienze che mi sento come se fossi stata scaraventata nella vita di qualcun altro.

"Sappiamo che non è facile da accettare" dice Karen con delicatezza, e mi rendo conto che alcune delle emozioni che provo devono essere stampate sul mio viso. "Sei ancora scioccata per l'aggressione, e venir a sapere tutto questo..." Respira. "Se hai bisogno di qualcuno con cui parlare, conosco un bravo psicologo che ha lavorato con i soldati con il DPTS (Disturbo Post-Traumatico da Stress) e altri problemi simili."

"No, io..." vorrei declinare, dirle che non ho bisogno di nessuno, ma non riesco a dar voce a quella bugia. Il dolore al petto mi sta soffocando dall'interno e, nonostante il muro mentale, ricordi sempre più orribili tornano a galla, insieme a lampi di oscurità, impotenza e terrore.

"Ti lascio questo biglietto da visita" dice Karen, salendo sul letto, e vedo che sta guardando i monitor che emettono segnali acustici con uno sguardo preoccupato. Non ho più bisogno di guardarli per sapere che la mia frequenza cardiaca è di nuovo aumentata, con il corpo nuovamente in quell'inutile modalità combatti-o-fuggi.

Il mio stupido cervello non sa che i ricordi non possono far male, che il peggio è già accaduto. A meno che—

"Devo scomparire?" ansimo con la gola chiusa. "Credete che—"

"No" replica Ryson, comprendendo subito la mia paura. "Non tornerà a cercarti. Ha ottenuto quello che voleva; non ha alcun motivo per tornare. Se vuoi, possiamo ancora cercare di trasferirti, ma—"

"Smettila, Ryson. Non vedi che sta per andare in iperventilazione?" dice Karen in fretta, stringendomi il braccio. "Respira, Sara" mi dice con tono rassicurante. "Vieni, tesoro, respira profondamente. Ancora. Così..."

Seguo la sua voce fin quando la mia frequenza cardiaca non si ristabilizza e i peggiori ricordi non tornano dietro quel muro mentale. Continuo a tremare, però, così Karen mi avvolge una coperta intorno e si siede sul letto accanto a me, abbracciandomi forte.

"Andrà tutto bene, Sara" mormora, mentre il dolore dilaga, e comincio a piangere, con le lacrime simili a colate di lava sulle guance. "È finita. Starai bene. È andato via, e non ti farà mai più del male."

## 5

"*Cenere alla cenere, polvere alla polvere...*"

La predica del prete raggiunge le mie orecchie, e lo ascolto mentre esamino la folla in lutto. Ci sono oltre duecento persone, tutte con abiti scuri ed espressioni cupe. Sotto il mare di ombrelli neri, molti occhi sono rossi e gonfi, e alcune donne stanno piangendo visibilmente.

George Cobakis era popolare.

Quel pensiero dovrebbe farmi arrabbiare, ma non lo fa. Non provo niente quando penso a lui, nemmeno la soddisfazione per la sua morte. La rabbia che mi ha consumato per anni si è placata per il momento, lasciandomi stranamente vuoto.

Sto in fondo alla folla, con il mio cappotto nero e l'ombrello come quello delle altre persone in lutto. Una parrucca castana chiara e dei baffi sottili camuffano il mio aspetto, come la postura curva e l'imbottitura di un cuscino piatto sulla pancia.

Non so perché sono qui. Non ho mai assistito a un funerale. Ogni volta che un nome viene cancellato dalla mia lista, io e la mia squadra passiamo a quello successivo, in modo freddo e metodico. Sono un uomo molto richiesto; non ha senso rimanere qui, in questa piccola città suburbana; eppure, non sento di dover andare.

Non senza prima rivederla.

Sposto lo sguardo da una persona all'altra, alla ricerca di una figura snella e, finalmente, la vedo, lì davanti, essendo la moglie del defunto. Sta accanto a una coppia di anziani, tenendo un grande ombrello su tutti e tre, e persino in mezzo a una folla riesce a sembrare distaccata, in qualche modo lontana da tutti.

È come se vivesse su un livello diverso, come me.

La riconosco dalle onde castane visibili sotto il cappellino nero. Ha i capelli sciolti oggi e, nonostante il cielo grigio e piovoso, vedo le sfumature rossastre tra la massa marrone scura che le copre le spalle di qualche centimetro. Non riesco a vedere molto altro—ci sono troppe persone e ombrelli tra noi— ma la guardo lo stesso, come ho fatto nell'ultimo mese. Solo che il mio interesse per lei è diverso ora, essendo infinitamente più personale.

*Danno collaterale.* È questo che ho pensato inizialmente. Non era una persona per me, ma un'estensione del marito. Un'estensione bella e intelligente, certo, ma non mi importava. Non volevo ucciderla, ma avrei fatto tutto il possibile per raggiungere il mio obiettivo.

Ho *fatto* quanto necessario.

È rimasta bloccata dal terrore quando l'ho afferrata, e quella reazione è stata la risposta dell'istinto primitivo e malcelato di vittima indifesa. In quel momento, avrebbe dovuto essere facile —qualche taglio superficiale sarebbe stato sufficiente. Il fatto che non abbia ceduto subito sotto la mia lama è stato impressionante e fastidioso al tempo stesso; ho affrontato assassini esperti che se la sono fatta sotto e hanno cominciato a parlare con meno stimoli.

Avrei potuto fare molto di più con lei in quel momento, insistere col mio coltello, ma ho preferito una tecnica di interrogatorio meno dannosa.

L'ho messa sotto al rubinetto.

È stato come un incantesimo—e a quel punto, ho commesso un errore. Tremava e singhiozzava così forte che dopo la prima seduta l'ho messa a terra e l'ho avvolta con le braccia, bloccandola e rassicurandola al contempo. L'ho fatto in modo che riuscisse a parlare, ma non avevo previsto la mia reazione nei suoi confronti.

Sembrava piccola e fragile, completamente impotente, mentre tossiva e singhiozzava nel mio abbraccio e, per qualche motivo, mi sono ricordato di come abbracciavo mio figlio in quel modo, confortandolo quando piangeva. Solo che Sara non è una bambina, e il mio corpo ha reagito alle sue curve sottili con una smania sorprendente, con un desiderio tanto primitivo quanto irrazionale.

Volevo la donna che avrei dovuto interrogare, quella a cui intendevo uccidere il marito.

Ho cercato di ignorare la mia inopportuna reazione, di continuare come prima, ma, quando l'ho rimessa sul ripiano, non sono riuscito a riaprire l'acqua. Era diventata una persona per me, una donna in carne ed ossa, anziché uno strumento da usare.

L'unica opzione che mi rimaneva a disposizione era la

droga. Non avevo previsto di utilizzarla su di lei, sia per il troppo tempo necessario per farla funzionare correttamente, sia perché era la nostra ultima dose. Il chimico che l'aveva creata è stato ucciso di recente, e Anton mi aveva avvertito che ci sarebbe voluto del tempo per trovare un altro fornitore. Avevo risparmiato quell'ultima dose per un caso di emergenza, ma non avevo altra scelta.

Io, che avevo torturato e ucciso centinaia di persone, non riuscivo a fare del male a quella donna.

*"Era un uomo gentile e generoso, un giornalista talentuoso. La sua morte è un'indicibile perdita, sia per la sua famiglia che per la professione..."*

Distolgo lo sguardo da Sara per concentrarmi sull'oratore. È una donna di mezza età, con il viso magro rigato dalle lacrime. La riconosco: è una delle colleghe di Cobakis, ho visto la sua foto sul giornale. Ho indagato su tutti per stabilirne la complicità, ma, fortunatamente per loro, Cobakis era l'unico ad essere coinvolto.

Continua a sottolineare tutte le eccezionali qualità di Cobakis, ma torno a osservarla, attratto dalla figura esile sotto l'ombrello gigante. Tutto quello che riesco a vedere di Sara è la schiena, ma posso facilmente immaginare il suo volto pallido, a forma di cuore. I suoi lineamenti sono impressi nella mia mente, dai grandi occhi color nocciola e il piccolo naso a punta, fino alle labbra morbide e carnose. C'è qualcosa in Sara Cobakis che mi fa pensare a Audrey Hepburn, una sorta di bellezza aristocratica che mi ricorda le stelle del cinema degli anni Quaranta e Cinquanta. Questo è acuito dal fatto che non sembra essere di qui, che in qualche modo è diversa da quelli che la circondano.

Che in qualche modo è superiore a loro.

Mi chiedo se stia piangendo, se sia disperata per la perdita dell'uomo che ha ammesso di non aver mai conosciuto veramente. Quando Sara mi ha detto per la prima volta che lei e suo marito erano separati, non le ho creduto, ma alcune delle cose che ha raccontato sotto l'influenza della droga mi hanno fatto cambiare idea. Qualcosa era andato molto male nel suo matrimonio presumibilmente perfetto, qualcosa che aveva lasciato una traccia indelebile su di lei.

Conosce il dolore; ci ha convissuto. L'ho visto nei suoi occhi, nella morbida curva tremante della bocca. Quell'invasione della sua mente mi ha intrigato, facendomi venir voglia di scavare più in profondità nei suoi segreti, e quando ha chiuso le labbra intorno alle mie dita e ha iniziato a succhiarle, il desiderio che avevo cercato di sopprimere è riaffiorato, con il mio cazzo che si è indurito in maniera incontrollabile.

Avrei potuto prenderla, e lei me lo avrebbe lasciato fare. Cazzo, mi avrebbe accolto a braccia aperte. Il farmaco aveva abbassato le sue inibizioni, togliendole ogni difesa. Era aperta e vulnerabile, bisognosa in un modo che eccitava le mie parti più intime.

*Non andartene. Ti prego, non lasciarmi.*

Persino ora, posso sentire la sua supplica, tanto simile a quella di Pasha l'ultima volta che l'ho visto. Non sapeva cosa stesse chiedendo, non sapeva chi fossi o cosa avrei fatto, ma le sue parole mi hanno colpito dritto al cuore, facendomi bramare qualcosa di assolutamente impossibile. Ho dovuto fare appello a tutta la mia forza di volontà per allontanarmi, lasciarla legata a quella sedia e permettere all'FBI di trovarla.

Ho dovuto davvero sforzarmi per andarmene e continuare la mia missione.

La mia attenzione torna al presente quando la collega di Cobakis smette di parlare e Sara si avvicina al leggio. La sua figura esile, con gli abiti scuri, si muove con una grazia inconscia, e mi si contorcono le viscere quando si gira e si rivolge alla folla.

Ha una sciarpa nera avvolta intorno al collo, che la protegge dal vento freddo di ottobre e nasconde la benda che deve avere. Sopra la sciarpa, il viso a forma di cuore è pallido come la morte, ma gli occhi sono asciutti—almeno, così sembrerebbe da questa distanza. Vorrei avvicinarmi, ma sarebbe troppo rischioso. È già pericoloso essere qui. Ci sono almeno due agenti dell'FBI tra i partecipanti, e qualche altro paio è seduto in modo discreto sulle vetture governative nella strada. Non si aspettano che io sia qui—la sorveglianza sarebbe molto più alta in quel caso—ma questo non significa che io possa abbassare la guardia. Anzi, Anton e gli altri pensano che io sia un pazzo per essermi presentato qui.

Di solito, lasciamo la città poche ore dopo aver messo a segno un colpo.

"Come sapete tutti, io e George ci siamo conosciuti all'università" dice Sara al microfono, e mi viene la pelle d'oca al suono della sua voce dolce e melodiosa. La sto seguendo da abbastanza tempo per sapere che sa cantare. Spesso intona canzoni pop quando è sola in macchina o mentre pulisce casa.

La maggior parte delle volte, canta meglio di una vera cantante.

"Ci siamo conosciuti in un laboratorio di chimica" continua: "Perché, che ci crediate o meno, in quel periodo George stava prendendo in considerazione l'idea di studiare medicina." Sento qualche risatina tra la folla, e Sara piega le labbra in un debole sorriso, quando dice: "Sì, George, che non riusciva a sopportare la vista del sangue, aveva intenzione di diventare un medico. Fortunatamente, ha scoperto rapidamente la sua vera passione —il giornalismo—e il resto è storia."

Continua a parlare delle varie abitudini e degli interessi di suo marito, compreso il suo amore per i panini al formaggio ripieni di miele, per poi raccontare dei suoi successi e delle buone azioni, sottolineando il suo fermo sostegno ai veterani e ai senzatetto. Mentre parla, noto che tutto quello che dice ha a che fare con *lui*, piuttosto che con loro. A parte la menzione iniziale di come si sono conosciuti, il discorso di Sara avrebbe potuto essere fatto da un coinquilino o un amico—da un conoscente qualsiasi di Cobakis. Persino la sua voce è ferma e calma, senza alcun accenno del dolore che avevo notato nei suoi occhi quella notte.

È solo quando arriva all'incidente che vedo una vera emozione sul suo viso. "George era straordinario" dice, guardando tra la folla. "Ma tutta quella meraviglia ha avuto fine diciotto mesi fa, quando la sua macchina ha colpito quel guardrail, andando fuori strada. Tutto ciò che era è morto quel giorno. Quello che rimaneva non era George. Di lui non era rimasto che un guscio vuoto, un corpo senza mente. Quando sabato mattina è stato raggiunto dalla morte, essa non ha strappato la vita di mio marito. Ha strappato solo quel guscio vuoto. George era già morto da tempo, e niente avrebbe potuto farlo soffrire."

Alza il mento quando dice quell'ultima parte, e la guardo attentamente. Non sa che sono qui—in quel caso, l'FBI mi sarebbe già addosso—ma mi sento come se stesse parlando direttamente con me, dicendomi che ho fallito. Sa che sono qui? Sente che la sto guardando?

Sa che quando sono rimasto accanto al letto di suo marito

due notti fa per un attimo ho pensato di *non* premere il grilletto?

Finisce il suo discorso con le parole tradizionali su quanto si sentirà la mancanza di George e poi si allontana dal leggio, lasciando l'ultima parola al sacerdote. La guardo camminare verso la coppia più anziana e, quando la folla comincia a disperdersi, seguo lentamente gli altri fuori dal cimitero.

Il funerale è finito, e dovrebbe esserlo anche la mia attrazione verso Sara.

Ci sono altre persone sulla mia lista e, fortunatamente per lei, Sara non è tra queste.

# PARTE II

6

S*ara*

"Tesoro, hai ricominciato a non mangiare?" chiede Mamma con un preoccupato cipiglio. Anche se stava passando l'aspirapolvere quando sono arrivata, il suo trucco è perfetto come sempre, con i capelli corti e bianchi arricciati in modo ordinato e gli orecchini abbinati alla collana alla moda. "Sei così magra ultimamente."

"La maggior parte delle persone la considererebbe una cosa positiva" dico sinceramente, ma per tranquillizzarla mi allungo per prendere una seconda porzione di torta di mele fatta in casa.

"Non se hai l'aspetto di una che potrebbe essere trascinata via da un chihuahua" dice Mamma, spingendo altra torta verso

59

di me. "Devi prenderti cura di te; altrimenti, non potrai aiutare le tue pazienti."

"Lo so, Mamma" dico, masticando la torta. "Non ti preoccupare, ok? È stato un inverno intenso, ma le cose dovrebbero andare meglio d'ora in poi."

"Sara, tesoro..." La preoccupazione sul suo viso si fa più evidente. "Sono passati sei mesi dalla morte di George—" Si ferma e respira. "Ascolta, quello che sto dicendo è che non puoi continuare a lavorare fino allo sfinimento. Il tuo normale carico di lavoro è troppo per te; inoltre, c'è tutto questo nuovo volontariato. Non dormi mai?"

"Certo, Mamma. Dormo come un sasso." Non è una menzogna; mi addormento non appena poggio la testa sul cuscino e non riapro gli occhi fin quando non suona la sveglia. O almeno, questo è quello che succede se sono completamente esausta. Nei giorni in cui la mia vita si avvicina a una normale routine, mi sveglio tremante e sudata per gli incubi, quindi faccio del mio meglio per stancarmi ogni giorno.

"Come sta andando la vendita della casa? Ancora nessuna offerta?" chiede Papà, entrando nella sala da pranzo. Usa di nuovo le stampelle, quindi la sua artrite dev'essere peggiorata, ma sono contenta di vedere che la postura è un po' più dritta. Infatti, questa volta sta seguendo i consigli del fisioterapista, nuotando e andando in palestra tutti i giorni.

"L'agente immobiliare farà vedere la casa a dei clienti la settimana prossima" rispondo, sopprimendo l'impulso di lodare Papà per aver fatto la cosa giusta. Non gli piace che qualcuno sottolinei la sua età, quindi qualsiasi cosa abbia a che vedere con la sua salute o con quella di mia madre non è argomento di discussione fino all'ora di cena. Questo mi infastidisce, ma allo stesso tempo non posso che ammirare la sua determinazione.

A quasi ottantasette anni di età, mio padre è più forte che mai.

"Oh, bene" dice Mamma. "Spero che tu riceva qualche offerta. Metti in forno i biscotti quella mattina; rendono la casa profumata."

"Potrei chiedere al mio agente immobiliare di comprarne un po' e di metterli nel microonde prima che arrivino i primi visitatori" dico, sorridendole. "Non credo che avrò il tempo di cuocere."

"Certo che non ce l'ha, Lorna." Papà si siede accanto a Mamma e si allunga per prendere una fetta di torta. Guardandomi, dice bruscamente: "Probabilmente non andrai nemmeno a casa, vero?"

Annuisco. "Devo andare in clinica subito dopo l'ospedale quel giorno."

Aggrotta la fronte. "Continui a farlo?"

"Quelle donne hanno bisogno di me, Papà." Cerco di non far trasparire l'esasperazione nella mia voce. "Non avete idea di come sia la vita in quel quartiere."

"Ma, tesoro, è proprio per quello che non vogliamo che tu ci vada" interviene Mamma. "Non puoi fare volontariato altrove? E andare lì di notte, dopo uno di quei tuoi lunghi turni..."

"Mamma, non porto mai contanti, né oggetti di valore con me, e ci trascorro solo un paio d'ore la sera" dico, con la pazienza appesa a un filo. Abbiamo affrontato questa discussione almeno cinque volte negli ultimi tre mesi, e ogni volta i miei genitori fingono di non averne mai discusso prima. "Parcheggio proprio davanti all'edificio ed entro subito. Non c'è alcun pericolo."

Mamma sospira e scuote la testa, ma non insiste. Papà,

invece, continua a fissarmi dietro la sua fetta di torta. Per distrarlo, mi alzo e dico: "Qualcuno vuole un caffè o un tè?"

"Un caffè decaffeinato per tuo padre" dice Mamma. "E una camomilla per me, per favore."

"Un caffè decaffeinato e una camomilla" ripeto, avvicinandomi alla macchina del caffè che ho comprato per loro lo scorso Natale. Dopo aver preparato le bevande richieste e averle portate al tavolo, torno indietro e mi preparo una tazza di vero caffè.

Dopo questa cena, sarò di turno e un po' di caffeina potrebbe tornarmi utile.

"Sai una cosa, tesoro?" chiede Mamma, quando mi unisco al tavolo con loro. "Sabato inviteremo i Levinson a cena."

Bevo un sorso del mio caffè. È caldo e forte, proprio come piace a me. "Bene."

"Hanno chiesto di te" dice Papà, mescolando lo zucchero nel suo caffè.

"Uh-uh." Mantengo l'espressione neutra. "Salutateli da parte mia."

"Perché non vieni a cena anche tu, tesoro?" chiede Mamma, come se quell'idea le fosse appena venuta in mente. "So che sarebbero felicissimi di rivederti, e preparerò il tuo—"

"Mamma, non sono interessata a frequentare Joe o qualcun altro, al momento" dico, addolcendo il rifiuto con un sorriso. "Mi dispiace, ma non sono ancora pronta. So che adorate i genitori di Joe, e lui è uno straordinario avvocato, nonché un uomo molto bello, ma non è ancora il momento."

"Non puoi sapere se sei pronta o meno, finché non ci uscirai e proverai" dice Papà, mentre Mamma sospira e guarda nella sua tazza di camomilla. "Non puoi lasciarti morire insieme a George, Sara. Sei più forte di quanto immagini."

Trangugio il mio caffè invece di rispondere. Si sbaglia. Non sono forte. Devo davvero sforzarmi per rimanere seduta qui a fingere di stare bene, a comportarmi come se fossi pienamente sana ed efficiente. I miei genitori, come tutti gli altri, non sanno cos'è accaduto quel venerdì sera. Pensano che George sia morto nel sonno, e che quella morte sia stata la tardiva conseguenza dell'incidente automobilistico che gli aveva provocato il coma diciotto mesi prima. Ho giustificato la bara chiusa al funerale come un modo per affrontare il dolore e nessuno mi ha fatto domande. Se i miei genitori sapessero la verità, sarebbero sconvolti, e non potrei mai far loro una cosa simile.

Nessuno tranne l'FBI e il mio analista sono a conoscenza del fuggitivo e del mio ruolo nella morte di George.

"Pensaci" dice Mamma, quando rimango in silenzio. "Non devi fare niente che tu non voglia. Ma, almeno, prendi in considerazione l'idea di passare il prossimo sabato con noi."

La guardo, e per la prima volta noto lo stress nascosto sotto il suo trucco perfetto e gli accessori alla moda. Mia madre ha nove anni in meno di mio padre, ed è talmente snella ed energica che a volte dimentico che sta invecchiando anche lei, che tutta questa preoccupazione per me non può che essere un male per la sua salute.

"Ci penserò, Mamma" le prometto, e mi alzo per sparecchiare la tavola. "Se sabato non dovrò lavorare, cercherò di venire."

## 7

S*ara*

IL MIO TURNO SI TRADUCE IN UNA SERIE DI EMERGENZE, DA UNA donna incinta di cinque mesi in preda a gravi sanguinamenti a una delle mie pazienti che ha iniziato il travaglio con sette settimane d'anticipo. Eseguo un cesareo su di lei, ma fortunatamente il bambino—un maschietto piccolo ma perfettamente formato—è in grado di respirare e succhiare da solo. La donna e il marito piangono dalla felicità, mi ringraziano profusamente e quando torno nello spogliatoio per cambiarmi, sono sfinita fisicamente ed emotivamente. Tuttavia, sono anche molto soddisfatta.

Ogni bambino che riesco a portare al mondo, ogni donna che riesco a curare mi fa sentire un po' meglio, alleviando il senso di colpa che mi soffoca come un panno bagnato.

*No, smettila. Basta.* Ma è troppo tardi e i ricordi mi sommergono, oscuri e tossici. Sospirando, mi siedo sulla panca accanto al mio armadietto, stringendo con le mani il duro bordo di legno.

*Una mano sulla mia bocca. Un coltello sulla gola. Un panno bagnato sul viso. Acqua nel naso, nei polmoni—*

"Ehi, Sara." Due mani delicate stringono le mie braccia. "Sara, che cosa sta succedendo? Stai bene?"

Sto ansimando, con la gola incredibilmente chiusa, ma riesco ad annuire debolmente. Chiudendo gli occhi, cerco di normalizzare il respiro come mi ha insegnato lo psicologo, e dopo qualche istante, quella sensazione di soffocamento inizia a placarsi.

Aprendo gli occhi, guardo Marsha, che mi osserva con preoccupazione.

"Sto bene" dico tremando, e mi alzo in piedi per aprire l'armadietto. Ho la pelle fredda e sudaticcia, e mi sento come se le ginocchia stessero per cedere, ma non voglio che qualcuno dell'ospedale sappia dei miei attacchi di panico. "Ho nuovamente dimenticato di mangiare, quindi probabilmente si tratta solo di un calo di zuccheri nel sangue."

Marsha sgrana gli occhi azzurri. "Non sei incinta, vero?"

"Che cosa?" Nonostante il respiro ancora irregolare, scoppio a ridere. "No, certo che no."

"Oh, bene." Mi sorride. "E io che pensavo che fossi all'altezza delle aspettative."

La guardo *intensamente*. "Se lo fossi, credi che non sarei in grado di evitare una gravidanza?"

"Ehi, non si sa mai. Gli incidenti possono capitare." Apre il suo armadietto e inizia a cambiarsi. "Seriamente, però, dovresti venire a mangiare qualcosa con me e le ragazze. Stiamo andando da Patty adesso."

Sollevo le sopracciglia. "Un bar alle cinque del mattino?"

"Sì, e allora? Non ci sbronzeremo. Servono la colazione ventiquattro ore su ventiquattro, ed è molto meglio della mensa. Dovresti provarlo."

Sto per rifiutare, ma poi ricordo che non è rimasto quasi niente nel mio frigorifero. Non ho mentito riguardo al fatto di non aver mangiato oggi; ho cenato dai miei genitori più di dieci ore fa, e sto morendo di fame.

"Ok" dico, sorprendendo Marsha quasi quanto me stessa. "Verrò con voi."

E, ignorando la malcelata euforia della mia amica, indosso i miei abiti civili e mi avvicino al lavandino per rinfrescarmi.

Quando arriviamo da Patty, non sono sorpresa di vedere molti volti familiari. Gran parte del personale dell'ospedale va in questo bar per rilassarsi e socializzare dopo il lavoro. Non mi aspettavo che il posto fosse così pieno a quest'ora della notte—o del mattino, a seconda del punto di vista—ma se servono colazione e alcol, ha senso.

Io, Marsha e due infermiere del pronto soccorso ci avviciniamo a un tavolo all'angolo, dove una cameriera dall'aspetto stressato prende i nostri ordini. Non appena se ne va, Marsha inizia a raccontare del suo folle fine settimana trascorso in un locale del centro di Chicago, e le due infermiere —Andy e Tonya—ridono e la prendono in giro per il ragazzo che ha quasi rimorchiato. Poi, Andy racconta a tutti dell'insistenza del suo fidanzato riguardo all'uso di preservativi viola e, quando arriva il nostro cibo, le tre ridono così forte che la cameriera ci rivolge delle occhiatacce.

Rido anch'io, perché la storia è *divertente*, ma non provo la gioia normalmente associata alle risate. Non la provo da molto tempo. È come se qualcosa dentro di me fosse congelato, bloccando tutte le emozioni e le sensazioni. Il mio analista dice che è un altro modo in cui si manifesta il DPTS, ma non so se abbia ragione. Molto prima che quell'estraneo entrasse in casa —addirittura prima dell'incidente—sentivo una barriera tra me e il resto del mondo, un muro di false apparenze e bugie.

Per anni, ho indossato una maschera, e ora mi sembra di essere diventata quella maschera, come se non ci fosse niente di vero lì sotto.

"E tu, Sara?" chiede Tonya, e mi rendo conto di essere rimasta zitta, masticando le uova con il pilota automatico. "Com'è andato il tuo fine settimana?"

"Bene, grazie." Mettendo giù la forchetta, mi sforzo di sorridere. "Niente di emozionante. Sto vendendo la mia casa, quindi ho dovuto pulire il garage e fare altre cose noiose." Ho avuto anche un turno di diciotto ore e sono rimasta nella clinica a fare volontariato per altre cinque, ma non lo dico a Tonya. Marsha già pensa che io sia drogata di lavoro; se sapesse che sto sostituendo altri medici nel lavoro ospedaliero e che sto aiutando in clinica, oltre al mio solito lavoro, non la smetterebbe più.

"Dovresti uscire con noi venerdì prossimo" dice Tonya, allungando un esile braccio scuro per prendere il contenitore del sale. Con i suoi venticinque anni, è una delle infermiere più giovani, e a giudicare da quello che mi ha raccontato Marsha, adora le feste ancora più della mia amica, attirando ragazzi di tutte le età con il suo sorriso smagliante e il fisico perfetto.

"Berremo qualcosa da Patty, poi andremo in città. Conosco un organizzatore di quel nuovo nightclub del centro, quindi non dovremo nemmeno fare la fila."

Sbatto le palpebre davanti a quell'offerta inaspettata. "Oh, non lo so... non so se—"

"Non devi lavorare venerdì sera" dice Marsha. "Lo so, ho controllato."

"Sì, ma sai com'è." Infilzo le uova con la forchetta. "I bebè non sempre rispettano i programmi."

"Andiamo, Marsha, lasciala stare" dice Andy, mettendosi un boccolo rosso dietro l'orecchio. "Non vedi che quella povera ragazza è stanca? Se vorrà venire, verrà. Non c'è bisogno di trascinarla dappertutto."

Mi fa l'occhiolino, e le rivolgo un sorriso grato. È la prima volta che interagisco con Andy fuori dai corridoi dell'ospedale e scopro che mi piace davvero. Come me, ha quasi trent'anni e secondo Marsha è fidanzata da cinque anni. Il ragazzo—con la fissa dei preservativi viola—a quanto pare è un coglione, ma Andy lo ama lo stesso.

"Ti sei trasferita qui dal Michigan, vero?" le chiedo, e Andy annuisce, sorridendo, poi mi racconta tutto su come Larry, il suo ragazzo, ha ottenuto un lavoro nella zona, costringendo entrambi a trasferirsi. Ascoltandola, decido che la valutazione di Marsha sul fidanzato di Andy non è del tutto sbagliata.

Larry sembra uno stronzo egoista.

Il resto del pasto vola via in una conversazione informale e amichevole, e quando giunge il momento di pagare il conto e di uscire dal bar, mi sento più allegra del solito. Forse mio padre ha ragione; uscire e socializzare potrebbe farmi bene.

Forse *andrò* a quella cena con i Levinson, e anche al nightclub con Tonya.

Il mio migliorato stato d'animo persiste quando saluto le tre donne e cammino per due isolati fino al parcheggio dell'ospedale per arrivare alla macchina. Lady Gaga sta cantando nelle cuffie e il cielo sta cominciando a schiarirsi. È come se l'alba mi stesse parlando, promettendomi che in un futuro non troppo lontano l'oscurità si dissiperà anche per me.

Mi piace quel raggio di speranza. Sembra un passo avanti.

Sono già nel parcheggio quando succede di nuovo.

Ha inizio con un una leggera puntura sulla pelle... una leggera pulsazione nei nervi. Segue un'esplosione di adrenalina, accompagnata da un aumento di terrore debilitante. La frequenza cardiaca sale e il corpo si irrigidisce per un attacco. Ansimando, mi guardo intorno, strappandomi le cuffie, mentre cerco nella borsa la bomboletta spray al peperoncino, ma non vedo nessuno.

Non vedo mai nessuno quando il mio cervello è in questo stato.

Tremando, mi incammino verso l'auto ed entro. Ci vogliono diversi minuti di esercizi di respirazione per calmarmi abbastanza da poter guidare, e capisco che, nonostante la stanchezza, non riuscirò a dormire oggi.

Uscendo dal parcheggio, svolto a sinistra anziché a destra.

Tanto vale andare in clinica. Non mi aspettano fino a domani, ma sono sempre grati quando li aiuto.

## 8

S *ara*

"Parlami di quest'ultimo episodio, Sara" dice il Dr. Evans, accavallando le lunghe gambe. "Che cosa ti ha fatto pensare che qualcuno ti stesse spiando?"

"Non lo so. Era solo..." Respiro, cercando di trovare le parole giuste, poi scuoto la testa. "Non è stato niente di concreto. Sinceramente, non lo so."

"Ok, facciamo un passo indietro." Il suo tono è amichevole e professionale al tempo stesso. È anche questo a renderlo un buon analista, quella capacità di essere premuroso, pur rimanendo distaccato. "Hai detto di essere andata a fare colazione con alcune colleghe; poi, sei tornata a prendere l'auto, giusto?"

"Sì."

"Hai sentito qualcosa? O visto qualcosa? Qualcosa che potrebbe aver scatenato quella reazione? La portiera di un'auto che sbatte, il fruscio delle foglie che cadono... un uccello, forse?"

"No, non ricordo niente di specifico. Stavo solo camminando, ascoltando la musica e poi l'ho sentito. Non so come spiegarlo. Era come—" deglutisco, con la frequenza cardiaca che sale a quel ricordo. "Era come quella volta nella mia cucina, quando l'ho sentito per un secondo prima che mi afferrasse. La stessa sensazione."

Il viso magro e attento dello psicologo assume un'espressione preoccupata. "Ti succede spesso ultimamente?"

"È la terza volta questa settimana" ammetto, con l'imbarazzo che mi fa arrossire, mentre annota qualcosa sul suo taccuino. Detesto questa sensazione incontrollabile, la consapevolezza che il mio cervello si stia prendendo gioco di me. "La prima volta ero in un negozio di alimentari, poi mentre stavo entrando nella clinica, e ora nel parcheggio dell'ospedale. Non so perché mi stia succedendo questo. Pensavo che stessi migliorando, davvero. Ho avuto solo un piccolo attacco di panico nelle ultime due settimane, e ieri mi sono sentita sinceramente speranzosa dopo la colazione. Non ha alcun senso."

"La nostra mente ha bisogno di tempo per guarire, Sara, proprio come il nostro corpo. A volte si verificano delle ricadute, e talvolta la malattia assume un volto diverso. Lo sai bene quanto me." Annota qualcos'altro sul taccuino, poi alza lo sguardo. "Hai mai pensato di riparlare con l'FBI?"

"No, penserebbero che sono impazzita."

Ho parlato con l'Agente Ryson un mese fa, dopo il primo episodio paranoico, e mi ha detto che proprio in quel momento l'Interpol aveva rintracciato l'assassino di mio marito in

Sudafrica. In ogni caso, però, mi hanno messo una scorta di sicurezza. Dopo avermi seguita per diversi giorni, hanno stabilito che non c'erano minacce di alcun tipo, e l'agente Ryson l'ha tolta con la scusa dei fondi limitati e del personale ridotto. Non mi ha accusata di essere paranoica, ma so che segretamente l'ha pensato.

"Perché l'uomo che temi è lontano" dice il Dr. Evans, e annuisco.

"Sì. È andato via, e non ha motivo di tornare."

"Bene. Razionalmente, lo sai. Lavoreremo per convincere anche il tuo subconscio. Innanzitutto, però, devi comprendere cosa scatena la tua paranoia, in modo da riuscire a individuare il detonatore e combatterlo. La prossima volta che succede, fa attenzione a quello che stavi facendo e a come ti sentivi la prima volta che hai provato quella sensazione. Sei in un luogo pubblico o da sola? È rumoroso o tranquillo? Sei al chiuso o all'aperto?"

"Ok, farò attenzione a tutto questo, mentre sono in preda al panico e con lo spray al peperoncino in mano."

Il Dr. Evans sorride. "Ho fiducia in te, Sara. Hai già fatto grandi progressi. Riesci ad avvicinarti al lavandino della tua cucina, vero?"

"Sì, ma non riesco ancora a toccare il rubinetto" dico, con le mani strette sul grembo. "È abbastanza inutile, quindi."

Il lavandino della mia cucina è una delle tante ragioni per cui sto vendendo la casa. All'inizio, non riuscivo nemmeno a entrare in cucina, ma dopo mesi di terapia intensiva sono giunta al punto in cui riesco ad avvicinarmi al lavandino senza un attacco di panico—anche se ancora non riesco ad aprire il rubinetto.

"Una cosa alla volta" dice il Dr. Evans. "Un giorno aprirai

anche il rubinetto. A meno che tu non venda prima la casa, naturalmente. Hai ancora intenzione di farlo?"

"Sì, il mio agente immobiliare avrà delle visite tra qualche giorno, infatti."

"Ok, bene." Sorride di nuovo e mette via il taccuino. "La nostra seduta è finita per oggi, e la settimana prossima sarò in vacanza, ma ci vedremo a fine mese. Nel frattempo, continua a fare quello che stai facendo e prendi nota in modo dettagliato, se dovessi avere altri episodi paranoici. Ne discuteremo e parleremo dei tuoi sentimenti sulla vendita della casa durante la prossima seduta, ok?"

"Va bene." Mi alzo e stringo la mano del medico. "Ci vediamo, allora. Goditi le vacanze."

E uscendo dal suo ufficio, mi dirigo verso la macchina, sforzandomi di tenere la mano sul fianco e non all'interno della borsa, stretta intorno allo spray al peperoncino.

Quella notte dormo bene, e anche quella dopo. È perché lavoro così tanto che mi addormento immediatamente. Quando sono stanca, riesco a dormire ovunque, anche nella mia grande casa protetta dalle querce. I Federali non sono riusciti a capire come il fuggitivo abbia fatto a entrare senza far partire l'allarme o rompere le serrature, quindi, anche se ho aggiornato il sistema di sicurezza, in casa mi sento protetta come se dormissi per strada.

La terza notte tornano gli incubi. Non so se sia perché ho avuto un altro episodio paranoico quel giorno—questa volta, in una strada trafficata vicino a un bar—o perché ho lavorato solo dodici ore, ma quella notte sogno *lui*.

Come al solito, il suo volto è vago nella mia mente; riesco a distinguere solo i suoi occhi grigi e la cicatrice sotto il sopracciglio sinistro. Quegli occhi mi immobilizzano, mentre mi tiene un coltello sulla gola, con lo sguardo tagliente e crudele quanto la sua lama. C'è anche George, con gli occhi castani e vuoti, che mi si avvicina.

"Non farlo" sussurro, ma George continua ad avvicinarsi, e vedo il sangue che gli cola dalla fronte. È una piccola ferita, niente a che vedere con quel grosso buco che la vera pallottola gli ha lasciato nella testa, e una parte di me sa che sto sognando, ma continuo a singhiozzare e a tremare, mentre l'uomo con gli occhi grigi mi solleva e mi porta al lavandino.

"Non farlo, ti prego" supplico l'uomo, ma è implacabile, tenendomi la testa piegata sul lavandino, mentre George continua ad avvicinarsi, con il volto carico d'odio.

"Per quello che mi hai fatto" dice mio marito, aprendo il rubinetto. "Per tutto quello che hai fatto."

Mi sveglio urlando e ansimando, con le lenzuola madide di sudore. Quando mi calmo un po', vado al piano di sotto e mi preparo una tazza di tè deteinato, utilizzando l'acqua del filtro del frigorifero. Mentre bevo il tè, l'orologio del microonde mi fissa, con i numeri verdi che lampeggiano e mi informano che non sono neanche le tre del mattino—troppo presto per alzarmi, se voglio avere qualche speranza di sopravvivere al prossimo lunghissimo turno di lavoro. Ho un intervento chirurgico nel pomeriggio, e devo essere lucida per quello; non esserlo potrebbe mettere in pericolo la mia paziente.

Dopo alcuni momenti di dibattito interiore, mi alzo e prendo l'Ambien dal mobiletto delle medicine. Tagliando una pillola a metà, la inghiotto con il resto del tè e torno al piano di sopra.

Sebbene io detesti prendere farmaci, oggi non ho altra scelta. Spero solo di non sognare nuovamente il fuggitivo. Non perché tema l'incubo della tortura con l'acqua—non capita mai due volte nella stessa notte—ma perché nei sogni non mi tortura mai.

A volte mi scopa, e io scopo lui.

## 9

Peter

STO ACCANTO AL SUO LETTO, OSSERVANDOLA DORMIRE. STO prendendo dei rischi venendo qui di persona, invece di guardarla dalle telecamere che i miei uomini hanno installato in tutta la sua casa, ma l'Ambien dovrebbe impedirle di svegliarsi. Eppure, faccio attenzione a non far rumore. Sara è sensibile alla mia presenza, mi percepisce in un modo strano. Ecco perché porta sempre con sé quello spray al peperoncino e sembra una cerbiatta impaurita ogni volta che mi avvicino.

Inconsciamente, sa che sono tornato. Sente che sono tornato per lei.

Non so ancora per quale motivo io stia facendo questo, ma ho smesso di cercare di analizzare la mia follia. Ho provato a starne alla larga, a rimanere concentrato sulla mia missione, ma anche man mano che rintracciavo ed eliminavo tutti i nomi sulla lista, continuavo a pensare a Sara, immaginandola come quel giorno al funerale e ricordando il dolore nei suoi dolci occhi color nocciola.

Ricordando come ha avvolto le labbra intorno alle mie dita, implorandomi di restare.

La mia infatuazione non ha niente di normale. Sono abbastanza sano da ammetterlo. È la moglie di un uomo che ho ucciso, una donna che ho torturato come ho torturato terroristi sospetti. Non dovrei provare niente per lei, proprio come non ho mai provato niente per le altre vittime, ma non riesco a togliermela dalla testa.

La voglio. È completamente irrazionale e sbagliato in tanti modi, ma la voglio. Voglio assaggiare quelle labbra tenere e sentire la morbidezza della sua pelle pallida, affondare le dita nei suoi folti capelli castani e respirarla. Voglio sentirla implorare di essere scopata, e poi voglio tenerla giù e fare esattamente questo, più e più volte.

Voglio guarire le ferite che le ho inflitto e fare in modo che mi desideri quanto io desidero lei.

Continua a dormire mentre la guardo, e le mie dita muoiono dalla voglia di toccarla, di accarezzarle la pelle, anche solo per un attimo. Ma se lo facessi, potrebbe svegliarsi, e non sono pronto per questo.

Quando Sara mi rivedrà, voglio che sia diverso.

Voglio che mi veda come qualcosa di diverso dal suo aggressore.

Nei giorni successivi, la mia paranoia si intensifica. Mi sento costantemente come se fossi spiata. Anche quando sono sola in casa, con tutte le tapparelle abbassate e le porte chiuse a chiave, sento degli occhi invisibili su di me. Ho cominciato a dormire con lo spray al peperoncino sotto il cuscino, e lo porto anche al bagno con me, ma non basta.

Non mi sento al sicuro da nessuna parte.

Martedì, ho un esaurimento nervoso e telefono all'Agente Ryson.

"Dr.ssa Cobakis." Sembra diffidente e sorpreso. "Come posso aiutarti?"

"Vorrei parlarti" dico. "Di persona, se possibile."

"Davvero? Di cosa?"

"Preferirei non discuterne per telefono."

"Capisco." Seguono un paio di secondi di silenzio. "Va bene. Possiamo vederci per un caffè questo pomeriggio. Ok?"

Controllo i miei impegni sul portatile. "Sì. Possiamo vederci al Bar Snacktime accanto all'ospedale? Verso le tre?"

"Perfetto."

FINISCO DI PRENDERMI CURA DI UNA PAZIENTE, E SONO LE TRE E dieci minuti quando mi avvio verso il bar.

"Stavo per andarmene" dice Ryson, alzandosi da un tavolino all'angolo.

"Mi dispiace." Senza fiato, mi siedo davanti a lui. "Ti prometto che farò in fretta."

Ryson si rimette a sedere. Arriva il cameriere e ordiniamo: un espresso per lui e una tazza di caffè decaffeinato per me. Oggi, la mia ansia non ha bisogno di caffeina aggiunta.

"Va bene" dice, quando il cameriere se ne va. "Dimmi tutto."

"Ho bisogno di maggiori informazioni su questo fuggitivo" dico senza preamboli. "Chi è? Perché stava dando la caccia a George?"

Ryson aggrotta le sopracciglia. "Sai che è un'informazione riservata."

"Lo so, ma so anche che quest'uomo mi ha torturata con l'acqua, drogata e ha ucciso mio marito" dico sinceramente. "E che sapevi che sarebbe venuto, ma non mi hai informata. Questo è quello che so—sono le uniche cose che so, in realtà. Se sapessi altro—per esempio, il suo nome e la motivazione— capirei meglio e supererei quello che è successo. Altrimenti, è come una ferita aperta o forse una vescica non spremuta.

Semplicemente si infetta, vedi, ed è sempre nella mia mente. Un giorno potrei non riuscire più a tenerla sotto controllo, e la vescica potrebbe scoppiare da sola. Capisci il mio dilemma?"

Ryson serra la mascella. "Non minacciarci, Sara. I risultati non ti piacerebbero."

"Sono la Dottoressa Cobakis per te, Agente Ryson." Lo guardo storto. "E già non mi piacciono i risultati. Nemmeno ai colleghi giornalisti di George piacerebbero—se li scoprissero. È per questo che mi hai parlato del fuggitivo, non è vero? Così avrei tenuto la bocca chiusa e avrei continuato con quella stronzata "è morto sereno nel sonno"? Sapevi che i colleghi di George avrebbero potuto indagare sul presunto colpo della mafia e non volevi che questo accadesse. Nemmeno ora lo vuoi, non è vero?"

Mi fissa, e vedo il suo tormento interiore. Condividere informazioni riservate e mettersi probabilmente nei guai o non condividerle e mettersi sicuramente nei guai? L'autoconservazione sembra avere la meglio, perché dice brutalmente: "Va bene. Che cosa vuoi sapere?"

"Cominciamo con il suo nome e la nazionalità."

Ryson si guarda intorno, poi si avvicina. "Usa molti nomi falsi, ma crediamo che il suo vero nome sia Peter Sokolov." Abbassa la voce anche se i tavoli intorno a noi sono vuoti. "Secondo i nostri fascicoli, è originario di una piccola città vicino Mosca, in Russia."

Questo spiegherebbe l'accento. "Qual è il suo background? Perché è un fuggitivo?"

Ryson si appoggia allo schienale. "Non conosco la risposta a quest'ultima domanda. Non ho abbastanza indizi." Si fa silenzioso, quando il cameriere si avvicina con le nostre bevande. Quando il ragazzo se ne va, dice: "Quello che posso dirti è che, prima di diventare un fuggitivo, era uno Spetsnaz, cioè faceva parte delle Forze Speciali russe. Il suo lavoro consisteva nel rintracciare e interrogare chiunque rappresentasse una minaccia per la sicurezza russa—i terroristi, gli insorti delle repubbliche dell'Unione Sovietica, le spie e così via. A quanto pare, era molto bravo. Poi, circa cinque anni fa, iniziò a lavorare per i peggiori criminali—dittatori condannati per crimini di guerra, cartelli messicani, trafficanti di armi... In quel periodo, stilò una lista di nomi—di persone che secondo lui lo avevano in qualche modo ostacolato—e da allora le sta sistematicamente eliminando."

Mi trema la mano quando mi allungo verso la tazza di caffè. "E George era su quella lista?"

Ryson annuisce e tranguglia il suo espresso con un sorso solo. Poggiando la tazza, dice: "Mi dispiace, Dr.ssa Cobakis. Questo è tutto quello che posso dirti, perché è tutto quello che so. Non ho idea di cos'abbia fatto tuo marito o chiunque altro per finire su quella lista. Capisco che vorresti ulteriori risposte e, credimi, le vorremmo anche noi, ma gran parte del fascicolo di Sokolov è già stato oscurato." Smette di parlare un attimo per far passare il cameriere, poi aggiunge lentamente: "Devi dimenticare quell'uomo, Dr.ssa Cobakis, per la tua sicurezza e la nostra. È meglio non attirare nuovamente la sua attenzione, credimi."

Annuisco, con un nodo allo stomaco. Non so perché pensassi che scoprire alcuni dettagli sull'uomo che mi perseguita nei sogni sarebbe stato meglio che rimanere all'oscuro. A dire il vero, ora sono più nervosa, con le mani e i piedi pietrificati dall'ansia.

"Sei sicuro che sia andato via?" chiedo, quando l'agente si alza in piedi. "Sei sicuro che non sia nei dintorni?"

"Nessuno può essere sicuro di nulla, quando si tratta di quello psicopatico, ma, per quanto possa valere, poco più di sei settimane fa ha ucciso un'altra persona della sulla lista—questa volta in Sudafrica" spiega Ryson. "E prima di ciò, ne ha eliminate altre due in Canada, nonostante i nostri migliori tentativi di proteggerle. Quindi sì, per quanto ne sappiamo, è lontano dal suolo americano."

Lo fisso, muta dall'orrore. Altre tre vittime negli ultimi sei mesi. Altre tre vite spezzate, mentre combattevo incubi e paranoia.

"Buona fortuna, Dr.ssa Cobakis" dice Ryson gentilmente, mettendo qualche banconota sul tavolo. "Il tempo guarisce per davvero, e un giorno lo supererai. Ne sono certo."

"Grazie" dico con una voce soffocata, ma si sta già allontanando, con la sua figura tozza che scompare tra le porte a vetro del bar.

Quella notte, sogno di nuovo l'aggressione di Peter Sokolov, e l'incubo assume la piega che temo di più. Invece di tenermi sotto al rubinetto, mi tiene immobilizzata sotto di lui su un letto, con le dita d'acciaio che mi legano i polsi. Lo sento muoversi dentro di me, con il cazzo lungo e spesso che invade il mio corpo, e il calore inonda la mia pelle, i capezzoli si irrigidiscono e mi fanno male, mentre sfiorano il suo torace muscoloso.

"Ti prego" lo imploro, avvolgendo le gambe intorno ai suoi fianchi, mentre i suoi occhi metallici mi scrutano. "Di più, ti prego. Ho bisogno di te."

Sono sopraffatta da quel bisogno; mi brucia dentro, caldo e

oscuro, e lui lo sa. Lo sente. Lo vedo nella freddezza del suo sguardo d'argento, nella sua bocca crudele e sensuale. Mi stringe le dita intorno ai polsi, segandomi la pelle come una fascetta di plastica, e il suo cazzo si trasforma in una lama, aprendomi in due e facendomi sanguinare.

"Di più" lo supplico, sollevando i fianchi per venire incontro alle sue spinte simili a un coltello. "Non lasciarmi. Prendimi più duramente."

Fa esattamente questo, dilatandomi colpo dopo colpo, e grido dal dolore e dal contorto piacere, dal sollievo e dalla dolce agonia.

Urlo mentre muoio nelle sue braccia, ed è la migliore morte che io possa immaginare.

MI SVEGLIO CON IL SESSO GONFIO E PALPITANTE E LO STOMACO che si contorce dalla nausea. Tra tutti gli scherzi che il cervello mi sta giocando, questi sogni perversi sono i peggiori. Posso capire gli attacchi di panico e la paranoia—sono la naturale conseguenza di quello che ho passato—ma non c'è nulla di naturale circa l'inclinazione sessuale di questi incubi. Al solo pensiero mi sento male dalla vergogna.

Alzandomi, mi metto una vestaglia sul pigiama e scendo in cucina. Il mio respiro è instabile e il cuore mi batte forte, ma questa volta non è per la paura. Mi sento sconvolta e agitata, con il corpo dolorante dalla frustrata eccitazione.

Quasi vengo durante quel sogno. Qualche altro secondo e avrei raggiunto l'orgasmo—proprio come l'ho raggiunto già due volte durante quei sogni.

Il disgusto per me stessa è un mattone pesante sullo

stomaco, mentre preparo il tè deteinato. Quale persona malata fa sogni sessuali sull'assassino del marito? Quanto devo essere disturbata per godere nel morire tra le braccia di quell'assassino?

Ho pensato di parlarne con il Dr. Evans, ma, ogni volta che cerco di menzionare l'argomento nelle nostre sedute, mi chiudo a riccio. Semplicemente, non riesco a formare le parole. Esprimere quei sogni a parole darebbe loro sostanza, trasformandoli da un prodotto nebuloso del mio subconscio sopito in qualcosa a cui penso e di cui parlo quando sono sveglia, e non posso farlo.

E poi, so cosa mi direbbe l'analista. Direbbe che sono una donna giovane e sana che non ha rapporti sessuali da molto tempo e che è normale provare quel genere di bisogno. Che sono il mio senso di colpa e il disprezzo per me stessa a trasformare le fantasie sessuali in qualcosa di oscuro e contorto, e che i sogni non significano che sono attratta dall'uomo che mi ha torturata e che ha ucciso George.

Il Dr. Evans cercherebbe di alleviare il mio senso di colpa e la vergogna, e non lo merito.

Quando il tè è pronto, lo porto al tavolo della cucina e mi siedo. Sto per berne un sorso, quando ho di nuovo quella sensazione di essere osservata. Razionalmente, so di essere sola, ma la mia frequenza cardiaca aumenta e mi sudano i palmi.

La mia bomboletta spray al peperoncino è al piano di sopra, così mi alzo e, con la massima attenzione, mi incammino verso il cassetto dei coltelli accanto al tavolo. Scelgo il coltello più grande e affilato e lo porto al tavolo con me. So che sarebbe inutile contro qualcuno come Peter Sokolov, ma è meglio di niente. Dopo alcuni respiri profondi, mi calmo abbastanza da riuscire a bere il tè, ma l'inquietante sensazione degli occhi invisibili persiste.

Se non riuscirò a vendere la casa al più presto, me ne andrò, decido quando torno a letto.

Posso permettermi una seconda casa, e anche uno schifoso monolocale sarebbe preferibile a questa.

 ara

"Allora, come sono andate le visite alla casa ieri?" grida Marsha sopra la musica, mentre aspettiamo il quarto round di bevande al bar.

"L'agente immobiliare dice che è andata bene" grido a mia volta, cercando di non farfugliare. Non lo facevo da tempo, e l'alcol sta cominciando a darmi alla testa. "Vedremo se riceverò qualche offerta."

"Non posso credere che tu abbia una casa e la stia vendendo" dice Tonya, quando inizia la canzone successiva e il volume passa dall'assordante a semplicemente forte. "Mi piacerebbe acquistare una casa un giorno, ma ci vorranno anni per accumulare risparmi."

"Sì, se spendi la metà del tuo stipendio in abiti e scarpe" dice

Andy con un sorriso, con i suoi riccioli rossi che danzano, mentre agita i fianchi al ritmo della musica. "E poi, Sara è un medico. Guadagna bene, anche se non è snob come gli altri."

Tonya ridacchia, con i lunghi orecchini che luccicano. "Oh, sì, è vero. Sembri così giovane, Sara, che continuo a dimenticare che sei un vero medico."

"*È* giovane" precisa Marsha prima che io possa rispondere. "È la nostra dottoressina."

"Oh, chiudi il becco." Do una gomitata a Marsha, con le guance in fiamme, quando vedo il barista tatuato che mi sorride. Sta preparando le nostre limonate con movimenti esperti e gli occhi castani concentrati su di me con inconfondibile interesse.

"Ecco a voi, ragazze" dice, portandoci le bevande, e Andy mi fa l'occhiolino, mentre mi porge un bicchiere.

"Alzate il culetto" dice, e finiamo di bere prima di tornare sulla pista da ballo, dove la canzone successiva sta già martellando dagli altoparlanti.

Non avevo intenzione di uscire questo venerdì, dopo la settimana di merda che ho passato, ma all'ultimo momento ho deciso che uscire e sbronzarmi sarebbe stato meglio che addormentarmi presto e rischiare un altro sogno erotico. Per fortuna, ho un paio di scarpe d'argento molto carine nel mio armadietto al lavoro, e Tonya mi ha prestato un abito corto e nero che mi sta sorprendentemente bene.

"H&M, tesoro" ha detto con orgoglio, quando le ho chiesto dove l'avesse acquistato, e ho annotato mentalmente di fare un salto al negozio alla moda e acquistare qualcosa di simile per me—nel caso fossi tentata di ripetere questa follia.

Abbiamo iniziato con un paio di bevute da Patty, poi ci siamo recate al locale di cui ci ha parlato Tonya. Come ci aveva detto, l'organizzatore è riuscito a farci entrare senza fare la fila, e stiamo ballando senza sosta da due ore. Sono sudata, mi fanno male i piedi e probabilmente domani avrò i postumi della sbronza, ma mi sto divertendo come non mi capitava da... anni.

Forse più di cinque anni.

La folla del locale va dai ragazzi universitari alle quarantenni sexy come Marsha, ma la maggior parte sembra avere intorno ai trent'anni, come me. Il DJ è straordinario, mixando gli ultimi successi con i classici dell'hip-hop, e canto con la musica mentre balliamo, urlando a pieni polmoni le mie canzoni preferite con trasporto. Ho sempre amato cantare e ballare—ho studiato danza classica durante la scuola elementare e media e ho frequentato corsi di salsa all'università —e con l'alcol nelle vene, mi sento sexy e spensierata una volta tanto, come qualsiasi altra ragazza nel locale. Questa sera, non sono la studentessa seria, il medico che lavora troppo, la figlia diligente o la moglie perfetta. Non sono nemmeno la vedova paranoica che fa sogni strani.

Stasera, sono semplicemente me stessa.

Noi quattro balliamo da sole per un po'; poi, un paio di ragazzi ci raggiungono, ballando con Tonya e Marsha. Andy mi trascina in bagno con lei, e quando torniamo Tonya e Marsha stanno flirtando con i ragazzi.

"Vuoi un altro drink?" urla Andy sopra la musica, e annuisco, seguendola al bar. Mi gira la stanza, così decido di bere solo un po' d'acqua.

Il locale si è riempito nell'ultima ora, con la pista da ballo che si è allargata verso il bar e il salotto, e quando un gruppo di donne che ridono mi passa davanti, perdo di vista di Andy. Non sono particolarmente preoccupata—posso raggiungerla al bar— così giro intorno al gruppo per evitare la zona più affollata.

Sono a pochi metri dal bar quando delle forti dita mi avvolgono il braccio, e una voce maschile mormora nel mio orecchio: "Balla con me, Sara."

Mi blocco, con il sangue che si solidifica nelle mie vene.

Conosco quella voce, quel lieve accento russo.

Lentamente, giro la testa e incrocio lo sguardo metallico che invade i miei sogni.

Peter Sokolov è davanti a me, con la bocca scolpita e piegata in un debole sorriso.

BARCOLLA, CON IL VISO BIANCO COME UN FANTASMA, E L'AFFERRO per un braccio, stabilizzandola. Sa perfettamente chi sono; mi riconosce.

"Non urlare" dico. "Non sono qui per farti del male."

I suoi occhi color nocciola sono sconvolti, e mi rendo conto che non sta riflettendo sulle mie parole. Tutto quello che vede è un pericolo mortale, e sta reagendo di conseguenza. Tra qualche altro secondo, sverrà o diventerà isterica, e nessuna delle due sarebbe una cosa positiva.

"Sara." Indurisco il tono della voce. "Non sono qui per fare del male a nessuno, ma lo farò se necessario. Hai capito? Se farai qualcosa per attirare l'attenzione su di noi, la gente morirà."

L'irrazionale panico nel suo sguardo si placa leggermente, sostituito da una paura più razionale, ma non meno intensa. Mi sta ascoltando.

Ha capito che non sto bluffando.

"C-che cosa vuoi?" Nonostante il rossetto, le sue labbra tremanti sono pallide. "Perché sei qui?"

"Volevo vederti" dico, trascinandola con me attraverso la folla, mentre mi allontano dalle telecamere posizionate intorno al bar. Le braccia nude di Sara sono tese nella mia presa, con la pelle fredda al tocco, ma, come immaginavo, non urla.

Da quello che so di lei, la giovane dottoressa preferirebbe morire che mettere in pericolo una massa di sconosciuti.

"Balla con me" ripeto, quando la porto nel posto giusto—accanto a una parete in una zona debolmente illuminata della pista da ballo, dove la folla forma uno scudo umano intorno a noi. Per facilitare la sua condiscendenza alla mia richiesta, le lascio andare le braccia e le stringo la vita, assicurandomi di farlo con delicatezza.

Il suo corpo è rigido come un blocco di ghiaccio, mentre la stringo, ma per tutti quelli che ci circondano siamo una coppia qualunque che danza al ritmo della musica. L'illusione si rafforza quando alza le mani e poggia i palmi sul mio petto. Sta cercando di allontanarmi, ma è troppo scioccata per sforzarsi a farlo. Non che cambierebbe qualcosa se impiegasse *tutta* la forza che ha.

Riesco a sopraffare la maggior parte degli uomini con il minimo sforzo, figuriamoci una donna esile come lei.

"Non aver paura" sospiro, sostenendo il suo sguardo. Persino su una pista da ballo affollata riesco a sentire il suo profumo, delicato e floreale, e il mio corpo reagisce alla sua vicinanza, con il cazzo che si indurisce alla sensazione della sua vita snella tra i miei palmi. Voglio tirarla a me, sentire il suo corpo contro il mio, ma mi sforzo di mantenere una certa distanza. Non voglio spaventarla con l'intensità del mio bisogno. Da quello che vedo, lo sguardo negli occhi di Sara è quello di un piccolo animale in trappola, tutta paura cieca e disperazione. Mi fa venir voglia di prenderla in braccio e coccolarla sul petto, ma questo non farebbe che terrorizzarla ancora di più. Non c'è alcuna azione da parte mia che non la terrorizzerebbe a questo punto; potrei anche invitarla a cantare al karaoke, e le verrebbe un attacco di panico.

"Che cosa vuoi da me?" Il suo respiro è rapido e debole, mentre mi guarda. "Non so niente—"

"Lo so." Mantengo un tono dolce. "Non ti preoccupare, Sara. Quella parte è finita."

Vedo un mix di confusione e terrore nei suoi occhi. "Ma allora perché..."

"Perché sono qui?"

Annuisce cautamente.

"Non ne sono sicuro" dico, ed è la verità assoluta.

Negli ultimi cinque anni e mezzo, la vendetta ha governato la mia vita. Tutto quello che ho fatto è stato per perseguire quell'obiettivo, ma ora che ho quasi finito con la mia lista il futuro mi appare noioso e vuoto, la strada da intraprendere avvolta da una nebbia fitta. Non appena avrò ucciso l'ultima persona responsabile delle morti della mia famiglia, non avrò più uno scopo. La mia ragione di vita non esisterà più.

O almeno, questo è quello che pensavo prima di conoscerla e vedere il dolore nei suoi occhi da cerbiatta. Ora, stravolge i *miei* sogni e invade i miei momenti di vita quotidiana. Quando penso a Sara, non vedo il corpo fatto a pezzi di mio figlio e il viso insanguinato di Tamila.

Vedo solo lei.

"Mi ucciderai?"

Sta cercando—senza riuscirci—di mantenere la voce ferma. Eppure, ammiro il suo tentativo di compostezza. Mi sono avvicinato a lei in un luogo pubblico per farla sentire più al sicuro, ma è troppo intelligente per abboccare. Se le hanno raccontato qualcosa sul mio background, avrà capito che potrei torcerle il collo prima che possa gridare aiuto.

"No" rispondo, avvicinandomi, mentre inizia una canzone più forte. "Non ti ucciderò."

"Allora, che cosa vuoi da me?"

Trema nella mia presa, e qualcosa nella sua reazione mi intriga e mi disturba. Non voglio che abbia paura di me, ma al tempo stesso mi piace averla alla mia mercé. La sua paura stuzzica il predatore dentro di me, trasformando il mio desiderio per lei in qualcosa di più oscuro.

È la mia preda delicata e dolce, e voglio divorarla.

Piegando la testa, affondo il naso nei suoi capelli profumati e le sussurro nell'orecchio: "Ci vediamo domani allo Starbucks vicino a casa tua a mezzogiorno, e parleremo lì. Ti dirò tutto quello che vuoi sapere."

Mi tiro indietro e mi fissa, con gli occhi grandi sul viso a forma di cuore. So cosa sta pensando, così mi avvicino di nuovo, abbassando la testa in modo da poter avvicinare la mia bocca al suo orecchio.

"Se contatterai l'FBI, cercheranno di nasconderti da me. Proprio come hanno cercato di nascondere tuo marito e gli altri sulla mia lista. Ti sradicheranno, ti porteranno via dai tuoi genitori e dalla tua carriera, e ti sarai impegnata per niente. Ti troverò dovunque andrai, Sara... a prescindere da tutto quello che faranno per tenerti lontana da me." Strofino le labbra sul lobo del suo orecchio, e sento il suo respiro accelerare. "In alternativa, potrebbero usarti come esca. In questo caso—se mi tenderanno una trappola—lo scoprirò, e il nostro prossimo incontro non sarà per un caffè."

Rabbrividisce, e mi lascio sfuggire un respiro profondo, inalando il suo delicato profumo un'ultima volta prima di lasciarla andare.

Facendo un passo indietro, mi mischio alla folla e mando un messaggio ad Anton per avvisarlo di posizionare la squadra.

Devo assicurarmi che torni a casa sana e salva, senza essere importunata da qualcun altro che non sia io.

1 3

**S**ara

NON SO COME IO FACCIA AD ARRIVARE A CASA, MA IN QUALCHE modo mi ritrovo nella doccia, nuda e tremante sotto il getto caldo. Ho solo un vago ricordo di aver inventato un'imbarazzante scusa per Andy e di aver preso un taxi; il resto del viaggio è un intorpidimento indotto dallo shock e dalla nebbia alcolica.

Peter Sokolov mi ha parlato. Mi ha *abbracciata*.

L'assassino di mio marito, l'uomo che mi ha torturata e che ha fatto a pezzi la mia vita, ha ballato con me.

Mi si piegano le ginocchia e crollo sul pavimento, ansimando. Un'ondata di vertigini fa ruotare la cabina intorno a me, e tutte le bevande che ho consumato minacciano di tornare su.

Peter Sokolov era nel locale con me. Non è stata la mia mente a giocarmi brutti scherzi; era lì in carne ed ossa.

Deglutisco convulsamente, con la nausea che peggiora. L'acqua mi bagna, con il getto quasi dolorosamente caldo, ma non riesco a smettere di tremare.

Il mostro dei miei incubi è reale.

Mi sta seguendo.

Lo stordimento si intensifica e mi sdraio, raggomitolandomi in una palla fetale sul pavimento di piastrelle. I capelli mi coprono il viso, bagnati e folti, e mi si chiude la gola man mano che i ricordi di quella notte riaffiorano. I primi giorni dopo l'aggressione ho evitato di lavare i capelli, perché non riuscivo a sopportare la sensazione dell'acqua sulla testa, ma alla fine il bisogno di essere pulita ha avuto la meglio sulla fobia.

*Inspira. Espira. Lentamente e costantemente.*

Pian piano, la sensazione di soffocamento si placa, lasciando il posto alla tristezza. Mi sento ubriaca e malata, e faccio appello a tutta la mia forza per alzarmi in piedi e chiudere la doccia.

Perché è qui? Cosa lo ha fatto tornare? Che cosa vuole da me?

Le domande mi passano per la mente mentre mi asciugo, ma sono ben lontana dall'aver trovato le risposte. La mia testa è come una palude, con i pensieri lenti e fiacchi.

Avvolgendo l'asciugamano intorno ai capelli bagnati, mi avvio verso la camera da letto e crollo sul letto matrimoniale. Il soffitto oscilla avanti e indietro, come se fossi su una nave, e capisco che domani avrò i postumi di quella brutale sbornia. Non mi ubriacavo dai tempi del college, e il mio corpo non sa come gestirlo.

Facendo brevi respiri rapidi, mi piego su un fianco, tirando la coperta sul petto. L'alcol sta iniziando ad avere la meglio, ma stavolta combatto il richiamo del sonno. Ho bisogno di riflettere, di capire cos'è successo e cosa fare.

*L'assassino che mi ha torturata con l'acqua domani vuole incontrarmi per un caffè.*

Sarebbe comico, se non fosse così terrificante. Non capisco che cosa voglia. Perché è venuto da me nel locale? Perché mi ha chiesto di incontrarlo di nuovo in un luogo pubblico? È ricercato da quasi tutte le forze di polizia; ne sarà sicuramente al corrente. Perché correre un rischio simile?

A meno che... a meno che non lo ritenga un rischio.

Forse è abbastanza arrogante da pensare di poter sfuggire alla giustizia per sempre.

La rabbia si accende dentro di me, rimuovendo un po' di foschia dal cervello. Mi siedo, reprimendo un'ondata di vertigini, e raggiungo il cordless sul comodino. È un dinosauro, ingombrante e inutile nell'era dei cellulari, ma George ha insistito affinché avessimo una linea fissa in casa.

"Non si sa mai" diceva in risposta alle mie obiezioni. "I cellulari non sono sempre affidabili. Se dovesse andar via la corrente durante una tempesta invernale, come faresti?"

Gli occhi mi bruciano a quel ricordo, e prendo il telefono con una mano tremante. Sono brava a ricordare i numeri, così digito quello dell'Agente Ryson, facendo affidamento sulla memoria, e spingo un pulsante dopo l'altro.

Ho quasi finito di digitare il numero quando un pensiero improvviso mi blocca.

Peter potrebbe aver installato una cimice nel mio telefono? È questo che intendeva quando ha detto che l'avrebbero saputo, se gli avessero teso una trappola?

Sono terrorizzata davanti a quella possibilità.

*Mi sta spiando in questo momento?*

Il mio respiro accelera, con la pelle sudata dall'adrenalina. Prima dell'incontro nel locale, avrei pensato che si trattasse di una semplice manifestazione della mia paranoia, ma non è paranoia, se è reale.

Non sono pazza, se sta succedendo per davvero.

Peter ha delle risorse, ha detto Ryson. Potrebbe avere accesso a un software spia altamente tecnologico?

*Ci sono telecamere e dispositivi di ascolto in casa mia?*

Con il cuore che mi martella, riaggancio il telefono e afferro la coperta, tirandola su per coprirmi i seni nudi. Raramente mi preoccupo di mettere una vestaglia nella camera da letto; anche d'inverno, dormo solo con la coperta. Non mi sono mai preoccupata tanto per il corpo—a George piaceva quando andavo in giro nuda per casa—ma il pensiero che il suo assassino possa avermi vista nuda mi fa sentire violata e dolorosamente esposta.

Mi fa ricordare anche i miei sogni perversi.

*No. No, no, no.* Ansimando, mi avvolgo la coperta intorno e mi avvicino all'armadio per prendere una maglietta e un paio di mutandine. Non posso pensare a quei sogni. Mi rifiuto di farlo. Sono ubriaca; questo è l'unico motivo per cui la mia mente è andata in quella direzione, al pensiero del mostro.

Solo che non sembra un mostro. Nonostante quella cicatrice sul sopracciglio, è un uomo incredibilmente attraente, quello per cui qualsiasi donna farebbe di tutto. Se l'avessi conosciuto nel locale, senza sapere chi fosse, avrei ballato con lui.

Avrei voluto le sue braccia forti intorno a me, il suo corpo duro premuto sul mio.

Mi tremano le mani mentre indosso la biancheria intima e

sento una zona umida nel punto in cui il mio sesso tocca il tessuto di cotone.

*No. Non posso crederci. Non sono eccitata.*

Indossando la prima maglietta che trovo, torno a letto e crollo su di esso, avvolgendomi nella coperta. La stanza mi gira, e ho lo stomaco sottosopra. Ansimo dalla nausea e mi rendo conto che ho le palpebre pesanti, man mano che il sonno inizia ad avere la meglio.

Stringendo i denti, mi sforzo di aprire gli occhi. Non posso dormire, finché non avrò deciso che cosa fare domani.

Guardando il soffitto che gira, rifletto sulle mie alternative.

La cosa migliore sarebbe informare Ryson e sperare che possano proteggermi. Ma se i miei sospetti sono giusti e Peter Sokolov mi sta sorvegliando, verrà a sapere che ho contattato l'FBI, e potrei non sopravvivere abbastanza a lungo da far sì che gli agenti mi raggiungano.

Naturalmente, se decidesse di uccidermi, non sopravvivrei nemmeno con la protezione dell'FBI. Le persone sulla sua lista sicuramente non sono sopravvissute, e ha detto che sarebbe venuto a cercarmi.

Ha promesso di trovarmi, ovunque io vada.

Tuttavia, probabilmente vale la pena correre il rischio, perché l'alternativa sarebbe molto peggiore. Non so cosa voglia Peter da me, ma qualunque cosa sia non può essere nulla di buono. Forse odiava George abbastanza da volere tormentare la sua vedova o forse, nonostante quello che ha detto, crede che io sappia qualcosa—come la sorella di quel pover'uomo che ha ucciso.

Forse, proprio in questo momento, sta escogitando nuove torture strane per me, qualcosa di orribile e spettacolare che abbia a che fare con il caffè.

Le mie palpebre cercano nuovamente di chiudersi e mi strofino le mani sul viso, cercando di tenere gli occhi aperti. So di non essere lucida, ma non posso dormire senza aver preso questa decisione.

Chiamo l'FBI o no? E se non lo faccio, devo davvero andare in quello Starbucks?

Un violento brivido mi attraversa, mentre cerco di immaginare l'incontro con l'assassino di mio marito. Non credo di potercela fare. Il solo pensiero mi fa contorcere le viscere. Ma che cosa dovrei fare? Starmene a letto tutto il giorno e poi andare a casa dei miei genitori per la cena con i Levinson, come promesso? Fingere che il mostro che ha distrutto la mia vita non mi stia dando la caccia?

È il pensiero dei miei genitori a farmi prendere una decisione. Se fossi sola, tenterei la protezione dell'FBI, ma non posso mettere in pericolo i miei genitori in questo modo. Non posso costringerli a lasciare la loro casa e tutti quelli che conoscono per l'improbabile possibilità che Ryson e i suoi colleghi ci proteggano meglio di quanto abbiano fatto con gli altri. E abbandonare i miei genitori è fuori discussione; anche se la loro età non fosse un problema, non potrei rischiare che Peter li interroghi come mi ha interrogata su George.

C'è solo una cosa che posso fare.

Domani, devo incontrare il mio tormentatore e sperare che qualunque cosa abbia intenzione di farmi non si estenda al resto della mia famiglia.

Quando finalmente chiudo gli occhi e mi addormento, lo sogno di nuovo. Solo che questa volta non mi tortura e non mi scopa.

È seduto sul mio letto e mi osserva, con lo sguardo caldo e stranamente possessivo sul mio volto.

# 14

QUANDO ARRIVO DA STARBUCKS, A MEZZOGIORNO, IL martellante dolore alla testa si è trasformato in un dolore sordo, e lo stomaco non minaccia di rivoltarsi da un momento all'altro. Tuttavia, ho i palmi sudati dall'ansia e le mani mi tremano così tanto che quasi mi cadono le chiavi quando esco dall'auto.

Attraverso il parcheggio, sentendomi come se stessi andando alla ghigliottina. La paura mi attanaglia ad ogni secondo che passa. Potrebbe uccidermi in questo momento, farmi fuori con un fucile da cecchino. Forse è per questo che mi ha attirata qui: per uccidermi in un luogo pubblico e lasciare il mio corpo in bella mostra terrorizzando tutti.

Ma nessun proiettile mi raggiunge, e quando entro nel bar

lo vedo subito. È seduto a uno dei tavoli vuoti nell'angolo, con la sua grande mano avvolta intorno a una tazza.

Conosco quello sguardo, e sono sconvolta, come se avessi preso la scossa da un defibrillatore. Per la prima volta, lo vedo alla luce del giorno senza alcol o droghe nell'organismo.

Per la prima volta, comprendo perfettamente quanto sia pericoloso.

È appoggiato alla sedia, con le gambe ricoperte dai jeans allungate e accavallate all'altezza delle caviglie, sotto il tavolino rotondo. È una posa indifferente, ma non c'è nulla di indifferente nel potere oscuro che emana. Non è solo pericoloso; è letale. Lo vedo nel ghiaccio metallico del suo sguardo e nella robustezza del suo grande corpo, nella mascella arrogante e nella crudele curva delle sue labbra.

Questo è un uomo che vive e respira violenza, un predatore per cui le regole della società non esistono.

Un mostro che ha torturato e ucciso innumerevoli persone.

L'ondata di rabbia e odio che mi travolge a quel pensiero dissipa la paura, e faccio un passo in avanti, poi un altro e un altro ancora, fin quando non cammino verso di lui su gambe quasi stabili. Se avesse voluto uccidermi, avrebbe già potuto farlo in un milione di modi diversi; perciò, qualunque cosa voglia oggi dev'essere qualcosa di diverso.

Qualcosa di ancora più malvagio.

"Ciao, Sara" dice, saltando in piedi, mentre mi avvicino. "È bello rivederti."

La sua voce profonda mi avvolge, con quel leggero accento russo che mi accarezza le orecchie. Dovrebbe sembrarmi brutta, quella voce proveniente dagli incubi, ma come tutto il resto di lui è affascinante.

"Che cosa vuoi?" Sono scortese, ma non mi importa.

Abbiamo superato da tempo i modi gentili e le buone maniere. È inutile fingere che questo sia un incontro normale.

L'unica motivo per cui sono qui è che non presentandomi avrei potuto mettere in pericolo i miei genitori.

"Siediti, ti prego." Fa un gesto rivolto alla sedia davanti a lui e si siede. "Mi sono preso la libertà di ordinare una tazza di caffè per te. Nero, senza zucchero... e decaffeinato, visto che oggi non lavori."

Guardo la seconda tazza—preparata esattamente come l'avrei ordinata—poi, torno a guardarlo negli occhi. Il cuore mi martella nella gola, ma la voce è ferma quando dico: "Mi *hai* spiata."

"Sì, naturalmente. Ma l'hai capito ieri sera, non è vero?"

Mi irrigidisco. Non posso farne a meno. Se mi ha vista provare a fare quella telefonata, deve avermi vista anche barcollare nel bagno e uscirne fuori nuda.

Se mi sta sorvegliando da un po', mi ha vista in ogni momento privato.

"Siediti, Sara." Fa di nuovo quel gesto rivolto alla sedia, e questa volta, obbedisco—se non altro, per cercare di calmarmi. La rabbia e la paura sono un groviglio di fili nel mio petto e mi sento come se potessi esplodere da un momento all'altro.

Non sono mai stata una persona violenta, ma se avessi una pistola con me gli sparerei. Gli farei saltare il cervello su tutta la parete alla moda di Starbucks.

"Tu mi odi." Lo dice con calma, come se fosse un dato di fatto piuttosto che una domanda, e lo guardo, presa alla sprovvista.

Mi legge nel pensiero o sono così trasparente?

"Non fa niente" dice, e scorgo un accenno di divertimento

nei suoi occhi. "Puoi ammetterlo. Prometto che non ti farò del male oggi."

*Oggi?* Che dire di domani e dopodomani? Le mie mani formano un pugno sotto al tavolo, con le unghie che scavano nella pelle. "Certo che ti odio" dico, con tutta la convinzione possibile. "Non lo sapevi?"

"No, certo che no." Sorride, e mi si stringono i polmoni, impedendomi di respirare. Non è un sorriso perfetto—ha i denti bianchi, ma uno è leggermente storto, e il labbro inferiore ha una piccola cicatrice che non era visibile finora—ma è comunque magnetico.

È un sorriso che la natura ha creato per un solo scopo: attrarre donne sprovvedute e far dimenticare loro il mostro nascosto sotto la maschera.

Le mie unghie scavano più in profondità nei palmi, con il morso di dolore che mi tormenta, quando dice: "Hai tutto il diritto di odiarmi per quello che ho fatto."

Resto a bocca aperta. "Stai cercando di *scusarti?* Credi davvero che—"

"Hai frainteso." Il sorriso scompare, e i suoi occhi d'argento lampeggiano per una furia improvvisa. "Tuo marito lo meritava. Se non fosse stato un vegetale, lo avrei fatto soffrire molto di più."

Mi irrigidisco istintivamente, spingendo dietro la sedia, ma, prima che io possa saltare in piedi, mi cattura il polso, tirandolo verso il tavolo.

"Non ho detto che puoi andare, Sara." La sua voce è glaciale. "Non abbiamo ancora finito."

Le sue dita sono come una morsa di ferro fuso intorno al mio polso, con la sua presa che brucia, calda e indistruttibile. Rimango seduta e mi guardo intorno. I clienti più vicini sono a circa quattro metri di distanza e nessuno ci sta prestando attenzione. Il panico si diffonde nel mio petto, ma ricordo che la mancanza di attenzione è una cosa positiva. Non ho dimenticato come ha minacciato gli altri nel locale.

Spingendo da parte la mia paura, cerco di calmare il respiro. "Che cosa vuoi da me?"

"Sto cercando di capirlo" dice, addolcendo i lineamenti. Lasciandomi andare il polso, prende la sua tazza di caffè e ne beve un sorso. "Vedi, Sara, non odio *te*."

Sbatto le palpebre, nuovamente sconvolta. "No?"

"No." Rimette giù la tazza e mi guarda con quegli occhi grigi e freddi. "Potrebbe sembrare così, visto quello che ti ho fatto, ma non ce l'ho con te. È esattamente l'opposto, infatti."

Ho un calo di pressione, prima che il cuore ricominci a battere a un ritmo frenetico. "Che cosa vuoi dire?"

Piega gli angoli della bocca verso l'alto. "Secondo te, Sara? Mi intrighi. Anzi, mi affascini." Si appoggia, immobilizzandomi con lo sguardo. "Non ricordi cosa mi hai detto mentre eri drogata, vero?"

Una vampata di calore si insinua nel mio collo, diffondendosi su tutto il viso. Non ricordo tutto di quella notte, ma ricordo abbastanza. Alcuni frammenti della mia confessione in preda alla droga tornano a galla a volte, quando sono sveglia, e affollano i miei sogni di notte.

I miei sogni *più perversi*, quelli a cui cerco di non pensare.

"Vedo che ti ricordi." La sua voce diventa bassa e rauca, con le palpebre abbassate, mentre appoggia la sua grande mano calda sul mio palmo tremante. "Mi chiedo che cosa sarebbe successo se fossi rimasto quella notte... se avessi accettato la tua offerta."

Il suo tocco mi brucia prima che io tiri via la mano,

stringendola in un pugno sotto al tavolo. "Non c'è stata nessun'offerta." Il cuore mi martella nelle orecchie e mi sento mortificata. "Ero drogata. Non sapevo cosa stessi dicendo."

"Lo so. Le droghe che abbassano le inibizioni tendono ad avere quell'effetto." Si appoggia, liberandomi dal potente effetto della sua vicinanza, e i miei polmoni si svuotano per la prima volta dopo due minuti. "Non sapevi chi fossi o cosa stessi facendo. Avresti reagito nello stesso modo con qualsiasi altro uomo altrettanto attraente che ti avesse avuta in quella situazione."

"Hai... ragione." Il mio volto è ancora caldo, ma quella spiegazione razionale mi tranquillizza un po'. "Avresti potuto essere chiunque. Non aveva niente a che fare con te."

"Sì. Ma vedi, Sara"—si appoggia di nuovo, con lo sguardo carico di oscura intensità—"la mia reazione aveva *tutto* a che fare con te. *Io* non ero drogato e, quando sei venuta su di me, ti volevo. Ti voglio *ancora*."

L'orrore mi gela il sangue e il sesso si contrae. Non può voler dire quello che penso stia dicendo. "Tu sei—sei pazzo." Mi sento come se mi avesse lasciata cadere da un aereo senza paracadute. "Non sono... Tutto questo è malato." Vorrei saltare in piedi e correre, ma mi sforzo di scacciare il panico. Devo farglielo capire, mettere fine a questa follia una volta per tutte. "Non mi importa di quello che vuoi o della tua reazione. Non verrò a letto con te dopo che hai ucciso mio marito e Dio sa quanti altri. Dopo che hai *torturato* me e—"

"Lo so, Sara." La sua mano trova il mio ginocchio sotto al tavolo, e la poggia lì. "Vorrei poter tornare indietro, perché troverei un'altra soluzione."

Spaventata, spingo la sedia da una parte, allontanandomi dalla sua portata. "Non avresti ucciso George?"

"Non ti avrei torturata" chiarisce, rimettendo la mano sul tavolo. "Avrei potuto individuare quel *sookin syn* in qualche altro modo. Ci sarebbe voluto più tempo, ma ne sarebbe valsa la pena."

La mia caduta libera dall'aereo continua, con il sibilo dell'aria nelle orecchie. Da quale pianeta proviene quest'uomo? "Pensi che il problema sia che mi hai torturata, ma che hai *ucciso mio marito* no?"

"Il marito che ti ha mentito? Quello che hai detto di non conoscere bene?" La rabbia prende vita nei suoi occhi. "Puoi raccontare a te stessa tutto quello che vuoi, Sara, ma ti ho fatto un favore. Eliminandolo, ho fatto un favore al fottuto mondo."

"Un favore?" Una furia pari alla sua si accende dentro di me, spazzando ogni tentativo di cautela. "Era un uomo buono, tu... tu sei uno *psicopatico*! Non so cosa pensi che abbia fatto, ma—"

"Ha massacrato mia moglie e mio figlio."

Lo shock paralizza le mie corde vocali. "*Che cosa?*" gracchio, quando posso finalmente parlare.

Un muscolo pulsa nella mascella di Peter. "Sai che cosa faceva tuo marito per vivere, Sara? Che cosa faceva *realmente*?"

Una sensazione di nausea si espande dentro di me. "Era un... un corrispondente estero."

"Quella era la sua copertura, sì." Il labbro superiore del russo si increspa, mentre si raddrizza sul sedile. "Immaginavo che non lo sapessi. I coniugi se ne accorgono raramente, anche se percepiscono le bugie."

Il mio mondo si inclina sul suo asse. "Che cosa vuoi dire con *copertura*? *Era* un giornalista. Ha scritto storie per—"

"Sì, è così. E per scrivere quelle storie raccoglieva informazioni per la CIA e svolgeva missioni segrete per loro."

"Che cosa? No." Scuoto freneticamente la testa. "Ti sbagli.

Hai commesso un errore. Hai preso l'uomo sbagliato. *Sapevo* che dovevi aver preso l'uomo sbagliato. George non era una spia. È impossibile. Non sapeva nemmeno cambiare una ruota. Lui—"

"Venne reclutato al college" dice Peter con voce calma. "All'Università di Chicago, che avete frequentato entrambi. Lo fanno spesso, selezionando gli universitari del campus per farli diventare i migliori. Cercano determinate cose: pochi legami familiari, un forte patriottismo, intelligenti e ambiziosi, ma con le idee poco chiare... Queste caratteristiche ti ricordano tuo marito?"

Lo guardo, con il petto che si stringe sempre di più. La madre di George morì in un incidente automobilistico durante il suo ultimo anno di scuola superiore e suo padre, un Marine, venne ucciso in Afghanistan, quando George era solo un bambino. Suo zio lo aiutò a fargli frequentare l'università, ma morì anche lui, qualche anno fa, lasciando solo cugini lontani, che hanno partecipato al funerale di George sei mesi fa.

*No. Non può essere vero. Lo avrei saputo.*

"Solo se te l'avesse detto" continua Peter, e mi rendo conto di aver dato voce al mio ultimo pensiero. "Insegnano loro come nascondere il vero lavoro a tutti, anche alle famiglie. Non ti è sembrato sospetto il modo in cui Cobakis ha scoperto la sua passione per il giornalismo da un giorno all'altro? Un attimo prima stava per laurearsi in biologia, e quello dopo ha iniziato un tirocinio per i quotidiani stranieri?"

"No, io—" Il mio petto è così stretto che riesco a malapena a respirare. "L'università è così. Ci si scopre, si trova la propria passione."

"E lui l'ha fatto: lavorando per il tuo governo." Non c'è compassione nello sguardo d'acciaio del russo. "Lo hanno addestrato, inculcandogli la concentrazione che gli mancava. Gli hanno insegnato a mentire a te e a tutti gli altri. Quando si è laureato, gli hanno offerto un lavoro al giornale e ha avuto la scusa per esplorare ogni parte mondo."

Salto in piedi, non potendo più ascoltare. "Ti sbagli. Non sai di cosa stai parlando."

Si alza anche lui, con la sua stazza che incombe su di me. "Non lo so? Rifletti, Sara. Pensa all'uomo che hai sposato, alla vita che avevate *davvero* insieme. Non quella perfetta che hai mostrato al mondo, ma quella che conducevi dietro le porte chiuse. Chi era lui, questo tuo marito? Quanto lo conoscevi realmente?"

Le mie viscere sembrano di piombo, mentre faccio un passo indietro, scuotendo la testa in una negazione continua. "Ti sbagli" ripeto con una voce soffocata e, girandomi, esco dal bar, dirigendomi ciecamente verso la macchina.

È solo quando mi fermo a un semaforo rosso vicino casa che mi rendo conto che Peter Sokolov non ha fatto niente per fermarmi.

È semplicemente rimasto lì a guardarmi andar via.

## 15

GUARDO SARA CON IL BINOCOLO, MENTRE ENTRA NELLA CASA DEI suoi genitori; poi, apro il mio portatile e avvio la telecamera all'interno del corridoio.

I genitori di Sara vivono in una casetta carina che potrebbe essere leggermente ammodernata, ma è comunque confortevole e accogliente. Perfino io posso dire che è una vera casa, non solo un luogo in cui vivere. Per qualche bizzarra ragione, mi ricorda la casa di Tamila a Daryevo, anche se questa casa della periferia americana non ha niente a che vedere con una capanna di quel villaggio di montagna.

Sara bacia entrambi i genitori nel corridoio, poi li segue nella sala da pranzo. Sposto la ripresa della telecamera in quella zona, zoomando sul viso della ragazza, mentre saluta gli altri ospiti—una coppia più anziana e un uomo alto e magro sui trent'anni.

Sono i Levinson e il loro figlio Joe, l'avvocato che i genitori di Sara vogliono che frequenti.

Qualcosa di brutto si agita dentro di me, quando Sara stringe la mano dell'avvocato con un sorriso educato. Non voglio vederla con lui; la sola idea mi fa venir voglia di conficcargli la lama tra le costole. Ieri, quando il barista le ha sorriso, avrei tanto voluto prendere a pugni il suo viso idiota, e quel bisogno violento oggi è ancora più forte.

Non gliel'ho ancora detto, ma sarà mia.

Sara aiuta i genitori a portare a tavola gli antipasti e si siede accanto all'avvocato. Sistemo l'audio e li ascolto conversare. Per essere qualcuno che ha appena scoperto la doppia vita del marito, la giovane dottoressa è incredibilmente composta, con la sua maschera sorridente salda e perfetta. Nessuno guardandola immaginerebbe che prima di venire qui si è nascosta nell'armadio per ore, per uscirne fuori meno di quaranta minuti fa con gli occhi rossi e gonfi.

Nessuno sospetterebbe che è terrorizzata perché la voglio.

Ho dovuto davvero sforzarmi per lasciarla in quell'armadio a piangere da sola. Si è rifugiata lì per sfuggire alle mie telecamere, e le ho concesso quei minuti di privacy. Sarebbe rimasta ancora più sconvolta se fossi entrato là dentro e l'avessi abbracciata—se avessi cercato di confortarla come avrei voluto.

Ho bisogno di darle più tempo per abituarsi all'idea di noi due—e per fidarsi che non le farò del male.

La cena dura un paio d'ore; poi, Sara aiuta la madre a sparecchiare e inventa una scusa per andarsene. L'avvocato le chiede il numero di telefono, e lei glielo dà, ma vedo che lo fa più che altro per cortesia. Le sue guance sono assolutamente pallide—non c'è nemmeno un accenno del rossore che le inonda il viso in mia presenza—e il suo linguaggio del corpo emana indifferenza. Joe Levinson non la eccita, e questo è positivo.

Significa che potrà tornare a casa vivo.

Seguo Sara a distanza, mentre si dirige con l'auto verso la clinica, e poi aspetto in macchina finché non esce, divertendomi a guardarla dalle telecamere che ho installato all'interno della clinica. So che quello che sto facendo è un tipico comportamento da stalker, ma non posso farci niente.

Devo sapere dov'è e cosa fa.

Devo assicurarmi che sia al sicuro.

Potrei farla sorvegliare da Anton e dagli altri ragazzi—già lo fanno quando non posso—ma voglio essere qui di persona. Voglio vederla con i miei occhi. Ogni giorno che passa, il mio bisogno si intensifica, e ora che ho avuto una vera conversazione con lei, la mia eccitazione si sta rapidamente trasformando in un'ossessione.

Devo averla. Presto.

Esce dalla clinica circa tre ore dopo, e la seguo mentre si dirige verso un hotel. Probabilmente pensa di essere più al sicuro lì che a casa sua con tutte le telecamere, ma si sbaglia.

Aspetto che faccia il check-in e salga in camera sua, poi scendo dalla macchina ed entro.

ara

OGGI IL TURNO IN CLINICA È STATO PARTICOLARMENTE DURO. Ho avuto una paziente di quattordici anni che ha chiesto delle pillole del giorno dopo, perché suo fratello l'ha violentata, e un'altra adolescente che è venuta per il terzo aborto spontaneo. Ho fatto il possibile, ma so che non è abbastanza.

Niente di quello che faccio per quelle ragazze sarà mai abbastanza.

Sono talmente a pezzi emotivamente che ci vuole tutta la mia energia per fare la doccia e lavarmi i denti con il piccolo spazzolino che mi hanno dato alla reception. Venire a passare la notte qui è stata una decisione impulsiva, quindi non ho nemmeno un cambio di biancheria intima con me. Domani mattina dovrò passare a casa prima di andare a lavorare, ma è meglio che stare a casa e sapere che il mio pericoloso stalker potrebbe spiarmi in quel momento.

Spiarmi e volermi. Forse addirittura masturbarsi alla vista del mio corpo nudo.

È folle, ma il calore si insinua tra le mie gambe a quel pensiero.

Uscendo dalla doccia, avvolgo un asciugamano intorno al petto e mi guardo allo specchio. Le gocce Visine hanno rimosso l'arrossamento degli occhi, ma ho le palpebre ancora gonfie per il pianto di oggi, e il viso è arrossato per la doccia calda. Ho anche una cefalea tensiva che mi impedisce di riflettere, il che è solo un bene.

Ho già pensato troppo.

George era una spia. George conduceva una doppia vita. Sembra impossibile, ma questo spiegherebbe tante cose. La protezione degli agenti dell'FBI che è venuta fuori dal nulla. Le sue lunghe assenze quando presumibilmente inseguiva una storia, per poi tornare spesso a casa senza averne una. I cambiamenti d'umore iniziati poco dopo il nostro matrimonio, sei anni fa. Qualcosa era andato storto durante una delle sue missioni segrete?

Il suo vero lavoro potrebbe essere stato il motivo per cui è cambiato così tanto negli anni che hanno portato all'incidente?

Il mal di testa si intensifica e mi rendo conto che lo sto facendo di nuovo. Sto pensando a George, mi sto ossessionando per il passato che non posso cambiare invece di concentrarmi sul futuro che è ancora sotto il mio controllo. Dovrei cercare di capire come comportarmi con l'assassino che mi spia, ma la mia mente si rifiuta di farlo.

Ci penserò dopo, quando avrò dormito e il mio cervello non sarà così annebbiato.

Avvolgendo un secondo asciugamano intorno ai miei capelli gocciolanti, apro la porta del bagno, esco e salto, gridando dallo shock.

Peter Sokolov è seduto sul letto, con lo sguardo fisso sul mio viso.

## 17

Sara

"NON URLARE, SARA." SI ALZA PRONTAMENTE IN PIEDI. "NON C'È bisogno di coinvolgere gli altri ospiti."

Ansimo, cercando di respirare, con gli aghi dell'adrenalina che penetrano nella pelle, mentre mi si avvicina, muovendosi con facilità predatrice.

"Tu... mi hai seguita fin qui." Mi si piegano le ginocchia, mentre indietreggio istintivamente, stringendo il fragile asciugamano che mi protegge.

"Sì." Si ferma a un paio di metri da me, con gli occhi grigi che brillano. "Non saresti dovuta venire qui. Il sistema di allarme in casa almeno ti garantisce un piccolo aiuto. Qui, posso entrare senza problemi."

"Perché sei qui?" Mi sento come se il cuore stesse per saltarmi fuori dalla gola. "Che cosa vuoi?"

Piega le labbra per un oscuro divertimento. "Sei un medico che si occupa delle conseguenze di questa attività. Puoi capire facilmente che cosa voglio."

*Oh Dio.* Ho la pelle calda e ghiacciata al tempo stesso, e il cuore mi batte ancora più forte. "Vattene. Io—griderò, lo giuro."

Piega la testa. "Davvero? Come mai non l'hai ancora fatto?"

Faccio un altro passo indietro, posando lo sguardo sulla porta della camera per una frazione di secondo. *Ce la farò prima che mi prenda?*

"Non provarci, Sara. Se corri, ti *inseguirò*."

Continuo a indietreggiare. "Te l'ho detto, non verrò a letto con te."

"No? Vedremo."

Si avvicina, e io indietreggio, con lo stomaco in subbuglio. So cosa provoca la violenza sessuale alle donne; ne ho visto le conseguenze, la devastazione fisica ed emotiva che ne segue. Non so se riuscirei a sopravvivere, oltre a tutto il resto.

Non so se riuscirei a sopravvivere alla violenza sessuale da parte *sua*.

Tocco la porta con una mano tremante, ma, prima che io possa ruotare la maniglia, sbatte i palmi sulla porta ai miei lati, catturandomi tra le sue braccia potenti.

"Non puoi fuggire da me, ptichka" dice sottovoce, guardandomi. "Né ora, né mai. Faresti bene ad abituartici."

Non mi tocca, ma è così vicino che riesco a sentire il calore che emana il suo grande corpo, e vedo due piccole cicatrici sul suo volto simmetrico. Le imperfezioni aggiungono un'aura letale al suo magnetismo, intensificandone l'impatto sui miei sensi. Il battito del suo cuore è un ruggito nelle mie orecchie, eppure il mio corpo si irrigidisce in un modo che non ha niente a che fare con la paura. Dovrei urlare, o almeno cercare di affrontarlo, ma non riesco a muovermi. Non posso far altro che fissare il bellissimo assassino pericoloso che mi tiene prigioniera.

"Vieni, Sara." La sua mano scivola verso il basso per bloccarmi il polso in una familiare presa di ferro. "Non ti farò del male."

Faccio un respiro tremante. "No?" Forse sarà delicato. *Ti prego, fa che almeno sia delicato.* Ho già sperimentato la violenza per mano sua e lo spettro dello stupro mi terrorizza ancora di più.

"No. Ora vieni."

Si stacca dalla porta, ma, invece di portarmi a letto, mi porta alla sedia davanti allo specchio del trucco.

"Siediti." Spinge sulle mie spalle e affondo sulla sedia, cercando di calmarmi. Che cosa sta facendo? Perché non mi sta aggredendo? Il mio viso nello specchio è incredibilmente pallido, con gli occhi spalancati, mentre si muove dietro di me e tira fuori qualcosa dalla tasca interna della giacca.

È una piccola spazzola avvolta nella plastica—una di quelle economiche che a volte offrono gli hotel e le compagnie di volo di lusso.

"Questo è tutto ciò che avevano nel negozio di souvenir al piano di sotto" dice, rimuovendo l'involucro di plastica prima di incontrare il mio sguardo nello specchio. "Ho pensato che sarebbe stato meglio di niente."

Meglio di niente per cosa? Qualche giochino perverso? Mi si chiude la gola, ma, prima che il panico possa prendere il sopravvento, mi toglie l'asciugamano dalla testa e lo getta sul pavimento. Le sue mani forti e abbronzate sembrano enormi accanto al mio cranio, mentre raccoglie i miei capelli in una coda bagnata e inizia a spazzolarli.

Lo shock mi svuota l'aria dai polmoni. L'assassino di mio marito—l'uomo che mi ha spiata—mi sta *spazzolando i capelli*.

Il suo tocco è delicato ma sicuro, senza alcuna traccia di esitazione. È come se avesse già fatto questo una dozzina di volte. Prima passa la spazzola sulle punte, lisciandole e districandole; poi, si sposta verso l'alto fin quando la piccola spazzola non riesce a spazzolare l'intera lunghezza dei capelli senza problemi. E in tutto questo, non c'è dolore—l'opposto, anzi. Le setole di plastica mi massaggiano la testa ad ogni colpo, e il piacere mi attraversa la schiena ogni volta che le sue dita calde mi sfiorano la pelle sensibile della nuca.

Paura o meno, è l'esperienza più sensuale della mia vita.

Una strana sensazione di irrealtà ha la meglio mentre sono seduta lì, guardandolo spazzolarmi i capelli nello specchio. Durante gli incontri precedenti ero così concentrata sul pericolo che rappresentava che non avevo prestato attenzione a cose meno importanti, come i suoi vestiti. Ora, per la prima volta, noto che indossa una giacca di pelle grigia su una maglia termica nera e un paio di jeans scuri abbinati agli stivali neri. I vestiti sono informali, qualcosa che qualsiasi uomo dell'Illinois indosserebbe in primavera, ma il mio tormentatore non potrebbe mai essere scambiato per un ragazzo normale.

Peter Sokolov non è altro che una forza della natura, spietata e assolutamente inarrestabile.

Mi spazzola i capelli per lunghi minuti, mentre resto seduta nel modo più rilassato possibile, senza contrarre un muscolo o fare qualcosa che potrebbe farlo smettere. Ogni colpo della spazzola sembra una carezza, ogni tocco delle sue mani ruvide è rilassante ed emozionante al tempo stesso. Soprattutto, mentre mi spazzola i capelli, non mi fa altre cose—cose che temo.

Troppo presto, però, poggia la spazzola sul tavolo e mi guarda nello specchio. "Alzati" ordina, stringendo le mani intorno alle mie spalle nude e facendomi alzare in piedi.

Deglutendo a fatica, mi giro per affrontarlo quando mi lascia andare, ma si è già allontanato e si sta togliendo la giacca.

Con il cuore che sussulta, lo guardo mentre appende la giacca alla sedia e raggiunge l'orlo della sua maglia termica a maniche lunghe. Con un unico movimento disinvolto, si sfila la maglia da sopra la testa e mi si blocca il respiro, mentre la appoggia sopra la giacca.

Le sue spalle sono ampie, con le braccia ricoperte da spessi strati di muscoli ben evidenziati. Altri muscoli coprono il suo torace a forma di V, e l'addome piatto non ha neanche un filo di grasso. Come le mani, le sue spalle e il petto sono abbronzati, come se avesse trascorso un sacco di tempo sotto al sole, e il braccio sinistro è quasi completamente coperto da tatuaggi che si estendono dalla spalla al polso. In mezzo alla spolverata di peli scuri sul petto, vedo molte altre cicatrici sbiadite, e mi ritrovo a fissare la sexy striscia di peli che inizia sul suo ombelico e scompare nella cintura dei jeans a vita bassa.

Poi, afferra i jeans, tirando giù la lampo, e mi sforzo di distogliere lo sguardo. Nonostante la sua primordiale bellezza maschile, uno strato di sudore freddo ricopre la mia pelle, e il cuore mi batte in modo fastidiosamente veloce. Sarà anche una bestia bellissima, ma resta sempre una bestia: una bestia, un mostro senza cuore. Non ha importanza che in circostanze diverse sarei stata estremamente attratta da lui. Non voglio quello che sta per succedere. Mi distruggerebbe.

Con la coda dell'occhio, lo vedo uscire dai suoi stivali e

spingere i jeans giù per le gambe, mostrando un paio di boxer attillati su una grossa sporgenza, e due gambe potenti ricoperte da peli scuri. Si piega per togliere completamente i jeans, e il mio terrore raggiunge un nuovo picco.

Dimenticando i suoi avvertimenti, mi precipito verso la porta.

Questa volta, non riesco nemmeno ad avvicinarmi all'obiettivo. Mi afferra a un metro dalla porta, mettendomi un braccio intorno alla vita e mi solleva, mentre mi mette l'altra mano sulla bocca, soffocando le mie grida istintive.

Affondo le unghie nei suoi avambracci, scalciando mentre mi conduce verso il letto, ma è inutile. Tutto ciò che riesco a ottenere è far scivolare l'asciugamano sulla schiena. Il suo braccio intorno al mio petto gli impedisce di cadere a terra, ma la mia schiena, i glutei e il lato destro del corpo sono completamente esposti. Posso sentire il suo petto nudo sfregare sulla mia schiena, odorare il muschio della sua pelle, e l'intimità indesiderata intensifica il mio panico, facendomi combattere ancora più duramente.

"Cazzo" ringhia, quando lo colpisco al ginocchio con il tallone, e provo una leggera sensazione di trionfo.

Non dura a lungo. Un attimo dopo, cade sul letto, trascinandomi con sé, e prima che io possa reagire, si rotola, inchiodandomi sotto di lui. Finisco a faccia in giù sulla coperta, con le mani che grattano inutilmente sulla superficie morbida e le gambe spinte giù dai suoi polpacci incredibilmente muscolosi. Con il suo palmo sulla mia bocca, non posso far altro che emettere rumori soffocati, e delle lacrime di panico mi bruciano gli occhi, quando sento la dura asta della sua erezione sulla curva del mio sedere. Solo i suoi boxer ci separano ora, e raddoppio i miei sforzi nonostante la futilità di tutto questo.

Ci metto un paio di minuti a ricompormi—e a rendermi conto che non si sta muovendo.

Mi ha immobilizzata, ma non mi sta facendo del male.

"Hai finito?" mormora quando mi fermo, con i muscoli che tremano dallo sforzo e i polmoni che urlano per ricevere aria. "Oppure vuoi lottare un altro po'? Io posso continuare per tutta la notte."

Gli credo. È molto più grande di me, quindi tutto quello che deve fare è sdraiarsi sopra, e non potrei né ferirlo, né scappare. Lo sforzo da parte sua è minimo, mentre io utilizzo tutta la forza con zero successo.

"Farai la brava se tolgo la mano?" Le sue labbra incombono sul mio orecchio, con il respiro che mi scalda la pelle.

Alzo le spalle per proteggere il collo da quelle labbra invasive, e si lascia sfuggire un sospiro udibile. "Va bene, credo che ti imbavaglierò e ti metterò le manette."

Faccio un rumore soffocato dietro al suo palmo, e lui ridacchia. "No? Farai la brava, allora?"

Annuisco debolmente. La sconfitta è un acido nella mia gola, ma non voglio essere imbavagliata e ammanettata.

"Che brava ragazza." Scende giù da me e mi toglie la mano dalla bocca, consentendomi di far entrare l'aria nei polmoni affamati di ossigeno. "Ora che ti sei sfogata, che ne dici di andare a dormire? So che avrai una giornata intensa, domani, e lo stesso vale per me."

"Che cosa?" Sono così sorpresa che mi rotolo sulla schiena, dimenticando la nudità.

Un sorriso lento e malvagio gli fa piegare la bocca, mentre il suo sguardo indugia sul mio corpo prima di tornare a posarsi sul viso. "Dormi, ptichka. Ne abbiamo bisogno entrambi."

Mi siedo e afferro un cuscino, tenendolo premuto sul petto,

mentre scatto verso la spalliera del letto—il più lontano possibile da lui, per quanto il letto lo permetta. Quello che sta dicendo non ha senso. Chiaramente mi vuole; la sua enorme erezione sta per strappargli i boxer. "Tu... vuoi *dormire* con me? *Dormire* e basta?"

Il sorriso svanisce dal suo volto e gli occhi brillano di una calda oscurità. "Ovviamente, voglio di più, ma stanotte mi accontenterò di dormire. Te l'ho detto, Sara—non ti farò più del male. Aspetterò finché non sarai pronta ... finché non mi vorrai tanto quanto io voglio te."

*Volere lui?* Vorrei gridare che è pazzo, che non farò mai volontariamente sesso con lui, ma resto zitta. Sono troppo vulnerabile, ed è troppo imprevedibile. Inoltre, quando dorme, avrò la possibilità di fuggire—forse anche di dargli una botta in testa e chiamare la polizia.

"Va bene." Cerco di sembrare ancora più indifesa di quello che sono realmente. "Se prometti di non farmi del male..."

Torce le labbra. "Te lo prometto." Scendendo dal letto, tira su la coperta sotto di me con un movimento esperto e la ripiega giù scuotendo i cuscini rimasti. Passando una mano sulle lenzuola, dice: "Vieni qui."

Mi avvicino di qualche centimetro, stringendo il cuscino sul petto.

"Più vicino."

Ripeto il movimento, con il cuore che sussulta dall'ansia. Non mi fido di lui neanche un po'. Forse sta giocando con me, mentendo sulle sue vere intenzioni per qualche bizzarro motivo.

"Sotto la coperta" dice, e obbedisco, felice di avere qualcos'altro oltre al cuscino per coprirmi. Purtroppo, il mio sollievo è di breve durata. Non appena mi sdraio, spegne la luce e si infila sotto la coperta accanto a me, con il corpo lungo e muscoloso che si sistema accanto al mio come se ne avesse il diritto.

"Rotola sul lato destro" dice, e fa lo stesso dopo aver spento la luce sul comodino—l'ultima fonte di illuminazione rimasta.

Mi si stringe il petto, quando capisco cosa intende fare.

L'assassino di mio marito vuole abbracciarmi.

Ignorando la sconcertante oscurità e la sensazione di soffocamento nella gola, mi giro e cerco di respirare con calma, mentre un braccio muscoloso si allunga sotto il mio cuscino e l'altro avvolge possessivamente il mio fianco, tirandomi nella curva del suo grande corpo. Tuttavia, respirare normalmente è impossibile. Il mio sedere nudo si sistema sulla dura lunghezza del suo cazzo, con il suo caldo respiro alla menta che soffia sui miei capelli vicino alla tempia, e le sue gambe si adeguano alle mie da dietro. Sono circondata, completamente sopraffatta dalla sua stazza e forza. E dal caldo. Dio, il suo corpo produce tanto calore. Ovunque la sua carne spinga sulla mia, mi sento bruciare, come se scottasse più di un normale essere umano. Ma non si tratta di lui—si tratta di me. Sento così freddo che sto congelando, con il sudore freddo che evapora sulla mia pelle.

Non so per quanto tempo rimaniamo sdraiati così, ma alla fine il suo calore mi penetra e si trasforma in un altro tipo di caldo, quello traditore che invade i miei sogni e mi fa bruciare dalla vergogna. Ora che non sono più così terrorizzata, mi rendo conto che il suo potente corpo è qualcosa di più di una minaccia... che il suo cazzo duro è qualcosa di diverso da uno strumento di violazione. Il suo caldo profumo maschile mi circonda e i miei seni sono pesanti e sensibili sulla grossa nervatura del suo braccio, con i capezzoli rigidi e il sesso dolorante dal troppo scivoloso e palpitante vuoto. Da quanto tempo non venivo abbracciata così? Due anni? Tre? Non riesco a ricordare l'ultima volta che io e George abbiamo avuto rapporti sessuali, tanto meno l'ultima volta che abbiamo dormito insieme come due innamorati e, malgrado l'immoralità della situazione, la parte animale di me gode di questo, sentendo il calore del corpo di un uomo e l'eccitazione pulsante nel mio intimo.

È positivo che io non abbia intenzione di dormire, perché questo non mi piacerebbe—non quando il cuore corre all'impazzata e la mente è sopraffatta da mille pensieri. Paura e rabbia, eccitazione e vergogna—si mescola tutto, accelerando la mia frequenza cardiaca e bruciandomi lo stomaco. Che cosa vuole veramente Peter? Cosa seguirà a queste coccole bizzarre? Quella massiccia erezione dev'essere scomoda, se non addirittura dolorosa, ma sembra essere felice di restare in quella posizione, abbracciandomi soltanto. Perché? Che cosa vuole davvero? Perché mi sta così attaccato?

E potrebbe essere vero quello che mi ha detto di George? Mio marito potrebbe aver fatto del male alla sua famiglia?

È l'idea peggiore del mondo, ma non riesco a non pensarci. La bocca sembra funzionare indipendentemente dal cervello, quando sussurro: "Uhm, Peter... puoi dirmi qualcosa su di te?"

Sento la sorpresa nell'irrigidirsi dei suoi muscoli e nel cambiamento del respiro. Non l'ho mai chiamato per nome prima d'ora, ma sarebbe strano chiamarlo diversamente quando sono nuda tra le sue braccia. Inoltre, una piccola intimità emotiva potrebbe renderlo più propenso a rispondere alle mie domande—e meno incline a farmi del male, se gliele faccio.

"Che cosa vuoi sapere?" Mormora un attimo dopo, spostandosi per sistemarmi più comodamente su di lui.

*Perché pensi che mio marito abbia massacrato la tua famiglia?* È questo che sto morendo dalla voglia di chiedere, ma non sono così stupida da agire in modo così diretto. Ricordo la sua rabbia l'ultima volta che abbiamo toccato quest'argomento. Così, dico dolcemente: "Mi hanno detto che sei nato in Russia. È vero?"

"Sì." La sua voce profonda assume un tono divertito. "Non si nota l'accento?"

"È molto lieve, quindi no. Potresti venire praticamente da tutta Europa o dal Medio Oriente. In generale, il tuo inglese è ottimo." Sto parlando troppo velocemente dal nervosismo, così respiro e rallento. "L'hai imparato a scuola?"

"No, al lavoro."

Il lavoro in cui rintracciava e interrogava le presunte minacce per la Russia? Sopprimo un brivido e cerco di non pensare a quei metodi di interrogatorio. *Vacci piano*, dico a me stessa. *Fatti strada lentamente verso la roba pesante.* Con tono allegro, dico: "Da grande? È straordinario. Di solito, si deve imparare una lingua da piccoli per riuscire a parlarla bene come te."

Sì, così. Un po' di false lusinghe, un po' di vera ammirazione. È questo che si fa quando ci si trova in una posizione di vulnerabilità: si stabilisce un legame con l'aggressore, si finge di essere qualcuno con cui possa empatizzare. Naturalmente, questa strategia si basa sulla capacità dell'aggressore di provare empatia—cosa che sospetto manchi allo psicopatico che mi tiene.

"Beh, avevo imparato alcune parole e frasi inglesi da piccolo" dice. "Immagino che questo abbia aiutato."

"Davvero? Dove le hai imparate? A scuola o dai tuoi genitori?"

Ridacchia, con il petto muscoloso che si allarga sulla mia

schiena. "Nessuna delle due. Semplicemente dai film americani. Sono la vostra esportazione principale, sai—quelli e gli hamburger."

"Giusto" respiro, cercando di ignorare il pesante braccio sulle mie costole e la dura evidenza della sua eccitazione sul mio sedere. Mi disturbano in un modo a cui non voglio pensare. "Allora, che cosa ti ha fatto decidere di intraprendere quella... uhm, professione?"

Affonda il naso nei miei capelli e respira profondamente, come se volesse annusarmi. "Che cosa ti ha detto Ryson esattamente?"

Mi irrigidisco davanti all'uso indifferente del cognome dell'agente, poi cerco di rilassarmi. Naturalmente sa chi è Ryson; probabilmente, ci ha visti parlare al bar. "Ha detto che facevi parte delle Forze Speciali russe. È vero?"

"Sì." La sua voce è rauca mentre si sistema nuovamente dietro di me, con il cazzo simile a un palo d'acciaio. "Dirigevo una piccola unità segreta specializzata in antiterrorismo e antisommossa."

"È... strano." Parlare con lui—e tenerlo sveglio in questo stato eccitato—probabilmente non è un'idea così grandiosa, ma non riesco a stare zitta. "Come si entra in una cosa simile? Eri iscritto all'esercito e ti hanno reclutato lì?"

"No." Continua a strofinare il naso tra i miei capelli. "Mi trovarono in uno di quelli che chiamate riformatori."

"Una prigione per giovani delinquenti?"

"Era più di un campo di lavoro, ma sì."

"Che cosa—" deglutisco, cercando di concentrarmi sulle sue parole, piuttosto che sull'effetto che il suo evidente desiderio per me sta avendo sul mio corpo. "Che cos'avevi fatto per finire lì?"

Questo non ha niente a che fare con George, ma non riesco a scacciare la curiosità. Sospetto che qualunque cosa verrò a sapere non farà che terrorizzarmi ulteriormente, ma voglio sapere cosa motivi il mio nemico.

Voglio conoscere le sue debolezze, in modo da poterle utilizzare contro di lui.

"Avevo ucciso il direttore dell'orfanotrofio in cui ero cresciuto." Non c'è traccia di rimorso o scuse nelle parole di Peter, nessuna emozione oltre alla lussuria nella sua voce. Tanto valeva che mi rivelasse cos'aveva mangiato per cena. "Immagino che tu possa dire che ho iniziato la mia carriera molto presto."

"Capisco." Mi si accappona la pelle, ma faccio del mio meglio per calmarmi. "Quanti anni avevi?"

"Undici, quasi dodici."

"Che cosa ti aveva fatto?"

Sospira e si ritrae leggermente. "Ti importa davvero, ptichka? Sei giunta a una conclusione sul mio conto, e nessuna storia strappalacrime sul mio passato ti farà cambiare idea. Ora come ora, mi odi troppo per provare qualcosa di diverso dalla gioia, davanti a qualunque disgrazia possa essermi capitata."

Altro che costruire un legame emotivo. "Beh, che cosa ti aspettavi?" chiedo amaramente, abbandonando ogni pretesa di empatia. "Di torturarmi e uccidere mio marito, per poi essere amici?"

"No, ptichka. Nonostante quello che pensi, non mi faccio illusioni. I tuoi sentimenti negativi nei miei confronti sono razionali e normali. Spero solo che cambino col passare del tempo."

Si *sbaglia* di grosso se crede davvero che io possa provare qualcosa di diverso dall'odio verso di lui, ma evito di discutere.

"Qual è quella parola con cui continui a chiamarmi? Ptee-qualcosa?"

"Ptichka." Riprende ad accarezzarmi i capelli, ad annusarli o qualunque altra cosa stia facendo. "Significa *passerotto* in russo."

Formo un pugno con le mani sotto la coperta davanti a me. "Passerotto?"

"Hmm. Un uccellino grazioso e carino come te." Fa una pausa, poi aggiunge dolcemente: "Anche in gabbia, come te."

*Che stronzo.* Stringo i denti e cerco di allontanarmi da lui, per quanto il braccio che mi avvolge la vita me lo consenta. "Questa è una situazione temporanea."

"Oh, non intendevo in gabbia per colpa mia." Sento il sorriso nella sua voce, mentre stringe la presa su di me, impedendomi di spostarmi. "Ti sto stringendo in questo momento, ma eri imprigionata molto prima che io entrassi a far parte della tua vita."

Mi blocco dalla sorpresa. "Che cosa?"

"Oh, sì. Non fingere di non sapere di cosa sto parlando, Sara. So cos'hai provato: tutte le aspettative della società, dei tuoi genitori, di tuo marito e dei tuoi amici... La pressione di riuscire perché sei nata intelligente e bella, il desiderio di essere perfetta, il bisogno di essere tutto per tutti in ogni momento..." La sua voce è dolce e oscura, e mi avvolge in una ragnatela setosa e seducente. "L'ho visto nel locale ieri: il tuo desiderio di libertà, il tuo desiderio di vivere senza le restrizioni che ti hanno imposto. Per qualche istante, su quella pista da ballo, le hai lasciate cadere le catene, e ho visto il bel passerotto uscire dalla sua gabbia d'oro e volare liberamente. Ho visto *te*, Sara, ed è stato bellissimo."

Per un paio di secondi, tutto quello che riesco a fare è rimanere immobile, con il petto dolorante e gli occhi che bruciano nell'oscurità. Vorrei ridere e negare le sue parole, ma temo che se parlassi scoppierei a piangere e griderei. Come può quest'uomo, questo violento sconosciuto, sapere qualcosa di così intimo—qualcosa che ho appena cominciato a capire di me stessa?

Come poteva sapere che la mia bella e confortevole vita non mi rende più felice... che forse non l'ha mai fatto?

Cercando di mandar giù il nodo in gola, ridacchio e dico: "Quindi, che cos'hai intenzione di... fare? Liberarmi dalle catene della mia vita? Rendermi libera e guardarmi volare?"

"No, ptichka." La sua voce è carica di dolce derisione. "Niente di tanto nobile."

"E allora cosa?"

"Ti metterò in una gabbia tutta mia e ti farò cantare."

## 18

# Peter

RABBRIVIDISCE TRA LE MIE BRACCIA E SENTO LA PAURA CHE LA attanaglia. Una parte di me è pentita di averle parlato con quella brutale onestà, ma non riesco a mentirle. Il mio desiderio per lei non ha niente a che vedere con il dolce affetto che provavo per Tamila o con la semplice lussuria che avevo sperimentato con altre donne.

Il mio bisogno di avere Sara è più oscuro, contaminato da ciò che c'è stato tra noi e dalla consapevolezza che apparteneva al mio nemico. Non voglio farle del male, ma non posso negare che la sua sofferenza mi affascini in un modo perverso. Tormentarla raffredda la rabbia che mi brucia dentro, soddisfa la mia esigenza di punirla e vendicarmi, anche se continuo a ripetere a me stesso che voglio guarirla, per espiare il dolore che le ho inflitto.

Quando si tratta di Sara, sento di essere un mix di confusione e contraddizioni, e l'unica cosa di cui sono sicuro è che una semplice scopata non sarà abbastanza.

Voglio di più.

Voglio farla mia.

Sarei tentato di infrangere la mia promessa e prenderla subito, di rivendicarla e di placare la fame che mi consuma. È completamente nuda nel mio abbraccio, con la pelle che sfrega sulla mia ogni volta che respira. Sento il profumo dello shampoo floreale dei suoi capelli umidi, la morbidezza dei suoi seni sul mio braccio, e il mio cazzo palpita dolorosamente sulla curva del suo sedere, con il corpo che muore dalla voglia di spingere dentro di lei. Si opporrebbe in un primo momento, ma poi le piacerebbe.

Non è insensibile a me. Lo so. Lo sento.

Prima che l'oscuro impulso possa prendere il sopravvento, inspiro ed espiro lentamente. Per quanto sarebbe bello scopare Sara, desidero la sua fiducia tanto quanto il suo corpo.

Voglio che canti per me di sua spontanea volontà.

"Va' a dormire, ptichka" sussurro quando resta in silenzio, con le domande per ora esaurite. "Sarai al sicuro stanotte."

E ignorando la smania che infuria dentro di me, chiudo gli occhi e cado in un sonno leggero, ma riposante.

MI SVEGLIO TRE VOLTE DURANTE LA NOTTE, DUE VOLTE PERCHÉ Sara cerca di liberarsi dal mio abbraccio—senza dubbio per fuggire e farmi qualcosa di doloroso—e una volta perché si sveglia da un brutto sogno. La stringo forte, e alla fine si riaddormenta. Dopo un po', lo faccio anch'io, anche se la lussuria che mi attanaglia non fa che intensificarsi durante il corso della notte. Al mattino, sto per esplodere, e occorrono meno di una ventina di secondi per masturbarmi, quando vado al bagno.

Quando esco dal bagno, sta ancora dormendo, e prendo in considerazione l'idea di tornare sotto le coperte con lei. Tuttavia, sono quasi le sette, e voglio vedere Anton prima che inizi la giornata. Non sono nemmeno completamente sicuro del mio autocontrollo; quel rapido sfogo mi ha a malapena tolto la violenta voglia di lei.

Se tornassi a letto con Sara, correrei il rischio di infrangere la mia promessa.

Decidendo di non sfidare il destino, mi vesto in silenzio ed esco dalla stanza.

Rivedrò presto Sara. Nel frattempo, ho del lavoro da sbrigare.

ara

IN MATTINATA, MI ASPETTA UN PARTO CESAREO E NEL POMERIGGIO ne ho uno non programmato. Nel mezzo, vedo una donna che ha dei dolorosi crampi mestruali, ma che non tollera il solito rimedio della pillola—cosa che posso capire molto bene—e un'altra che sta cercando di rimanere incinta da due anni senza molto successo. Per la prima, programmo un'ecografia per controllare gli endometriomi e consiglio alla seconda uno specialista della fertilità. Non appena ho finito, vengo chiamata dal pronto soccorso per visitare una donna incinta di sei mesi rimasta coinvolta in un incidente stradale. Per fortuna, posso dirle che il suo bambino è scalpitante e sano come un pesce—il miglior risultato possibile in una collisione frontale di quella portata.

Mi sorprende che io riesca a concentrarmi sul lavoro dopo la notte scorsa, ma per la prima volta dopo mesi gli oscuri ricordi non mi invadono la mente in continuazione e la paranoia del mese scorso è assente. Paradossalmente, ora che *so* di essere spiata, l'idea non mi mette tutta l'ansia che provavo quando avevo quella sensazione inquietante. Mi sento anche riposata e sveglia con la minima assunzione di caffeina e sospetto che sia perché ho dormito nove ore, nonostante quel duro corpo avvolto intorno a me per tutta la notte.

O, forse, *grazie* ad esso. Per quanto io abbia cercato di rimanere sveglia la scorsa notte, il calore animale della pelle di Peter e il suo respiro costante hanno conciliato il mio sonno. Mi sono svegliata un paio di volte per cercare di allontanarmi da lui, ma non è stato possibile. Mi teneva con l'intensità di un bambino che stringe il proprio orsacchiotto preferito e, alla fine, mi sono arresa e ho dormito, con il subconscio beatamente inconsapevole che la fonte dei miei incubi fosse proprio accanto a me.

In ogni caso, a prescindere dal motivo, rimango calma e concentrata durante tutto il turno. Aiuta il fatto che sia riuscita a sopprimere tutti i pensieri su Peter e le sue intenzioni, spingendoli nei meandri profondi della mente e concentrandomi sulle pazienti. Se mi soffermassi sulla sua rivelazione, uscirei dall'ospedale urlando e chissà che cosa farebbe il mio stalker. Quando mi sono svegliata viva e incolume questa mattina, ho capito che la cosa migliore sarebbe stata vivere alla giornata ed evitare di provocarlo.

Forse continuerà a comportarsi con gentilezza ancora a lungo, e avrò tempo per decidere sul da farsi.

Quando finisco il turno, mi dirigo verso lo spogliatoio e incontro Andy nel corridoio. Deve aver appena iniziato il turno, perché il suo camice sembra perfettamente stirato e i capelli ricci sono raccolti in un ordinato chignon, senza una ciocca fuori posto.

Alla fine del turno, la maggior parte delle infermiere e dei medici—compresa me—appaiono molto più trasandati.

"Ehi" dice lei, fermandosi davanti a me. "Tutto bene?"

Sbatto le palpebre. "Uhm, sì." Non può sapere di Peter, no? "Perché?"

"Avevi detto di non sentirti bene l'altra sera" spiega Andy, con un piccolo cipiglio sulla fronte. "Quando te ne sei andata dal locale."

"Oh, sì, mi dispiace." Mi sforzo di abbozzare un sorriso imbarazzato. "Ho bevuto, e mi ha fatto male. Credo di aver vomitato quando sono tornata a casa, ma ora è tutto sfocato nella mia mente."

"Ah, ho capito." Un sorriso sollevato sostituisce la preoccupazione sul suo viso. "Pensavo che fossi arrabbiata per qualcosa. Avevi la faccia di una a cui era morto il gatto."

Rido e scuoto la testa, anche se non è lontana dalla verità. "Temo che l'unica vittima fosse il mio fegato."

Andy ride, poi chiede: "Che cosa farai sabato prossimo? Tonya e Marsha stanno organizzando un'altra serata tra ragazze, ma stavo pensando di andare a cena e vedere un film con Larry—a un orario ragionevole, poiché ho un turno molto presto domenica prossima. Vuoi unirti a noi?"

"A te e al tuo ragazzo?" La guardo, sorpresa. "Non sarei una ruota di scorta?"

"Beh..." Un sorriso malizioso le illumina il volto lentigginoso. "Sai, Larry ha un amico molto bello—e di grande successo—che muore dalla voglia di conoscere una bella ragazza. È un magnate immobiliare, e ha un elenco impossibile di esigenze, ma"—alza un dito quando faccio per interromperla—"tu le soddisfi tutte. Se per te va bene, Larry lo inviterà e avremo un bell'appuntamento doppio."

Arriccio il naso. "Oh, non lo so—"

"È un bel ragazzo. Ecco." Tira fuori un cellulare dalla tasca, passa il dito sullo schermo un paio di volte e mi mostra la foto di un ragazzo che sembra un Tom Cruise biondo. "Vedi? Potrebbe andarti molto peggio."

Ridacchio. "Certo, ma—"

"Niente ma." Alza la mano, vedendo che sto per cominciare a discutere. "Vieni e ci divertiremo. Nessuna pressione. Se ti piace l'amico di Larry, benissimo. Altrimenti, io e te ci uniremo alle ragazze e Larry potrà passare la serata con i ragazzi—desidera farlo da secoli.

Esito, poi a malincuore scuoto la testa. "Grazie, ma non posso." Non so se Peter rappresenti una minaccia per Andy o il suo ragazzo, ma non intendo rischiare. Con l'assassino russo che controlla ogni mia mossa, qualsiasi persona intorno a me potrebbe diventare il suo obiettivo.

Finché non avrò risolto la situazione col mio stalker, farò meglio a starmene per conto mio.

Andy resta a bocca aperta. "Oh, va bene. Beh, se cambi idea, fammelo sapere. Marsha ha il mio numero."

"Lo farò, grazie" dico, ma Andy sta già correndo via, con le sue scarpe da ginnastica bianche.

SULLA STRADA DI RITORNO, ASCOLTO "STRONGER" DI KELLY Clarkson e trattengo la voglia di continuare a guidare fino ad arrivare in un altro Stato. O, addirittura, in un altro Paese.

Canada e Messico mi affascinano entrambi, così come l'Antartide e Timbuctù. Invece di tornare nella mia casa infestata dalle telecamere, potrei raggiungere l'aeroporto e saltare su un aereo per volare da qualche parte—in qualunque posto.

Andrei al Polo Nord, se avessi la certezza che Peter non verrebbe a cercarmi.

Purtroppo, non ho questa certezza. Anzi, è esattamente l'opposto. Se scappo, mi cercherà. Ne sono certa. È un cacciatore, uno stalker e non si fermerà finché non mi avrà trovata, proprio come ha trovato tutte le persone sulla sua lista. Potrei andare in un altro hotel o in un altro continente, e non farebbe alcuna differenza.

Non mi lascerà in pace, finché non avrà ottenuto ciò che vuole, qualunque cosa sia.

I mie palmi sono scivolosi sul volante e mi rendo conto che sto respirando velocemente, con la calma che si dissolve, mentre i ricordi di ieri sera riaffiorano. Non sono ancora sicura di cosa stia cercando, ma a quanto pare non si tratta solo di sesso.

Ma di qualcosa di più oscuro e molto più contorto.

Rendendomi conto che sto per avere un altro attacco di panico, passo da Kelly Clarkson alla musica classica e comincio a fare gli esercizi di respirazione. Forse sto commettendo un errore, evitando di rivolgermi all'FBI. In quel modo, ci sarebbe almeno una possibilità che possano proteggermi, mentre da sola non ne ho nessuna. Posso solo sperare che si annoi e inizi a dedicarsi alla prossima vittima, lasciandomi viva e con la maggior parte della sanità mentale intatta.

Sto per prendere il telefono quando mi viene in mente il motivo per il quale non ho chiamato subito Ryson: i miei genitori. Non posso scomparire e abbandonarli, e sarebbe stato egoista sradicarli per la minima possibilità che l'FBI potesse proteggerci. Per spiegare la necessità del trasferimento, dovrei raccontare tutto ai miei genitori e non so se il cuore di mio padre sopravvivrebbe a quel genere di stress. Gli hanno inserito un bypass triplo diversi anni fa, e i medici gli hanno consigliato di ridurre al minimo le attività stressanti. Venire a sapere di uno stalker omicida che mi ha torturata e che ha ucciso George potrebbe letteralmente uccidere mio padre e potrebbe essere pericoloso anche per mia madre.

No. Non lo farò. Riacquistando il controllo della situazione, rimetto la canzone di Kelly Clarkson. I miei genitori hanno una vita felice e normale e farò tutto il possibile per preservarla. Se questo dovesse significare che devo occuparmi di Peter da sola, lo farò.

Spero di essere abbastanza forte da poter sopravvivere a qualunque cosa lui abbia in serbo per me.

S*ara*

CIÒ CHE HA IN SERBO PER ME È IL CIBO. TANTO CIBO DAL profumo delizioso.

Sorpresa, rimango a bocca aperta davanti al ben di Dio nella mia sala da pranzo. C'è un intero pollo arrosto, una scodella di purè di patate e una grande insalata—tutto disposto perfettamente in mezzo a candele accese e ad una bottiglia di vino bianco.

Sapevo che avrebbe potuto essere in agguato in casa mia stasera, ma non mi aspettavo questo.

"Hai fame?" chiede una voce profonda e leggermente accentata dietro di me, e mi giro, con il cuore che mi batte forte, mentre Peter Sokolov esce dal corridoio. Ha i capelli bagnati sulla fronte, come se avesse appena lavato il viso, e sebbene indossi una camicia azzurra e un paio di jeans scuri, non ha le scarpe, solo un paio di calzini.

È stupendo—e più pericoloso che mai.

"Che cosa—" La mia voce è troppo alta, così respiro e riprovo. "Che cos'è questo?"

"La cena" dice, sembrando divertito. "Che cosa, sennò?"

"Io..." L'aria della stanza si dirada, quando si ferma a qualche metro di distanza da me, con lo sguardo intimo negli occhi che mi ricorda che ho dormito nuda tra le sue braccia. "Non ho fame."

"No?" Inarca le sopracciglia scure. "Va bene. Andiamo a letto, allora." Si muove come se volesse raggiungermi, e salto indietro.

"No, aspetta! Potrei mangiare."

Un sorriso gli fa piegare le labbra. "Lo immaginavo. Dopo di te."

Fa un gesto di cortesia e cammino verso il tavolo cercando di rimandare il cuore nel petto, mentre spegne la luce, lasciando solo quella delle candele come illuminazione, e mi segue al tavolo.

Tira fuori una sedia e mi accomodo. Poi, si avvicina alla sedia davanti a me e si siede. Vedo che la tavola è apparecchiata con due piatti e la mia argenteria formale—quella che a George piaceva usare solo per le vacanze e le feste.

Silenziosamente, osservo l'assassino di George che taglia il pollo e mette un coscio—la mia parte preferita del pollo—nel mio piatto, insieme a diverse cucchiaiate di purè e ad una generosa porzione di insalata.

"Dove hai preso tutto questo cibo?" chiedo, mentre riempie il piatto.

"L'ho preparato io." Solleva lo sguardo dal piatto. "Ti piace il pollo, vero?"

Mi piace, ma non voglio dirglielo. "Tu cucini?"

"Ci provo." Prende il coltello e la forchetta. "Assaggialo."

Spingo la sedia indietro e mi alzo. "Devo lavarmi le mani." Sono appena arrivata dal garage, e il medico dentro di me non mi permette di toccare il cibo senza prima essermi liberata dei germi ospedalieri.

"Va bene" dice, rimettendo giù le posate, e capisco che intende aspettarmi.

Il mio stalker ha ottime maniere a tavola.

Vado al bagno e lavo le mani, strofinando bene in mezzo a ciascun dito e intorno ai polsi, come faccio sempre. Quando torno a tavola, ha già versato un bicchiere di vino a entrambi e il delicato odore di Pinot Grigio si mescola ai deliziosi aromi del pasto, cosa che non fa che rendere ancora più bizzarra la situazione.

Se non lo conoscessi meglio, penserei che questo sia un appuntamento.

"Come facevi a sapere che sarei venuta qui invece di andare in un hotel?" chiedo, quando sono seduta.

Alza le spalle. "È stata una mia supposizione. Sei intelligente, quindi è improbabile che tu ripeta lo stesso errore due volte."

"Uh-uh." Prendo la forchetta e provo ad assaggiare un boccone di purè. Il sapore ricco e burroso è una festa per la mia lingua, e mi risveglia l'appetito nonostante l'ansia nello stomaco. "Hai cucinato tanto per essere una semplice supposizione."

"Sì, beh, non si ottiene nulla senza rischiare, no? Inoltre, ho visto come pensi e ragioni, Sara. Non fai cose stupide e inutili, e andare in un altro hotel sarebbe stato proprio così."

Stringo la mano intorno alla forchetta. "Davvero? Credi di conoscermi, perché mi spii da qualche settimana?"

"No." I suoi occhi brillano alla luce della candela. "Non ti conosco, ptichka—perlomeno, non quanto vorrei."

Ignorando quell'affermazione provocatoria, mi concentro sul piatto. Ora che l'ho assaggiato, la mia bocca ne vuole altro. Nonostante quello che ho detto prima a Peter, sto morendo di fame, e affonderei volentieri la forchetta nel delizioso cibo nel mio piatto. Il pollo è perfetto, il purè è ricco di burro e l'insalata verde è rinfrescante con quell'insolito condimento al limone. Sono così presa a mangiare che ho quasi finito il mio piatto quando mi viene in mente uno spaventoso pensiero.

Mettendo giù la forchetta, guardo il mio tormentatore. "Non hai messo qualche droga qui dentro, vero?"

"Se l'avessi fatto, sarebbe troppo tardi per te" osserva divertito. "Ma no. Ti puoi rilassare. Se volessi drogarti o avvelenarti, userei una siringa. Non c'è bisogno di rovinare dell'ottimo cibo."

Cerco di non reagire, ma mi trema la mano, quando mi allungo per prendere il bicchiere di vino. "Fantastico. Mi fa piacere sentirtelo dire."

Mi sorride, e sento qualcosa di caldo e sconvolgente tra le gambe. Per nascondere il disagio, bevo diversi sorsi di vino e poggio il bicchiere prima di tornare a concentrarmi sul piatto.

*Non* sono attratta da lui. Mi rifiuto di esserlo.

Mangiamo in silenzio, finché i piatti non si svuotano; poi, Peter mette giù la forchetta e prende il bicchiere di vino. "Dimmi qualcosa, Sara" dice. "Hai ventott'anni ora e sei un medico da due anni e mezzo. Come hai fatto? Eri uno di quei geni con il QI superiore alla media?"

Spingo il piatto vuoto da una parte. "Non l'hai scoperto spiandomi?"

"Non ho scavato molto nel tuo background." Beve un sorso

di vino e mette giù il bicchiere. "Se preferisci, posso farlo—oppure puoi parlarmi e possiamo conoscerci in modo più tradizionale."

Esito, e poi decido che parlargli non sarebbe una cattiva idea. Più rimaniamo seduti a tavola, più potrò posticipare il momento in cui andremo a letto insieme, con tutte le conseguenze del caso.

"Non sono un genio" dico, sorseggiando un po' di vino. "Voglio dire, non sono stupida, ma il mio QI è nella media."

"Allora, come hai fatto a diventare un medico a ventisei anni, quando normalmente ne occorrono almeno otto dopo l'università?"

"Sono nata per errore" dico. Quando continua a guardarmi, spiego: "Sono nata tre anni prima che mia madre andasse in menopausa. Aveva quasi cinquant'anni quando rimase incinta, e mio padre ne aveva cinquantotto. Erano entrambi professori—si conobbero quando lui era il suo tutor durante il dottorato di ricerca, anche se cominciarono a frequentarsi molto dopo—e nessuno dei due voleva dei figli. Avevano la carriera, molti amici e si amavano. Quell'anno, stavano pensando al pensionamento, e invece sono capitata io."

"Come?"

Alzo le spalle. "Un po' di alcol unito alla convinzione di essere troppo vecchi per preoccuparsi di un preservativo rotto."

"E così, non ti volevano?" I suoi occhi grigi si rabbuiano, con il colore dell'acciaio che si trasforma in bronzo, e serra la mascella.

Se non lo conoscessi meglio, penserei che sia arrabbiato con me.

Scacciando quel ridicolo pensiero, dico: "No, mi volevano. Almeno, dopo aver superato lo shock della gravidanza. Non lo volevano e non se lo aspettavano, ma una volta nata, sana nonostante tutte le probabilità, mi hanno dato tutto. Diventai il centro del loro mondo, il loro piccolo miracolo. Avevano l'incarico, avevano i risparmi e abbracciarono il loro nuovo ruolo di genitori con la stessa dedizione che avevano riservato alla carriera. Mi hanno soffocata di attenzioni, insegnandomi a leggere e a contare fino a cento ancora prima di saper camminare. Quando iniziai l'asilo, sapevo già leggere al livello di quinta elementare e conoscevo l'algebra di base."

La linea dura della sua bocca si addolcisce. "Capisco. Quindi, hai avuto la meglio sulla concorrenza."

"Sì. Saltai due anni di scuola elementare e avrei potuto saltarne di più, ma i miei genitori pensavano che, per il mio sviluppo sociale, non sarebbe stato un bene essere molto più piccola rispetto ai compagni di classe. In realtà, ho sempre fatto fatica a fare amicizia a scuola." Mi fermo per bere un altro sorso di vino. "Conclusi la scuola superiore in tre anni, perché il curriculum era facile per me e volevo cominciare il college, e poi terminai l'università in tre anni, perché avevo guadagnato un sacco di crediti universitari frequentando corsi avanzati."

"Quindi, quattro anni."

Annuisco. "Sì, quattro anni."

Mi studia, e mi sposto sulla sedia, sentendomi a disagio con il calore che scorgo nei suoi occhi. Il mio bicchiere di vino è quasi vuoto adesso e sto cominciando a sentirne gli effetti, con l'ansia che inizia a svanire e che mi fa soffermare su cose irrilevanti, come il fatto che i suoi capelli scuri sembrino folti e setosi al tocco, e la bocca morbida e dura al tempo stesso. Mi guarda con ammirazione... e qualcos'altro, qualcosa che mi fa sudare, come se avessi la febbre.

Come se lo percepisse, Peter si avvicina, abbassando le

palpebre. "Sara..." La sua voce è bassa e profonda, pericolosamente seducente. Sento il mio respiro accelerare, quando posa il suo grande palmo sulla mia mano e mormora: "Ptichka, tu—"

"Perché pensi che George abbia fatto del male alla tua famiglia?" Ritraggo la mano, cercando disperatamente di nascondere la mia crescente eccitazione. "Che cos'è successo?"

La mia domanda è come una bomba che esplode nell'atmosfera sessualmente carica. Il suo sguardo si indurisce, con il calore che scompare in un lampo di gelida collera.

"La mia famiglia?" Stringe la mano sul tavolo. "Vuoi sapere che cos'è successo?"

Annuisco cautamente, combattendo l'istinto di saltare indietro e fuggire. Ho la terribile sensazione di aver appena provocato un predatore ferito, uno che potrebbe farmi a pezzi senza nemmeno volerlo.

"Va bene." Raschia la sedia sul pavimento, alzandosi. "Vieni qui e te lo mostrerò."

*eter*

Resta seduta, immobile. Un cerbiatto nel mirino del fucile di un cacciatore. So di spaventarla, ma non mi importa—non quando sono dilaniato dal dolore e dalla rabbia.

Anche dopo cinque anni e mezzo, pensare alla morte di Pasha e Tamila ha il potere di distruggermi.

"Vieni qui" ripeto, girando intorno al tavolo. Afferrando il braccio di Sara, la faccio alzare in piedi, ignorando la sua posizione rigida. "Vuoi saperlo? Vuoi vedere che cos'hanno fatto tuo marito e i suoi compari?"

Il suo esile braccio è rigido nella mia presa, quando allungo la mano libera nella tasca per tirare fuori il vecchio smartphone. Lo porto sempre con me, anche se non ha internet e non può essere utilizzato per effettuare telefonate. Passando il pollice sullo schermo, visualizzo l'ultima serie di immagini.

"Ecco." Spingo il telefono nella sua mano libera. "Da' un'occhiata qui."

La mano di Sara trema, quando porta il telefono sotto il viso, e noto il momento esatto in cui mette gli occhi sulla prima foto. Impallidisce e deglutisce convulsamente, prima di far scorrere le dita sullo schermo per vedere il resto delle foto.

Non rivolgo nemmeno l'attenzione al telefono—non ho alcun bisogno di farlo. Le immagini sono impresse nelle mie retine, incise nel cervello come un raccapricciante tatuaggio.

Scattai quelle foto il giorno dopo essere fuggito dai soldati che mi avevano trascinato via dalla scena. Avevano già trasferito gli altri abitanti del villaggio, ma l'indagine era appena cominciata e non avevano ancora ripulito i corpi. Quando tornai, i cadaveri erano ancora lì, ricoperti di mosche e insetti striscianti. Fotografai tutto: gli edifici bruciati, le macchie di sangue sull'erba, i corpi decomposti e le membra strappate, la manina di Pasha avvinghiata intorno alla macchina giocattolo... C'erano cose che non ho potuto fotografare, come il fetore della carne in decomposizione che riempiva l'aria e il desolato vuoto di un villaggio abbandonato, ma quello che ho fotografato è sufficiente.

Sara abbassa il telefono, e lo prendo dalle sue dita esangui, rimettendolo in tasca.

"Quello era Daryevo." Le lascio andare il braccio, con ogni parola che mi raschia la gola come carta vetrata. "Un piccolo villaggio del Daghestan in cui vivevano mia moglie e mio figlio."

Sara fa un passo indietro. "Che cosa..." Deglutisce vistosamente. "Che cos'è successo lì? Perché sono stati uccisi?"

Respiro per controllare la violenta rabbia che si agita dentro di me. "A causa dell'arroganza e dell'ambizione cieca di qualcuno."

Sara mi guarda, senza capire.

"Era un'operazione destinata a catturare una cellula terroristica piccola ma altamente efficace distaccata nelle Montagne del Caucaso" dico duramente. "Un gruppo di soldati della NATO agì seguendo le informazioni fornite da una coalizione delle agenzie di intelligence occidentali. Venne fatto tutto in incognito, in modo da non dover condividere la gloria con i gruppi locali dell'antiterrorismo—come quello che dirigevo per la Russia."

Sara si copre la bocca tremante e noto che sta iniziando a capire.

"Proprio così, ptichka." Facendo un passo verso di lei, le prendo l'esile polso e le allontano la mano dal volto. "Puoi immaginare chi fosse coinvolto nella divulgazione di quelle false informazioni."

I suoi occhi sono carichi di terrore. "La cellula terroristica non c'era?"

"No." La mia presa sul suo polso è incredibilmente stretta, ma non riesco ad allentare le dita. Con i ricordi freschi nella mente, non posso fare a meno di pensare a lei come alla moglie del mio nemico morto. "Non era altro che un villaggio civile e pacifico, e se tuo marito e gli altri agenti operativi della sua squadra avessero comunicato con la *mia* squadra, l'avrebbero saputo." Alzo la voce sempre di più, con le parole sempre più aggressive. "Se non fossero stati così arroganti, così avidi di gloria, avrebbero cercato aiuto, invece di credere di sapere tutto —e poi, avrebbero scoperto che la loro fonte era stata creata dai terroristi stessi, e mia moglie e mio figlio sarebbero ancora vivi."

Quando mi guarda, percepisco il rapido cambiamento del battito del cuore di Sara e mi rendo conto che non mi crede—almeno non completamente. Pensa che io sia pazzo o, al massimo, disinformato. Il suo dubbio mi incuriosisce ulteriormente e mi sforzo di liberarle il polso prima di schiacciarle le fragili ossa.

Fa subito un passo indietro, e capisco che percepisce la violenza che mi pulsa sotto la pelle. La prima volta che ho scoperto la verità sull'accaduto, non ho potuto punire i soldati della NATO o gli agenti coinvolti—la copertura fu particolarmente veloce e scrupolosa—così, ho scatenato la mia furia sulla cellula terroristica che aveva dato loro quelle false informazioni, oltre a vendicarmi di chiunque fosse stato abbastanza stupido da ostacolarmi.

La morte di mio figlio ha scatenato il mostro dentro di me, che continua a riaffiorare.

Quando c'è un metro di distanza a dividerci, Sara si ferma e mi guarda con cautela. "È per questo..." Si morde il labbro. "È per questo che sei diventato un fuggitivo? A causa di quello che successe allora?"

Stringo le mani in un pugno, e mi giro, tornando al tavolo. Non posso continuare a discutere di questo un secondo in più. Ogni frase è come uno spruzzo di acido sul mio cuore. Sono arrivato al punto in cui riesco a passare diverse ore senza pensare alle morti violente della mia famiglia, ma parlare di ciò che è accaduto mi fa rivivere la devastazione di quel giorno—e la rabbia che mi ha consumato.

Se rimanessimo su quest'argomento, potrei perdere il controllo e fare del male a Sara.

*Un passo alla volta. Una cosa alla volta.* Mi distacco emotivamente come faccio quando sono in missione, e mi concentro su ciò che dev'essere fatto. In questo caso, sparecchiare il tavolo, mettere gli avanzi nel frigorifero e sistemare i piatti nella lavastoviglie. Mi concentro su quelle attività banali e, lentamente, la mia furia bollente si placa, così come la voglia di fare violenza.

Quando avvio la lavastoviglie e mi giro verso Sara, vedo che mi sta osservando attentamente. Sembra essere sul punto di scappare da un momento all'altro, e il fatto che sia ancora qui significa che comprende la sua situazione.

Se fugge ora, non sarò delicato quando la prenderò.

"Andiamo al piano di sopra" dico, camminando verso di lei. "È ora di andare a letto."

LA SUA MANO È GELIDA NELLA MIA PRESA, MENTRE LA CONDUCO su per le scale, con il suo bel viso pallido. Se non mi sentissi così sconvolto, la rassicurerei, dicendole che non le farò del male nemmeno questa sera, ma non voglio fare promesse che non sono in grado di mantenere.

Il mostro è troppo vicino alla superficie, troppo fuori controllo.

"Togliti i vestiti" ordino, lasciandole andare la mano, quando entriamo nella sua camera da letto. Indossa un paio di jeans attillati e un maglione color avorio e, pur essendo bellissima con quegli abiti semplici, voglio che li tolga.

Voglio che non ci siano barriere tra di noi.

Invece di obbedire, Sara si allontana. "Per favore..." Si ferma a metà strada tra me e il letto. "Per favore, non farlo. Mi dispiace per quello che è accaduto alla tua famiglia, e se George è stato in qualche modo responsabile—"

"Lo è stato." Il mio tono è duro. "Ci sono voluti anni, ma ho scoperto i nomi di ciascun soldato e agente di intelligence coinvolto nel massacro. Non ci sono errori, Sara; la mia lista è giunta direttamente dalla tua CIA."

Sembra stordita. "L'hai ottenuta dalla CIA? Ma… come? Credevo avessi detto che erano coinvolti, che George era uno di loro."

"Ci sono molte divisioni e fazioni all'interno dell'organizzazione. A volte la mano sinistra non sa cosa faccia la destra. Conosco un trafficante d'armi che ha un contatto lì, e lui—o meglio sua moglie—mi ha fornito la lista. Ma questo non c'entra niente." Incrocio le braccia sul petto. "Spogliati."

Posa lo sguardo sul letto, poi sulla porta dietro di me.

"Non farlo. È meglio non mettermi alla prova stasera, fidati."

Torna a guardarmi, e sento la sua disperazione. "Ti prego, Peter. Non farlo. Quello che è successo alla tua famiglia è stato terribile, ma questo non li riporterà indietro. Mi dispiace, dico davvero, ma io non avevo niente a che fare—"

"Non si tratta di questo." Tiro giù le braccia. "Quello che voglio da te non ha niente a che vedere con quello che è successo." Ma so che sto mentendo. Le mie azioni non sono quelle di un uomo che corteggia una donna; sono quelle di un predatore che aggredisce la sua preda. Se non fosse la persona che è—se fosse solo una donna qualunque—non mi sforzerei così tanto di far parte della sua vita.

Il mio desiderio per lei sarebbe pallido e limitato piuttosto che pericolosamente ossessivo.

Sara mi rivolge uno sguardo incredulo, e mi rendo conto che lo capisce anche lei. Non sto ingannando nessuno. Ciò che sta accadendo tra noi ha tutto a che fare con il passato oscuro che condividiamo.

*E così sia.*

Faccio un passo verso di lei. "Spogliati, Sara. Non te lo ripeterò."

Si allontana di nuovo, poi si ferma, probabilmente rendendosi conto che si sta avvicinando al letto. Nonostante il maglione che nasconde le curve, riesco a vederle il petto ansante, mentre apre e chiude convulsamente le mani lungo i fianchi.

"E va bene. Se è questo che vuoi..." Mi incammino verso di lei, ma alza le braccia, con i palmi rivolti verso di me.

"Aspetta!" Agita le mani, mentre raggiunge il maglione. "Lo farò."

Mi fermo e la osservo togliersi il maglione dalla testa. Sotto, indossa una canotta azzurra che le avvolge le spalle esili, mettendo in evidenza le morbide curve dei suoi seni. Non sono i più grandi che io abbia mai visto, ma sono perfetti per il suo fisico magro, simile a quello di una ballerina, e il mio cazzo si indurisce quando ricordo il modo in cui quei bei seni erano appoggiati sul mio braccio la notte scorsa.

Presto, saprò come sono nelle mie mani—e che sapore hanno.

"Continua" dico, vedendo che Sara continua a esitare, mentre guarda la porta. "Canotta, poi jeans."

Le tremano le mani mentre obbedisce, togliendosi la canotta da sopra la testa prima di raggiungere la cerniera dei jeans. Sotto la canotta, indossa un reggiseno bianco e devo sforzarmi per rimanere fermo, mentre spinge i jeans lungo le gambe, mostrando delle mutandine azzurre. Anche se ho sentito la sua pelle nuda sulla mia la notte scorsa, e l'ho vista senza vestiti diverse volte dalle telecamere, questa è la prima volta che la vedo nuda così da vicino, e la mia frequenza cardiaca accelera, mentre studio con cura ogni graziosa linea e curva del suo corpo.

Ha un'altezza nella media, ma con le gambe lunghe e i muscoli snelli e aggraziati di una ballerina. Ha lo stomaco piatto e tonico, la vita stretta e i fianchi delicatamente femminili, la pelle liscia e pallida, senza un filo di abbronzatura visibile.

È bellissima, questa mia nuova ossessione. Bellissima e spaventata.

"Ora il resto" dico di scatto, quando getta via i jeans e rimane lì, tutta tremante, indossando solo il reggiseno e le mutandine. So di essere crudele, ma la dolorante ferita che ha aperto risucchia ogni traccia di decenza e compassione che possiedo, lasciando spazio solo alla lussuria e all'irrazionale bisogno di punire.

Forse non voglio farle del male, ma in questo momento ho bisogno di vederla soffrire.

Si allunga verso il gancio del reggiseno, slacciandolo con movimenti convulsi, e faccio un respiro, con il dolore nel petto sommerso da un'ondata di desiderio ancora più intensa. Ho visto i suoi seni la notte scorsa, quindi so che sono meravigliosi, ma la vista dei suoi capezzoli rosa e la morbida carne bianca mi colpiscono ancora come un pugno. Il mio cuore batte a un ritmo veloce, e faccio il possibile per rimanere fermo, mentre toglie le mutandine. La sua figa è liscia e rasata—o si rade regolarmente o ad un certo punto ha eliminato i peli pubici con un trattamento laser—e mi sale l'acquolina in bocca, mentre immagino di affondare la lingua in quelle pieghe delicate.

Non vedo l'ora di assaggiarla e farla venire.

Mentre immagino questo, Sara si raddrizza e alza il mento. "Sei contento ora?" Pur avendo le guance rosse, non cerca di coprirsi e stringe le mani lungo i fianchi, come se fossero dei piccoli pugni.

In un modo perverso, il suo piccolo spettacolo di coraggio addolcisce l'oscura lussuria che mi attanaglia, e piego la bocca, divertito.

"Non ancora, ma lo sarò presto" dico, togliendomi i vestiti. I miei movimenti sono rapidi ed esperti, pensati per eseguire il compito nel modo più veloce possibile, ma il suo volto si illumina ancora di più, con il petto che sale e scende, mentre mi fissa.

"Vieni" dico, camminando verso di lei, quando sono completamente nudo. "So che ti piace fare la doccia prima di dormire."

Sbatte le palpebre, posando lo sguardo sul mio viso, e mi rendo conto che mi stava fissando il cazzo—che è così duro e lungo fino all'ombelico.

"Puoi toccarlo nella doccia, se vuoi" dico, con il sorriso che si allarga sempre di più, davanti al suo evidente imbarazzo. "Vieni, ptichka. Ti piacerà."

Prendendole il polso, la conduco in bagno.

## 22

S*ara*

Cerco di mantenere la compostezza—o almeno l'apparenza—quando Peter mi trascina in bagno, con le sue lunghe dita avvolte saldamente intorno al mio polso. Sicuramente non immaginavo che la serata sarebbe andata così, quando stavo salendo le scale. Nonostante la persistente oscurità nei suoi occhi, il mio tormentatore ora sembra essere di umore allegro e quasi giocoso—in netto contrasto con la terribile rabbia che ho percepito prima.

È come se il mio piccolo spogliarello avesse placato i demoni scatenati da quelle terrificanti immagini.

La nausea prende di nuovo il sopravvento quando ricordo le foto, la morte e la devastazione raffigurate in quei dettagli spaventosi. Le ho guardate solo per alcuni secondi, ma so che non riuscirò mai a dimenticarle. Non potrei mai immaginare di scattare quelle foto di persona, soprattutto sapendo che quella è la mia famiglia—che i cadaveri in via di decomposizione sono quelli delle persone che amavo. Il solo pensiero mi riempie di una tale agonia che per un attimo capisco cosa motivi il mio aggressore.

Non lo scuso, ma lo capisco, e la compassione si mescola al terrore nel mio petto.

Se Peter pensa che mio marito fosse il responsabile di quelle morti, non aveva altra scelta che non fosse dargli la caccia. Questo è ovvio. Ancora prima di diventare un malvivente, la professione russa lo aveva esposto ai lati oscuri dell'umanità, insegnandogli ad abbracciare la violenza come soluzione—e questo, senza neppure prendere in considerazione ciò che lo trasformò in un assassino prima di compiere dodici anni. Un uomo come lui non porgerebbe mai l'altra guancia; occhio per occhio sarebbe il suo modo di agire. Non si sarebbe preoccupato di quanti innocenti avrebbe ferito nella sua ricerca di vendetta, e certamente non avrebbe pensato due volte a torturare la moglie di un nemico per arrivare a lui.

Se George ha avuto *qualche* coinvolgimento nell'accaduto, sono fortunata ad essere viva.

Fermandosi davanti alla cabina doccia di vetro, il mio rapitore mi lascia andare il polso, entra dentro e apre l'acqua. Mentre armeggia con il rubinetto, cercando di trovare la temperatura giusta, guardo la porta del bagno. È bagnato e distratto, quindi sono quasi certa di poter scendere le scale e raggiungere la macchina prima che mi prenda. Ma poi che cosa farei? Guiderei nuda verso un hotel a caso, sperando che stasera non venga a cercarmi? Correrei direttamente dall'FBI e li pregherei di proteggermi?

Prima di poter riprendere quel dibattito interiore, Peter esce dalla doccia, con le gocce d'acqua che brillano sul suo petto potente. "Vieni" dice, allungandosi verso il mio braccio, e quasi inciampo, quando mi tira nella cabina.

"Attenta" mormora, raddrizzandomi, e io alzo gli occhi e lo vedo intento a guardarmi con un mix di desiderio e oscuro divertimento. "È scivoloso qui."

Davanti alle sue allusioni sessuali, riemerge il rossore che non aveva ancora abbandonato completamente il mio volto. Detesto che sia a conoscenza della reazione del mio corpo nei suoi confronti—che solo pochi momenti prima mi ha sorpresa a guardare la sua erezione come una ragazza adolescente che vede il primo porno. Per non parlare del fatto che potrebbe recitare in un porno con un cazzo del genere, ma non è questo il punto. Non dovrebbe importarmi che è un uomo bellissimo; il suo corpo potente è qualcosa che dovrei temere, non desiderare.

È un assassino pericoloso e forse pazzo, e dovrei considerarlo tale.

E lo faccio—almeno razionalmente. Tuttavia, quando dirige la doccia verso di me, lasciando che gli spruzzi d'acqua calda mi colpiscano la schiena, mi rendo conto che non sono così terrorizzata come la scorsa notte—anche se dovrei esserlo, dopo aver visto quelle foto. Se Peter crede a quello che mi ha raccontato, allora ha tutte le ragioni per odiarmi, e qualunque attrazione provi per me è probabilmente nociva. Non so perché non mi abbia violentata ieri sera, ma sono quasi sicura che lo farà stasera. Quel pensiero dovrebbe terrorizzarmi—ed è così—

tuttavia, ora non sento il panico viscerale che ho provato in quella camera d'albergo. È come se dormire tra le sue braccia mi avesse desensibilizzata alla pura immoralità di quello che mi sta facendo, alla violazione che rappresenta la sua presenza in casa mia e nella mia doccia.

Per la seconda volta dopo tanti giorni, siamo insieme nudi, e non lo trovo inquietante come dovrei.

"Chiudi gli occhi" dice Peter, prendendo il flacone dello shampoo, e io obbedisco, lasciandogli versare il sapone sui miei capelli. Nonostante l'irascibilità di prima, le sue dita forti sono dolci sulla mia testa, mentre la massaggia con lo shampoo, e mi rendo conto che mi sta coccolando, sorprendendomi ulteriormente con le sue premure. Ho il bizzarro desiderio di piegare la testa, spingendola nelle sue mani come un gatto che vuole essere accarezzato, ma rimango ferma, non volendo che sappia che mi piace quello che sta facendo.

Qualunque siano le intenzioni del mio tormentatore, mi rifiuto di stare al gioco.

La mia determinazione dura fin quando non comincia a massaggiarmi il collo, rilassandomi sapientemente la base della nuca. Non sapevo neanche di aver accumulato tutta quella tensione, finché non si è allentata, grazie alla combinazione dell'acqua e del suo tocco che mi ha fatta calmare e rilassare, come non succedeva da tempo.

Non ricordo se George mi abbia mai lavato i capelli in questo modo, ma non mi sovvengono scene simili. Non ricordo nemmeno di aver mai fatto la doccia insieme a lui, ad eccezione di un paio di volte all'inizio della relazione, quando eravamo ancora relativamente avventurosi a letto. Dopo un anno di frequentazione, la nostra vita sessuale era diventata una routine, e George mi toccava raramente in modi che avrebbero potuto eccitarmi—e verso la fine, mi toccava raramente, punto.

Negli ultimi due giorni, ho avuto più intimità fisica con l'assassino di mio marito che con lui durante la maggior parte del nostro matrimonio.

Quando i miei capelli sono puliti, Peter sposta la mia testa sotto il getto, sciacquando lo shampoo, e poi applica il balsamo sulle punte. Mentre fa questo, si avvicina, sfiorando il petto contro il mio per un secondo, e i miei capezzoli si irrigidiscono sotto il getto caldo, con il sesso che diventa morbido e scivoloso, quando sento la punta liscia del suo cazzo duro sul mio stomaco.

Un attimo dopo si allontana, ma è troppo tardi. La calda e rilassata sensazione si trasforma in eccitazione in un modo così rapido che non riesco a controllarla. Anche se mi ha appena toccata, resto senza fiato e tremante, desiderosa di lui. È una reazione puramente fisica, lo so, eppure mi riempie di vergogna. Non dovrei volere lui o questa intimità forzata; niente di tutto questo dovrebbe piacermi in alcun modo.

Mordendo la parte interna della guancia per distrarmi col dolore, apro gli occhi e lo vedo mettere un po' di bagnoschiuma sul palmo.

"Lascia fare a me" dico, allungandomi per prendere il bagnoschiuma dalle sue mani, ma scuote la testa, con un sorriso sensuale che gli fa piegare le labbra, mentre allontana il flacone dalla mia portata.

"Non ancora, ptichka. Devi aspettare il tuo turno."

Facendo un passo dietro di me, comincia a lavarmi la schiena, e nonostante il tepore dell'acqua, il suo tocco mi brucia, mentre ogni spalmata delle sue mani ruvide intensifica le fiamme dell'eccitazione nel mio intimo. Cerco di concentrarmi su qualcos'altro, su qualsiasi altra cosa, ma il cuore mi batte troppo velocemente, con il corpo che brucia dalla vergogna e dal desiderio.

E dalla paura. Pur essendo ancora in silenzio, c'è un'insidiosa presenza negli angoli remoti della mia mente. Non ho dimenticato ciò che ha fatto l'uomo che mi sta toccando, né ciò di cui è capace. Forse qualche altra donna al posto mio combatterebbe invece di lasciarglielo fare, ma non voglio che mi faccia male per davvero. Ieri, mi ha sottomessa con una patetica facilità, e so che il risultato sarebbe lo stesso oggi. Solo che potrebbe non fermarsi dopo avermi distesa sotto di lui.

Potrebbe arrendersi all'oscurità che ho intravisto prima nei suoi occhi, e il gioco, qualunque esso sia, finirebbe in un modo orribile.

Così, rimango ferma e guardo davanti a me, osservando le gocce d'acqua che scivolano lungo il vetro, mentre mi insapona con le mani la schiena, le spalle, le braccia... e i fianchi. È una tortura di tipo diverso, e quando sposta le mani davanti, spalmando il sapone sul mio stomaco tremante prima di scivolare sul petto, non ne posso più.

"Fermati" sussurro senza fiato, affondando le unghie nelle mie cosce, mentre mi strofina la parte inferiore dei seni. "Ti prego, Peter, fermati."

Con mio grande shock, mi ascolta, abbassando le mani sui fianchi. "Perché?" mormora, tirandomi verso di lui. Strofina il petto sulla mia schiena, mentre la sua erezione spinge sul mio sedere. "Perché lo detesti?" Affonda la testa, strofinando il mento non rasato sulla mia tempia, mentre passa la lingua sul bordo esterno del mio orecchio. "O perché lo adori?"

*Entrambi.* Non riesco a riflettere abbastanza lucidamente da poter decidere. Chiudo gli occhi, e mi viene la pelle d'oca, quando la sua lingua si insinua nella cavità dietro al mio orecchio, trasformando le viscere in poltiglia. Vorrei respingerlo, ma non oso muovermi per paura di commettere qualcosa di stupido, come piegare la testa all'indietro, verso il calore tentatore di quella bocca malvagia.

"Di cos'hai paura, ptichka?" continua con una voce dolce e oscura. "Del dolore?" Mi morde delicatamente il lobo. "O del piacere?" La sua mano destra si muove lentamente lungo il mio stomaco, avvicinandosi al punto palpitante tra le mie gambe con insidiosa calma. Mi sta concedendo tutte le possibilità per fermarlo, ma non riesco a farlo—nemmeno quando mi rendo conto del suo obiettivo. Tutto quello che posso fare è respirare velocemente e superficialmente, mentre le sue dita callose raggiungono la parte superiore della mia fessura e separano delicatamente le pieghe, esponendo la carne sensibile all'interno.

"Non rispondi?" Il suo respiro è caldo sulla mia tempia. "Credo che dovrò scoprirlo da solo."

La punta del suo dito circonda il mio clitoride, e mi si blocca il respiro nel petto, mentre la mente si svuota. È come se ogni terminazione nervosa del mio corpo avesse preso vita all'improvviso. Sono consapevole del suo corpo grosso e duro che preme sulla mia schiena e della sua barba che mi strofina l'orecchio, della sua grande mano appoggiata sul mio ventre e dell'acqua calda che ci bagna. E di quel dito, di quel dito duro ma delicato. Mi sta toccando a malapena, ma tutto il mio corpo sembra una molla pronta a scattare, con ogni muscolo rigido per l'attesa.

Percepisco vagamente un suono strano e mi rendo conto che viene da me. È un gemito, mescolato a una specie di mugolio. Mi riempie di vergogna, ma l'imbarazzo non fa che intensificare la mia eccitazione, con tutti i sensi concentrati sul dolore pulsante nel fascio di nervi che sta stuzzicando in modo così crudele. Sento la scivolosità tra le cosce, e quando spinge il dito più forte nella carne squisitamente sensibile, il dolore si trasforma in una tensione insopportabile, che cresce e si intensifica ogni secondo che passa. È un mix di piacere ed agonia, ed è così acuto da farmi vibrare, con le ondate di calore che mi stracciano la pelle. Cerco di scacciarlo, di fermare la tensione, ma è impossibile come trattenere la marea.

Con un grido soffocato, vengo, con il corpo che raggiunge un orgasmo così intenso che mi si appanna la vista, dietro le palpebre chiuse. Continua all'infinito, con il piacere che si irradia dall'intimo in onde pulsanti che mi lasciano stordita e tremante, a malapena in grado di reggermi in piedi. Cerco di allontanare il mio tormentatore, di porre fine al terribile piacere, ma stringe la presa su di me, e non ho altra scelta che soccombere, sentendo ogni vergognoso fremito che tira fuori dal mio corpo.

"Proprio così, ptichka" sospira, quando finalmente mi piego su di lui, ansimante e sfinita. "È stato così bello."

La sua mano lascia il mio sesso e apro gli occhi, con la letargia post-orgasmica che si dissipa, mentre acquisisco consapevolezza dell'orrore di quello che è successo.

Sono venuta. Sono venuta nelle mani dell'uomo che ha messo fine alla vita di mio marito.

Comincia a girarmi per costringermi a guardarlo e finalmente trovo la forza per reagire. Con un gemito di dolore, mi libero della sua presa e inciampo, quasi schiantandomi sul vetro dietro di me. "Non farlo!" La mia voce è alta, al limite dell'isteria. "Non toccarmi!"

Con mia grande sorpresa, Peter rimane fermo, anche se

vedo che è ancora duro, che mi vuole ancora. Piegando la testa da una parte, mi osserva in silenzio per qualche istante, poi si allunga e chiude l'acqua.

"Esci fuori" dice dolcemente, aprendo la porta della cabina. "Credo che siamo abbastanza puliti."

## 23

MI ASCIUGO CON UN ASCIUGAMANO BIANCO E MORBIDO; POI, NE prendo un altro e lo avvolgo intorno a Sara, mentre esce dalla doccia. Sembra essere sul punto di piangere, con gli occhi nocciola che brillano di un triste splendore e, nonostante la voglia che mi consuma, provo qualcosa di simile alla compassione.

Deve odiare se stessa in questo momento. Quasi quanto odia me.

Strofino l'asciugamano su e giù lungo il suo corpo, asciugandolo, e poi lo avvolgo intorno ai suoi capelli bagnati. So che la sto trattando come una bambina, e non come la donna adulta che è, ma prendermi cura di lei mi rilassa, mi aiuta a tenere sotto controllo gli impulsi più oscuri.

Mi aiuta a ricordare che non voglio davvero farle del male.

Piegandomi, la cullo tra le mie braccia, e si lascia sfuggire un grido spaventato. "Che cosa stai facendo?" Spinge sul mio petto. "Mettimi giù!"

"Tra un attimo." Ignorando i suoi tentativi di divincolarsi, la porto fuori dal bagno. È leggera, facile da trasportare. È come se le sue ossa fossero cave, come quelle di un vero uccellino. È fragile, la mia Sara, ma forte al tempo stesso.

Se starò attento, mi assaconderà invece di respingermi.

Raggiungendo il letto, la metto giù e lei afferra la coperta, tirandola su per coprire la sua nudità. Il suo sguardo è pieno di disperazione, quando si infila nel letto, lontano da me.

"Perché mi stai facendo questo? Perché non puoi trovare un'altra donna da torturare?"

"Sai perché, ptichka." Salendo sul letto, le strappo la coperta dalle mani. "Non mi interessa nessun'altra."

Salta giù dal letto, chiaramente dimenticando la futilità del suo tentativo di fuga, e la inseguo, prendendola prima che riesca ad avvicinarsi alla porta. Il sangue mi pompa freddamente nelle vene, con il mostro che riaffiora, mentre si dimena tra le mie braccia, e faccio appello a tutto il mio autocontrollo per non schiacciarla contro la parete e scoparla duramente.

Se non fosse per il fatto che non voglio che la nostra prima volta sia così, sarei già dentro di lei.

"Smetti di combattere" dico a denti stretti, quando continua a dimenarsi tra le mie braccia, cercando di allontanarsi. Sento il mio autocontrollo venir meno, con il cazzo che reagisce ai suoi movimenti, come se stesse ballando la lap dance. "Ti avverto, Sara..."

Si blocca, comprendendo il pericolo in cui si trova.

Respiro lentamente, poi la lascio andare e faccio un passo indietro per ridurre la tentazione. "Sali sul letto" dico duramente, quando resta lì ad ansimare. "Dormiremo, capito?"

Sgrana gli occhi. "Non—"

"No" dico seriamente. Facendo un passo in avanti, le prendo il braccio per portarla a letto. "Non stasera."

Anche se questo mi tormenta, darò a Sara altro tempo per abituarsi a me. È il minimo che io possa fare per rimediare al nostro inizio violento.

Presto sarà mia, ma non ancora.

Non finché non sarò sicuro che non la distruggerò.

*"SEI SVEGLIO, PAPÀ? VIENI A GIOCARE CON ME." UNA MANINA MI TIRA il braccio. "Ti prego, Papà, vieni a giocare."*

*"Lascia dormire tuo padre" interviene Tamila, sistemandosi su un gomito dall'altro lato del letto. "È tornato tardi la notte scorsa."*

*Mi rotolo sulla schiena e mi siedo, sbadigliando. "Non preoccuparti, Tamilochka. Sono sveglio." Appoggiandomi, prendo mio figlio e mi alzo, sollevandolo. Pasha grida dall'emozione, scalciando con le gambette, mentre lo sistemo sulle spalle.*

*"Sei troppo indulgente con lui" mormora Tamila; poi, si alza anche lei, indossando una vestaglia sopra al pigiama. "Vado a preparare la colazione."*

*Scompare nel bagno e sorrido a Pasha. "Vuoi giocare, pupsik?" Lo lancio in aria e lo riprendo, facendolo ridere a crepapelle. "Così?" Lo lancio di nuovo.*

*"Sì!" Ora sta ridendo così forte che sta praticamente gracchiando. "Più su! Più su!"*

*Rido, poi lo lancio in aria ancora qualche altra volta, ignorando il dolore alle costole ustionate. Ho passato la scorsa settimana a scovare un gruppo di insorti, e ieri li abbiamo finalmente trovati. Nello scontro a fuoco che ne è seguito, ho riportato un paio di proiettili nel gilet. Niente di grave, ma qualche giorno di riposo mi farebbe bene. Tuttavia, non mi perderei questo momento di gioco per niente al mondo.*

*Mio figlio sta già crescendo troppo velocemente.*

Mi sveglio con un dolore amaro nel petto. Non ho bisogno di aprire gli occhi per capire dove mi trovo o per rendermi conto che stavo sognando. Il dolore per la perdita di Pasha è troppo forte, troppo profondo per far sì che io confonda il sogno con qualsiasi altra cosa, anche se è la *prima* volta che faccio un piacevole sogno così vivido.

Di solito, i sogni sulla mia famiglia sono confusi e sfocati—almeno, fin quando non si trasformano in terribili incubi.

Rimango sdraiato per alcuni istanti, ascoltando il respiro di Sara e godendomi la sensazione del suo corpo snello avvolto fra le mie braccia. Finalmente si è addormentata, e la sua mente è a riposo. Non mi ha parlato questa sera; è rimasta sdraiata rigidamente per quasi un'ora, e so che era arrabbiata con se stessa per quello che è successo nella doccia. Ho pensato di parlarle, distogliendola dai suoi pensieri, ma con i ricordi freschi nella mia mente e il corpo duro e dolente non volevo rischiare che la conversazione prendesse una piega pericolosa.

Se avesse iniziato a difendere il marito, avrei perso il controllo e l'avrei presa, facendole del male.

Respirando, mi inebrio del dolce profumo dei suoi capelli e lascio che il picco di lussuria scacci via il nodo persistente nella gola. Non ha molto senso, ma sono certo che è Sara la ragione per cui, per la prima volta dopo cinque anni e mezzo, ho sognato mio figlio senza sognare anche la sua morte. Sebbene stringere il suo corpo nudo senza scoparlo sia una forma di tortura per me, la presenza di Sara nel mio letto ha lo stesso effetto sui miei sogni di quello che ha la sua vicinanza nei momenti di veglia.

Quando sono con lei, il dolore per le mie perdite è meno acuto, quasi sopportabile.

Chiudendo gli occhi, rimuovo i pensieri e sprofondo nel sonno.

Se sono fortunato, rivedrò Pasha nei miei sogni.

S*ara*

COME IERI, PETER NON C'È QUANDO MI SVEGLIO. SONO contenta, perché non so come lo avrei affrontato questa mattina. Ogni volta che ripenso a quello che è successo nella doccia, mi sento morire dentro.

Ho tradito George, ho tradito la sua memoria nel peggior modo possibile. Ho conosciuto mio marito quando avevo appena diciotto anni. È stato il mio primo vero ragazzo. E anche quando le cose erano peggiorate, sono rimasta fedele a lui e al nostro matrimonio.

Fino a ieri sera, George era l'unico uomo con cui avessi mai fatto sesso, l'unico che mi avesse mai fatta venire.

Il dolore prende il sopravvento, così forte e improvviso che sembra un malessere fisico. Sospirando, mi piego sul lavandino, con lo spazzolino stretto nel pugno. Negli ultimi sei mesi, sono stata così occupata ad affrontare gli attacchi di panico e l'ansia, il senso di colpa per la consapevolezza di aver causato la morte di George che non ho avuto davvero la possibilità di piangere per mio marito. Non ho elaborato il vuoto lasciato dalla sua assenza nella mia vita, non ho affrontato il fatto che l'uomo con cui sono stata per un decennio non c'è più.

George è morto, e ho dormito con il suo assassino.

Il mio stomaco si contorce dalla nausea, mentre fisso lo specchio del bagno, disgustata dall'immagine che vedo riflessa. La facilità con cui la notte scorsa ho raggiunto l'orgasmo mi riempie di un'indicibile vergogna. Peter mi ha toccata appena, non ha fatto quasi niente. Non ha nemmeno insistito più di tanto. Se mi fossi sforzata, avrei potuto respingerlo, ma non ci ho nemmeno provato.

Sono rimasta lì, arrendendomi al piacere, e poi ho dormito tra le braccia del mio torturatore per la seconda notte consecutiva.

Il dolore si trasforma in un grosso nodo di disgusto, e distolgo lo sguardo dal mio riflesso, incapace di sopportare il giudizio negli occhi nocciola che mi scrutano. Non posso farlo, non posso stare a questo gioco malato e contorto a cui Peter mi sta costringendo. Non importa se ha le sue ragioni o meno, o se pensa di averle. Nessun tipo di sofferenza giustifica quello che ha fatto a George o quello che sta facendo a me.

Il mio tormentatore sarà anche ferito e distrutto, ma questo non fa che renderlo più pericoloso—per la mia sanità mentale e la mia sicurezza.

Devo trovare una via d'uscita.

Devo liberarmene, ad ogni costo.

Trascorro la maggior parte del turno con il pilota automatico. Per fortuna, non devo eseguire alcun intervento chirurgico, né qualcosa di critico; altrimenti, avrei dovuto chiedere a qualche altro medico di intervenire. Per la prima volta, la mia mente non è concentrata sulle esigenze delle pazienti, ma su quello che dovrò fare per affrontare il mio stalker.

Non sarà facile, e sarà sicuramente pericoloso, ma non ho altra scelta.

Non posso trascorrere un'altra notte tra le braccia di un uomo che odio.

Ho quasi finito il turno, quando incontro Joe Levinson nel corridoio. Lo supero, in un primo momento, ma grida il mio nome e riconosco l'uomo alto e magro con i capelli color sabbia.

"Joe, ciao" dico, sorridendo. Ci siamo divertiti a chiacchierare durante la cena dai miei genitori sabato scorso e praticamente ogni altra volta in cui ci siamo incontrati negli anni, grazie all'amicizia tra i Levinson ed i miei genitori. In circostanze diverse—ad esempio, se non mi fossi sposata, per poi rimanere vedova in maniera brutale—avrei potuto frequentare Joe, sia per far piacere ai miei genitori, sia perché mi piace davvero. Non mi fa battere forte il cuore, ma è un ragazzo simpatico, e questo è molto importante per me. "Che cosa ci fai qui?"

"Questo" dice affrettatamente, alzando la mano destra per mostrarmi un dito bendato.

"Oh, no! Che cos'è successo?"

Fa una smorfia. "Ho litigato con un frullatore e il frullatore ha vinto."

"Oh." Sussulto quando lo immagino nella mia mente. "È ridotto molto male?"

"Abbastanza da non poterci mettere i punti. Dovrò aspettare che l'emorragia si fermi da sola."

"Oh, mi dispiace. Quindi, sei venuto al pronto soccorso per quello?"

"Sì, ma ovviamente ho esagerato. Voglio dire, c'era sangue ovunque, e la punta del dito è praticamente ridotta in poltiglia, ma hanno detto che guarirà e che non dovrebbe rimanermi una brutta cicatrice."

"Oh, meno male. Spero che guarisca presto."

Mi sorride, con gli occhi azzurri che brillano. "Grazie, lo spero anch'io."

Ricambio il sorrido e sto per riprendere a camminare lungo il corridoio, quando dice: "Ehi, Sara..."

Rabbrividisco internamente davanti all'espressione esitante sul suo volto. "Sì?" Spero che non stia per—

"Volevo chiamarti, ma visto che ti ho incontrata... Che cosa farai questo venerdì?" chiede, confermando il mio sospetto. "Perché c'è un'importante mostra d'arte in centro, e—"

"Mi dispiace. Non posso." Il rifiuto è automatico, e solo quando vedo la mortificazione sul volto di Joe mi rendo conto di quanto sono stata scortese. Sentendomi male, cerco di tornare sui miei passi. "Non è che non voglio, ma potrei essere di turno venerdì, e non so se—"

"Va bene. Non c'è problema." Fa un sorriso inconfondibilmente falso. Lo faccio anch'io ogni volta che devo nascondere il tormento emozionale.

*Cazzo.* Devo piacergli più di quanto pensassi.

"Vorresti fare qualcos'altro?" gli propongo, prima che io

possa ripensarci. "Non venerdì, ma forse tra un paio di settimane?"

Il sorriso di Joe diventa sincero, con gli occhi che si piegano agli angoli. "Certo. Che ne dici di una cena il fine settimana dopo questo? Conosco un ristorante italiano dove fanno le migliori lasagne del mondo."

"Ottima idea" dico, già pentita per la mia impulsività. E se non avessi ancora risolto la situazione con lo stalker entro quel giorno? Ormai è troppo tardi per rimangiarmi le parole, però, così dico: "Che ne dici se ne riparliamo più in là? I miei orari cambiano in continuazione e—"

"Non dire altro. Capisco perfettamente." Mi rivolge un bel sorriso. "Ho il tuo numero, quindi ti telefonerò la settimana prossima, e mi dirai qual è l'ora che preferisci, ok?"

"D'accordo. Ci sentiamo, allora" dico, e mi affretto lungo il corridoio, prima di poter fare ulteriori danni.

Ho un'ultima paziente da visitare, e poi potrò concentrarmi sulla mia missione.

Se tutto va bene, entro domani sarò libera.

P eter

"LA RIVEDRAI STASERA?" CHIEDE ANTON IN RUSSO, ALZANDO LO sguardo dal portatile, mentre entro nel salotto. Come al solito, l'ex pilota è vestito di nero dalla testa ai piedi ed è armato fino ai denti, anche se il nostro nascondiglio periferico è più sicuro che mai. Come il resto della mia squadra, è un pericoloso figlio di puttana e, anche se lo prendiamo spesso in giro per i capelli lunghi e la folta barba nera, sembra proprio quello che è: un ex assassino degli Spetsnaz.

"Certo" rispondo, sempre in russo.

Sedendomi al tavolino accanto al divano dov'è seduto Anton, mi tolgo la giacca di pelle e rimuovo l'arsenale di armi attaccato al gilet. Quando vado da Sara, porto solo una pistola e un paio di coltelli con me, tutti nascosti strategicamente nelle tasche interne della giacca, in modo che non li veda quando mi vesto o mi spoglio. Non voglio spaventarla o ricordarle chi sono; sa già fin troppo sulle mie doti. Inoltre, sarei un idiota a fidarmi di lei con delle armi vere.

Anche un principiante può sparare con una pistola e centrare l'obiettivo per caso.

"Yan farà il primo turno stasera" dice Anton, rivolgendo l'attenzione al computer sulle gambe. "Devo occuparmi della logistica per questo lavoro in Messico."

Mi acciglio, mentre tolgo il giubbotto antiproiettile. "Pensavo che fosse tutto pronto."

"Sì, lo pensavo anch'io, ma a quanto pare Velazquez ha avuto una piccola discussione con il tuo vecchio amico Esguerra, e sta rafforzando notevolmente la sicurezza. Credo che si aspetti un attacco da parte di Esguerra. Non ha nulla a che fare con noi, ovviamente, ma, comunque, questo complica le cose."

"Cazzo." Il coinvolgimento di Julian Esguerra, per quanto possa essere indiretto, complica sicuramente le cose, e non solo perché ha individuato inavvertitamente il nostro obiettivo. Il trafficante d'armi colombiano mi odia. Anche se ho salvato la vita di quel bastardo, ho messo in pericolo quella di sua moglie, e questo non me lo perdonerà mai. Non mi darà la caccia attivamente, ma se scoprisse che sono in Messico, così vicino al suo territorio, potrebbe mantenere la sua promessa di uccidermi.

Ora che ci penso, sono vicino al suo territorio anche qui nell'Illinois. I genitori di sua moglie vivono a Oak Lawn, non troppo lontano dalla casa di Sara a Homer Glen. Dubito che verrebbe a cercarmi qui per il momento, ma se lo facesse e le nostre strade si incrociassero in qualche modo non avrei altra scelta che affrontarlo.

Oh, beh. Ci penserò quando succederà. Non me ne andrò da qui finché non avrò finito con Sara.

"Sì" mormora Anton, guardando storto il computer. "Cazzo."

Lo lascio stare e mi dirigo in cucina per prendere una birra dal frigorifero. Oggi mi sono occupato personalmente di un lavoro locale, lasciando il fratello gemello di Yan, Ilya, a sorvegliare Sara, e sono ancora in preda all'adrenalina, con i sensi affilati e la mente incredibilmente lucida. È strano che uccidere possa far sentire così vivi, ma è così.

Come sanno tutti quelli all'interno del mio ambito lavorativo, la vita e la morte sono solo due facce della stessa medaglia, e manipolare quella medaglia è una delle cose che mi suscita più emozioni.

Trangugio mezza bottiglia di birra, prendo una manciata di noci da una scodella sul tavolo e torno nel salotto. Tra poco, andrò a casa di Sara e preparerò la cena per noi, e lo spuntino dovrebbe bastarmi fino a quel momento. Prima, però, io e Anton dobbiamo parlare.

Il lavoro in Messico è grande, e non possiamo permetterci di rovinare tutto.

"Allora, quali sono le ultime novità?" chiedo, sedendomi accanto ad Anton, sul divano. Poggiando la birra sul tavolino, do un'occhiata allo schermo del computer. "Quanto del nostro piano dovremo rifare?"

"Praticamente tutto" ringhia Anton. "Gli orari delle guardie sono un casino, ci sono nuove telecamere di sicurezza ovunque e Velazquez sta mettendo pattuglie intorno al perimetro del complesso."

"Bene. Mettiamoci al lavoro."

Durante l'ora successiva, escogitiamo un nuovo piano d'attacco nei confronti di Velazquez, uno che tenga conto della maggiore sicurezza del suo complesso. Invece di assassinarlo di notte, come previsto in precedenza, andremo da lui a pranzo, perché in quel momento solo alcune guardie saranno di turno. È stupido, ma la maggior parte delle persone, tra cui i leader del cartello messicano, che dovrebbero saperlo, si sentono più sicuri di giorno. Questo è uno dei problemi più comuni che ho affrontato durante i miei giorni di consulenza in materia di sicurezza, e ho sempre consigliato ai miei clienti di mantenere la stessa protezione indipendentemente dal fatto che il sole fosse alto o meno.

"Il trasferimento è andato bene?" chiedo, quando abbiamo finito, e Anton annuisce.

"Sette milioni di euro come concordato, e l'altra metà al completamento del lavoro. Dovrebbero garantirci la birra e le arachidi per un altro po'."

Ridacchio. Anton e altri due membri della mia vecchia squadra—i gemelli Ivanov—si sono uniti a me due anni fa, dopo che ho ottenuto la lista e mi sono rivolto a loro, promettendo di renderli ricchi in cambio di aiuto. Hanno acconsentito, sia in nome della nostra amicizia, sia perché erano sempre più disillusi dal governo russo. Con la squadra, sono passato dalla consulenza in materia di sicurezza a un lavoro più lucrativo e flessibile, sfruttando le mie conoscenze per ottenere lavoretti molto redditizi. Avevo bisogno dei soldi per finanziare la mia vendetta e tenere testa alle autorità, ed i ragazzi avevano bisogno di una nuova sfida. Anche se l'eliminazione delle persone sulla mia lista aveva la priorità, abbiamo effettuato una serie di colpi pagati e costruito la nostra reputazione. Ora siamo specializzati nell'eliminazione di obiettivi difficili in tutto il mondo, e veniamo pagati con enormi somme di denaro per lavori che nessun altro oserebbe fare. Spesso, i nostri clienti sono criminali pericolosi e incredibilmente ricchi, e anche i nostri obiettivi tendono ad esserlo—come Carlos Velazquez, capo del Cartello Juarez.

Per quanto riguarda la mia squadra, non c'è molta differenza tra la caccia ai terroristi e la cattura dei signori del crimine. Oppure l'uccisione di chiunque ci ostacoli. Abbiamo tutti perso la coscienza e la moralità molti anni fa.

"Stai uscendo?" chiede Anton, chiudendo il portatile, quando mi alzo e metto la giacca. "Stai uscendo per passare di nuovo la notte insieme a lei?"

"Probabilmente." Mi sistemo la giacca, assicurandomi che le armi siano nascoste bene. "È molto probabile."

Anton sospira e si alza, lasciando il portatile sul divano. "Sai che questa è follia pura, vero? Se la vuoi così tanto, prendila e falla finita con lei, cazzo. Sono stanco di questi lavoretti locali; i criminali stupidi non fanno nemmeno più le risse. Se non avremo un altro lavoro vero e proprio prima del Messico, impazzirò del tutto."

"Sei sempre libero di metterti in proprio" sottolineo, e sopprimo una risatina quando Anton mi rivolge il dito medio in risposta. Anche se non fossimo amici, non lascerebbe la squadra. Le mie connessioni sono il motivo per cui abbiamo un'attività così redditizia. Per ottenere quella lista, mi sono avventurato nelle profondità del sottosuolo criminale e ho conosciuto molti giocatori chiave. Per quanto possano essere esperti i miei ragazzi, non avrebbero la metà del successo senza di me, e lo sanno bene.

"Divertiti" grida Anton mentre mi dirigo verso l'uscita, e

fingo di non sentire quando mormora qualcosa sugli stalker ossessionati e le povere donne torturate.

Non capisce perché io stia facendo questo a Sara, e non sono disposto a spiegarglielo.

Soprattutto perché non lo capisco nemmeno io.

*S* ara

Quando entro in casa, con la borsa sistemata casualmente sopra la spalla, vengo accolta da un profumo di frutti di mare al burro e aglio arrostito. Come speravo, il tavolo è adornato ancora una volta da candele e da una bottiglia di vino bianco immersa in un secchiello di ghiaccio. Solo il cibo è diverso oggi; a quanto pare, mangeremo linguine al pesce per primo, con calamari e un'insalata di pomodori e mozzarella per antipasto.

La preparazione non avrebbe potuto essere migliore, se ci avessi provato io.

*Comportati normalmente. Stai calma. Non può sapere cosa stai tramando.*

"Serata italiana, eh?" dico, quando Peter si gira per guardarmi dal ripiano della cucina, sul quale stava tagliando qualcosa che sembra basilico. Il cuore mi batte freneticamente nel petto, ma riesco a mantenere il tono freddamente sarcastico. "E domani? Giapponese? Cinese?"

"Se vuoi" dice, avvicinandosi al tavolo per spargere il basilico tritato sulla mozzarella. "Conosco meno quelle cucine, quindi dovremmo ordinare il cibo."

"Uh-uh." Il mio sguardo si sofferma sulle sue mani, mentre toglie i resti del basilico dalle dita. Una sensazione calda e rassicurante mi avvolge al ricordo di come quelle dita mi hanno toccata con un piacere devastante, facendomi beare tra le sue braccia.

*No. Basta.*

Nel tentativo di distrarmi, mi concentro sul suo abbigliamento. Oggi indossa una camicia nera con le maniche arrotolate, e mi si secca la gola alla vista dei suoi avambracci muscolosi e abbronzati, quello sinistro ricoperto dai tatuaggi fino al polso. Di solito i ragazzi tatuati non mi fanno impazzire, ma i tatuaggi intricati gli stanno benissimo, enfatizzando la potenza nascosta sotto quella pelle liscia e ricoperta di peli. Sono sempre stata attratta dagli avambracci forti e mascolini, e Peter ha i migliori che io abbia mai visto. George andava in palestra, quindi anche lui aveva delle belle braccia, ma non erano potenti come queste.

*Uh, smettila.* Il disgusto per me stessa mi brucia la gola, quando mi rendo conto di quello che sto facendo. Non dovrei mai paragonare mio marito, un uomo normale e pacifico, ad un assassino, la cui vita ruota attorno alla violenza e alla vendetta. È ovvio che Peter Sokolov sia più in forma; deve esserlo, per uccidere tutte quelle persone e sfuggire alle autorità. Il suo corpo è un'arma, affilata da anni di battaglie, mentre George era un giornalista, uno scrittore che passava la maggior parte del tempo al computer.

Solo che... stando a quello che mi ha detto Peter, mio marito *non* era un giornalista. Era una spia che operava nel medesimo mondo oscuro del mostro che si aggira nella mia cucina.

La tensione si accumula sulla mia fronte e scaccio ogni pensiero sul presunto inganno di mio marito, concentrandomi sul resto dell'abbigliamento dello stalker: un altro paio di jeans scuri e calzini neri senza scarpe. Per un attimo, mi chiedo se Peter abbia qualcosa contro le scarpe, ma poi ricordo che in alcune culture è considerato irrispettoso e impuro indossare all'interno le scarpe usate fuori casa.

Anche nella cultura russa è così? E se sì, l'uomo che mi ha torturata in questa stessa cucina vuole dimostrarmi, in modo bizzarro, che mi rispetta?

"Lavati le mani e fa' tutto quello che devi fare" dice, abbassando le luci prima di sedersi al tavolo e stappare il vino. "Il cibo si sta freddando."

"Non c'era bisogno che mi aspettassi" dico, e vado al bagno per lavarmi le mani. Detesto quando si comporta come se conoscesse tutte le mie abitudini, ma non metterò in pericolo la mia salute per fargli un dispetto.

"Davvero, dico sul serio" preciso, quando torno. "Non c'è bisogno che tu venga qui. Sai, nutrirmi non fa parte dei tuoi doveri di stalker, no?"

Mi sorride, mentre mi siedo davanti a lui e appendo la borsa sullo schienale della sedia. "Davvero?"

"Questo è quello che dicono tutti gli annunci di lavoro per stalker." Taglio un pezzo di pomodoro e un pezzo di mozzarella con la forchetta e lo porto al piatto. La mia mano è stabile e non mostra affatto l'ansia che mi corrode dentro. Vorrei stringere la borsa a me, tenerla sulle gambe a portata di mano, ma se lo facessi solleverei qualche sospetto. Sto già rischiando tenendola appesa allo schienale, visto che normalmente la appoggio sul divano del salotto. Spero che lo attribuisca al fatto che sono venuta direttamente in cucina, invece di fare la mia solita deviazione verso il divano.

"Beh, se dicono questo, chi sono io per discuterne?" Peter versa un bicchiere di vino per entrambi, prima di mettere un po' dell'insalata a base di mozzarella nel suo piatto. "Non sono un esperto."

"Non hai mai perseguitato altre donne?"

Taglia un pezzo di mozzarella, lo porta alla bocca e lo mastica lentamente. "Non così, no" dice, quando ha finito.

"Davvero?" Sono colta da una curiosità morbosa. "E come, allora?"

Mi guarda. "Fidati, è meglio che tu non lo sappia."

Probabilmente ha ragione, ma, dato che c'è una possibilità di non rivederlo dopo stasera, sento un bizzarro desiderio di scoprire di più su di lui. "No, in realtà voglio saperlo" dico, cercando di calmarmi con la cinghia della borsa che mi strofina la schiena. "Voglio saperlo. Dimmelo."

Esita, poi dice: "La maggior parte dei miei incarichi sono sempre stati uomini, ma ho seguito anche alcune donne come parte del mio lavoro. Lavori diversi, donne diverse, motivi diversi. Tornato in Russia, spesso erano le mogli e le fidanzate degli uomini che minacciavano il mio Paese; le seguivamo e facevamo domande per individuare i veri bersagli. Poi, quando sono diventato un fuggitivo, ho dato la caccia a un paio di donne come parte del lavoro per vari leader dei cartelli, trafficanti d'armi e simili; di solito, era perché rappresentavano una minaccia di qualche tipo o avevano tradito gli uomini per cui lavoravo."

Il pomodoro che ho appena ingerito mi si blocca in gola. "Le hai solo... seguite?"

"Non sempre." Si avvicina alle linguine, affonda la forchetta e porta una notevole porzione di pasta nel suo piatto, senza spargere la salsa al burro. "A volte dovevo fare di più."

Le punte delle mie dita stanno cominciando a diventare fredde. So che dovrei stare zitta, ma chiedo: "Che cosa dovevi fare?"

"Dipendeva dalla situazione. Una volta, il mio obiettivo è stato un infermiere che aveva venduto il mio datore di lavoro—il trafficante d'armi di cui ti ho parlato—ad alcuni dei suoi clienti terroristi. Di conseguenza, la sua ragazza è stata rapita e lui è rimasto quasi ucciso per salvarla. Era una brutta situazione, e quando ho trovato l'infermiere, ho dovuto ricorrere a una brutta soluzione." Si ferma, con gli occhi grigi che brillano. "Vuoi che continui?"

"No, basta..." raggiungo il bicchiere di vino e deglutisco. "Basta così."

Annuisce e comincia a mangiare. Non ho più appetito, ma mi sforzo di seguire il suo esempio, mettendo un po' di pasta nel piatto. È deliziosa, con i frutti di mare e la pasta perfettamente cotta e ricoperta dalla salsa ricca e saporita, ma riesco a malapena ad assaggiarla. Muoio dalla voglia di raggiungere la borsa e tirare fuori la piccola fiala nascosta lì, ma per farlo ho bisogno che Peter si distragga, che distolga lo sguardo dal suo bicchiere di vino per almeno venti secondi. Ho cronometrato il tempo in ospedale, facendo una prova con una fiala d'acqua: cinque secondi per aprire la fiala, altri cinque per allungarmi sul tavolo e versare il contenuto della fiala nel bicchiere di vino e altri tre per ritirare la mano e ricompormi. Sono circa tredici secondi, non venti, ma non posso lasciare che sospetti qualcosa, quindi ho bisogno di un margine extra.

"Allora, parlami della tua giornata, Sara" dice, dopo aver mangiato la maggior parte delle linguine nel piatto. Alzando la testa, mi fissa con un freddo sguardo d'acciaio. "Niente di interessante?"

Il mio stomaco si contrae, annodandosi intorno alle linguine che mi sono sforzata di ingerire. Peter non può sapere che ho incontrato Joe, vero? Il mio tormentatore non ha detto niente, ma se nella sua mente questa strana cosa tra noi è una specie di corteggiamento, potrebbe opporsi al fatto che io parli—e organizzi incontri—con altri uomini.

"Uhm, no." Con grande sollievo, la mia voce sembra relativamente normale. Sto migliorando nel recitare sotto stress estremo. "Voglio dire, è venuta una donna con una forte emorragia che si è trasformata in un aborto spontaneo di due gemelli, e una ragazza di quindici anni che è venuta da noi con una gravidanza *programmata*—ha detto che aveva sempre desiderato diventare mamma—ma questo non sarebbe interessante per te, ne sono certa."

"Non è vero." Mette giù la forchetta e si appoggia allo schienale. "Trovo il tuo lavoro affascinante."

"Davvero?"

Annuisce. "Sei un medico, ma non solo una dottoressa che preserva la vita e cura le malattie. Tu *porti* la vita in questo mondo, Sara, aiutando le donne, quando sono più vulnerabili— e più belle."

Respiro, fissandolo. Quest'uomo—questo assassino—non può capire, vero? "Pensi che... le donne incinte siano belle?"

"Non solo le donne incinte. L'intero processo è bello" dice, e mi rendo conto che capisce. "Tu la pensi diversamente?" chiede, quando continuo a guardarlo, muta dallo shock. "Come nasce la vita, come un piccolo fascio di cellule cresce e cambia prima di emergere nel mondo? Non lo trovi straordinario, Sara? Addirittura miracoloso?"

Prendo il mio bicchiere di vino e ne bevo un sorso prima di rispondere. "Certo." La mia voce è scialba, quando finalmente riesco a parlare. "Certo che la penso come te. È solo che non mi aspettavo che *tu* la pensassi così."

"Perché?"

"Non è ovvio?" Metto giù il bicchiere. "Tu togli la vita. Fai del male alla gente."

"Sì, è così" concorda, senza battere ciglio. "Ma questo mi permette di apprezzarla ancora di più. Quando capisci la fragilità dell'*essere*, la sua transitorietà—quando vedi com'è facile mettere fine all'esistenza di qualcuno—apprezzi la vita di più, non di meno."

"Allora, perché lo fai? Perché distruggi qualcosa che apprezzi? Come puoi conciliare il fatto di essere un assassino con—"

"Con il fatto di trovare la vita umana bellissima? È facile." Si china in avanti, con gli occhi grigi scuri nella luce tremolante delle candele. "Vedi, la morte fa parte della vita, Sara. È una parte brutta, certo, ma non c'è bellezza senza bruttezza, proprio come non c'è felicità senza dolore. Viviamo in un mondo di contrasti, non di assoluti. Le nostre menti sono progettate per comparare, per percepire i cambiamenti. Tutto ciò che siamo, tutto ciò che facciamo in quanto esseri umani, si basa sul fatto che X è diverso da Y—migliore, peggiore, più caldo, più freddo, più scuro, più chiaro, qualunque cosa—ma solo per confronto. Nel vuoto, X non ha bellezza, proprio come Y non ha bruttezza.

È il contrasto tra loro che ci permette di preferire l'uno all'altro, di operare una scelta e di trarne la felicità."

La mia gola è inspiegabilmente secca. "E allora? Porti la gioia nel mondo con il tuo lavoro? Rendi tutti felici?"

"No, certo che no." Peter prende il bicchiere di vino e fa roteare il liquido al suo interno. "Non mi faccio illusioni su ciò che sono e ciò che faccio. Ma questo non significa che non comprenda la bellezza del tuo lavoro, Sara. Si può vivere nell'oscurità e vedere la luce del sole; è ancora più luminoso in quel modo."

"Io..." Ho i palmi scivolosi per il sudore, quando prendo il bicchiere di vino e allungo furtivamente la mano libera nella borsa. Per quanto questa conversazione sia affascinante, devo agire prima che sia troppo tardi. Non è sicuro che lui versi un secondo bicchiere. "Non l'avevo mai vista in questo modo."

"Non vedo perché avresti dovuto." Mette giù il bicchiere e mi sorride. È il suo sorriso oscuro e magnetico, quello che mi scalda sempre l'intimo. "Hai condotto una vita molto diversa, ptichka. Una vita più delicata."

"Esatto." I miei respiri sono rapidi, mentre prendo il bicchiere e lo porto alle labbra. "Direi di sì—finché non sei arrivato tu."

La sua espressione si fa seria. "È vero. Per quello che vale—"

Il bicchiere mi scivola dalle mani, con il contenuto che si riversa sul tavolo davanti a me. "Ops." Salto in piedi, come se fossi imbarazzata. "Mi dispiace. Lascia che—"

"No, no, siediti." Si alza, proprio come speravo. Anche se questa è casa mia, gli piace comportarsi come farebbe un ospite educato. "Me ne occuperò io."

In pochi passi, raggiunge il portatovaglioli di carta sulla mensola, e sfrutto l'occasione per aprire la fiala. *Sei, sette, otto, nove...* Conto mentalmente, mentre verso il contenuto nel bicchiere. *Dieci, undici, dodici.* Si gira, con il tovagliolo in mano, e gli rivolgo un sorrisetto, mentre torno a sedermi, rimettendo la fiala vuota nella borsa. Ho la schiena bagnata di gelido sudore e mi tremano le mani dall'adrenalina, ma ho fatto quello che dovevo fare.

Ora ho solo bisogno che beva il vino.

"Ecco, lascia che ti aiuti" dico, prendendo un tovagliolo, mentre tampona il vino versato sul tavolo, ma mi fa cenno di lasciar stare.

"Va tutto bene, non preoccuparti." Porta il mio piatto impregnato di vino nel secchio della spazzatura e getta via i resti della pasta—quella avrebbe potuto essere un'altra opportunità, noto tra me e me—poi, torna con un piatto pulito.

"Grazie" dico, cercando di sembrare grata e non allegra, mentre sostituisce il mio bicchiere di vino con uno nuovo e mi versa dell'altro vino, prima di aggiungerne un po' al suo bicchiere. "Scusa, sono un'imbranata."

"Non preoccuparti." Sembra divertito, quando si rimette a sedere. "Normalmente, sei molto graziosa. È una delle cose che più mi piacciono di te: quanto siano precisi e controllati i tuoi movimenti. È dovuto alla tua formazione medica? Mani salde per la chirurgia e tutto il resto?"

*Non sembrare nervosa. Qualunque cosa tu faccia, non sembrare nervosa.*

"Sì, in parte" rispondo, facendo del mio meglio per tenere la voce ferma. "Ho studiato anche danza classica da piccola, e la mia insegnante era fissata con la precisione e la tecnica. Le mani dovevano essere posizionate in questo modo, e i piedi in quest'altro. Provavamo ogni posizione, ogni passo fino al raggiungimento della perfezione, e se scivolavamo, dovevamo tornare indietro e riprovare tutto daccapo, a volte per tutta la durata della lezione."

Prende il bicchiere e fa roteare nuovamente il liquido. "Interessante. Ho sempre pensato che somigliassi a una ballerina. Per la postura e il fisico."

"Davvero?" *Bevi. Bevi, ti prego.*

Mette giù il bicchiere e mi fissa con uno sguardo enigmatico. "Certo. Ma non balli più, vero?"

"No." *Dai, riprendi il bicchiere.* "Ho smesso quando ho cominciato la scuola superiore, anche se ho preso qualche lezione di danza durante l'università."

"Perché hai smesso con la danza classica?" Avvicina la mano al bicchiere, come per riprenderlo. "Immagino che fossi brava."

"Non abbastanza da farlo professionalmente, almeno non senza un grande allenamento aggiuntivo. E i miei genitori non volevano quello per me." Il cuore mi batte forte dall'attesa, quando piega le dita intorno allo stelo del bicchiere. "Il potenziale guadagno di una ballerina è abbastanza limitato, così come la durata della sua carriera. La maggior parte smette di danzare intorno ai vent'anni e deve trovare qualcos'altro da fare."

"Capisco" riflette, sollevando il bicchiere. "Aveva importanza per te o per i tuoi genitori?"

"Che cosa aveva importanza?" Cerco di non fissare il bicchiere di vino, che oscilla a pochi centimetri dalle sue labbra. *Dai, bevi.*

"Il potenziale guadagno." Fa roteare nuovamente il vino, come se godesse davanti alla vista del liquido chiaro che lambisce le pareti del bicchiere. "Volevi essere un medico ricco e di successo?"

Mi sforzo di distogliere lo sguardo dall'ipnotico movimento

del vino. "Certo. Chi non lo vorrebbe?" L'ansia mi sta mangiando viva, così mi distraggo prendendo il mio bicchiere di vino e bevendone un bel sorso. *Ti prego, fa' come me e bevi. Dai, solo qualche sorso.*

"Non lo so" mormora. "Forse una bambina che preferirebbe fare la ballerina o la cantante?"

Sbatto le palpebre, distratta dal suo non-bere. "Una cantante?" Perché sta dicendo una cosa del genere? Nessuno al di fuori della mia psicologa di seconda media è a conoscenza di quella particolare ambizione.

Già a dieci anni sapevo che sarebbe stato meglio evitare di menzionare qualcosa di così poco utile ai miei genitori— soprattutto dopo che avevo scoperto le loro opinioni sulla danza classica.

"Hai una bellissima voce" dice Peter, continuando a giocherellare con il bicchiere di vino. "È logico che ad un certo punto avresti preso in considerazione l'idea di esibirti. E a differenza di quella di una ballerina, la carriera di una cantante di successo non necessariamente finisce presto. Diversi cantanti di una certa età sono molto rispettati."

"Credo che sia vero." Guardo di nuovo il bicchiere, con la frustrazione che cresce. È come se mi stesse torturando, in attesa di vedermi cedere. Per mettere a freno l'impazienza, bevo un grosso sorso del mio vino e dico: "Come fai a sapere che canto bene? Oh, aspetta. I tuoi dispositivi di ascolto, giusto?"

Annuisce, senza il minimo senso di colpa. "Sì, canti spesso quando sei sola."

Mando giù un po' di vino. In qualsiasi altro momento, il suo atteggiamento indifferente nei confronti della mia privacy mi avrebbe fatta infuriare, ma ora tutta la mia attenzione è rivolta al suo stupido vino. *Perché non lo sta bevendo?*

"Quindi, pensi davvero che canto bene?" chiedo, poi mi rendo conto che probabilmente dovrei sembrare più indignata. Con tono più aspro, aggiungo: "Dal momento che mi sono esibita per te senza volerlo, potresti dirmi qual è il tuo parere più sincero."

Gli angoli dei suoi occhi si piegano, quando abbassa il bicchiere. "La tua voce è bellissima, ptichka. Te l'ho già detto, e non ho motivo di mentire."

*Oh mio Dio, bevi quel cazzo di vino!* Per evitare di gridarlo ad alta voce, respiro e mi stampo un bel sorriso sulle labbra. "Sì, beh, *stai* cercando di entrare nelle mie mutande. Come ti confermerebbe qualunque altra donna, le lusinghe aiutano."

Ride e riprende il bicchiere. "Vero. Anche se ho la sensazione che potrei farti i complimenti in eterno e non cambierebbe nulla."

"Non si può mai sapere." Mantengo un tono allegro e civettuolo, nonostante il sudore freddo che mi riga la schiena. Se non beve di sua spontanea volontà, dovrò spingerlo a farlo.

Non possiamo concludere questa cena, finché non avrà bevuto almeno qualche sorso.

Sollevando il mio bicchiere, gli rivolgo un bel sorriso luminoso e dico: "Perché non brindiamo a questo? Alla vanità delle donne e alle tue lusinghe?"

"Perché no, infatti?" Solleva il bicchiere e lo avvicina al mio. "A te, ptichka, e alla tua voce stupenda."

Portiamo i bicchieri alle labbra, ma, prima che io possa bere un sorso, allenta le dita intorno allo stelo del suo bicchiere.

"Ops" mormora, mentre il bicchiere cade in avanti, spargendo il vino davanti a lui, nella replica esatta del mio incidente di prima. I suoi occhi brillano in un modo strano. "È colpa mia."

Smetto di respirare, con il sangue che si cristallizza nelle vene. "Tu... tu—"

"Sapevo che avevi aggiunto qualcosa nella mia bevanda? Sì, naturalmente." La sua voce rimane dolce, ma riconosco la nota letale che cela. "Credi che nessun altro abbia provato ad avvelenarmi prima d'ora?"

Il cuore mi batte all'impazzata, ma non riesco a muovermi, quando si alza e gira intorno al tavolo, avvicinandosi a me con l'elegante grazia di un predatore. Tutto quello che posso fare è fissarlo, vedendo la rabbia che brucia in quegli occhi metallici.

Ora mi ucciderà. Mi ucciderà per questo. "Io non..." Il terrore mi brucia nelle vene. "Io non—"

"No?" Fermandosi accanto a me, raggiunge la borsa e tira fuori la fiala vuota. Dovrei correre, o almeno provarci, ma non sono abbastanza coraggiosa per provocarlo ulteriormente. Così, rimango lì, respirando a malapena, mentre porta la fiala al naso e la annusa.

"Ah, sì" mormora, abbassando la mano. "Un po' di diazepam. Non lo sentivo nel vino, ma ora è chiaro." Mette la fiala sul tavolo davanti a me. "L'hai presa in ospedale, immagino."

"Io... Sì." È inutile negarlo. Le prove sono letteralmente davanti a me.

"Hmm." Poggia il fianco sul tavolo e mi guarda. "E che cosa avresti fatto dopo avermi stordito, ptichka? Mi avresti consegnato all'FBI?"

Annuisco, con le parole bloccate in gola, mentre lo fisso. Con il suo grande corpo che incombe su di me, mi sento come il passerotto a cui mi ha paragonata: piccola e terrorizzata davanti a un falco.

Piega la sua bocca sensuale nella parodia di un sorriso.

"Capisco. E credevi che sarebbe stato così facile? Stordirmi e via?"

Sbatto le palpebre, senza capire.

"Secondo te, non avevo un piano di emergenza per questo?" chiarisce, e mi irrigidisco, mentre alza la mano. Ma tutto quello che fa è prendermi una ciocca di capelli e spazzolarmi la punta sulla mascella, in un gesto tenero, ma crudelmente derisorio al tempo stesso. "Non mi aspettavo un tuo tentativo di uccidermi o mettermi fuori gioco in qualche modo?"

"Tu... ce l'avevi?"

Abbassa le palpebre, concentrandosi sulla mia bocca. "Certo." La ciocca di capelli mi strofina le labbra, con le punte che fanno il solletico sulla mia carne sensibile e lo stomaco che si contrae in una palla dura, quando dice dolcemente: "In questo momento, i miei uomini stanno monitorando la tua casa e tutto ciò che c'è nel raggio di dieci isolati, così come il piccolo schermo che mostra i miei segnali vitali." I suoi occhi incrociano i miei. "Vuoi sapere che cos'avrebbero fatto se la mia pressione sanguigna si fosse abbassata inaspettatamente?"

Scuoto la testa, senza parlare. Se gli uomini di Peter sono come lui—e devono esserlo, per lavorare insieme a lui— preferirei non sapere i dettagli di ciò che immagino.

Il suo sorriso assume un aspetto oscuro. "Sì, probabilmente è saggio, ptichka. In certi casi... è meglio la beata ignoranza."

Raccolgo i frammenti del mio coraggio. "Che cosa mi farai?"

"Secondo te?" Piega la testa, con un sorriso sempre più oscuro. "Punirti? Farti del male?"

Ho il cuore in gola. "Lo farai?"

Mi guarda per qualche istante, poi scuote la testa. "No, Sara." Nella sua voce c'è una nota stranamente stanca. "Non oggi."

Allontanandosi dal tavolo, comincia a raccogliere i piatti, e affondo nella sedia, sollevata e priva di ogni speranza.

Se non sta mentendo sui suoi uomini—e non ho motivo di credere che lo stia facendo—sono ancora più in trappola di quanto pensassi.

*P*eter

Non dovrebbe ferirmi, sapere che vuole sbarazzarsi di me. Non dovrei sentirmi come se delle lame di fuoco mi stessero trafiggendo il petto. Qualsiasi persona nella situazione di Sara si sarebbe opposta; è logico e normale.

Non dovrei starci male, ma è così, e nonostante le parole che ripeto a me stesso mentre conduco Sara al piano di sopra, il mostro dentro di me si dimena e urla, supplicandomi di fare esattamente quello che lei temeva, e punirla per questa trasgressione.

Quando arriviamo nella camera da letto, non la faccio spogliare nuovamente davanti a me; sono troppo vicino al limite per essere certo del mio autocontrollo. L'ho già messo alla prova durante la cena, stando al gioco del suo innocente numero, *Non ho drogato il tuo vino.* Ho capito subito cos'aveva fatto—rovesciare il vino non è da lei—ma volevo vedere quanto fosse brava a recitare, e così ho continuato a parlarle, fingendo di essere stupido e ingenuo, un idiota pronto ad abboccare a uno dei trucchi più vecchi del mondo.

"Puoi fare la doccia" dico, facendo un cenno con la testa verso il bagno, quando si ferma accanto al letto, guardando nervosamente da me al letto e viceversa. "Ti aspetterò qui."

Il sollievo è evidente sul suo viso, e scompare nel bagno. Sfrutto l'occasione per scendere al piano di sotto e sciacquarmi velocemente in uno degli altri bagni.

Anche se oggi mi sono lavato dopo il lavoro, voglio essere più pulito per lei.

Quando torno, si sta ancora facendo la doccia, così piego i miei vestiti con cura e li lascio sul comò prima di infilarmi nel letto. Mi sono masturbato in fretta prima, ma il mio desiderio per Sara non si è placato, e so che non riuscirò a resistere ancora a lungo.

La prenderò e la farò mia.

Se non stasera, molto presto.

La doccia di Sara è lunga, talmente lunga da farmi capire che la sta sfruttando per evitarmi, ma non mi importa. Ne approfitto per schiarirmi le idee e raffreddare la rabbia residua che mi brucia dentro. Quando finalmente esce dal bagno, avvolta in un asciugamano, il mostro è sotto controllo e posso sorriderle freddamente.

"Vieni" dico, accarezzando il letto accanto a me. Sto cercando di non pensare a com'era morbida e scivolosa la sua figa ieri, ma è impossibile. Voglio sentire quell'umidità setosa avvolta intorno al mio cazzo, voglio sentire i suoi gemiti mentre spingo dentro di lei. Voglio assaggiare quella bocca vellutata e vedere i suoi occhi nocciola addolcirsi e deconcentrarsi, mentre le faccio raggiungere l'orgasmo, più e più volte.

La voglio, ma non posso averla.

Non ancora, almeno.

Si avvicina in modo incerto, cauta come una gazzella selvatica e altrettanto graziosa. Vorrei afferrarla e trascinarla nel letto, ma rimango fermo, lasciando che venga da sola. In questo modo, posso fingere che non mi detesti, che vedermi imprigionato o morto non la renderebbe felice.

In questo modo, posso immaginare che un giorno *deciderà* di stare con me.

"Togliti quell'asciugamano e vieni qui" ordino, quando si ferma a mezzo metro dal letto, ma non si muove, stringendo l'asciugamano sul petto.

"Dormiremo? Dormiremo soltanto?" chiede con voce instabile, e annuisco, anche se sono dolorosamente eccitato solo guardandola. Se fossi certo che riuscirei a mantenere il controllo, la prenderei stasera stessa, o perlomeno le farei raggiungere un altro orgasmo, ma la cosa migliore che io possa fare è stringerla e cercare di dormire. Anche quella sarà una tortura, ma la sopporterò. Non ho intenzione di costringerla quando si aspetta che le farò del male; per quanto possa essere difficile, non alimenterò le sue paure.

"Dormiremo soltanto" prometto, e spero che non riesca a sentire il desiderio nella mia voce. "Dormiremo e basta."

Esita un altro secondo, poi si avvicina al letto, lasciando cadere l'asciugamano bagnato sul pavimento, e scivola sotto la coperta. Tutto quello che vedo è un lampo di pelle nuda, ma è sufficiente a risvegliare la lussuria. Cercando di calmarmi, la tiro a me e reprimo un gemito, mentre sistema il morbido sedere sul mio inguine, con la pelle umida e calda dopo la lunga doccia. Ha un bel sedere, la mia giovane dottoressa, sodo e formoso, e il mio cazzo pulsa dal desiderio di stare dentro di lei e di sentire quelle natiche lisce sulle mie palle, mentre sbatto dentro di lei, prendendola più e più volte.

Chiudendo gli occhi, inalo il dolce profumo del suo shampoo e cerco di controllare il respiro. Dopo un po', sento la tensione nei suoi muscoli allentarsi e capisco che sta cominciando a rilassarsi, a credere che non l'aggredirò nonostante il cazzo duro che deve sentire contro di lei.

*Lentamente*, mi dico, mentre inspiro ed espiro. *Controllo e concentrazione. Il dolore non significa niente. Il disagio non significa niente.* È un mantra che ho imparato durante il periodo trascorso a Camp Larko, ed è vero. Dolore, fame, sete, lussuria —è tutta chimica ed impulsi elettrici, un modo in cui il cervello comunica con il corpo. Volere Sara non mi ucciderà, non più di quanto abbiano fatto i sei mesi passati in isolamento quando avevo quattordici anni. La tortura del desiderio non soddisfatto non è niente rispetto all'inferno di essere chiuso a chiave in una stanza abbastanza grande da essere chiamata gabbia, senza nessuno con cui parlare e niente da fare. Non è niente rispetto al dolore di un coltello che ti attraversa il rene o di un pugno gigante che per poco non ti cava un occhio.

Se sono sopravvissuto al carcere giovanile in Siberia, sopravvivrò a non avere Sara.

Ancora per un po', almeno.

## 28

S*ara*

"E TU, SARA?"

"Eh?" Alzo lo sguardo dal piatto per fissare Marsha, che deve avermi appena chiesto qualcosa.

Andy rotea gli occhi. "È di nuovo nel suo mondo. Lasciala stare, Marsha."

"Scusate, sono solo distratta" dico, sistemando dietro l'orecchio una ciocca di capelli sfuggita dalla coda. Sono abbastanza certa di avere i un'immagine scompigliati oggi, ma continuo a dimenticare di comprare uno specchio per risolvere il problema. In generale, tutto quello a cui riesco a pensare questa mattina è che quando tornerò a casa stasera, *lui* sarà lì ad aspettarmi.

Peter Sokolov, l'uomo da cui non posso fuggire.

"Ho chiesto se volevi unirti a me e Tonya questo sabato" dice Marsha, più divertita che irritata. "Andy ha appena detto che verrà; uscirà con il suo ragazzo un'altra volta. E tu, Sara?"

"Oh, mi dispiace, non posso" dico, allontanando il piatto. Ho incontrato le infermiere al bar, mentre stavo facendo una colazione veloce e mi hanno chiesto di unirmi a loro. "Ho promesso ai miei genitori di andare a trovarli."

Quest'ultima parte è una menzogna, ma credo sia meglio che spiegare che non voglio mettere le mie amiche sul radar di un killer russo—o di chiunque altro abbia assoldato per sorvegliarmi.

"Che peccato" dice Marsha. "Tonya ci riporterà in quel locale. Credevo che ti piacesse, se ricordo bene. Tonya ha detto che quel barista carino ha chiesto di te."

Alzo le sopracciglia. "Davvero?"

"Sì" conferma Tonya. "Ha detto qualcosa di strano, però. Pensava di aver visto un ragazzo con te, uno che sembrava comportarsi come se fosse il tuo ragazzo o qualcosa del genere. Gli ho detto che doveva essersi sbagliato, perché sei andata via da sola quella notte. Giusto? Non hai un ragazzo segreto nascosto da qualche parte, vero?"

Il ghiaccio mi riga la schiena, anche se ho il volto in fiamme. "No, certo che no."

"Davvero?" dice Marsha, sembrando affascinata. "Allora, perché stai arrossendo? E stringi quella forchetta come se volessi pugnalare qualcuno?"

Mi guardo la mano e capisco che ha ragione. Sto stringendo la posata così forte che le nocche sono diventate bianche. Cercando di rilassare le dita, faccio una risata impacciata e dico: "Mi dispiace. Ero ubriaca quella notte, e sono un po' imbarazzata per questo. Credo di aver ballato con un ragazzo a caso, e dev'essere questo che ha visto il barista, Tonya."

Andy alza le sopracciglia. "È quel ragazzo a caso la ragione per cui sei scappata in quel modo? Sembravi quasi... spaventata."

"Che cosa? No, ero solo ubriaca." Mi lascio sfuggire un'altra risata imbarazzata. "Sai com'è quando pensi di vomitare da un momento all'altro, no? Beh, mi sentivo così quella notte."

"Ok" dice Tonya. "Dirò a Rick—il barista—che sei disponibile. Nel caso ti unissi nuovamente a noi in quel locale, voglio dire."

"Oh, io..." Arrossisco di nuovo. "No, va bene. Non sono ancora pronta per frequentare qualcuno e..."

"Non ti preoccupare." Tonya mi accarezza la mano, con le dita affusolate e fredde sulla mia pelle. "Non gli darò il tuo numero o niente del genere. Puoi mantenere il tuo alone di mistero da "principessa nella torre." Questo non fa che renderti più sexy, per quanto mi riguarda."

"Che cosa?" Resto a bocca aperta. "Che cosa vuoi dire con questo?"

"Vuole dire che hai un'aria da intoccabile" dice Andy con la bocca piena di uova. "È difficile da descrivere, ma è come se avessi un atteggiamento da principessa dei ghiacci, anche se non sei fredda, sai? Un po' come se Jackie-O e la principessa Diana decidessero di frequentare i quartieri poveri lavorando insieme a noi, gente normale, non so se mi spiego."

"No, non proprio." Aggrotto le sopracciglia davanti alla ragazza con i capelli rossi. "Stai dicendo che sembro snob?"

"No, non snob, solo diversa" precisa Marsha. "Andy non si è spiegata bene. Sei solo... raffinata. Forse è dovuto alle lezioni di danza classica che hai preso da piccola, ma è come se qualcuno ti avesse insegnato a fare l'inchino e a camminare con un libro sulla testa. Come se sapessi quale forchetta usare durante una cena formale e come fare conversazione con un ambasciatore."

"Che cosa?" Scoppio a ridere. "È ridicolo. Voglio dire, io e George abbiamo partecipato a qualche raccolta fondi formale, ma quella è stata una sua idea, non mia. Se dipendesse da me, indosserei sempre pantaloni da yoga e scarpe da ginnastica; lo sai, Marsha. Per l'amor di Dio, ascolto Britney Spears e ballo hip-hop e R&B."

"Lo so, tesoro, ma questo è ciò che sembra, non ciò che sei" spiega Marsha, tirando fuori uno specchietto per risistemarsi il rossetto. Dopo averlo applicato con mano esperta, mette via lo specchietto e il rossetto, e dice: "È un bene, fidati. Prendi me, ad esempio. Posso cercare di sembrare di classe quanto voglio, ma i ragazzi mi guardano e capiscono che sono facile. A prescindere da cosa indossi o come agisca, mi guardano i capelli, le tette e il culo, e pensano che andrò a letto con loro."

"È perché effettivamente vai a letto con loro" sottolinea Tonya con un sorriso.

Marsha sbuffa e si sistema i ricci biondi. "Sì, ma non è questo il punto. Intendevo dire che *lei*"—piega il pollice verso di me—"non riuscirebbe a sembrare facile neanche se ci provasse. Qualunque ragazzo capirebbe subito che dovrebbe impegnarsi molto. Cene con i genitori, anello al dito e cose del genere."

"Non è vero" ribatto. "Ho dormito a lungo con George, prima che ci sposassimo."

Andy alza gli occhi. "Sì, ma quanto vi siete frequentati prima di dormire insieme?"

"Alcuni mesi" dico, aggrottando la fronte. "Ma avevo solo diciotto anni, e—"

"Vedi? Alcuni mesi" dice Tonya, dando una gomitata a Marsha. "E *tu* quanto li fai aspettare?"

Marsha ridacchia. "Almeno alcune ore."

"Beh, ecco" dice Andy. "E ti chiedi come mai quegli stronzi non richiamano mai. Mia madre diceva sempre: "Il modo più veloce per perdere un ragazzo è andarci a letto." Sara ha capito tutto: comportati in modo freddo e distaccato, così quando sorriderai a un ragazzo, cadrà ai tuoi piedi."

"Oh, per favore." Mi occupo dei resti della colazione. "È il ventunesimo secolo. Credo che gli uomini sappiano che—"

"No" dice Marsha allegramente. "Non lo sanno. Se riescono ad avere una cosa facilmente, non la apprezzano molto. Lo so, e mi va bene essere una ragazza con cui divertirsi. La maggior parte delle volte, *non* voglio che quegli stronzi mi richiamino, e le rare volte in cui lo voglio..." sospira. "Beh, semplicemente non è destino, credo. In ogni caso, la vita è troppo breve per perdere tempo a cercare di essere qualcosa che non si è. Quando si arriva alla mia età, si capisce."

"Uh, uh, certo." Tonya mette in bocca l'ultimo bagel. "Dimmi di più, Miss Saggezza."

"Chiudi il becco" ribatte Marsha, lanciandole un tovagliolo. Colpisce Andy, che reagisce subito col suo tovagliolo, e io abbasso la testa, ridendo, mentre la colazione si trasforma in una guerra di tovaglioli.

Quando esco dal bar, continuando a ridacchiare per quello che è accaduto, mi rendo conto che le infermiere mi hanno messo di buon umore, distraendomi dal pensiero di Peter.

Mi hanno dato anche un'idea.

~

Il mio turno finisce tardi, ma vado comunque in clinica. È aperta ventiquattr'ore e hanno sempre bisogno di me. Voglio tornare a casa il più tardi possibile. L'idea che mi frulla per la testa mi provoca i crampi allo stomaco, e affrontare il mio stalker è l'ultima cosa che voglio.

Come al solito, sono contente di vedermi alla clinica. Nonostante l'ora tarda, la sala d'attesa è piena di donne di tutte le età, molte accompagnate da bambini che piangono. Oltre a fornire servizi di ginecologia e ostetricia alle donne con un reddito basso, il personale della clinica spesso si occupa anche dei loro figli per malattie minori—cosa che le pazienti e i dipartimenti del pronto soccorso vicino apprezzano molto.

"Serata movimentata?" chiedo a Lydia, la segretaria di mezz'età, e lei annuisce, sembrando stressata. È una delle uniche due dipendenti retribuite della clinica; tutti gli altri, compresi i medici e gli infermieri, sono volontari come me. Questo rende gli orari imprevedibili, ma permette alla clinica di fornire assistenza pro bono alla comunità, tirando avanti solo con le donazioni.

"Ecco" dice Lydia, spingendomi il foglio in mano. "Comincia con i cinque nomi in fondo."

Prendo il foglio e mi dirigo nella stanzetta che funge da ufficio/sala visite. Mettendo via le cose, mi lavo le mani, spruzzo un po' d'acqua fredda sul viso e mi affaccio nella sala d'attesa per chiamare la prima paziente.

Le prime tre non presentano problemi troppo gravi—una ha bisogno di un controllo delle nascite, un'altra vuole fare il test sulle malattie sessuali e la terza ha bisogno di una conferma della gravidanza—ma la quarta, una bella diciassettenne di nome Monica Jackson, si lamenta di un sanguinamento prolungato. Quando la esamino, trovo una lacerazione vaginale e altri segni di trauma sessuale, e quando le chiedo al riguardo, scoppia in lacrime e confessa di essere stata violentata dal patrigno.

La tranquillizzo, prendo un kit da stupro, mi occupo delle ferite e le do il numero di telefono di un'associazione femminile a cui rivolgersi, se non si sentisse al sicuro in casa. Le consiglio anche di contattare la polizia, ma sembra essere riluttante a farlo.

"Mia madre mi ucciderebbe" dice, con gli occhi castani arrossati e senza speranza. "Dice che è un buon sostegno e che siamo fortunate ad averlo. Ha dei precedenti, quindi se denunciassi qualcosa, verrebbe arrestato, e finiremmo di nuovo in mezzo alla strada. Non me ne frega un cazzo—preferirei drogarmi in un vicolo che vivere con quel bastardo—ma mio fratello ha solo cinque anni e finirebbe in una casa famiglia. Per il momento, mi prendo cura io di lui quando mia madre non può e non voglio che lo portino via."

Ricomincia a piangere, e le stringo la mano, con il cuore dolorante per la sua situazione. Anche se la documentazione che Monica ha appena compilato attesta che ha diciassette anni, con il fisico esile e le guance simili a quelle di una bambina, sembra molto più piccola. Vedo spesso ragazze come lei che vengono qui e ogni volta sono devastata, sapendo di non poter fare molto per aiutarle. Se fosse sola, sarebbe facile tirarla fuori da questa situazione, ma avendo un fratellino la cosa migliore che io possa fare è contattare i Servizi per l'Infanzia, che potrebbe portare a quello che la mia paziente teme di più: che suo fratello finisca in una casa famiglia senza di lei.

"Mi dispiace tanto, Monica" dico quando si calma. "Continuo a pensare che rivolgersi alla polizia sia l'opzione migliore per te e tuo fratello. Non c'è nessun altro che potrebbe aiutarvi? Un amico di famiglia? Un parente, forse?"

L'espressione della ragazza si rabbuia. "No." Saltando giù dal lettino, si rimette i vestiti. "Grazie per avermi visitata, Dr.ssa Cobakis."

Esce dalla stanza, e la guardo, con la voglia di piangere. Questa ragazza si trova in una situazione impossibile e non posso aiutarla. Non riesco mai ad aiutare le ragazze come lei. A meno che—

"Aspetta!" Afferro la mia borsa e la inseguo. "Monica, aspetta!"

"È già andata via" dice Lydia, quando raggiungo la zona della reception. "Che cos'è successo? Ha dimenticato qualcosa?"

"Più o meno." Non perdo tempo a spiegare meglio. Precipitandomi verso la porta, esco ed esamino la strada deserta. La figura esile e con i capelli scuri di Monica è già in fondo all'isolato, camminando velocemente, così corro verso di lei, disperata e desiderosa di fare qualcosa, almeno questa volta.

"Monica, aspetta!"

Deve avermi sentita, perché si ferma e si volta.

"Dr.ssa Cobakis?" esclama, sorpresa, quando la raggiungo.

Mi fermo, ansimando dallo sforzo, e frugo nella mia borsa. "Di quanti soldi hai bisogno per tirare avanti?" chiedo con ansia, tirando fuori il libretto degli assegni e una penna.

"Che cosa?" Resta a bocca aperta, come se fossi diventata un alieno.

"Se ti rivolgessi alla polizia e arrestassero il tuo patrigno, di quanti soldi avreste bisogno tu e tua madre per *non* finire in mezzo alla strada?"

Sbatte le palpebre. "L'affitto ci costa duecento dollari al mese, e l'assegno di invalidità di mia madre ne copre circa la metà. Se potessimo tirare avanti fino a questa estate, potrei trovare un lavoro a tempo pieno, ma—"

"Va bene, aspetta." Appoggio il libretto degli assegni sul lato di un edificio e faccio un assegno da cinquemila dollari. Avevo pensato di utilizzare quei soldi per pagare ai miei genitori la crociera per l'anniversario, ma farò loro un regalo meno costoso.

Ai miei genitori non dispiacerà, ne sono certa.

Strappando l'assegno, lo porgo alla ragazza e dico: "Prendi questo e va' alla polizia. Merita di andare in carcere."

Il suo mento arrotondato trema, e per un momento temo che possa ricominciare a piangere. Ma accetta l'assegno con dita tremanti. "Io... non so nemmeno come ringraziarti. È..." La sua giovane voce si incrina. "È—"

"Non preoccuparti." Metto via il libretto e sorrido alla ragazza. "Va' ad incassarlo e sbarazzati di quel bastardo, ok? Mi prometti che lo farai?"

"Te lo prometto" dice la ragazza, infilando l'assegno nella tasca dei jeans. "Te lo prometto, Dr.ssa Cobakis. Grazie. Grazie mille."

"Tranquilla. Ora, vai. È tardi, e non dovresti andare in giro da sola."

La ragazza esita, poi mi getta le braccia al collo per un rapido abbraccio. "Grazie" sussurra di nuovo, e poi se ne va, con la sua figura minuta che si fa strada tra i lampioni prima di scomparire dalla mia vista.

Rimango lì fin quando non la vedo più, e poi mi volto per tornare in clinica. Il mio conto bancario ha appena subito un brutto colpo, ma mi sento euforica come se avessi vinto alla lotteria. Per la prima volta da quando ho iniziato a lavorare nella clinica, ho veramente aiutato qualcuno, e mi sembra straordinario.

Il vento freddo mi sferza il viso, mentre comincio a tornare indietro, e mi rendo conto di aver dimenticato il cappotto in clinica. Non importa, però. La gioia interiore mi scalda e non faccio caso alla fredda serata di marzo.

Non posso sistemare la mia vita, ma forse ho aiutato Monica a migliorare la sua.

Sono a meno di mezzo isolato dalla clinica, quando un'ombra sulla destra cattura la mia attenzione. Il mio cuore salta un battito, e l'adrenalina mi inonda le vene quando due uomini—che sembrano dei senzatetto—escono da un vicolo stretto tra due case, con la luce dalla strada che riflette le lame brillanti dei loro coltelli.

"La borsa" dice il più alto, gesticolando verso di me con il coltello, e anche da questa distanza riesco a sentire il fetore nauseante del suo corpo, dell'alcol e del vomito. "Dammela, troia. Subito."

Mi allungo verso la borsa ancora prima che finisca di parlare, ma le mie dita ghiacciate sono goffe e la borsa mi cade dalla spalla.

"Troia del cazzo! Dammela, ho detto!" insiste, sempre più agitato, e mi rendo conto che ha assunto qualcosa. Metadone? Cocaina? Di qualunque cosa si tratti, è instabile, e lo stesso vale per il suo compare—che ha iniziato a ridere come una iena.

Devo tranquillizzarli. In fretta.

"Aspettate un attimo. Ve la do, lo giuro." Tremando, mi inchino per raccogliere la borsa e porgerla a loro, ma, prima che io possa alzarmi, un movimento davanti a me cattura la mia attenzione.

Ansimando, cado all'indietro, atterrando sui palmi, mentre una figura alta e scura si dirige verso i miei aggressori, muovendosi con una velocità e un'agilità che sembrano quasi sovrumane. I tre scompaiono nel vicolo ombroso e sento delle grida in preda al panico, seguite da uno strano gorgoglio. Poi, qualcosa di metallico colpisce il marciapiede. Due volte.

*Oh Dio. Oh Dio, oh Dio, oh Dio.*

Striscio indietro, senza far caso all'asfalto che mi graffia la pelle dei palmi, mentre il mio salvatore esce dal vicolo, e vedo i due uomini dietro di lui agitarsi come burattini con le corde recise. Un liquido scuro fuoriesce dai loro corpi piegati, e il fetore di sangue riempie l'aria, mescolandosi a qualcosa di ancora più ripugnante.

Li ha uccisi, mi rendo conto, stupefatta. Li ha *uccisi*, cazzo.

Il terrore mi riempie di adrenalina e salto in piedi, con un urlo pronto a sfuggirmi dalla gola. Ma prima che possa farlo, la figura scura mi si avvicina, con la luce del lampione che gli illumina il volto.

Il suo volto è familiare, esotico e bello.

"Ti hanno fatto del male?" La voce di Peter Sokolov è dura come il suo sguardo metallico e, ancora una volta, mi ritrovo paralizzata, terrorizzata, ma incapace di muovermi di un centimetro, mentre si avvicina, con le sopracciglia folte che si alzano per un cipiglio. È il volto di un killer, il viso del mostro sotto la maschera umana, ma c'è anche qualcos'altro.

Qualcosa di simile alla preoccupazione.

"Io..." Non so cosa stessi per dire, perché nell'istante successivo mi ritrovo tra le sue braccia, stretta così forte sul suo potente torace che non riesco a respirare. Il calore del suo grande corpo mi circonda, proteggendomi dal vento gelido che mi fa rendere conto del freddo che sento e di quanto io sia congelata internamente. L'orrore per quello a cui ho appena assistito non ha ancora preso il sopravvento, ma mi sento già intorpidita, con i pensieri confusi e lenti, mentre il freddo si insinua più in profondità dentro di me, anestetizzando il trauma.

*Shock*, diagnostico automaticamente. Sto per entrare in uno stato di shock.

"Shhh, ptichka. Va tutto bene. Andrà tutto bene." La voce di Peter è bassa e rilassante, e allenta la presa fino a cullarmi con una sorprendente tenerezza, e mi rendo conto che quegli strani versi che sento provengono da me. Cerco di respirare, con la gola chiusa come se avessi un attacco di panico.

No, non come se—*ho* un attacco di panico.

Deve accorgersene anche lui, perché si allontana e mi guarda, con gli occhi grigi socchiusi per la preoccupazione. "Respira" ordina, stringendo le mani sulle mie spalle. "Respira, Sara. Lentamente e profondamente. Ecco, ptichka. Ancora. Respira..."

Seguo la sua voce, lasciando che si comporti come il mio analista e, gradualmente, la sensazione di soffocamento si attenua e il respiro si stabilizza. Mi concentro su quello, cercando di respirare normalmente e di non pensare, perché se pensassi a quello che è appena successo—se guardassi il vicolo a destra e vedessi quei corpi afflosciati come marionette—potrei svenire.

"Ecco, così." Mi tira di nuovo a sé, con la sua grande mano che mi accarezza i capelli, mentre poggio il viso sul suo petto. "Stai bene, ptichka. Va tutto bene."

*Va tutto bene?* Vorrei ridere e urlare al tempo stesso. Su quale pianeta due cadaveri in un vicolo stanno a significare che "va tutto bene?" Sto tremando, sia per il vento freddo che per lo shock, e capisco che sto per cedere un'altra volta. Il sangue e le ferite non sono una novità per me, e ho anche visto la morte in ospedale, ma il modo in cui quei due uomini sono ridotti, come se non fossero niente, come se non fossero altro che sacchi di carne ed ossa—

Mi fermo prima che i pensieri possano continuare in quella direzione, ma sento nuovamente quel nodo in gola, e il mio tremore aumenta.

"Shhh" Peter mi tranquillizza di nuovo, dondolandomi dolcemente avanti e indietro. Deve sentirmi tremare. "Non possono farti del male. È finita. È tutto finito. Vieni, andiamo a casa."

Apro bocca per obiettare, per insistere a chiamare la polizia, un'ambulanza o qualcuno, ma, prima che io possa pronunciare mezza parola, si piega e mi prende in braccio. Lo fa senza il minimo sforzo, come se fossi leggera come una piuma. Come se fosse normale allontanare una donna in preda a un attacco di panico dalla scena di un doppio omicidio.

Come se lo facesse ogni giorno—cosa che, per quanto ne so, potrebbe fare.

Finalmente ritrovo la voce. "Mettimi giù." È un sussurro vuoto, appena udibile, ma è meglio di niente. Riesco a muovere anche le mani, spingendo sulle sue spalle mentre attraversa la strada. "Per favore. Io—posso camminare."

"Non preoccuparti." Mi scruta, con uno sguardo rassicurante. "Ci siamo quasi."

"Quasi dove?" chiedo, ma poi vedo la sua destinazione.

C'è un SUV nero parcheggiato all'angolo, a un isolato dalla mia clinica. Un uomo alto con una folta barba nera è appoggiato alla fiancata e, man mano che ci avviciniamo, Peter gli dice qualcosa in una lingua straniera, con voce bassa e affrettata.

L'uomo risponde nella stessa lingua—molto probabilmente in russo, mi rendo conto vagamente—e poi estrae uno smartphone, toccando lo schermo con gesti rapidi e furiosi. Portandolo all'orecchio, sputa altre parole in russo, mentre Peter apre la portiera dell'auto e mi sistema accuratamente sul sedile posteriore.

Il mio tormentatore non ha mentito sul fatto di avere una squadra. Quest'uomo dev'essere uno dei suoi aiutanti.

"Ti raggiungo subito, ptichka" mormora Peter in inglese, togliendomi i capelli dal viso con la stessa bizzarra tenerezza; poi, scende e chiude la portiera dietro di sé, lasciandomi sola nell'interno caldo dell'auto.

Resto seduta per qualche secondo, guardandolo parlare con l'uomo barbuto, e poi entro in azione.

Strisciando sul sedile posteriore, afferro la maniglia della portiera sul lato opposto rispetto a dove i due uomini stanno parlando e apro la portiera, quasi cadendo fuori dalla macchina nel frettoloso tentativo di fuggire. I miei pensieri e i riflessi sono ancora lenti per lo shock, ma mi sono ripresa abbastanza da comprendere un fatto molto importante.

Due uomini sono stati uccisi davanti a me e, se non faccio qualcosa, sarò complice dei loro omicidi.

Il vento freddo mi attanaglia e i polmoni mi bruciano, mentre corro verso la clinica. Dietro di me, sento un grido, seguito da rapidi passi, e capisco che mi stanno dando la caccia. La mia unica speranza è entrare nella clinica prima di essere catturata. Essendo un ricercato, Peter non dovrebbe essere disposto a rischiare di esporsi. Non appena sarò al sicuro, all'interno, potrò riprendere fiato e capire cosa fare, come informare al meglio la polizia su quello che è accaduto.

Sono a circa trenta metri dalla mia destinazione quando un braccio duro mi avvolge il petto e una mano forte mi copre la bocca, impedendomi di urlare. "Ti piace molto farti dare la caccia, non è vero?" mi ringhia una voce familiare nell'orecchio, e poi sento un'auto che si avvicina.

Raddoppio gli sforzi per liberami, prendendo a calci gli stinchi di Peter e cercando di strappare la sua mano dal mio viso, ma è inutile. Sento una portiera d'auto che si apre, e poi Peter mi sbatte lì dentro, questa volta con molta meno premura.

"*Yezhay*" ringhia al conducente barbuto, e poi acceleriamo, lasciandoci alle spalle la clinica e la scena del crimine.

## 29

P*eter*

"YAN E ILYA SONO LÌ" MI INFORMA ANTON IN RUSSO, SVOLTANDO a destra sulla strada che conduce a casa di Sara. "Sono arrivati prima che qualcuno irrompesse sulla scena."

"Bene." Guardo Sara, che è seduta accanto a me sul sedile posteriore, silenziosa e pallida. "Di' loro di occuparsi dei resti con cura. Non voglio che le parti dei corpi riappaiano da qualche parte. Inoltre, devono riportare l'auto a casa sua."

"Sì, lo sanno." Anton incrocia il mio sguardo nello specchietto. "Che cosa farai con lei? L'hai davvero terrorizzata."

"Mi verrà in mente qualcosa."

Sono contento che Sara non possa capire quello che stiamo dicendo; altrimenti, sarebbe ancora più spaventata. Non avrei dovuto uccidere quei tossici davanti a lei, ma la stavano minacciando con i coltelli, e ho perso la testa. Tutto quello che riuscivo a vedere era il corpo di Tamila disteso lì, a pezzi e sanguinante, e il pensiero che Sara avrebbe potuto fare la stessa fine—che se non fossi stato lì, uno di quei vagabondi avrebbe potuto ucciderla—mi ha fatto gelare il sangue. Non ricordo nemmeno di aver preso una decisione consapevole; ho agito puramente d'istinto. Ci sono voluti solo pochi secondi a disarmarli e a tagliare loro la gola, e quando i corpi hanno toccato il terreno, era ormai troppo tardi.

Sara li ha visti morire.

Mi ha visto ucciderli.

"Puoi fare il turno di Ilya per il resto della notte?" chiedo ad Anton, quando ci fermiamo davanti alla casa di Sara. Con le grandi querce che oscurano il vialetto e i vicini a una certa distanza, il luogo è bello e riservato—perfetto per una situazione del genere. È un peccato che lei stia vendendo la casa; ho imparato ad apprezzarla.

"Nessun problema" risponde Anton. "Ci penso io. Starai qui fino al mattino?"

"Sì." Osservo Sara, che sta guardando davanti a sé, apparentemente inconsapevole del nostro arrivo a destinazione. "Sarò con lei."

Prendendo la mano di Sara, le dico in inglese: "Siamo arrivati, ptichka. Dai, andiamo a casa."

Le sue dita affusolate sono ghiacciate nella mia presa; è ancora sotto shock. Tuttavia, mentre l'aiuto a scendere dalla macchina, mi guarda e chiede con voce roca: "E la clinica?"

"La clinica cosa?"

"Si chiederanno che cosa mi sia successo."

"No, non lo faranno." Metto una mano in tasca e tiro fuori il suo telefono, che ho preso dalla borsa durante il tragitto. "Ho mandato loro questo." Le mostro il messaggio che informa di un'emergenza all'ospedale.

"Oh." Mi guarda perplessa. "Hai mandato loro questo?"

Annuisco, rimettendo il telefono in tasca, mentre la porto via dall'auto. "Eri un po' sconvolta durante il viaggio." Questo in realtà è un eufemismo; dopo averla trascinata in macchina, ha smesso di combattere ed è entrata in uno stato quasi catatonico.

Sbatte le palpebre. "Ma... che cosa mi dici dei cadaveri?"

"Mi sono occupato anche di quelli" la rassicuro. "Niente ti legherà a quell'episodio. Sei al sicuro."

Sara rabbrividisce visibilmente, così la conduco rapidamente in casa, aprendo la porta con le chiavi che ho preso prima dalla sua borsa. Ho le mie chiavi—le ho fatte fare un mese fa, quando sono tornato per lei—ma preferisco che Sara non lo sappia. Se cambiasse nuovamente la serratura, sarebbe fastidioso ripetere il procedimento una seconda volta.

"Ecco, siediti" dico, accompagnandola verso il divano. "Ti preparo una camomilla."

"No, io..." Si libera della mia presa. "Devo lavarmi le mani."

"Va bene." Ricordo che è fissata con quello. "Fa' pure."

Scompare dietro l'angolo, dirigendosi in bagno, e io cammino verso il lavandino della cucina per fare altrettanto. Ho fatto attenzione a non sporcarmi con gli spruzzi di sangue, quando ho tagliato le gole di quegli uomini, ma ho ancora delle piccole macchie rosse sugli avambracci.

Spero che Sara non le abbia viste.

Mi lavo le mani e gli avambracci, poi accendo il bollitore elettrico. Quando l'acqua è pronta, preparo due tazze di camomilla e le porto al tavolo. Sara non è ancora tornata, così decido di andare a controllarla.

Avvicinandomi al bagno, busso alla porta. "Tutto ok?"

Non c'è risposta, solo il rumore dell'acqua che scorre. Preoccupato, provo ad abbassare la maniglia della porta, ma è bloccata.

"Sara?"

Nessuna risposta.

"Sara, apri la porta."

Niente.

Faccio un respiro per calmarmi e dico con voce più dolce: "Ptichka, so che sei arrabbiata, ma se non apri subito la porta non avrò altra scelta che buttarla giù." Oppure forzare la serratura, ma non lo dico. Buttare giù la porta sembra molto più minaccioso.

L'acqua si ferma, ma la porta rimane bloccata.

"Sara. Conterò fino a cinque. Uno. Due. Tre—"

La serratura scatta.

Sollevato, apro la porta—e mi rendo conto che avevo ragione ad essere preoccupato. Sara è seduta sul pavimento, con la schiena contro la vasca e le ginocchia al petto. Non parla, ma ha il viso rigato dalle lacrime e sta tremando.

*Fanculo.* Non avrei proprio dovuto ucciderli davanti a lei.

"Sara..." Mi inginocchio accanto a lei, e si scosta, allontanandosi da me. Ignorando la sua reazione, le afferro delicatamente il braccio e la tiro nel mio abbraccio. "Non ti farò del male, ptichka" le sussurro nei capelli, quando sento che il suo tremore si intensifica. "Sei al sicuro con me."

Un singhiozzo soffocato le sfugge dalla gola, poi un altro e un altro ancora, e all'improvviso si aggrappa a me, con le braccia snelle intorno al mio collo, mentre comincia a piangere per davvero. Le strofino la schiena con dei cerchi rilassanti, mentre trema con singhiozzi incontrollabili, e mi stringe più forte, nascondendo il viso nel mio collo. Sento l'umidità delle sue lacrime, e ricordo quella volta in cucina, quando ho cercato di calmarla dopo la tortura con l'acqua. Quel ricordo mi fa male; non potrei mai farle una cosa simile adesso, non potrei farle del male per nessuna ragione.

Non è più una persona qualunque ora; è il mio mondo e la proteggerò da tutto e tutti.

Impiega molto tempo a smettere di singhiozzare, talmente tanto che ho le gambe rigide, quando finalmente mi alzo e l'aiuto delicatamente a tirarsi su.

"Vieni" sussurro, avvolgendole un braccio intorno alla schiena per sorreggerla, mentre esco dal bagno. "Beviamo un po' di camomilla e andiamo a letto. Devi essere esausta."

Sbuffa e sussurra con voce rauca: "No, niente camomilla."

"Ok, niente camomilla. Allora, andiamo a dormire." Mi piego per prenderla in braccio.

Non si oppone al mio movimento e poggia la testa sulla mia spalla, avvolgendomi le braccia intorno al collo. Il suo respiro è ancora irregolare per il pianto, ma si sta calmando. Questo mi fa piacere, così come il modo bisognoso con cui è aggrappata a me. Non so se sia la conseguenza del trauma, o se io sia finalmente riuscito a fiaccare la sua resistenza, ma la sua stretta, priva di tracce di paura o di sfiducia, mi riempie il petto di un calore particolare, uno calore che riduce il gelido vuoto intorno al mio cuore.

Con Sara, tornerò a vivere e voglio continuare a provare queste sensazioni.

S*ara*

È DOLCE CON ME NELLA DOCCIA, CON IL TOCCO TENERO E incoerentemente platonico, mentre mi lava dalla testa ai piedi. Rimango lì in piedi; è tutto ciò che sono in grado di fare al momento—stare in piedi. Niente mi preoccupa adesso, né la mia nudità, né la sua. Ora che la mia tempesta emozionale è passata, mi sento vuota, con una nebbia di esaurimento che attenua ogni pensiero e sensazione. Sono al di là del desiderio, al di là dell'ansia e della paura; tutto ciò che provo è il senso di colpa.

Un terribile senso di colpa che mi schiaccia l'anima per la consapevolezza che altri due uomini sono morti a causa mia.

Sono morti perché ho lasciato che un killer entrasse nella mia vita e ho alimentato la sua ossessione.

Ora è tutto chiaro, così perfettamente ovvio che non capisco come mai io non me ne sia accorta prima. Sono tossica—un pericolo per tutti coloro che mi circondano. Oggi, le vittime sono state due tossicodipendenti; domani, potrebbero essere le mie amiche o la mia famiglia. Nessuna persona che abbia qualche legame con me sarà al sicuro, finché Peter mi vorrà, e tutto quello che ho fatto ha solo alimentato la sua ossessione.

Fin dall'inizio, ho sbagliato a stare al gioco, e due uomini lo hanno pagato con la loro vita.

"Ecco, esci fuori" ordina Peter, ed esco dalla doccia, lasciandogli avvolgere un asciugamano spesso intorno a me. Mi asciuga, trattandomi ancora una volta come una bambina, e glielo lascio fare, perché sono troppo sfinita per fare altrimenti. Inoltre, tutto questo—piangere tra le sue braccia, aggrapparmi a lui, lasciare che si prenda cura di me—è perfetto per la nuova strategia che intendo mettere in atto.

Dato che mi vuole, farò sì che mi abbia.

Non è una strategia particolarmente brillante, né sono sicura che funzionerà. Potrebbe addirittura rivelarsi disastrosa. Ma a questo punto, ho ben poco da perdere. Ho provato a respingerlo, ma è ancora qui, è ancora una minaccia. Quindi, ora devo provare qualcosa di diverso.

Devo fargli perdere l'interesse nei miei confronti.

È stata la conversazione a colazione a farmi venire quest'idea. E se le infermiere avessero ragione? E se sprigionassi davvero quella sensazione di "principessa dei ghiacci," una di quelle che intriga il mio stalker? E se, rifiutandolo, lo stessi stimolando di più?

*Il modo più veloce per perdere un ragazzo è andare a letto con lui.* È un detto stupido, ma la madre di Andy non è l'unica a pensarla così. Ho sentito quell'affermazione decine di volte, di solito da parte di genitori di adolescenti rimaste incinta perché le loro famiglie avevano insistito ad insegnare loro i valori dell'astinenza invece del controllo delle nascite. È un stereotipo vecchio stile e sessista sulla dinamica maschi/femmine, che si basa sull'offensiva premessa che le donne siano come la carta igienica, qualcosa da usare una volta e poi buttare.

Mi è sempre venuto da ridere quando sentivo cose del genere, ma allo stesso tempo so che ci sono uomini che si comportano in quel modo, che cercano le donne fin quando non le portano a letto, e poi perdono rapidamente l'interesse. Ma non perché pensano che le donne debbano essere pure—almeno, non solitamente. È solo che traggono piacere nell'inseguire la preda. Godono dell'attesa più che della conclusione, e una volta raggiunto l'obiettivo, passano oltre, cercando nuovi pascoli.

Non so se il mio stalker ricada in quella categoria, ma è possibile—addirittura probabile. È un uomo incredibilmente bello, ed è indubbiamente abituato alle donne che cadono ai suoi piedi, grazie al fascino da pericoloso maschio alpha. Non ho mai conosciuto nessuno come lui, ma ho visto sfumature di quell'arroganza nei popolari atleti del college, nei dirigenti di Wall Street e nei chirurghi maschi strapagati. Gli uomini come quelli—quelli che si trovano in cima alla catena alimentare—percepiscono il minimo accenno di riluttanza come una sfida; li intriga, li rende più inclini a perseguitare una donna.

Se questo è il caso—e spero disperatamente che sia così—allora il modo più facile per sbarazzarmi di Peter Sokolov potrebbe essere quello di dargli esattamente quello che vuole: me, disponibile, nel suo letto. Per qualche motivo, l'assassino russo sembra essere contrario allo stupro, preferendo inserirsi nella mia vita; quindi, spetta a me dargli il permesso.

Se voglio mettere fine a questo incubo, dovrò fare sesso con il mio tormentatore di mia spontanea volontà.

"Vieni, sdraiati" mi esorta Peter, quando raggiungiamo il letto. Togliendomi l'asciugamano di dosso, mi guida delicatamente sotto la coperta. "Ti sentirai meglio domani mattina, promesso." Ancora una volta, il suo tocco è platonico, quasi medico, ma so che mi vuole. Vedo quanto è eccitato, quando si infila sotto la coperta accanto a me, e sento la tensione in lui, quando spegne le luci e mi tira nel suo abbraccio, sistemandomi sul suo grande corpo caldo nella familiare posizione a cucchiaio.

Mi vuole, ma non mi prenderà—non fin quando non gli avrò dato il consenso.

Resto sdraiata per alcuni momenti, cercando di convincermi a farlo. Mi sento come se nello stomaco avessi un procione intento a combattere contro un criceto, e la stanchezza è uno strato spesso e soffocante nel mio cervello. Con gli occhi secchi e la testa dolorante per il pianto, il sesso è l'ultima cosa che voglio, ma forse è proprio quello che dovrei fare stasera.

Forse mi sentirò meno in colpa, se non lo faccio con piacere.

Raddrizzandomi, mi sposto leggermente, avvicinando il sedere all'inguine di Peter di un centimetro. Si irrigidisce, e il suo respiro accelera, così ripeto il movimento, sfregandolo contro di lui, mentre mi muovo avanti e indietro con il pretesto di mettermi più comoda. Con il suo braccio muscoloso piegato intorno al mio petto, ho una gamma di movimenti molto limitata, ma non importa. Siamo entrambi nudi, e il minimo tocco della sua pelle sulla mia è elettrizzante, così ricco di sensazioni che tutte le mie terminazioni nervose sono scosse. Non riesco a vedere niente nell'oscurità tetra della camera, ma posso sentire i peli della sua gamba sul retro delle cosce, odorare il suo profumo maschile, e il mio respiro accelera, con il cuore che mi batte furiosamente nel petto, mentre il suo cazzo diventa ancora più duro, spingendo sul mio sedere come la canna di un fucile.

*Ecco, dai.* Ignorando il nodo in gola, agito i fianchi un po' di più. Non posso girarmi e abbracciarlo, ma forse con un po' di incoraggiamento il suo controllo verrà meno e cederà. Non mi opporrò; non farò niente per fermarlo. Gli permetterò di scoparmi, forse fingerò addirittura di divertirmi un po'; quindi, non rappresenterò una sfida da questo punto di vista. Rimarrò sdraiata lì, lo prenderò e sarà tutto finito.

Sarà una scopata facile, ma un po' noiosa, e si stancherà di me.

Questo è il mio piano, perlomeno, ma mentre continuo a muovermi mi rendo conto che la stanchezza sta cominciando a svanire, solo per essere sostituita da una sensazione calda e liquida che nasce nelle profondità del mio intimo. Con l'oscurità che avvolge tutto è facile fingere che nulla di questo sia reale, che io stia facendo un altro di quei sogni contorti.

"Sara, ptichka..." Il suo sussurro roco sembra teso. "Se vuoi dormire, dovresti smettere di muoverti."

Mi fermo un attimo; poi, lentamente e volontariamente, ricomincio a strusciarmi su di lui. "E se..." mi lecco le labbra secche. "E se non volessi dormire?"

Il corpo di Peter si trasforma in pietra dietro di me, e stringe il braccio intorno al mio petto. Per un breve momento irrazionale, temo che possa rifiutare, che, nonostante tutti i segnali, non mi voglia realmente, ma poi mi ritrovo distesa sulla schiena, con il suo peso che mi spinge giù, mentre la lampada sul comodino si accende.

Sbatto le palpebre, momentaneamente accecata dalla luce, e

man mano che metto a fuoco il suo volto, vedo che i suoi occhi grigi sono socchiusi, e ha la mascella serrata, mentre si sostiene con un gomito. Sembra furioso e, per un orribile istante, mi chiedo se non abbia frainteso tutto—se io non abbia commesso un enorme errore.

"Stai giocando con me, Sara?" La sua voce è bassa e dura, con l'accento più forte del solito, quando mi prende i polsi e li inchioda al cuscino sopra la mia testa con una grande mano. "Stai cercando di capire fin dove puoi spingerti?"

Lo fisso, con un brivido che mi attraversa la schiena. Questa scena è talmente simile ai miei sogni che sono sconvolta. E allo stesso tempo, è diversa. Il mio ricordo annebbiato dalla droga lo aveva dipinto con tratti duri e crudeli, più mostruosi che umani, ma la realtà non è quella. Non c'è niente di mostruoso nel bellissimo viso che mi guarda. I sogni avevano sottovalutato la potenza del suo magnetico fascino, omettendo la sensuale morbidezza delle sue labbra, la forte linea nobile del naso, il modo in cui le folte sopracciglia scure si riuniscono su quegli intensi occhi metallici... È stupendo, questo terribile stalker, e mentre rimango distesa lì, sotto il suo corpo grosso e caldo, sento quell'oscuro formicolio che si intensifica, diventando qualcosa di pericoloso e proibito. I miei capezzoli si irrigidiscono, e un'ondata di calore mi attraversa, con i muscoli interni che si stringono per un impulso di dolorante desiderio.

Non voglio quest'uomo. Non *posso* volerlo. Tuttavia, anche se mi dico questo, so che è una bugia, una menzogna nata da un pensiero vago. Qualunque cosa mi attiri a lui, agisce in entrambe le direzioni, con il legame tra noi forte e irrazionale. Lo voglio. Non solo; ho *bisogno* di lui. Al mio corpo non importa che lui abbia ucciso due persone davanti a me, che io lo disprezzi con tutta me stessa. Il suo tocco non mi repelle; mi eccita, con il desiderio alimentato dall'intimità a cui mi ha costretta negli ultimi giorni e dal piacere malato che ho conosciuto nel suo abbraccio.

Dalla tenerezza innaturale e perversa che non ha spazio nella nostra violenta relazione.

Sta ancora aspettando la mia reazione, con gli occhi socchiusi, e capisco che potrei tirarmi indietro, che potrei fingere che sia stato un grande equivoco. Ma se lo facessi, continuerebbe a perseguitarmi, a minare la mia resistenza giorno dopo giorno, fin quando non avrò ceduto, e nel frattempo tutti quelli che mi circondano saranno in pericolo.

"Nessun gioco" sussurro in quel silenzio assordante. "I preservativi sono nel cassetto del comodino."

Respira, stringendo le dita intorno ai miei polsi, e vedo il momento esatto in cui riflette su quello che sto dicendo. Le sue narici si spalancano e le pupille si dilatano, con lo sguardo furioso dalla rabbia che si trasforma in una fame oscura e sfrenata. Raggiungendo il cassetto con la mano libera, prende una bustina con il profilattico, la apre con i denti e avvolge il preservativo sul suo grosso cazzo sporgente.

Il battito del mio cuore accelera, con l'ansia che mi attanaglia, ma è troppo tardi ormai.

Abbassando la testa, Peter mi prende le labbra con le sue.

*S*ara

Non so perché, ma non mi aspettavo che mi avrebbe baciata, poggiando la bocca sulla mia e divorandola come se fosse affamato. Perché è così che mi sento: come se mi stesse consumando, strappando la mia essenza, il mio stesso essere. Le sue labbra e la lingua saccheggiano la mia bocca, divorandomi, privandomi dell'aria nei polmoni. La sua mano libera scava nei miei capelli, tenendomi ferma per quel bacio vorace, e devo sforzarmi per non sciogliermi su quelle lenzuola. Perché lui non solo prende, ma dà. Dà così tanto piacere che ne sono sopraffatta, conquistata dal suo sapore, dal profumo e dalla sensazione.

Mi bacia fin quando non mi sento bruciare, fin quando non riesco a ricordare come fosse non baciarlo, non bearmi del suo caldo respiro alla menta. Fin quando tutti i pensieri su chi e cosa siamo non svaniscono, e mi inarco contro di lui, bisognosa, disperata e desiderosa del suo tocco, di questo piacere vertiginoso e sconvolgente. Le dita della mia mano tremano per la sua forte stretta sui miei polsi, e il suo corpo è pesante sopra di me, ma voglio di più.

Voglio perdermi nel suo spietato abbraccio, sciogliermi in lui e scomparire.

Mi lascia andare le labbra per soffermarsi sul mio viso e sul collo, e cerco di respirare, con il cuore che batte a tutta velocità e la pelle in fiamme per quel piacere elettrizzante. Ad ogni respiro che faccio, i miei capezzoli sfregano sul suo petto muscoloso, e l'umidità rende scivolosa la parte interna delle mie cosce, mentre il mio corpo si prepara per lui, per quest'atto che non dovrei desiderare, che non dovrei bramare con un'intensità così violenta.

Respirando a fatica, solleva la testa, e vedo la bramosia nel suo sguardo d'argento, un bisogno oscuro mescolato a qualcosa di inquietante e possessivo. La sua mano mi lascia andare i capelli e si sposta in basso lungo il mio corpo, afferrandomi un seno. "Sara..." Il mio nome è un'espressione dura sulle sue labbra, mentre strofina il pollice sul mio capezzolo dolorante. "Sei così bella, ptichka... tutto quello che ho sempre sognato e molto altro."

Le sue appassionate parole mi colpiscono in profondità, riempiendomi di un calore che raggiunge l'intimo—facendo scattare l'allarme nella mia mente. Tutto questo è troppo simile a un amore romantico, e quando il suo ginocchio si agita tra le mie cosce, la sensuale nebbia che mi inghiottisce svanisce per un attimo. Con un sussulto di razionalità, rifletto su quello che sta succedendo, e l'orrore attenua il mio desiderio.

Che cosa sto facendo? Com'è possibile che mi piaccia tutto questo? Un conto è sopportare stoicamente il tocco di un mostro per un bene più grande, ma volerlo per davvero—lasciare che si comporti come se fossimo amanti—è malato, assolutamente folle. Anche con i polsi immobilizzati, è inutile fingere di non volerlo, che il mio corpo non lo desideri nei modi più perversi.

La grossa punta del suo cazzo indugia sulle mie pieghe, e il mio respiro rallenta, con i muscoli che si irrigidiscono per un panico improvviso. Non posso farlo—non così. È troppo simile alla passione. Mi sta ancora guardando, con gli occhi grigi carichi di calore, e so che dovrei dirgli di fermarsi, di porre fine a tutto questo—

Spinge dentro di me con un colpo solo, e dimentico quello che stavo per dire. Dimentico tutto, tranne la sensazione rigida e brutale del suo cazzo che entra dentro di me. La sua durezza senza compromessi lacera i tessuti interni e, nonostante la mia eccitazione, sento un bruciore ardente, quando spinge più in profondità, ignorando la resistenza dei muscoli tesi. È passato molto tempo per me, e il suo cazzo è grande, molto più spesso e più lungo di quello di George. Il cuore mi batte violentemente nel petto, mentre il corpo cede alla dura penetrazione, e con un mix di delusione e amaro sollievo, mi rendo conto che le paure erano infondate.

Questo non ha niente a che vedere con la passione.

Quando è entrato tutto, si ferma, con gli occhi che brillano per una fame oscura, e un diverso tipo di tensione invade il mio corpo, scacciando l'ultimo desiderio sgradito e irrigidendo la mia determinazione. Il suo aspetto sensuale è ancora lì, ma ora vedo il mostro dietro quel bel volto, l'assassino che mi ha torturata e strappato la vita. Non c'è più alcuna ambiguità in quello che sento, né ambivalenza di alcun tipo. Il mio stalker, l'uomo che odio, sta violando il mio corpo, e sono felice. Sono felice perché la sua crudeltà fa meno male della sua tenerezza, perché la sua spietatezza è meno spaventosa della sua misericordia.

Facendo un respiro per calmarmi, mi preparo a sopportare una dura scopata, ma non si muove. Il suo volto è contorto dalla lussuria, con il corpo così teso che lo sento vibrare, ma non spinge, e mi rendo conto che ha percepito il mio disagio, concedendomi il tempo di abituarmi.

A modo suo, sta cercando di essere gentile—il che è l'ultima cosa che voglio.

Raccogliendo il coraggio, mi passo la lingua sulle labbra e guardo il desiderio nei suoi occhi intensificarsi.

"Fallo" sussurro, flettendo i muscoli interni. Lo sento pulsare dentro di me, duro, spesso e pericoloso. "Fallo, cazzo."

Mi fissa, e percepisco il suo tormento, sento il mostro in lotta con l'uomo. Non sono l'unica a provare emozioni contrastanti. C'è una parte di Peter che mi odia, che vede in me un ricordo della sua tragedia. Mi vuole, ma vuole anche farmi del male, farmela pagare per quello che è successo a sua moglie e a suo figlio. Forse non se ne rende conto, ma io sì. Lo sento. Il nostro legame si è formato sulla perdita e il dolore, la nostra intimità sulla tortura. Non c'è niente di normale nella sua attrazione verso di me; è contorta quanto la mia reazione nei suoi confronti.

La sua vendetta è ciò che ci lega, e nessuna quantità di dolcezza potrà cambiare questo.

Vedo il momento esatto in cui il mostro inizia a vincere la battaglia. Peter stringe la mascella, mentre si ritira, per poi affondare con una dura spinta. "È questo che vuoi da me?" La sua voce è bassa, gli occhi grigi carichi di un'oscurità sempre maggiore. Flette i fianchi, e ansimo, quando spinge più in profondità, con la mano intorno ai miei polsi. "Dimmelo, Sara. È questo che vuoi?"

Potrei dire di no, lasciare che l'uomo freni la bestia, ma ho scelto io tutto questo e non ho alcuna intenzione di fare marcia indietro. Forse questo atto finale di vendetta è quello di cui abbiamo bisogno entrambi, la punizione necessaria per la mia assoluzione.

Forse, se scatenasse la sua oscurità su di me, potremmo finalmente essere liberi entrambi.

"Sì" sussurro, aggrappandomi. "È proprio questo che voglio."

## 32

*P*eter

Non so che cosa mi aspettassi, ma, mentre guardo negli occhi color nocciola di Sara e vedo l'odio che emanano, sento le mie fantasie dissolversi, le menzogne di cui mi nutrivo evaporare alla luce della verità. Il suo corpo reagisce a me, ma rimarrò sempre il suo nemico—e lei il mio. Anche con la sua figa setosa che mi stringe il cazzo palpitante, il desiderio che mi brucia il sangue è carico di violenza, con il mio bisogno di lei più oscuro che mai.

Non voglio solo scoparla; voglio aprirla, imprimere la mia vendetta sulla sua carne delicata.

"Sara..." Cerco di aggrapparmi agli ultimi brandelli di sanità, a qualcosa che mi sostenga, mentre una marea rossa scende su di me, con il desiderio che manda in frantumi il mio controllo. "Non sai di cosa stai—"

"Fallo e basta" sussurra di nuovo, sostenendo il mio sguardo, e l'ultima briciola di restrizione salta.

Con un gemito basso e rude, mi ritraggo e spingo dentro di lei, non facendo quasi caso al modo in cui la sua figa si irrigidisce dal panico, con i teneri tessuti interni che si sgretolano sotto la mia aggressione. È bagnata, ma è stretta, quasi piccola come quella di una vergine, e nonostante la lussuria, so cosa significhi.

Non ha rapporti sessuali da tempo—probabilmente da quando è morto suo marito.

L'uomo la cui arroganza ha ucciso mio figlio.

Il mio desiderio diventa ancora più oscuro, alimentato da una rabbia provocata dal dolore, e abbasso la testa, prendendo nuovamente la bocca di Sara. Solo che questa volta non posso trattenermi, e il bacio è duro e selvaggio, violento come le emozioni che provo. La deliziosa sensazione di lei, il suo profumo dolce, la trama bagnata e setosa della sua bocca—tutto mi fa impazzire, e assaporo il suo sangue, mentre affondo i denti nel suo labbro inferiore, tagliando la sua tenera pelle. Dovrei fermarmi, o almeno fare una pausa, ma il mio appetito aumenta. Ho bisogno di questo da lei: del suo dolore, della sua sofferenza. È come se un estraneo si fosse impossessato del mio corpo, trasformando la mia voglia di lei nel desiderio di punirla, di farla pagare per le colpe del marito. Possedere Sara in questo modo è al contempo il paradiso e l'inferno, con il piacere violento di scoparla che si mescola all'amara consapevolezza di non aver mantenuto la promessa.

Sto facendo del male alla donna che volevo guarire, a colei che mi fa sentire così vivo.

Non so se sia quella constatazione o le lacrime che vedo sul suo volto quando sollevo la testa, ma l'ondata di rabbia comincia a svanire, con la foschia rossa che si dissipa anche se il mio desiderio raggiunge un nuovo picco. Le mie palle si irrigidiscono, con la tensione pre-orgasmica che si accumula alla base della spina dorsale, eppure mi ritrovo ad essere dolorosamente consapevole della sottigliezza dei suoi polsi nella mia presa—e della terribile rigidità del suo corpo, mentre violo la sua morbida carne.

Mi fissa, e vedo il dolore in quelle profondità color nocciola, mescolato a una perversa soddisfazione. Le sto rendendo le cose facili, aggiungendo benzina sul fuoco del suo odio. È proprio questo che si aspettava da me, quello che temeva e voleva al tempo stesso.

Dopo stasera, non sarò mai nient'altro che l'uomo che le ha fatto del male, che ha abusato di lei nel modo più crudele.

*No. Cazzo, no.* Stringo i denti e cerco di fermarmi, combattendo la crescente ondata dell'orgasmo. Lasciandole andare i polsi, mi ritraggo e scendo lungo il suo corpo, ignorando l'agonizzante durezza del mio cazzo. Sistemandomi tra le sue cosce aperte, le stringo le ginocchia e abbasso la testa.

"Che cosa stai—" comincia a dire con stupore, ma le sto già leccando la morbida figa, passando la lingua sulle sue pieghe rosa e gonfie. È bagnata, ma non quanto vorrei, così decido di rimediare, utilizzando tutte le abilità che ho appreso nel corso dei miei trentacinque anni.

"Aspetta, Peter, non..." Si allunga, cercando di respingermi, mentre le lecco il clitoride, e quando non ci riesce, si sforza di chiudere le gambe. "Non è—"

"Zitta." Sfrutto la mia presa sulle sue ginocchia per tenerle le cosce aperte. "Distenditi e rilassati."

"No, io—" Ansima, stringendo i pugni sui miei capelli, mentre tiro il clitoride alla mia bocca. Comincio a succhiare con movimenti forti e ritmici, e la tensione nei muscoli delle sue gambe si allenta, con il respiro che le si blocca nella gola. Sento la sua crescente scivolosità sotto la mia lingua, e approfitto della sua distrazione spostando la mano destra sulla sua figa.

"Così, ptichka, rilassati..." Soffio sul suo clitoride e sono ricompensato da un gemito, prima che le sue cosce si irrigidiscano di nuovo. Sta cercando di resistere, di rifiutare il piacere, ma ho già spostato il gomito, impedendole di schiacciarmi la testa tra le gambe. Sta respirando a fatica ora, con le mani strette tra i miei capelli, mentre ricomincio a succhiarle il clitoride, e spingo due dita nella sua apertura stretta e bagnata, piegandole dentro di lei, finché non sento la parete morbida e spugnosa del suo punto G. La sua figa si stringe, tremando intorno alle mie dita, e lei inarca i fianchi man mano che intensifico la suzione. È vicina, lo sento. Il cuore si sta gonfiando nel mio petto, con il respiro sempre più rapido, fin quando il dolore alle palle non diventa insopportabile, ma mi trattengo fin quando non sono certo che abbia raggiunto il limite. Allora, e solo allora, cedo al mio bisogno.

Ritraendo le dita, mi sposto verso l'alto, coprendola con il mio corpo, e allineo il cazzo sul suo ingresso gonfio.

"Vieni con me" dico con voce roca, incrociando il suo sguardo, mentre la penetro con un duro colpo, e il suo corpo obbedisce, con la carne stretta e umida che si contrae, serrandomi il cazzo, mentre raggiungo l'orgasmo. I suoi bellissimi occhi si addolciscono e perdono la concentrazione, con il viso che si contorce dall'estasi, mentre le dita scavano nei miei fianchi, e sento il suo grido soffocato quando il mio seme fuoriesce. È come se tutti i muscoli del mio corpo vibrassero contemporaneamente, con i polmoni che urlano, mentre il piacere esplode dentro di me con ondate scintillanti, e quando crollo sopra di lei, mi rendo conto che è così.

Non vorrò mai più un'altra donna.

Non so quanto tempo passi prima che i residui dell'orgasmo si plachino, ma, quando trovo la forza di spingermi sui gomiti, Sara si è ripresa abbastanza da capire cosa sia successo, e l'orrore appare sul suo viso. Come me, sta respirando a fatica, con le guance rosse per il fervore post-coitale, ma non c'è gioia nel suo sguardo, solo la brillante lucentezza delle lacrime.

È pentita, si sente nuovamente in colpa, e non lo sopporto.

"Non farlo." Immergo la testa per baciarle le guance, mentre le lacrime fuoriescono, rigandole le tempie. "Non farlo, ptichka. Non starci male. Non hai fatto niente di male. Sono stato io. Ti ho fatto del male, ricordi? Non ti ho lasciato altra scelta."

Le trema il respiro sulle labbra, mentre le bacio il viso e la sento fremere sotto di me, torcendo le mani tra le lenzuola, man mano che continua a versare lacrime. Sono ancora dentro di lei, con il cazzo floscio sepolto nel suo corpo, ma sta cercando di non toccarmi, di rifiutare il legame tra noi.

Volevo il suo dolore e l'ho avuto—ma ora sono distrutto.

Non so cosa fare, come calmarla, così continuo a baciarla, accarezzandola con tutta la dolcezza possibile. La sete di vendetta è scomparsa e tutto ciò che resta è il rimorso. Ancora una volta, sono la causa della sofferenza di Sara, e questa volta è infinitamente peggio. Questa volta, la conosco.

La conosco, e mi importa di lei.

Sta ancora piangendo, quando mi ritraggo da lei e mi alzo per buttare il profilattico nel bagno. Quando torno con un asciugamano bagnato, la trovo su un fianco, con la coperta fino al collo.

"Ecco, lascia che ti pulisca" sussurro, tirando la coperta dal suo corpo nudo, e quando non si oppone, passo l'asciugamano sulle sue morbide pieghe, tamponando la carne dolorante e gonfia, e spazzando via la prova del suo desiderio. Non sta più piangendo, ma ha ancora gli occhi umidi, e non appena ho finito, torna sotto la coperta, tirandola sopra la testa.

Sto per salire sul letto con lei quando sento la vibrazione del cellulare sul mio comodino, dove l'ho lasciato per le emergenze.

Accigliato, lo prendo e guardo lo schermo.

*Cambio dei piani*, dice il messaggio di Anton. *Velazquez si trasferirà nel complesso di Guadalajara tra 2 giorni. O domani o mai più.*

Sopprimo un'imprecazione, combattendo la voglia di lanciare il telefono. Tra tutti i momenti di merda... Avevamo appena finito di lavorare sulla logistica del piano e avremmo colpito tra sei giorni. Ma se il nostro obiettivo si sta spostando, siamo di nuovo al punto di partenza in termini di pianificazione. Potrebbero volerci parecchie settimane per scovare il complesso a Guadalajara di Velazquez, e il nostro cliente, un signore della droga rivale, sta cominciando ad innervosirsi. Vuole vedere Velazquez morto da ieri, e non prenderà bene un ritardo.

Anton ha ragione. Dobbiamo agire ora.

*Prepara l'aereo e le forniture*, rispondo. *Partiremo in mattinata, presto.*

*D'accordo*, risponde Anton. *Suppongo che tu voglia gli americani su di lei.*

*Sì*, rispondo. *Di' loro di tenersi vicino alla clinica.*

L'ultima volta che io e la mia squadra abbiamo dovuto

lasciare il Paese per un lavoro, ho assunto qualche locale per sorvegliare Sara durante la mia assenza e riferirmi dei suoi movimenti. Sono molto esperti, e anche se non mi fido di loro quanto mi fido dei miei ragazzi, finora sono soddisfatto dei loro servizi.

Dovrebbero riuscire a proteggerla mentre sarò via.

Impostando la sveglia del telefono per farla suonare tra quattr'ore, mi infilo sotto la coperta con Sara e la tiro nel mio abbraccio, curvando il corpo intorno a lei da dietro. Si irrigidisce, ma non si allontana, e quando chiudo gli occhi, respirando il suo profumo, mi sento sopraffatto da una sensazione di pace.

Non si è risolto niente tra noi, ma per qualche ragione sono certo che le cose si sistemeranno, certo che le faremo funzionare, nonostante tutto. È l'unico modo, perché non riesco a immaginare la mia vita senza di lei.

Sara è mia, e morirei prima di liberarla.

## 33

S*ara*

UN RONZIO PERSISTENTE MI FA SVEGLIARE. PER UN ATTIMO, SONO così disorientata che mi sembra di essere nel cuore della notte.

Rotolandomi su un fianco, brancolo nel buio, alla ricerca del telefono che vibra. "Pronto" gracchio, prendendolo dal comodino senza aprire gli occhi. Mi sento come se avessi le ciglia incollate, con la testa così pesante che riesco a malapena a sollevarla dal cuscino.

"Dr.ssa Cobakis, abbiamo una paziente che sta per avere un parto prematuro, e il Dr. Tomlinson è dovuto andar via per un problema familiare. Sei la prossima ad essere di turno. Puoi venire qui al più presto?"

Mi siedo, con un picco di adrenalina che scaccia gran parte della sonnolenza. "Uhm..." Sbatto le palpebre e mi rendo conto che la luce del sole sta facendo capolino tra le tende. Secondo la sveglia sul letto sono le 6: 45—tra meno di un'ora dovrei alzarmi comunque per andare al lavoro. "Sì. Sarò lì tra circa un'ora."

"Grazie. A presto."

Non appena la segretaria riattacca, salto giù dal letto per correre verso la doccia—e mi blocco, sentendo il dolore in profondità. I ricordi di ieri sera riaffiorano, ardenti e tossici, e i residui della sonnolenza svaniscono.

Ho fatto sesso con Peter Sokolov la scorsa notte.

Mi ha fatto del male, e sono venuta tra le sue braccia.

Per un attimo, questi due episodi sembrano inconciliabili, come una tempesta di ghiaccio a luglio. Non avevo mai provato dolore—solo il contrario. Le rare volte in cui io e George abbiamo provato qualche perversione, le leggere sculacciate mi hanno distratta dall'orgasmo, invece di eccitarmi. Non capisco come io sia potuta venire dopo quel sesso così violento, come io sia potuta provare piacere, quando il mio corpo si sentiva a pezzi e sopraffatto.

E quell'orgasmo non è stato l'unico. Il mio tormentatore mi ha svegliata nel cuore della notte scivolando dentro di me, strofinandomi il clitoride con mani esperte e, nonostante il dolore, sono venuta in pochi minuti, con il corpo che ha reagito a lui, anche se la mente urlava dalla protesta. Poi ho pianto fino ad addormentarmi mentre mi stringeva, accarezzandomi la schiena come se volesse prendersi cura di me.

Non c'è da stupirsi che mi sentissi così stordita; dopo tutto quel sesso e i pianti, ho dormito solo poche ore.

Inghiottendo il groppo di vergogna, mi sforzo di continuare a muovermi. Devo vestirmi e andare in ospedale. Nonostante le sensazioni del momento, la mia vita non è finita ieri sera. Non so se sia stata la cosa giusta incoraggiare Peter a venire a letto con me, ma quello che è fatto è fatto e devo andare avanti.

La buona notizia è che non lo rivedrò fino a stasera.

Forse per quando dovrò farlo, l'idea di affrontarlo non mi farà venir voglia di morire.

LA GIORNATA VOLA AL LAVORO, E QUANDO TORNO A CASA SONO sfinita e affamata. Sono stata così occupata che ho saltato il pranzo, e anche se temo un'altra notte col mio stalker, devo ammettere che non vedo l'ora di sapere cos'ha preparato.

Peter Sokolov sarà anche uno psicopatico, ma è uno chef straordinario.

Con mia grande sorpresa—e una leggera delusione—nessun profumo delizioso mi accoglie, quando entro dal garage. La casa è buia e vuota, e capisco senza dover controllare ogni stanza che lui non c'è. Lo sento. La mia casa è più fredda, meno vivace, come se qualsiasi tipo di energia oscura emetta Peter Sokolov le infondesse vitalità.

Così, grido: "Peter? Ci sei?"

Niente.

"Sei qui?"

Nessuna risposta.

Il mio piano potrebbe aver funzionato così velocemente? È possibile che un semplice assaggio abbia soddisfatto il desiderio malato che il mio stalker aveva per me?

Perplessa, mi dirigo verso il frigorifero e tiro fuori una cena congelata da mettere nel forno a microonde. È cibo sano e organico, pasta e verdure tailandesi in una salsa dolciastra, ma è pur sempre una cena in scatola. Purtroppo è l'unica cosa che ho voglia di preparare questa sera. Avrei dovuto prendere qualcosa dal bar dell'ospedale, ma credo che inconsciamente contassi sul fatto di trovare del cibo in casa.

Scuotendo la testa per l'assurdità di tutto questo, accendo il microonde e mi lavo le mani.

Il mio tormentatore è andato via, e questo è positivo.

Ho solo bisogno di convincere il mio stomaco.

NON TORNA NEMMENO QUANDO MI SVEGLIO E, PUR AVENDO LA vaga sensazione di essere osservata mentre vado al lavoro, non vedo nessuno che mi segua. Lo stesso vale per quando arrivo all'ospedale e faccio quello che devo fare. Sono abbastanza paranoica da sentire sempre degli occhi su di me, ma la sensazione non è più intensa come prima.

Se non sapessi di avere uno stalker in carne ed ossa, avrei dato la colpa all'immaginazione.

I miei genitori chiamano durante la pausa pranzo e mi invitano a cena venerdì. Do loro una risposta evasiva—non voglio esporli a pericoli di alcun tipo—e poi chiamo la clinica.

"Ehi, Lydia, come stai?" chiedo, cercando di non sembrare nervosa. "Come vanno le cose?"

"Ciao, Dr.ssa Cobakis." La voce della segretaria è dolcissima. "Mi fa piacere sentirti. Finora va tutto bene. Non è una giornata molto movimentata, ma probabilmente peggiorerà nel pomeriggio. Riuscirai a tornare questa settimana?"

"Credo di sì. Uhm, Lydia..." esito, non sapendo bene come chiederle quello che voglio sapere. Non ho letto niente sul giornale riguardo agli omicidi, ma questo non significa che i cadaveri non siano stati trovati. "Non hai visto o sentito qualcosa di... insolito, vero?"

"Insolito?" Lydia sembra confusa. "Tipo cosa?"

"Oh, niente di particolare." Per dissipare qualsiasi sospetto, aggiungo: "Stavo solo pensando a quella paziente, Monica Jackson... Non l'hai più sentita, giusto? La ragazza con i capelli scuri che ho visto ieri?"

Con mia grande sorpresa, Lydia dice: "Oh, quella. In realtà, sì. È venuta qui qualche ora fa e ha lasciato un messaggio per te. Qualcosa del tipo "grazie, ora è dietro le sbarre." Non ha spiegato, ha detto solo che avresti capito. Tutto questo ha senso per te?"

"Sì." Nonostante la tensione, un grande sorriso prende vita sul mio viso. "Sì, ha perfettamente senso. Grazie per avermelo detto. Ci rivedremo presto."

Riattacco, continuando a sorridere, e vado a prepararmi per il parto cesareo del pomeriggio.

Non ho idea di come Peter abbia fatto a far scomparire le prove del suo crimine, ma l'ha fatto, e a quanto pare sembra che sia uscito fuori qualcosa di buono da quella serata.

Non ci sarà via d'uscita per me, ma almeno Monica è libera.

La mia abitazione è di nuovo buia e vuota quando torno a casa quella sera, e, mentre mi preparo per andare a dormire, prendo consapevolezza di quella peculiare malinconia. Avere Peter in casa mia era terrificante, ma era pur sempre una presenza umana. Ora sono di nuovo sola, come negli ultimi due anni, e quella sensazione di solitudine è più viva che mai, con il letto più freddo e più vuoto di quanto ricordassi.

Forse dovrei prendere un cane. Uno grande da coccolare, che lascerei dormire con me. In questo modo, ci sarebbe qualcuno ad accogliermi quando torno a casa, e non mi mancherebbe qualcosa di così perverso come l'assassino di mio marito che mi abbraccia di notte.

Sì, prenderò un cane, decido, salendo sul letto e tirando la coperta sopra di me. Non appena avrò venduto la casa, ne affitterò una più vicino all'ospedale e mi assicurerò che sia adatta ai cani—forse vicino a un parco o qualcosa del genere.

Un cane mi darà quello di cui ho bisogno e riuscirò a dimenticare Peter Sokolov.

Tutto questo, ammesso che lui si sia dimenticato di me.

Quando arriva lunedì, sono quasi convinta che Peter se ne sia andato per sempre. Durante il fine settimana, ho esaminato la casa da cima a fondo per cercare di scoprire le sue telecamere nascoste, ma o sono tutte sparite o sono nascoste in modo tale che un profano come me non possa trovarle. In alternativa, forse non ci sono mai state, e il mio stalker sapeva le cose che sapeva in qualche altro modo. Ad ogni modo, non c'è traccia di lui, nessun contatto di alcun tipo. Ho trascorso la maggior parte del fine settimana in clinica, e pur avendo sentito degli occhi addosso mentre camminavo verso la macchina, potrebbe essersi trattato dei residui della mia paranoia.

Forse il mio incubo è finito.

È sciocco, ma la consapevolezza di aver allontanato Peter

con il sesso fa un po' male. Speravo che una volta aver smesso di essere l'irraggiungibile "principessa dei ghiacci" mi avrebbe lasciata in pace, ma non mi aspettavo che le conseguenze sarebbero state così immediate. Forse non sono brava a letto? Dev'essere così, se una volta è stata sufficiente a far capire a Peter che non sarei mai stata in grado di soddisfare qualsiasi fantasia avesse in mente.

Dopo avermi seguita per settimane, il mio tormentatore mi ha abbandonata dopo una sola notte.

È positivo, naturalmente. Non ci sono più cene, né docce nelle quali si prende cura di me come se fossi una bambina. Nessun altro killer pericoloso avvolto intorno a me di notte, che mi scopa la mente e mi seduce il corpo. Trascorro i miei giorni come ho fatto negli ultimi mesi, solo che mi sento più forte, meno distrutta dentro. Affrontare la fonte dei miei incubi è stato più utile per il mio benessere mentale rispetto ai mesi di terapia, e non posso che esserne felice.

Nonostante la vergogna che mi attanaglia ogni volta che penso agli orgasmi che mi ha provocato, mi sento meglio, meglio di come stavo prima.

"Allora, dimmi come stai, Sara" dice il Dr. Evans, quando finalmente lo rivedo, dopo la sua vacanza. È abbronzato, con il volto esile che per una volta sembra scoppiare di salute. "Come sono andate le visite alla casa?"

"Il mio agente immobiliare sta valutando un paio di offerte" rispondo, accavallando le gambe. Per qualche ragione, oggi mi sento a disagio in questo ufficio, come se fossi un pesce fuor d'acqua. Scacciando quella sensazione, spiego: "Sono entrambe più basse di quanto vorrei, e così stiamo cercando di valutarle."

"Ah, bene. Quindi, ci sono progressi su quel fronte." Piega la testa. "E forse anche su altri?"

Annuisco, per niente sorpresa dalla percezione del terapeuta. "Sì, la mia paranoia è migliorata, così come gli incubi. Sabato sono riuscita anche ad aprire l'acqua del lavandino della cucina."

"Davvero?" Solleva le sopracciglia. "Mi fa molto piacere sentirtelo dire. È successo qualcosa in particolare?"

*Oh, sai, solo che l'uomo che mi ha torturata e che ha ucciso mio marito è riapparso nella mia vita.*

"Non lo so" dico con una scrollata di spalle. "Forse è giunto il momento. Sono passati quasi sette mesi."

"Sì" dice il Dr. Evans gentilmente: "Ma dovresti sapere che non è niente sulla linea temporale del dolore umano e del DPTS."

"Giusto." Mi guardo le mani e noto un'ombra abbastanza sbiadita sul pollice sinistro. Potrebbe essere giunto il momento di una manicure. "Credo di essere stata fortunata."

"Assolutamente."

Quando alzo la testa, il Dr. Evans mi guarda con la stessa espressione pensierosa. "Com'è la tua vita sociale?" chiede, e sento un rossore insinuarsi nel mio viso.

"Capisco" dice il Dr. Evans, vedendo che non rispondo subito. "C'è qualcosa di cui vorresti parlare?"

"No, è... inesistente." Il viso mi brucia ancora di più, quando mi rivolge uno sguardo incredulo. Non posso dirgli di Peter, così opto per qualcosa di plausibile. "Voglio dire, qualche settimana fa sono uscita con alcune colleghe e ci siamo divertite..."

"Ah." Sembra accettare la mia risposta. "E come ti ha fatta sentire, 'divertirti?'"

"Mi ha fatta sentire... benissimo." Ripenso al locale, al ritmo della musica che mi attraversava. "Mi ha fatta sentire viva."

"Ottimo." Il Dr. Evans annota qualcosa. "E non sei più uscita da allora?"

"No, non ne ho avuto occasione." È una bugia—sabato scorso sarei potuta uscire con Marsha e le ragazze—ma non posso spiegare al terapeuta che sto cercando di proteggere le mie amiche, riducendo al minimo i contatti con loro. La riservatezza medico-paziente ha i suoi limiti, e rivelare che sono stata in contatto con un criminale ricercato—e che la settimana scorsa ho assistito a due omicidi—potrebbe indurre il Dr. Evans ad andare alla polizia e a mettere in pericolo entrambi.

In generale, venire qui oggi è stata una cattiva idea. Non posso parlare delle cose di cui avrei davvero bisogno di discutere, e lui non riuscirà a farmi superare i miei complicati sentimenti senza comprendere tutta la storia. Ecco perché mi sento a disagio, mi rendo conto: non posso lasciare che il Dr. Evans scopra altri dettagli.

Il mio telefono vibra nella borsa, e colgo al volo quella distrazione. Tirando fuori il telefono, vedo che ho ricevuto un messaggio da parte dell'ospedale.

"Scusami" dico, alzandomi e rimettendo il telefono nella borsa. "Una paziente sta per avere un parto prematuro e ha bisogno della mia assistenza."

"Certamente." Il Dr. Evans si alza e mi stringe la mano. "Continueremo la settimana prossima. Come sempre, è stato un piacere."

"Grazie. Lo stesso vale per me" dico, e faccio una nota mentale di annullare l'appuntamento della settimana prossima. "Buona giornata."

E, lasciando lo studio dell'analista, corro verso l'ospedale, una volta tanto grata per l'imprevedibilità del mio lavoro.

NON SO SE SIA LA SEDUTA CON IL DR. EVANS O IL SONNO migliore degli ultimi giorni, ma quella notte mi ritrovo a rigirarmi nel letto, ad addormentarmi solo per risvegliarmi, con il cuore che mi martella dall'ansia indefinita. Il vuoto del letto mi accoglie, con la solitudine che sembra un doloroso buco nel petto. Voglio credere che mi manchi George, che sono le sue braccia quelle che desidero, ma, quando il sonno agitato ha la meglio, sono quei grigi occhi d'acciaio a invadere i miei sogni, non quelli castani e dolci.

In quei sogni, danzo, esibendomi davanti al mio tormentatore come una ballerina professionista. Sono vestita come una di loro, con un abito giallo chiaro con le ali rigide sulla parte posteriore. Mentre ruoto e volteggio sul palco, mi sento più leggera della nebbia, più leggiadra di un filo di fumo. Ma dentro, ardo di passione. I movimenti vengono dal profondo della mia anima, con il corpo che parla attraverso la danza con la cruda sincerità della bellezza.

*Mi manchi*, dice questo plié. *Ti voglio*, conferma la piroetta. Dico con il corpo ciò che non riesco a dire con le parole, e lui mi guarda, con il volto scuro ed enigmatico. Delle gocce rosse gli decorano le mani e capisco senza chiedere che si tratta di sangue, che ha strappato un'altra vita. Dovrebbe disgustarmi, ma tutto quello di cui m'importa è se mi voglia o meno, se senta il calore che mi divora.

*Ti prego*, lo supplico con i miei movimenti, disegnando un grazioso arco davanti a lui. *Ti prego, dimmela. Ho bisogno di sapere la verità. Dimmela, ti prego.*

Ma non dice niente. Mi guarda solo, e mi rendo conto che non posso farci niente, che non posso convincerlo. Così, danzo più vicino a lui, spinta da un'oscura attrazione, e quando mi ritrovo a portata di mano, alza le braccia, con le mani insanguinate intorno alle mie spalle.

"Peter..." ondeggio verso di lui, con quel terribile desiderio che si agita nelle viscere, ma i suoi occhi sono freddi, così freddi che bruciano.

Non mi vuole più. Lo so. Lo vedo.

Tuttavia, lo raggiungo, avvicinando la mano al suo volto duro. Lo voglio—ho bisogno di lui—tanto. Ma prima che io possa toccarlo, mormora: "Addio, ptichka" e mi spinge via.

Barcollo all'indietro, cadendo dal palco. Il vestito ondeggia in aria per un breve secondo, e poi le mie ali si sgretolano, quando colpisco il pavimento. Ancora prima di sentire lo shock dell'impatto, mi rendo conto che è finita.

Il mio corpo è a pezzi, e lo stesso vale per la mia anima.

"Peter" gemo con l'ultimo respiro, ma è troppo tardi.

È sparito per sempre.

Mi sveglio con il viso bagnato dalle lacrime e il cuore sopraffatto dal dolore. È buio pesto nella stanza, e nell'oscurità non importa che razionalmente mi manchi un uomo che odio. Il sogno è così vivido nella mia mente che mi sento come se lo avessi perso per davvero... come se fossi morta per il rifiuto delle sue mani. So che quello che mi manca devono essere le mie reali perdite—George e la vita che avremmo dovuto avere —ma con il letto vuoto e il corpo alla disperata ricerca di un abbraccio duro e caldo, mi sembra che mi manchi *lui*.

Peter.

L'uomo che per tanti motivi dovrei disprezzare.

Chiudendo gli occhi, mi arrotolo in una piccola palla sotto la coperta e abbraccio il cuscino. Non ho bisogno del Dr. Evans per sapere che quello che provo non può essere vero, che, nella migliore delle ipotesi, è una versione bizzarra della sindrome di Stoccolma. *Non* ci si può innamorare di uno stalker; semplicemente non può succedere. E poi, non conosco Peter Sokolov da molto tempo. È entrato a far parte della mia vita da quanto? Una settimana? Due? I giorni dopo quel locale mi sono sembrati anni, ma in realtà è passato pochissimo tempo.

Naturalmente, è nei miei incubi da molto più tempo.

Per la prima volta, lascio che la mia mente si concentri davvero sul mio tormentatore—che pensi a lui come uomo. Come si comportava con la sua famiglia? Dovrebbe essere difficile immaginare un killer così spietato in un ambiente domestico, ma per qualche motivo non ho problemi a immaginarlo giocare con un bambino o a preparare una cena con sua moglie. Forse è dovuto alla dolcezza con cui si è preso cura di me, ma sento che c'è qualcosa in lui che va ben oltre le cose mostruose che ha fatto, qualcosa di vulnerabile e profondamente umano.

Doveva amare davvero tanto la sua famiglia per essersi dedicato alla vendetta in maniera così totalizzante.

Mi tornano in mente le foto sul suo cellulare, e mi si stringe il petto dal dolore. Informazioni false; è questa secondo Peter la ragione di quelle atrocità. È possibile che sia stato George a fornire quelle informazioni? Che mio marito, così bello e pacifico, che amava i barbecue e leggeva il giornale a letto, fosse davvero una spia che aveva commesso un errore tanto terribile? Sembra incredibile, ma dev'esserci stato un motivo se Peter ha dato la caccia a George, se ha fatto di tutto per ucciderlo.

A meno che non sia stato Peter a commettere un errore, George non era quello che sembrava.

Stringendo la presa sul cuscino, rifletto su questa ipotesi, accettandola pienamente. Nell'ultima settimana e mezzo ho evitato di pensare alle rivelazioni del mio stalker, ma non posso più respingere la verità.

Tra la protezione dell'FBI che è venuta fuori dal nulla e la crescente distanza tra me e George dopo il nostro matrimonio è del tutto possibile che mio marito mi abbia ingannata—che abbia mentito a me e a tutti gli altri per un decennio.

La mia vita non era altro che un'illusione, a quanto pare.

Quando mi addormento, un'ora dopo, lo faccio con il gusto amaro del tradimento sulla lingua e una nuova determinazione nella mente.

Domani mattina accetterò una delle offerte sulla casa. Ho bisogno di un nuovo inizio, e ce la farò. Forse, in un nuovo posto, dimenticherò il doppio gioco di George e *lui*.

Se Peter Sokolov è davvero scomparso, potrò finalmente cominciare a vivere.

35

Sara

GIOVEDÌ, FIRMO LE CARTE, VENDENDO LA CASA A UNA COPPIA DI avvocati che si sta trasferendo in zona da Chicago. Hanno due figli che frequentano la scuola elementare e un bambino in arrivo, e hanno bisogno delle cinque camere da letto. Anche se la loro offerta è del tre percento al di sotto del valore di mercato e un paio di migliaia di dollari in meno rispetto all'altra offerta che ho ricevuto, ho accettato quella degli avvocati perché pagano in contanti e possono chiudere l'affare in fretta.

Se non ci saranno problemi con il sopralluogo, mi trasferirò tra meno di tre settimane.

Sentendomi emozionata, venerdì chiedo a un altro medico di coprirmi e trascorro la giornata in cerca di appartamenti da affittare. Mi accontento di una piccola camera da letto a pochi passi dall'ospedale, in un condominio adatto agli animali. È un po' vecchia, e lo spazio per i vestiti è quasi inesistente, ma siccome ho intenzione di liberarmi di tutto ciò che mi ricorda la vita che conducevo prima non mi dispiace.

Un nuovo inizio, tutto qui.

Il mio entusiasmo dura fino alla sera, quando torno a casa e ne percepisco nuovamente il vuoto. La mia cena è un'altra scatola tirata fuori dal congelatore e, nonostante i miei sforzi, non posso fare a meno di pensare a Peter, chiedendomi dove sia e cosa stia facendo. È da ieri che mi passa per la mente l'idea che potrebbe esserci un altro motivo per cui se n'è andato, e quel pensiero non fa che tormentarmi da allora.

Le autorità potrebbero averlo catturato o ucciso.

Non so perché non avessi preso in considerazione questa possibilità prima di ieri, ma ora non riesco a togliermela dalla mente. Ovviamente, sarebbe una buona cosa—sarei davvero al sicuro se fosse morto o in carcere—ma ogni volta che ci penso, sento una dolorosa stretta al petto, e qualcosa di stranamente simile alle lacrime mi fa bruciare gli occhi.

Non voglio Peter Sokolov nella mia vita, ma non riesco a sopportare il pensiero che sia morto.

È stupido, molto stupido. Sì, abbiamo fatto sesso quella notte—e mi ha provocato più di un orgasmo—ma non sono un'adolescente vergine che crede che dormire insieme significhi amore eterno. L'unico sentimento tra noi, oltre all'odio, è la lussuria, l'attrazione più elementare. Posso accettarlo; essendo un medico, so quanto possa essere potente la chimica, avendone visto la prova su persone intelligenti che hanno preso decisioni stupide, agendo sull'impulso della passione. È inquietante il desiderio che provo per l'assassino di mio marito, ma temere per il suo benessere è diverso.

È qualcosa di molto più folle.

*Non mi manca Peter*, mi dico, rigirandomi nel letto vuoto. La solitudine che sento è la conseguenza dello stress eccessivo e del poco tempo trascorso con amici e familiari. Tra un po' di tempo, e passata la minaccia del mio stalker, uscirò con Marsha e le infermiere, e forse prenderò anche in considerazione l'idea di frequentare Joe.

Ok, forse questo no—l'ho rifiutato, quando mi ha telefonato qualche giorno fa, e non riesco ancora a perdonarmelo—ma sicuramente riandrò a ballare.

In un modo o nell'altro, la mia nuova vita comincerà presto.

## 36

*P*eter

STA DORMENDO QUANDO ENTRO NELLA STANZA, CON IL SUO corpo esile avvolto in una coperta dalla testa ai piedi. Attentamente, accendo le luci e mi fermo, con il respiro che mi si blocca nel petto. Nelle ultime due settimane, mentre mi stavo riprendendo dalla ferita causata dalla pugnalata che avevo riportato in Messico, mi sono divertito a osservarla dalle telecamere della casa e a divorare tutti i rapporti degli americani sulle sue attività. So tutto quello che ha fatto, con chi ha parlato, conosco ogni luogo in cui è stata. Questo avrebbe dovuto placare la sensazione di separazione, ma vederla così, con i suoi capelli castani e lucenti sul cuscino, mi toglie l'aria dai polmoni e scatena il desiderio dentro di me.

La mia Sara. Mi mancava così tanto, cazzo.

Mi avvicino al letto, formando dei pugni con le mani per evitare di raggiungerla, afferrarla e non lasciarla più andare.

*Due settimane.* Per due settimane incredibilmente lunghe non sono riuscito a tornare da lei, perché mi era sfuggito il coltello nascosto nello stivale di una guardia. Certo, stavo affrontando un'altra guardia che mi aveva puntato contro un AR15, ma questa non è una buona scusa per essere negligenti.

Mi sono distratto durante il lavoro, e questo mi è quasi costato la vita. Un centimetro più a destra, e sarei dovuto rimanerle lontano ben più di due settimane. Forse per sempre.

"Che cazzo è successo, amico?" ha borbottato Ilya, quando lui e suo fratello mi hanno medicato dopo la fine della missione. "Ti ha quasi reciso un rene. Devi stare attento, cazzo."

"Ecco perché ho sempre voi due" sono riuscito a dire, e poi la perdita di sangue ha avuto la meglio, impedendomi di spiegare il motivo della distrazione. Ed è stato meglio così. La verità è che non sono riuscito a vedere il coltello perché, mentre fissavo la canna dell'AR15, non stavo pensando alla mia squadra o alla mia missione, ma a Sara e al fatto di non rivederla.

La mia ossessione per lei ha quasi causato la mia morte.

Sedendomi sul bordo del letto, le tolgo con cautela la coperta. Sta dormendo nuda, come sempre, e la lussuria mi ringhia nelle vene alla vista delle sue curve esili e graziose. Non si sveglia, ansima solo come una gattina seccata dalla perdita della coperta, e sento qualcosa nel petto. Il mio cuore si riempie di un caldo fervore, anche se il cazzo si irrigidisce ulteriormente e il battito aumenta.

Devo averla. Subito.

Alzandomi, mi tolgo rapidamente i vestiti e li metto sul comò, assicurandomi che le armi siano ben nascoste. I movimenti a scatti fanno male alla cicatrice sul mio stomaco, ma la desidero talmente tanto che non faccio caso al dolore. Mettendo un preservativo, salgo sul letto con lei e la giro sulla schiena, sistemandomi tra le sue gambe.

Il mio tocco la sveglia. Muove le palpebre, con gli occhi color nocciola in preda al panico e assonnati al tempo stesso, e sorrido mentre le stringo i polsi e li inchiodo accanto alle sue spalle. È un sorriso predatore, lo so, ma non posso farci niente.

Nonostante la calda sensazione nel petto, il desiderio è oscuro, violento e divorante.

"Ciao, ptichka" sussurro, scorgendo lo shock nei suoi occhi quando mette bene a fuoco. "Mi dispiace essere stato via così a lungo. Non ho potuto fare diversamente."

"Sei... sei tornato." Il suo petto sale e scende con un ritmo irregolare, con i capezzoli simili a rigide bacche rosa sui seni squisitamente tondi. "Perché sei—perché sei tornato?"

"Perché non ti lascerei per nulla al mondo." Mi abbasso e respiro il suo profumo, delicato e caldo, attraente come Sara stessa. Mordendole leggermente l'orecchio, le sussurro sul collo: "Pensavi che me ne sarei andato?"

Trema sotto di me, con il respiro sempre più irregolare, e capisco che se mi allungassi tra le sue gambe la troverei calda e bagnata, pronta per me. Mi vuole—o almeno il suo corpo mi vuole—e il mio cazzo palpita davanti a quella consapevolezza, desideroso di riempirla, di sentire lo stretto abbraccio scivoloso della sua figa. Per prima cosa, però, voglio una risposta alla mia domanda.

Alzando la testa, la immobilizzo con lo sguardo. "Pensavi che me ne sarei andato, Sara?"

Il suo volto è una maschera di confusione, quando sbatte le palpebre. "Beh, sì. Voglio dire, te ne eri andato, e credevo—

speravo..." Si ferma, aggrottando la fronte. "Perché te ne sei andato, se non ti eri stancato di me?"

"Stancato di te?" Non capisce che penso a lei letteralmente tutto il tempo, anche nel bel mezzo della battaglia? Che non riesco a stare un'ora senza controllare cosa faccia, né a trascorrere una notte senza vederla nei miei sogni? Sostenendo il suo sguardo, scuoto lentamente la testa. "No, ptichka. Non sono stanco di te—e non lo sarò mai."

Con la coda dell'occhio, vedo le sue dita affusolate flettersi, e mi rendo conto che le sto ancora tenendo i polsi inchiodati accanto alle spalle, stringendola come se avessi paura che scappasse. Non lo farebbe, naturalmente—nonostante il danno riportato di recente, non può competere con i miei riflessi o la forza—ma mi piace tenerla in questo modo, sotto di me, nuda e inerme. È dovuto ai miei contorti sentimenti per lei, questo bisogno di dominare, di averla sempre alla mia mercé.

"Non farlo" sussurra, ma tira fuori la lingua per bagnarsi le morbide labbra rosa, e la fame dentro di me si intensifica, con le palle che si stringono, mentre il sangue si accumula nel mio inguine. C'è qualcosa di così puro in lei, qualcosa di così dolce e innocente nei graziosi lineamenti del suo volto a forma di cuore. È come se non fosse stata violata dalla vita, se non fosse stata corrotta da tutte le nefandezze di cui mi occupo quotidianamente. Questo rende le cose che voglio farle ancora più sporche, ancora più sbagliate, ma so che le farò lo stesso.

Distinguere le cose giuste da quelle sbagliate non è mai stato il mio forte.

Abbassando la testa, assaporo le sue labbra, mantenendo il mio bacio dolce nonostante la dolorosa rigidità del cazzo. Nonostante i bisogni oscuri che mi attanagliano, non voglio farle del male oggi—non dopo l'ultima volta. Non riesco ancora a definire che cosa significhi per me, ma so che devo prendermi cura di lei, che devo coccolarla e proteggerla. Non voglio che abbia paura del mio tocco—anche se a volte vorrei infliggerle un po' di dolore.

Non so cosa voglio da lei, ma so che è più di questo.

In un primo momento non reagisce, tenendo le labbra sigillate per evitare l'intrusione della mia lingua insistente, ma continuo a baciarla e, alla fine, addolcisce le labbra, lasciandomi entrare nella sua bocca calda. Ha un sapore delizioso, simile a una punta di dentifricio, e non riesco a reprimere un gemito, quando la punta del mio cazzo le sfiora la parte interna della coscia. Voglio essere dentro di lei, sentire le sue calde pareti lisce che mi stringono, ma resisto a quella tentazione, sforzandomi di sedurla, di darle tutto il piacere e farle dimenticare il dolore che le ho provocato.

Non so per quanto tempo io la abbracci e le accarezzi le labbra, ma dopo un po' sento il tocco della sua lingua. Sta reagendo, ricambiando il bacio, e mentre il suo corpo si addolcisce sotto di me, il mio battito accelera, con il bisogno di averla che mi martella nel petto. Respirando a fatica, mi sposto dalle sue labbra alla tenera pelle del collo, per poi soffermarmi sulla clavicola e sulla morbidezza dei seni. Geme, quando avvolgo le labbra intorno al suo capezzolo, e la sento inarcarsi sotto di me, dondolando i fianchi per premere la figa contro di me.

Ringhiando, rivolgo l'attenzione all'altro seno, succhiandolo fin quando i gemiti di Sara aumentano, e si agita sotto di me, flettendo convulsamente le mani, mentre le stringo i polsi. Quando sollevo la testa, vedo che è tutta rossa, con gli occhi chiusi e la testa piegata all'indietro in un sensuale abbandono.

È giunto il momento. Cazzo, è passato anche troppo tempo.

Lasciandole andare il capezzolo, mi sposto verso l'alto, allineando il cazzo duro all'ingresso del suo corpo.

"È questo che vuoi?" chiedo con voce roca, quando sbatte le palpebre, mostrando occhi carichi di desiderio. "Dimmi che vuoi questo, ptichka. Dimmi che ti sono mancato, mentre ero via."

Sara apre le labbra, ma non dice una parola, e mi rendo conto che non è pronta ad ammetterlo, ad accettare il legame esistente tra noi. Avrò anche il suo corpo, ma dovrò combattere più duramente per avere la sua mente e il cuore. E lo farò, perché è di questo che ho bisogno, mi rendo conto: che sia completamente mia, che mi desideri e che abbia bisogno di me tanto quanto io ho bisogno di lei.

Abbassando la testa, le bacio di nuovo le labbra, poi le libero un polso per guidare il cazzo sulla sua apertura calda e scivolosa. È ancora incredibilmente stretta, ma questa volta riesco ad andare piano, a scendere in profondità centimetro dopo centimetro fin quando non sono sepolto dentro di lei. Mi afferra il fianco con la mano libera, affondando le sue unghie delicate nella mia pelle e ansimando sul mio orecchio, e sento le sue pareti interne flettersi, mentre comincio a muovermi dentro di lei, scivolando dentro e fuori con un ritmo lento e cauto. Il mio desiderio è a un passo dal picco, e devo sforzarmi per mantenere le spinte costanti, sbattendo contro il suo clitoride ogni volta che entro dentro di lei.

"Sì, così" gemo, sentendo i suoi muscoli stringersi, man mano che il suo respiro accelera. "Vieni per me, ptichka. Voglio sentirti venire."

Grida, quando accelero il ritmo, e le afferro il fianco, stringendole la carne tirata del sedere, mentre martello dentro di lei, scopandola così duramente che il letto cigola sotto di noi.

Non ne ho mai abbastanza di lei, dalla sua setosa morbidezza e del profumo dolce, e scendo più in profondità nel suo corpo, volendo fondermi con lei, volendo andare così in fondo da rimanere permanentemente inciso sulla sua carne.

Le sue grida si fanno più forti, più frenetiche, e sento la sua figa stringersi, mentre agita i fianchi e raggiunge l'orgasmo. Le sue contrazioni ne sono la prova; con un grido rauco, esplodo, sbattendo il bacino contro il suo, mentre il mio cazzo scatta e palpita nel rilascio, inondando il preservativo con il seme.

Ansimando, rotolo giù da lei e la tiro a me, tenendola stretta mentre i nostri respiri rallentano. Con la fame placata, prendo consapevolezza della pulsazione della ferita sul mio ventre. I medici mi avevano consigliato di non sforzarmi per qualche settimana, ma me ne sono dimenticato, troppo preso da Sara e dall'ardente piacere di possederla.

Un minuto dopo, mi alzo per sbarazzarmi del preservativo, e quando torno, Sara è seduta sul letto, con la sua esile figura avvolta in una coperta, proprio come l'ultima volta. Solo che oggi non ci sono lacrime; ha gli occhi asciutti e lo sguardo fisso sul mio viso, quando attraverso la stanza.

Forse sta cominciando ad accettare la realtà, a capire che non c'è vergogna nel desiderarmi.

"Perché sei tornato?" chiede, quando mi siedo accanto a lei, e sento la disperazione dietro la spavalderia.

Mi sbagliavo. È ancora lontana dall'accettarmi.

Sollevando la mano, le sistemo una ciocca di capelli dietro l'orecchio. Con la coperta avvolta intorno al corpo e le onde castane in disordine, la mia bella dottoressa sembra giovane e vulnerabile, più ragazza che donna. Vederla così mi fa venir voglia di proteggerla, di tenerla al riparo dalla crudeltà del mio mondo.

Purtroppo, faccio parte di quel mondo—e forse del più crudele di tutti.

"Non sono mai andato via" rispondo, abbassando la mano. "Perlomeno, non volevo andarmene—non per tutto questo tempo. Avevo un lavoro da svolgere, ma avrebbe dovuto tenermi impegnato solo un giorno o due."

"Un lavoro?" Sbatte le palpebre. "Che genere di lavoro?"

Prendo in considerazione l'idea di non dirglielo o almeno di glissare su alcune delle realtà più dure del mio lavoro, ma decido di non farlo. L'opinione che ha Sara di me non può peggiorare più di tanto; quindi, tanto vale che sappia tutta la verità.

"La mia squadra svolge alcune missioni" dico con cautela, osservando la sua reazione. "Lavori che pochi altri possono svolgere con lo stesso livello di abilità e discrezione. I nostri clienti generalmente operano nell'ombra, così come gli obiettivi che eliminiamo a pagamento."

Il rossore post-sessuale sulle sue guance svanisce, lasciando spazio al pallore. "Sei un assassino? La tua squadra... uccide la gente su commissione?"

Annuisco. "Non persone a caso, ma sì. I nostri obiettivi tendono ad essere abbastanza pericolosi, spesso con diversi livelli di sicurezza che dobbiamo penetrare. Ecco come ho fatto a procurarmi questa." Indico la cicatrice sul mio stomaco e la vedo sgranare gli occhi, quando la nota—probabilmente per la prima volta. Dubito che se ne sia accorta, mentre la scopavo.

"Com'è successo?" chiede, alzando gli occhi dal mio stomaco. Il suo viso è ancora più pallido ora, con la pelle di porcellana che assume un colorito verdastro. "È una ferita da coltello?"

"Sì. C'è stato un momento di disattenzione da parte mia."

Sono ancora incazzato per non aver fatto caso alla guardia con il coltello dietro di me, essendo alle prese con l'arma del suo compare. "Avrei dovuto fare più attenzione."

Deglutisce e torna a fissarmi la cicatrice. "Se è così pericoloso, perché lo fai?" chiede un attimo dopo, con gli occhi di nuovo su di me.

"Perché nascondersi alle autorità non costa poco" dico. Finora, Sara sta prendendo la mia rivelazione meglio di quanto mi aspettassi, anche se credo che l'avermi visto uccidere quei due drogati l'abbia preparata a qualcosa del genere. "Il lavoro paga molto bene, e sono molto abile nel farlo. Prima lavoravo come consulente per alcuni dei nostri clienti, ma gestire autonomamente la mia attività è meglio. Ho più libertà e flessibilità—cose che sono diventate importanti quando ho ottenuto la mia lista."

Serra le labbra. "La lista con il nome di mio marito?"

"Sì."

Abbassa lo sguardo, ma non prima che io intraveda un lampo di rabbia in quelle dolci profondità color nocciola. Le dà fastidio che non provi rimorso, ma non ho intenzione di fingere. Quell'*ublyudok*—quel bastardo del marito—meritava una morte molto peggiore di quella che ha avuto, e l'unica cosa di cui sono dispiaciuto è che era un vegetale quando l'ho trovato. Questo e il fatto che, per un breve istante, ho esitato prima di premere il grilletto.

Ho esitato perché ho pensato a Sara, e non a mia moglie e mio figlio morti.

Quel ricordo mi riempie di rabbia e dolore, e mi sforzo di respirare lentamente e profondamente. Se non mi sentissi così rilassato per averla scopata, sarebbe stato impossibile contenere l'agonia che mi inonda il petto, ma dato che lo sono riesco a controllarmi—anche quando Sara si alza e si scusa per andare al bagno, ancora avvolta nella coperta.

Sta reagendo con il silenzio, ma non importa. È già passata la mezzanotte, e domani ci sarà molto tempo per parlare.

Distendendomi sul letto, aspetto che Sara torni. Sono contento che abbia deciso di tagliare corto. Anche se oggi mi sono esercitato a malapena, mi sento stanco come dopo una missione. Il mio corpo deve ancora recuperare le forze, cosa che mi rende frustrato. Detesto non essere in piena forma; la debolezza di qualsiasi tipo mi fa sentire nervoso e irritato.

Sara si prende il suo tempo nel bagno, ma alla fine riappare e si sdraia accanto a me, senza condividere la coperta. Infastidito e divertito al tempo stesso, gliela tolgo di dosso e la sistemo su entrambi, dopo averla messa dove deve stare: tra le mie braccia, con il culetto sodo sul mio inguine.

"Buona notte" sospiro, baciandole il collo e, dato che non risponde, chiudo gli occhi, ignorando le contrazioni del mio cazzo indurito.

Per quanto vorrei scoparla un'altra volta, ho bisogno di riposare, e anche lei.

Posso aspettare. Dopo tutto, la riavrò domani—e tutti gli altri giorni a seguire.

## 37

MI SVEGLIO CON IL PROFUMO DEL CAFFÈ E DELLA PANCETTA sotto il naso, e la sensazione della luce solare sul viso. Confusa, apro gli occhi e vedo che manca mezz'ora al suono della sveglia. Mentre cerco di ragionare, i ricordi di ieri sera invadono la mia mente, e gemo, tirando la coperta sopra la testa.

Il mio stalker russo è tornato—e sta preparando la colazione in casa mia.

Un minuto dopo, mi sforzo di alzarmi e di dedicarmi alla solita routine mattutina. Sì, il killer di mio marito mi ha di nuovo scopata la scorsa notte—facendomi venire—ma non è stata la fine del mondo, e devo comportarmi di conseguenza.

Devo ignorare il disgusto per me stessa che si agita nelle viscere e andare al lavoro.

Dieci minuti dopo, scendo al piano di sotto, dopo essermi fatta la doccia ed essermi vestita. È strano, ma non provo niente di diverso nei confronti di Peter, ora che so del suo lavoro. Lo considero un assassino da così tanto tempo che venire a sapere che lui e la sua squadra lo fanno per soldi mi ha lasciata quasi indifferente. Tuttavia, questa consapevolezza rafforza la mia convinzione che è pericoloso—e che devo fare attenzione, se voglio evitare di mettere in pericolo le persone a cui tengo.

"Spero che ti piacciano la pancetta e le uova strapazzate" dice, quando entro in cucina. Come me, è vestito, ad eccezione delle scarpe e della giacca di pelle appesa su una delle sedie della cucina. Ancora una volta, i suoi vestiti sono scuri, e vederlo accanto alla stufa, così potentemente maschio e stupendo, mi fa accelerare il battito cardiaco e agitare lo stomaco in maniera sconvolgente.

Mi sento stranamente eccitata.

Scacciando quel pensiero, piego le braccia sul petto e spingo il fianco sul tavolo. "Certo" rispondo in modo pacato, ignorando il battito sempre più frenetico. "A chi non piacciono?"

Per quanto sarebbe bello lanciargli il cibo in faccia, non voglio provocarlo finché non avrò pianificato una nuova strategia.

"Come pensavo." Sistema con abilità le uova e la pancetta affumicata nel piatto, poi versa una tazza di caffè per entrambi.

Stabilendo che tanto varrebbe aiutarlo, prendo le tazze e le porto al tavolo. Lui porta i piatti e ci mettiamo a mangiare.

Le uova sono squisite, saporite e morbide, e la pancetta è croccante al punto giusto. Anche il caffè è insolitamente buono, come se avesse usato una ricetta segreta con il mio Keurig. Non che mi aspettassi altro; ogni pasto che mi ha preparato finora è stato eccezionale.

Se il lavoro di assassino/stalker non dovesse andargli più bene, il mio tormentatore potrebbe prendere in considerazione una carriera da cuoco.

Quel pensiero è così ridicolo che ridacchio nel caffè, cosa che spinge Peter ad alzare gli occhi dal piatto, sollevando le sopracciglia in una silenziosa domanda.

"Stavo solo pensando che potresti farlo come professione" spiego, spingendo in bocca una forchettata di uova. Forse questo è un altro tradimento della memoria di George, ma non posso fare a meno di ricordare che mio marito non mi ha mai preparato la colazione. Un paio di volte, nel periodo in cui ci frequentavamo, aveva provato a preparare una cena romantica —cibo cinese con alcune candele—ma a parte quell'episodio o cucinavo io o mangiavamo al ristorante.

"Grazie." Un sorriso fa piegare le labbra di Peter al mio complimento. "Mi fa piacere che ti piaccia."

"Uh-uh." Cerco di mangiare quello che c'è nel piatto e mi sforzo di non arrossire, mentre ricordo la sensazione di quelle labbra scolpite sul mio collo, i seni, i capezzoli... Vorrei credere che ieri sera mi abbia colto alla sprovvista, che la mia reazione sia stata il risultato di una mente assonnata, ma l'emozione che mi scorre nelle vene questa mattina smentisce quella supposizione.

Qualche parte malata di me è felice di rivederlo—e sollevata, sapendo che è vivo.

*Idiota*, mi rimprovero. Peter Sokolov è un fuggitivo ricercato, un mostro che ha strappato due vite davanti ai miei occhi, dopo aver torturato me e aver ucciso George. Uno stalker la cui presenza nella mia vita comporta innumerevoli complicazioni e rappresenta una minaccia per tutti coloro che mi circondano.

Non solo è sbagliato volerlo qui; è patologico.

Tuttavia, dopo aver mangiato le uova e bevuto il caffè, prendo consapevolezza di una peculiare leggerezza nel petto. La casa non mi sembra più grande e oppressiva, e la cucina mi appare luminosa e accogliente, non fredda e minacciosa. C'è *lui* a riempire lo spazio ora, dominandolo con il fisico possente e la spaventosa forza della sua personalità, e pur essendo l'ultima persona che dovrei volere per un po' di compagnia, quando sono con lui non sento la schiacciante pressione della solitudine.

*Un cane*, ricordo a me stessa. *Tutto quello di cui hai bisogno è un cane.* E un attimo dopo, mi rendo conto che potrebbe esserci un problema con quello—e con il mio nuovo progetto di vita in generale.

"Sai che mi trasferirò tra un paio di settimane, vero?" chiedo, mettendo giù la mia tazza vuota. "Ho firmato i documenti per vendere la casa."

L'espressione di Peter non cambia. "Sì, lo so."

"Certo che lo sai." Chiudo le mani a pugno sul tavolo, scavando nei palmi con le unghie. "Probabilmente mi hai fatta sorvegliare mentre eri via. Quegli occhi su di me—non era la mia immaginazione, vero?"

"Non potevo lasciarti senza protezione" dice, alzando le spalle, come se non fosse affatto dispiaciuto.

"Giusto." Respiro e rilasso coscientemente le mani. "Beh, presto mi trasferirò in un appartamento e sono abbastanza sicura che non riuscirai a entrare e uscire in questo modo—

perlomeno, non senza che i vicini ti vedano ogni giorno. Quindi, faresti bene a trovare qualche altra donna da torturare e spiare. Ce ne sono molte che vivono nelle zone semi-rurali."

Gli angoli della sua bocca si contraggono. "Sono certo che sia così. Peccato che io non voglia nessuna di loro."

Tamburello con le dita sul tavolo. "Davvero? Che mi dici delle altre persone sulla lista? O le hai uccise tutte?"

"Ne è rimasta una, che finora si è dimostrata inafferrabile" dice, e lo guardo senza espressione, prima di scuotere la testa.

Non sono pronta per affrontare questa discussione oggi.

"Bene" dico, nel tentativo di riconciliarmi. "Quindi, che cosa ci vuole per far sì che mi lasci in pace?"

"Un proiettile al cervello o al cuore" risponde, senza battere ciglio, e il mio stomaco sussulta, quando mi rendo conto che è serissimo.

Non ha alcuna intenzione di allontanarsi da me. Mai.

Tutta la leggerezza e l'emozione svaniscono, lasciandomi sola con il terribile orrore della realtà. Nessun quantitativo di pasti deliziosi, orgasmi strabilianti o coccole tenere può compensare il fatto che io sia di fatto una prigioniera di questo pericoloso uomo, un assassino che non si tira indietro davanti alla violenza e alla tortura. La sua ossessione per me è pericolosa quanto l'uomo stesso, i suoi contorti sentimenti quanto l'oscuro passato che condividiamo.

Un mostro è fissato con me, e non c'è via d'uscita.

Le gambe sono instabili quando mi alzo e spingo indietro la sedia. "Devo andare al lavoro" dico, e prima che possa obiettare, afferro la borsa e mi affretto verso il garage.

Peter non prova a fermarmi, ma quando salgo in macchina lo ritrovo sulla porta d'ingresso, con il suo bel volto scuro avvolto in una maschera indecifrabile.

"Ci vediamo quando torni" dice, mentre avvio l'auto, e capisco che fa sul serio.

Il mio tormentatore è tornato e non se ne andrà.

271

ara

FEDELE ALLA SUA PAROLA, PETER È LÌ QUANDO TORNO A CASA DAL lavoro quel giorno, e sono così stanca e stressata che sono tentata di cedere e mangiare la cena che ha preparato—un saporito riso pilaf con funghi e piselli. Ma non posso. Non posso continuare a sopportare questa follia, agendo come se fosse in qualche modo normale.

Se il mio stalker non mi lascerà in pace, non ha alcun senso stare al gioco. Tanto vale rendergli la vita difficile.

Ignorando il tavolo che ha apparecchiato, salgo al piano di sopra, mentre versa il vino. Entrando nella camera da letto, chiudo la porta a chiave ed entro nel bagno per spruzzarmi un po' d'acqua fredda sul viso.

Ho provato tutto tranne una vera e propria resistenza, e sono abbastanza disperata da provare.

Dopo essermi lavata il viso, esco e mi siedo sul letto, aspettando di vedere cosa succederà. Non ho intenzione di sbloccare quella porta e lasciarlo entrare, né di collaborare in alcun modo.

Ho finito di giocare con quel mostro. Se mi vuole, dovrà costringermi.

Il mio stomaco protesta dalla fame, e mi maledico per non aver mangiato prima di venire qui. Ero talmente sfinita per aver pensato tutto il giorno a Peter che ho guidato fino a casa con il pilota automatico, con la mente occupata dalla situazione impossibile. Ora che so della sua squadra e delle missioni di assassinio, sono ancora meno convinta che l'FBI potrebbe proteggermi, se mi rivolgessi a loro.

Credo che *nessuno* possa proteggermi da lui.

Dei colpetti sulla porta della camera mi distolgono da quei disperati pensieri.

"Scendi, ptichka" dice Peter dall'altra parte. "La cena si sta freddando."

Mi irrigidisco, ma non rispondo.

Altri colpi. Poi sento muovere la maniglia. "Sara." La voce di Peter è più dura. "Apri la porta."

Mi alzo, troppo nervosa per poter stare ferma, ma non mi muovo verso la porta.

"Sara. Apri questa porta. Subito."

Rimango in piedi, flettendo le mani lungo i fianchi. Prima di tornare a casa, avevo pensato di procurarmi un'arma, ma poi mi sono ricordata di quello che mi aveva detto sui suoi uomini che gli monitorano le funzioni vitali e ho cambiato idea. Non so come funzioni il monitoraggio, ma è del tutto possibile che indossi un dispositivo che gli misuri il polso e/o la pressione sanguigna. Forse addirittura un impianto. Ho sentito parlare di cose del genere, anche se non le ho mai viste. In ogni caso, se quello che Peter mi ha detto è vero, non posso fargli del male in alcun modo, senza rischiare la mia vita e forse quella di coloro a cui tengo.

Gli uomini che uccidono per i soldi non esiterebbero a vendicare il loro capo nei modi più brutali.

"Hai cinque secondi per aprire questa porta."

Combattendo una sensazione di déjà vu, affondo i denti nel labbro inferiore, ma rimango ferma, anche se il cuore mi martella nel petto e un sudore freddo mi fa rabbrividire. Per quanto non voglio che mi faccia del male, non voglio nemmeno vivere in questo modo, troppo spaventata per difendermi e accettando docilmente le richieste del pazzo. L'ultima volta che mi sono chiusa dentro, ero scossa, così sconvolta e terrorizzata per averlo visto uccidere quei due uomini che ho agito automaticamente. Ora, però, la mia azione è volontaria.

Devo sapere fin dove ha intenzione di spingersi, cos'è disposto a fare per ottenere ciò che vuole.

Non conta ad alta voce questa volta, perciò conto nella mia testa. *Uno, due, tre, quattro, cinque...* aspetto che il suo calcio butti giù la porta, ma sento dei passi lungo il corridoio.

Il respiro che sto trattenendo mi esce sotto forma di sollievo. È possibile? Potrebbe aver ceduto e deciso di lasciarmi in pace per stasera? Non me lo aspettavo, ma mi ha già sorpresa in passato. Forse la sua riluttanza a costringermi persiste ancora; forse ha deciso di non buttare giù la porta della camera e—

Sento di nuovo quei passi, e la maniglia della porta che si

muove, prima che qualcosa la colpisca. Il mio cuore salta un battito, per poi riprendere la sua furia.

Sta rimuovendo la serratura della porta.

La fredda decisione di quell'azione è in qualche modo più spaventosa di quanto sarebbe stato se avesse semplicemente buttato giù la porta. Il mio tormentatore non sta agendo in preda all'ansia; ha il pieno controllo e sa esattamente cosa sta facendo.

Il rumore metallico dura meno di un minuto. Lo so perché guardo i numeri lampeggianti della sveglia sul mio comodino. Poi la porta si apre e Peter entra, con l'andatura che irradia una rabbia trattenuta e il volto con lineamenti duri e freddi.

Sopprimendo la voglia di fuggire, alzo il mento e lo fisso, quando si ferma davanti a me, con il suo grosso corpo che incombe sulla mia esile figura.

"Vieni a cena." La sua voce è calma, addirittura dolce, ma sento l'oscurità che cela. Il suo controllo è appeso a un filo e, se avessi ancora qualche speranza, cederei in preda all'istinto di autoconservazione. Ma non ho più strategie e, ad un certo punto, l'autoconservazione deve lasciar spazio alla dignità.

Con fare sprezzante, scuoto la testa. "Non ho intenzione di farlo."

Le sue narici si allargano. "Di fare cosa? Mangiare?"

Il mio stomaco sceglie quel momento per ringhiare un'altra volta, e arrossisco per quella sfortunata tempistica. "Non mangerò con *te*" dico, nel modo più indifferente possibile. "Né dormirò con te—o qualsiasi altra cosa del genere."

"No?" Un oscuro divertimento si insinua nel suo sguardo d'acciaio. "Ne sei sicura, ptichka?"

Stringo le mani lungo i fianchi. "Ti voglio fuori da casa mia. Subito."

"Altrimenti?" Si avvicina, sbarrandomi la strada con il suo grande corpo, fin quando non ho altra scelta che non sia indietreggiare verso il letto. "Altrimenti cosa farai, Sara?"

Vorrei minacciarlo con la polizia o l'FBI, ma sappiamo entrambi che se avessi potuto rivolgermi a loro l'avrei già fatto. Non c'è niente che io possa fare per costringerlo a uscire dalla mia vita, ed è questo il punto cruciale del problema.

Ignorando il gelido sudore che mi riga la schiena, sollevo il mento ancora di più. "Non starò più al tuo gioco, Peter."

"Al mio gioco?" Si avvicina, piegando la testa da una parte.

"Questa relazione malata che hai inventato" chiarisco. È troppo vicino, invadendo il mio spazio personale come se ne avesse il diritto. Il suo profumo maschile mi inebria, con il calore che emana il suo grande corpo che mi scalda le viscere, e faccio un altro passo indietro, cercando di ignorare la sensazione di umido tra le cosce e la dolorosa tensione dei capezzoli.

Non posso stargli così vicino, senza ricordare come ci si senta a stargli ancora più vicino, ad essere unita a lui nei modi più intimi.

"Relazione malata?" Solleva le sopracciglia in modo denigratorio. "Sei un po' troppo dura, non credi?"

"Non. Starò. Più. Al. Tuo. Gioco" ripeto, sillabando ogni parola. Il cuore mi batte freneticamente nella cassa toracica, ma sono determinata a non cedere e a non lasciarmi distrarre da una discussione sulla nostra incasinata relazione. "Se vuoi cucinare nella mia cucina, fa' pure, ma a meno che tu non mi costringa non mangerò insieme a te—né farò altro di mia spontanea volontà."

"Oh, ptichka." La voce di Peter è dolce, il suo sguardo quasi comprensivo. "Non hai idea di quanto ti sbagli."

Le sue labbra si curvano in quel sorriso magnetico e imperfetto, e ho lo stomaco sottosopra quando si avvicina. Alla disperata ricerca di una certa distanza, faccio un altro passo indietro, solo per sentire il retro delle ginocchia premere contro il letto.

Sono in trappola, catturata ancora una volta da lui.

Si avvicina spietatamente, e il mio sesso si stringe quando le sue mani afferrano le mie spalle. "Scendi giù con me, Sara" dice piano. "Hai fame, e ti sentirai meglio dopo aver mangiato. E mentre mangi, possiamo parlare."

"A proposito di cosa?" chiedo, con voce roca. Il calore dei suoi palmi brucia nonostante lo spesso strato del mio maglione, e mi sforzo di mantenere una respirazione semi-stabile, quando l'eccitazione prende vita nel mio intimo. "Non abbiamo niente di cui parlare."

"Credo proprio di sì" dice, e scorgo il mostro dietro l'argento scuro del suo sguardo. "Vedi, Sara, se non vuoi stare qui con me, possiamo stare insieme altrove. La fantasia può diventare realtà —ma solo alle mie condizioni."

## 39

Trema mentre la conduco al piano di sotto, e mi rendo
conto che è dovuto più alla rabbia che alla paura. Credo che la
sua reazione dovrebbe infastidirmi, e infatti, anch'io sono
arrabbiato. Ieri, e oggi a colazione, avrei potuto giurare che
fosse felice di vedermi, sollevata per il mio ritorno. Ma stasera è
di nuovo fredda e distante, e non riesco a sopportarlo.

È giunto il momento di passare alle maniere dure.

"Siediti" le ordino, quando arriviamo al tavolo della cucina, e
si lascia cadere su una sedia, con un'espressione sfacciata sul bel
volto. È determinata a rendermi la vita difficile, e io sono
altrettanto determinato a non permetterglielo.

Facendo un respiro per calmarmi, spengo le luci luminose e
accendo le candele. Poi metto nel piatto il risotto che ho

preparato e glielo porto, prima di pensare al mio cibo. Sono affamato quanto lei; così, appena mi siedo, scavo nel cibo, convinto che la discussione sul nostro rapporto possa aspettare qualche minuto.

Purtroppo, Sara non è della stessa idea. "Che cosa intendevi dire con "la fantasia può diventare realtà"?" chiede, con voce tesa, mentre gioca con la forchetta. "Che cosa volevi dire esattamente?"

La faccio aspettare finché non ho masticato; poi, metto giù la posata e la guardo. "Sto dicendo che il fatto che tu viva in questa casa, che vada a lavorare e interagisca con le amiche è un privilegio che ti sto concedendo" dico con calma, vedendola impallidire. "Altri uomini nella mia posizione non sarebbero altrettanto accomodanti—e non dovrei esserlo nemmeno io. Ti voglio, e ho il potere di prenderti. Le cose stanno così. Se non ti piace la dinamica della relazione che c'è tra noi, la cambierò—ma in un modo che non ti piacerà."

Le trema la mano quando si allunga per prendere il bicchiere di vino che le ho versato. "Quindi, che cos'hai intenzione di fare? Rapirmi? Portarmi via da tutto e tutti?"

"Sì, ptichka. Questo è esattamente quello che farò, se non riuscirò a far funzionare la situazione attuale." Riprendo a mangiare, lasciandole il tempo di riflettere sulle mie parole. So di essere duro, ma devo mettere a tacere quel tentativo di ribellione, farle capire quanto sia precaria la sua posizione.

Non ci sono linee che non varcherò, quando si tratta di lei. Sarà mia, in un modo o nell'altro.

Sara mi guarda, con il bicchiere che le trema nella mano; poi, lo mette giù senza berne neanche un sorso. "Allora, perché non l'hai già fatto? Perché tutto questo?" agita la mano in un ampio gesto, facendo quasi cadere il bicchiere e una candela.

"Attenta" dico, spostando entrambi gli oggetti fuori dalla sua portata. "Se non ti conoscessi, penserei che stai cercando di drogarmi di nuovo."

Digrigna visibilmente i denti. "Dimmelo" insiste, chiudendo la mano a pugno accanto al piatto ancora intatto. "Perché non mi hai ancora rapita? Sicuramente non hai scrupoli morali al riguardo."

Sospiro e metto giù la forchetta. Forse avrei dovuto prometterle una discussione dopo il pasto, non durante. "Perché mi piace quello che fai" dico, prendendo il bicchiere di vino e bevendone un sorso. "Con i bambini, con le donne. Penso che il tuo lavoro sia ammirevole, e non voglio togliertelo —così come non voglio toglierti i genitori."

"Ma lo farai, se necessario."

"Sì." Metto giù il bicchiere e riprendo la forchetta. "Lo farò."

Mi studia per qualche secondo, poi prende la sua posata, e per qualche minuto mangiamo avvolti da un inquieto silenzio. Praticamente la sento pensare, con la sua agile mente alla disperata ricerca di una soluzione.

Purtroppo per lei, non ce ne sono.

Quando il piatto di Sara è mezzo vuoto, lo allontana e chiede con voce tesa: "Hai perseguitato anche lei?"

Sollevo le sopracciglia, quando riprendo il bicchiere di vino. "Chi?"

"Tua moglie" dice Sara, e stringo la mano sullo stelo del bicchiere, quasi spezzando il fragile vetro. Istintivamente, mi irrigidisco per l'angoscia e la furia, ma tutto quello che sento è l'eco della perdita, accompagnata dal dolore agrodolce dei ricordi.

"No" dico, e mi ritrovo a sorridere affettuosamente. "No. In realtà, è stata lei a perseguitarmi."

## 40

*S*ara

Sᴄɪᴏᴄᴄᴀᴛᴀ, ꜰɪꜱꜱᴏ ɪʟ ᴍɪᴏ ᴛᴏʀᴍᴇɴᴛᴀᴛᴏʀᴇ, ᴄᴏʟᴛᴀ ᴀʟʟᴀ ꜱᴘʀᴏᴠᴠɪꜱᴛᴀ da quel sorriso dolce, quasi tenero. Mi aspettavo che esplodesse davanti a quella domanda, e, mentre guardavo le sue dita stringersi intorno allo stelo del bicchiere, ero sicura che sarebbe successo.

Invece, ha sorriso.

Mordendomi il labbro inferiore, prendo in considerazione l'idea di cambiare discorso, ma con la minaccia del rapimento che incombe su di me non posso resistere alla voglia di saperne di più.

"Che cosa vuoi dire?" chiedo, prendendo il bicchiere di vino. Il risotto è delizioso, ma il mio stomaco è sottosopra, impedendomi di finire la porzione. Però, potrei bere un po' di vino.

Forse, se bevessi abbastanza, dimenticherei la sua terribile promessa.

"Ci conoscemmo quando arrivai nel suo villaggio, quasi nove anni fa." Peter si appoggia allo schienale della sedia, stringendo il bicchiere di vino nella sua grande mano. La luce della candela emana un bagliore caldo sui suoi bei lineamenti e, se non fosse per l'adrenalina che mi scorre nelle vene, avrei creduto all'illusione di una cena romantica, alla fantasia che sta cercando di creare.

"La mia squadra stava inseguendo un gruppo di insorti sulle montagne" continua, con lo sguardo distante, mentre rivive quel ricordo. "Era inverno, e faceva freddo. Un incredibile freddo. Sapevo che avremmo dovuto trovare un luogo caldo per la notte, così chiesi agli abitanti del villaggio di affittarci un paio di camere. Solo una donna fu abbastanza coraggiosa da farlo, e quella donna era Tamila."

Bevo un sorso di vino, affascinata, nonostante tutto. "Viveva da sola?"

Peter annuisce. "Aveva solo vent'anni all'epoca, ma aveva una casetta tutta sua. La zia era morta e gliel'aveva lasciata. Nel suo villaggio era insolito che una giovane donna vivesse da sola, ma a Tamila non era mai importato nulla delle regole. I suoi genitori volevano che sposasse uno degli anziani del villaggio, un uomo che avrebbe dato loro una dote di cinque capre, ma Tamila lo trovava disgustoso e non faceva altro che trovare il modo per posticipare il matrimonio. Ovviamente, i suoi genitori non erano contenti di questo, e quando i miei uomini ed io arrivammo nel villaggio, lei era disperata, non sapendo come tirarsi fuori da quella situazione."

Trangugio il resto del vino, mentre continua. "Non sapevo nulla di tutto questo, naturalmente. Per me era solo una bellissima donna, che, per qualche motivo, aveva accolto tre soldati Spetsnaz congelati nella sua casa. Diede la sua camera ai miei ragazzi e mi mise in una camera più piccola, dicendo che avrebbe dormito sul divano."

"Ma non lo fece" cerco di indovinare, quando si allunga per versarmi altro vino. Ho lo stomaco chiuso, con qualcosa di simile alla gelosia che si agita nelle mie viscere. "Venne da te."

"Sì, esattamente." Sorride di nuovo, e nascondo il disagio bevendo altro vino. Non so perché l'idea di lui con questa "bellissima donna" mi infastidisca, ma è così, e mi sforzo di ascoltare con calma, mentre dice: "Non la rifiutai, naturalmente. Nessun uomo eterosessuale l'avrebbe fatto. Era timida e un po' inesperta, ma non vergine, e quando ce ne andammo, la mattina seguente, le promisi che sarei tornato a trovarla sulla via del ritorno. Cosa che feci, due mesi dopo, solo per scoprire che era incinta di mio figlio."

Sbatto le palpebre. "Non ti eri protetto?"

"Lo feci—la prima volta. La seconda volta, stavo dormendo, quando cominciò a strofinarsi su di me, e quando mi svegliai completamente, ero dentro di lei e troppo preso per ricordare il preservativo."

Resto a bocca aperta. "Rimase incinta di sua spontanea volontà?"

Alza le spalle. "Disse di no, ma non ne sarei così sicuro. Viveva in un villaggio musulmano conservatore e aveva avuto un amante prima di me. Non mi disse mai chi fosse, ma se avesse accettato il matrimonio con l'anziano—o se l'avesse rifiutato per sposare qualcun altro del suo villaggio—si sarebbe esposta pubblicamente e sarebbe stata ripudiata dal marito.

Uno straniero non musulmano come me era la soluzione ideale per evitare quel destino, e sfruttò l'occasione. È davvero ammirevole. Ha rischiato, ed è stata ripagata."

"Perché poi l'hai sposata."

Annuisce. "Sì—dopo la conferma del test di paternità."

"È stato... molto nobile da parte tua." Mi sento inspiegabilmente sollevata, sapendo che non era innamorato perso di quella ragazza. "Non molti uomini sarebbero stati disposti a sposare una donna che non amavano per il bene del figlio."

Peter alza di nuovo le spalle. "Non volevo che mio figlio fosse esposto alle prese in giro o che crescesse senza un padre, e sposare sua madre era il modo migliore per farlo. Inoltre, dopo la nascita di mio figlio, iniziai ad amare Tamila sempre di più."

"Capisco." La gelosia mi morde ancora una volta. Per distrarmi, prosciugo il secondo bicchiere di vino e afferro la bottiglia per versarne dell'altro. "E così, sei caduto nella sua trappola, ma ha funzionato." Ho i palmi sudati, e per poco non mi scivola la bottiglia dalla mano, con il vino che inonda il bicchiere con una forza tale che un po' del liquido esce fuori dal bordo.

"Hai tanta sete?" Gli occhi grigi di Peter brillano dal divertimento, quando si allunga per strapparmi la bottiglia. "Forse dovrei portarti un po' d'acqua o prepararti un tè."

Scuoto la testa fortemente, e poi mi rendo conto che quel movimento mi ha fatto girare la stanza. Ha ragione; non ho mangiato molto, e probabilmente dovrei essere cauta con il vino. Solo che l'ansia si sta placando, sorso dopo sorso, e mi sento troppo bene per riuscire a fermarmi.

"Sto bene" dico, riprendendo il bicchiere. Potrei pentirmene domani al lavoro, ma ho bisogno della calda sensazione che mi procura l'alcol. "E così, alla fine ti sei davvero innamorato di Tamila. E ha continuato a vivere in quel villaggio?"

"Sì." La sua espressione si indurisce; dobbiamo esserci avvicinati ai ricordi dolorosi. Confermando i miei sospetti, dice rudemente: "Credevo che lei e Pasha—chiamammo così mio figlio—sarebbero stati più al sicuro laggiù. Voleva vivere con me nel mio appartamento a Mosca, ma ero sempre in viaggio per lavoro, e non volevo lasciarla da sola in una città sconosciuta. Le promisi che l'avrei portata a Mosca per una visita, quando Pasha fosse stato più grande, ma fino a quel momento pensavo che sarebbe stato meglio se fosse rimasta vicina alla sua famiglia e mio figlio crescesse respirando l'aria fresca di montagna, anziché lo smog cittadino."

Il sorso di vino che ho inghiottito mi brucia la gola. "Mi dispiace" sussurro, mettendo giù il bicchiere. E mi dispiace *davvero* per lui. Disprezzo Peter per quello che mi sta facendo, ma soffro per il suo dolore, per la perdita che lo ha spinto a percorrere questo sentiero oscuro. Posso solo immaginare il senso di colpa e la disperazione che deve provare, sapendo di aver fatto inavvertitamente le scelte sbagliate, che il desiderio di proteggere la sua famiglia ha portato alla loro scomparsa.

Posso comprenderlo bene, visto che ho ucciso mio marito non una volta, ma due.

Peter annuisce, accettando le mie parole, poi si alza per allontanarsi dal tavolo. Continuo a bere il mio vino, mentre lui sistema i piatti nella lavastoviglie, e il caldo entusiasmo nelle mie vene si intensifica, davanti alle candele che attirano la mia attenzione, con il tremolio ipnotico delle fiammelle.

"Andiamo a letto" dice, e alzo lo sguardo per vederlo asciugarsi le mani con il canovaccio. Devo essermi distratta un attimo, guardando le candele. Oppure è incredibilmente veloce con le pulizie. Molto probabilmente, però, mi sono distratta—il che significa che sono più stordita di quanto pensassi.

"Letto?" Mi sforzo di concentrarmi, mentre si avvicina e mi stringe il polso, facendomi alzare in piedi. Nonostante il torpore indotto dal vino, ricordo il motivo per cui ero arrabbiata, e quando mi tira verso le scale, quella sensazione di stomaco chiuso riaffiora, con il battito che accelera. "Non voglio dormire con te."

Mi guarda storto, stringendo le dita sul mio polso. "Non mi interessa dormire."

La mia ansia cresce. "Non voglio nemmeno fare sesso con te."

"No?" Si ferma ai piedi delle scale e mi gira il viso per costringermi a guardarlo. "Quindi, se in questo momento dessi un'occhiata dentro ai tuoi jeans, non troverei le mutandine tutte zuppe? La tua fighetta gonfia e bisognosa, in attesa di essere riempita dal mio cazzo?"

Il calore sale fino al collo, espandendosi fino alla radice dei capelli. *Sono* zuppa, da prima, ma anche per il modo in cui mi sta guardando ora. È come se volesse divorarmi, come se le sue parole sporche lo stessero eccitando tanto quanto stanno facendo con me. La nebbia mentale dovuta al vino non aiuta, e mi rendo conto di aver commesso un errore, cercando di annegare i dolori nell'alcol.

Resistergli a mente lucida è già abbastanza dura; in queste condizioni, è quasi impossibile.

Però, ci devo provare. "Io non—"

"Ptichka..." Solleva la mano, piegando il grande palmo sulla mia mascella. Strofina il pollice sulla mia guancia, mentre mi guarda, con lo sguardo tagliente. "Dobbiamo riparlare delle alternative?"

Lo fisso, con dei cristalli di ghiaccio che si formano nelle mie vene. Per la prima volta, comprendo la vera portata del suo ultimatum. Non solo si aspetta che io smetta di oppormi ai suoi pasti; mi vuole completamente obbediente, accogliendolo nel mio letto come se avessimo una relazione vera.

Come se non avesse ucciso mio marito e non fosse entrato con forza nella mia vita.

"No" sussurro, chiudendo gli occhi, mentre piega la testa e sfiora le labbra sulle mie... dolcemente, delicatamente. La sua tenerezza mi dilania, in netto contrasto con il terribile orrore della minaccia. Se mi opponessi a questo, mi rapirebbe, strappandomi ogni residuo di libertà.

Se cercassi di resistergli, mi porterebbe via tutto quello a cui tengo, e se non lo facessi, perderei me stessa.

Inciampo, mentre Peter mi conduce su per le scale; così, mi solleva nelle sue braccia potenti, facendomi salire i gradini con facilità. La sua forza è terrificante e seducente al tempo stesso. So com'è averlo contro, ma qualcosa di primitivo dentro di me è attratto dalla promessa della sicurezza che offre.

Quando raggiungiamo la camera da letto, mi mette giù e mi spoglia, togliendomi il maglione e i jeans in modo calmo e senza fretta. Solo il calore oscuro nel suo sguardo d'argento tradisce la sua lussuria, il desiderio che lo spingerà a non fermarsi davanti a nulla, pur di essere soddisfatto.

Dopo avermi denudata, si spoglia anche lui, e scorgo qualcosa di metallico all'interno della sua giacca, mentre l'appende su una sedia. Una pistola? Un coltello? L'idea che porti qualche arma nella camera da letto dovrebbe farmi inorridire, ma sono troppo sopraffatta per reagire, con le emozioni che variano dallo shock alla rabbia, alla gelida paura. E sotto tutto questo c'è un sollievo strano e illogico.

Non avendo alternative, tanto vale cedere.

È l'unica soluzione.

Una lacrima mi riga la guancia mentre si avvicina, completamente nudo ed eccitato, col suo grande corpo che è un insieme di angoli duri e muscoli scolpiti, di bellezza violenta e mascolinità pericolosa. I mostri non dovrebbero avere un aspetto simile, non dovrebbero essere così affascinanti.

È troppo difficile conservare la sanità mentale, in questo modo.

"Non piangere, ptichka" mormora, fermandosi davanti a me. Le sue dita mi sfiorano le guance, asciugando l'umidità. "Non ti farò del male. Non sono così crudele come pensi."

Non è così crudele come penso? Vorrei ridere, ma scuoto la testa, con la mente confusa sia per il vino che ho bevuto, sia per il calore generato dalla sua vicinanza. Ha ragione: lo voglio. Soffro per lui, con il corpo che brucia per un bisogno così forte che non riesco a controllarlo. E allo stesso tempo, lo odio.

Lo odio per quello che sta facendo—e per quello che mi fa provare.

Fa scivolare le dita nei miei capelli, prendendomi la testa, e chiudo gli occhi mentre mi bacia di nuovo, stringendomi il fianco con l'altra mano per farmi avvicinare. La sua erezione spinge sul mio stomaco, enorme e dura, ma il suo bacio è dolce, con le labbra che esaltano le sensazioni invece di forzarle.

Mi sento bene, così incredibilmente bene che per un attimo dimentico di non avere altra scelta. Le mie mani gli afferrano i fianchi, sentendo la dura flessione dei suoi muscoli, e separo le labbra, mentre il calore si accumula dentro di me.

Approfittandone, lecca nella mia bocca, con la lingua che porta con sé il sapore vertiginoso del vino e della dolce seduzione. Non è la prima volta, ma in questo bacio c'è un senso di esplorazione, di scoperta sensuale e di tenera meraviglia.

Mi bacia come se fossi la cosa più preziosa e più desiderabile che abbia mai conosciuto.

Mi gira la testa per quel piacere travolgente, e sono tentata di perdermi completamente, di arrendermi all'illusione delle sue premure. Il modo in cui mi stringe emana una cruda voglia, ma anche qualcosa di più profondo, qualcosa che risuona negli angoli più vulnerabili del mio cuore.

Qualcosa che riempie il pozzo della solitudine lasciata dalle rovine del mio matrimonio.

Non so per quanto tempo Peter mi baci in questo modo, ma quando solleva la testa respiriamo entrambi a fatica, e il caldo che sento è un fuoco ardente.

Stordita, apro gli occhi e incrocio il suo sguardo, mentre mi fa scendere dal letto. Non c'è freddezza in quelle profondità metalliche e grigie, nessuna oscurità, nient'altro che quella desiderosa tenerezza, e, mentre si sistema tra le mie cosce, coprendomi con quel corpo potente, capisco che potrebbe essere facile.

Potrei smettere di combattere e credere alla fantasia, abbracciare questa versione più oscura della fiaba.

"Sara..." Piega il suo forte palmo intorno al mio viso, incorniciandolo con sofferente dolcezza, e il dolore che si espande nel mio petto è potente quanto perverso. Mi sta guardando come se fossi tutto per lui, come se volesse far diventare ogni mio sogno realtà. È quello che ho sempre voluto, che ho sempre desiderato—ma non con l'assassino di mio marito.

Raccogliendo i pezzi della mia sanità mentale, chiudo gli occhi, allontanando il richiamo argenteo di quello sguardo ipnotico. *Non ho altra scelta*, ricordo a me stessa, quando poggia le labbra sulle mie per un altro bacio. *Non ho altra scelta*, canticchio, quando sento strappare la stagnola del preservativo e sento i peli delle sue gambe spingere sulle mie morbide cosce, aprendole per strofinare il cazzo sul mio sesso. *Non ho altra scelta*, grido nella mia mente, mentre spinge dentro di me, dilatandomi, riempiendomi... facendomi bruciare con un bisogno ardente.

È sbagliato, è malato, ma impiego meno di un minuto a venire, mentre il suo duro ritmo mi porta al limite con un'intensità che mi fa urlare e lacrimare. Rabbrividisco per quell'estasi oscura, stringendomi intorno alla sua spessa lunghezza, e grido il suo nome, affondando le unghie nella sua schiena, mentre continua a scoparmi, facendomi raggiungere il culmine due volte prima che venga anche lui.

Nel frattempo, rimango sdraiata sopra di lui, con le nostre membra aggrovigliate, mentre mi accarezza pigramente la schiena. Con la testa appoggiata sulla sua spalla, sento il battito costante del suo cuore, e la soddisfazione sessuale lascia spazio al familiare mix di vergogna e desolazione.

Lo detesto e detesto me stessa.

Detesto me stessa, perché qualcosa di perverso dentro di me è felice del suo ultimatum.

Mi piace l'idea di non avere scelta.

"Non ti trasferirai tra un paio di settimane" mormora, senza smettere di accarezzarmi dolcemente. "La coppia di avvocati non possiede più questa casa—sono io a possederla. O meglio, è una delle mie società di copertura a possederla."

Dovrei essere sorpresa, ma non lo sono. Me lo aspettavo.

Stringo le dita, schiacciando l'angolo del cuscino. "Li hai minacciati? Uccisi?"

Ridacchia, con il suo potente torace che si muove sotto di me. "Li ho pagati il doppio del valore della casa. Lo stesso vale per il proprietario della casa che stavi affittando. L'ho ben ricompensato per la locazione che hai annullato."

Chiudo gli occhi, così sollevata che potrei piangere. Non so che cos'avrei fatto, se qualcun altro avesse sofferto a causa mia, come avrei fatto a continuare a vivere.

Quando sono certa che non mi tremi la voce, mi ritraggo e incrocio il suo sguardo. "Quindi, le cose stanno così? Continueremo in questo modo?"

"Sì... per ora." I suoi occhi brillano in modo minaccioso. "Poi, vedremo."

E appoggiandomi sulla sua spalla, avvolge il braccio intorno a me, stringendomi come se gli appartenessi.

# PARTE III

## 41

S*ara*

COL PASSARE DEI GIORNI, STABILIAMO UNA STRANA ROUTINE domestica. Ogni sera, Peter prepara una deliziosa cena, e il cibo mi aspetta sul tavolo quando arrivo. Mangiamo insieme, poi mi scopa, prendendomi spesso due o più volte prima di addormentarsi. Se è ancora in casa al mattino quando mi sveglio—e spesso è così—mi prepara anche la colazione.

È come se avessi un marito casalingo, uno che uccide la gente nel tempo libero.

"Che cosa fai tutto il giorno?" chiedo, quando torno a casa dopo una giornata particolarmente stressante passata in ospedale, e scopro uno squisito piatto di costolette di agnello e insalata russa a base di barbabietole. "Non stai sempre qui a cucinare, vero?"

"No, naturalmente no." Mi rivolge uno sguardo divertito. "Quello che facciamo richiede una grande pianificazione logistica, quindi lavoro con i miei ragazzi e ci occupiamo anche della parte aziendale."

"Parte aziendale?"

"Le interazioni con i clienti, la garanzia dei pagamenti, gli investimenti e la distribuzione dei fondi, l'acquisto di armi e forniture, quel genere di cose" risponde, e ascolto affascinata, mentre mi permette di conoscere un mondo dove delle assurde somme di denaro passano da una mano all'altra e gli omicidi sono un metodo di espansione aziendale.

"Svolgiamo molti lavori per i cartelli e altre organizzazioni e individui potenti" mi racconta, mentre mangiamo l'agnello. "Il lavoro in Messico, per esempio, era dovuto al fatto che il leader di un cartello ci aveva assoldati per eliminare il suo rivale, in modo da potersi trasferire nel suo territorio. Altri nostri clienti includono gli oligarchi russi, i dittatori, i reali del Medio Oriente e alcune delle organizzazioni mafiose meglio gestite. A volte, tra un lavoro e l'altro, ne svolgiamo altri più piccoli, occupandoci di banditi locali e simili, ma questi pagano poco più di niente; perciò, li consideriamo lavori pro bono, un modo per rimanere allenati nei periodi di inattività."

"Giusto, pro bono." Non cerco di nascondere il mio sarcasmo. "Come il mio lavoro in clinica."

"Esattamente" dice Peter, sorridendo. Sa che mi sta scioccando, e lo sta facendo di proposito. Gli piace farlo a volte, spaventarmi per poi sedurmi e spingermi ad accogliere il suo tocco, nonostante la repulsione che provo—o che dovrei provare.

Fa parte del rapporto malato che abbiamo che quasi niente di quello che dice o fa ha un effetto duraturo sul mio desiderio per lui. La mia incapacità di resistergli è un'ulcera emorragica nel petto, e non posso guarire, qualunque cosa io faccia. Ogni volta che mangio il cibo che prepara, ogni volta che dormo tra le sue braccia e provo piacere al suo tocco, la ferita si riapre, lasciandomi in preda alla vergogna e paralizzata dal disgusto per me stessa.

Vivo nella beatitudine domestica con l'assassino di mio marito, e non è così terribile come dovrebbe essere.

Una parte del problema è che dopo la prima volta Peter non mi ha più fatto del male. Non fisicamente, almeno. Sento la violenza dentro di lui, ma quando mi tocca è attento a controllarsi, a fermare l'oscurità. Aiuta il fatto che non posso combatterlo in modo definitivo; con la minaccia del rapimento che incombe su di me, non ho altra scelta che non sia soddisfare le sue richieste—perlomeno, questo è quello che dico a me stessa.

È l'unico modo per giustificare quello che sta succedendo, il fatto che sto cominciando ad aver bisogno dell'uomo che disprezzo.

Se tutto ciò che volesse da me fosse il sesso, sarebbe facile, ma Peter sembra determinato anche a prendersi cura di me. Dai pasti romantici alle coccole notturne, sono ricoperta di attenzioni, viziata e addirittura soffocata a volte. Non usciamo insieme—suppongo che sia perché non vuole mostrare il suo volto in pubblico—ma, a giudicare dal modo in cui mi tratta, potrei facilmente essere la sua ragazza viziata.

"Perché ti piace fare questo?" chiedo, quando mi spazzola i capelli dopo averli lavati nella doccia. "È una tua strana perversione?"

Mi guarda divertito nello specchio. "Può essere. Con te sembra esserlo, certo."

"No, ma davvero, che cosa ottieni da questo? Sai che non sono una bambina, vero?"

Peter stringe la bocca e mi rendo conto di aver toccato involontariamente un tasto dolente. Non parliamo molto della sua famiglia, ma so che suo figlio era solo un bambino quando è stato ucciso. Potrebbe essere che, in qualche modo contorto, io sia una sostituta della sua famiglia morta? Che è fissato con me, perché ha bisogno di prendersi cura di... qualcuno?

Il mio assassino russo potrebbe aver così tanto bisogno d'amore da cedere alla sua perversione?

È un pensiero tentatore, soprattutto perché alla fine della seconda settimana mi ritrovo sempre più dipendente davanti al comfort e al piacere che mi offre Peter. Alla fine di un lungo turno, bramo i massaggi al collo e al piede che mi fa spesso, ed è dura non avere l'acquolina in bocca ogni volta che mi fermo nel garage e sento gli odori deliziosi provenienti dalla cucina.

Non solo mi sto abituando alla presenza dello stalker nella mia vita; sta cominciando a piacermi.

O, almeno, stanno cominciando a piacermi alcuni aspetti. Sono ancora lontana dall'essere entusiasta all'idea di avere delle guardie del corpo che mi seguono ovunque vada. Non le vedo quasi mai, ma mi sento controllata, e questo mi infastidisce e mi irrita.

"Non scapperò, lo sai" dico a Peter, quando ci sediamo sul letto, una notte. "Puoi richiamare i tuoi cani da guardia."

"Sono lì per proteggerti" dice, e capisco che non ha intenzione di scendere a compromessi su questo. Per qualche ragione, è convinto che io sia in pericolo, e che lui, tra tutti quanti, debba proteggermi.

"Di cos'hai paura?" chiedo, passando il dito sui suoi

addominali. "Temi che qualche pazzo possa invadere la mia casa? Che mi torturi con l'acqua e uccida mio marito?"

Alzo la testa e noto che sta ridendo, come se avessi detto qualcosa di divertente.

"Che cosa?" dico, sconvolta. "Credi che io stia scherzando?"

La sua espressione si fa seria. "No, ptichka. Non credo proprio. Per quello che vale, mi dispiace averti fatto del male quella volta. Avrei dovuto trovare un altro modo."

"Giusto. Un altro modo per uccidere George."

Sentendomi male, mi allontano da lui e scappo nel bagno— l'unico posto in cui il mio tormentatore mi lascia in pace. A volte, quasi dimentico com'è iniziato tutto, con la mente che evita di soffermarsi sugli orrori dei primi tempi della nostra relazione.

È come se qualcosa dentro di me volesse allinearsi alla fantasia di Peter, fingere che tutto questo sia reale.

"Non mi hai mai raccontato che cos'è successo tra te e George" dice Peter, durante un piacevole brunch domenicale, tre settimane dopo il suo ritorno. "Perché non eravate la coppia perfetta che tutti pensavano che foste? Non sapevi cos'avesse fatto realmente, quindi cos'è andato storto?"

Il boccone dell'uovo in camicia che sto masticando mi si blocca nella gola, e devo bere quasi tutto il caffè per mandarlo giù. "Che cosa ti fa pensare che qualcosa sia andato storto?" La mia voce è troppo alta, ma Peter mi ha colta completamente alla sprovvista. Di solito, tende a evitare l'argomento della morte di mio marito—probabilmente per contribuire all'illusione di una relazione normale.

"Perché è quello che mi hai detto" risponde con calma. "Mentre eri sotto l'effetto del farmaco che ti avevo somministrato."

Lo guardo a bocca aperta, non riuscendo a credere che sia tornato su quell'argomento. Dopo la nostra conversazione sulle guardie del corpo avvenuta la scorsa settimana—e il mio successivo pianto nel bagno—abbiamo evitato di parlare di quello che mi ha fatto per non stuzzicare quella brutta ferita.

"Non..." Sopprimendo lo shock, mi ricompongo. "Non sono affari tuoi."

"Ti picchiava?" Peter si avvicina, con gli occhi metallici che si rabbuiano. "Ti faceva del male in qualche modo?"

"Che cosa? No!"

"Era un pedofilo? Un necrofilo?"

Faccio un respiro per calmarmi. "No, certo che no."

"Ti tradiva? Si drogava? Abusava degli animali?"

"Aveva cominciato a bere, va bene?" sbotto, esasperata. "Aveva cominciato a bere, senza più riuscire a fermarsi."

"Ah." Peter si appoggia allo schienale della sedia. "Era un alcolista, allora. Interessante."

"Davvero?" chiedo amaramente. Prendendo il piatto, mi avvicino al secchio della spazzatura per liberarmi dei resti della colazione e metto il piatto nella lavastoviglie. "Ti piace sentire che l'uomo che conoscevo e amavo fin da quando avevo diciott'anni—l'uomo che ho *sposato*—si trasformò dopo il nostro matrimonio senza una causa apparente? Che in pochi mesi diventò qualcuno che non riuscivo a riconoscere?"

"No, ptichka." Si ferma dietro di me, e mi si blocca il respiro, quando mi tira a sé, sistemandomi i capelli di lato per baciarmi il collo. Il suo respiro mi scalda la pelle, mentre mormora: "Non mi piace affatto sentirtelo dire."

"Io... non l'ho mai capito." Mi agito tra le sue braccia, con il dolore che riaffiora quando incrocio lo sguardo di Peter. "Stava andando tutto così bene. Avevo finito la scuola di medicina, avevamo comprato questa casa e ci eravamo sposati... Viaggiava molto per lavoro, quindi non gli davano fastidio le mie ore di lavoro extra e, in cambio, a me non davano fastidio i suoi viaggi. E poi—" Mi fermo, rendendomi conto che mi sto confidando con l'assassino di George.

"E poi cosa?" insiste, stringendo le dita intorno al mio palmo. "E poi che cos'è successo, Sara?"

Mi mordo il labbro, ma la tentazione di dirgli tutto, di esporre la verità una volta per tutte, è troppo forte per essere negata. Sono stanca di fingere, di indossare la maschera della perfezione che tutti si aspettano di vedere.

Ritraendo la mano dalla sua presa, mi siedo al tavolo. Peter si unisce a me e, un attimo dopo, comincio a parlare.

"Cambiò tutto alcuni mesi dopo il matrimonio" dico sottovoce. "Nel giro di qualche settimana, il mio dolce marito amante del divertimento divenne uno sconosciuto freddo e distante, uno che continuava ad allontanarmi, a prescindere da cosa facessi. Cominciò ad avere degli strani sbalzi d'umore, a ridurre i viaggi di lavoro, e—"faccio un respiro"—cominciò a bere."

Peter solleva il sopracciglio sinistro. "Non aveva mai bevuto prima?"

"Non così tanto. Beveva un po' quando uscivamo con gli amici o un bicchiere di vino a cena. Non era niente di esagerato —niente che non avessi l'abitudine di fare anch'io. Poi cambiò tutto. Stiamo parlando di vere e proprie sbronze, quattro notti a settimana."

"È *tanto*. Ne avete mai discusso?"

Una risata amara mi sfugge dalla gola. "Discusso? Non facevo altro che parlargliene. Le prime volte diceva che era dovuto allo stress sul lavoro, poi a una serata fuori con i ragazzi, poi per rilassarsi, e poi..." Mi mordo il labbro. "Poi, cominciò a dare la colpa a me."

"A te?" Scorgo un cipiglio sulla fronte di Peter. "Com'è possibile che desse la colpa a te?"

"Perché non smettevo di fargli domande al riguardo. Continuavo a insistere, volendo che andasse in una clinica di riabilitazione, che frequentasse un gruppo di Alcolisti Anonimi, che parlasse con qualcuno—chiunque—che avrebbe potuto aiutarlo. Gli facevo le stesse domande più volte, cercando di comprendere perché stesse succedendo tutto quello, che cosa lo avesse spinto a cambiare così tanto." Mi si stringe il petto al ricordo di quel dolore. "Vedi, le cose andavano così bene prima. I miei genitori, tutti i nostri amici—erano tutti felici del nostro matrimonio, e avevamo uno splendido futuro davanti. Non c'era motivo, niente che potesse spiegare la sua trasformazione improvvisa. Continuavo a insistere e a fargli domande, e lui continuava a bere, sempre di più. E poi—" Cerco di respirare, nonostante la gola chiusa. "E poi, gli dissi che non ne potevo più di vivere così, che doveva scegliere tra il nostro matrimonio e l'alcol."

"E lui scelse l'alcol."

"No." Scuoto la testa. "Inizialmente, no. Finimmo nel classico ciclo dell'abuso di sostanze, nel quale lui mi implorava di rimanere, mi prometteva di fare di più, e io gli credevo, ma dopo una settimana o due le cose tornavano come prima. E quando gli facevo notare i suoi cambiamenti d'umore e gli chiedevo di andare da uno psichiatra, si arrabbiava, sostenendo che ero *io* il motivo per cui beveva."

Peter fa una smorfia. "I suoi cambiamenti d'umore?"

"Li chiamavo così. Forse, si trattava di depressione clinica o di qualche altra forma di malattia psichica, ma visto che si rifiutava di vedere uno specialista non abbiamo mai ricevuto una diagnosi ufficiale. I cambiamenti d'umore iniziarono proprio prima che cominciasse a bere. Facevamo qualcosa insieme e, improvvisamente, sembrava completamente distaccato, come se fosse entrato mentalmente in un altro mondo. Diventava distratto e stranamente nervoso— addirittura irritabile. Era come se facesse uso di qualche sostanza, ma non credo fosse il suo caso. Perlomeno, non mi sembrava drogato. Si rifugiava in qualche parte della sua mente, ed era impossibile parlare con lui quando era in quello stato, era impossibile farlo calmare e spingerlo ad essere *presente*."

"Sara..." Vedo una strana espressione sul volto di Peter. "Quando hai detto che è cominciato?"

"Solo pochi mesi dopo il matrimonio" rispondo, aggrottando la fronte. "Quindi, circa cinque anni e mezzo fa. Perché?" E poi, capisco tutto. "Non penserai che—"

"Che la trasformazione di tuo marito abbia potuto avere a che fare con il suo ruolo nel massacro di Daryevo? Perché no?" Peter si piega in avanti, con gli occhi socchiusi. "Rifletti. Cinque anni e mezzo fa, Cobakis fornì informazioni che portarono alla strage di decine di innocenti, tra cui donne e bambini. Che alla base ci fosse l'ambizione, l'avidità o la mera stupidaggine, ha sbagliato, e ha sbagliato di grosso. Dici che era un brav'uomo? Uno che aveva una coscienza? Beh, come si sentirebbe un uomo simile a causare un massacro di innocenti? Come vivrebbe dopo essersi macchiato di un orrore del genere?"

Mi ricompongo, con la terribile verità delle sue parole che mi colpisce come un proiettile. Non so come io abbia fatto a non collegare i punti prima, ma ora che Peter ha detto questo ha perfettamente senso. La prima volta che ho saputo dell'inganno di George, ho pensato che potesse esserci il vero lavoro dietro la sua trasformazione, ma ero così presa ad affrontare l'invasione di Peter nella mia vita—e a cercare di non soffermarmi sulle sue rivelazioni—che non sono giunta alla logica conclusione.

Non ho considerato che i tragici eventi che hanno portato il mio tormentatore nella mia vita potessero essere gli stessi che avevano rovinato il mio matrimonio... che i nostri destini si erano incrociati molto prima di quanto pensassi.

Sentendomi come se stessi per vomitare, mi alzo, con le gambe tremanti. "Hai ragione." La mia voce è roca e soffocata. "Dev'essere stato il senso di colpa a spingerlo a bere. Per tutto questo tempo, mi sono chiesta se fosse dovuto a qualcosa che avevo detto o fatto, se il nostro matrimonio lo avesse deluso in qualche modo, ma evidentemente il motivo era quello."

Peter annuisce, con un nuovo cipiglio sulla fronte. "A meno che tuo marito non abbia causato molte stragi durante la sua carriera, questa è l'unica cosa che abbia senso."

Respiro a fatica e mi allontano, avvicinandomi alla finestra che si affaccia sul cortile. Le enormi querce somigliano a dei guardiani, con i rami privi di foglie, nonostante gli accenni primaverili nell'aria sempre più calda. Mi sento come quelle querce ora, spoglia, nuda in tutta la mia bruttezza. E al tempo stesso, mi sento più leggera.

L'alcolismo, almeno, non era colpa mia.

"L'incidente avvenne a causa mia, sai" dico lentamente, quando Peter si ferma accanto a me. Non mi guarda, con il profilo duro e senza compromessi, e, pur sapendo che sta combattendo i propri demoni, la sua presenza mi conforta molto.

Non sono sola con lui al mio fianco.

"Che cosa?" chiede, senza voltarsi. "Secondo il fascicolo, era solo nel veicolo."

"Aveva bevuto la notte prima. Aveva bevuto così tanto che vomitò diverse volte durante la notte." Rabbrividisco, ricordando quella puzza di vomito, di malattie, di bugie e di speranze infrante. Rimanendo appesa a un filo, continuo. "La mattina seguente, non ne potei più. Capii che non ne potevo più delle sue scuse, delle sue infinite accuse miste alle promesse di fare di più. Mi resi conto che io e George non eravamo affatto speciali; eravamo solo un alcolista e una moglie troppo stupida per capire. Non era un periodo difficile che stavamo attraversando. Il nostro matrimonio semplicemente non aveva più senso."

Mi fermo, troppo scossa per poter continuare, quando una grande mano calda mi avvolge il palmo. L'espressione di Peter non cambia, con lo sguardo concentrato sulla veduta fuori dalla finestra, ma il silenzioso gesto di supporto mi calma, dandomi il coraggio di continuare.

"Era ancora svenuto quando andai a lavorare; così, lo affrontai al mio ritorno" dico, con tutta la costanza possibile. "Gli dissi di fare le valigie e di andarsene, gridando che il giorno seguente avrei presentato la richiesta di divorzio. Litigammo ferocemente, e dicemmo entrambi cose offensive, e io—" mando giù il nodo in gola. "Lo costrinsi ad andarsene di casa."

Peter mi guarda con lieve sorpresa. "Come hai fatto a costringerlo? Non era il tipo più grosso che avessi mai visto, ma doveva pesare almeno dieci chili più di te."

Sbatto le palpebre, distratta da quella strana domanda. "Gli buttai le chiavi dell'auto e la valigia nel garage, gridandogli di andarsene."

"Capisco." Davanti al mio shock, un debole sorriso fa piegare i lati della bocca di Peter. "E pensi che sia stata colpa tua, perché ha guidato ed è rimasto coinvolto in quell'incidente?"

"È stata colpa *mia*. La polizia disse che la quantità di alcol nel suo sangue era il doppio di quella legale. Aveva bevuto, e io lo costrinsi a guidare. Lo buttai fuori e—"

"Buttasti fuori le sue *chiavi*, non lui" specifica Peter, con il sorriso che scompare, mentre stringe le dita intorno alla mia mano. "Era un adulto, più grosso e più forte di te. Se avesse voluto rimanere in casa, avrebbe potuto farlo. Inoltre, sapevi che aveva bevuto, quando gli dicesti di andarsene?"

Sollevo le sopracciglia. "No, certo che no. Ero appena tornata dal lavoro, e non sembrava ubriaco, ma—"

"Niente ma." La voce di Peter è dura quanto il suo sguardo. "Hai fatto quello che dovevi. Gli alcolisti possono apparire efficienti anche con molto alcol nell'organismo. Lo so; ne ho visti molti in Russia. Non era responsabilità tua controllare i livelli di alcol nel suo sangue, prima di mandarlo a fare le valigie. Se era troppo ubriaco per guidare, non avrebbe dovuto mettersi al volante. Avrebbe potuto chiamare un taxi o chiederti di dargli un passaggio fino all'hotel. Dannazione, avrebbe potuto dormire nel tuo garage e *poi* guidare."

"Io..." Ora sono io che fisso la finestra. "Lo so."

"Davvero?" Lasciandomi andare la mano, Peter mi solleva il mento, costringendomi a guardarlo. "Ne dubito, ptichka. Hai mai raccontato a qualcuno cosa fosse davvero successo?"

Il mio stomaco si contorce, con un dolore spiacevole e pesante che prende vita nel ventre. "Non esattamente. Voglio dire, i poliziotti sapevano che beveva, ma..."

"Ma non sapevano che fosse un'abitudine, vero?" chiede Peter, abbassando la mano. "Nessuno lo sapeva, tranne te."

Distolgo lo sguardo, sentendo il familiare bruciore della vergogna. So che è il classico errore matrimoniale, ma non riuscivo a parlarne, ad ammettere che il matrimonio che tutti lodavano era marcio dentro. Inizialmente, era dovuto all'orgoglio, mescolato allo stesso quantitativo di diniego. Dovevo essere un giovane medico in gamba con un brillante futuro davanti. Come avrei potuto commettere quel tipo di errore? C'erano segnali di avvertimento che mi ero persa? E se non c'erano, com'era potuta accadere una cosa simile a quel meraviglioso uomo che avevo sposato, a quel ragazzo d'oro che tutti ritenevano così promettente? Sicuramente, era una situazione temporanea, un brutto periodo all'interno di una vita altrimenti perfetta. E quando mi resi conto che il suo vizio era destinato a continuare, un altro motivo mi spinse a tacere.

"Mio padre ebbe un infarto circa un anno prima del mio matrimonio" dico, fissando i rami spogli agitati dal vento. "Un brutto infarto. Per poco non morì. Dopo il triplo bypass, i medici gli consigliarono di ridurre lo stress al minimo."

"Ah. E venire a sapere che il marito della sua amata figlia si era trasformato in un furioso alcolista sarebbe stato stressante."

"Sì." A quel punto, avrei potuto fermarmi, lasciare che Peter pensasse che ero semplicemente una brava figlia, ma una strana compulsione mi spinge a continuare: "Non era tutto, però. Avevo paura di quello che avrebbe detto la gente e dei giudizi. George era bravo a nascondere la sua dipendenza a tutti—ripensandoci, credo che le sue capacità di recitazione avrebbero dovuto essere un indizio sull'intera storia dello spionaggio—e anch'io diventai bravissima a fingere. La natura del nostro lavoro ci aiutò. Io potevo essere "di turno," se avessimo avuto bisogno di annullare un'uscita all'ultimo minuto, e George poteva avere una "storia urgente," se non fosse riuscito a riprendersi dalla sbronza."

Peter non dice niente per qualche istante, e mi chiedo se non mi stia condannando per la mia vigliaccheria, per non aver cercato aiuto prima che fosse troppo tardi. Questa è un'altra cosa che mi pesa: la possibilità che avrei potuto fare qualcosa, se fossi stata più aperta sui nostri problemi. Forse avrei potuto portare George in una clinica di riabilitazione o da uno psichiatra, e, così facendo, la tragedia dell'incidente sarebbe stata evitata.

Naturalmente, l'uomo accanto a me lo avrebbe ucciso a prescindere, però.

Non riuscendo a sopportare quel pensiero, lo scaccio, mentre Peter chiede: "E il suo lavoro? Come faceva a lavorare in quelle condizioni? A meno che... hai detto che smise di accettare incarichi all'estero?"

"Sì, più o meno." Respirando per calmare il borbottio nello stomaco, mi concentro sull'ipnotico ondeggiare dei rami fuori dalla finestra. "Viaggiò qualche volta, dopo esserci sposati, ma più che altro indagava sulle storie locali—come quella relativa alla mafia che aveva cercato di corrompere la polizia e i funzionari governativi di Chicago."

"E ti hanno detto che era questo il motivo della sua protezione."

Annuisco, senza essere stupita che lo sappia. Probabilmente aveva inserito su di me qualche microfono parabolico durante la mia conversazione con l'Agente Ryson. Da quello che ho saputo sul mio stalker nelle ultime settimane, è del tutto possibile.

Grazie ai milioni che guadagna per ogni colpo portato a

termine con successo, può permettersi quel genere di apparecchiature.

"Doveva aver smesso di lavorare per la CIA, allora" dice Peter, e mi volto, notando che anche lui sta fissando i rami degli alberi. "O perché era stato licenziato o perché non riusciva ad affrontare le conseguenze del suo errore. Questa è l'unica cosa che spiegherebbe la mancanza di incarichi all'estero."

"Esatto." La testa mi palpita per una fastidiosa tensione, e lo stomaco continua a contorcersi, come se avessi le viscere in subbuglio. Mi fa male anche la schiena—una consapevolezza che mi spinge a fare un rapido conteggio mentale.

Sono abbastanza certa che stia per venirmi il ciclo.

Rimaniamo attaccati alla finestra per qualche istante, guardando gli alberi all'esterno, e poi mi avvicino all'armadietto delle medicine e prendo due Advil, deglutendoli con un bicchiere d'acqua.

"Che cos'hai?" chiede Peter, seguendomi con un preoccupato cipiglio. "Stai male?"

"Non è niente" dico, senza voler entrare nei dettagli. Poi, mi rendo conto che potrebbe scoprirlo più tardi, e aggiungo: "È solo quel periodo del mese per me."

"Ah." A differenza della maggior parte degli uomini, non sembra essere nemmeno leggermente a disagio, davanti a quelle informazioni. "Di solito, è fastidioso?"

"Purtroppo, sì." Mentre parlo, sento che i crampi stanno peggiorando e sono felice di non essere di turno oggi. Volevo andare in clinica questo pomeriggio, ma cambio idea, preferendo rimanere a letto con la borsa calda.

"Perché non usi le pillole per il controllo delle nascite?" chiede Peter, seguendomi, mentre mi dirigo al piano di sopra.

"Non ti ho mai vista prendere niente finora, e credo che la pillola aiuti, nei casi di mestruazioni particolarmente dolorose."

"Sei un esperto dell'apparato riproduttivo femminile?"

Peter non batte ciglio davanti al mio sarcasmo. "Nient'affatto, ma a Tamila prescrissero la pillola, perché aveva dei crampi molti dolorosi. Credo ci sia un motivo per cui tu non l'assuma, no?"

Sospiro, entrando nella camera da letto. "Sì. Sono una di quelle rare donne che non tollerano la pillola. Mi vengono le emicranie e la nausea, a prescindere dal dosaggio. Anche la spirale mi provoca il mal di testa, quindi devo scegliere tra qualche giorno di dolore al mese o sempre."

"Capisco." Peter si appoggia alla porta, mentre comincio a spogliarmi. Vedo il calore nel suo sguardo, mentre mi osserva denudarmi fino a rimanere solo con la biancheria intima, e spero che non abbia in mente di venire a letto con me. È raro che eviti di scoparmi.

Ignorando i suoi occhi su di me, afferro la borsa calda dal cassetto del comodino e mi rannicchio nella posizione fetale, abbracciandola sotto la coperta, mentre aspetto che l'Advil faccia effetto.

Sento dei passi, e poi il letto affonda accanto a me.

*No, no, no. Va' via. Niente sesso ora.* Chiudo gli occhi, sperando che il mio tormentatore colga il suggerimento, ma un attimo dopo la coperta viene abbassata e una mano maschile e rugosa mi accarezza la schiena nuda.

"Vuoi che ti prepari qualcosa?" La sua voce profonda e leggermente accentata è bassa e rilassante. "Forse un tè?"

Sorpresa, mi giro di schiena, stringendo la borsa calda sullo stomaco. "Uhm, no, grazie. Sto bene."

"Sei sicura?" Mi toglie i capelli dal viso. "Che ne dici di un massaggino alla pancia?"

Sbatto le palpebre. "Uhm..."

"Ecco." Allontana dolcemente la borsa calda e poggia il suo palmo caldo sul mio stomaco. "Proviamo questo." Muove la mano con un movimento circolare, applicando una leggera pressione, e dopo pochi minuti i crampi si fanno più sopportabili, con il calore della sua pelle e il massaggio che scacciano gran parte della dolorosa tensione.

"Meglio?" mormora, mentre chiudo gli occhi in un sollievo beato, e annuisco, con i pensieri che iniziano a calmarsi, man mano che la stanchezza ha la meglio su di me.

"È molto piacevole, grazie" mormoro, e mentre il massaggio rilassante continua, affondo nella calda nebbia del sonno.

OSSERVO SARA DORMIRE PER QUALCHE MINUTO; POI, MI ALZO CON cautela e lascio la camera da letto. Potrei rimanere seduto accanto a lei per ore, non facendo altro che guardarla, ma ho una telefonata con un potenziale cliente a mezzogiorno, e prima devo discutere qualche questione logistica con Anton.

Impiego solo un paio di minuti a pulire la cucina, e poi esco di casa, sgattaiolando fuori dalla porta posteriore per attraversare il cortile di un vicino. Il SUV blindato di Ilya è parcheggiato in strada a due isolati di distanza, e mentre cammino presto attenzione a tutto: l'abbaiare lontano di un piccolo cane, uno scoiattolo che sfreccia sulla strada, il marchio di scarpe da ginnastica del corridore che ha appena girato l'angolo... L'ipervigilanza è una parte di me ora, proprio come i riflessi fulminei, che mi hanno tenuto in vita più volte di quanto si possa immaginare.

Ilya avvia l'auto mentre mi avvicino, e non appena salgo, parte, dirigendosi verso la silenziosa strada suburbana, appena tre miglia al di sopra del limite di velocità consentito.

Ritiene che per non destare sospetti si debba agire come normalissimi civili, comprese le piccole infrazioni del traffico.

"Qualche problema?" chiedo in russo, e scuote la testa rasata.

"Tutto tranquillo, come sempre."

A differenza del fratello gemello e di Anton, Ilya non sembra deluso quando lo dice. Credo che si stia godendo il nostro periodo nei sobborghi, anche se non lo ammetterebbe mai ad alta voce. Tra i quattro della squadra, Ilya sembra il delinquente più tipico, con i tatuaggi sul cranio e la mascella ingrossata dagli steroidi. Il suo gemello Yan, d'altro canto, potrebbe essere confuso con un professore o un banchiere, con i suoi abiti eleganti e i capelli castani tagliati in uno stile aziendale e conservatore. Per quanto riguarda la personalità, però, è Yan che incarna al meglio il nostro adrenalinico stile di vita, mentre Ilya preferisce concentrarsi maggiormente sulla strategia e sul lavoro dietro le quinte.

Sospetto che se Ilya non avesse seguito il fratello nell'esercito, sarebbe finito a lavorare come programmatore o ragioniere.

"Niente notizie dagli americani?" chiedo, quando ci fermiamo a un semaforo. Dal momento che i miei ragazzi sono abbastanza occupati, ho sfruttato le persone locali come sicurezza extra. Il loro compito è quello di tenere d'occhio Sara quando non è con me e di avvisarci di qualsiasi attività insolita nel quartiere.

"No. La tua ragazza non devia molto dalla sua routine, ma sono certo che tu lo sappia."

Annuisco, esaminando la fila di prati ben curati, mentre li superiamo per dirigerci verso la casa-rifugio. Qualcosa mi infastidisce, ma non riesco a capire di cosa si tratti. Forse è solo il fatto che sia tutto troppo tranquillo, senza grandi lavori all'orizzonte e progressi minimi con l'individuazione del generale della Carolina del Nord che è l'ultimo nome sulla mia lista. Quel bastardo paranoico è scomparso insieme alla sua famiglia, ed è stato talmente bravo a coprire le sue tracce che persino gli hacker che avevo assoldato hanno difficoltà a trovarlo.

Forse, a un certo punto, dovrò andare nella Carolina del Nord, e vedere cosa posso fare di persona.

"Di' loro che voglio esaminare io stesso i prossimi fascicoli" dico a Ilya, mentre entriamo nel vialetto della nostra casa-rifugio. "E di' loro di espandere il perimetro a venti isolati, non dieci. Se qualcuno dovesse intrufolarsi nel quartiere di Sara o nei pressi del suo ospedale, voglio saperlo."

"Va bene" dice Ilya, e scendo giù dalla macchina.

Forse sono paranoico, ma non posso permettere che qualcuno rovini quello che ho con Sara.

Ho troppo bisogno di lei per rischiare di perderla.

QUANDO TORNO A CASA, È SDRAIATA SUL DIVANO CON UNA BORSA calda e un tablet, con le membra snelle sistemate con grazia e i capelli castani e lucidi raccolti in un nodo disordinato sulla testa. Anche con i pantaloni felpati e una maglietta extralarge, il mio passerotto sembra la star di un film in bianco e nero, con la delicatezza dei lineamenti accentuata dai boccoli dei suoi capelli che le ondeggiano intorno al viso a forma di cuore.

Mi si stringe il petto quando guarda su, con i dolci occhi color nocciola che mi fissano. Ogni volta che la vedo, la voglio, con il mio bisogno simile a una fame graffiante nello stomaco. Nelle ultime tre settimane, l'ho avuta talmente tante volte che la voglia avrebbe dovuto placarsi, ma è solo aumentata, intensificandosi a un livello insostenibile.

Voglio lei, e voglio questo—il dolce piacere di condividere la sua vita, di sapere che posso abbracciarla nel bel mezzo della notte e vederla al tavolo della cucina la mattina. Voglio prendermi cura di lei quando sta male e godermi il suo sorriso quando sta bene. E talvolta, quando il mio dolore è insostenibile, voglio anche farle del male—un impulso che sopprimo con tutte le mie forze.

È mia, e la proteggerò.

Anche da me stesso.

"Come ti senti?" chiedo, avvicinandomi al divano. Non ho avuto la possibilità di scoparla questa mattina, e sono duro già solo standole vicino. Tuttavia, la lussuria soccombe davanti alla mia necessità di assicurarmi che stia bene e in salute.

Sara non morirà per i crampi mestruali, ma non voglio vederla soffrire.

"Meglio, grazie" risponde, poggiando il tablet accanto a lei. A quanto pare, stava guardando un video musicale—cosa che le ho visto fare per rilassarsi.

"Puoi continuare a farlo" dico, facendo un cenno con il capo verso il tablet. "Devo preparare la cena, quindi non smettere per me."

Non si muove per riprendere il tablet; piega semplicemente la testa e mi guarda camminare verso il lavandino per lavarmi le mani e tirare fuori gli ingredienti per la cena semplice di questa sera: i petti di pollo che ho marinato la sera scorsa e le verdure fresche per l'insalata.

"Sai, non hai mai risposto alla mia domanda" dice, un minuto dopo. "Perché stai facendo tutto questo? Che cosa ottieni da una vita così casalinga? Un uomo come te non ha niente di meglio da fare nella vita? Non so... forse, calarsi sul lato di un edificio o far esplodere qualcosa?"

Sospiro. È tornata su quell'argomento. La mia giovane dottoressa ambiziosa non riesce a capire che mi piace fare questo—per lei e per me stesso. Non posso rimettere indietro le lancette dell'orologio e trascorrere più tempo con Pasha e Tamila, non posso avvisare il giovane che ero, rinunciando al lavoro a favore di ciò che conta, perché potrebbe svanire tutto in un attimo. Posso solo concentrarmi sul presente, e il mio presente è Sara.

"Mia moglie mi insegnò a preparare qualche piatto semplice" dico, mettendo i petti di pollo nella padella, prima di iniziare a preparare l'insalata. "Nella sua cultura, le donne tendevano a cucinare tutto, ma lei non seguiva quella tradizione. Voleva assicurarsi che avrei saputo prendermi cura di nostro figlio, se le fosse successo qualcosa; così, per farla felice, imparai a preparare alcune ricette—e scoprii che mi piaceva il procedimento di preparazione del cibo." Un familiare dolore mi stringe il petto al ricordo, ma lo sopprimo, concentrandomi sulla comprensiva curiosità negli occhi dolci e color nocciola che mi guardano dal divano.

A volte, sono convinto che Sara non mi odi.

Non sempre, almeno.

"E così, hai cominciato a cucinare per tua moglie?" chiede,

quando resto in silenzio per alcuni istanti, e annuisco, mettendo le verdure tagliate in una grande insalatiera.

"Sì, ma non ho imparato che le basi, prima che morisse" dico e, mio malgrado, ho la voce roca, carica di dolore represso. "Due mesi dopo il massacro, sono passato davanti a una scuola di cucina a Mosca e, d'impulso, sono entrato e ho assistito a una lezione di cucina. Non so perché io l'abbia fatto, ma quando ho finito e il mio *borscht* stava bollendo sulla stufa mi sono sentito leggermente meglio. Avevo qualcosa di diverso su cui concentrarmi, qualcosa di tangibile e reale."

Qualcosa che raffreddasse la rabbia che mi ribolliva dentro, consentendomi di elaborare una strategia e pianificare la vendetta come una ricetta, con tutti i passaggi e le misure che avrei dovuto prendere.

Non dico l'ultima parte ad alta voce, perché lo sguardo di Sara si addolcisce ulteriormente. Credo che il mio passerotto mi umanizzi un po' troppo. Mi piace questo, quindi non le dico che ero a Mosca per uccidere il mio ex superiore, Ivan Polonsky, che aveva partecipato alla copertura del massacro o che, un'ora dopo la fine della lezione, gli ho tagliato la gola in un vicolo.

Il suo sangue somigliava molto al *borscht* quel giorno.

"A quanto pare, non ci si rende mai conto di quello che si ha, finché non lo si perde" spiega Sara, stringendo la borsa calda, e provo un brivido di gelosia davanti al suo tono.

Spero che non stia pensando al marito, perché, per quanto mi riguarda, non è stata una gran perdita.

Quel *sookin syn* ha meritato tutto quello che ha avuto e anche di più.

Quando il pasto è pronto, Sara si unisce a me al tavolo, e

mangiamo, mentre le parlo di alcune delle città in cui ho preso le lezioni di cucina: Istanbul, Johannesburg, Berlino, Parigi, Ginevra... Dopo aver descritto le cucine, condividiamo alcune storie sulle stranezze dei cuochi, e Sara ride, con un vero sorriso che le illumina il volto, mentre mi ascolta. Per evitare di rovinarle il buon umore, lascio fuori tutti i lati oscuri—come il fatto che l'Interpol mi aveva trovato a Parigi e che ho dovuto lasciare l'edificio in cui si trovava la scuola di cucina, o che avevo fatto saltare l'auto di un obiettivo a Berlino, prima di iniziare la lezione—e concludiamo il pasto su una nota piacevole, con Sara che mi aiuta a ripulire, prima che io glielo impedisca.

"Va' a riposarti" le dico. "Fa' una doccia e va' a letto. Ti raggiungerò presto."

Il suo sguardo si rabbuia. "Ok, ma sappi che ho le mestruazioni."

"E allora? Credi che un po' di sangue possa disgustarmi?" Rido, notando l'espressione sul suo viso. "Sto scherzando. So che non ti senti bene. Ci faremo solo le coccole, come ai vecchi tempi."

"Ah, sì." Un altro sorriso, sincero e vero, appare sul suo viso. "Allora, ci vediamo presto."

Si affretta a uscire dalla cucina, e io rimango lì, incapace di respirare, sentendomi come se mi avessero appena accoltellato allo stomaco.

*Cazzo, quel sorriso...* quel sorriso era tutto.

Per la prima volta, capisco perché mi sento così accanto a lei.

Per la prima volta, capisco quanto la amo.

Sara

DOMENICA MATTINA MI SENTO MEGLIO E DECIDO DI ANDARE A trovare i miei genitori. Sono andata a trovarli solo una volta dopo il ritorno di Peter, perché ero troppo occupata con il mio stalker e preoccupata di esporli al pericolo. Tuttavia, sono sempre più convinta che Peter non farebbe loro del male. Per lui, la famiglia è troppo importante per farmi questo.

Finché soddisferò le sue richieste, i miei genitori dovrebbero essere al sicuro.

Mia madre è felicissima quando la chiamo, e ci organizziamo per mangiare il sushi. Quando lo comunico a Peter, annuisce con fare assente e digita qualcosa sul telefono.

"Che cosa stai scrivendo?" chiedo con cautela.

"Sto solo dicendo ai miei ragazzi che oggi ci sarò, dopotutto" spiega, mettendo via il telefono. "Perché? Vuoi che mi unisca a voi?" I suoi occhi grigi brillano, quando mi guarda.

Rido. "No, credo che i ristoranti vengano spesso assaltati dall'FBI per catturare i loro ricercati più pericolosi e che questo possa essere un piccolo motivo per togliermi l'appetito."

Peter non ricambia il sorriso, e mi rendo conto che è serio.

"Tu... usciresti con me in pubblico?"

"Perché no?" Solleva le sopracciglia freddamente. "Ti ho conosciuta da Starbucks, no?"

"Beh, sì, ma quello è successo prima. Voglio dire—non importa." Faccio un respiro. "Suppongo che tu non abbia paura di essere visto in pubblico."

"Non sfilerei davanti all'ufficio dell'FBI, ma posso uscire per un pranzo o una cena ogni tanto, se il luogo è stato perlustrato in anticipo e sono certo che non ci siano telecamere."

"Oh." Mi mordo l'interno del labbro, quando prendo la borsa. "Beh, forse possiamo andare a cena fuori in settimana..."

"Ma non oggi" dice lui, e io annuisco, sentendomi imbarazzata, ma non sapendo cos'altro fare. Non posso presentare l'assassino di George ai miei genitori.

È già abbastanza che mi sia appena offerta di andare a cena con lui.

"D'accordo, allora. Ci vediamo quando torni" dice, e me ne vado, prima che possa suggerire qualcos'altro—come i tatuaggi coordinati o un matrimonio in spiaggia.

Questa è follia pura, e la parte più strana è che sta cominciando a sembrare normale.

Mi sto abituando ad avere Peter nella mia vita.

~

A PRANZO, INFORMO I MIEI GENITORI CHE HO DECISO DI NON vendere la casa. Avevo già detto loro due settimane fa che l'offerta degli avvocati è scesa, quindi non sono particolarmente sorpresi di venire a sapere della mia decisione. Anzi, sono abbastanza soddisfatti, dato che la casa dista solo venti minuti da loro, mentre il mio nuovo appartamento sarebbe stato ad almeno quarantacinque minuti di distanza.

"È una bellissima casa" dice Papà, versando nel piatto un po' di salsa di soia. "Credo che tutta la questione dell'appartamento sia stata una reazione eccessiva. Sei giovane, ma gli anni passano velocemente e ad un certo punto potrebbe venirti voglia di avere una famiglia. Sai, uscire e conoscere un uomo—"

"Oh, smettila, Chuck" lo sgrida Mamma. "Sara ha tutto il tempo che vuole." Girandosi verso di me, dice con una voce più dolce: "Prenditi tutto il tempo di cui hai bisogno, tesoro. Non lasciare che tuo padre ti spinga a fare cose che non vuoi. Siamo *contenti* che tu abbia deciso di tenere la casa, ma questo non significa che ci aspettiamo dei nipotini."

"Mamma, per favore." Devo davvero sforzarmi per non alzare gli occhi, come se fossi ancora al liceo. I miei genitori stanno giocando con me allo sbirro buono/sbirro cattivo, probabilmente nella speranza che io 'esca e conosca un brav'uomo.'" Se fossi sul punto di darvi dei nipoti, vi prometto che tu e Papà sareste i primi a saperlo."

Mamma rivolge a Papà un sorriso estatico. "Vedi? Lo farà, quando sarà pronta."

"Giusto." Mi tengo occupata con le bacchette di legno. "Quando sarò pronta." Cosa che, dato quello che sta succedendo nella mia vita, potrebbe non accadere mai. O almeno, non fin quando Peter non si sarà stancato di me—il che sembra sempre più improbabile. Anzi, credo che sia ancora più fissato con me ora, con quegli occhi grigi che mi guardano con una peculiare luce che mi provoca dei brividi lungo la spina dorsale.

Prima di poter analizzare perché sia così, il cameriere porta la nostra barchetta di sushi e i miei genitori emettono versi di meraviglia davanti ai pesci disposti elegantemente, evitandomi altri sottili discorsetti. Vorrei poter dire loro la verità, ma non posso parlare di Peter senza terrorizzarli.

Non sono nemmeno sicura di come affrontare l'intera questione con me stessa.

ENTRO LA FINE DELLA SETTIMANA, LE MESTRUAZIONI FINISCONO E ricomincio con la routine, con due turni di lavoro all'inizio della settimana e tre ore presso la clinica mercoledì, oltre alle mie normali ore d'ufficio. Lavoro così tanto che trascorro pochissimo tempo in casa, ma Peter non obietta, anche se sento che non è affatto soddisfatto della situazione. Nonostante il ciclo, abbiamo avuto rapporti sessuali negli ultimi giorni—non aveva mentito sulla sua mancanza di disgusto—e ogni volta, aveva più fame del solito, con il tocco rude e senza compromessi.

È come se temesse di perdermi in qualche modo, come se sentisse il ticchettio di un orologio.

Venerdì, trascorro la maggior parte della giornata in ufficio, a visitare le pazienti, ma proprio quando sto per tornare a casa ricevo un messaggio urgente che mi avvisa che una paziente è in procinto di partorire. Sopprimendo un sospiro stanco, mi precipito nello spogliatoio per cambiarmi e mi imbatto in Marsha, che ha appena finito il turno.

"Ehi" dice, con una smorfia di comprensione. "Cominci ora?"

"A quanto pare, sì" dico, sistemando i vestiti nello spogliatoio. "Esci con le ragazze stasera?"

"Macché. Andy non ce la fa e Tonya è impegnata con quel barista carino. Te lo ricordi?"

Lego i capelli in una coda. "Quello del locale in cui siamo andate?" Al cenno di conferma di Marsha, chiedo: "Sì, perché? Si stanno frequentando?"

"Proprio così." Marsha sorride. "Comunque sia, vedo che vai di fretta, quindi ti lascio andare. Chiamami, se vuoi fare qualcosa questo fine settimana. Andy ha organizzato un barbecue per domani sera, e sono sicura che le farebbe piacere rivederti."

"Grazie. Ti chiamerò, se sono disponibile" dico, e mi precipito fuori dallo spogliatoio. So che non la chiamerò, e questa volta non è perché temo di mettere in pericolo le amiche.

Per quanto l'idea del barbecue suoni invitante, preferisco trascorrere questo fine settimana a casa, in tutta tranquillità.

Con Peter.

L'uomo che sto cominciando a odiare sempre meno.

QUALCHE ORA DOPO, TORNO NELLO SPOGLIATOIO, ESAUSTA. L'utero della mia paziente si era aperto, e ho dovuto eseguire un cesareo di emergenza per salvare lei e il bambino. Fortunatamente, stanno bene entrambi, ma mi è venuto un forte mal di testa per la fame e la stanchezza estrema.

Non vedo l'ora di tornare a casa, riscaldare qualsiasi cosa Peter abbia preparato per cena e, se sono fortunata, farmi massaggiare prima di addormentarmi.

"Dr.ssa Cobakis?"

Quella voce femminile sembra vagamente familiare e mi giro, con il battito che accelera. È Karen, l'agente/infermiera dell'FBI che era con l'Agente Ryson, quando mi sono svegliata in seguito all'aggressione di Peter. Come l'ultima volta, indossa il camice da infermiera, anche se so che non lavora in questo ospedale.

Forse sta cercando di non dare nell'occhio.

"Karen?" Cerco di non tradire il mio nervosismo. "Che cosa ci fai qui?"

Si avvicina, fermandosi a qualche metro di distanza. "Volevo parlarti in un luogo tranquillo, e questo mi sembrava adatto."

Rivolgo un'occhiata allo spogliatoio. Ha ragione: siamo sole in questo momento. "Perché?" Torno a guardarla. "Che cosa c'è che non va?"

"Qualche mese fa, ti sei rivolta all'Agente Ryson" spiega con calma. "Hai detto di sentirti controllata. A quel tempo, abbiamo accantonato le tue preoccupazioni, ma da allora abbiamo ricevuto nuove informazioni."

Mi si stringe la gola. "Che cosa... quali informazioni?"

"Hanno a che fare con Peter Sokolov, il fuggitivo che ti ha aggredita in casa."

"Davvero?" La mia voce è un'ottava troppo alta.

"È stato avvistato nella zona, a pochi isolati di distanza da questo ospedale. Una telecamera nascosta del traffico ha rivelato il suo volto in un angolo, e il nostro programma di riconoscimento del viso ha segnalato la foto." Piega la testa da una parte. "Non ne sapevi niente, Dr.ssa Cobakis, vero?"

"Io..." Il battito cardiaco mi ruggisce nelle orecchie, con i pensieri che corrono in preda al panico. Eccola, l'opportunità di ricevere aiuto senza che Peter scopra che ho parlato con qualcuno. L'FBI sa già che è qui, e non si arrenderà finché non l'avrà trovato. Posso aumentare le percentuali di successo, dire che probabilmente è in casa mia, e se riusciranno a catturare lui e i suoi uomini, sarà davvero finita.

Sarò nuovamente padrona della mia vita.

"Va bene, Dr.ssa Cobakis." Karen mi mette dolcemente una mano sul braccio. "So che tutto questo è molto stressante per te, ma ci assicureremo che tu sia al sicuro. Ti prego di pensare alle ultime settimane. È possibile che qualcuno ti abbia seguita? Di recente, hai avuto la sensazione di essere spiata?"

*Sempre, perché* io sono *spiata*. Vorrei dirle questo, ma le parole non mi escono; anzi, il mio respiro accelera fin quando non vado in iperventilazione.

Peter non andrà per il sottile, quando gli agenti verranno a prenderlo; combatterà, e la gente verrà uccisa. *Lui* potrebbe essere ucciso. La nausea mi sale alla gola, mentre immagino il suo corpo potente pieno di fori di proiettili, il suo intenso sguardo metallico distante e offuscato dalla morte. Dovrebbe essere un'immagine che mi fa gioire, ma mi sento male, con il cuore che mi si stringe dolorosamente, mentre cerco di immaginare come sarebbe la mia vita senza di lui.

Quanto sarei nuovamente libera—e sola.

"Io... No." Faccio un passo indietro, scuotendo la testa. So che non sto pensando lucidamente, ma non riesco a dirlo. La mia bocca non riesce a formare parole. "Non ho notato niente."

Scorgo un cipiglio sulla fronte di Karen. "Niente? Ne sei sicura? A quanto pare, tu e il tuo marito defunto siete il suo unico legame con questa zona."

"Sì, ne sono sicura." È come se fosse un estraneo a dar voce a quelle menzogne. Il mio mal di testa si intensifica fin quando non si trasforma in un tamburo che mi martella nel cranio, e mi sento come se fossi sul punto di vomitare. I miei pensieri passano da un'alternativa all'altra, con la mente simile a un ratto all'interno di un labirinto. Non so nemmeno perché sto mentendo. È finita. In un modo o nell'altro, finirà— perché ora che sanno che Peter è in questa zona, verranno a prenderlo, a prescindere da quello che dico. E se non riusciranno a ucciderlo o a catturarlo, penserà che io lo abbia tradito e attuerà la sua minaccia di portarmi via, forse punendo anche le persone a cui tengo, per darmi una lezione.

*Dovrei* aiutare l'FBI.

È la mia migliore possibilità per essere libera.

"Va bene" dice Karen, quando rimango in silenzio. "Se ti viene in mente qualcosa, ecco il mio numero." Mi porge un biglietto da visita, e lo prendo con dita intorpidite, mentre dice: "Non vogliamo spaventarlo, nel caso in cui, per qualche motivo, ti stesse spiando, quindi non ti metteremo in custodia protettiva in questo momento. Ti proteggeremo in modo discreto, e se vedremo qualcosa—qualunque cosa—fuori dall'ordinario, agiremo velocemente per garantire la tua sicurezza. Nel frattempo, puoi continuare con lo svolgimento delle tue normali attività, e ti assicuro che l'uomo che ha ucciso tuo marito pagherà per quello che ha fatto."

"D'accordo. Lo—Lo farò." Con la compostezza appesa a un filo, afferro la mia borsa dall'armadietto aperto e lo richiudo, per poi precipitarmi fuori dalla stanza.

Sono già accanto alla mia auto, quando mi rendo conto che indosso ancora il camice.

A causa dell'imboscata di Karen, ho dimenticato di cambiarmi i vestiti.

~

L'HEAVY METAL RISUONA DAGLI ALTOPARLANTI, MENTRE ESCO DAL parcheggio, e mi maledico per la stupidità. Nonostante il mal di testa, la musica mi rilassa, con il violento ritmo più ordinato rispetto alla follia dei miei pensieri. Non riesco a credere di non essermi confidata con Karen e di non aver chiesto l'aiuto dell'FBI, quando ne avevo la possibilità. Ora non ho idea di cosa fare, come agire o dove andare. Vado a casa con l'FBI che mi sorveglia? E se lo faccio, capiranno che Peter è lì, o le precauzioni che prende—come il fatto di non parcheggiare sul mio vialetto—garantiranno il suo occultamento? Forse dovrei andare a casa dei miei genitori o in un hotel, o semplicemente rifugiarmi in ospedale. Ma se facessi così, che cosa succederebbe agli uomini di Peter che mi seguono sempre? Capirebbero che qualcosa non quadra, e Peter potrebbe venirmi a cercare, e chissà che cosa accadrebbe allora. Insomma, l'FBI scoprirebbe le mie guardie del corpo o queste individuerebbero prima gli agenti e avviserebbero Peter? Se tornassi a casa, la troverei vuota, perché è riuscito a sfuggire ancora una volta alle autorità?

Come diavolo ho fatto ad incasinare tutto?

Le nocche delle mie mani sono bianche sul volante, mentre la mente rivive la conversazione con Karen, riproducendola più volte. Cavolo, ho avuto tante occasioni per confessarle la verità, per spiegarle la complessità della situazione e lasciare che fossero gli esperti a occuparsi di tutto. Perché non l'ho fatto? Come ho potuto essere così stupida? Dopo essermi resa conto che avevo dimenticato di cambiarmi, sono tornata nello spogliatoio, dicendo a me stessa che se Karen fosse stata ancora lì, avrei fatto la cosa giusta, ma era già andata via.

Era già andata via, ed io mi sono sentita sollevata—perché nel profondo, sapevo che non l'avrei fatto.

Nonostante la minaccia di Peter che incombe su di me, non posso affrettare il confronto che potrebbe provocare la sua morte.

Con i Metallica che urlano in sottofondo, guido senza sapere dove sto andando, così persa nei miei pensieri da non rendermi conto che il subconscio ha già scelto la destinazione. Solo quando svolto sulla mia strada capisco dove mi trovo e, per quel momento, è troppo tardi.

Sono a casa.

44

 *ara*

T REMO, QUANDO ENTRO IN CASA DAL GARAGE, CON LA GOLA chiusa dall'ansia e il cuore che batte in sincronia con la pulsazione nella testa. La mezzanotte è passata da un pezzo e le luci sono spente, ma sento i profumi appetitosi di tutte le delizie che Peter deve aver cucinato prima. Il mio stomaco borbotta, con il corpo che pretende del carburante, nonostante l'adrenalina che mi distrugge i nervi. Devo mangiare qualcosa al più presto, ma prima devo capire dov'è Peter e se sa cosa sta succedendo.

"Hai fame?"

La sua voce familiare e profonda mi spaventa così tanto da farmi sobbalzare, con un grido in preda al panico che mi sfugge dalla gola.

Si accende una luce, che illumina la figura di Peter sul divano nella stanza. Nonostante la temperatura confortevole, indossa la giacca di pelle, con il suo corpo alto e potente in una posa rilassata che mi ricorda la pigrizia di un predatore.

"Uhm, sì." *Oh Dio, lo sa? Perché è seduto qui al buio?* "Una delle mie pazienti aveva iniziato il travaglio, e mi sono persa la cena."

"Davvero?" Peter si alza in piedi con un movimento fluido. "Non va bene. Vieni, mangia qualcosa prima che tu svenga."

Lo seguo in cucina su gambe instabili. Il fatto che sia qui—e che stia scaldando il cibo per me—deve significare che i suoi uomini non hanno saputo del mio contatto con l'FBI. Questo significa che è vero anche il contrario? Gli agenti dell'FBI a cui è stato assegnato il compito di proteggermi non si sono accorti di chiunque Peter abbia messo a seguirmi?

Ho mani e piedi ghiacciati per lo stress, e so che devo sembrare la morte in persona, mentre lavo le mani e mi siedo al tavolo. Spero che Peter attribuisca il mio pallore alla stanchezza, piuttosto che al fatto che l'FBI potrebbe fare irruzione in casa mia in qualsiasi momento.

Mi mette davanti una scodella di zuppa di verdure e una fetta di pane con la salsiccia, poi si siede dall'altra parte del tavolo al suo solito posto, con il volto inespressivo, mentre mi osserva tirar su il cucchiaio e immergerlo nella minestra. Le mani mi tremano leggermente—cosa che non gli sfugge, ma spero che possa attribuire anche questo alla stanchezza. In caso contrario—se sospetta qualcosa—allora la situazione precipiterà in fretta. Potrebbe portarmi via, in qualche rifugio internazionale, prima che gli agenti dell'FBI abbiano la possibilità di chiamare i rinforzi.

Cazzo, perché sto correndo questo rischio? Perché non ho detto tutto a Karen?

Eppure, nonostante quello che racconto a me stessa, conosco la risposta a quella domanda. È seduto davanti a me, con gli occhi grigi concentrati sul mio viso con un'intensità che mi fa rabbrividire, scaldandomi al contempo. Dovrei desiderare di essere libera dal mio tormentatore, dovrei fare tutto il possibile per farlo scomparire dalla mia vita, ma non ci riesco. Non sono abbastanza folle da avvisarlo e rischiare di essere rapita, ma non riesco ad accelerare il momento in cui la giustizia lo catturerà e dovrà fuggire o combattere.

Succederà comunque; tutto quello che devo fare è sopravvivere.

"Lavori troppo" mormora Peter, inclinando la testa mentre mi studia, e mi lascio sfuggire un respiro tremante.

Grazie a Dio. Attribuisce la mia ansia alla stanchezza.

"Dovresti riposare, ptichka, almeno ogni tanto" continua, e annuisco, guardando la scodella per sfuggire all'intensità del suo sguardo.

"Sì, credo di sì." Do un morso al pane e mando giù una cucchiaiata di zuppa, concentrandomi sul gusto saporito per placare il clamore mentale nella testa. Ci riesco solo in parte, ma questo è sufficiente a consentirmi di mandare giù un altro cucchiaio, e un altro ancora.

Quando trovo il coraggio di tornare a guardarlo negli occhi, ho finito la fetta di pane e ho quasi divorato mezza scodella. "Come mai mi stavi aspettando?" chiedo, ricordando come fosse buia la casa quando sono entrata. "Credevo che fossi a letto o a fare una doccia."

"Perché non ti vedo quasi mai ultimamente, ptichka, e mi mancavi." I suoi occhi brillano con quella peculiare dolcezza che ho visto nell'ultima settimana.

Mi si rivolta lo stomaco, con un nodo che mi si forma nella

gola. "Davvero?" Non me l'aveva mai detto; anche se sappiamo entrambi che è ossessionato da me, non ha mai confessato alcun tipo di sentimento reale.

"Hmm-hmm. Ecco, prendine un altro po'." Spinge un'altra fetta di pane verso di me. "Sei ancora molto pallida."

Prendo il pane e lo mordo, guardando verso il basso per nascondere la mia espressione. Il nodo in gola si sta espandendo, con gli occhi che bruciano dalle lacrime irrazionali. Perché deve scegliere proprio oggi, tra tutti i giorni, per dirmi queste cose? Ho bisogno che sia orribile con me, non così dolce. Ho bisogno di ricordare che è un mostro, un assassino, un uomo che ha fatto cose che farebbero impallidire Ted Bundy.

Ho bisogno che mi faccia mettere da parte la fantasia, in modo da non sentirne la mancanza quando non ci sarà più.

Riesco a trattenere le lacrime, mentre trangugio il resto della zuppa, con Peter che mi osserva in silenzio. È irritante il modo in cui riesca a fissarmi senza fare niente, come se vedermi lo affascinasse. L'ho sorpreso a farlo già diverse volte; una volta, mi sono addirittura svegliata con lui che mi guardava in questo modo.

È sconcertante e lusinghiero al contempo, come il suo infinito desiderio per me.

Quando la scodella è vuota, mi alzo per metterla nella lavastoviglie, ma Peter me la toglie dalle mani.

"Ci penso io" dice dolcemente, dandomi un bacio sulla fronte. "Comincia a prepararti per il letto. Ti raggiungo tra qualche minuto."

Annuisco, sbattendo le palpebre per trattenere una nuova ondata di lacrime, e faccio come dice, senza obiezioni. Fa spesso anche questo: quando sono stanca, mi libera da ogni faccenda, anche la più piccola. Deve rendersi conto che mettere una scodella nella lavastoviglie non è stressante, ma continua a trattarmi come un'invalida, invece di una dottoressa esausta per i turni troppo lunghi.

Mi tratta come una bambina e questo mi piace, anche se non dovrebbe. Dovrei detestare tutto quello che fa, perché niente è reale.

Non può esserlo.

HO GIÀ FINITO DI FARE LA DOCCIA, QUANDO PETER SALE AL PIANO di sopra e mi spinge in un angolo del bagno, intrappolandomi contro il ripiano, mentre finisco di lavarmi i denti. Ho l'asciugamano avvolto intorno a me, ma me lo toglie, lasciandolo cadere sul pavimento, e la vista di noi nello specchio annebbiato—io pallida e completamente nuda, e lui completamente vestito con i suoi abiti scuri—mi fa battere il cuore da un'esaltazione nervosa.

Stasera è particolarmente eccitato, e più che pericoloso.

Avvolge una grande mano intorno alla mia gola e, anche se non stringe, sento l'oscurità dietro il sottile velo del suo controllo, la minaccia implicita in quel gesto di controllo. Al tempo stesso, mi prende il seno con l'altra mano, sfregando il pollice sul mio capezzolo. Sostiene il mio sguardo davanti allo specchio, e vedo uno strano desiderio in quelle profondità d'argento, lussuria mista a possessività, e quell'intenso qualcosa che mi indebolisce le ginocchia e che mi provoca la pelle d'oca.

"Guardati" mi sussurra in un orecchio, e distolgo lo sguardo dai suoi occhi ipnotici per concentrarmi sull'immagine che vedo: lui così grande e pericolosamente bello, e io piccola e femminile, quasi fragile nel suo oscuro abbraccio. "Guarda come sei carina, come sei dolce, morbida e pura. Quella pelle liscia, così soffice e delicata, così bella da sfiorare..." Mi accarezza la gola mentre deglutisco, con il battito che accelera ancora di più per le sue parole.

"Sai che cosa mi chiedo a volte?" continua dolcemente, e afferro il bordo del ripiano, mentre le sue dita dure mi pizzicano il capezzolo, torcendolo con una brutale determinazione. "Mi chiedo se dovrei mettere una catena intorno a questo grazioso collo, legarti a me e buttare via la chiave. Piangeresti, ptichka? Proveresti rabbia?" Mi mordicchia il lobo, con i denti bianchi che mi graffiano la pelle, mentre la sua mano si sposta dal mio seno per afferrarmi il sesso. "O sotto sotto ti piacerebbe?"

Faccio un respiro, tremando, sentendo così caldo che potrei bruciare. L'immagine che sta dipingendo è sia terrificante che eccitante, spaventosamente erotica, come l'immagine nello specchio. Con le braccia intorno a me, sento l'odore della pelle della sua giacca, la cerniera metallica sulla schiena, e una sensazione di forte vulnerabilità prende il sopravvento, mentre le sue dita mi separano le pieghe umide e mi toccano il clitoride, con l'improvviso piacere che esaspera la sensazione di impotenza, di essere completamente fuori controllo.

"Per favore." Mi trema la voce. "Per favore, Peter..."

"Per favore cosa?" Le sue dita spingono dentro, premendo sul punto G, mentre i suoi denti si muovono nuovamente sul mio collo. "Per favore cosa, ptichka? Per favore toccami? Per favore scopami? Per favore vattene?"

Chiudo gli occhi. "Per favore scopami." Ho superato l'imbarazzo, la negazione. È come se ogni cellula del mio corpo pulsasse dal bisogno, bruciando con l'oscuro desiderio che lui risveglia dentro di me. Forse in circostanze diverse sarei forte, cercherei di aggrapparmi a qualsiasi barlume di dignità, ma sono troppo stanca—e troppo consapevole che questa potrebbe essere l'ultima volta.

Stasera potrebbe essere la nostra ultima volta insieme.

"Apri gli occhi" ringhia, e ubbidisco frastornata, combattendo il richiamo del piacere.

Lo sguardo di Peter è oscuro e intenso nello specchio, con il volto carico di violento bisogno. E lì sotto, percepisco quel senso di *inquietudine*, quella dolcezza che non riesco a definire.

"Dimmi, Sara. Dimmi come vuoi che ti scopi. Vuoi che sia rude"—le sue dita spingono brutalmente dentro di me—"o dolce? Duro"—spinge il palmo sul mio sesso—"o delicato?" Allentando la pressione, abbassa la testa per leccarmi il lobo, con il suo caldo respiro sulla mia pelle, mentre mi sussurra in un orecchio: "Vuoi i fiori e le belle parole, ptichka? Oppure preferisci qualcosa di crudo e reale, anche se la società lo ritiene sbagliato... anche se non è quello che hai sempre desiderato?"

Respiro a fatica, mentre fa dei cerchi sul clitoride con il pollice, con il calore sotto la pelle che mi impedisce di riflettere. I miei muscoli interni si stringono intorno a quelle dita dure e intrusive, e non capisco che cosa stia chiedendo, che cosa voglia da me. Ho bisogno di più di quel doloroso piacere e, allo stesso tempo, ho bisogno di sollievo dalla tensione che mi avvolge sempre di più.

"Peter, ti prego..." Il cuore mi batte troppo velocemente. "Oh Dio, ti prego..."

Stringe la presa sul mio collo, mentre piega le dita dentro di me, premendo nuovamente sul punto G. "Dimmelo, e ti scoperò." Affonda i denti nel mio collo, facendomi tremare dalla sensazione. "Ti darò esattamente ciò che vuoi, riempirò la tua fighetta finché non supplicherai. Dimmi che cosa vuoi da me, e te lo darò, Sara. Ti darò di tutto e di più."

"Duramente" mi lascio sfuggire, con le mani che scivolano dal bordo del ripiano per afferrare le colonne d'acciaio delle sue cosce coperte dai jeans. Il mio sesso si stringe intorno alle sue dita, mentre spingo il bacino sulla sua mano, alla disperata ricerca di una maggiore pressione sul clitoride. Non so cosa sto dicendo, ma so di cos'ho bisogno. "Scopami duramente, Peter. Per favore..."

Serra la mascella, e intravedo un barlume di oscurità nel grigio scintillio dei suoi occhi. All'improvviso, mi lascia andare e poggia la mano sul ripiano, buttando via gli articoli da toeletta. Facendomi girare, mi prende e mi mette sul granito freddo, con le cosce divaricate. Resto a bocca aperta, sorpresa, ma si sta già sbottonando i jeans, tirandomi in avanti finché il mio sedere quasi non cade dal bordo.

"Peter—oh Dio." Ansimo, mentre si lancia dentro di me, così spesso e duro che mi sento come se mi stesse lacerando le viscere. Non era così duro dalla nostra prima volta, ma oggi sono così bagnata che il violento possesso non mi spaventa, con la minaccia del dolore che non fa che potenziare il piacere. Invece di irrigidirmi, rimango morbida intorno al suo cazzo, e quando assume un ritmo duro e costante, con le dita che scavano nella morbida carne del mio sedere, avvolgo le gambe intorno ai suoi fianchi e le braccia intorno al suo collo, aggrappandomi a lui come se fosse la mia ancora durante una tempesta. Ed è come se lo fosse per davvero. Mi scopa con un furore tale che mi sento come una foglia in mezzo a un uragano, travolta dalla sua violenza, strappata dalle onde della sua lussuria. È troppo, troppo intenso, ma la sensazione di impotenza non fa che aumentare la tensione che cresce dentro di me. Con un grido, vengo, stringendomi intorno a lui, ma non si ferma. Continua, fino a farmi venire più e più volte.

È solo quando resto accasciata su di lui, ansimante e sorpresa dal terzo orgasmo, che si lascia andare. Con un'ultima dura spinta, viene, sbattendo il bacino contro il mio, mentre un profondo gemito gli sfugge dalla gola. Sento il suo cazzo pulsare dentro di me, mentre mi aggrappo a lui, tremante, e il mio sesso si stringe per l'ultima volta, spremendo un ultimo brivido di piacere dalla mia carne troppo sensibile.

Dopo di ciò, sono così fuori di me che riesco a malapena a sorreggermi, mentre mi solleva dal ripiano e mi mette in piedi. Vagamente, mi rendo conto di essere stranamente bagnata in mezzo alle gambe—zuppa, in realtà—ma è solo quando Peter fa un passo indietro e sento l'umidità scivolarmi lungo la coscia che capisco da dove proviene.

"Oh Dio." I miei occhi si soffermano sul suo cazzo—ancora semi-duro e brillante per le nostre umidità. "Peter, noi—"

"Abbiamo dimenticato di usare un preservativo? Sì."

Non sembra particolarmente preoccupato. Al contrario, mentre lo guardo in preda allo shock, si pulisce con indifferenza, rimette il cazzo nei jeans e chiude la cerniera. Poi bagna un asciugamano e lo strofina delicatamente sulle mie cosce per togliere lo sperma.

"Ecco, tutto a posto." Getta l'asciugamano nel lavandino, con gli occhi che brillano, mentre si gira verso di me. "Non ti preoccupare. Hai appena avuto le mestruazioni, quindi non dovremmo essere nella zona pericolosa. E io sono sano; uso sempre i preservativi e faccio i controlli regolarmente. Credo che lo stesso valga per te, no?"

"Sì." Lo fisso, scossa sia per l'accaduto, sia per il suo atteggiamento. Teoricamente, dovremmo essere al sicuro, ma il semplice fatto che sia successo, con *lui*... La mia testa ricomincia a palpitare dolorosamente, e la stanchezza riaffiora, moltiplicata per dieci volte. Come ho potuto essere così negligente? Quando facevo sesso con George, gli ricordavo sempre di usare il preservativo, e, durante le cosiddette zone pericolose, evitavamo sempre di avere rapporti, non volendo rischiare la percentuale di fallimento del quindici per cento dei preservativi fin quando non fossimo stati pronti per avere un bambino. Tuttavia, con l'assassino di mio marito, non sono stata altrettanto attenta, facendo sesso in ogni momento del mese. E ora questo...

È come se una parte malata di me volesse essere legata a lui, perpetuando la fantasia di una relazione.

"Dovremmo essere al sicuro, allora" dice Peter, avvicinandosi a me. "Anche se..." Si ferma, fissandomi con un'espressione indagatrice.

"Anche se?" chiedo, quando rimane in silenzio. Il cuore mi sta martellando a un ritmo troppo frenetico. "Anche se?"

"Anche se non mi dispiacerebbe." Le sue parole sono leggere, casuali, ma non c'è traccia di umorismo nella sua voce. "Non con te."

"Che cosa?" Il mal di testa si intensifica, con il cranio che sembra sul spunto di implodere. Non può credere davvero a quello che sta dicendo. "Perché non—? Non ha senso!"

"No?" Ora scorgo uno scintillio di divertimento nei suoi occhi. "Perché, ptichka?"

"Perché... perché sei *tu*." La mia voce è soffocata dall'incredulità. "Mi hai drogata e torturata prima di uccidere mio marito e invadere la mia vita. Non so come la pensi, ma non sei il mio ragazzo. Questa non è una storia d'amore—"

"No?" La sua espressione si indurisce, con ogni traccia di

divertimento che scompare. "Che cosa pensi che io provi per te? Perché non posso stare nemmeno un'ora senza pensare a te, senza volerti... senza *desiderarti*, cazzo? Credi che sia la lussuria a tenermi qui, giorno dopo giorno, quando tutto il mondo chiede la mia testa e i miei uomini muoiono dalla noia?" Si avvicina ancora di più, e il mio respiro accelera mentre sbatte i palmi sul ripiano intorno ai miei lati, intrappolandomi contro il lavandino. I suoi occhi scintillano con ferocia, mentre si appoggia, con voce dura. "Pensi che io sia qui invece di dare la caccia all'ultimo *ublyudok* sulla mia lista, perché non riesco ad averne abbastanza della tua fighetta calda?"

Ho il viso in fiamme mentre lo fisso, con la volgarità delle sue parole che intensifica la mia confusione. Non so cosa dire, come reagire. Sembra arrabbiato, ma da quello che sta dicendo sembrerebbe che—

"Sì, vedo che capisci." Piega la bocca in un sorriso oscuro e derisorio. "Non sarà una storia d'amore per *te*, ptichka, ma, per quanto possa essere malata, è proprio questo per me. All'inizio ti odiavo, ma con il passare del tempo sei diventata l'unica cosa di cui mi importasse, l'unica persona di cui ancora mi importi. E sì, questo significa che ti amo, per quanto possa sembrare sbagliato. Ti amo, anche se eri *sua*... anche se credi che io sia un mostro. Ti amo più della vita stessa, Sara, perché quando sto con te, non provo dolore e rabbia—e voglio più della morte e della vendetta." Il suo petto si espande per un respiro profondo, con l'espressione che si fa seria, mentre dice: "Quando sto con te, ptichka, mi sento vivo."

Non mi rendo conto che sto piangendo, finché il suo volto non diventa sfocato davanti ai miei occhi. Ho il cuore in gola, e il mio respiro è troppo corto. So che Peter è ossessionato da me, ma non immaginavo che nella sua mente quell'ossessione equivalesse all'amore, che vuole un qualche futuro reale con me... uno nel quale siamo insieme come una famiglia.

Un futuro in cui gli agenti dell'FBI non butteranno giù la porta.

"Non piangere, ptichka." Strofina il pollice sulla mia guancia bagnata, e rivedo quel sorriso denigratorio sulle sue labbra. "Questo non cambia niente. Puoi continuare a odiarmi. Il fatto che io ti ami non fa di me una persona meno mostruosa di quella che sono—e non scomparirò dalla tua vita."

*Ma sta per accadere.* Vorrei urlargli la verità, ma non ci riesco. Non posso avvertirlo, anche se il mio cuore sembra essere a pezzi. Non lo amo—non posso amarlo—ma soffro come se lo amassi, come se perderlo fosse la cosa peggiore al mondo. Un sospiro soffocato mi sfugge dalla gola, poi un altro, e poi sono tra le sue braccia, stretta saldamente sul suo petto, mentre mi conduce fuori dal bagno.

Quando raggiunge il mio letto, si siede, tenendomi sul grembo, e io piango, con il volto sprofondato nel suo collo, mentre mi accarezza la schiena, lentamente, con fare rassicurante. Ha ragione; la sua dichiarazione d'amore non dovrebbe cambiare niente, ma in qualche modo peggiora le cose. Mi fa sentire come se stessi perdendo qualcosa di vero... come se stessi tradendo lui e *noi.*

Come può un mostro tenermi così teneramente? Come può uno psicopatico essere in grado di amare?

È come se mi stessero aprendo il cranio dall'interno, con il mal di testa acuito dal pianto, e spingo sul torace di Peter, liberandomi dal suo abbraccio—solo per cadere sul letto, piagnucolando mentre mi tocco le tempie.

Si china su di me, con la preoccupazione che irrigidisce i suoi lineamenti. "Che cos'hai, ptichka?" chiede, accarezzandomi il braccio, e riesco a mormorare qualcosa sul mal di testa, prima di chiudere gli occhi. Quello che provo è più simile all'emicrania, ma il dolore è troppo forte per poterglielo spiegare.

Il letto affonda, quando si alza in piedi, e sento dei passi mentre esce dalla stanza. Qualche minuto dopo, torna con un Advil e un bicchiere d'acqua. Riesco ad aprire le palpebre gonfie abbastanza a lungo da poter inghiottire il farmaco, e poi richiudo gli occhi, aspettando che il violento tamburo nel cranio lasci il posto a un ruggito più sopportabile.

A questo punto, mi aspetto che se ne vada, che venga a letto con me o qualunque altra cosa intenda fare, ma sento la porta del bagno che si apre e, un minuto dopo, un asciugamano fresco e bagnato mi copre gli occhi e la fronte, facendomi provare una sensazione di sollievo.

Ancora una volta, si prende cura di me, fornendomi il comfort quando ne ho più bisogno.

Le lacrime ritornano, uscendo da sotto l'asciugamano, mentre mi avvolge la coperta intorno e si siede sul bordo del letto, facendo scivolare la mano sotto al mio collo per massaggiare i muscoli rigidi della nuca. È una tortura diversa, questa sua tenera premura. Riduce il mal di testa, ma intensifica il dolore al petto. Mi illudevo quando ho chiamato questa situazione una fantasia malata. Sarà pure malata, ma è vera, e quando non ci sarà più, mi *mancherà*, proprio come mi è mancato quando è andato in Messico. Non è amore ciò che provo per lui—l'amore non può essere così oscuro, così illogico e folle—ma *è* qualcosa.

Qualcosa di diverso dall'odio, qualcosa di profondo e che crea dipendenza.

Un cane abbaia in lontananza, e sento la portiera di un'auto che sbatte. Probabilmente sono i miei vicini nell'isolato di fianco, ma il mio cuore sussulta, con lo stomaco in subbuglio, mentre immagino la squadra speciale che butta giù la porta e spara a Peter. È come un film nella mia mente: le figure in nero che fanno irruzione, i proiettili tra le lenzuola, i cuscini, il suo petto, il cranio...

La bile mi sale nella gola, con la testa che esplode dal dolore.

Oh Dio, non posso farlo.

Non posso rimanere calma e lasciare che accada.

"Peter..." Mi trema la voce, quando stringo le mani sotto la coperta. So che mi pentirò in mille modi diversi, ma non riesco a fermare le parole. "Ti hanno individuato. Stanno venendo a prenderti."

La mano che mi accarezza la nuca si irrigidisce per un attimo, poi riprende il suo dolce massaggio.

"Lo so, ptichka" mormora, e sento le sue labbra sulla mia guancia bagnata, mentre qualcosa di freddo e rigido mi punge il collo. "Lo so."

La letargia mi scorre nelle vene e, con uno strano sollievo, mi rendo conto che è così.

Ha sempre saputo dell'FBI.

Lo sapeva, e non sarò mai più libera.

eter

"Sbrigati" sibila Anton dal lato del passeggero, nella parte anteriore dell'auto, mentre mi avvicino al SUV, portando in braccio il corpo di Sara, avvolto da una coperta. "Non hai ricevuto i miei messaggi? Sono a meno di dieci isolati di distanza."

Stringo la presa sul mio fagotto umano. "Non potevo andarmene, prima di capire di cosa avessi bisogno."

"E cioè?" chiede Yan, aprendo la portiera sul retro dall'interno. Si sposta più in là, e salto su, facendo attenzione a non colpire la testa di Sara, mentre la porto in macchina.

È già abbastanza brutto ricordare che aveva il mal di testa quando l'ho drogata.

Ignorando la domanda di Yan, sistemo la figura incosciente

di Sara tra noi e chiudo la portiera, prima di notare lo sguardo di Ilya nello specchietto retrovisore. "All'aeroporto. Veloce."

"Perfetto" mormora Ilya, spingendo sull'acceleratore, e la macchina scatta, sfrecciando per la tranquilla strada suburbana.

"Che cosa dovevi capire?" insiste Yan, guardando il viso di Sara—l'unica parte non avvolta dalla coperta. Con le sue folte ciglia a ventaglio sulle pallide guance, sembra una principessa Disney, e non biasimo il mio compagno di squadra per il barlume di interesse sul volto.

Non lo biasimo, ma vorrei ucciderlo.

"Qualcosa a che fare con lei?" continua, ignaro; poi, mi guarda e sbianca.

"Sì." La mia voce è fredda come il ghiaccio. "Qualcosa a che fare con lei."

Annuisce, distogliendo saggiamente lo sguardo, e avvolgo il braccio intorno alle spalle di Sara, sistemandola comodamente su di me. In lontananza, sento delle sirene, accompagnate dal ruggito delle pale di un elicottero, ma, nonostante il pericolo incombente, mi sento calmo e soddisfatto.

No, più che soddisfatto—felice.

Sara mi ha avvertito.

Ha scelto me, quando aveva tutte le ragioni per non farlo. Potrebbe non amarmi ancora, ma non mi odia e, mentre la stringo forte, inebriandomi della delicata fragranza dei suoi capelli, sono certo che un giorno mi *amerà*, che un giorno avrò tutto di lei.

Mi ha avvertito—ha scelto di essere mia—e le cose rimarranno così.

La amo e la terrò con me.

A prescindere da cosa succederà.

# LA MIA OSSESSIONE

IL MIO TORMENTATORE: LIBRO 2

# PARTE I

1

 _eter_



"Ci stanno alle calcagna" dice Ilya, mentre il frastuono delle sirene e il ruggito delle pale dell'elicottero aumentano. La luce delle automobili sull'altro lato dell'autostrada si riflette sulla sua testa rasata, creando l'illusione che i tatuaggi sul cranio stiano ballando, mentre guarda nello specchietto retrovisore con un preoccupato cipiglio.

"Già." Ignorando l'adrenalina nelle vene, stringo il braccio intorno a Sara, impedendo alla sua testa di scivolare dalla mia spalla, mentre Ilya si avvicina a una macchina più lenta. Naturalmente, mi aspettavo l'inseguimento—non si può rapire una donna sorvegliata dall'FBI senza aspettarsi conseguenze— ma ora che sta accadendo, mi ritrovo ad essere preoccupato.

Io e i miei tre compagni di squadra possiamo affrontare un

349

inseguimento ad alta velocità, ma non posso mettere in pericolo Sara in questo modo.

Prendendo una decisione, dico ad Ilya: "Rallenta. Lascia che ci raggiungano."

Anton si contorce nel sedile del passeggero anteriore, con il viso barbuto incredulo, mentre afferra l'M16. "Sei impazzito per caso?"

"Non possiamo portarli all'aeroporto" sottolinea Yan, il gemello di Ilya. È seduto sull'altro lato di Sara, e deve aver capito il mio piano, perché sta già stava cercando nella grande sacca da viaggio che abbiamo sistemato sotto il sedile posteriore del nostro SUV.

"Credi che i Federali sappiano che l'abbiamo presa?" Anton fissa la donna incosciente al mio fianco e sento un irragionevole accenno di gelosia, quando posa i suoi occhi scuri sul viso di Sara, indugiando un momento in più del necessario sulle sue labbra rosa.

"Devono saperlo. Quei ragazzi che l'accompagnavano saranno anche stupidi, ma non completamente inutili" dice Yan, raddrizzandosi, con un lanciagranate in mano. A differenza del gemello, preferisce un'acconciatura tradizionale e un vestito elegante e ben stirato—il suo travestimento da bancario, come lo chiama Ilya. In generale, Yan sembra uno che non ha idea di come tenere in mano una chiave, tanto meno una pistola, ma è uno degli individui più letali che conosca—così come il resto della mia squadra.

I nostri clienti ci pagano milioni per una buona ragione, e questo non ha nulla a che fare con le nostre scelte in fatto di moda.

"Spero che tu abbia ragione" dice Ilya, stringendo la presa sul volante e guardando di nuovo nello specchietto retrovisore.

Quattro macchine ora ci separano dai due SUV governativi neri e dalle tre volanti della polizia dietro di noi, con luci blu e rosse che lampeggiano, mentre sorpassano i veicoli più lenti. "La polizia americana è prudente. Evitano di sparare, se sanno che abbiamo lei."

"Né apriranno il fuoco nel bel mezzo di un'autostrada" dice Yan, premendo un pulsante per abbassare il finestrino. "Troppi civili in giro."

"Aspetta un attimo" gli dico, mentre si avvicina al finestrino con il lanciagranate in mano. "Dobbiamo aspettare che l'elicottero sia il più basso possibile sopra di noi. Ilya, rallenta un po' di più e immettiti nella corsia di destra. Prenderemo la prossima uscita."

Ilya esegue, e passiamo alla corsia più lenta, con la velocità che scende al di sotto del limite stabilito. Una Toyota Camry grigia ci supera sulla sinistra, e stringo Sara più forte a me, dicendo a Yan di prepararsi. Il rumore dell'elicottero è assordante—ora è praticamente sopra di noi—ma aspetto.

Pochi istanti dopo, lo vedo.

Il cartello dell'uscita, che raggiungeremo tra quattrocento metri.

"Ora" grido, e Yan entra in azione, spingendo la testa e il busto fuori dal finestrino, con il lanciagranate in mano.

*Boom!* Sembra che la madre di tutti i fuochi d'artificio si sia appena scatenata sopra di noi. I freni stridono attorno a noi, ma siamo già all'uscita, e Ilya lascia l'autostrada proprio mentre si scatena l'inferno, con le auto che si scontrano in entrambe le corsie con un fragore metallico, e l'elicottero sopra esplode in una palla di metallo ardente.

"Cazzo" sibila Anton, fissando il casino che ci siamo lasciati alle spalle. Con i pezzi fiammanti che piovono giù, un gigantesco camion Walmart è in procinto di ribaltarsi, e non meno di una dozzina di automobili si sono già schiantate, mentre altre si aggiungono al mucchio attimo dopo attimo. I SUV governativi sono tra le vittime, e le volanti della polizia sono intrappolate dietro di loro. I nostri inseguitori non avranno modo di seguirci ora, e pur non essendo contento dei civili feriti, so che riusciremo a fuggire.

Quando si riprenderanno e invieranno altri poliziotti a prenderci, saremo già lontani.

Nessuno strapperà Sara da me.

Mi ha scelto, e sarà mia per sempre.

Arriviamo al sottopassaggio dove abbiamo lasciato l'altro veicolo non segnalato, e, dopo aver scambiato le automobili, respiriamo tutti un po' più tranquillamente. Non ho dubbi sul fatto che i Federali ci individueranno, ma quando lo faranno, dovremmo essere in alto e fuori pericolo.

Siamo quasi all'aeroporto, quando Sara emette un piccolo gemito, sbattendo le palpebre, mentre si stiracchia accanto a me.

Il farmaco che le ho dato ha funzionato.

"Shhh" la rassicuro, baciandole la fronte mentre cerca di liberarsi della coperta, che la scalda dal collo in giù. "Stai bene, ptichka. Sono qui, e va tutto bene. Ecco, bevi questo." Con la mano libera, apro una bottiglietta d'acqua e la premo sulle sue labbra, lasciandole bere un po' di liquido.

"Che cosa... dove sono?" gracchia con voce rauca, quando le tolgo la bottiglietta e le stringo il braccio attorno alle spalle, impedendole di srotolare la coperta e di esporre la sua nudità. "Che cos'è successo?"

"Nulla di grave" la rassicuro, poggiando la bottiglietta per toglierle una ciocca di capelli dal viso. "Faremo solo un viaggetto."

Dall'altra parte di Sara, Yan sbuffa e mormora in russo qualcosa sulla minimizzazione.

Lo sguardo di Sara si sofferma su Yan, poi si guarda intorno, e vedo l'esatto momento in cui si rende conto di cosa sta succedendo.

"Ti prego, dimmi che non hai..." Alza la voce di un tono. "Peter, dimmi che non hai—"

"Shhh." Girandosi verso di me, premo due dita sulle sue morbide labbra. "Non potevo rimanere, e non potevo lasciarti lì, ptichka. Lo sai. Andrà tutto bene. Non ti succederà niente di male. Ti terrò al sicuro."

Mi guarda, con gli occhi color nocciola carichi di shock e orrore, e, nonostante la certezza di aver fatto la cosa giusta, mi si stringe dolorosamente il petto.

Sara mi aveva avvisato dell'FBI, sapendo che probabilmente l'avrei portata con me, ma evidentemente non si aspettava che avrei fatto questo. E forse c'era un altro modo, qualcosa che avrei potuto fare senza drogarla e rapirla nel cuore della notte.

*No.* Allontanando quella sensazione, mi concentro su ciò che conta: rassicurare Sara e farle accettare la situazione.

"Ascoltami, ptichka." Curvo il palmo intorno alla sua mascella delicata. "So che sei preoccupata per i tuoi genitori, ma, non appena saremo in volo, potrai chiamarli e—"

"In volo? Quindi, siamo ancora a—? Oh, grazie a Dio." Chiude gli occhi, e sento un tremito attraversarla, prima che riapra gli occhi per incrociare il mio sguardo. "Peter..."

Addolcisce la voce, in modo persuasivo. "Peter, per favore. Non farlo. Puoi lasciarmi qui. Sarà molto più sicuro per te... Sarà molto più facile scappare, se non cercano me. Potresti semplicemente scomparire, e non ti cattureranno mai, e poi—"

"Non mi cattureranno mai a prescindere." Il mio tono è tagliente, ma riesco a trattenere a stento la rabbia, mentre abbasso la mano. Sara ha avuto l'occasione di liberarsi da me, e non l'ha sfruttata. Avvertendomi, ha segnato il suo destino, e ormai è troppo tardi per tornare indietro. Sì, l'ho drogata e l'ho presa senza chiedere, ma avrebbe dovuto immaginare che non l'avrei lasciata. Le ho detto quanto l'amavo, e anche se non ha ripetuto quelle parole, so che non è indifferente. Forse questo non è proprio quello che voleva, ma mi ha scelto, e il fatto che ora mi stia supplicando di lasciarla, che stia cercando di manipolarmi con i suoi occhioni e la voce dolce... Fa male, questo suo rifiuto, anche se non dovrebbe.

Ho *ucciso* suo marito e sono entrato a far parte della sua vita.

"Eccoci arrivati" dice Anton in russo, mentre l'automobile rallenta, e giro la testa per vedere il nostro aereo ad una ventina di metri davanti.

"Peter, per favore." Sara comincia a dimenarsi nella coperta, alzando la voce, mentre la macchina si ferma completamente e i miei uomini saltano fuori. "Ti prego, non farlo. È sbagliato. Lo sai. La mia vita è qui. Ho la mia famiglia, le pazienti e gli amici..." Piange, dimenandosi ancora di più, mentre mi piego per afferrarle le gambe avvolte dalla coperta e tirarla fuori dall'auto. "Per favore, avevi detto che non l'avresti fatto, se avessi collaborato, e ho collaborato. Ho fatto tutto quello che volevi. Ti prego, Peter, fermati! Lasciami qui! Per favore!"

Ora è isterica, torcendosi e scalciando nella coperta, mentre scendo dalla macchina, tenendola sul petto, e Anton mi rivolge uno sguardo truce, mentre aiuta i gemelli a prendere le armi sotto il sedile posteriore. Anche se il mio amico mi aveva suggerito in più di un'occasione di portare Sara con me se la volevo, la realtà deve sembrargli più crudele di quanto immaginasse.

Altre persone ci etichetterebbero come mostri, ma noi *possiamo* provare emozioni—e ci vorrebbe un cuore d'acciaio per non provare qualcosa, mentre Sara continua a implorare e supplicare, lottando nella coperta, mentre la conduco sull'aereo.

"Mi dispiace" le dico, quando la porto nella cabina passeggeri e la sistemo con attenzione su uno dei larghi sedili in pelle nella parte anteriore. La sua sofferenza è come una lama velenosa conficcata nel fianco, ma il pensiero di lasciarla è ancora più doloroso. Non riesco a immaginare la mia vita senza Sara, e sono abbastanza spietato—e abbastanza egoista—da assicurarmi che questo non succederà.

Potrebbe avere dei dubbi, ma alla fine accetterà la situazione, proprio come stava cominciando ad accettare la nostra relazione. E poi sarà di nuovo felice—più felice, addirittura. Costruiremo una vita insieme, e piacerà anche a lei.

Devo crederci, perché solo in questo modo potrò averla.

Questo è l'unico modo per conoscere di nuovo l'amore.

2

*S*ara

LE LACRIME DOVUTE AL PANICO E ALL'AMARA FRUSTRAZIONE MI rigano il volto, mentre le ruote del jet si sollevano dalla pista, e le luci del piccolo aeroporto si affievoliscono. In lontananza, vedo i grattacieli di Chicago e i suoi sobborghi, ma presto scompaiono anche quelli, lasciandomi con la schiacciante consapevolezza che la mia vecchia vita è sparita per sempre.

Ho perso la mia famiglia, gli amici, la carriera e la libertà.

Ho lo stomaco in subbuglio, mentre dei frammenti di vetro mi trafiggono le tempie, con il mal di testa aggravato da qualsiasi cosa Peter mi abbia iniettato. La cosa peggiore di tutte, però, è la soffocante sensazione nel petto, la terribile sensazione di non riuscire a mandar giù aria a sufficienza. Faccio dei respiri profondi per combatterla, ma questo non fa che peggiorare la situazione. La coperta è come una camicia di forza, che mi tiene le braccia inchiodate ai fianchi, e non riesco ad inviare abbastanza ossigeno nei polmoni.

Il mio tormentatore ha attuato la sua minaccia.

Mi ha rapita, e potrei non rivedere mai più la mia casa.

Non è più accanto a me ora—non appena siamo decollati, si è alzato ed è scomparso nella parte posteriore della cabina passeggeri, dove sono seduti due dei suoi uomini—e sono contenta. Non riuscirei a guardarlo, sapendo di essere stata abbastanza stupida da averlo avvisato, quando sapeva già tutto.

Quando aveva l'ago pronto e stava giocando con me.

Come faceva a saperlo? C'erano telecamere e dispositivi di ascolto dentro lo spogliatoio dell'ospedale, dove Karen si era rivolta a me? Oppure gli uomini che Peter aveva scelto per seguirmi hanno scoperto l'agente dell'FBI e gliel'hanno riferito? Oppure ha delle conoscenze nell'FBI, proprio come quel suo contatto nella CIA? È possibile o sono solo mie supposizioni? Ad ogni modo, non ha importanza ora; il punto è che lo sapeva.

Lo sapeva, ma ha finto di esserne all'oscuro, giocando con le mie emozioni, in attesa di distruggermi.

Cavolo, come ho potuto essere così idiota? Come ho potuto avvisarlo, sapendo che sarebbe potuta succedere una cosa del genere? Come sono potuta tornare a casa, quando sospettavo—no, quando *sapevo*—che cosa avrebbe fatto il mio stalker, se avesse saputo del pericolo imminente? Avrei dovuto raccontare tutto a Karen, quando ne ho avuto la possibilità, lasciare che mandasse gli agenti a casa mia, mentre l'FBI mi metteva in custodia cautelare. Sì, forse Peter sarebbe fuggito lo stesso, ma non mi avrebbe portata con sé—almeno per il momento. Avrei avuto più tempo per pianificare, per capire il modo migliore per far sì che io e i miei genitori fossimo al sicuro. Probabilmente sarebbe tornato a prendermi, ma almeno ci sarebbe stata una possibilità che l'FBI ci proteggesse.

Invece, sono caduta nella trappola di Peter. Sono andata a casa, e ho lasciato che mi mentisse. Ho lasciato che mi ingannasse, credendo che ci fosse qualcosa di umano—qualcosa di buono—in lui. "Ti amo" mi aveva detto, e io ho abboccato, illudendomi che ci fosse dell'affetto tra noi, che la sua tenerezza significasse che teneva davvero a me.

Ho lasciato che l'irrazionale attaccamento all'assassino di mio marito mi rendesse cieca davanti alla realtà, e ho perso tutto.

La stretta al petto cresce, i polmoni si contraggono, fin quando ogni respiro non diventa un tormento. La rabbia e la disperazione si mescolano, facendomi venir voglia di urlare, ma tutto quello che riesco a fare è un doloroso sospiro, con la coperta intorno al corpo che mi stringe come un cappio intorno al collo. Ho troppo caldo, sono troppo legata; la testa mi scoppia, e il cuore sta battendo troppo forte. Sto soffocando, sto morendo, e vorrei afferrare la gola e aprirla, in modo da poter mandare giù un po' d'aria.

"Ecco, va tutto bene." Peter è accovacciato davanti a me, anche se non l'ho visto tornare. Le sue mani forti stanno allentando la coperta, togliendomi i capelli dal viso bagnato di sudore. Sono scossa e ho il respiro affannato, nel bel mezzo di un attacco di panico, e il suo tocco è stranamente rilassante, attenuando quella sensazione di soffocamento.

"Respira, ptichka" esorta, e lo faccio, con i polmoni che ubbidiscono, invece di ubbidire a me. Il mio petto si espande con un solo respiro, poi un altro, e poi respiro quasi normalmente, con la gola che si apre, lasciando passare ossigeno prezioso. Sto ancora sudando, sto ancora tremando, ma il cuore sta rallentando, con la paura di soffocare che scompare, mentre Peter mi libera le braccia dalla coperta e mi porge una maglietta nera da uomo.

"Scusami. Non ho fatto in tempo a prendere un tuo vestito" dice, aiutandomi a infilare l'enorme maglietta dalla testa. "Per fortuna, Anton ha nascosto un cambio di vestiti sul retro. Ecco, puoi indossare anche questi pantaloni." Guida i miei piedi tremanti verso un paio di jeans neri da uomo, mi aiuta a mettere un paio di calzini neri e toglie completamente la coperta, gettandola sul tavolo accanto a noi.

Come la T-shirt, i jeans sono enormi per me, ma c'è una cintura nei passanti, e Peter me la stringe attorno ai fianchi, annodandola sul davanti come una cravatta, prima di arrotolare le gambe dei pantaloni.

"Ecco" dice, osservando il proprio lavoro con soddisfazione. "Questo dovrebbe essere sufficiente per il volo, e poi ti fornirò un guardaroba nuovo."

Chiudo gli occhi, sbarazzandomi di lui. Non riesco a guardare i suoi bellissimi lineamenti esotici, non riesco a sopportare il calore in quegli occhi grigi come l'acciaio. È una bugia, un'illusione. Non tiene a me. L'ossessione non è amore, e questo è ciò che prova per me: una terribile ossessione oscura che rovina e distrugge.

Che ha già distrutto la mia vita in tanti modi.

Lo sento sospirare, prima di avvolgere le grandi mani intorno ai miei palmi freddi.

"Sara..." La sua voce profonda e leggermente accentata

sembra una carezza sulla mia pelle. "Andrà tutto bene, ptichka, te lo prometto. Non sarà così male come pensi. Ora dimmi... Vuoi chiamare i tuoi genitori, spiegando tutto?"

*I miei genitori?* Sorpresa, apro gli occhi per guardarlo. Poi, mi rendo conto che l'aveva accennato, solo che l'avevo dimenticato. "Mi lascerai chiamare i miei genitori?"

Il mio rapitore annuisce, con un sorrisetto che gli fa piegare le labbra scolpite, mentre rimane accovacciato davanti a me, con le mani che stringono dolcemente le mie. "Certo. So che non vuoi che si preoccupino, a causa del cuore di tuo padre e tutto il resto."

Oh Dio. *Il cuore di mio padre.* Il mal di testa si intensifica a quel ricordo. Avendo ottantasette anni, mio padre è assolutamente sano per la sua età, ma è stato sottoposto a un intervento di triplice bypass pochi anni fa e deve evitare lo stress. E non riesco a immaginare niente di più stressante di —"Pensi che l'FBI abbia già parlato con loro?" Ansimo dall'improvviso orrore. "Hanno detto ai miei genitori che sono stata rapita?"

"Dubito che ne abbiano avuto il tempo." Peter mi stringe le mani con fare rassicurante, poi le lascia andare e si alza in piedi. Raggiungendo la tasca, tira fuori uno smartphone e me lo porge. "Chiama, così potrai dar loro la tua versione della storia per prima."

"La mia versione della storia? E quale sarebbe questa versione?" Il telefono sembra un mattone nella mia mano, con il peso ingigantito dalla consapevolezza che se dicessi la cosa sbagliata, potrei letteralmente uccidere mio padre. "Che cosa posso dire, in modo da far sembrare tutto questo normale?"

Il mio tono è caustico, ma la domanda è sincera. Non riesco a immaginare che cosa potrei dire per ridurre il panico dei miei genitori sulla mia scomparsa, come potrei spiegare quello che l'FBI presto dirà loro—soprattutto perché non so quanto riveleranno gli agenti.

L'aereo sceglie quel momento per entrare in una turbolenza, e Peter si siede accanto a me. "Di' che hai conosciuto un uomo... un uomo di cui ti sei innamorata." Mi copre il ginocchio con il palmo caldo, con lo sguardo metallico che mi ipnotizza per l'intensità. "Di' che per la prima volta in vita tua hai deciso di fare qualcosa di folle e irresponsabile. Che stai bene, ma che nelle prossime settimane sarai in giro per il mondo con il tuo amante."

"Nelle prossime settimane?" Una selvaggia speranza prende vita dentro di me. "Stai dicendo che—"

"No. Non tornerai tra qualche settimana. Ma non c'è bisogno che lo sappiano."

La speranza si affievolisce e muore, con la schiacciante disperazione che riaffiora. "Non li rivedrò mai più, vero?"

"Li rivedrai." Mi stringe il ginocchio. "A un certo punto, quando sarà sicuro."

"E quando lo sarà?"

"Non lo so, ma lo scopriremo."

"Lo *scopriremo*?" Un'amara risata mi sfugge dalla gola. "Ti sembra che questa sia una sorta di collaborazione? Che *abbiamo* deciso insieme di rapire me stessa?"

Lo sguardo di Peter si indurisce. "*Può* essere una collaborazione, Sara. Se vuoi che lo sia."

"Oh, davvero?" Spingo via la mano dal ginocchio. "Allora, riporta indietro questo dannato aereo, *socio*. Voglio tornare a casa."

"È impossibile, e lo sai." Serra la mascella.

"Sì? E perché? Perché ti piace scoparmi? O perché mi ami?"

Alzo la voce, mentre salto in piedi, con le mani sui fianchi. Vedo i suoi uomini nei sedili dietro di noi, con i volti impassibili mentre guardano fuori dagli oblò, fingendo di non ascoltare, ma non mi importa. Ho superato l'imbarazzo, ho superato la vergogna; tutto quello che provo è la rabbia.

Non ho mai voluto fare del male a una persona quanto vorrei fare del male a Peter in questo momento.

Lo sguardo del mio tormentatore è oscuro, con un'espressione dura, quando si alza. "Siediti, Sara" dice con fare rude, afferrandomi mentre l'aereo incontra una nuova turbolenza, e mi aggrappo alla parete trasparente per sostenermi. "È pericoloso." Mi prende il braccio per obbligarmi a rimettermi seduta, e l'altra mano agisce da sola.

Con il telefono ancora in pugno, cerco di colpirlo—e non lo manco, perché in quel momento l'aereo si abbassa nuovamente, facendoci perdere l'equilibrio. Con un tonfo udibile, il telefono colpisce il volto di Peter, con l'impatto del colpo che mi scuote le ossa e gli fa girare la testa da una parte.

Non so chi sia più scioccato da quel colpo tra me e gli uomini di Peter.

Vedo le loro espressioni incredule, mentre Peter lentamente, e molto intenzionalmente, mi lascia andare il braccio e si asciuga il sangue che gli cola sulla guancia. Il rivestimento metallico del telefono deve avergli graffiato la pelle; oppure, la turbolenza inaspettata deve aver dato potenza al colpo, intensificandone la forza.

Incrocia il mio sguardo, e il cuore mi salta in gola per l'immensa rabbia che scintilla in quelle profondità argentate. Con cautela, indietreggio, con il telefono che mi scivola dalle dita e colpisce il pavimento con un rumore metallico.

Non ho dimenticato di cos'è capace Peter, né quello che mi ha fatto la prima volta in cui ci siamo conosciuti.

Riesco a fare solo due passi prima di ritrovarmi con la schiena premuta contro la parete della cabina del pilota, senza più via di uscita. Non posso fuggire da nessuna parte su questo aereo, non posso nascondermi, e la paura mi stringe lo stomaco quando si avvicina, con il furioso sguardo che mi tiene prigioniera, mentre poggia i palmi sulla parete ad entrambi i miei lati, bloccandomi tra le braccia muscolose.

"Io..." Dovrei dire che mi dispiace, che non volevo, ma non riesco a dar voce a quella menzogna, così serro le labbra prima di poter peggiorare la situazione, dicendogli quanto lo detesto.

"Tu cosa?" La sua voce è bassa e dura. Chinandosi, piega la testa fin quando le sue labbra non mi sfiorano l'orecchio. "Tu cosa, Sara?"

Rabbrividisco per il calore umido del suo respiro, con le ginocchia deboli e il cuore che inizia a battere ancora più veloce. Solo che questa volta non è dovuto solo alla paura. Nonostante tutto, quella vicinanza sconvolge i miei sensi, con il corpo che trema in attesa del suo tocco. Solo qualche ora fa è stato dentro di me, e sento ancora i residui del suo possesso, il dolore interno dovuto al duro ritmo delle sue spinte. Allo stesso tempo, sono dolorosamente consapevole dei capezzoli induriti sotto la maglietta presa in prestito e della calda scivolosità in mezzo alle gambe.

Pur essendo vestita, mi sento nuda nelle sue braccia.

Solleva la testa, fissandomi, e capisco che lo prova anche lui, quel calore magnetico, quell'oscuro legame che fa vibrare l'aria intorno a noi, intensificando ogni momento fin quando i millisecondi non sembrano ore. Gli uomini di Peter sono a meno di quattro di metri di distanza, e ci guardano, ma è come se fossimo soli, avvolti in una bolla di sensuale desiderio e di esplosiva tensione. Ho la bocca asciutta, con il corpo che pulsa dalla consapevolezza, e devo sforzarmi per evitare di spingermi verso di lui, per rimanere ferma, invece di avvicinarmi a lui e cedere al desiderio che mi brucia dentro.

"Ptichka..." La voce di Peter si addolcisce, assumendo un tono intimo, mentre il ghiaccio nel suo sguardo si scioglie. Stacca la mano dalla parete e mi sfiora la guancia, accarezzandomi le labbra con il pollice e lasciandomi senza fiato. Allo stesso tempo, mi stringe il gomito con l'altra mano, con una presa delicata, ma inesorabile. "Vieni, siediti" mi esorta, tirandomi via dalla parete. "Non è sicuro stare in piedi in quel modo."

Confusa, lascio che mi riporti al sedile. So che dovrei continuare a combattere, o almeno a resistere, ma la rabbia che mi riempiva è scomparsa, lasciando l'intorpidimento e la disperazione nella sua scia.

Nonostante quello che ha fatto, lo desidero. Lo voglio tanto quanto lo odio.

I miei piedi con i calzini sono freddi per aver camminato sul pavimento gelido, e sono grata quando Peter afferra la coperta dal tavolo e me la mette intorno alle gambe prima di sedersi accanto a me. Tira la cintura di sicurezza sopra di me, allacciandola, e chiudo gli occhi, rifiutandomi di vedere il calore che ora riempie il suo sguardo. Per quanto il lato oscuro di Peter sia spaventoso, l'uomo che sta facendo questo—l'amante tenero e premuroso—è quello che mi terrorizza di più.

Posso resistere al mostro, ma con l'uomo è tutta un'altra storia.

Delle dita calde mi sfiorano la mano, e un metallo freddo

preme nel mio palmo. Spaventata, apro gli occhi e guardo il telefono che Peter mi ha appena dato.

Deve averlo preso da dove era caduto.

"Se vuoi chiamare i tuoi genitori, fallo ora" dice piano. "Prima che vengano a sapere qualcosa da soli."

Deglutisco, fissando il telefono nella mia mano. Peter ha ragione; non c'è tempo da perdere. Non so che cosa dirò ai miei genitori, ma qualsiasi cosa è meglio di quello che gli agenti dell'FBI potrebbero dire.

"Come faccio a telefonare?" Guardo Peter. "C'è qualche codice speciale o qualche altra cosa che devo fare?"

"No. Tutte le mie telefonate vengono codificate automaticamente. Basta digitare il loro numero come al solito."

Faccio un respiro profondo e digito il numero di cellulare di mia madre. È probabile che entri nel panico, ricevendo una telefonata nel cuore della notte, ma ha nove anni in meno rispetto a mio padre e non ha problemi cardiaci. Tenendo il telefono attaccato all'orecchio, mi allontano da Peter e guardo il cielo notturno dall'oblò, mentre aspetto che lei risponda.

Squilla una dozzina di volte prima che parta la segreteria telefonica.

Evidentemente, mamma sta dormendo troppo profondamente per sentirlo oppure ha spento il telefono.

Frustrata, riprovo.

"Pronto?" La voce di mamma è assonnata e seccata. "Chi parla?"

Tiro un sospiro di sollievo. A quanto pare, l'FBI non li ha ancora avvisati; altrimenti, mamma non dormirebbe così bene.

"Ciao, Mamma. Sono io, Sara."

"Sara?" Mamma sembra subito più sveglia. "Che cosa c'è? Da dove stai chiamando? È successo qualcosa?"

"No, no. Va tutto bene. Sto benissimo." Faccio un respiro, con la mente che lavora alla ricerca della storia meno inquietante. Prima o poi, l'FBI *contatterà* i miei genitori, e la mia storia si rivelerà essere una menzogna. Tuttavia, il fatto stesso che io stia chiamano, raccontando tale storia, dovrebbe rassicurare i miei genitori che, almeno al momento della telefonata, ero viva e stavo bene, riducendo l'impatto di ciò che gli agenti racconteranno loro.

Con voce ferma, dico: "Scusa se ti sto chiamando così tardi, Mamma, ma sto partendo per un viaggio dell'ultimo minuto e volevo avvisarti per non farti preoccupare."

"Un viaggio?" Mamma sembra confusa. "Dove? Perché?"

"Beh..." Esito e poi decido di seguire il consiglio di Peter. In questo modo, quando i miei genitori verranno a sapere del sequestro, potrebbero pensare che sono andata con Peter di mia spontanea iniziativa. Ciò che penserà l'FBI è tutta un'altra questione, ma risparmierò loro la preoccupazione per un altro giorno. "Ho conosciuto qualcuno. Un uomo."

"Un uomo?"

"Sì, lo frequento da qualche settimana. Non volevo dire niente, perché non sapevo molto di lui, e non ero sicura facesse sul serio." Sento che mamma sta per lanciarsi in un interrogatorio, così dico in fretta: "Ad ogni modo, ha dovuto lasciare inaspettatamente il Paese, e mi ha invitata ad andare con lui. So che è assolutamente folle, ma avevo bisogno di staccare—lo sai, da tutto—e questa mi sembrava l'occasione giusta. Gireremo il mondo insieme per qualche settimana, quindi—"

"Che cosa?" Mamma alza la voce di un tono. "Sara, è—"

"Folle? Lo so." Faccio una smorfia, felice che non possa vedere la mia espressione sofferente. Tra la bugia e il continuo mal di testa, mi sento proprio di merda. "Mi dispiace, Mamma. Non volevo che ti preoccupassi, ma dovevo farlo. Spero che tu e Papà capiate."

"Aspetta un attimo. Chi è quest'uomo? Come si chiama? Che cosa fa? Dove l'hai conosciuto?" Spara una domanda dopo l'altra, come se fossero dei proiettili.

Mi giro per guardare Peter, e lui mi rivolge un breve cenno con la testa, col viso impassibile. Non so se riesca a sentire la mia conversazione, ma interpreto quel cenno come se volesse dire che posso rivelare ai miei genitori qualche altro dettaglio.

"Si chiama Peter" dico, decidendo di avvicinarmi il più possibile alla verità. "È una specie di impresario, lavora soprattutto all'estero. Ci siamo conosciuti quando viveva nella zona di Chicago, e ci frequentiamo da allora. Volevo parlarti di lui quando siamo andate a mangiare il sushi, ma non mi sembrava il momento appropriato."

"D'accordo, ma... il tuo lavoro? La clinica?"

Mi pizzico la punta del naso. "È tutto sotto controllo, non preoccuparti." Naturalmente non è vero—questa stronzata non funzionerebbe con l'ospedale, se Peter mi permettesse di chiamarlo—ma non posso dirlo a mamma senza farla preoccupare prematuramente. Le verrà un attacco di panico molto presto, non appena gli agenti si presenteranno al suo portone. Fino a quel momento, tanto vale che lei e papà pensino che sono impazzita.

Una figlia che si comporta male tardivamente è infinitamente meglio di una figlia sequestrata dall'assassino del marito.

"Sara, tesoro..." Mamma sembra preoccupata lo stesso. "Sei sicura di questo? Voglio dire, hai detto di non sapere molto di quest'uomo, e ora lascerai il Paese insieme a lui? Non è da te.

Non mi hai nemmeno detto dove andrai. Viaggerai con l'aereo o con la macchina? E da quale telefono stai chiamando? Il numero è privato, e la ricezione è strana, come se fossi—"

"Mamma." Mi strofino la fronte, con il mal di testa sempre più intenso. Non posso continuare a rispondere alle sue domande, così dico: "Ascolta, devo andare. Il nostro aereo sta per decollare. Volevo solo salutarti per non farti preoccupare, ok? Ti richiamerò appena posso."

"Ma, Sara—"

"Ciao, Mamma. Ci sentiamo presto!"

Riaggancio prima che possa aggiungere qualcos'altro, e Peter mi toglie il telefono, con la bocca piegata in un sorriso di approvazione.

"Ottimo lavoro. Hai un vero talento per questo."

"Per mentire ai miei genitori sul fatto di essere stata rapita? Sì, un vero talento, certo." L'amarezza trasuda dalle mie parole, e non mi sforzo di trattenerla. Ho smesso di essere carina e gentile.

Non starò più al gioco.

Peter non sembra arrabbiato. "Hai detto una cosa che eviterà loro inutili preoccupazioni. Non so quanto riveleranno i Federali, ma questo dovrebbe rassicurare i tuoi genitori sul fatto che sei viva e che stai bene al momento. Speriamo che sia sufficiente, finché non li ricontatterai."

È quello che ho pensato anch'io, e mi dà fastidio che siamo sulla stessa lunghezza d'onda. È una piccola cosa, ragionare allo stesso modo su questo, ma sembra un terreno scivoloso, un passo verso quella collaborazione che Peter ha menzionato. Verso l'illusione che ci sia un 'noi,' che la nostra relazione sia sincera.

Non posso—non abboccherò nuovamente a quella bugia. Non sono il complice di Peter, la sua fidanzata o la sua amante.

Sono la sua prigioniera, la vedova di un uomo che ha ucciso per vendicare la sua famiglia, e non potrò mai dimenticarlo.

Cercando di tenere la voce ferma, chiedo: "Quindi, potrò ricontattarli?" Al cenno con la testa di Peter, insisto: "Quando?"

I suoi occhi grigi brillano. "Quando saranno stati avvisati dall'FBI e avranno metabolizzato tutto. In altre parole, presto."

"Come farai a sapere quando verranno avvisati—? Oh, non importa. Sorvegli anche i miei genitori, non è vero?"

"Tengo sotto controllo la loro casa, sì." Non sembra vergognarsi neanche un po'. "Quindi, sapremo che cosa diranno gli agenti e quando. A quel punto, scopriremo che cosa dovresti dire e come ricontattarli."

Serro le labbra. Continua a utilizzare quell'odiosissimo plurale. Come se questo fosse un progetto comune, come l'arredamento di un interno o la scelta di una bottiglia di vino per una riunione di famiglia. Si aspetta che gli sia grata? Che lo ringrazi per essere così gentile e premuroso con la logistica del mio sequestro?

Pensa che se mi permetterà di alleviare la preoccupazione dei miei genitori, dimenticherò che si è impossessato della mia vita?

Digrignando i denti, mi giro per fissare l'oblò, e poi mi rendo conto che non conosco ancora la risposta ad alcuna delle domande di mia madre.

Tornando a guardare il mio rapitore, incontro il suo sguardo freddamente divertito. "Dove stiamo andando?" chiedo, sforzandomi di parlare con calma. "Da dove esattamente *scopriremo* tutto questo?"

Peter sorride, mostrando dei denti bianchi leggermente

storti sul retro. Tra quelli e la piccola cicatrice sul labbro inferiore, il suo sorriso dovrebbe sembrare sgradevole, ma le imperfezioni non fanno che evidenziarne il fascino pericolosamente sensuale.

"Lo *scopriremo* in Giappone, ptichka" dice, e si allunga sul tavolo per avvolgermi la mano nel suo grande palmo. "La Terra del Sol Levante sarà la nostra nuova casa."

# 3

 *ara*

PER IL RESTO DEL VOLO, NON PARLO CON PETER. ANZI, MI LASCIO andare, spegnendo il cervello per estraniarmi dalla realtà. Ne sono grata. Il mal di testa è implacabile, con i batteristi che sbattono nel mio cranio ogni volta che cerco di aprire gli occhi, e solo quando cominciamo la discesa mi sveglio abbastanza da riuscire a trascinarmi verso il bagno.

Quando torno, trovo Peter seduto nel posto accanto al mio, tutto preso a lavorare con un portatile. Forse era lì da prima, ma non ne sono sicura. Ricordo di essermi addormentata, mentre mi teneva la mano, con le sue forti dita che mi massaggiavano il palmo, e ricordo che mi ha avvolto la coperta intorno, quando la cabina stava diventando troppo fredda.

"Come ti senti?" chiede, alzando lo sguardo dal portatile, mentre gli giro intorno e mi siedo sul sedile in pelle. Ora che lo shock iniziale del rapimento è passato, mi rendo conto che il jet è abbastanza lussuoso, anche se non è molto grande. Verso la parte posteriore dell'aereo ci sono altre due file di sedili oltre la nostra, con ciascun sedile grande e reclinabile, e al centro c'è un divano in pelle beige con due tavolini finali collegati ad esso.

"Sara" insiste Peter quando non rispondo, e alzo le spalle, poco incline ad alleggerirgli la coscienza, ammettendo che mi sento meglio dopo quel lungo pisolino. Gli effetti della droga devono essere completamente svaniti, perché la nausea e il mal di testa che mi avevano tormentata sono scomparsi.

*Ho* fame e sete, però, quindi mi allungo verso la bottiglietta d'acqua e la scodella di arachidi sul tavolino tra i nostri sedili.

"Presto avremo un pasto vero e proprio" dice Peter, spingendo la scodella verso di me. "Non ci aspettavamo di lasciare il Paese così all'improvviso, e questo è tutto quello che avevamo a bordo."

"Uh-uh." Senza guardarlo negli occhi, mando giù la metà dell'acqua nella bottiglietta, prendo una manciata di arachidi e le ingoio con il resto dell'acqua. Non mi sorprende sentir parlare della mancanza di cibo sull'aereo; ciò che mi stupisce è che aveva un aereo in standby, punto. So che lui e la sua squadra ricevono assurde somme di denaro per assassinare signori del crimine e simili, ma il costo di questo jet di medie dimensioni dev'essere di ben otto cifre.

Non riuscendo a trattenere la curiosità, guardo il mio rapitore. "È tuo?" Agito la mano per indicare l'ambiente circostante. "L'hai comprato?"

"No." Chiude il portatile e sorride. "L'ho ottenuto come pagamento da uno dei nostri clienti."

"Capisco." Distolgo lo sguardo, concentrandomi sul cielo scuro fuori dall'oblò, invece di quel sorriso magnetico. Ora che mi sento meglio, sono ancora più amaramente consapevole di ciò che ha fatto Peter—e di quanto sia disperata la mia situazione.

Se ero alla mercé del mio tormentatore a casa, dove avevo paura di quello che sarebbe successo, se mi fossi rivolta alle autorità, ora lo sono il doppio. Peter Sokolov può farmi qualsiasi cosa, anche tenermi prigioniera fino a farmi morire, se vuole. I suoi uomini non mi aiuteranno, e sto per entrare in un Paese di cui non parlo la lingua e non conosco nulla o nessuno.

Adoro il sushi, ma la mia conoscenza del Giappone finisce qui.

"Sara?" La voce profonda di Peter mi distoglie dai pensieri, e mi giro istintivamente per guardarlo.

"Allacciati la cintura." Annuisce verso la cintura di sicurezza sganciata al mio fianco. "Stiamo per atterrare."

Allaccio la cintura sul grembo prima di rivolgere l'attenzione all'oblò. Non posso vedere molto con il buio—dobbiamo aver volato abbastanza a lungo se è notte in Giappone, nonostante il fuso orario—ma tengo lo sguardo fisso sul cielo, nella speranza di vedere qualcosa e dal desiderio di evitare di parlare con Peter.

Non mi comporterò come se fossimo *davvero* due amanti in viaggio, fingendo che tutta questa situazione mi vada bene. L'influenza che aveva su di me—la minaccia di portarmi via, se non fossi stata al gioco della sua fantasia familiare—è scomparsa, e non ho alcuna intenzione di tornare a essere la sua vittima obbediente. Stavo cominciando a cedere, a cadere nella sua trappola, ma ormai è tutto finito. Peter Sokolov mi ha torturata e ha ucciso mio marito, e adesso mi ha rapita. Non c'è niente tra noi, tranne un contorto passato e un futuro ancora più contorto.

Mi avrà, ma non gli piacerà.

Me ne assicurerò.

4

MI FA ANCORA MALE LA GUANCIA PER IL COLPO DI SARA, MENTRE atterriamo in un aeroporto privato vicino a Matsumoto e ci trasferiamo nell'elicottero che ci aspetta. Domani avrò un occhio nero— un'idea che trovo divertente, ora che lo shock iniziale della rabbia è passato. Il dolore che mi ha inflitto Sara è lieve—ho sofferto molto di più durante il mio allenamento di routine—ma l'azione inaspettata della mia bella dottoressa che mi ha fatto del male è sorprendente.

È stato come essere graffiato da una gattina, una che si desidera solo coccolare e proteggere.

È ancora arrabbiata con me. Lo noto dalla sua postura rigida, dal modo in cui non mi parla nemmeno, né mi guarda negli occhi, mentre l'elicottero decolla. Anche se è ancora buio,

375

la vedo fissare le attrazioni sottostanti, e capisco che sta cercando di memorizzare dove stiamo andando.

Cercherà di fuggire alla prima occasione, ne sono certo.

Anton pilota l'elicottero, e Ilya è seduto sul retro con me e Sara, mentre Yan è davanti. Non ci aspettiamo problemi, ma siamo armati; quindi, tengo d'occhio Sara per assicurarmi che non faccia nulla di stupido, come cercare di rubare la pistola da me o da Ilya.

Visto il suo umore, non darò nulla per scontato.

Il nostro rifugio giapponese si trova nella Prefettura di Nagano, una zona poco popolata, montuosa, in cima a una ripida montagna, con una foresta che si affaccia su un laghetto. In una giornata limpida, il panorama è mozzafiato, ma il motivo principale per cui ne ho acquisito la proprietà è che questo monte è accessibile solo in aereo. Prima c'era una strada sterrata sul pendio occidentale—è tramite quella che un ricco uomo d'affari di Tokio ha costruito la sua casa estiva lì nel corso degli anni '90—ma una frana causata dal terremoto ha trasformato il pendio in un dirupo, impedendo tutti gli accessi via terra alla proprietà e distruggendone il valore.

I figli dell'uomo d'affari sono stati più che grati, quando una delle mie società di comodo ha acquistato la casa l'anno scorso, risparmiando loro l'onere di pagare le imposte su una casa che non volevano e per cui non avevano i mezzi per poterla visitare regolarmente.

"Allora, perché proprio il Giappone?"

Il tono di Sara è piatto e disinteressato, mentre guarda fuori dall'oblò dell'elicottero, ma so che probabilmente sta morendo dalla curiosità, se ha rotto il silenzio durato un'ora per parlarmi.

Oppure sta cercando informazioni che potrebbero aiutarla a scappare.

"Perché questo è l'ultimo posto in cui qualcuno verrebbe a cercarci" rispondo, pensando che non ci sia niente di male nel dire la verità. "Nulla mi lega al Paese. Russia, Europa, Medio Oriente, Africa, Americhe, Tailandia, Hong Kong, Filippine—in un modo o nell'altro, sono stato individuato dal radar delle autorità in tutti quei luoghi, ma qui mai."

"Inoltre, è un ottimo nascondiglio" dice Ilya in inglese, parlando con Sara per la prima volta. "Molto meglio delle grotte del Dagestan o della rottura di palle dell'India."

Sara gli rivolge un'occhiata indecifrabile, poi torna a concentrarsi sull'esterno. Non la biasimo. Il cielo si schiarisce con i primi accenni dell'alba, ed è possibile distinguere i pendii delle montagne e le foreste sottostanti. Non appena raggiungeremo il nostro rifugio in cima alla montagna, potrà godersi l'intera veduta—e si renderà conto che potrà rinunciare a ogni speranza di fuga. È questo l'altro motivo dietro la mia scelta del Giappone: la posizione remota di questa casa.

La nuova gabbia per il mio passerotto sarà bella, ma allo stesso tempo non potrà mai volare via.

Quaranta minuti dopo, atterriamo accanto alla casa, e guardo il volto di Sara mentre osserva l'ambiente che circonda la nostra nuova casa—una moderna struttura in legno e vetro, che si fonde perfettamente con la natura incontaminata che la circonda.

"Ti piace?" chiedo, guardandola, mentre l'aiuto a scendere dall'elicottero, e lei distoglie lo sguardo, tirando via la mano dalla mia stretta, non appena poggia i piedi con i calzini per terra.

"Ha importanza? Se dicessi di no, mi porteresti via?" Si gira e inizia a camminare verso il bordo dell'elisuperficie, dove la montagna forma un dirupo verso il lago sottostante.

"No, ma se non ti piace questo posto, possiamo prendere in considerazione altri rifugi." Seguendola, l'afferro per il polso prima che possa raggiungere il bordo dell'elisuperficie. Non credo che sia abbastanza arrabbiata da saltare da un dirupo, ma non voglio rischiare.

"Dove? Nel Dagestan o in India?" Alla fine mi guarda, stringendo gli occhi. Anche se è tarda primavera, fa freddo come se fosse inverno a questa altitudine, col vento freddo del mattino che le fa agitare le onde castane intorno al viso e le modella la maglietta nera sul busto snello. La sento tremare, con il polso sottile e fragile nella mia presa, ma la sua mascella delicata è serrata in una linea ostinata, mentre sostiene il mio sguardo.

È vulnerabile, la mia Sara, ma anche forte. Una sopravvissuta, come me, anche se probabilmente non apprezzerebbe il paragone.

"Dagestan e India sono due delle possibilità, sì" dico, lasciandole sentire il divertimento nella mia voce. Sta cercando di opporsi, di farmi sentire in colpa per averla portata con me, ma nessun tipo di sarcasmo o di silenzio provocherà quell'effetto.

Ho bisogno di Sara come ho bisogno dell'aria e dell'acqua, e non mi pentirò mai di averla tenuta con me.

Stringe la morbida bocca e piega il braccio, cercando di liberarsi della mia presa sul suo polso. "Lasciami andare" sibila, quando non la lascio andare immediatamente. "Togli quella fottuta mano."

Nonostante il mio desiderio di rimanere impassibile, un

pizzico di rabbia mi assale. Sara ha scelto me, anche se non è proprio *così*, e non ho intenzione di sopportare che mi tratti come un lebbroso.

Invece di liberarle il polso, stringo la presa e la tiro a me, lontano dal bordo dell'elisuprficie. Quando è abbastanza lontana dal dirupo, mi piego e la sollevo, ignorando la sua sbalordita protesta.

"No" dico tristemente, premendola contro il petto. "Non ti lascerò andare."

E, ignorando i suoi tentativi di liberarsi della mia presa, porto la donna che amo nella nostra nuova casa.

*ara*

PETER NON MI LASCIA ANDARE FIN QUANDO NON ENTRIAMO IN casa, e anche allora, quando mi mette a terra, tiene le dita d'acciaio avvolte intorno al mio polso, inchiodandomi al suo fianco, mentre esamino la mia splendida nuova prigione.

Ed *è* splendida. Nonostante la rabbia e la frustrazione che mi soffocano dentro, apprezzo le linee chiare e moderne dello spazio aperto e le meravigliose vedute da cartolina delle montagne e del lago visibili attraverso le enormi finestre che vanno dal pavimento al soffitto. Al centro dello spazio, accanto a una cucina ultra-moderna, una scala a chiocciola con gradini in legno conduce al secondo piano—ed è qui che mi porta Peter, con la mano ancora avvolta con fare possessivo intorno al mio polso.

"Un uomo d'affari giapponese l'ha costruita vent'anni fa, ma l'ho rinnovata quando l'ho acquistata l'anno scorso" dice Peter mentre saliamo i gradini. "Non sapevo che saremmo venuti qui così presto, ma ho pensato che sarebbe stato meglio essere pronti."

Non rispondo, perché se provassi a parlare, scoppierei a piangere. In questo momento, l'FBI starà comunicando ai miei genitori la mia scomparsa, e sicuramente avrò decine di chiamate perse e di messaggi dal lavoro, così come dalla clinica dove faccio volontariato. Una mia paziente dovrebbe iniziare il travaglio questa settimana, e ho un parto cesareo in programma per domani. O per oggi? È mattina in Giappone; significa che è sera a casa? Non so quale sia la differenza di orario, ma non credo che sia meno di dieci ore. Se è così, devo aver già perso una giornata intera, e la gente mi starà cercando. Forse avrà addirittura contattato i miei genitori per sapere dove sono e perché non rispondo a chiamate o messaggi.

I miei poveri genitori saranno preoccupatissimi.

"Posso chiamarli?" chiedo, quando Peter mi porta in una spaziosa camera da letto. Una delle pareti è interamente di vetro, mostrando un panorama mozzafiato sulle montagne coperte di neve in lontananza e il lago sottostante. O, almeno, il panorama sarebbe mozzafiato, se riuscissi a concentrarmi su di esso, anziché sul soffocante nodo in gola.

*Ti prego, fa che mio padre stia bene.*

"Non ancora" dice Peter, addolcendo l'espressione mentre mi libera il polso. Se non lo conoscessi bene, penserei che condivida la mia preoccupazione per i miei genitori. "Dobbiamo vedere i feed della telecamera per capire cosa sta succedendo, e trovare un modo per contattare la tua famiglia senza far capire a nessuno dove siamo."

Deglutisco e mi allontano, prima che possa vedere le lacrime che mi riempiono gli occhi. È tutta colpa mia. Se non fossi tornata a casa, se mi fossi confidata con Karen in quello spogliatoio, tutto sarebbe stato diverso. Sì, io e i miei genitori saremmo entrati in custodia cautelare, e probabilmente avremmo dovuto trasferirci, ma sarebbe stato preferibile a quest'incubo. Non so a cosa stessi pensando, quando sono tornata a casa dall'ospedale ieri sera. Pensavo che, se mi fossi mostrata normale a casa, Peter non avrebbe capito che l'FBI mi aveva parlato? Che i Federali non si sarebbero resi conto che l'uomo che stavano cercando viveva con me e che saremmo potuti andare avanti come prima?

Che se avessi avvisato il mio tormentatore del pericolo imminente, mi avrebbe ringraziata e avrebbe mantenuto il suo umore allegro?

"No, Sara." Mi si avvicina, costringendomi a sollevare la testa per incrociare il suo sguardo. La sua mascella è serrata, con gli occhi che brillano in un modo oscuro, mentre dice con voce bassa e dura: "Non fingere di non volere questo. So che sei spaventata e hai dei dubbi, ma hai scelto me; hai scelto *noi*. Ecco perché mi hai detto che stavano venendo a prendermi, perché sei tornata a casa, anziché permettere loro di portarti via. Ti ho aspettata. Sapevo che erano vicini, e ho continuato ad aspettare, perché avevo bisogno di sapere se mi detestavi davvero... se non mi volevi nella tua vita. Ma non era così, vero?" Mi afferra la mascella, strofinando il pollice sulla guancia. "Vero, *ptichka*?"

"È vero." Mi trema la voce, e con grande vergogna delle calde lacrime mi rigano il volto. Non voglio mostrare la mia debolezza, ma non posso impedire al tossico calderone di ribollirmi nel petto. "Ero sfinita e mi faceva male la testa. Non ero lucida. Qualsiasi altro giorno—"

"Oh, davvero?" Piega la bocca per un crudele divertimento, mentre lascia cadere la mano. "È questa la bugia che racconti a te stessa? Che ti ho rapita contro la tua volontà... che non volevi niente di questo?"

"Non lo volevo!" Faccio un passo indietro, fissandolo, incredula. Non può credere davvero a quello che sta dicendo. "Non avrei mai accettato tutto questo. I miei genitori, le mie pazienti, i miei amici, tutta la mia vita—sono tutti laggiù. Tu mi hai *rapita*, Peter. Non c'è alcuna ambiguità. Mi hai conficcato un ago nel collo e mi hai portata via, mentre ero drogata e incosciente. Come puoi pensare che io sia venuta volontariamente? Hai dimenticato la parte in cui ho urlato e ti ho supplicato di lasciarmi lì, quando mi sono svegliata? Eri sordo, quando ho pianto e ti ho pregato di non farlo?" Sono più che furiosa, ma le lacrime non cessano di uscire, e mi asciugo le guance con il dorso della mano, tremando dalla testa ai piedi a causa della rabbia.

Peter assottiglia le labbra in una linea dura e pericolosa, e rivedo il terrificante sconosciuto che ha fatto irruzione in casa mia e mi ha torturata. Solo che questa volta sono troppo arrabbiata per avere paura. Se vuole punirmi per questo, glielo lascerò fare.

Lo odierò ancora di più.

Non si muove verso di me, ma la sua voce è dura, quando dice: "Allora, perché l'hai fatto? Perché mi hai avvisato, Sara? Sapevi che non ti avrei lasciata lì. E non dire quelle stronzate sul fatto che non eri lucida. Sapevi perfettamente quale rischio stavi correndo. Perché l'hai fatto, se non volevi stare con me?"

Mi lascio sfuggire un respiro tremante e mi allontano, determinata a controllare le lacrime che continuano a rigarmi il viso. La rabbia che mi riempiva si sta dissolvendo, lasciandomi sfinita e disperata. Voglio difendere le mie idee, negare ciò che sta dicendo, ma non posso. Forse non ho agito lucidamente come avrei dovuto, ma sapevo che cosa stavo facendo.

Non sono rimasta sorpresa, quando mi ha conficcato l'ago nel collo.

Percepisco la presenza di Peter dietro di me, anche se non l'ho sentito muoversi. "Dimmi, ptichka." La sua voce è di nuovo delicata, il tocco gentile, mentre mi stringe le spalle, tirandomi contro il suo corpo duro. "Dimmi perché." La sua barba incolta mi graffia la guancia, mentre piega la testa per baciarmi la tempia, e mi irrigidisco, combattendo l'impulso di appoggiarmi contro di lui e lasciarmi coccolare e accarezzare, fino a dimenticare di aver perso tutto.

Fino a dimenticare che si è impossessato della mia vita.

Sollevando la testa, Peter mi gira per costringermi a guardarlo, con gli occhi grigi che mi osservano intensamente, e so che non sorvolerà sull'argomento. Non si fermerà finché non avrò ammesso la mia debolezza, quell'improvviso impulso irrazionale e folle che mi ha spinta a sabotare la possibilità di essere libera.

Mi lecco le labbra, assaggiando il sale delle lacrime. "Io..." deglutisco a fatica. "Non volevo vederti morto." Anche adesso, le terribili immagini non mi abbandonano, con il cervello che visualizza come sarebbe potuto andare tutto nei minimi dettagli. Posso quasi sentire l'odore del sangue, mentre i proiettili della squadra speciale attraversano il corpo muscoloso di Peter, posso quasi vedere gli agenti in uniforme buttare giù la porta e irrompere nella camera da letto, trascinandolo via.

Posso quasi sentire la schiacciante solitudine che sarebbe stata la mia vita senza il mio tormentatore.

*No. No, no, no.* Scacciando quel pensiero, lo etichetto come assurdo. *Non* volevo questo. Solo perché mi mancava Peter durante le sue missioni omicide, questo non significa che avrei accettato la situazione alla fine. E non era nemmeno lui che mi mancava. Era l'ingannevole conforto che mi dava, l'illusione dell'amore e delle premure. Quello che provavo per lui non era reale, e non lo è nemmeno quello che crede di provare per me. Una malsana bugia è tutto ciò che ci sia mai stato tra noi, una patologica ossessione da parte sua e un desiderio altrettanto perverso dalla mia.

Peter socchiude gli occhi, stringendo le mani sulle mie spalle, mentre riflette su quello che ho detto. "E così, mi hai avvertito per la bontà del tuo cuore? Sei stata una Buona Samaritana?"

Annuisco, sbattendo le palpebre rapidamente per trattenere una nuova ondata di lacrime. Non era quella l'unica ragione, ma è l'unica che voglio ammettere.

Il viso del mio rapitore si indurisce, e lascia cadere le mani, facendo un passo indietro. "Capisco."

Se non lo conoscessi bene, penserei di averlo ferito.

Nell'istante successivo, però, continua come se non fosse successo nulla. "Questa è la nostra camera da letto." La sua voce è fredda e piatta, assolutamente priva di emozioni. "Il bagno è lì." Fa un gesto verso la porta sul retro della stanza. "Puoi lavarti e rilassarti, mentre apriamo alcune provviste e prepariamo la colazione. Ti farò portare dei vestiti nuovi domani, ma nel frattempo dovrebbero esserci una vestaglia nel bagno e alcuni miei vestiti nell'armadio." Fa un cenno con la testa verso una serie di porte sul lato opposto della stanza. "Se hai bisogno di qualcosa, sarò al piano di sotto. La colazione sarà pronta tra mezz'ora."

Mi mordo il labbro. "Va bene, grazie."

Esce dalla stanza, e cammino verso la finestra, con il petto dolorante per tutto quello che ho perso—e per quello che ho appena scorto negli occhi di Peter.

Dolore.

L'ho ferito *davvero*, e, per qualche motivo, questo mi fa male.

6

eter

"Non è felice, eh?" dice Anton in russo, mentre tiro fuori un cartone di uova dalle dimensioni enormi che ha appena messo nel frigorifero, lo poggio sul tavolo accanto al piano di cottura, e comincio a cercare una padella.

"No." Riesco a evitare a stento di sbattere la porta della credenza, quando non trovo la padella. "Ma ci si abituerà."

"E se non si abituasse?"

Finalmente, trovo la padella in uno dei cassetti estraibili della cucina. "Allora rimarrà triste, cazzo." Afferrando la padella, sbatto il cassetto per chiuderlo e mi maledico, quando vedo una crepa nel legno bianco e lucido. Rinnovare la casa con un carico di elicottero alla volta è stata dura, e non posso permettermi di

387

sfogare la rabbia sui tavoli della cucina. Il volto di Anton dopo l'allenamento sarà un obiettivo sicuramente migliore.

"Sai che doveva accadere, vero?" continua il mio amico, come se fosse ignaro della rabbia che si agita nel mio intestino. "Quella stronzata suburbana non poteva continuare per sempre. È un miracolo che non ci abbiano scoperti. Se vuoi questa ragazza per molto tempo—ed è così, no?—questo è l'unico modo."

Serro la mascella così forte che i molari mi fanno male. "Smettila, Anton. Non sono affari tuoi, cazzo."

"D'accordo. Ti sto solo ricordando come sono andate le cose. So che è brutto che sia arrabbiata e tutto il resto, ma—" Si ferma, rendendosi conto che sto per fargli saltare i denti. Tirando fuori il coltellino svizzero, taglia il sacchetto di arance e mette la frutta su una grossa scodella di legno sul tavolo. Poi, guardando con interesse il cartone delle uova, chiede: "Che cosa c'è per colazione?"

"Per te? Niente." Metto cinque uova in una scodella, verso un po' di latte e aggiungo il condimento prima di mescolare. "Tu e i gemelli potete difendervi da soli."

"È dura, amico" dice Yan, entrando nella cucina. Porta una scatola gigante piena di altra frutta e verdure, oltre al pane e alla carne congelata—rifornimenti alimentari che il nostro contatto locale ha caricato sull'elicottero prima di consegnarcelo.

"Io ed Ilya stiamo morendo di fame, e a te piace cucinare" continua Yan, quando non rispondo. "Quanto è difficile preparare qualcosa in più? Ti *prometto* che terrò la bocca chiusa sulla tua bella dottoressa."

Combattendo la voglia di aggredirlo, metto un'altra dozzina di uova nella scodella. Di solito non preparo da mangiare per i ragazzi, ma Yan ha ragione: sarebbe brutto privare la mia squadra di una buona colazione dopo un viaggio così lungo.

Ho solo bisogno che tengano la bocca chiusa riguardo a Sara, perché se sento un'altra parola su questo argomento, staccherò le loro fottute teste.

Saggiamente, Yan e Anton rimangono in silenzio, spacchettando il resto del cibo mentre preparo la frittata e, quando Ilya entra, mi sono quasi calmato—se non si tiene conto della sporadica voglia di sbattere il pugno sul tavolo in quarzo bianco.

Ilya si siede su uno sgabello in acciaio inox e accende il portatile, ricordandomi che abbiamo altri problemi di cui occuparci, oltre a Sara.

"Che cosa hanno detto gli hacker?" chiedo, vedendolo accigliato davanti allo schermo. "Qualche traccia di quell'*ublyudok*?"

"No." Il volto di Ilya è serio, quando guarda su. "Nessuna transazione di carte di credito, nessun tentativo di contattare amici o parenti, niente. Lo stronzo è scomparso."

Stringo la mano sul manico della padella, con la furia che riaffiora. L'ultimo nome sulla mia lista—un certo Walton Henderson III, detto Wally, di Asheville, Carolina del Nord—è il generale responsabile dell'operazione della NATO che ha dato l'ordine che ha avuto come conseguenza la morte di mia moglie e mio figlio. È stato lui a dare l'ordine di agire senza verificare la validità del presunto indizio sul gruppo terroristico e che ha autorizzato i soldati ad utilizzare tutte le forze necessarie per contenere i 'terroristi.'

Ho già ucciso tutti i soldati e gli agenti dell'intelligence coinvolti nel massacro di Daryevo, ma Henderson—il principale responsabile—è ancora là fuori, scomparso con la moglie e i figli non appena le voci sugli obiettivi della mia lista hanno raggiunto la comunità dell'intelligence.

"Di' agli hacker di investigare su tutti i suoi amici e parenti, a prescindere dal legame" dico, mentre Yan si avvicina per sedersi sullo sgabello accanto al fratello. "Dovrebbero cercare qualsiasi cosa al di fuori della norma, come grandi prelievi di contanti, acquisti di telefoni extra, viaggi fuori città, acquisizioni di proprietà o case-vacanza, tutto ciò che potrebbe indicare che sono in combutta con quel bastardo. Qualcuno deve sapere dov'è andato Henderson, e scommetto su qualche cugino. Se tra qualche mese non avremo trovato ancora niente, dovremo cominciare a fare visite di persona ai conoscenti di Henderson, a liberarci di lui in quel modo, se necessario."

"Giusto" dice Ilya, con le grosse dita che volano sulla tastiera con agilità e grazia sorprendenti. "Ci costerà, ma credo che tu abbia ragione. La gente ha difficoltà a spezzare completamente i legami."

"Yan, abbiamo quelle registrazioni?" chiedo, quando l'altro gemello accende il proprio portatile. "Quelle della casa dei genitori di Sara? Dobbiamo vedere se i Federali hanno già parlato con loro."

"Le sto scaricando ora" risponde, senza alzare lo sguardo dallo schermo. "Questa connessione satellitare è lentissima, cazzo. A quanto pare, ci vorranno quaranta minuti per scaricare i file dal Cloud."

"Va bene, allora mangiamo prima" dico, spegnendo il fornello. "Anton, puoi apparecchiare la tavola per cinque? Io vado a prendere Sara."

I miei uomini rimangono in silenzio, mentre mi dirigo verso le scale, ma quando sono a metà degli scalini, vedo Yan che si appoggia ad Ilya, sussurrandogli qualcosa all'orecchio.

~

QUANDO ENTRO NELLA CAMERA, SARA STA USCENDO DAL BAGNO, con l'esile busto avvolto in un grande asciugamano bianco e i capelli bagnati legati in uno chignon sulla testa. Ha la pallida pelle arrossata, probabilmente per il calore dell'acqua, e i suoi occhi nocciola con le ciglia lunghe sono rossi e gonfi per il pianto.

Sarebbe dovuta sembrare patetica, ma è bellissima, invece, come una principessa Disney colpita dalla sfortuna. Forse quella de *La Bella e la Bestia*, anche se non sono certo di avere i requisiti per essere la bestia di quella fiaba.

Belle non odiava il proprio carceriere tanto quanto Sara sembra odiare me.

"La colazione è pronta" dico freddamente, cercando di non pensare alla sua precedente rivelazione. Sapere che Sara mi ha avvisato per salvarmi la vita dovrebbe farmi stare tranquillo—dopotutto, questa è la conferma che non mi vuole morto—eppure, le sue parole sembrano un coltello ardente conficcato nel petto. Credo che sia perché mi ero convinto che volesse venire con me, che, quando mi ha pregato di lasciarla andare, fosse solo per paura.

Fa male, perché mi ero illuso, credendo che un giorno mi avrebbe amato anche lei.

"Grazie. Arrivo subito." Non mi guarda questa volta, mentre lo dice, si dirige solo verso l'armadio e torna un minuto dopo con una delle mie felpe di flanella a manica lunga e un paio di pantaloni sportivi.

"Ti dispiace?" dice, posando i vestiti sul letto, e piego le braccia sul petto, rendendomi conto che vuole che mi giri, mentre si cambia.

"No, nient'affatto. Fai pure."

Mi guarda storto. "Intendevo dire che—"

"Lo so." Tengo il volto impassibile, anche se la rabbia continua ad agitarsi nello stomaco. Se pensa che le permetterò di trattarmi come un estraneo, si sbaglia. Forse non mi ama, ma è mia, e non fingerò di non averla mai sentita venire sul mio cazzo. Se c'è una cosa che abbiamo sempre avuto, è questa connessione della carne, un reciproco desiderio tanto intenso da sostituire la semplice lussuria. Voglio Sara come non ho mai voluto nessun'altra donna, e so che non è indifferente a me.

Mi vuole, e non le permetterò di negarlo.

Il rossore sul volto di Sara si accentua, con le nocche che sbiancano, mentre prende i pantaloni. "Bene." Guardandomi storto, si sdraia sul letto e tira su i pantaloni con movimenti sconnessi, tenendo l'asciugamano intorno al petto, fin quando non ha i pantaloni tirati su fino alla vita. Poi si alza e toglie l'asciugamano. Rivolgo un'occhiata a quei meravigliosi seni rosa, mentre indossa la felpa con movimenti arrabbiati, e il mio cazzo si irrigidisce, con il corpo che reagisce alla vista della sua nudità con una prevedibile rapidità.

"Contento ora?" Stringe il cordoncino dei pantaloni, legandolo strettamente per impedire che cadano sulle caviglie e, nonostante il cattivo umore, non posso fare a meno di pensare a quanto sia adorabile con i miei vestiti.

Se i jeans e la maglietta di Anton erano grandi per lei, i miei pantaloni sportivi e la felpa di flanella sono enormi. Sono qualche centimetro più alto e più robusto del mio amico, e questi vestiti sono larghi anche per me. La mia giovane dottoressa sembra una bambina che prova dei vestiti da adulti —un'impressione ulteriormente rafforzata dai suoi piedini nudi e dai capelli disordinati.

Non riuscendo a trattenermi, faccio un rapido passo in avanti, le stringo il polso e la tiro a me, ignorando la rigidità del suo corpo, mentre le sfioro le labbra con le mie. Con la mano libera, le prendo l'umido chignon nel pugno, piegandole la testa all'indietro, e mi abbasso per baciarla.

Ha un sapore dolce e di menta, come se si fosse appena lavata i denti. Separa le labbra, ansimando dallo stupore, e mi inebrio del suo caldo respiro, impossessandomi dell'aria come se volessi impossessarmi di tutto ciò che la riguarda. Voglio il suo corpo, la sua mente, la sua furia e la sua gioia. E soprattutto, voglio il suo amore, l'unica cosa che forse non mi darà mai.

Le invado la bocca con la lingua, accarezzandole le profondità bagnate e setose, e lei affonda le dita nei miei fianchi sotto la giacca, con le unghie affilate nello strato di cotone della mia maglia. Quel leggero dolore mi sconvolge le terminazioni nervose, inviando più sangue al cazzo, e mi si stringono le palle, con l'impulso di scoparla così intenso che quasi la butto sul letto, tirandole giù quei pantaloni sportivi ridicolmente grossi. Solo la consapevolezza che i miei uomini ci attendono al piano di sotto mi impedisce di farlo.

La voglio troppo per una sveltina di due minuti.

Con uno sforzo sovrumano, la lascio andare e faccio un passo indietro, respirando a fatica. Sara sembra essere nelle mie stesse condizioni, con le palpebre socchiuse e il volto arrossato, mentre cerca di mandare giù aria.

"Scendi prima che le uova si freddino" dico con voce soffocata, sbottonando i jeans per alleviare la dolorosa pressione nei pantaloni. "Ti raggiungo tra un minuto."

Si gira e scappa prima che io finisca di parlare, e chiudo gli occhi, respirando profondamente e pensando agli inverni siberiani per farmi passare l'eccitazione.

7

———————

# S _ara_

QUANDO SCENDO AL PIANO DI SOTTO, I COMPARI DI PETER SONO già seduti intorno al tavolo di legno rettangolare, con gli occhi fissi sulla grande padella al centro. Uno di loro—quello vestito tutto di nero, con i capelli lunghi fino alle spalle e una folta barba scura—mi guarda, mentre mi avvicino.

"Dov'è Peter?" chiede, aggrottando la fronte. Il suo accento russo è solo leggermente più pronunciato di quello di Peter. "Il cibo si sta freddando."

"Sta arrivando" dico, con il calore nelle guance che si intensifica, mentre l'uomo barbuto solleva le sopracciglia. Probabilmente immagina cos'è successo al piano di sopra, notando le mie labbra gonfie, se non il mio sconvolto stato interiore. Le ginocchia mi stavano letteralmente tremando, mentre scendevo i gradini, e sono grata che la felpa di Peter sia larga e grossa, nascondendo i capezzoli induriti.

Se il mio rapitore avesse deciso di scoparmi, non avrei saputo dire no, e quella consapevolezza mi riempie di un'ardente vergogna.

"Anton, come sei scortese" dice un uomo alto, con i capelli castani e un sorriso gentile. A differenza del suo collega barbuto, che sembra essere uscito da un film d'azione sugli assassini, questo ragazzo non sembrerebbe fuori posto in un ufficio legale. Ha i capelli castani tagliati alla moda, il volto rasato, e scommetterei un centinaio di dollari sul fatto che la camicia a righe abbottonata e i pantaloni grigi siano su misura. Solo i suoi occhi verdi e freddi tradiscono l'aspetto ordinato e aziendale; sono duri e privi di emozioni, intoccati dal sorriso che gli piega le labbra.

"Hai dimenticato di presentarti" continua l'uomo ben vestito, parlando ad Anton con un lieve accento. Girandosi verso di me, indica l'amico barbuto e dice: "Sara, questo è Anton Rezov. Faceva volare qualsiasi cosa avesse un motore nel nostro vecchio lavoro, ed è ancora utile. E io sono Yan Ivanov. Oh, e questo è mio fratello, Ilya."

Rivolgo l'attenzione al terzo ragazzo, il fratello di Yan, e mi rendo conto che era stato lui a parlarmi prima, spiegandomi perché questo posto è un buon nascondiglio. È il più spaventoso di tutti, con un busto da culturista, la testa rasata ricoperta di tatuaggi, e una gigantesca mascella che mi fa pensare a un gorilla. Ma quando mi sorride, gli angoli dei suoi occhi verdi si piegano, addolcendo la durezza dei lineamenti.

"Piacere di conoscerti, Dr.ssa Cobakis" dice con un accento leggermente più evidente, e si alza per tirare fuori una sedia per me.

"Grazie. Piacere mio" dico, sedendomi. Dovrei odiare tutti questi uomini—dopotutto, sono complici del mio sequestro e dell'omicidio di mio marito—ma qualcosa nel sorriso sincero del russo e nel modo rispettoso con cui mi ha trattata rende impossibile rivolgere la rabbia su di lui.

La conservo tutta per l'uomo che sta scendendo le scale in questo momento, con il bel viso minaccioso e impenetrabile.

"Finalmente" dice Anton sollevato, quando Peter raggiunge il tavolo e si siede vicino a me. Allungandosi verso la padella al centro del tavolo, Anton taglia un pezzo di frittata e lo mette nel piatto. "Sono pronto per mangiare."

"Serviti pure." La voce di Peter trasuda sarcasmo. I fratelli Ivanov sembrano avere maniere migliori a tavola, aspettando che Peter metta una porzione nel mio piatto e poi nel suo, prima di dividere il resto.

Mangiamo in silenzio, demolendo la frittata nel giro di pochi minuti, e poi Peter si alza e taglia alcune arance. "Dessert?" chiede bruscamente, e i ragazzi accettano avidamente l'offerta. Non dico niente, ma Peter mi porta ugualmente una scodella con delle arance a pezzetti.

"Grazie" dico sottovoce. Persino in questa incasinata situazione le regole sulla cortesia che ho imparato durante l'infanzia sono difficili da infrangere. Raggiungendo la scodella, tiro fuori un pezzetto di arancia e lo mordo, assaporando il dolce succo rinfrescante. Dovevo avere i livelli di zucchero nel sangue bassi oltre a tutto il resto, perché ora che ho mangiato mi sento un po' meglio, con la cupa sensazione di disperazione che si dissipa abbastanza da lasciarmi pensare.

Sì, a prima vista la mia situazione non è delle migliori. Mentre volavamo, non ho visto nulla di simile alla civiltà nelle immediate vicinanze di questa montagna, solo dirupi e foreste, con la neve che ancora copriva alcuni dei monti intorno. Anche se riuscissi a fuggire dai quattro assassini, allontanarmi da qui non sarebbe facile. Sono andata in campeggio solo una volta nella mia vita, e non sono una grande esperta di lande selvagge. E poi, anche se raggiungessi qualche villaggio o paese nelle vicinanze, rimarrebbe il problema di dover comunicare la mia situazione a persone che potrebbero non conoscere una parola di inglese.

Tuttavia, non è così disperata come potrebbe sembrare. A quanto pare, presto Peter mi lascerà contattare i miei genitori, e c'è la possibilità che io possa comunicare loro la mia posizione —e quindi all'FBI. Inoltre, non sono legata. Da quello che posso vedere, ho la libertà di vagare per la casa, il che aumenta le mie probabilità di fuga. Se sarò intelligente e attenta, potrei anche riuscire a rubare acqua e provviste, nel caso in cui la mia escursione in montagna durasse un paio di giorni.

Non è tutto perso. In un modo o nell'altro, *riparerò* al mio errore e tornerò a casa.

Nel frattempo, devo assicurarmi di non peggiorare le cose facendo qualcosa di stupido... come innamorarmi del mio rapitore.

Dopo la colazione, salgo in camera da letto e mi addormento subito, con il fuso orario e il coma alimentare che mi rendono assonnata nonostante il lungo pisolino sull'aereo. Mi sveglio quando sento l'elicottero che parte e, attraverso la finestra gigante, lo vedo decollare dall'elisuperficie accanto alla casa.

Un volo di approvvigionamento? Una missione di lavoro?

Non ne ho idea, ma se Peter fosse partito con l'elicottero non potrebbe che essere positivo.

Purtroppo, lo vedo al piano di sotto, quando scendo giù qualche minuto dopo, dopo aver spruzzato un po' d'acqua sul viso per svegliarmi completamente. È seduto su uno sgabello dietro il tavolo della cucina, aggrottando la fronte per qualcosa su uno schermo del portatile. Quando mi avvicino, vedo che indossa un paio di cuffie.

Sta ascoltando qualcosa sul computer.

Accorgendosi di me, si toglie gli auricolari e preme un pulsante sulla tastiera—probabilmente per interrompere quello che stava ascoltando.

"È la registrazione della telecamera installata nella casa dei miei genitori?" chiedo, e il mio battito cardiaco accelera, quando Peter annuisce.

"Sì. L'FBI si è fatto vivo." La sua espressione è assolutamente neutra.

"E?" Mi siedo su uno sgabello accanto a lui, con le spalle rigide. "Che cos'hanno detto?"

"È... interessante." Gli occhi di Peter brillano, quando si gira per guardarmi. "A quanto pare, la storia che abbiamo raccontato ai tuoi genitori è coerente con i sospetti dei Federali."

Lo fisso, con il polso che accelera ulteriormente. "Pensano che io sia venuta volontariamente con te?"

Chiude il portatile. "Questa sembra essere l'ipotesi più accreditata, soprattutto ora che i tuoi genitori hanno parlato della tua telefonata. Ma credo che Ryson sospettasse del tuo coinvolgimento con me prima di quello, probabilmente perché non hai detto a Karen di me nello spogliatoio."

Stringo le mani sul grembo. Da una parte è positivo e dall'altra negativo. Non voglio che l'FBI pensi che io sia in combutta con uno dei loro principali ricercati, ma allo stesso tempo sono sollevata. Questo è infinitamente meglio rispetto al fatto che la mia famiglia pensi che io sia stata rapita. "Allora, come hanno reagito i miei genitori? Erano preoccupati? Arrabbiati? E mio padre—"

"L'hanno presa bene." La linea dura della mascella di Peter si addolcisce un po'. "Ovviamente sono scioccati e disturbati dal tuo coinvolgimento con una persona così sgradevole, ma Ryson ha rivelato molto poco sulla mia identità e sul motivo per cui mi stanno dando la caccia. Credo che sia preoccupato che la storia possa arrivare ai media."

Ha senso. L'FBI, o la CIA, o chiunque altro avesse inventato la menzogna sulla mafia che stava dando la caccia a mio marito —non vogliono divulgare ciò che è realmente accaduto a Daryevo. Se Peter ha ragione sull'errore che ha portato alla strage della sua famiglia, le parti coinvolte combatteranno con le unghie e con i denti per impedire che la verità venga a galla.

Il pubblico tende a storcere la bocca davanti ai massacri di civili innocenti.

"Quindi, mio padre sta bene?" insisto, scacciando il ricordo delle orribili immagini sul telefono di Peter. "Non sembrava malato?"

"Stanno entrambi benissimo, sono perfettamente sani." L'espressione di Peter si scalda ulteriormente, quando mi copre le mani strette con un palmo. "Staranno bene, ptichka. Sono forti, come te. Potrai contattarli presto. Anton e Yan sono appena usciti per le provviste, e quando torneranno, avremo il necessario per una connessione sicura. Parlerai con i tuoi genitori, li rassicurerai, e staranno bene." Mi stringe le mani dolcemente. "Andrà tutto bene."

Allontano le mani, con gli occhi che mi bruciano per un

improvviso tumulto emotivo. È proprio questo che rende le cose così confuse. Un uomo che ti rapisce non dovrebbe avere a cuore la tua famiglia, tanto meno preoccuparsi dei tuoi sentimenti. Ciò che Peter mi ha fatto—*tutto* ciò che mi ha fatto—sono le azioni di un mostro crudele, egoista; eppure, quando è con me, e mi guarda in questo modo, è facile credere che mi ami, che a modo suo voglia farmi felice.

Allontanando quel pericoloso pensiero, tengo sotto controllo le mie turbolente emozioni e torno a concentrarmi sull'argomento. "Ma che cos'ha detto esattamente l'FBI? E come hanno risposto i miei genitori? Devono aver fatto un sacco di domande—"

"Sì, ma Ryson ha detto solo che stanno cercando l'uomo che è con te, e che non poteva rivelare il motivo. Per la maggior parte del tempo, lui e gli altri agenti hanno interrogato i tuoi genitori, soffermandosi sulla tua telefonata, se avessi fatto o detto qualcosa di insolito negli ultimi mesi, perché non hai più venduto la casa, eccetera."

"Giusto." Perché ora sospettano di me. Pensano che io abbia una relazione con l'assassino di mio marito—che in un certo senso è vero. Una relazione non gradita, certo, ma questo non cambia le cose. Avrei potuto rivolgermi all'FBI in qualsiasi momento, spiegare la situazione e chiedere la loro protezione, ma mi sono convinta che sarebbe stato più sicuro per i miei genitori se avessi gestito il mio pericoloso stalker da sola. E chissà? Forse avevo ragione. Vista l'incapacità delle autorità di proteggere gli altri sulla lista di Peter, avrebbe potuto trovare me *e* i miei genitori, se avessimo cercato di scomparire. E ancora più persone sarebbero potute rimanere ferite—se non la mia famiglia, gli agenti che avrebbero dovuto proteggerci.

Le tre guardie che sorvegliavano George sono finite con dei proiettili nella testa.

"Posso guardare il video?" chiedo, respingendo quel terribile ricordo, e Peter annuisce.

"Se vuoi, sì. Lo sistemerò sul televisore più tardi." Fa un gesto verso l'ampio schermo piatto del salotto. "Nel frattempo, ho un po' di lavoro da sbrigare, perciò non esitare ad esplorare."

Sbatto le palpebre, stentando a credere che potesse essere così facile. "D'accordo, lo farò" dico, cercando di nascondere la mia emozione.

Se ho il permesso di esplorare in autonomia, posso fuggire anche oggi.

Ricordando di essere scalza, guardo giù e agito le dita dei piedi. "Posso prendere in prestito un paio di scarpe?" chiedo nel modo più indifferente possibile.

"Yan ti comprerà tutto oggi, ma per il momento puoi indossare le mie scarpe da ginnastica. Se le leghi bene, non dovresti perderle."

"Va bene, ci proverò, grazie." Scendo dallo sgabello e mi precipito verso le scale, ansiosa di continuare la mia esplorazione.

"Oh, Sara?" chiede Peter, quando raggiungo le scale. Quando mi giro per guardarlo, dice: "Se esci, porta Ilya con te. Non conosci la zona e ci sono dirupi ovunque. Non vorrai precipitare."

E ignaro delle mia emozione che svanisce, accende il portatile, rivolgendo ancora una volta l'attenzione allo schermo.

S*ara*

AVVOLTA DALLA PESANTE FELPA DI PETER CHE MI ARRIVA AL ginocchio, e con i piedi che scivolano nelle scarpe da ginnastica di Peter, cammino con cautela per i boschi, con Ilya al mio fianco. Mi parla, raccontando qualcosa sulla vegetazione locale, ma lo ascolto solo in parte, troppo concentrata sul tentativo di memorizzare la strada che conduce al sentiero che ho scoperto verso ovest. È abbastanza largo da lasciar passare un veicolo e sembra utile per scendere giù dalla montagna.

"—ma è stato bloccato da una frana" spiega Ilya, e gli rivolgo l'attenzione, rendendomi conto che mi sta dicendo qualcosa di utile.

"Una frana?"

La sua testa rasata annuisce. "Sì, provocata dal terremoto. Ha avuto un grosso impatto qui, cambiando completamente questa montagna."

"Cambiandola come?" chiedo, abbracciandomi per stringere la felpa il più possibile al corpo. C'è meno vento qui tra gli alberi che intorno alla casa, ma fa freddo a causa dell'altitudine. Stiamo camminando in grandi cerchi da quasi un'ora, e sono pronta a tornare a casa, dove fa caldo.

Con l'assassino russo alle calcagna, non posso scappare oggi, e quando lo farò, dovrò assicurarmi di essere vestita in modo appropriato.

"Oltre a bloccare la strada, vuoi dire?" domanda Ilya, e io annuisco, aggrottando la fronte. Spero che non si stia riferendo al sentiero che ho appena visto. Finora, è l'unica cosa che ho notato con la parvenza di una strada. Se è bloccato, dovrò scendere attraverso i boschi—e sarebbe molto più difficoltoso.

Ilya si ferma e indica un dirupo dall'altra parte del lago sotto di noi. "Lo vedi? Era un pendio. E ce ne sono altri simili su questa montagna. Molto pericolosi. La foresta arriva fino al bordo di alcuni di questi dirupi, quindi, se non fai attenzione a dove metti i piedi..."

"Va bene. È pericoloso. Ho capito." Questo non fa che rafforzare la mia convinzione sul fatto che dovrò essere ben preparata prima di tentare la fuga. L'ultima cosa che voglio è cadere da un dirupo. Impiegherò un paio di giorni per conoscere la zona, esplorandola ancora più a fondo in modo da poter sapere dove sto andando. Forse scoprire di più su questa regione e capire dove si trova l'insediamento più vicino o qualsiasi altro luogo mi permetta di contattare l'Ambasciata degli Stati Uniti.

In entrambi i casi, dovrò essere astuta per la mia fuga, in modo da non perdere questa minima libertà che mi è concessa.

~

QUANDO TORNIAMO A CASA, HO I BRIVIDI E LE PUNTE DELLE orecchie sembrano due ghiaccioli. Peter non c'è, così vado al piano di sopra e faccio un bagno caldo, pensando che possa scaldarmi.

L'alta vasca bianca ha una forma insolita: quadrata e stretta ma profonda, con un gradino interno. Non posso stendermi come facevo nella mia vasca ovale di casa, ma posso sedermi sul gradino e lasciare che l'acqua mi copra fino al collo. In realtà, è più comodo in questo modo, mi rendo conto, chiudendo gli occhi, mentre il calore dell'acqua penetra dentro di me, scacciando il freddo e la tensione nei muscoli. Non vorrei ammettere di essere rilassata, ma mi sento sicuramente meglio.

Se non fossi qui contro la mia volontà, la considererei quasi una vacanza.

"Ti piace la vasca giapponese?" mormora una familiare voce profonda dietro di me, e spalanco gli occhi, quando due mani forti si posano sulle mie spalle, massaggiando la pelle scivolosa. Immediatamente, il cuore inizia a battermi forte, con la rilassata sensazione che lascia il posto al confuso mix di rabbia, desiderio e paura, che sperimento sempre in presenza di Peter.

Girandomi, avvolgo le braccia intorno al petto, cercando di liberarmi di lui. Mi ha vista nuda un centinaio di volte, ma sono ancora confusa su questa intimità tra noi, ancora acutamente consapevole di quanto sia *sbagliato* tutto quanto. Perché, se la nostra relazione era contorta prima, lo è doppiamente ora che il mio stalker—l'uomo che mi ha torturata con l'acqua la prima volta che ci siamo conosciuti—è il mio rapitore.

Sono completamente alla sua mercé, e lo sappiamo entrambi.

È accanto alla vasca alta, con le grosse mani appoggiate sul bordo di porcellana. Le maniche della sua maglia termica sono arrotolate, mostrando i tatuaggi che gli decorano il braccio sinistro. L'inchiostro va dal polso alla spalla, con i disegni intricati che si flettono ad ogni increspatura dei muscoli ben definiti. Ha i capelli scuri in disordine, come se ci avesse passato le dita, e la mascella dura è ombreggiata da un accenno di barba.

Ha un aspetto talmente minaccioso e inconfondibilmente mascolino che mi si contorcono le viscere. La parola sexy non è sufficiente per descrivere Peter Sokolov; ciò che possiede è il puro magnetismo animale, un fascino così rozzo e crudele che parla a qualcosa di inquietantemente primitivo dentro di me.

Con uno sforzo, scaccio quel pensiero e indietreggio, per quanto la vasca lo permetta. "Per favore, vattene. Sto facendo il bagno."

"Lo vedo." Il suo sguardo indugia sul mio corpo, prima di tornare a concentrarsi sul viso, con gli occhi metallici brillanti dal desiderio. "E allora?"

"Allora, lasciami in pace." Faccio del mio meglio per sostenere il suo sguardo senza sussultare. "O la privacy non è concessa ai tuoi prigionieri?"

Socchiude gli occhi, stringendo le dita sul bordo della vasca. Dolcemente, dice: "Ai miei *prigionieri* non sono concesse molte cose, compresi i bagni. La mia *donna*, tuttavia, può fare quello che vuole—purché comprenda un semplice fatto."

"E quale sarebbe?"

"Che è mia." Si avvicina e, prima che io possa reagire, si toglie la maglia dalla testa e la getta sul pavimento prima di togliere i calzini. Poi, slaccia la cinta e sbottona i jeans.

Faccio un respiro, stringendo le braccia attorno ai seni. "Che cosa stai facendo?"

"Secondo te?" Abbassa i jeans ed esce fuori da loro, poi fa la stessa cosa con le mutande, rivelando un grosso cazzo duro che arriva fino alla riga dell'addome. La vista mi inonda di adrenalina, mentre un inaspettato calore si insinua tra le gambe.

Non posso farlo con lui. Non di nuovo.

"Non farò sesso con te." L'acqua si riversa sul bordo della vasca, mentre mi alzo, senza più badare alla nudità.

Devo uscire, scappare.

Peter mi afferra per il braccio prima che io possa mettere la gamba sul bordo, e poi entra nella vasca, col suo grande corpo che mi spinge in quel piccolo spazio quadrato, facendomi tornare in acqua. Altra acqua si riversa sul bordo, spostata dal suo peso, e ansimo quando mi ritrovo sul grembo di Peter, con la schiena appoggiata al suo petto e la sua erezione incastonata tra le mie natiche. In preda al panico, comincio a dimenarmi, e mi mette un braccio intorno al fianco, tenendomi ferma.

"Oh, ptichka..." La sua voce è leggermente beffarda nel mio orecchio. "Chi ha parlato di sesso?"

Strofinando i denti sul lobo, mi afferra un seno con la mano libera, accarezzandomi il capezzolo duro e dolente con fare possessivo. Mi blocco, aggrappandomi al suo braccio muscoloso, mentre il cuore mi martella nella gabbia toracica. Non ho paura di lui; più che altro sono terrorizzata dalla mia reazione, dal modo in cui il mio corpo si scioglie, ammorbidendosi al suo tocco. E questo è molto più di un semplice tocco. Il cazzo di Peter è come un palo d'acciaio tra le mie natiche, con le palle premute sul mio sesso, e il pollice mi tortura il capezzolo, mentre mi invade l'orecchio con la lingua, facendomi tremare per un disarmante piacere.

Forse non stiamo facendo davvero sesso, in base alla definizione rigorosa della parola, ma la conseguenza è altrettanto devastante.

"Peter, ti prego..." Riprendo a lottare, disperata, mentre cerco di scappare prima di perdere di vista ciò che conta. L'acqua rende i nostri corpi scivolosi, rafforzando l'erotica sensazione della pelle che si sfrega sulla pelle, mentre spingo inutilmente sul suo braccio. "Per favore, smettila."

"Smetto cosa?" Il suo respiro mi scalda il collo, mentre la mano mi lascia il seno e si spinge più in basso, dove i miei muscoli sono rigidi, con la carne pulsante e dolorante per il suo tocco. "Questo"—mi lecca il guscio esterno dell'orecchio, provocandomi la pelle d'oca—"o questo?" Le sue dita callose mi separano le pieghe e spingono sul clitoride, mentre affonda il dito medio dentro di me, spingendo fino alla prima nocca. Le mie unghie scavano nel suo avambraccio, con i muscoli interni tesi avidamente per quell'intrusione superficiale, e ridacchia, quando un leggero gemito mi sfugge dalle labbra. Vorrei dirgli di *smetterla* con tutto questo, ma ho la mente vuota, mentre spinge le dita più in profondità, oltre il sesso. Oh Dio, ovviamente non lo sta facendo—

Il suo dito trova l'anello stretto del muscolo tra le natiche e preme sulla piccola apertura. "Ah, sì" mormora, con voce roca e dolce, mentre mi irrigidisco per la forte pressione. "Forse è questo che vuoi che smetta. Ho ragione, ptichka?" La pressione sul mio ano si allevia, mentre il suo dito strofina la carne tesa, come se volesse lenire la tentata violazione. "Sei vergine qui, amore mio?"

Le sue premure mi confondono quasi quanto le sconosciute sensazioni che mi sconvolgono il corpo. Qualcosa di simile alla comprensione gli scalda la voce profonda, ma continuo a percepire la sua lussuria, il desiderio unito all'oscura possessività. Gli piace la possibilità di poter essere il primo in questo, e quella consapevolezza intensifica la tensione dentro di me, con l'infido calore che si sprigiona nel nucleo. Non dovrei trovarlo intrigante, non dovrei proprio volerlo, ma non posso negare una perversa curiosità. A un certo punto, quando io e George ancora ci frequentavamo, sollevai l'dea del sesso anale, ma George sembrò disinteressato e non ne parlammo più.

*Sono* vergine a tale proposito, ma se lo confesso al mio rapitore, probabilmente non lo sarò ancora a lungo.

Raccogliendo i pezzi della mia forza di volontà, afferro la sua mano persecutrice con tutta la forza. "*Smettila.*"

Con mia grande sorpresa, Peter ubbidisce, ritirando la mano e sollevando l'altro braccio. "Vai allora." La sua voce è tesa. "Esci."

Scatto fuori dalla vasca, con le gambe tremanti. I miei piedi bagnati scivolano sulle piastrelle fredde, mentre corro fuori dal bagno, fermandomi per prendere un asciugamano, ed è solo quando raggiungo la camera da letto, completamente vestita e con l'asciugamano avvolto intorno ai capelli bagnati che il mio cuore rallenta il battito frenetico.

Mi ha lasciata andare. Dovrei esserne felice, ma mi sento stranamente inquieta, frustrata in più di un senso. Ancora una volta, il mio tormentatore sta fingendo che io possa scegliere, che questa sia una normale relazione in cui posso dire di no. E forse posso—per un po', almeno. Finora, non mi ha costretta fisicamente. Ma non mi illudo. Può farmi tutto quello che vuole, e prima o poi *finirò* nel suo letto, con subdole forme di coercizione o a causa della mia debole forza di volontà.

Preferirei quasi che mi costringesse—perché in quel modo potrei fingere anch'io.

Potrei immaginare di essere normale e sana, una donna che detesta l'uomo che le ha rovinato la vita, anziché desiderarlo.

eter

SARA MI EVITA FINO ALL'ORA DI PRANZO, IL CHE È POSITIVO. IL mio autocontrollo è vacillante, con l'oscurità che cerca di tornare in superficie. Voglio scoparla, e, allo stesso tempo, voglio sottometterla e punirla, farle capire che è mia.

Voglio spingerla al limite e oltre, senza pensare alle conseguenze.

"Non farlo, amico" dice Ilya lentamente, mentre finisco di farcire il panino per Sara. Sta preparando il suo panino accanto a me. "Qualunque cosa tu abbia in mente, te ne pentiresti."

Gli mostro i denti per un sorriso privo di allegria. "Davvero? Sei diventato un sensitivo del cazzo?"

"No, ma non credo che tu stia ragionando lucidamente. Lei

non lo merita." Affonda il coltello in un vasetto di maionese. "Il minimo che tu possa fare è concederle un po' di tempo."

Immagino di afferrare il coltello e di infilzarlo nella trachea di Ilya. È troppo poco affilato per tagliargli la gola, ma riuscirebbe a soffocarlo a morte. Fortunatamente per il mio compare, non aggiunge altro, e corro fuori dalla cucina con il piatto di Sara.

La trovo al piano superiore, a frugare nel comò di una delle camere da letto vuote. Silenziosamente, mi fermo sulla porta e la guardo, affascinato dalla vista del suo curvo e grazioso corpo che si piega e si torce, mentre apre e chiude i cassetti uno dopo l'altro. Non c'è niente in quel comò, ma Sara non si ferma finché non ha controllato ogni cassetto.

Solo allora si volta—e sobbalza, ansimando dalla sorpresa.

"Peter." Preme la mano sul petto, come se il suo cuore fosse sul punto di scoppiare. "Non ti avevo visto." È senza fiato, nonostante un visibile tentativo di ricomporsi. "Che cosa stai—"

"Ti ho portato il pranzo." Entro nella stanza, tenendo il piatto. "Ho immaginato che avessi fame." Il mio tono è freddo, a differenza del fuoco che infuria nel mio sangue. Vederla così, ancora con quegli abiti troppo grandi, mi fa venire voglia di inchiodarla al muro e di scoparla così tanto da finire entrambi sfiniti e doloranti.

Con cautela, prende il piatto da me e fa un passo indietro, come se percepisse la violenza che ribolle dentro di me. Mentre lo fa, si morde nervosamente il labbro inferiore, e immagino di fare lo stesso, strappandole la tenera carne rosa con i denti, mentre assaporo quella bocca morbida, degustandola, consumandola fino a soddisfare la lussuria che mi brucia vivo.

"Tu non mangi?" chiede attentamente, mettendo il piatto sul

comò, e scuoto la testa, seguendo ogni sua mossa con gli occhi. Probabilmente la sto spaventando con l'intensità del mio sguardo, ma non posso farci niente. Mi sento come un predatore, con la fame dentro di me così selvaggia e oscura che somiglia appena a qualcosa di così elementare come un desiderio sessuale. È più un bisogno compulsivo di possederla, di piegarla alla mia volontà e di renderla mia così completamente da non spingerla a cercare oggetti in grado di aiutarla nella fuga.

"Ho già mangiato" rispondo, e, anche se la mia voce è leggermente roca, non riflette nemmeno un accenno di quello che sento. Razionalmente, so che Ilya ha ragione: devo concedere del tempo a Sara per farla abituare e farle accettare la sua nuova vita con me, ma tutto dentro di me mi spinge ad afferrarla e a farle ammettere che ha bisogno di me... che nonostante tutto, mi ama.

Scaccio quel pensiero, ma non prima che mi riempia di un terribile desiderio. Perché questo è ciò che voglio di più da lei. Al di là della frustrazione per la lussuria non soddisfatta, al di là del dolore per il suo rifiuto, è quell'acuta e irrazionale bramosia che mi lacera internamente, incitando il mostro dentro di me.

Voglio che Sara mi ami, e non so come fare.

"Ok. Uhm, grazie." Il suo sguardo va da me al piatto, per poi concentrarsi di nuovo su di me. "Te lo porterò quando avrò finito, d'accordo?"

Questo è il momento di andarmene, ma cazzo. È a disagio con me dopo quello che è successo nella vasca da bagno, e tutto d'un tratto sono contento di questo. Una sadica parte di me vuole che si dimeni, che si chieda se ho davvero intenzione di oltrepassare quella linea e di prenderla nonostante le sue sedicenti obiezioni.

"Va benissimo." Il mio tono è esageratamente gentile, quando mi avvicino al letto in mezzo alla stanza e mi siedo sul bordo, incrociando le gambe sulle caviglie. "Posso aspettare."

Sara sbatte le palpebre, poi sembra acquisire sicurezza. "Davvero? Rimarrai seduto lì? Non hai niente di meglio da fare, come torturare altri innocenti?"

"È in programma per il tardo pomeriggio." Le rivolgo un bel sorriso. "Per ora, mi dedico a te."

Fa una smorfia, ma raggiunge il piatto e afferra il panino. Mordendolo, mastica e deglutisce troppo rapidamente, poi ne stacca un altro grosso pezzo con i denti bianchi e dritti.

"Non strozzarti" suggerisco, quando accelera ulteriormente il ritmo sul terzo boccone. "Non abbiamo un medico a portata di mano, lo sai. Beh, a parte te, ma questo non aiuterà molto, se sei tu a diventare viola."

Sara stringe gli occhi, ma non rallenta. Demolisce il resto del panino con lo stesso ritmo furioso; poi, prende il piatto vuoto e lo spinge verso di me. "Ecco. Ho finito."

"Bene. Portalo qui." Accarezzo il letto accanto a me.

Serra la mascella; poi, un sorriso inaspettatamente dolce le piega le labbra. "Oh, vuoi questo piatto laggiù?"

Gli occhi riflettono il suo intento mezzo secondo prima che il braccio oscilli indietro, e mi abbasso, mentre il piatto colpisce il muro dietro di me, rompendosi in mille pezzi. Frammenti di ceramica piovono sul letto intorno a me, mescolandosi alle briciole di pane.

Capendo quello che ha fatto, Sara si sposta sulla sinistra, verso la porta, con gli occhi fissi su di me con la stessa espressione che aveva quando mi ha colpito in faccia. L'avevo perdonata allora, perché sapevo che era sconvolta e sopraffatta, ma non ho intenzione di continuare a tollerarlo.

Se Sara vuole trasformarmi in un mostro, sarò felice di assecondarla.

"Pulirai questo casino." La mia voce è fredda come il ghiaccio, mentre mi alzo in piedi, togliendomi i frammenti del piatto rotto dalle maniche. "Questa stanza tornerà ad essere perfettamente pulita, chiaro?"

Mi fissa, con l'atteggiamento di sfida che si mescola all'autoconservazione nel suo sguardo. Il buon senso le dice di cedere e di fare come dico, ma non intende arrendersi troppo facilmente. E così, solleva il mento. "Altrimenti? Mi torturerai con l'acqua? Mi minaccerai con un coltello? Mi rapirai? Oh, aspetta, hai già fatto tutto questo."

Nonostante la spavalderia nelle sue parole, le tremano visibilmente le mani, quando le infila nella tasca anteriore della felpa. Se fossi un uomo migliore, farei un passo indietro a questo punto, le concederei questa piccola vittoria. Ma oggi non è l'unica ad essere arrabbiata; la furia dentro di me sembra una bestia vivente, minacciosa e potente, alimentata dal suo rifiuto e dalla consapevolezza che forse non otterrò mai ciò che voglio davvero da lei.

Se non posso avere il suo amore, mi accontenterò dell'odio.

"Oh, ptichka..." Mi avvicino, lieto di scorgere un bagliore di paura nei suoi occhi, mentre si sposta istintivamente verso la porta. Prima che possa fare un altro passo, mi fermo davanti a lei, impedendo la ritirata. Sollevando la mano, le tolgo i capelli dal viso e mi chino verso di lei, respirandone il profumo dolce, mentre abbasso la testa e le mormoro nell'orecchio: "Non hai ancora imparato che non devi fare questi giochini con me?"

La sento deglutire, e quando sollevo la testa per guardarla, vedo il suo petto che si alza e si abbassa con un rapido ritmo. Ha paura, la mia Sara, e per una buona ragione.

Non so fin dove mi spingerò oggi.

Apre le labbra, come per un'obiezione, ma piego di nuovo la testa, possedendo quella bocca morbida e tremante con tutto il desiderio violento che suscita in me. Faccio scivolare le mani nei suoi capelli, tenendole la testa ferma, e inghiotto il suo grido di protesta, mentre solleva le braccia, arricciando le esili dita attorno ai miei polsi in un futile tentativo di respingermi.

Come al solito, è deliziosa, con l'interno della bocca simile a seta calda e umida. Il suo corpo snello si inarca contro di me, mentre la spingo verso il comò, sbattendo l'erezione sul suo stomaco piatto, e i suoi seni premono contro di me, con i capezzoli appuntiti. Sento il suo respiro accelerare, e capisco che se le infilassi la mano nei pantaloni la sentirei sempre più scivolosa dal desiderio che prova per me.

Il suo corpo, almeno, è attratto da me.

Faccio appello a tutta la mia forza di volontà per sollevare la testa e fare un passo indietro, per liberarla invece di divorarla. Ma lo faccio—perché dobbiamo chiarire le cose una volta per tutte.

"Vuoi sapere che cos'altro posso farti, ptichka?" Le parole mi vengono fuori basse e roche, cariche di un mix di lussuria e rabbia che mi inceneriscono l'intestino. "Vuoi sapere che cosa succederà, se tirerai troppo la corda?"

Gli occhi di Sara sono sgranati, con il torace che si espande mentre cerca di riprendere fiato, e mi avvicino di nuovo, catturandole il delicato volto delicato tra i palmi, mentre la guardo. "Vuoi che ti spieghi la realtà della tua situazione?" continuo.

Deglutisce un'altra volta, e le sento tremare le mani, mentre mi afferra gli avambracci. "S-sì." La sua voce è quasi un sussurro, ma c'è ancora un pizzico di sfida nei suoi occhi color nocciola. "Sì."

Piego le labbra, e io stesso posso percepire l'oscurità in quel sorriso. "Oh, ptichka, da dove dovrei cominciare?"

## 10

*Sara*

CATTURATA. INTRAPPOLATA.

Pur sostenendo lo sguardo di Peter, mentre resisto alla voglia di distoglierlo dalle ipnotiche profondità d'argento, sento la mia forza venir meno, con la determinazione a combattere che svanisce. Non mi sono mai sentita così prigioniera, non sono mai stata così acutamente consapevole della mia vulnerabilità. Non mi sta facendo del male, con i suoi grandi palmi che mi cullano il viso con estrema dolcezza, ma quegli occhi metallici raccontano una storia diversa.

Sono alla mercé del mio tormentatore, e non mi risparmierà.

"Cominciamo dalle cose fondamentali" mormora, mentre chiudo gli occhi, e lui abbassa la testa, strofinandomi le labbra sulla fronte, prima di sollevare la testa per tornare a guardarmi. In circostanze normali, quel tenero bacio sarebbe stato disarmante, ma i miei nervi vibrano come le corde di una chitarra ben sintonizzata, mentre abbassa le mani sulle mie spalle e dice dolcemente: "La tua vecchia vita è finita, Sara. Ti ho permesso di viverla finché ho potuto, ma ormai è finita. Dovrai accettarlo. E la transizione può essere facile per te... o dura. Dipende da te."

Il cuore inizia a battermi freneticamente. "Che cosa intendi?"

"La telefonata di stasera con i tuoi genitori, ad esempio." Le sue mani sono delicate sulle mie spalle, anche se gli occhi scintillano crudelmente. "Non dovresti farlo, lo sai. Lo stesso vale per qualsiasi altro contatto della tua vecchia vita. Potresti scomparire, prenderti una pausa. Questo potrebbe essere addirittura più opportuno, in un certo senso. Ti adatteresti più velocemente, se non avessi ricordi costanti di ciò che hai perso, e—"

"No." Quella parola mi sfugge dalle labbra, mentre lo stomaco si contorce dal panico, con il panino che ho appena mangiato che minaccia di tornare su, mentre mi afferro la felpa. "Per favore, Peter, non farlo. Devo parlare con i miei genitori. Devo rassicurarli. Sono troppo anziani per preoccuparsi in questo modo. Il cuore di mio padre non può sopportarlo—lo sai."

Piega la testa di lato. "Lo so? Ti ho lasciata parlare con loro in aereo, e forse è stato un errore. Insisti sul fatto che ti ho rapita, che ti ho presa contro la tua volontà. Se le cose stanno così—se sei la mia prigioniera e nient'altro—perché dovrei correre il rischio di farti contattare qualcuno? Se sei solo la mia prigioniera, perché dovrei mettermi nei guai per farti rassicurare la tua famiglia?"

Lo fisso, con il respiro che si affievolisce, mentre lascio cadere le mani lungo i fianchi. Capisco che cosa vuole ora—quello che ha sempre voluto da me—e mi rendo conto che, ancora una volta, non ho altra scelta che obbedire.

"Avevi detto—" La mia voce si incrina, mentre delle aspre lacrime mi bruciano la parte posteriore degli occhi. "Avevi detto che sono la tua donna, che mi ami. Quindi, non sono solo la tua prigioniera, no?"

L'espressione di Peter non cambia. "Non lo so, Sara. Dipende da te." Mi lascia andare le spalle e fa un passo indietro. "Ti lascerò riflettere, mentre ripulisci. L'aspirapolvere e i prodotti per la pulizia sono nel ripostiglio al piano di sotto."

E voltandosi, se ne va.

LA CAMERA DEGLI OSPITI È IMMACOLATA QUANDO FINISCO DI pulire, con il letto perfettamente ordinato e senza alcun frammento di ceramica rotta, né pezzetti di briciole. I lavori domestici non mi piacciono, in parte perché impiego sempre una vita a causa delle mie tendenze perfezionistiche, ma il risultato finale di solito è buono.

In un'altra vita, sarei stata una casalinga decente.

Quando sono soddisfatta della pulizia della stanza, porto l'aspirapolvere al piano di sotto e cerco Peter. È strano, ma mi sento un po' più tranquilla dopo il suo ultimatum. Siamo tornati al punto in cui eravamo, quando la sua minaccia di rapirmi incombeva sulla mia testa, a parte il fatto che ora è ancora più semplice.

A prescindere da quello che pensi Peter, *sono* la sua prigioniera e ho solo una possibilità.

Stare al gioco e dargli ciò che vuole, finché non riuscirò a scappare.

Trovo il mio carceriere fuori, ad allenarsi con Ilya su una piccola radura vicino casa. Nonostante il clima freddo, entrambi gli uomini sono senza maglietta, con i busti larghi e muscolosi che brillano dal sudore, mentre girano in cerchio per la radura, aggredendosi di tanto in tanto con dei colpi fulminanti. I loro movimenti mi ricordano le arti marziali, anche se non riesco a individuare uno stile specifico. Qualunque cosa sia, però, è bellissima, e mi fermo, ipnotizzata, mentre Peter si accovaccia per evitare il pugno di Ilya e si lancia in un furioso contrattacco, muovendosi così velocemente che riesco a malapena a seguirlo con gli occhi.

Devono essersi scaldati prima, perché ciò che segue è un'azione convulsa e senza interruzioni. Sono abbastanza certa che Peter abbia colpito il torace di Ilya con un duro calcio, e vedo Peter che utilizza l'avambraccio per bloccare un colpo di Ilya che avrebbe potuto abbattere un orso. A parte questo, la lotta prosegue con un ritmo così frenetico che non riesco a distinguere ogni singolo movimento, tanto meno a capire chi sta vincendo o perdendo. Tutto quello che vedo sono due maschi potenti, con i muscoli in lotta, mentre la violenza riscalda l'aria che li circonda.

Dopo circa un minuto, si fermano e si allontanano, ansimando mentre girano uno intorno all'altro, e vedo del sangue che cola sulla guancia di Ilya. Non vedo sangue su Peter, quindi credo che sia lui il vincitore di quel folle round. Non mi sorprende. Anche se Ilya è grosso come un armadio, gli manca la grazia letale di Peter, quel qualcosa che rende il mio rapitore così micidiale. Non ho dubbi sul fatto che il russo con la testa calva possa uccidere chiunque—un solo colpo ben studiato con quel pugno enorme probabilmente lo farebbe—ma Peter sembra più pericoloso, più spietato.

Se dovessi scommettere, punterei i miei soldi su Peter.

Prendo in considerazione l'idea di dire qualcosa per avvisare gli uomini della mia presenza, ma, prima di poterlo fare, Peter guarda nella mia direzione e si ferma. "Sara?"

"Uhm, sì." Faccio un respiro per calmare il battito cardiaco. "Mi dispiace interrompervi, ma mi stavo chiedendo se potessi mettere i video dei miei genitori su quel televisore. Quando avrai finito qui, voglio dire—senza fretta."

Mi comporto in maniera assolutamente educata per farmi perdonare l'esplosione di prima. La verità è che sto morendo dalla voglia di guardare quei video per assicurarmi che i miei genitori stiano bene, ma non otterrò niente con le pretese. Se c'è una cosa che ho imparato in quella stanza degli ospiti, è che Peter Sokolov detiene ancora tutto il potere in questa relazione malata. Anche quando penso di non aver più niente da perdere, il mio tormentatore trova una debolezza, un modo per manipolarmi senza farmi del male—perlomeno fisicamente.

Emotivamente, mi ha distrutta dieci volte di più.

"Va bene" dice Ilya, e mi rivolge un bel sorriso, che mostra il sangue sui denti. "Credo che abbiamo finito per oggi, comunque."

Peter non gli presta molto attenzione; è concentrato su di me. "Hai pulito la stanza?" chiede, sistemando i capelli bagnati di sudore. Flette i muscoli, abbassando il braccio, e mi ritrovo a fissarlo, mentre le gocce di sudore gli scorrono sull'addome piatto.

*Basta, Sara. Non guardare con desiderio il tuo rapitore.*

Con uno sforzo, torno a concentrarmi sul volto di Peter. "Ho finito." Mantengo la voce calma, nonostante la chiara provocazione nelle sue parole. "Puoi controllare, se vuoi."

Mi fissa per un secondo, poi annuisce. "Va bene, allora. Andiamo."

Mi si avvicina, e arrossisco, mentre Ilya sorride per il modo possessivo con cui Peter mi stringe il braccio. È irrazionale, ma ciò che condividiamo io e Peter è intimo, come una sorta di segreto tra noi. Ovviamente, gli uomini di Peter sono pienamente consapevoli della folle natura della mia relazione con il loro capo —lo hanno aiutato a seguirmi e rapirmi, dopotutto—ma una parte di me prova ancora imbarazzo, sapendo che mi vedono in questo modo. Forse è dovuto alla mia avversione a mettere in pubblico le mie questioni personali, ma preferirei quasi che pensassero che sono la ragazza di Peter, e che sono qui per mia volontà.

Ignorando il compagno di allenamento, Peter mi conduce verso casa, continuando a stringermi forte il braccio. È ancora arrabbiato con me, lo sento, e sono sollevata che stia mantenendo la promessa sui video.

Se sono fortunata, quando il resto dei suoi uomini tornerà dalla spesa, si sarà calmato abbastanza da lasciarmi parlare con i miei genitori.

Quando arriviamo nel salotto, mi lascia andare il braccio e si dirige verso il portatile. Due minuti dopo, i video appaiono sul grande schermo televisivo davanti a me.

"Divertiti" dice con cautela, e scompare sulle scale.

QUANDO TORNA, STO A METÀ DELLA REGISTRAZIONE. È PROPRIO

come Peter mi aveva detto: per la maggior parte del tempo, gli agenti dell'FBI hanno interrogato i miei genitori e hanno evitato di rispondere alle loro domande. Posso dire che sia mia madre che mio padre erano stressati e arrabbiati, ma nessuno mi è sembrato fisicamente ammalato, almeno a giudicare dalla scadente qualità del video.

"Mi ripeta ancora una volta come Sara ha spiegato di aver interrotto la vendita della casa" dice l'Agente Ryson a mia madre, mentre Peter si siede sul divano accanto a me, con un nuovo paio di jeans e una maglietta a maniche lunghe. Dev'essersi fatto la doccia, dopo quel brutale allenamento, perché profuma di sapone, quando si allunga sul divano e mi prende la mano, intrecciando le dita alle mie.

Devo davvero impegnarmi per evitare di reagire a quella piccola intimità e continuare a concentrarmi sul video. In parte, è perché non so nemmeno come reagire. Dovrei essere contenta che sembra aver perdonato la mia infrazione nella stanza degli ospiti? O dovrei essere arrabbiata che quel gesto, così semplice, mi provochi un dolore al petto con la stessa sensazione pericolosamente calda che mi ha portata in questa situazione?

"E così, non le ha mai detto che la vendita in realtà era stata effettuata?" insiste Ryson, dopo che mia madre gli racconta quasi parola per parola della nostra conversazione durante il pranzo a base di sushi. "Non le ha mai spiegato come mai fosse rimasta in casa, dopo che una società di comodo del Sudafrica aveva acquistato la casa dagli acquirenti originali per il doppio del prezzo di mercato?"

I miei genitori si lanciano in frenetici dinieghi mescolati a domande e possibili spiegazioni, e guardo con una sensazione di nausea nello stomaco, mentre il volto di mio padre diventa viola prima che mia madre lo costringa a sedersi e a calmarsi.

"Starà bene" dice Peter, con voce profonda e rassicurante, e mi rendo conto che gli sto stringendo la mano così fortemente che le mie dita si stanno intorpidendo. Devo far male anche a lui, ma non tira via la mano. L'espressione dura che ha avuto per tutto il pomeriggio è sparita, con gli occhi grigi che mi guardano con una luce calda, quando aggiunge dolcemente: "Ho visto il resto di questo video, e ti assicuro che sta bene."

Annuisco, pateticamente grata della rassicurazione, e torno a rivolgere l'attenzione al video, dove gli agenti sono tornati sull'argomento della mia telefonata, insistendo con mia madre sulle parole esatte che ho usato parlando del viaggio. È chiaro che sospettano che io abbia mentito all'FBI per tutto il tempo, anche se non so se mi considerino semplicemente una a cui è stato fatto il lavaggio del cervello o la complice di Peter fin dall'inizio.

"Come si stanno mettendo le cose?" chiedo, voltandomi verso il mio rapitore, quando il video finisce con mio padre che consola mia madre che piange in cucina, dopo che gli agenti dell'FBI se ne sono andati. Mi sento come se avessi degli aghi ardenti nel cuore, anche se, come ha detto Peter, i miei genitori stanno relativamente bene.

Non finge di aver frainteso la mia domanda. "Non... si stanno mettendo bene. Ora che sanno dove cercare, hanno scoperto ulteriori prove sulla nostra relazione, a partire dal nostro incontro nel locale. E ovviamente, resta il fatto che hai vissuto in casa mia senza dir niente all'FBI, quando ti hanno detto che mi avevano individuato. Tra quello e la telefonata ai tuoi genitori, credono che tu stia collaborando con me. C'è anche—" Si ferma.

"C'è anche cosa?" Tiro via la mano e la poso saldamente sul grembo. "Dimmi."

Peter sospira. "Hanno esaminato il tuo archivio e hanno trovato i documenti del divorzio, firmati da te, ma non da tuo marito, risalenti al giorno prima del suo incidente."

"Che cosa?" Sbatto le palpebre, con il terrore che si insinua nella spina dorsale. "Che cosa c'entra?"

Peter mi mette una mano sul ginocchio per confortarmi. "Non è la principale ipotesi di cui sospettano" dice gentilmente: "Ma *stanno* prendendo in considerazione la possibilità che tu abbia avuto qualche coinvolgimento nella morte di tuo marito —che la nostra relazione possa aver preceduto l'incontro iniziale nella tua cucina."

"Che cosa? È ridicolo!" Sobbalzo, con la gola stretta dallo shock. "Non possono credere a una cosa del genere. Sanno che mi hai torturata e drogata, e minacciata con un coltello. Lo sanno; hanno visto le conseguenze. O pensano che io abbia immesso i farmaci nel mio organismo e che mi sia procurata da sola i tagli sul collo? E i lividi che mi hanno ricoperto la schiena per settimane? Come possono—"

"È solo un'ipotesi che stanno prendendo in considerazione, ptichka." Peter si alza e mi prende le mani gelide nei suoi grandi palmi caldi. C'è qualcosa di simile al rimorso sul suo volto duro e bello. Per quello che mi ha fatto durante il nostro primo incontro, forse? Nel secondo successivo, tuttavia, i suoi lineamenti tornano alla normalità, e dice: "Non stressarti per questo. Man mano che continueranno a investigare, scopriranno la verità. Il loro compito è quello di prendere in considerazione tutte le possibilità, a prescindere da quanto possano essere improbabili, e il fatto che tu fossi sul punto di divorziare da tuo marito è un elemento a cui devono aggrapparsi. Non hai mai visto un film poliziesco? Il coniuge è sempre il primo sospettato, soprattutto se c'è ragione di credere alla discordia coniugale."

"Discordia coniugale?" Una risata isterica mi sfugge dalla gola. "Stai scherzando, vero? Non stiamo parlando di risolvere il mistero di un omicidio del cazzo." Strappo le mani dalla presa di Peter e indietreggio, respirando a fatica. "Sei stato *tu* a uccidere George. Sei stato tu a irrompere in casa mia, a torturarmi con l'acqua e a drogarmi per ottenere informazioni su dove si trovava, e poi gli hai fatto saltare il cervello—quello che gli era rimasto dopo l'incidente. O pensano che sia stata io a provocare quell'incidente e che poi ti abbia assoldato per completare il lavoro?" Alzo la voce di un'ottava. "Voglio dire, quell'incidente è stato colpa *mia,* in un certo senso, e tu uccidi la gente su commissione, quindi non mi stupisce che sospettino qualcosa, che forse siamo stati complici in segreto per tutto il tempo, e—"

"Basta, Sara." Peter si avvicina e mi prende il polso, tirandomi a sé. È solo quando mi avvolge tra quelle potenti braccia, spingendomi sul petto, che mi rendo conto di quanto io sia fredda e tremante dalla testa ai piedi. La rabbia e lo shock mi stanno travolgendo come le onde di un uragano, e chiudo gli occhi a causa del bruciore delle lacrime, mentre Peter mormora nei miei capelli: "Andrà tutto bene, ptichka. Tutto questo finirà. Gli agenti non sono stupidi; presto scopriranno la verità. Devi solo avere pazienza."

"Quale verità?" Infilo le mani tra i nostri corpi e lo spingo sul petto, aprendo gli occhi per incrociare il suo sguardo. Mi sento sconvolta, con la rabbia e lo shock che si trasformano in amara disperazione. "Quella secondo cui sono andata a letto con l'assassino di mio marito per settimane e poi sono stata rapita, avvisandolo dell'arrivo dell'FBI? O quella secondo cui ho mentito ai miei genitori, in modo da far credere loro che fossi innamorata di quell'assassino?"

Il volto di Peter si rabbuia. "Sì, quella verità, Sara. Quella secondo la quale tu sei la mia vittima. È questo che vuoi essere, non è vero?" Lasciandomi andare, fa un passo indietro, e il mio corpo piange la perdita del suo calore e del comfort che offre il suo abbraccio letale.

Sforzandomi, mi ricompongo. Non possiamo tornare su quell'argomento, non quando devo ancora convincerlo a lasciarmi chiamare i miei genitori. "No" dico, scuotendo la testa. "Non è quello che intendevo. Infatti..." Mi fermo, poi mi sforzo di dirlo. "Avevi ragione. Prima, quando hai detto che stavo mentendo a me stessa, avevi ragione. *Sapevo* cosa stavo facendo quando ti ho avvertito, e non è stato solo perché non volevo vederti morto."

Flette la mascella e gli tremano le dita, come se volesse raggiungermi. "Che cosa stai dicendo, Sara?"

"Sto dicendo..." Respiro e avvolgo le braccia intorno al corpo, come se volessi librarmi. Anche se sto facendo questo per manipolarlo, tutto quello che sto dicendo è la verità, e riesumarla mi lacera. "Sto dicendo che gli agenti non sono del tutto fuori strada sulla persona che stanno incolpando."

Peter stringe gli occhi. "Di cosa stai parlando? Non avevi niente a che fare con la morte di quel bastardo."

"No, ma sono andata a letto con te—con il suo assassino." Mi trema la voce, mentre nuove lacrime minacciano di fuoriuscire. "E non ho detto di te all'FBI. Non ho chiesto la loro protezione, anche quando ne ho avuto la possibilità. Quindi, eccoci qui, in questa contorta situazione, ed è tutta colpa mia. E immagino che, in un certo senso, io debba averlo voluto, no? Perdere la libertà e stare con te a qualunque costo? Ho avuto la possibilità di decidere, e ho fatto la scelta sbagliata. Ho fatto *tutte* scelte sbagliate, ed è per questo che sono qui, piuttosto che sotto la custodia cautelare dell'FBI, è per questo che sono qui con *te,* invece di condurre una vita normale."

Mentre parlo, il duro argento nello sguardo di Peter si oscura, e poi si avvicina completamente a me, mettendomi un braccio dietro la schiena, mentre l'altra mano scivola nei miei capelli, facendomi inarcare contro di lui. "Oh, ptichka" mormora, e mi si stringe lo stomaco per il selvaggio desiderio sul suo volto. "Ti sbagli di grosso. Pensi di aver avuto la possibilità di scegliere? Pensi che ti avrei lasciata andare?"

Mi si gonfia la gola per qualcosa di indefinibile, con le lacrime negli occhi che minacciano di uscire, mentre blocco le mani ai fianchi. "Non l'avresti fatto?"

"No." I suoi occhi brillano oscuramente, stringendo le dita nei miei capelli. "Sarei venuto a cercarti. Non c'è un posto su questa Terra in cui avrebbero potuto nasconderti da me. Sei mia, Sara, e lo sarai sempre, a prescindere da tutto. A prescindere da ciò che devo fare per tenerti con me." Piega la testa, e sento il calore del suo respiro sulle mie labbra, mentre sussurra: "A prescindere da chi devo uccidere per averti."

Rabbrividisco nella sua stretta, mentre chiude gli occhi e mi sfiora le labbra con le sue. Ciò che sta dicendo è terribile, folle, eppure il mio corpo freme per la sua vicinanza, con il sesso che si riempie di un calore liquido, mentre il suo cazzo duro preme sul mio stomaco. È come se una parte perversa di me lo volesse, come se godesse della profondità della sua ossessione.

Come se, in un certo senso, mi sentissi sollevata per quell'ago che mi ha conficcato nel collo.

Peter approfondisce il bacio, con la lingua che mi invade la bocca, e glielo lascio fare. Glielo lascio fare, perché il fuoco che mi brucia dentro è troppo forte per poterlo combattere. Dico a me stessa che sto cedendo, perché è in gioco la telefonata ai miei genitori, ma dentro di me, so qual è la verità.

Sto cedendo, perché lo voglio.

Perché, in qualche modo, sono pazza quanto lui.

## 11

PETER MI PORTA AL PIANO DI SOPRA E NASCONDO IL VISO SULLA sua spalla, mentre Ilya entra in cucina. Non voglio sapere che cosa pensa il collega di Peter di questa follia, non voglio pensare a niente. Ho aperto l'anima al mio rapitore, perché volevo che mi perdonasse, ma ora che l'ho fatto, mi sento a pezzi e distrutta, un groviglio di vergogna e bisogno, di rabbia e desiderio. Mi detesto per quello che provo e, allo stesso tempo, non posso fare a meno di aggrapparmi a lui, di volerlo tanto quanto lui vuole me.

Quando arriviamo in camera, mi sistema sul letto e comincia a spogliarmi, e lo guardo attraverso le palpebre socchiuse. Mi sento strana, come se fossi ancora drogata, ma so che è dovuto al bisogno che risveglia in me, al desiderio oscuro e potente che mi suscita. La mia brama per lui è travolgente, mi toglie la razionalità e il buon senso. Voglio che mi stringa e che mi tocchi, che mi prenda e mi possieda. Voglio la sua oscurità e il suo amore contorto, e, soprattutto, voglio *lui*.

Voglio tutto di lui, anche se mi terrorizza.

*Ti sta costringendo a credere questo.* È la vocina della sanità mentale che mi sussurra nella mente, ricordandomi che sto facendo questo in modo che Peter non mi impedisca di contattare i miei genitori, che mi sono aperta a lui per lo stesso motivo. Il mio tormentatore è troppo intuitivo; avrebbe capito, se gli avessi mentito o se avessi finto di provare sentimenti che non provo. La verità, in tutta la sua patologica complessità, è stata la decisione migliore, solo che ora non posso fare marcia indietro, non posso coprirne la bruttezza con il velo opaco della negazione.

È vero che non ho scelta, ma mentirei se dicessi che questo non mi piace.

Peter toglie per prima cosa la maglietta, e io lo guardo con il respiro affannato, mentre i muscoli del suo addome si flettono, quando raggiunge la cerniera dei jeans. Ha un corpo da guerriero, magro e duro, con muscoli potenti e ben definiti, e tatuaggi che gli coprono il braccio sinistro dalla spalla al polso. Come la piccola cicatrice sul sopracciglio sinistro, la maggior parte delle cicatrici sul busto sono sbiadite, ma quella che gli attraversa lo stomaco è fresca; è lì che è stato accoltellato qualche settimana fa durante la sua missione in Messico. Quelle cicatrici sono il promemoria di ciò che fa, di ciò che *è*, e mi si stringe il cuore, mentre rifletto sul fatto che vado a letto con un assassino.

Con l'assassino di mio marito.

*Ti sta intimidendo.*

È la verità, e in qualche modo questo facilita le cose, quando esce dai jeans e mi si avvicina, nudo, con il cazzo lungo e grosso curvo fino all'ombelico. È assurdo, ma non voglio avere scelta in questo, non quando la voglia che mi incenerisce è il tradimento di tutto ciò che ho di più caro. Anche in questo caso, posso dire a me stessa che lo sto facendo per una ragione... che non sono completamente persa.

"Sei davvero splendida" sussurra vagamente, piegandosi sopra di me, e chiudo gli occhi, non riuscendo a sopportare l'intensità del suo sguardo metallico, mentre mi spoglia. La sensazione delle sue mani, così forti ma delicate, fa impazzire il mio corpo dal bisogno, anche se il cuore sanguina per tutto quello che ho perso, per tutto quello che quelle crudeli mani hanno strappato. Le lacrime che ho trattenuto fuoriescono, rigandomi le tempie, e rabbrividisco mentre le bacia, con quelle labbra morbide e calde sulla mia pelle umida.

Mi bacia le labbra, poi il tenero punto dietro l'orecchio e la colonna sensibile della gola. È solo quando la sua bocca raggiunge i miei seni che mi rendo conto di essere già nuda, con i vestiti rimossi mentre combattevo i pensieri confusi. Chiude le labbra intorno al mio capezzolo, con una suzione calda e umida che mi fa inarcare sul letto, e mi ritrovo le mani sepolte tra i suoi capelli morbidi e folti, mentre sbatto i fianchi contro di lui, cercando sollievo dalla tensione che cresce dentro.

*Fermati. Ti prego, fermati.*

Quel disperato grido riecheggia nella mia mente, ma non gli do voce. Non posso. Non perché non mi ascolterebbe, ma perché non riuscirei a sopportarlo, se lo facesse. Forse se non avessi ceduto prima, sarebbe più facile. Se non sapessi cosa provo quando è dentro di me, potrei trovare la forza di volontà per resistergli. Ma lo so, e il mio corpo lotta con la mente, minando gli sforzi di controllare la mia reazione, trattenendomi mentre gli do tutto.

"Sì, così" sospira sul mio capezzolo, mentre mi separa le pieghe con le dita, e mi trova scivolosa e gonfia, così eccitata che quasi non riesco a sopportarlo. "Lascia che ti prenda, ptichka. Lascia che ti dia ciò di cui hai bisogno." Il suo pollice calloso mi massaggia il clitoride, mentre spinge il dito medio dentro di me, e io gemo, mentre i miei muscoli interni si stringono attorno al suo dito, con il mio corpo che reclama ancora più aggressione.

Peter insite, spingendo dentro un secondo dito, e il gemito si trasforma in un grido straziante, mentre riprende a succhiarmi il capezzolo, con la doppia stimolazione che mi fa piegare la schiena e galoppare il cuore nel petto. Sono vicina all'orgasmo, lo sento, e quando la tensione raggiunge il culmine, vengo così duramente che smetto di respirare per qualche secondo. Tutto il mio corpo trema dal sollievo, con l'esplosione del piacere che raggiunge i piedi, mentre le dita di Peter si muovono dentro e fuori il mio corpo, dilatandomi e preparandomi per quello che verrà.

Sono ancora in preda ai residui dell'orgasmo quando si sposta, separandomi le cosce con le ginocchia, mentre mi stringe le dita, inchiodandomi le mani vicino alle spalle.

"Guardami" ordina con voce rauca, e io obbedisco vagamente, aprendo gli occhi per incontrare il suo sguardo ardente. Il suo peso mi tiene giù, col profumo maschile che mi riempie le narici, mentre strofina il cazzo sulla mia coscia interna, duro e incredibilmente spesso. Con le mani inchiodate al letto, sono inerme, completamente alla sua mercé, e c'è qualcosa di perverso ed emozionante in questo, qualcosa di oscuro come il bisogno che ribolle nel mio intimo.

"Dimmi che non lo vuoi." Il suo tono è duro, la sua espressione quasi violenta. "Mentimi, e mi fermerò."

Mi si stringe convulsamente il petto, mentre sostengo il suo sguardo, con i polmoni che lavorano freneticamente. Non so perché stia dicendo questo, ma so cosa voglio, e non ha niente a che fare con la possibilità di chiamare i miei genitori.

"Non fermarti. Ti prego, non fermarti."

Non so se pronuncio quelle parole ad alta voce o se le sussurro appena, ma le narici di Peter si allargano, col suo bel volto che si contorce per una fame feroce. Stringe le dita sulle mie, quasi schiacciandole con quella forza, e chiudo gli occhi, mentre piega la testa, prendendomi le labbra per un bacio aggressivo. Allo stesso tempo, l'ampia punta del suo cazzo spinge nell'angolo delle mie gambe, scivolando tra le pieghe fino a trovare l'ingresso bagnato e dolorante dell'intimo.

Mi penetra con una spinta profonda, con la sua lunghezza che mi dilata fino al limite del dolore, e il mio grido è inghiottito dalle sue labbra, mentre mi spinge la lingua nella bocca, riempiendomi, divorandomi, circondandomi col suo profumo, il gusto e la sensazione. Il suo possesso è rude, il desiderio appena controllato e, mentre assume un ritmo duro e frenetico, la tensione dentro di me cresce ancora, raggiungendo un nuovo picco. È troppo, troppo sconvolgente, e avvolgo le gambe intorno ai suoi fianchi, sentendo il bisogno di riprendere il controllo, ma è impossibile.

C'è solo Peter e il violento bisogno che ci consuma.

Non so chi venga prima, o se veniamo insieme. Tutto quello che so è che, quando mi inonda, grida il mio nome, sbattendo il bacino sul mio, con il cazzo ancora dentro di me. Il piacere sembra continuare per sempre, raggiungendo le terminazioni nervose, e quando è finito, rotola giù da me, prendendomi in braccio mentre scoppio a piangere, tremando per l'intensità di tutto questo... e per il senso di colpa che mi dilania.

Ancora una volta, ho ceduto all'uomo che mi ha distrutto la vita.

Solo dopo, quando le lacrime si fermano e Peter mi accarezza la schiena, mi rendo conto di una cosa, che mi gela il sangue nelle vene.

Per la seconda volta, non abbiamo usato il preservativo.

eter

COLGO IL MOMENTO ESATTO IN CUI SARA SI RENDE CONTO CHE non abbiamo usato il preservativo. Il suo corpo si irrigidisce, e solleva la testa dalla mia spalla, con gli occhi spalancati dall'orrore, mentre incrocia il mio sguardo.

"Non abbiamo—"

"Lo so."

È la seconda volta—la prima è stata la notte in cui l'ho rapita—e pur non essendomi dimenticato intenzionalmente della protezione nessuna delle due volte, non posso dire che mi dispiaccia. Il pensiero che Sara cresca mio figlio non mi spaventa, né mi disgusta; anzi, mi riempie il petto di un bagliore morbido e caldo, un bagliore che ho conosciuto solo una volta in vita mia.

Con Pasha, mio figlio.

Un familiare dolore mi perfora il petto, con la sofferenza per la perdita più forte che mai. L'immagine del corpo di Pasha, del suo pugnetto che stringe l'automobile giocattolo, è scolpita nella mia mente con la brutale precisione della lama di un assassino. Per anni, è stata la prima cosa a cui pensavo ogni mattina e l'ultima ogni sera. È stato l'incubo che mi svegliava di notte e il fantasma che mi tormentava durante il giorno. Vendicare lui e Tamila, mia moglie, rimasta uccisa nello stesso massacro, è stata la mia ragione di vita, e solo quando ho incontrato Sara ho trovato un nuovo scopo.

Lei.

Il mio piccolo passerotto, che ora è tutto per me.

Alla mia ammissione sul preservativo, Sara sembra ancora più spaventata. Afferrando un fazzoletto, si sistema sul letto e si pulisce freneticamente in mezzo alle gambe, prima di stringere la coperta al petto. I suoi occhi color nocciola sono enormi sul viso pallido, mentre dice con voce soffocata: "Stai *cercando* di mettermi incinta?"

"No." Mi alzo, prima di avere la tentazione di scoparla di nuovo. Nonostante il rilassamento post-orgasmico, l'idea di Sara incinta mi fa indurire nuovamente, e ho delle e-mail urgenti a cui rispondere prima di cena. "È successo e basta. Non ho pensato molto. Ma come ti ho già detto, non mi dispiacerebbe—non che sia probabile in questo periodo del mese per te. Giusto?"

Sara annuisce, ma non allenta la presa sulla coperta. "Non è probabile, ma non è nemmeno impossibile" dice con un tono leggermente più calmo. "Molte cose possono alterare il ciclo di una donna, quindi non si può dare per scontato che sia sicuro basarsi esclusivamente sul calendario. Inoltre, il mio ciclo è leggermente più breve, e le mestruazioni sono finite alcuni giorni fa." Sospira, poi aggiunge senza giri di parole: "Ho bisogno della pillola del giorno dopo. Puoi acquistarla per me?"

La guardo, colpito. "Forse" dico lentamente. "Che genere di pillola è, e dove dovrei acquistarla?"

So di cosa sta parlando, naturalmente, ma fingo di essere ignorante per poter riflettere un attimo. Anche se non avevo intenzione che succedesse questo, ora che è successo, tutto dentro di me si ribella all'idea di ridurre le probabilità della gravidanza di Sara.

È una nuova cazzata, ma in questo momento, mi rendo conto che *voglio* un bambino da lei. Voglio legarla a me in ogni modo possibile, farla mia così totalmente che non potrà mai lasciarmi.

"Ci sono diverse marche vendute negli Stati Uniti" spiega Sara. "*Plan B, Next Choice, My Way, ella...* Non so cosa sia disponibile in Giappone, ma sono sicura che ci sia qualcosa. Queste pillole funzionano bloccando il rilascio dell'ovulo, impedendo la fecondazione o fermando l'impianto nell'utero. Quindi, non è una pillola per abortire; è solo una contraccezione d'emergenza. Sono certa che se entri in qualsiasi farmacia del Giappone e spieghi cosa ti serve, te la daranno."

Mi guarda con tanta disperata speranza che non riesco a dire di no.

"Va bene" dico, facendo del mio meglio per nascondere la riluttanza. "Vediamo se riesco a contattare Anton prima che ripartano. Forse possono acquistarla sulla via del ritorno."

Il volto di Sara si illumina. "Sì, grazie. Prima viene assunta, più è efficace. Nelle prime ventiquattr'ore è meglio, e se la prendo stasera, saremo ancora nel limite massimo delle settantadue ore."

"Lo so" dico, entrando nel bagno per lavarmi. "Li chiamerò appena scenderò al piano di sotto."

MANTENGO LA PROMESSA DI CHIAMARE ANTON, RIMANDANDO solo il tempo necessario per rispondere a un'e-mail urgente da parte dei nostri hacker. Hanno individuato un amico della famiglia Henderson che di recente ha prenotato i biglietti per la Croazia, e stanno chiedendo un bonifico per proseguire con la ricerca della traccia. Trasferisco altri cinquecento dollari su un conto concordato nelle Isole Cayman, e poi contatto Anton attraverso il nostro telefono satellitare sicuro.

Con mio sollievo, sono a soli pochi minuti di distanza dal nostro rifugio di montagna. "Di cos'hai bisogno?" chiede Anton, con le parole appena udibili sul frastuono dell'elicottero in sottofondo. "Il jet lag si sta facendo sentire, ma se è qualcosa di urgente, possiamo tornare indietro e farlo."

"No, non fa niente" dico, sopprimendo uno spiacevole senso di colpa. "Se tornaste indietro, tutte le farmacie sarebbero comunque chiuse." O, almeno, questo è quello che racconterò a Sara, sperando che non pensi che qualcosa di semplice come una porta chiusa non sia un ostacolo per la mia squadra.

Possiamo ottenere qualunque cosa in qualsiasi momento, a prescindere dai divieti e dalla legalità.

"Va bene." Anton dev'essere davvero stanco, perché non reagisce alla mia strana affermazione. "Ci vediamo alle dieci."

Riattacca, e vado al piano di sopra per dare la brutta notizia a Sara.

Le procurerò quella pillola, ma non oggi.
Domani sarà la stessa cosa.

## 13

SARA PRENDE BENE LA NOTIZIA, PROBABILMENTE PERCHÉ ALLO stesso tempo la informo che abbiamo tutto il necessario per telefonare ai suoi genitori in tutta sicurezza. Mentre Ilya e Yan sistemano tutto, io do istruzioni a Sara su cosa dire.

"Nemmeno una parola sulla nostra ubicazione o su quanti siamo" le dico, mentre la conduco al piano di sotto. "Niente su quanto abbiamo impiegato ad arrivare qui o su come siamo arrivati qui. E se provi a dare indizi sul sushi, le montagne o gli elicotteri, lo saprò, e questa sarà l'ultima volta che contatterai la tua famiglia. Chiaro?"

Il volto di Sara è pallido, ma annuisce. "Che cosa *posso* dire, allora?"

"Puoi dire ai tuoi genitori che sei con me—i Federali lo

sanno. Puoi dire che sei felice e innamorata, e che non dovrebbero preoccuparsi per te. L'idea non è quella di rispondere alle loro domande, ma di rassicurarli che sei viva e stai bene. Meno dirai, meglio sarà per tutti."

"D'accordo." Fermandosi ai piedi delle scale, fa un respiro e raddrizza le spalle. "Sono pronta."

LA TELEFONATA ATTRAVERSA DUE DOZZINE DI RELÈ, RIMBALZANDO su satelliti e ripetitori in tutto il mondo, prima di apparire come numero sconosciuto sul cellulare della madre di Sara. So per certo che tutti i telefoni collegati ai genitori di Sara sono sorvegliati dall'FBI, ma non importa. Non riusciranno a rintracciare la telefonata. Il pericolo principale è che Sara dica qualcosa che non dovrebbe, ma spero che sia abbastanza intelligente da evitarlo.

Non bluffo, quando minaccio.

Lorna Weisman, la madre di Sara, risponde quasi subito al telefono. "Pronto?" La sua voce è tesa, quando esce dall'altoparlante.

"Ciao, Mamma" dice Sara. È seduta sul divano accanto a me, con il telefono sul grembo impostato sulla modalità vivavoce, in modo che io possa ascoltare la conversazione. "Sono io, Sara."

"Sara! Oh, grazie a Dio! Dove sei? Stai bene? Che cosa sta succedendo? È venuto l'FBI, e—"

"Sto bene, Mamma." Il tono di Sara è calmo e rilassato, nonostante lo scintillio troppo luminoso negli occhi. "Non preoccuparti. Sto con Peter, e va tutto bene. So che le cose sono un po' confuse, ma sto bene e tra noi va tutto benissimo. Ti dirò di più quando tornerò a casa, ma per ora ho solo voluto chiamare perché ho pensato che foste preoccupati."

"Sara, tesoro, ascoltami." Lorna sembra sul punto di piangere. "L'FBI ha detto che è un criminale, uno dei più ricercati. Devi scappare da lui. Dove sei? Ti prego, tesoro, dimmelo, e manderemo qualcuno a prenderti. Non è un brav'uomo, Sara. È pericoloso; può farti del male. Devi—"

"Mamma, non essere ridicola." Sara alza la voce. "Sto benissimo, e Peter è meraviglioso con me. Ascolta, non posso parlare a lungo, ma qualunque cosa ti stiano dicendo, non crederci. Lui *è* un brav'uomo e siamo molto felici insieme. Mi ama, e io... Beh, credo di amarlo anch'io."

Mi guarda storto, e le rivolgo un cenno di approvazione con la testa, ignorando l'irrazionale dolore nel petto. Si sta comportando come le ho detto, ed è inutile sperare che lo pensi davvero, che sia davvero innamorata di me.

"Ma, Sara—"

"Mamma, devo andare. Ti richiamerò presto. Nel frattempo, non preoccuparti per me e di' anche a Papà di non preoccuparsi." Le si incrina la voce, come se stesse per piangere anche lei. "Vi voglio bene, e ci risentiremo presto, ok?"

"Aspetta, Sara—"

Ma riattacca, con le esili spalle tremanti a causa dei singhiozzi, mentre salta in piedi e corre al piano di sopra, lasciandomi lì con il telefono.

## 14

*S*ara

NON SO PER QUANTO TEMPO IO PIANGA PRIMA CHE IL LETTO accanto a me affondi e Peter mi avvolga nel suo abbraccio, mettendomi sul grembo come se fossi una bambina inquieta. La sua grande mano mi accarezza la schiena, mentre gli metto le braccia intorno al collo, nascondendo il viso bagnato sulla sua spalla, e mi fanno star bene quel tocco e quel calore. Sembrano necessari, anche se lo detesto in questo momento... anche se il dolore nella voce di mia madre è insopportabilmente fresco nella mia mente.

"Staranno bene, ptichka" dice dolcemente, quando i miei singhiozzi si calmano. "Li stiamo tenendo d'occhio, e la stanno prendendo bene. E ora che li hai chiamati, sanno che stai bene anche tu."

"Bene? Pensano che sia impazzita, scomparendo con un criminale del genere." Mi trema la voce, con la vista appannata dalle lacrime, mentre spingo sulle sue spalle, sollevando la testa per incrociare il suo sguardo. "E con l'FBI che ci cerca..."

"Lo so." I suoi occhi grigi sono teneri, mentre mi pulisce delicatamente l'umidità sulle guance. "Non è ottimale, ma è la cosa migliore che possiamo fare per ora."

"Già." Finalmente trovo la forza di scendere dal suo grembo e alzarmi. Mi bruciano gli occhi dopo tutto quel pianto, e ho il mal di testa, ma sono determinata a riprendere il controllo. Non posso continuare a cercare conforto dall'uomo che mi ha privata di tutto, non posso continuare a piangere e ad aggrapparmi al mio rapitore.

Sono più forte di così.

Devo esserlo.

"Hai fame?" chiede Peter, alzandosi anche lui. "Sto per preparare la cena per noi."

Mi asciugo i residui delle lacrime con il dorso della mano e annuisco. "Forse."

"Bene." Il suo sorriso è così luminoso che quasi mi acceca. "Ci vediamo al piano di sotto tra un'ora."

MI ASPETTAVO CHE GLI UOMINI DI PETER SI UNISSERO A NOI PER la cena, come hanno fatto per la colazione, ma non ci sono. Quando ne parlo con Peter, spiega che si stanno allenando e che mangeranno dopo.

"Perché non ti sei unito a loro?" domando, raggiungendo un pezzo di salmone. Oggi mangeremo cibo ispirato alla cucina giapponese—pesce e riso in bianco, con verdure sott'aceto come contorno. "Non vi allenate insieme?"

Peter sorride. "Di solito sì, ma volevo trascorrere un po' di tempo con te stasera."

"Perché sono stata molto di compagnia oggi?"

Il suo sorriso si allarga. "Abbiamo avuto i nostri momenti."

Combatto il rossore, sapendo che si sta riferendo al sesso di prima. Ho fatto del mio meglio per non pensarci, anche se il corpo è ancora dolorante per quel rude possesso. È stupido che mi senta imbarazzata, quando vado a letto con lui da settimane, ma non posso farci niente. Questa cosa tra noi è troppo confusa, troppo contorta. E poi, non abbiamo usato il preservativo—

No, non posso pensarci. Peter ha promesso di comprarmi la pillola domani, e devo credere che manterrà la promessa. Anche se, per qualche bizzarra ragione, non gli dispiacerebbe mettermi incinta; dovrebbe rendersi conto che un bambino in queste circostanze sarebbe un disastro per tutte le persone coinvolte. È un uomo ricercato, un assassino in fuga. Che razza di vita sarebbe per un bambino? Peter è troppo intelligente per non capirlo.

*È anche ossessionato da te.*

Sopprimo quel sussurro spaventato e scavo nel cibo. Non c'è motivo di preoccuparsi per questo stasera; domani, anche se Peter non mi porterà la pillola, sarà comunque presto. In ogni caso, sono così stanca che riesco a malapena a sollevare la forchetta, figuriamoci a stressarmi per una possibile gravidanza. Dev'essere già mattina a casa, e, nonostante il pisolino del mattino, sento le conseguenze del jet lag, unite agli effetti dello stress estremo. Non appena avrò finito di mangiare, mi addormenterò, e spero di essere più lucida domani.

Ho bisogno di esserlo per pianificare la mia fuga.

"Ho dimenticato di dirti una cosa" dice Peter, mentre finisco il salmone. "Yan ti ha portato un mucchio di vestiti. Sono laggiù." Fa un cenno verso l'ingresso, dove per la prima volta noto qualche busta della spesa.

"Oh, grazie." Sopprimendo uno sbadiglio, spingo il piatto vuoto da una parte e mi alzo. Non ho intenzione di rimanere qui abbastanza a lungo da aver bisogno di tutti quegli abiti, ma mi occorreranno scarpe e indumenti caldi per fuggire. "Vado a dare un'occhiata, allora."

Peter si alza e inizia a ripulire il tavolo, mentre esamino gli acquisti di Yan. Tutte le etichette mostrano taglie più grandi della mia, ma i vestiti sembrano starmi bene, quindi devo portare una M o una L per gli standard delle donne giapponesi. Anche le scarpe sono della taglia giusta. Le provo subito, felice di trovare un paio di scarpe da ginnastica comodo e degli scarponi caldi, insieme a sandali meno pratici e tacchi alti.

"Il tuo collega pensa che andrò a ballare?" domando a Peter, quando esamino le altre buste e trovo altri abiti poco pratici, oltre agli indumenti fondamentali come pantaloni per lo yoga, jeans, maglioni e t-shirt. C'è anche la biancheria intima, la maggior parte di pizzo e carina, e un paio di camicie da notte di seta—l'dea di ciò che una donna dovrebbe indossare a letto secondo un uomo.

"Yan è bravo con i vestiti, quindi gli ho detto di acquistare tutti quelli che pensava fossero i migliori" dice Peter, sorridendo, mentre sollevo un top che non sembrerebbe fuori luogo su una spiaggia d'estate. "Credo che abbia un po' esagerato con alcuni abiti."

"Uh-uh." Rimetto tutto nelle buste e ne afferro un paio,

pensando di appenderli nell'armadio al piano di sopra, quando Peter viene da me e me li strappa dalle mani.

"Ci penso io" dice, prendendo gli altri, e lo guardo, confusa, mentre porta tutte le buste al piano di sopra.

Questo è ancora un ulteriore esempio della sua estrema attenzione, mi rendo conto, mentre lo seguo sulle scale. Quando viveva in casa con me, non solo Peter mi esonerava da tutti i lavori domestici quando ero stanca, ma non mi lasciava nemmeno trasportare qualcosa di più pesante di un piatto di cibo. Non so se non mi ritenga in grado di sollevare una busta della spesa o se qualcuno gli abbia insegnato a portare sempre le cose alle donne, ma sicuramente mi sta viziando.

Quando non mi droga, rapisce o minaccia, perlomeno.

"È dovuto alla tua educazione nell'orfanotrofio?" chiedo, seguendolo verso l'armadio della camera da letto, dove appoggia le buste e comincia ad appendere i miei abiti accanto ai suoi. "Da bambino, qualcuno ti ha insegnato ad essere un gentiluomo o qualcosa del genere?"

Peter si ferma e mi guarda, con le sopracciglia sollevate. "Stai scherzando, vero?"

Aggrotto la fronte e raggiungo una busta, prendendo un maglione per piegarlo. "No, perché?"

Si lascia sfuggire una risata amara. "Ptichka, hai idea di come sono gli orfanotrofi in Russia?"

Mi mordo il labbro, mentre poggio il maglione sul ripiano accanto a me. "No, non proprio. Immagino non molto piacevoli."

Ricomincia ad appendere i miei vestiti. "Diciamo solo che il comportamento da gentiluomo da bambino non era in alto sulla lista delle mie priorità."

"Capisco." Dovrei aiutarlo, ma tutto quello che riesco a fare è guardarlo, colpita da quanto io sappia ancora poco dell'uomo che si è impossessato della mia vita in modo così totale. So che è cresciuto in un orfanotrofio—mi ha detto di essere finito in un carcere giovanile, dopo aver ucciso il direttore di quell'orfanotrofio—ma non so altro e, improvvisamente, non mi basta.

Voglio saperne di più su Peter Sokolov.

Voglio capirlo.

"Che cos'è successo alla tua famiglia?" chiedo, appoggiandomi allo stipite della porta. "Hai mai conosciuto i tuoi genitori?"

"No." Non smette di disfare le buste con fare metodico. "Sono stato lasciato sulla porta dell'orfanotrofio da neonato. Avevo tre o quattro giorni all'epoca. Secondo loro mia madre proveniva da uno dei villaggi vicini. Forse era una studentessa rimasta incinta o qualcosa del genere. Non ho mostrato alcun segno di sindrome feto-alcolica e sono risultato negativo alle droghe, quindi hanno escluso che fosse una prostituta o qualcosa del genere."

"E nessuno è mai tornato a prenderti?" chiedo, cercando di ignorare la dolorosa sensazione di stretta al petto. Non so perché, ma immaginare questo pericoloso uomo come un neonato abbandonato mi fa venire voglia di piangere.

Peter abbassa la stampella che tiene in mano e mi rivolge un'occhiata lievemente sorpresa. "Tornato a prendermi? No, certo che no. Nessuno viene a riprendere i bambini in quei luoghi—ecco perché si chiamano orfanotrofi. Beh, al giorno d'oggi agli stranieri ricchi piace adottare un bambino o due, se non possono avere figli, ma non era così quando ero piccolo."

Deglutisco, con il dolore al petto che si intensifica. "Hai mai cercato di scoprire chi fosse tua madre? Di cercare lei o tuo padre? Voglio dire, hai le risorse ora..."

Peter flette la mascella e si gira per guardarmi. "Perché dovrei perdere tempo a cercare qualcuno che mi ha abbandonato?" I suoi occhi brillano di una luce dura e oscura. "C'è solo una cosa che vorrei fare, se la trovassi, ma persino per *me* il matricidio è inaccettabile."

Si allontana, continuando a piegare e ad appendere i miei vestiti, e mi impongo di unirmi a lui in quell'attività, nonostante le mani tremanti e lo stomaco sottosopra. Le sue rivelazioni mi terrorizzano e mi riempiono di una schiacciante compassione. Ormai è ovvio che la rabbia che ho intravisto in Peter va più in profondità della tragedia capitata a sua moglie e al figlio, che è stato plasmato da forze che non riesco a comprendere appieno.

Che la sua attenzione per la famiglia—e l'ossessione per me —potrebbe avere radici che vanno fino all'oscurità della sua infanzia.

15

*S*ara

MI ADDORMENTO NELL'ABBRACCIO DI PETER NON APPENA CI sdraiamo, e mi sveglio più tardi con la sensazione che stia scivolando dentro di me da dietro, con il braccio muscoloso intorno alla gabbia toracica, mentre mi tiene al suo fianco. Non sono abbastanza bagnata, e le prime spinte bruciano, ma poi sposta la mano sul mio sesso, trovando il clitoride, e il corpo si rilassa, sciogliendosi per lui, mentre il fuoco si riaccende dentro di me.

Impiego solo un paio di minuti a venire, ed è proprio dietro di me, con il grosso cazzo che mi sbatte dentro, mentre raggiunge l'orgasmo con un gemito soffocato. Mi tiene così, senza preoccuparsi di tirarlo fuori, e mi riaddormento, con lui ancora piantato dentro di me. Nei miei sogni, mi bacia la tempia e mi dice quanto mi ama, ma, quando mi sveglio al mattino, sono sola nel letto, con la luce abbagliante che penetra dalle finestre alte fino al soffitto.

Mentre faccio la doccia, trovo tracce di sperma secco sulle cosce—la prova che ancora una volta non abbiamo usato la protezione. Le tolgo rapidamente, cercando di non cedere al panico che ribolle dentro di me, e mi vesto per andare a cercare Peter.

Deve procurarmi quella pillola.

Deve mantenere la promessa.

Con mia grande sorpresa, non c'è al piano di sotto. Non ci sono nemmeno i suoi uomini.

Il mio cuore salta un battito, poi assume un ritmo frenetico. Potrebbe essere così? Potrebbe essere che mi hanno lasciata sola per occuparsi di qualche attività? Prima di agitarmi troppo, afferro gli stivali ed esco per controllare se si stanno allenando lì.

Niente.

Non c'è nessuno, neanche l'elicottero.

"Torneranno nel pomeriggio" dice la voce di un uomo, dietro di me, e sobbalzo emettendo un grido di sorpresa.

Voltandomi, vedo Ilya, che sta uscendo dalla casa dietro di me. Doveva essere in una delle camere degli ospiti al piano di sopra—gli unici posti in cui non ho controllato.

Facendo un respiro per calmare il battito del cuore, chiedo: "Anche Peter è andato via?"

Il grosso russo annuisce, con il cranio tatuato che brilla alla luce del sole, mentre si appoggia alla porta. "Ha lasciato la colazione in cucina per te."

"Oh, ok. Grazie."

Entra, e lo seguo dentro casa, tremando per il vento freddo. Dovrò assolutamente indossare vestiti caldi, quando scapperò, con diversi strati. E forse ne avrò la possibilità prima di quanto immagini.

Con un po' di fortuna, Ilya non mi presterà troppa attenzione oggi.

Non si unisce nemmeno a me per colazione. Anzi, scompare nella sua stanza al piano di sopra, mentre trangugio la frittata che Peter ha lasciato per me e ripulisco. Vedendo che Ilya non torna qualche minuto dopo, salgo silenziosamente al piano di sopra, infilo due maglioni e una giacca a vento, prendo un cappello, e scendo giù in fretta. Ancora non conosco la zona, ma non posso perdere quest'occasione. Passando in cucina, afferro una bottiglia d'acqua, un pacchetto di arachidi e una mela, e infilo tutto in una busta di plastica che ho nascosto sotto la giacca a vento.

Gli stivali sono davanti alla porta, così li infilo e poi esco di casa, facendo attenzione a non fare rumore, mentre chiudo la porta dietro di me.

Non respiro appieno, finché non lascio la casa alle spalle, e ritrovo il sentiero che ho visto ieri sul lato ovest. Cammino di lato, pronta a immergermi più in profondità nella foresta al primo segnale di inseguimento, ma non sembra arrivare nessuno.

Forse la mia fortuna continuerà e Ilya per un po' non si renderà conto che me ne sono andata.

L'aria è fredda e pungente, mentre un po' cammino e un po' corro lungo il sentiero. Non sono abbastanza in forma per mantenere questo ritmo a lungo, ma il mio obiettivo è quello di scendere il più possibile a valle, prima che qualcuno si accorga della mia assenza. Non mi illudo di poter sfuggire ad una squadra di ex soldati degli Spetsnaz senza un significativo vantaggio iniziale, ma vale la pena tentare.

Forse posso almeno raggiungere un telefono, prima che mi prendano.

Cammino per tutta la mattinata, fermandomi solo per una pausa di cinque minuti per il bagno e per bere un sorso d'acqua intorno a mezzogiorno. Poi, riprendo il cammino, ignorando il bruciore dei muscoli delle gambe e dei polmoni. Quando il sole è alto nel cielo, sono obbligata a rallentare. Per fortuna, sto *scendendo* lungo la montagna; altrimenti, non avrei resistito così a lungo. Anche se il sentiero è abbastanza largo per un'auto, sembra che non sia stato utilizzato in questi ultimi anni, ed è pieno di ostacoli a cui devo fare attenzione, dai tronchi d'albero caduti a enormi pozzanghere e fossi pieni d'acqua. Dev'essere a causa di quella frana che Ilya ha menzionato. Dovrò aggirarla, attraverso la foresta, quando arriverò in quel punto, ma per ora il sentiero è più facile, nonostante tutti gli ostacoli.

*Ancora un po'*, mi dico, mentre supero un altro albero caduto e una parte ripida del sentiero, quasi inciampando su una roccia, mentre lotto per rimanere in piedi. Presto, mi rifermerò per bere e fare uno spuntino, ma non ancora.

Devo allontanarmi il più possibile, prima che inizino a cercarmi.

Mi sforzo di proseguire per un'altra ora, e a quel punto crollo a terra, esausta. Negli ultimi venti minuti ho avuto la spiacevole sensazione di essere seguita, ma sono abbastanza certa che sia stata solo la paranoia.

I miei rapitori non mi seguirebbero; mi catturerebbero e mi riporterebbero indietro.

Esamino con cura l'ambiente circostante, pronta a scattare e a correre in qualsiasi momento. Come avevo sospettato, però, è tutto tranquillo, con gli alberi di cedro giganti che oscillano leggermente per la brezza fredda. Rilassandomi, tiro giù la lampo della giacca a vento e tiro fuori la busta di plastica che avevo nascosto lì sotto. Aprendo la bottiglia d'acqua, mando giù quella rimasta e poi mangio le arachidi e la mela che ho portato con me.

Non è molto, ma è sufficiente.

Sentendomi leggermente meglio, mi alzo, e, per la seconda volta in questa giornata, salto con un urlo di spavento.

Una scimmia grigia con il muso rosa mi sta fissando tra gli alberi.

O, più precisamente, sta fissando me e il torsolo della mela che ho lasciato a terra, alternando lo sguardo tra me e il potenziale cibo.

Scoppio a ridere, sia per l'espressione sul muso della scimmia che per la mia reazione. La pelle mi formicola per la scarica di adrenalina e il cuore mi batte forte come se fossi stata aggredita da un orso, ma sono così sollevata che potrei baciare quel musetto rosa.

È stata una scimmia di montagna a seguirmi, non un mercenario russo.

"Puoi prenderla" dico alla scimmia, gesticolando verso i resti della mela, quando finalmente riesco a smettere di ridere. "È tutta tua."

"Come sei generosa, ptichka" sibila una familiare voce da

dietro, e mi blocco, con il cuore che ricomincia a battere all'impazzata.

Ho sbagliato a non fidarmi del mio istinto.

Con una sensazione di nausea, mi giro e affronto l'uomo da cui sono fuggita.

Peter Sokolov è appoggiato a un albero, con le sensuali labbra piegate in un sorriso sardonico.

Peter

ILYA MI HA INVIATO UN MESSAGGIO NON APPENA SARA HA lasciato la casa, e gli ho detto di seguirla. Non perché ero preoccupato che potessimo perderla—Yan ha inserito dei localizzatori in tutte le scarpe che ha acquistato per lei—ma perché non volevo che andasse in giro da sola. La mia piccola dottoressa è abituata agli ambienti suburbani, non alle foreste di montagna, e non volevo rischiare che si facesse male. Ero già sulla via del ritorno, così, non appena Anton mi ha fatto scendere, ho seguito il segnale GPS degli stivali di Sara. Ho impiegato solo un'ora per raggiungere Ilya, e poi ho assunto io il compito di seguire Sara—il mio passatempo preferito degli ultimi mesi.

"Come hai fatto a trovarmi?" chiede, riprendendosi dallo

shock. La sua voce è tesa e senza fiato, ma tiene il mento sollevato, guardandomi senza trasalire. "Da quanto tempo mi stavi seguendo?"

"Dalla tarda mattinata" dico, allontanandomi dall'albero. "Hai più resistenza di quanto pensassi. Credevo che avresti fatto una pausa molto prima."

Stringe gli occhi color nocciola. "È per questo che mi hai lasciata allontanare così tanto? Per mostrarmi quanto sono debole e quanto puoi catturarmi in fretta?"

"No, ptichka." Mi avvicino. "Per mostrarti qualcos'altro."

Fa un passo indietro, poi si ferma, probabilmente rendendosi conto che è inutile correre. E lo è. La prenderei in un attimo. E poi la punirei, come esige il mostro dentro di me.

Mi assicurerei di non permetterle mai più di scappare da me.

Faccio appello a tutta la mia forza di volontà per sopprimere quel bisogno, per evitare di cedere all'oscuro desiderio. Ha perfettamente senso che Sara cerchi di fuggire da me, che cerchi di tornare alla vita che aveva. Non sarebbe la persona che è, se non ci provasse, e lo so. Lo accetto—perlomeno razionalmente.

A un livello più viscerale, voglio sottometterla e farmi amare, tarparle le ali in modo che non possa mai più lasciarmi.

"Vieni" dico, allungandomi per prenderle la mano fredda e tremante, quando mi fermo davanti a lei. "Da questa parte."

E, trattenendo la rabbia che infuria dentro di me, la conduco lungo il sentiero.

S*ara*

L'ESPRESSIONE DI PETER È INDECIFRABILE, MENTRE CAMMINIAMO lungo il sentiero, ma sento la rabbia che ribolle in lui, la letale pericolosità che fa parte di lui come quegli occhi grigi d'acciaio. Nonostante ciò, la sua presa sulla mia mano è delicata, con la grande mano che mi protegge il palmo dall'aria fredda, anche se mi impedisce di fuggire.

"Come hai fatto a trovarmi così in fretta?" chiedo, nascondendo la mia ansia. A questo punto, sono quasi certa che Peter non mi farà del male fisicamente, ma ci sono molti altri modi in cui potrebbe farmela pagare.

"Ilya ti ha seguita" dice, guardandomi. La brezza fredda gli ha arrossato gli zigomi alti e la punta del naso, e con la giacca a vento sportiva che indossa sembra uno di quegli atleti che scalano l'Everest per divertimento. "Pensavi che non avrebbe scoperto che eri scappata?"

Naturalmente. Avrei dovuto immaginare che sarebbe stato troppo facile.

"Perché non me l'ha impedito, allora? Perché mi ha solo seguita?"

"Perché gliel'ho chiesto io."

Punto i piedi, costringendolo a fermarsi. "Perché? Stai cercando di darmi una lezione? È così?"

"No, Sara—anche se questo è un bonus." Nei suoi occhi appare uno scintillio di divertimento.

"E allora cosa?" chiedo. "Perché mi hai lasciata allontanare così tanto?"

"In modo da poterti mostrare questo" dice, e, stringendo la presa sulla mano, mi conduce verso un boschetto di alberi lungo il sentiero.

Ho camminato con cautela per tutto il tempo, ma quasi mi sfugge l'improvvisa scomparsa della terra sotto i piedi. Se non fosse stato per Peter, probabilmente sarei ruzzolata giù.

Sospirando, faccio un passo indietro, aggrappandomi alla mano di Peter con tutta la mia forza, mentre resto a bocca aperta per il precipizio sotto di noi. Per qualche scherzo della natura, gli alberi arrivano fino al bordo del dirupo, con alcune radici che si estendono addirittura oltre. Danno l'illusione che ci sia un terreno solido dove non c'è, e ricordo che Ilya aveva parlato di questo fenomeno ieri, menzionando la frana.

"È dovuto al terremoto?" chiedo, una volta superato lo shock.

"Sì." Peter mi afferra di nuovo, allontanandomi dal bordo del precipizio. Quando siamo abbastanza lontani, mi lascia andare la mano e dice: "È questo che volevo farti vedere. So che Ilya ti ha detto ieri che questa montagna è tutto un dirupo, ma forse non gli hai creduto; così, volevo che lo vedessi con i tuoi occhi. Questa era l'unica pendenza abbastanza graduale da poterci camminare o guidare prima del terremoto, e non è più utilizzabile. L'unico modo per lasciare questa montagna è con l'elicottero, ptichka." Sorride, con gli occhi che brillano di argento lucido.

Lo fisso, con lo stomaco pieno di ghiaccio. Dovevo essermi distratta, quando Ilya me ne ha parlato, perché non ricordo affatto di averlo sentito menzionare qualcosa del genere. Non mi meraviglia che i miei rapitori fossero così disinteressati della mia fuga; sapevano che non sarei andata da nessuna parte.

"Tutta questa montagna è circondata da dirupi? Da tutti i lati?"

Devo sembrare sconvolta come mi sento, perché l'espressione di Peter si addolcisce inspiegabilmente. "Sì, amore mio. Non l'avevi capito ieri?"

Scuoto la testa con vigore. "Evidentemente non stavo prestando molta attenzione."

Non dice niente, mi riprende solo la mano e continuiamo a camminare lungo il sentiero, tornando verso casa. I miei passi sono lenti, con la stanchezza per l'escursione mattutina che mi colpisce come una palla da demolizione. E non è solo stanchezza fisica. Emotivamente, sono distrutta, così sfinita da sentirmi intorpidita.

Non so perché riponessi tante speranze in questa fuga. Anche quando ero a casa, con la mia famiglia e l'FBI a solo una telefonata di distanza, sapevo che non avrei potuto correre da nessuna parte per evitare Peter. Ero sua prigioniera allora, proprio come lo sono ora, e non so cosa mi abbia fatto credere che fuggire da questo monte avrebbe migliorato le cose.

Perché abbia immaginato di poter essere libera, se lo avessi fatto.

Peter mi avrebbe trovata. Anche se, per qualche miracolo, fossi fuggita e avessi ottenuto la presunta protezione dell'FBI, non sarei mai stata veramente al sicuro. Avrei dovuto guardarmi le spalle ogni ora, ogni giorno, e alla fine sarebbe arrivato, con quel crudele sorriso disegnato sul bel volto.

Non c'è modo di uscirne, e in preda al panico, l'ho dimenticato.

L'angoscia è una forza schiacciante nel petto, che mi toglie il fiato e rabbuia il mondo che mi circonda. So che devo riprendermi, elaborare un nuovo piano, ma la mia situazione è troppo disperata, troppo assoluta. Le mie gambe sembrano di piombo, mentre faccio un passo dopo l'altro, e il ghiaccio dentro di me si diffonde, con il freddo che mi attanaglia come delle catene intorno al cuore.

Non c'è via d'uscita.

"Non dev'essere così, Sara" dice Peter tranquillamente, e mi giro, notando che mi sta osservando, con sguardo stranamente comprensivo. È come se capisse, come se mi compatisse, in un certo senso. Solo che se fosse davvero così, non farebbe questo.

Non distruggerebbe la mia vita per soddisfare la propria ossessione.

"Non dev'essere così?" chiedo cupamente, fermandomi davanti a un albero caduto. Dobbiamo salirci sopra, e mi manca l'energia per farlo. "E allora, come? Come pensi che possa funzionare?"

Piega le labbra, mentre mi lascia andare la mano e si gira per affrontarmi. "Puoi arrenderti, ptichka. Accettare quello che c'è tra noi."

"E che cosa ci sarebbe?"

"Questo." Alza la mano per accarezzarmi la guancia, e mi ritrovo appoggiata a quel tocco, cercando il magnetico calore delle dita.

Sentendo il perverso desiderio che mi pulsa nell'intimo.

Dovrei allontanarmi, scappare, ma sono troppo stanca per muovermi. Troppo stanca per protestare, mentre piega la testa e preme le labbra sulle mie, con un bacio morbido e gentile, così tenero che mi fa venir voglia di piangere.

Mi bacia come se fossi qualcosa di prezioso, qualcosa di raro e bello. Come se mi volesse più della vita stessa. Chiudo gli occhi e sollevo le mani, stringendogli le spalle, mentre intensifica il bacio, respirando la mia aria e alimentando il mio desiderio.

*E se ti arrendessi?*

Non sembra così male in questo momento. Non quando sono così stanca e persa, così completamente priva di speranza. È la causa della mia disperazione, tuttavia tutto è più caldo e luminoso con il suo tocco, più sopportabile con il suo affetto.

*E se lo accettassi?*

Quella domanda mi frulla per la testa, schernendomi, prendendomi in giro. Come sarebbe, se smettessi di combattere? Se lasciassi andare la mia vecchia vita e abbracciassi quella nuova? Perché, in questo momento, non sembra così assurdo che possa amarmi, che possiamo condividere qualcosa di significativo e vero.

Che se dimenticassi le cose che ha fatto, potrei amarlo anch'io.

"Sara" sibila, sollevando la testa, e nel calore del suo sguardo vedo il futuro che potremmo avere. Quello in cui non siamo nemici, in cui il passato non dipinge il nostro presente in tonalità di nero.

Lo vedo e lo voglio—e questo è ciò che mi terrorizza di più.

"Lasciami andare." Da qualche parte, trovo la forza di allontanarmi, di rifiutare l'oscuro richiamo del suo affetto. "Ti prego, Peter, fermati."

Il suo sguardo si raffredda e si indurisce, con l'argento fuso che si trasforma in acciaio freddo. Senza dire un'altra parola, mi prende la mano e ricomincia a condurmi verso la montagna, riportandomi nella mia prigione.

Nella nostra nuova casa.

CAMMINIAMO LUNGO IL SENTIERO PER UN'ALTRA ORA E MEZZA prima che io inizi a inciampare su ogni radice e roccia, con le gambe così pesanti dalla stanchezza da non riuscire letteralmente a sollevare i piedi. Salire è dieci volte più difficile che scendere, e, avendo esagerato oggi, non ce la faccio più.

Mandando giù l'aria ghiacciata, crollo su una grossa roccia. "Ho bisogno... di una pausa" sospiro, piegandomi a metà. Ho un crampo al fianco, e i polmoni mi bruciano come se avessi corso per dieci chilometri. "Solo... pochi minuti."

"Ecco, bevi." Peter si siede accanto a me, sembrando fresco come se avessimo passeggiato tranquillamente per tutto questo tempo. Tirando giù la lampo della giacca, mi porge un'altra bottiglia d'acqua, e dice: "So che sei stanca, ma non possiamo rallentare. Stasera è prevista una tempesta, e dobbiamo essere a casa prima di allora."

Tranguggio la maggior parte dell'acqua prima di restituirgli la bottiglia. "Una tempesta?"

"Pioggia e grandine, mescolate con la neve alle quote più

alte." Finisce l'acqua e rimette la bottiglia vuota all'interno della giacca. "Meglio non farci sorprendere."

"Ok." Non ho ancora ripreso fiato, ma mi sforzo di alzarmi. "Andiamo."

Peter si alza in piedi, studiandomi con un lieve cipiglio. Poi, si gira e dice: "Sali sulla mia schiena."

Un'incredula risata mi sfugge dalla gola. "Che cosa?"

"Ho detto 'sali sulla mia schiena.' Ti porterò io."

Scuoto la testa. "Non essere ridicolo. Non puoi portarmi fin lì. Abbiamo ancora tre lunghe ore di cammino—forse quattro o cinque, dal momento che stiamo salendo."

"Smettila di discutere e sali sulla mia schiena." Mi guarda storto. "Sei troppo stanca per camminare, e questo è il modo più semplice per portarti."

Esito, poi decido di fare come dice. Se vuole esaurirsi portandomi in spalla, perché dovrei discutere? "Va bene." E con la forza rimasta, salgo sulla roccia e da lì sulla sua ampia schiena, aggrappandomi alle spalle, mentre gli circondo i fianchi con le gambe.

"Tieniti forte" dice, e, avvolgendo le braccia sotto le mie ginocchia, comincia a camminare con lunghe falcate.

 eter

Stabilisco un passo veloce, determinato a tornare rapidamente a casa. Il cielo si sta già oscurando all'orizzonte, mentre l'aria si sta raffreddando. La tempesta arriverà prima del previsto; forse abbiamo un paio d'ore prima che si abbatta su di noi, e non posso mandare un messaggio ai ragazzi per comunicare di venirci a prendere. Dopo avermi fatto scendere, Anton ha utilizzato l'elicottero per andare a prendere alcune provviste a Tokyo, e sicuramente non è ancora tornato.

Avrei dovuto scegliere un altro giorno per questa dimostrazione.

Oh, beh. È inutile che mi preoccupi ora. Mentre raggiungiamo la parte piatta del sentiero, accelero ulteriormente, e Sara sposta la presa su di me, avvolgendomi le braccia intorno al collo, mentre si china in avanti.

"Tutto bene?" mi mormora nell'orecchio, e annuisco.

"Benissimo. Basta che non mi soffochi" le dico.

"Sei sicuro che non vuoi rimettermi giù? Perché mi sono riposata e posso camminare—"

"Ci rallenteresti."

Il mio tono è brusco, ma non ho intenzione di sprecare il fiato parlando. Non perché il mio passerotto sia pesante—con appena cinquanta chili, è più leggera dei pesi con cui corro, quando mi alleno—ma perché non posso permettermi di camminare più lentamente. Il vento sta aumentando, ci sta sferzando con un freddo gelido, e anche se indossiamo entrambi vestiti caldi, voglio portare Sara in casa, prima che il tempo peggiori.

Le prime gocce di pioggia iniziano a cadere su di noi a meno di mezz'ora da casa. "Mettimi giù" insiste Sara, e questa volta l'ascolto. L'ho portata per più di tre ore, e ormai *è* abbastanza riposata. Ci muoveremo più velocemente, se cammina da sola.

Prendendole la mano, comincio a correre, trascinandola, quando il cielo si apre e il vento inizia a spruzzarci l'acqua gelida in faccia.

"Oh, grazie a Dio" sibila Sara, mentre inizia a intravedere la nostra casa. Il nevischio ora è mescolato alla neve, e il vento sembra perforarci le ossa. Ho i jeans fradici, con le gambe intorpidite dal freddo, e non mi sento più il viso. Posso solo immaginare come debba sentirsi Sara. A differenza mia, non ha mai imparato a distaccarsi dal dolore e dal disagio, non ha mai saputo come concentrarsi esclusivamente sulla sopravvivenza. Se potessi proteggerla da questa tempesta con il corpo, lo farei, ma la cosa più importante in questo momento è portarla dentro, al caldo.

Un'altra ora così, e avremmo rischiato l'ipotermia.

Quando siamo a meno di trenta metri da casa, Sara inciampa su un ramo, e la prendo in braccio, portandola al petto mentre copro la distanza rimasta. Arrivando alla porta, busso con lo stivale, e, non appena Yan apre la porta, porto subito il fardello semi-congelato verso il nostro bagno al piano di sopra.

Mettendola giù, apro la doccia, assicurandomi che l'acqua sia calda ma non troppo, e poi denudo entrambi, rimuovendo i vestiti bagnati e ghiacciati prima di portarla sotto il getto. Le labbra di Sara sono blu, e sta tremando così tanto da sorreggersi a stento. Non sto molto meglio, così la avvolgo in un abbraccio, e per qualche minuto rimaniamo sotto l'acqua così, tremanti, mentre il calore penetra nella nostra pelle gelata.

"Saremmo p-potuti morire." I denti di Sara continuano a tremare, mentre si tira indietro e incrocia il mio sguardo. I suoi occhi color nocciola sono quasi neri sul viso bianco, con le ciglia scure bagnate. "P-Peter, saremmo potuti morire là fuori."

"Sì." Le stringo nuovamente le braccia intorno, premendola contro di me, finché non riesco a sentire ogni suo respiro. "Sì, ptichka, saremmo potuti morire."

Un'altra ora o due in quella tempesta, e non ce l'avrebbe fatta. Mi ero sforzato di non rifletterci, di non distogliere l'attenzione dal compito di riportarla a casa, ma ora che siamo qui— ora che siamo al sicuro—la consapevolezza che sarebbe potuta morire mi colpisce dritto allo stomaco e mi avvolge il cuore con il ghiaccio. Ho sperimentato una paura simile solo una volta, quando ho visto quei bastardi minacciarla con i coltelli. Quella volta, potevo eliminare la minaccia—e l'ho fatto—ma non potevo proteggerla da quella tempesta.

Se fosse arrivata due ore prima, avrei potuto perderla.

Quel pensiero è terrificante, insopportabile. Quando ho perso Pasha e Tamila, è stato come se il mio mondo fosse finito, come se non avrei mai vissuto qualcosa di diverso dalla rabbia e la sofferenza. La furia che mi guidava era assoluta—perché era l'unico modo per poter tirare avanti giorno dopo giorno, l'unico modo per poter mangiare, respirare e andare avanti.

L'unico modo per poter vivere abbastanza a lungo da trovare i responsabili e farli pagare.

Solo grazie a Sara ho ricominciato a sentirmi vivo, a volere qualcosa di più della brutale vendetta. Mi sono concentrato solo su di lei, che è diventata la mia ragione di vita.

Non posso perderla.

Non la perderò.

"Non farlo mai più." La mia voce è bassa e dura, mentre le stringo le spalle e la tiro indietro per incrociare il suo sguardo sorpreso, con la paura dentro di me rimpiazzata da una feroce determinazione. "Non scapperai da me, Sara. Mai. Non c'è nessuno là fuori che possa aiutarti, nessun posto in cui poterti nascondere da me. E se riproverai con questi futili stratagemmi, te ne pentirai—hai la mia parola. Credi di sapere di cosa sono capace, ma non ne hai visto nemmeno un accenno. Non conosci i limiti fino a cui posso spingermi, ptichka, non hai idea di cosa sono disposto a fare per averti. Sei mia, e rimarrai tale—ora, e finché saremo vivi."

Sento i suoi muscoli tesi mentre parlo, e capisco che la sto spaventando. Non è quello che voglio, ma devo impedire nuovi tentativi di fuga.

Devo tenerla al sicuro.

"Peter, per favore..." I suoi occhi dolci si riempiono di lacrime, premendo i palmi sul mio petto. "Non farlo. Questo non è amore. Devi rendertene conto anche tu. Mi dispiace per tutto quello che hai perso, per quello che George ha fatto alla tua famiglia. E so—" Deglutisce, sostenendo il mio sguardo. "So che c'è qualcosa tra noi, qualcosa che non dovrebbe esserci... qualcosa che non ha alcun senso. Lo senti, e lo sento anch'io. Ma questo non lo rende giusto. Non puoi costringere qualcuno ad amarti, non puoi minacciarlo per legarlo a te. Fin quando mi terrai qui, sarò tua prigioniera, a prescindere da quello che mi obblighi a dire... a prescindere da quello che mi costringi a fare. Che io scappi o meno, non sono tua—e non lo sarò mai. Non così."

Ogni parola che dice è come un coltello che mi trafigge il fegato. "E come, allora?" Le parole mi escono dure e disperate, violente nella loro intensità. "Dimmelo, Sara. Come posso averti? In quale altro modo possiamo stare insieme, se sono un ricercato?"

Il suo sguardo riflette il mio tormento. "Non possiamo" sbotta, graffiandomi la pelle con le unghie, mentre stringe le mani a pugno sul mio petto. "Non possiamo stare insieme, Peter. *Non* possiamo proprio. Non con il passato che condividiamo—non visto chi e cosa siamo."

"No." Il mio rifiuto è viscerale, istintivo. "No, ti sbagli."

Rendendomi conto che le sto stringendo le spalle con una forza disumana, la lascio andare e faccio un passo indietro, poi mi allontano per chiudere l'acqua, sfruttando quel semplice compito per riacquistare un po' di controllo. Ora che non sto più morendo di freddo, il corpo comincia a rispondere alla sua nudità, al mio oscuro desiderio per lei, aggravato dallo scoppio di rabbia e dalla voglia frustrata. Se non mi calmo, la prenderò, e le farò male.

La scoperò, fin quando non sarà a pezzi e ammetterà di appartenermi.

Piange, quando mi giro per guardarla, con le lacrime che si mescolano all'umidità sulle guance. "Peter, ti prego..." Si allunga per prendermi la mano, con le esili dita che mi avvolgono il palmo in modo implorante. "Ti prego, lasciami andare. Non è questo che vuoi. Non posso essere la tua famiglia. Non posso essere il loro rimpiazzo. Non lo capisci? Non siamo destinati a stare insieme. Quello che vuoi non è—"

"Quello che voglio sei *tu*." Strappando la mano dalla sua presa, la metto tra i suoi capelli e le avvolgo il braccio intorno alla vita, modellandola a me. Fa un respiro udibile, con i capezzoli a punta che mi sfregano il petto, e il pene pulsa, duro e pronto sul suo stomaco, mentre dico: "Tu, Sara, sei tutto quello che voglio. Non me ne frega un cazzo del passato, o di quello che siamo o non siamo destinati ad essere. Siamo noi gli artefici del nostro destino—siamo noi a scegliere la nostra identità—e io ho scelto te. Non mi importa se tutto il mondo pensa che sia sbagliato, se dovrò combattere un esercito per tenerti con me. Ti ho trovata, ti ho presa, e ti terrò—e non ti libererò mai.

Sara

Mi aspetto che Peter mi scopi, proprio lì sotto la doccia, ma mi lascia andare ed esce dalla cabina, prendendo un asciugamano dall'armadietto e avvolgendomelo attorno, mentre lo seguo fuori. Mi asciuga con movimenti bruschi, e poi prende un asciugamano per sé. I suoi movimenti sono rudi, irregolari, con gli occhi che brillano in modo minaccioso, mentre finisce di asciugarsi e getta gli asciugamani sull'armadietto.

È arrabbiato o ferito, forse una combinazione di entrambi; ad ogni modo, questo non è un bene per me.

Afferrandomi per il gomito, mi conduce in camera, e quando arriviamo al letto, ci cado sopra, con le gambe che rifiutano di sorreggermi un secondo di più. Un'ondata di vertigini mi colpisce, con lo stomaco che protesta per il vuoto, e mi rendo conto che non ho mangiato niente dopo quelle arachidi sul sentiero.

Anche Peter deve rendersene conto, perché si ferma e mi studia con un cipiglio. "Vuoi cenare?"

Annuisco e mi sforzo di sedermi, asciugando le lacrime sul viso con il dorso della mano. "Per favore."

"Va bene." Si avvicina all'armadio, afferra una vestaglia e me la lancia prima di indossarne una anche lui. "Andiamo a mangiare."

MENTRE CONSUMIAMO LA FRITTURA CHE PETER HA RAPIDAMENTE preparato, combatto la scomoda sensazione di essere in attesa della caduta della ghigliottina. Il mio carceriere non ha detto una parola, da quando mi ha offerto la cena, e non ho idea di cosa gli stia passando per la mente. Qualunque cosa sia, però, mi osserva con sguardo duro e bramoso, e questo mi spaventa.

La cena ha ritardato qualunque cosa stesse per farmi, ma ha ancora intenzione di farlo.

Probabilmente è il momento peggiore per chiederglielo, ma non posso più aspettare. Il tempo scorre nella mia testa, con l'ansia che cresce ogni ora che passa. "Peter..." abbasso la forchetta, cercando di non sembrare nervosa come mi sento. "Hai comprato la pillola?"

Serra la mascella, e per un attimo sono certa che dirà di no. Ma si alza e si avvicina al tavolo, dove c'è una busta bianca accanto a un portatile.

Prendendola, me la porta, e io l'afferro con ansia. All'interno c'è una pillola rosa in una confezione lucida con sopra una scritta in giapponese. Solo il nome del produttore è in inglese, ma sono sicura che sia la pillola di cui ho bisogno.

Strappando la confezione, tiro fuori la pillola e la ingoio con mezzo bicchiere d'acqua. Con un po' di fortuna, siamo ancora nella zona di sicurezza, e la pillola farà il suo lavoro. Non che abbia molta importanza, visto quello che dice Peter.

Con o senza un figlio, non mi lascerà mai tornare a casa.

La disperazione minaccia di sopraffarmi di nuovo, e devo davvero sforzarmi per dire con un tono semi-normale: "Grazie. Te ne sono grata."

Per quanto la situazione possa essere tesa tra noi, devo tener presente che non era affatto obbligato a darmi questa pillola—che avrebbe potuto imporre la propria volontà su di me anche a tale riguardo.

Peter annuisce e inizia a ripulire il tavolo. Sono ancora stanca morta, ma mi alzo e lo aiuto, proprio mentre Ilya e Yan scendono le scale, parlando in russo. Yan sta ridendo, ma Ilya sembra incazzato, e mi chiedo se i due fratelli non stiano litigando.

Peter ringhia qualcosa, e Yan mi guarda con un sorriso, prima di sparare qualche furiosa frase in russo.

Ilya sembra sul punto di esplodere, ma afferra solo una mela dal portafrutta sul tavolo e ricomincia a salire le scale.

"Di cosa stavate parlando?" chiedo, aggrottando la fronte, mentre il russo con i capelli castani si siede dietro al tavolo e accende il portatile. Sto fissando quel computer da quando è iniziato il pasto, chiedendomi come metterci le mani sopra, e sono delusa, vedendo una pagina protetta da password, prima che Yan mi copra lo schermo.

"Stavo solo dicendo a mio fratello di trovarsi una bella ragazza" spiega Yan in inglese, con il sorriso che si allarga, mentre Peter chiude lo sportello della lavastoviglie con inutile forza. "Sai, come ha fatto Peter con te."

"Oh, capisco." Vista la reazione di Peter, sospetto che il linguaggio utilizzato da Yan con suo fratello sia stato un po' più colorito, ma non ho intenzione di indagare ulteriormente.

Preferirei non sapere che cosa pensa davvero di me questa piccola banda di assassini.

Yan è tutto preso dal computer, mentre io sparecchio e getto via i contenitori vuoti, sentendo la necessità di fare qualcosa, pur essendo sul punto di collassare. Non so che cosa mi aspetti al piano di sopra stasera, ma mi sento particolarmente al limite, con i presentimenti che mi urlano che sono in pericolo. Forse è l'espressione dura e arrabbiata sul volto di Peter o la violenza a stento trattenuta nei suoi movimenti, ma mi ricorda il nostro incontro da Starbucks di molte settimane fa, quando il mio rapitore non era altro che un minaccioso estraneo che mi aveva torturata e che aveva ucciso George.

Quando ancora non sapevo quanto fosse pericoloso.

Fuori, la tempesta infuria, con il vento che porta la pioggia ghiacciata sulle nostre finestre. Rabbrividisco, ricordando come fosse stare all'aperto, e stringo la vestaglia intorno al corpo.

"Freddo?" chiede Yan, e mi giro per trovarlo a guardarmi con un sorrisetto. A differenza di me e Peter, è completamente vestito, con i pantaloni e la camicia alla moda, ma troppo formali per la casa. Ho la sensazione che non gli importi, però— né dell'adeguatezza dei vestiti, né di molto altro in generale. Anche quando sorride o ride, Yan Ivanov è freddo e distante, come se non provasse le emozioni che esprime.

Non sarei sorpresa se il fratello con le buone maniere di Ilya fosse uno psicopatico, nel senso clinico della parola.

"Sto bene" dico e guardo Peter, che ha finito di mettere via gli avanzi e ora mi sta guardando con gli occhi socchiusi e con le braccia potenti incrociate sul petto.

"Hai finito?" chiede con voce dura, e il mio cuore cessa di battere, perché mi rendo conto che non posso più rimandare ciò che sta per succedere.

Ho commesso un errore, e la pagherò.

2 0

ara

QUANDO ARRIVIAMO NELLA NOSTRA CAMERA, PETER MI PORTA AL letto. Fermandosi davanti ad esso, si toglie la vestaglia, lasciandola cadere a terra, poi slaccia la mia, facendola scivolare dalle spalle, lasciandomi nuda. Sembra avere il pieno controllo, con la rabbia messa a tacere per il momento, e, nonostante il nervosismo, le mie cosce fremono per un aumento di calore, mentre strofina le nocche sulla pelle sensibile dei seni, prima di afferrarne uno alla volta e di strofinare delicatamente i pollici sui capezzoli.

"Sembri spaventata" osserva, con lo sguardo d'argento duro e opaco. "Hai paura che ti farò del male?" Mi avvolge i capezzoli con le dita, pizzicandoli con una forza sorprendente, e ansimo, sollevando le mani per afferrargli i polsi.

477

"Dimmi, Sara." Mi pizzica i capezzoli con maggior forza, con la pressione al limite del dolore. "Credi che ti farò del male?"

"Io—" deglutisco, con il cuore che mi martella, mentre spingo inutilmente sui suoi polsi. "Non lo so."

"*Potrei* farti del male." La sua bocca scolpita si torce, mentre mi lascia andare i capezzoli, lasciandoli eretti e palpitanti, con le mani che scivolano lungo il mio corpo per afferrare i fianchi. "E a volte vorrei. Lo sai, non è vero, ptichka? Lo percepisci." Il suo cazzo preme contro il mio stomaco, duro e insistente, e mi si ferma il respiro in gola, con l'intimo che si stringe per un dolore caldo, nonostante il freddo che si diffonde nelle vene.

"Sì." Non riesco a mentire, anche se sarebbe la cosa più intelligente da fare: potrebbe calmare il mostro che mi guarda dal metallo scuro degli occhi di Peter. "Sì."

"Oh, ptichka..." Una falsa comprensione gli riempie la voce, mentre mi dà una dura spinta. "Certo che hai paura."

Spaventata, cado sul letto, ma invece di salire sopra di me, Peter si china e si rialza un attimo dopo con la cintura della mia vestaglia nella mano. L'ansia mi attraversa, quando comprendo le sue intenzioni, e reagisco istintivamente, rotolandomi, mentre sale sul letto accanto a me.

Mi prende prima che io possa rotolare giù dal letto, e mi ritrovo a faccia in giù sul materasso, con la parte inferiore del corpo inchiodata dal suo peso e le braccia dietro la schiena, mentre mi stringe la cintura intorno ai polsi. I suoi movimenti sono rapidi e sicuri, spietati nella loro efficienza, e passano solo pochi secondi prima che le mie mani siano accuratamente legate, con il tessuto morbido che mi avvolge i polsi in una presa leggera, ma indistruttibile.

Mi dimeno, ansante nel materasso, ma la cintura non cede, e non riesco a liberarmi. "Che cosa stai facendo?" Il panico si intensifica, mentre scende giù da me. "Peter, per favore... che cosa stai facendo?"

"Shhh." Afferrandomi il gomito, mi mette in ginocchio e mi gira per costringermi a guardarlo. Il suo volto è carico di lussuria, con gli occhi scintillanti, mentre dice: "Ti sto dando un assaggio di ciò che significa essere mia prigioniera. Perché è questo che vuoi, no? Scappare e farti prendere? Vuoi che ti faccia questo per sentirti libera dalla vergogna?"

Apro la bocca per negarlo, ma prima che io possa pronunciare una parola, Peter si alza sul letto. Mettendomi una mano nei capelli, mi piega la testa all'indietro, tirandomi il volto verso il suo inguine, e io ansimo, dimenandomi, mentre il suo cazzo grosso sbatte sulla mia guancia. Il suo profumo al muschio mi riempie le narici, con le palle che sfregano sulla mia mascella, e il respiro accelera, non appena mi rendo conto di quello che sta per fare.

"Peter, per favore—" comincio a dire, poi serro le labbra, mentre la punta del suo cazzo preme sulla mia bocca. Con la sua mano nei miei capelli e le braccia legate dietro la schiena, non posso distogliere lo sguardo, non posso muovermi di un centimetro. Da quando Peter ha invaso la mia vita, mi ha presa talmente tante volte che ho perso il conto, soddisfacendomi con la bocca, le mani e il cazzo, ma non mi ha mai costretta a dare piacere a *lui*. E, per la prima volta, mi rendo conto che è stata una concessione... una piccola scelta che mi ha lasciato.

Una scelta che mi sta portando via.

"Apri la bocca." La sua voce è carica di oscura lussuria, mentre strofina nuovamente il cazzo sulla mia guancia. "Apri la bocca, Sara."

Tengo le labbra saldamente sigillate, anche se la frequenza cardiaca salta nella zona anaerobica. È stupido opporsi a un pompino, quando abbiamo scopato decine di volte, ma non posso fare a meno di sentire che facendo questo, cederei ancora di più... perdendo l'ultimo pezzo di me che ancora appartiene a George. Non all'alcolista o alla spia che mi ha mentito, ma all'uomo di cui mi sono innamorata all'università, il mio primo amore.

Il viso di Peter si rabbuia, socchiudendo gli occhi, mentre grida: "Vuoi farlo in modo duro? Bene." Con la mano libera, mi chiude le narici, negandomi l'aria, e, quando apro la bocca per respirare, spinge il cazzo fino alla parte posteriore della mia gola.

Soffoco, sgranando gli occhi, con l'istinto di vomitare che prende il sopravvento, ma è spietato mentre comincia a sbattere, scopandomi la bocca con un ritmo duro e implacabile. Non ho nemmeno la possibilità di morderlo; con le dita che mi occludono le narici, tutto ciò su cui mi concentro è mandare giù abbastanza aria e cercare di non rigettare. In preda al panico, mi dimeno strattonando istintivamente la cintura che mi lega le mani, chiudendo gli occhi mentre la saliva mi cola sul mento, ma la sua lunghezza spinge dentro e fuori, e non c'è niente che io possa fare, nessun luogo in cui possa fuggire.

Non so per quanto tempo usi spietatamente la mia bocca, ma mi sento stordita, con la mancanza d'aria che si combina alla stanchezza, e una letargia simile a un sogno ha la meglio su di me. Non mi sono mai sentita così impotente, così totalmente alla mercé del mio tormentatore, e, mentre Peter continua a scoparmi la bocca, faccio l'unica cosa che posso.

Smetto di combattere e mi arrendo.

Le spinte punitive non si fermano e non mi lascia andare il naso, ma il panico si allevia, mentre il corpo si ammorbidisce nella sua presa. Sono una bambola di pezza, un giocattolo da prendere e buttare, e c'è pace in questo, una sorta di contorta accettazione. La mia gola si rilassa, lasciandolo entrare, e il riflesso del vomito si attenuta, mentre accolgo il suo ritmo. Ogni volta che si ritira, respiro, e l'aria mi sostiene, mentre spinge in profondità, riempiendomi la gola, controllandomi così completamente con la mia vita nelle sue mani.

"Sì, così. Così... proprio così, amore mio..." Il suo gemito carico di lussuria vibra dentro di me, e socchiudo leggermente le palpebre, sbirciando con gli occhi pieni di lacrime. Un'estasi selvaggia gli fa contorcere i lineamenti, con i tendini in evidenza sul collo muscoloso, e mentre il suo sguardo incrocia il mio, sento qualcosa dentro di me che si sposta, qualcosa che muta completamente.

*Sono tua*, gli dice il mio corpo, accettando tutto quello che ha da dare. È una completa resa, ma mi sembra giusto, confortante e rilassante. In questo momento, voglio appartenergli, essere cullata dalla sua enorme forza.

Arrendermi e lasciare che mi prenda.

Tutta la paura svanisce, con tutti i pensieri sul futuro che scompaiono. Mi sento come se stessi fluttuando, come se fossi al di sopra e al di là di me stessa. Se c'è ancora un po' di disagio, non lo sento, ma i miei sensi sono accentuati, con il sesso bagnato e palpitante dall'eccitazione. È dovuto alla privazione di ossigeno, mi dice la mia formazione medica, ma alla ragione non importa.

Importa solo di Peter e del suo piacere.

Sostengo il suo sguardo mentre raggiunge l'orgasmo, mantenendo la connessione mentre il seme sgorga nella gola. Sgranando gli occhi, inghiottisco ogni goccia salata, ed è solo quando le sue dita mi lasciano i capelli che la strana eccitazione svanisce, sostituita dalla realtà.

Tremando, crollo sul fianco, sentendomi a pezzi, mentre mi libera le mani dalla cintura. Ho gli occhi umidi, ma non sto più piangendo. Non posso. Il tuffo nella disperazione è troppo improvviso, troppo spaventoso e profondo. E sotto c'è un'eccitazione malata, un desiderio che brucia nel mio intimo.

"Va tutto bene, amore mio" mormora, stringendomi nel suo abbraccio, e la mia agitazione si intensifica, mentre la sua mano scivola tra le mie cosce, con due dita affilate che spingono, mentre il pollice preme sul clitoride. "Starai bene. Tutto questo è normale. Lascia che mi prenda cura di te, ptichka, e starai bene."

Ma non starò bene. Lo so, e lo sa anche lui.

Impiego pochi secondi a venire, dimenandomi tra le sue braccia con un folle piacere. E mentre mi tiene, accarezzandomi i capelli, capisco che è questa.

La gabbia che mi ha promesso è qui.

# PARTE II

ara

LE PRIME DUE SETTIMANE SONO LE PIÙ DURE. PIANGO QUASI OGNI giorno, con la rabbia e la disperazione così intense che vorrei gridare e lanciare le cose. Ma non lo faccio. Anzi, sono molto cauta con Peter, determinata a evitare ulteriori punizioni—e ad assicurarmi che il mio rapitore mi lasci contattare i miei genitori.

Non riesco ancora a capire che cos'è successo la scorsa notte, per quale motivo quel pompino mi abbia sconvolta tanto. Il sesso con Peter ha sempre avuto un elemento di oscurità, ma credevo di poterlo gestire, di essere abituata alle montagne russe della paura, della vergogna e del desiderio. Ma la scorsa notte è stato qualcosa di diverso, qualcosa di più perverso... qualcosa che mi ha fatta a pezzi e distrutta.

Ho danzato con il mostro interiore di Peter, e nel farlo, ne ho scoperto uno dentro di me.

Non mi ha più toccata in quel modo da allora, anche se ogni volta che facciamo sesso sento il desiderio in lui, il bisogno di dominare e tormentare. È lì, a prescindere da quello che fa, a prescindere da quanto mi tratti teneramente. Fa parte di lui, questa oscurità, questa esigenza di punire e di vendicarsi. Può controllarla, ma è lì—perché a prescindere da ciò che afferma, il passato influenza il nostro presente.

Non dimenticherà mai il ruolo di mio marito nel massacro della sua famiglia, e io non supererò mai ciò che ha fatto a George.

La buona notizia è che abbiamo ricominciato ad utilizzare i preservativi. Non so se Peter abbia compreso la saggezza di evitare complicazioni supplementari in questa fase della nostra contorta relazione o se stia realmente rispettando i miei desideri, ma nonostante la notevole quantità di sesso che facciamo quotidianamente, non ci sono stati altri momenti di tensione. Eppure, aspetto con ansia che mi torni il ciclo, e quando arriva, due settimane e mezzo dopo la mia cattura, tiro un sospiro di sollievo, una volta tanto grata per i crampi e il disagio. Peter non sembra altrettanto contento, ma quando riprendiamo a fare sesso dopo che i sintomi peggiori sono passati, continua a usare la protezione.

Un altro aspetto positivo è che il mio fallito tentativo di fuga non ha influito sui privilegi del contatto esterno. Ogni pomeriggio, Peter mi permette di guardare le registrazioni della casa dei miei genitori, e ogni due giorni mi permette di chiamarli. Le telefonate sono sempre brevi, sia come precauzione extra contro il monitoraggio dell'FBI, sia perché non posso dire molto. I miei genitori sanno soltanto che sono in giro per il mondo con il mio amante, felicemente ignara del pericolo che rappresenta e delle mie responsabilità a casa. Tutto quello che posso fare durante queste telefonate è assicurare ai miei genitori che sto bene e chiedere della loro salute, prima di riattaccare, per evitare le loro infinite domande.

"Sai, puoi rivelare qualcosa in più sulla nostra relazione" dice Peter, dopo aver ascoltato le telefonate per circa una settimana. "Svela qualche dettaglio per farla sembrare più autentica."

"Davvero? Dovrei dire quante volte mi scopi o descrivere quant'è grosso il tuo cazzo?"

Peter mi rivolge un sorriso sarcastico—la leggera sfida non gli dispiace di tanto in tanto. "Se vuoi" dice, appoggiandosi allo schienale del divano. "Oppure puoi dire che ti preparo la colazione ogni giorno. Non sono un esperto in fatto di genitori, ma sono sicuro che lo apprezzerebbero."

Mi rimangio un'altra sarcastica osservazione e faccio come ha suggerito durante le chiamate successive, raccontando ai miei genitori alcune delle piccole cose che Peter fa per me. Non posso rivelare niente sulla nostra ubicazione, quindi rimango sulle cose più personali, come il fatto che è un ottimo cuoco e che i suoi massaggi sono incredibili. Nessuna delle due affermazioni è una menzogna; ora che ci siamo stabiliti in questo nuovo posto, Peter è tornato a prepararmi pasti gourmet, e mi vizia con i massaggi quotidiani. Credo che sia perché non riesce a togliermi le mani di dosso, e siccome non possiamo avere rapporti sessuali ventiquattr'ore su ventiquattro, si accontenta di toccarmi in altri modi, sfruttando ogni occasione per strofinarmi dalla testa ai piedi. Soprattutto i piedi. Sto cominciando a sospettare che il mio carceriere abbia una perversione per i piedi, dato che spesso mi fa i migliori massaggi ai piedi della mia vita.

Non dico ai miei genitori dei massaggi ai piedi—nonostante la sarcastica domanda, non mi sento a mio agio nel discutere con loro qualcosa di remotamente sessuale—e taccio anche sui modi più intimi con cui si prende cura di me, come spazzolarmi i capelli e lavarmi nella doccia. È come se fossi la sua bambola umana, una via di mezzo tra una bambina e un giocattolo erotico. Lo faceva anche a casa, ma lavoravo così tanto che era una cosa occasionale. Adesso, però, è un avvenimento quotidiano, e, anche se probabilmente dovrei trovare questo genere di attenzioni inquietante, mi piace troppo per obiettare.

Sono stata autosufficiente e indipendente così a lungo che è bello lasciare che Peter mi tratti come un bebè.

Naturalmente, nessuna quantità di coccole può compensare la perdita della mia vecchia vita e il lavoro che mi definiva. Sono passata dal lavorare ottanta ore alla settimana al tempo libero più totale, e non so come riempire quel tempo extra. Peter ne occupa una parte—ora che sono sempre a portata di mano, mi scopa due o tre volte al giorno—e con l'aria fresca di montagna dormo di più, almeno nove o dieci ore a notte. Condivido anche i pasti con Peter e con i suoi uomini, e quando il tempo lo consente, faccio lunghe passeggiate con lui o con chiunque altro abbia il compito di sorvegliarmi.

Non è una brutta routine, e abbiamo libri e film, ma se rimanessi tre settimane chiusa in casa, esploderei.

"Non *ti* senti ingabbiato?" chiedo a Peter durante una delle nostre passeggiate mattutine. L'aria è fredda, ma per fortuna non piove e non tira vento, a differenza dei giorni scorsi—un altro motivo per cui sono esasperata. "Voglio dire, so che lavori sul portatile, ma..."

Peter alza le spalle. "Mi godo l'inattività. È rara, quindi io e i miei ragazzi ne approfittiamo, quando possiamo. Ci aspetta un grosso lavoro, quindi non ci riposeremo ancora a lungo."

"Che genere di lavoro?" domando, spinta da una perversa curiosità. "Un altro assassinio?"

Si ferma e mi guarda storto. "Vuoi davvero saperlo?"

Esito, poi annuisco. "Sì. Voglio saperlo." Non sono all'oscuro di ciò che Peter è o di quello che fa. Ho sperimentato le sue capacità letali in prima persona la sera in cui ci siamo conosciuti. Se qualche signore della droga ha pagato lui e la sua squadra una quantità oscena di soldi per far fuori un altro pericoloso criminale, preferirei saperlo.

Se non altro, potrebbe essere divertente, come se si trattasse di un film horror/thriller con James Bond.

"C'è un banchiere in Nigeria che ha pestato i piedi a qualcuno" spiega Peter, allungandosi per prendermi la mano, mentre riprende a camminare. "Quel qualcuno ci ha assunti per occuparci del problema."

"Un banchiere? Non sembra una persona tale da richiedere le tue particolari abilità." Non quanto lo spietato signore della droga che avevo immaginato. Non che mi illuda che il lavoro di Peter sia qualcosa di nobile. Tuttavia, una parte ingenua di me deve aver sperato che la maggior parte dei suoi obiettivi siano almeno un po' meritevoli di ciò che succede loro.

"Questo banchiere ha un piccolo esercito e praticamente possiede la piccola città in cui vive, così come la maggior parte delle forze dell'ordine locali" spiega Peter, mentre ci dirigiamo verso un sentiero stretto che non avevo mai notato. "A quanto pare, è uno degli uomini più ricchi della Nigeria, e non lo è diventato facendo prestiti per l'acquisto di auto."

"Oh." Modifico la mia immagine mentale dell'uomo. "Quindi, non è un bravo ragazzo?"

Un sorriso privo di allegria appare sul volto di Peter. "Non direi. Ha ucciso più di una dozzina dei suoi avversari e ne ha torturati o perseguitati almeno altri cinquanta, senza contare le loro famiglie. L'uomo che ci ha assoldati è il cugino di una delle vittime; sua figlia è stata stuprata per dare una lezione alla sua famiglia."

L'orrore mi stringe la gola, e sono improvvisamente felice che Peter darà la caccia a questo mostro.

Felice e irrazionalmente preoccupata, perché questo è molto più pericoloso di quanto immaginassi.

"Come farai...?" Mi fermo, non sapendo come dirlo.

"A prenderlo?"

Annuisco, guardando il suo viso allegramente divertito. "Sì."

"Come al solito. Scopriremo tutto il possibile sulla sua sicurezza, le sue abitudini, e al momento giusto, colpiremo."

Respingo l'irrazionale bolla di paura nel petto. Peter e i suoi ragazzi sono altamente addestrati, e comunque è stupido preoccuparsi per la sicurezza dell'assassino che mi ha rapita. Così, mi concentro su ciò che è più rilevante per la mia situazione. "Sarai via per un po'?"

"No, a meno che qualcosa non vada storto. Anton e Yan voleranno lì la prossima settimana in ricognizione, mentre io e Ilya saremo coinvolti solo nelle fasi finali dell'operazione. Credo tra una settimana o due, e non dovrei rimanere via per più di un paio di giorni."

Mi mordo la parte interna della guancia. "E io? Mi lascerai qui, mentre sarai in Nigeria?"

"Yan rimarrà con te" risponde Peter, svoltando verso una radura, mentre cerco di nascondere la delusione. Nonostante ciò che mi ha detto il giorno della tempesta, non ho abbandonato completamente l'idea della fuga. Sì, mi ha mostrato quel dirupo, e durante le nostre passeggiate ne ho visti altri, ma questo non significa che l'intera montagna sia insormontabile. Potrebbe esserci un modo per scendere che Peter non vuole farmi conoscere, e vista tutta la mia libertà e il tempo, potrei trovarlo. Cosa farei dopo—come rimarrei al sicuro da Peter dopo essere tornata a casa—è un'altra questione, ma devo concentrarmi su un problema alla volta.

Devo avere qualche speranza o la disperazione mi inghiottirà completamente.

"Non hai bisogno di tutta la squadra?" chiedo, facendo del mio meglio per sembrare solo leggermente interessata. "Pensavo che lavoraste come un'unità."

"Lo facciamo, ma ci adeguiamo." Peter mi rivolge un'occhiata sardonica, mentre entriamo nella radura. "Non preoccuparti, ptichka. Non ti lasceremo qui da sola."

Non rispondo, perché è inutile—e perché abbiamo raggiunto la destinazione: un dirupo con una magnifica vista sul lago sottostante.

"Wow." Sospiro, ammirando il paesaggio mozzafiato, mentre ci fermiamo a pochi metri dal bordo del dirupo. "Che bello."

Dopo la pioggia degli ultimi giorni, l'aria è cristallina e il cielo è perfettamente azzurro, senza alcuna nuvola. In assenza di vento, il lago sotto di noi sembra uno specchio gigante, che riflette le maestose montagne che lo circondano.

Se non fossi qui contro la mia volontà, penserei che questo sia il luogo più bello della Terra.

"Sì, bellissimo" concorda Peter, con voce insolitamente roca, mentre stringe la mano sulla mia, e mi giro per vedere il suo sguardo metallico che brucia dal desiderio. Il mio cuore salta un battito, mentre un calore mi attraversa il corpo, scacciando il freddo di alta quota.

È sempre così. Uno sguardo, un tocco, e sono finita. Anche quando ci teniamo per mano, il mio cuore batte un po' più velocemente, e quando mi guarda così, le ossa si trasformano in poltiglia, con il corpo tremante dall'eccitazione.

Arrossendo, tiro via la mano dalla sua presa e faccio un passo indietro per evitare di avvicinarmi a lui. Abbiamo fatto sesso meno di due ore fa, e sono ancora dolorante. Mi disturba quanto lo voglia e quanto poco controllo io abbia sulle mie reazioni. La chimica tra noi è sempre stata esplosiva, ma dopo quel pompino, c'è qualcosa di diverso nel mio desiderio, qualcosa che sembra radicato nell'immoralità stessa di tutto questo.

*No.* Mi sforzo di scacciare quel pensiero, rifiutandomi di cedere. Peter si sbaglia. Non voglio essere sua prigioniera. Questo non è un gioco erotico a cui stiamo giocando; è la mia vita, il mio futuro. Tutto quello per cui ho lavorato è andato perso, strappato dall'uomo che mi sta fissando con quegli ardenti occhi d'argento. Qualunque voglia perversa abbia risvegliato in me, non accetterò mai questa relazione forzata.

Non posso farlo.

Tuttavia, mentre si allunga verso di me, tirandomi a sé, non mi oppongo. Non combatto, mentre piega la testa e schiaccia le labbra sulle mie. Il fuoco che mi attraversa le vene brucia qualunque traccia di razionalità, moralità e buon senso. Stringo le dita nei suoi capelli, con il corpo che si modella contro il suo, e, mentre appoggia la mia schiena contro un albero, cedo e abbraccio le tenebre, liberando il mostro dentro di me.

Peter

Durante i preparativi per il lavoro in Nigeria, mi ritrovo a cercare Sara con una crescente disperazione, con il bisogno che ho di lei fuori controllo. Quando non mi alleno con i miei uomini o non mi occupo della logistica per la missione, o sto con lei o penso a lei. È come una dipendenza questa voglia che non va mai via, e la cosa peggiore è che a prescindere da quello che faccio, non riesco a farle accettare le mie idee.

Non riesco a convincerla ad accettare la sua vita con me.

Non mi combatte fisicamente. Anzi, reagisce ogni volta che la tocco, e nei suoi occhi vedo lo stesso desiderio, il bisogno che la brucia viva. Può negarlo, ma le piace quando sono rude a letto, ancora di più quando sono delicato. Quando assumo il controllo, si sente libera, smette di tormentarsi o di sentirsi in colpa, spegnendo il cervello iperattivo. I nostri desideri si completano, con il legame che ribolle per l'oscuro calore, ma anche quando il suo corpo abbraccia il mio, sento il freddo della distanza mentale, i tentativi di rimanere distaccata.

In un certo senso, lo capisco. L'ho strappata dalla sua vita, dalla famiglia e dal lavoro che amava. Quest'ultima parte mi infastidisce, perché so quanto l'identità di Sara fosse legata all'essere un medico di successo. La musica era la sua passione e la medicina la scelta pragmatica, approvata dai genitori, ma le piaceva quell'occupazione. L'ho visto ogni volta che tornava a casa, stanca ma felice della sfida di portare la vita in questo mondo e di guarire i mali delle sue pazienti. Ora sembra persa, distrutta in modo indefinibile, e lo detesto.

La mia ptichka ama aiutare le persone, e io gliel'ho impedito.

Per rallegrarla, decido di comprarle un paio di strumenti musicali e di apparecchiature di registrazione durante il prossimo viaggio, in modo che Sara possa registrarsi cantando alcune delle sue canzoni pop preferite. Inoltre, chiedo a Ilya di aiutarmi a trasformare una parte del salotto al piano terra in una sala da ballo, nel caso Sara volesse riprendere a ballare la salsa o a praticare danza classica.

"Che cosa stai facendo?" chiede Sara, quando ci vede alzare la parete, e le spiego la mia idea. Non sembra eccessivamente emozionata, ma è sempre così ultimamente.

È come se la scintilla interiore si fosse spenta, e non so come riaccenderla.

"È assurdo, amico" mormora Ilya, mentre Sara si alza dopo un'altra telefonata ai suoi genitori, con le spalle rigide e gli occhi color nocciola pieni di lacrime. "Davvero, quella ragazza non lo merita."

Lo guardo storto, e chiude il becco, ma so che ha ragione.

Sto distruggendo la donna che amo, e non riesco a fermarmi.

Nonostante tutto, non posso lasciarla andare.

QUANDO ANTON E YAN TORNANO DALLA MISSIONE DI ricognizione, la sala da ballo necessita solo di specchi, e decido di acquistarli durante il volo di ritorno dalla Nigeria, insieme agli strumenti musicali e all'apparecchiatura di registrazione. Scarico anche migliaia di video musicali famosi su un iPad non collegato ad Internet e lo do a Sara—cosa per cui mi ringrazia, anche se sempre con scarso entusiasmo.

Sto iniziando a pensare che preferirei quasi che mi combattesse attivamente, come i primi giorni dopo averla presa.

Non per la prima volta, penso alla pillola del giorno dopo che le ho dato e ai preservativi che continuiamo a usare. Forse è stato un errore ascoltare i residui della mia coscienza e cedere alle suppliche di Sara a questo proposito. Quando le è venuto il ciclo, due settimane fa, mi sono sentito come se avessi perso qualcosa, e per quanto cerchi di scacciare dalla mente l'idea di Sara con un figlio, non riesco a smettere di pensarci.

Non posso smettere di volerlo.

Il mio passerotto incinta. Riesco a immaginarla chiaramente quando la guardo—la pancia grossa e il seno sodo e maturo, il bagliore della vita che si sviluppa dentro di lei... I graziosi capezzoli diventerebbero più sensibili, il suo esile corpo seducente e morbido, e, una volta nato il bambino, lo adorerebbe.

Si prenderebbe cura del nostro bambino, a differenza di quanto mia madre ha fatto con me.

È un desiderio tentatore, e mi tormenta giorno dopo giorno. Sara è completamente alla mia mercé. Se non indossassi il condom, non potrebbe farci niente, non potrebbe procurarsi la pillola del giorno dopo da nessuna parte da sola. Avrebbe un figlio da me e lo amerebbe, e poi, un giorno, amerebbe anche me.

Saremmo una famiglia, e finalmente l'avrei davvero.

Sarebbe mia, e non mi lascerebbe mai più.

LA SERA PRIMA CHE IO E ILYA PARTIAMO PER LA NIGERIA, PREPARO una cena speciale per Sara e la squadra, cucinando i piatti preferiti di ogni persona, oltre a un paio di ricette giapponesi che stavo morendo dalla voglia di provare.

"Perché non mangiamo così ogni giorno?" si lamenta Anton, prendendo una seconda porzione di *vinegret*—un'insalata russa tradizionale a base di barbabietole. "Davvero, amico, dovrebbe diventare un'abitudine. Ieri abbiamo mangiato solo riso e pesce."

Alzo il dito medio, e i gemelli Ivanov ridono prima di affondare la forchetta nel loro piatto preferito— kebab di agnello alla georgiana, condito con una salsa piccante. Anche Sara sorride, mentre riempie il piatto con un po' di tutto, compreso il mio tentativo di verdure in tempura.

Mentre mangiamo, io e i ragazzi discutiamo della logistica, e Sara ascolta in silenzio, come fa sempre durante i pasti. La distanza che mantiene da me si estende ai miei uomini; raramente parla con loro, almeno quando ci sono io. L'unico che sembra piacerle è Ilya, e anche con lui è riservata, con modi gentili, ma tutt'altro che calorosi. Penso che si senta a disagio con i miei compagni di squadra; oppure li odia perché sono miei complici.

Non mi dispiace il suo atteggiamento verso di loro. Anzi, lo preferisco. Nelle ultime sei settimane, ho sorpreso tutti e tre a guardare Sara con diversi gradi di interesse, e sono riuscito a stento a trattenermi dal tagliare la gola a tutti. So che non fanno niente di male guardandola—qualsiasi maschio apprezzerebbe la bellezza e la grazia di Sara—ma sono tentato di ucciderli.

È mia, e non la condividerò. Mai.

In ogni caso, sono contento che sia Yan a rimanere qui. Tra noi quattro è il più intelligente e, pur fidandomi di tutti i miei compagni di squadra, ho la massima fiducia nell'autocontrollo di Yan. Non toccherebbe mai Sara, a prescindere dalla tentazione, ed è proprio quello di cui ho bisogno.

Devo sapere che è sorvegliata e al sicuro, in modo da potermi concentrare sul lavoro.

"Allora, cosa mi dici degli abitanti?" chiede Yan, mentre Ilya spiega dettagliatamente la nostra via di fuga dopo il colpo. Parliamo tutti in inglese per rispetto nei confronti di Sara, e con mia sorpresa vedo il suo volto sbiancare, mentre parlo delle bombe che sganceremo come diversivo.

Se non la conoscessi meglio, penserei che sia preoccupata per noi.

Continuiamo a parlare della logistica dei bombardamenti e siamo nel bel mezzo della discussione dei piani di emergenza, quando Sara si alza improvvisamente, raschiando la sedia sul pavimento.

"Scusatemi" dice con voce tremante, e prima che io possa fermarla, corre verso le scale e scompare al piano di sopra.

## 23

Sara

Mi sento male; sono letteralmente malata di ansia. Ho i crampi allo stomaco, e mi sento come se un camion mi avesse schiacciato il petto. Da quando Peter mi ha parlato del banchiere nigeriano, ho cercato di non pensare al pericolo, ma stasera, sentendo gli uomini parlare della folle sicurezza della tenuta del banchiere e di quello che faranno nel caso uno di loro rimanesse ferito o ucciso, non potevo più ignorarlo.

Domani, Peter e i suoi compagni di squadra affronteranno un mostro nella sua tana ben sorvegliata, e non c'è alcuna garanzia che ne usciranno vivi.

Chiudendomi a chiave nel bagno, mi avvicino al lavandino e spruzzo dell'acqua fredda sul viso, cercando di respirare nonostante il soffocante nodo in gola. Sembra un attacco di panico, solo che la paura che provo non ha nulla a che fare con la mia situazione—una situazione che, infatti, potrebbe risolversi con la morte di Peter.

Un proiettile nel cervello o nel cuore—una volta mi ha detto che solo così potrei liberarmi di lui. E so che è vero. Finché il mio tormentatore sarà vivo, non mi lascerà mai andare. Anche se in qualche modo riuscissi a fuggire, verrebbe a cercarmi. Quindi, dovrei sperare che lo uccidano—che gli sparino o che venga fatto saltare in aria da una di quelle bombe. A quel punto, i suoi compagni di squadra tornerebbero a casa e io potrei riprendere la mia vecchia vita.

Potrei riavere tutto, se morisse.

È quello che dovrei desiderare, ma invece l'ansia e il terrore mi consumano. Il pensiero che Peter possa rimanere ferito in qualche modo è insopportabile, oggi ancor più della notte in cui mi ha rapita. Nelle ultime sei settimane, ho fatto tutto il possibile per frenare le emozioni, per rispondere a lui solo in modo fisico, ma chiaramente ho fallito.

Qualunque emozione malsana io abbia sviluppato nei confronti dell'assassino di mio marito è ancora lì; anzi, è cresciuta durante la prigionia.

Sentendomi sempre peggio, afferro un asciugamano e lo strofino sul viso bagnato. Il mio stomaco è un nodo gigante, e sento il sangue che mi pulsa nelle tempie, mentre faccio dei respiri poco profondi con il petto stretto. Il volto riflesso nello specchio del bagno è bianco come un fantasma, con macchie rosse nelle zone in cui mi sono strofinata troppo duramente con l'asciugamano.

*Domani Peter potrebbe essere ucciso.*

"Sara?" Dei colpi sulla porta mi spaventano, e getto via l'asciugamano, voltandomi verso la porta.

"Ptichka, va tutto bene?" La voce profonda di Peter cela una nota di preoccupazione.

I miei polmoni ancora non funzionano correttamente, ma riesco a respirare e a dire con voce soffocata: "Sto bene. Solo un secondo."

Afferrando l'asciugamano dal pavimento con mani tremanti, lo butto tra i panni sporchi in un angolo e strofino i palmi sui capelli, cercando di calmarmi. Gli attacchi di panico non sono affatto diminuiti nelle ultime settimane, e non voglio che Peter sappia quanto mi senta a pezzi solo per aver saputo quali pericoli dovrà affrontare.

Facendo diversi respiri profondi, cammino verso la porta e la sblocco. Peter entra subito, con un cipiglio aggressivo sulla fronte e lo sguardo che mi esamina alla ricerca di eventuali ferite.

"Che cos'è successo? Stai bene?"

"Sì, scusa. Mi faceva solo male lo stomaco" dico con voce quasi ferma. "Sto bene, comunque."

Il cipiglio di Peter si fa più evidente. "È quel periodo del mese?"

"No, è solo—" Mi fermo e faccio alcuni calcoli mentali. Con mia sorpresa, ha ragione. Ho avuto le ultime mestruazioni quasi quattro settimane fa—il che spiega in parte ciò che provo.

"In realtà, sì" dico, sollevata di poter sfruttare quella scusa. "Non ci avevo pensato, ma sì, dev'essere per quello."

Parte della tensione scompare dal volto di Peter. "La mia povera ptichka. Vieni qui." Allungandosi, mi stringe nel suo abbraccio, e avvolgo le braccia intorno alla sua vita, respirando il suo caldo profumo mentre mi accarezza i capelli. Il peggio del mio panico sta scomparendo, con la solida e muscolosa sensazione di lui che attenua l'ansia, ma il terrore per domani si rifiuta di recedere.

*E se venisse ucciso?*

"Vuoi sdraiarti?" mormora Peter un attimo dopo, tornando a guardarmi, e scuoto la testa. Il mio petto è ancora troppo stretto, e ho davvero i crampi allo stomaco, ma rimanere sola con la mia preoccupazione non farebbe che peggiorare la situazione.

Liberandomi della sua presa, gli rivolgo un sorrisetto. "Sto bene. Mi dispiace averti rovinato la cena. Era tutto delizioso."

Ci sono ancora tracce di preoccupazione nel suo sguardo, ma annuisce, accettando le mie parole. "Vuoi un dessert?" chiede. "Ho preparato una torta di mele. Posso portartela qui, se non te la senti—"

"No, scendo giù. Devo prendere un Advil."

E facendo un respiro profondo, esco dal bagno, determinata a fare qualunque cosa pur di distrarmi dal pensiero di domani.

## 24

QUANDO ARRIVIAMO IN CUCINA, IL COMPORTAMENTO DI SARA cambia così improvvisamente che è come se qualcuno avesse premuto un interruttore, facendole assumere un'altra personalità. Una sorta di frenetica energia sembra essersi impossessata di lei, e, dopo aver ingoiato due Advil, inizia a correre per la cucina, buttando via gli avanzi e prendendo i piatti puliti per dessert con la velocità di una persona che corre per prendere un treno.

"Ci penso io, ptichka. Rilassati" le dico, accompagnandola verso la sedia, quando cerca di tirare fuori la torta dal forno senza i guanti. "Non ti senti bene, quindi riposati."

"Sto bene" protesta, ma la ignoro, tirando fuori la torta dal forno da solo e portandola al tavolo, mentre i ragazzi osservano la scena con divertimento.

Sara si siede per qualche istante, lasciandomi tagliare la torta in cinque pezzi, e poi salta di nuovo. "Ecco, lasciami servire" dice, afferrando il piatto di Ilya. Poi, rendendosi conto di non avere gli utensili giusti, si dirige verso il cassetto della credenza e torna con una spatola da cucina.

Questa volta, glielo lascio fare, anche se non ho idea di cosa le sia preso. I suoi occhi sono troppo brillanti, febbrili per qualche emozione repressa, e il viso è ancora troppo pallido. Forse ha in mente qualcosa? Ma se così fosse dovrebbe essere stanca, non così frenetica.

"Ecco" dice, mettendo la torta davanti a Ilya. "Vuoi qualcos'altro? Della panna montata?"

"Uhm, no, grazie." Il mio compagno di squadra sbatte le palpebre davanti a Sara. "Sto bene."

Gli rivolge un sorriso inconfondibilmente brillante e afferra il piatto di Anton. Mettendoci dentro una fetta di torta, gli porge il piatto, e poi fa la stessa cosa per Yan e me, prima di prenderne un pezzo per se stessa.

Sedendosi, infila una forchetta nella sua fetta e solleva lo sguardo, osservando i nostri volti perplessi.

"Allora" dice, con una voce così allegra che la riconosco a stento: "Anche voi avete la torta di mele in Russia o è più una cosa americana?"

Yan è il primo a rispondere. "Abbiamo la torta di mele" dice con un sorriso divertito. "Non è esattamente come questa, ma prepariamo delle torte—*pirozhki*—di mele e frutti di bosco, ma anche con carne, patate, funghi, cavoli, cipolle verdi e uova."

"Cavoli, cipolle verdi e uova?" Sara arriccia il naso. "Davvero?"

"Beh, non insieme" chiarisce Yan. "O uova, o cipolle verdi o cavoli. Oh, e anche i funghi possono essere aggiunti alle cipolle e al formaggio."

Sara piega la testa, guardandolo con interesse. "Davvero? Quali altri tipi di prodotti da forno piacciono ai russi?"

"Oh, ce ne sono tanti" dice Anton, unendosi alla conversazione. Senza dubbio, Sara ha centrato la più grande debolezza del mio amico—i dolci e i prodotti da forno—ed io e Ilya ci scambiamo occhiate esasperate, mentre lui si lancia in una lunga lista dei suoi dolci e pasticcini preferiti, descrivendo ognuno nel dettaglio.

"Wow" dice Sara, quando lui si ferma per prendere fiato. "Peter, sai prepararli tutti?"

"Alcuni" dico, mettendo giù la forchetta. "Se vuoi, posso provare la Napoleone, quando torneremo—è la versione russa della *millefoglie*, la torta multi-strato alla crema di cui ti ha parlato Anton."

"Sì, ti prego" mi supplica Anton, anche se non stavo parlando con lui. "Come si dice? Sarebbe proprio la ciliegina sulla torta?"

Ilya e Anton ridono, ma il volto di Sara si contrae per una frazione di secondo. Un attimo dopo, però, si unisce alle risate, e mi chiedo se io non abbia immaginato tutto. Non che abbia molta importanza—il suo comportamento è sempre alquanto strano.

Mentre mangiamo il dessert e beviamo il tè—una tradizione russa di cui i ragazzi parlano a Sara—la guardo, cercando di capire il motivo della sua improvvisa vivacità. È come se un'altra persona si fosse impossessata del corpo di Sara. Ride e scherza con i miei uomini, come se non avesse alcuna preoccupazione al mondo. Eppure, sotto al tavolo si sposta sulla sedia e tiene il braccio intorno allo stomaco—un chiaro segno dei crampi che la tormentano.

Questo mi disturba, e, quando la torta di mele è finita, dico ai ragazzi di ripulire. Sara salta in piedi per aiutarli, ma le prendo il polso prima che possa iniziare a correre di nuovo.

"Vieni" dico. "È ora di andare a letto."

Non obietta, anche se sono appena le nove, e quando arriviamo in camera, comincia a spogliarsi senza che io glielo chieda, con gli occhi ancora brillanti per quella luce febbrile.

La mia risposta fisica è immediata. Appena si toglie la maglietta e slaccia il reggiseno, il mio cazzo diventa roccia dura e il calore mi attraversa la pelle. E quando lascia cadere il reggiseno sul pavimento, prima di togliere i jeans, il cuore comincia a martellarmi nel torace. Ciò che mi eccita maggiormente, però, è che sostiene il mio sguardo per tutto il tempo, con il febbrile bagliore nelle profondità color nocciola, che si trasforma nel seducente bagliore del desiderio.

Il tanga è l'ultimo indumento rimasto, e poi viene verso di me, muovendo i fianchi con grazia inconscia.

Mi indurisco ancora di più, e faccio appello a tutta la mia forza di volontà per non afferrarla, quando si ferma davanti a me, con le mani che raggiungono il bottone superiore della mia camicia.

"Pensavo che non ti sentissi bene." La mia voce è roca, carica della lussuria che mi colpisce con onde selvagge. "Ptichka, non devi—"

"Shhh." Allungando le braccia, preme delicatamente un dito sulle mie labbra. "Non voglio parlare."

Il mio battito cardiaco ruggisce nelle orecchie, mentre abbassa la mano e comincia a lavorare sui bottoni della mia camicia. È la prima volta che Sara inizia a fare sesso con me in questo modo, e, mentre mi strofina le dita sulla pelle, il calore dentro di me si trasforma in un vulcano, con la voglia di scoparla così forte da farmi stringere le mani a pugno. Sta lavorando con una concentrazione assoluta, con il sexy labbro inferiore in mezzo ai denti, mentre i capelli le cadono in onde lucenti e brillanti sul volto, e tremo letteralmente dal bisogno di raggiungerla, di afferrarla e di prenderla, più e più volte.

Ma non mi muovo. Non posso. Il suo tocco volontario è un regalo che non mi aspettavo stasera, che non osavo sperare. Non so che cosa le stia passando per la testa o perché stia facendo questo, ma non protesto.

Finendo con i bottoni, Sara mi toglie la camicia dalle spalle e, guardandomi dalle palpebre socchiuse, raggiunge la cerniera dei miei jeans.

Il suo tocco è più esitante ora, quasi cauto, ma non importa. Il sangue nelle vene è come lava. Il suo corpo nudo è così vicino che posso odorarla, sentirla... ma non posso ancora assaggiarne la dolcezza con la lingua. I suoi capezzoli sono stretti e duri, con i pallidi globi dei seni che ondeggiano dolcemente mentre armeggia con la fibbia della mia cinta, e un gemito le sfugge dalla gola, quando libera il mio cazzo palpitante e si mette in ginocchio davanti a me.

"Sara..." Riesco a malapena a parlare, mentre mi culla le palle nel morbido palmo e avvolge l'altra mano intorno all'asta. Chinandosi in avanti, mi lecca dolcemente dalla base alla punta, con il calore che si diffonde in tutta la spina dorsale. Le palle si sollevano e si stringono, e mi rendo conto che sto per venire. Con un respiro, cerco di pensare a qualcos'altro, a qualcosa per ritardare l'esplosivo aumento della tensione, ma avvolge le labbra intorno a me, prendendomi nella bocca soffice e umida, e perdo ogni controllo.

Gemendo, le afferro la testa, aggrovigliando le dita nei suoi capelli, mentre spingo fino in fondo, facendola strozzare e soffocare mentre le colpisco la gola. Non è quello che volevo, non è quello che intendevo fare stanotte, ma la lussuria dentro di me è troppo violenta, troppo potente per poterle resistere. In ginocchio, con le onde castane che le coprono la schiena e gli occhi languidi, mentre le scopo la faccia, Sara è la cosa più sexy che abbia mai visto. E sapere che lo sta facendo di sua iniziativa...

"Cazzo!" Sbotto, quando stringe la mano sulle mie palle, e sono sempre più vicino all'orgasmo, con il piacere fuori controllo. I miei muscoli si irrigidiscono, con la schiena che si inarca mentre l'estasi mi pompa nelle vene e, con un grido, vengo, con il seme che va direttamente nella sua gola.

Inghiotte ogni goccia, succhiandomi il cazzo fin quando non si affloscia, e per tutto il tempo, i suoi occhi color nocciola mi guardano. È come se stesse godendo del mio piacere, nutrendosi del mio bisogno di lei. Mi ricorda quando l'ho punita, solo che stanotte non vedo la stessa sottomissione nel suo sguardo. Lo fa perché vuole, non perché l'ho distrutta, e quando l'ultimo residuo di piacere svanisce, l'aiuto ad alzarsi in piedi e la conduco al letto, determinato a farla stare bene.

"Sdraiati" le dico, guidandola sul letto, e lei obbedisce, allungandosi sulla schiena. Il suo sguardo è cupo, con le palpebre socchiuse, mentre mi guarda salire sopra di lei, e capisco che è ancora in preda a qualunque cosa si sia impossessata di lei questa sera.

Questo enigma mi attanaglia, ma non è ora il momento di riflettere. Sto ancora respirando pesantemente per i residui del piacere, ma voglio di più. Voglio assaggiarla mentre viene, sentire le sue braccia snelle intorno a me. Più che un bisogno sessuale, è una compulsione.

Con Sara, non ne ho mai abbastanza.

Così, indugio. Sazio, gioco col suo corpo, baciando e accarezzando ogni centimetro della sua carne calda e profumata. È deliziosa, la mia Sara, con la pelle pallida e liscia, e le curve morbide, ma solide al tatto. I suoi gemiti, i suoi piccoli rantoli, le sue grida mentre la lecco—darei qualsiasi cosa per rimanere così per sempre, per continuare a sentire le sue urla, mentre la assaporo.

Due orgasmi, tre, quattro... Dopo un po' perdo il conto, consumato da lei, dipendente dal suo piacere. Le faccio raggiungere il culmine con le dita e la bocca, e poi la prendo dolcemente, consapevole del suo disagio pre-ciclo. Non si oppone, aggrappandosi a me mentre spingo dentro e fuori, e dopo essere venuto, mi sistemo su di lei, degustando la nostra combinata umidità mentre le succhio il clitoride. Con le sue dita nei miei capelli, i respiri ansanti e i gemiti—è come un'overdose di droga, che acuisce l'odorato, il gusto e tutti gli altri sensi. E quando resta sdraiata lì, sfinita, raggiante ed esausta, la prendo fra le braccia, sentendo il suo cuore battere contro il mio, mentre ci addormentiamo.

*ara*

Mi sveglio con un particolare mix di benessere e malessere, e impiego un momento per ricordare il motivo.

Peter.

È partito per la Nigeria questa mattina, dopo aver fatto l'amore con me per tutta la notte.

Sembra surreale ora, come un sogno da cui mi sono svegliata. Non riesco a credere di aver fatto quello che ho fatto, e quello che è successo dopo... Gemendo, rotolo su un fianco e agito le gambe fuori dal letto. I crampi allo stomaco sono peggiorati, e quando arrivo in bagno non sono sorpresa di scoprire che mi sta cominciando il ciclo. La cosa sconvolgente è che abbiamo nuovamente dimenticato i preservativi la scorsa notte, e nessun allarme è suonato nella mia mente.

È come se, inconsciamente, volessi rimanere incinta.

*No.* Scaccio quell'orribile pensiero. Sicuramente *non* voglio un figlio in questo modo. Non ero lucida ieri sera. Dopo aver ascoltato gli uomini parlare dei pericoli che avrebbero dovuto affrontare, ero così preoccupata, e così disperatamente alla ricerca di distrazioni, che ho aggredito Peter, seducendolo malgrado mi sentissi male. Sono abbastanza sicura che mi avrebbe lasciata in pace la notte scorsa—è sempre premuroso quando mi sento male—ma avevo bisogno di una distrazione, e l'ho avuta. Al secondo orgasmo, ho dimenticato tutto sulla Nigeria *e* sul malessere, e al quarto, riuscivo a malapena a ricordare il mio nome.

Ho il disperato bisogno di fare una doccia, così ignoro il disagio nello stomaco ed entro nella cabina per lavarmi dalla testa ai piedi. Poi mi asciugo, lavo i denti e torno in camera da letto per vestirmi. Con mia grande sorpresa, trovo un bicchiere d'acqua e un Advil sul comò—Peter deve averli lasciati lì per me questa mattina.

Sentendomi pateticamente grata, mando giù il farmaco e mi sdraio, aspettando che il peggio del disagio si attenuti. È stupido, ma già mi manca il mio carceriere... mi mancano le sue attenzioni e le premure. So che è solo perché mi sento giù, ma vorrei che fosse qui a massaggiarmi la pancia, ad abbracciarmi e a farmi sentire come se fossi il centro del suo mondo.

Lo voglio qui, e non in giro per il mondo, dove volano i proiettili ed esplodono le bombe.

*No. No, no, no.* Chiudo gli occhi, ma è troppo tardi. L'ansia che credevo di essermi lasciata alle spalle riaffiora con un'esplosione tossica, con il panico che mi stringe il petto e la gola. È stupido, assolutamente irrazionale, ma non voglio vedere il mio tormentatore morto. Non posso nemmeno immaginarlo. Il suo impatto sulla mia vita è così assoluto, così totale, che non posso immaginarla senza di lui.

Non voglio immaginarla.

Il mio petto si stringe ancora di più, e mi concentro sul respiro, cercando di rilassare i muscoli tesi e di rallentare il battito impetuoso del cuore. Mi dico che Peter starà bene, che è in grado di affrontare qualunque cosa. Il pericolo è la sua zona comfort, l'assassinio la sua professione. Non c'è motivo di pensare che qualcosa andrà storto, non c'è motivo di credere che non tornerà.

*Ma è rimasto ferito durante quel lavoro in Messico.*

*No.* Respirando profondamente, mi sbarazzo dell'insidioso ricordo. È stupido preoccuparsi solo per quell'unico incidente. Nel corso degli anni, Peter ha fatto molti lavori pericolosi senza riportare alcuna conseguenza.

Infatti, ha ucciso mio marito e le sue tre guardie senza procurarsi neanche un graffio.

Il mio stomaco si contorce, con i crampi che peggiorano, e la gola si riempie di bile al ricordo. Come ho potuto dimenticare, per un attimo, che genere di uomo è Peter e quello che ha fatto? Su questo monte, la mia vecchia vita può sembrare meno reale, ma questo non significa che non sia accaduto.

Non significa che il marito che amavo non esisteva.

Chiudendo gli occhi, mi concentro su George e sui felici ricordi che avevamo insieme. Ce n'erano tanti: le prime uscite, il viaggio a Disney World, i barbecue nella casa dei miei genitori... I miei genitori lo adoravano, ritenendolo per anni il ragazzo perfetto, e lo stesso valeva per me. Ridevamo e piangevamo insieme. Era presente alla mia laurea e io ero presente alla sua. Poi, le cose si sono complicate: i miei studi di medicina e il mio tirocinio, i suoi infiniti viaggi all'estero.

Eppure, eravamo ancora insieme, con il nostro amore sostenuto dalla consapevolezza che le nostre vite stavano appena iniziando, che eravamo giovani e che avremmo potuto sopportare tutto.

Naturalmente, tutto questo prima che iniziasse a bere e ad avere sbalzi d'umore... prima che i suoi segreti distruggessero il nostro matrimonio, facendo entrare Peter nelle nostre vite.

Aprendo gli occhi, fisso il soffitto, sentendo il dolore ormai familiare del tradimento. Vorrei poter dimenticare quella parte, fingere che tutto quello che Peter mi ha raccontato sia una menzogna, ma non posso negare l'evidenza.

Il ragazzo che avevo conosciuto all'università non era l'uomo che ho sposato e, per anni, non l'ho saputo.

Una spia, non un giornalista. Sembra ancora impossibile crederlo. George me l'avrebbe mai detto? Se la tragedia di Daryevo e tutte le cose che seguirono non fossero mai successe, avrei mai saputo del suo vero lavoro? O mi avrebbe tenuta all'oscuro per tutta la vita, mentendomi con un sorriso?

Rendendomi conto che i miei pensieri stanno virando verso l'amarezza, cerco di concentrarmi sui periodi felici, ma è inutile. Ciò che io e George avevamo sarà stato bello un tempo, ma verso la fine le cose non stavano più così, e non posso dimenticarlo. Non riesco a cancellare il dolore e il senso di colpa, la vergogna e la disperazione che ho combattuto, mentre il nostro matrimonio andava lentamente in pezzi, schiacciato dal peso della sua dipendenza. Ho perso mio marito molto prima dell'incidente che gli distrusse il cranio, prima che Peter si presentasse con i suoi piani di vendetta.

L'ho perso quando Peter ha perso la sua famiglia; allora non lo sapevo.

Ho ancora i crampi, ma le pillole stanno cominciando a fare

effetto, così mi alzo e comincio a vestirmi. Non posso più pensare a George, perché anche i ricordi felici sono ormai contaminati dalla consapevolezza che era tutta una menzogna, che non ho mai davvero conosciuto l'uomo che avevo sposato.

L'uomo ucciso dal killer per cui ora mi sto preoccupando.

Con il desiderio di sopprimere una nuova ondata d'ansia, afferro l'iPad che Peter mi ha dato e guardo un video musicale, cantando insieme ad Ariana Grande, mentre indosso i vestiti e spazzolo i capelli. La musica solleva leggermente il mio umore, e, quando scendo al piano inferiore, posso salutare Yan, seduto dietro al tavolo con un portatile, con un normale: "Buongiorno."

"Buongiorno" risponde, alzando gli occhi dallo schermo, mentre comincio a preparare il caffè. Come sempre, il fratello di Ilya è vestito come se lavorasse per una società di investimenti, con i capelli castani pettinati elegantemente e il viso rasato. Mi sorride, ma i suoi occhi di ghiaccio rimangono freddi, mentre dice: "Peter ti ha lasciato la frittata in cucina."

"Oh, grazie." Mi si stringe il petto per un inquietante calore, mentre mi dirigo in cucina e metto la frittata in una scodella. Dovrei essermi abituata ormai, ma mi stupisce ancora il modo in cui Peter non sembra mai stancarsi di prendersi cura di me. Questa mattina, soprattutto, avrà avuto tante cose più importanti per la testa, ma ha pensato a me, lasciando l'Advil e ora questa colazione.

"Qualche novità?" chiedo a Yan, mentre mi siedo al tavolo. "Hai saputo qualcosa da loro?"

Il russo scuote la testa. "Mancano otto ore all'atterraggio." Il suo tono è leggero, ma cela una nota di tensione.

Nonostante i modi da psicopatico, è preoccupato.

L'ansia riprende il sopravvento, con l'appetito che scompare, ma mi sforzo di mangiare, mentre Yan rivolge l'attenzione allo schermo del computer. Peter sarà via per qualche giorno, e non posso morire di fame solo perché sono preoccupata. Né ha senso che mi preoccupi per un uomo che dovrei odiare, ma rinuncio a quella battaglia.

Forse sono folle, ma non voglio vedere Peter ferito o morto.

Terminando il pasto, vado al piano di sopra e mi distraggo leggendo e guardando i video musicali che Peter ha scaricato sull'iPad per me. Tra quello e alcuni leggeri lavori domestici, mi tengo occupata fino all'ora di pranzo, e a quel punto scendo di nuovo.

Yan non si vede, quindi dev'essere in camera o ad allenarsi da qualche parte. Per un attimo, sono tentata di ripetere il mio tentativo di fuga—fa molto più caldo ora e, per quanto ne so, non ci sono tempeste in arrivo, ma decido di non farlo. Non conosco ancora bene la topografia di questa montagna, e andare alla cieca per i dirupi non mi sembra una grande idea, specialmente quando mi sento di merda a causa delle mestruazioni.

Almeno, questo è quello che dico a me stessa per spiegare il motivo per cui scaccio tutti i pensieri sulla fuga dalla mente, e ingoio un altro Advil prima di prepararmi un panino.

Quando scendo nuovamente per la cena, Yan è lì, a ripulire una scodella di frittata rimasta e a installare quella che sembra un'apparecchiatura di registrazione audio—un paio di cuffie ingombranti con un microfono collegato che si inserisce nel computer.

"Novità?" domando, camminando verso il frigorifero, dopo aver preso un altro Advil, e Yan scuote la testa.

"Dovrebbero atterrare presto, però" dice, prima di mandare giù il resto del tè. "Quando atterreranno, te lo farò sapere."

"Grazie" dico, e mi tengo occupata preparando delle verdure saltate in padella. Sento la tensione che si accumula nelle spalle, con l'ansia che ho combattuto per tutta la giornata che riaffiora, mentre taglio le verdure prima di condirle con la salsa di soia.

"Ne vuoi un po'?" chiedo a Yan, quando mi guarda per vedere che cosa sto facendo, e declina gentilmente, mettendo le cuffie per quello che sembra essere un test di ricezione audio. Sembra ancora incredibilmente teso, con un'espressione concentrata mentre passa le dita sulla tastiera del portatile.

Quando le verdure sono pronte, mi metto a mangiare e segretamente osservo Yan, con il disagio che cresce ad ogni boccone. Secondo i miei calcoli, sono già passate otto ore dalla colazione, e la tensione che emana il russo non aiuta.

"Normalmente ti tieni in contatto con loro durante la missione?" chiedo, quando non riesco più a sopportare il silenzio. "O aspetti che ti contattino loro?"

Yan alza gli occhi dallo schermo e toglie le cuffie. "Solitamente sto con loro" dice, spostando lo sgabello per guardarmi, e capisco perché sembra così nervoso.

È abituato a stare lì, a combattere, non a guardare da fuori.

"Mi dispiace che abbia dovuto farmi da babysitter" dico, allontanando il piatto mezzo vuoto. Tanto vale provare a conoscere il restante carceriere, invece di ossessionarmi per il destino di Peter. "Sicuramente sarai preoccupato per tuo fratello."

Yan scrolla le spalle, con un'espressione divertita che dissipa la tensione sul suo viso. "Ilya sa badare a se stesso."

"Sì, ne sono certa." Prendendo la mia tazza di tè, chiedo: "È tuo fratello minore o maggiore?"

Sembra ancora più divertito. "Maggiore di tre minuti."

"Oh." Sbatto le palpebre. "È il tuo gemello?"

Annuisce. "Un gemello identico, in realtà."

"Wow. Non vi assomigliate affatto." Sorseggiando il tè, studio i suoi lineamenti puliti e vagamente aristocratici. Ora che lo osservo più da vicino, noto le somiglianze con la struttura ossea di Ilya, ma ci sono alcune differenze. Il naso di Yan è più a punta, e la mascella quadrata è più proporzionata—non così scolpita come quella di Peter, ma comunque forte e ben definita. La differenza più grande, però, sono i capelli.

Quelli di Yan sono folti, senza il minimo accenno di tatuaggi sul cranio in vista.

"Mio fratello è stato sfortunato in alcuni combattimenti" spiega, accorgendosi che lo sto esaminando. "Si è rotto il naso e ha ricevuto diversi pugni in faccia. Inoltre, ha fatto uso di steroidi quando eravamo giovani e stupidi—voleva mettere su i muscoli."

"Capisco." Gli steroidi potrebbero spiegare alcune differenze, compresa la stazza. Non che l'uomo seduto davanti a me sia esile. È alto più o meno quanto Peter, e altrettanto muscoloso. Il suo fratello gemello, però, è enorme, grosso quanto un culturista.

"È il tuo unico fratello?" chiedo, e Yan annuisce.

"Sì, siamo solo noi due."

Metto giù la tazza. "Hai altri parenti?"

"No." La sua espressione non cambia; non c'è niente che indichi dolore o rammarico. È come se avesse detto di avere un paio di calzini extra.

Vorrei approfondire, ma c'è un altro argomento che mi interessa di più. "Quando hai conosciuto Peter?" chiedo, piegandomi in avanti sui gomiti. "Lavoravate insieme, giusto?"

"Sì." Yan chiude il portatile, ruotando lo sgabello completamente verso di me. "Ilya ed io facevamo parte della sua squadra tre anni prima di Daryevo."

La menzione del villaggio mi rievoca le orribili immagini sul telefono di Peter, e le verdure mi rimangono sullo stomaco. "Li conoscevi?" domando, cercando di mantenere la voce ferma. "Sua moglie e il figlio, voglio dire."

"No." Gli occhi verdi del russo brillano come gemme, e sono altrettanto freddi. "Anton è l'unico che li conosceva. Noi altri non sapevamo che Peter avesse una famiglia, fin quando non è stata assassinata."

"Oh." Non so cosa dire a questo punto. Chiaramente, Peter non si fidava dell'uomo seduto di fronte a me—almeno non abbastanza da rischiare di esporre il suo segreto più prezioso. Eppure, lavorano ancora insieme.

"Al suo posto, l'avrei tenuto nascosto anch'io" dice Yan, con un largo sorriso che appare sul volto, e mi rendo conto che ha intuito il mio disagio. "Non esistono famiglie e bambini nel nostro mondo."

"Davvero?" Quindi, non era un problema di fiducia, ma una deviazione dallo stile di vita accettato da Peter. "Quindi, nessuno di voi è mai stato sposato?"

"Solo Peter" conferma Yan. "E sai com'è finita."

Mando giù il nodo in gola e raggiungo nuovamente il tè. "Sì. Lo so."

Yan mi guarda bere il resto del tè prima di dire tranquillamente: "Non durerà nemmeno questo, lo sai."

Metto giù la tazza. "Che cosa intendi dire?"

"Questo." Agita la mano, indicando me e l'ambiente circostante. "Qualunque cosa sia, non durerà."

Lo fisso, confusa. "Vuoi dire che... mi lascerà andare?"

"No." Lo sguardo del russo è ancora freddo, assolutamente indecifrabile. "Non lo farà. È un uomo ossessivo, e tu sei la sua ossessione. Non ti lascerà mai andare, Sara. A meno che uno di voi non muoia."

Faccio un bel respiro, ma prima di poter rispondere, sento qualcosa vibrare e Yan distoglie l'attenzione da me, controllando il portatile.

"Sono atterrati" dice, mettendo le cuffie. "Ora, il divertimento può avere inizio."

eter

La prima parte dell'operazione procede senza problemi.
Talmente tanto, infatti, che mi sento nervoso. Non è mai un buon segno quando tutto va secondo il piano. C'è sempre un ostacolo da affrontare, qualche imprevisto di cui occuparsi. Bisogna aspettarseli, perché niente è mai prevedibile al cento percento, e pensare che lo sia—credere che il piano, per quanto flessibile, tenga conto di tutte le variabili—è il modo più veloce per rimanere uccisi.

Così, quando entriamo nella tenuta del banchiere ed eliminiamo il numero esatto delle guardie che avevamo previsto, comincio a sentirmi a disagio. E quando deviamo tutte le telecamere, consentendo a Yan l'accesso remoto, e ci facciamo strada verso la suite del banchiere senza incontrare un singolo dipendente che sconfini dalla propria routine, il mio misuratore del pericolo è in stato di allerta—e non solo il mio.

"Senti puzza di bruciato, vero?" mormora Anton, quando ci fermiamo davanti alla porta della camera da letto.

"Sento cosa?" sussurra Ilya, annusando l'aria con un cipiglio.

"La stronzata sul fatto che si sarebbe messa male" dico a bassa voce. "È troppo facile. Troppo simile a quello che abbiamo pianificato."

Ilya capisce, mentre gli brillano gli occhi. "Fanculo."

Nessuno di noi è superstizioso, ma nutriamo un sano rispetto per la fortuna, e sappiamo tutti che un eccesso di essa può essere letale quanto la sfortuna. Un flusso costante di piccoli ostacoli tiene la mente e i riflessi pronti, mentre le acque placide portano ad abbassare la guardia. Non che siamo mai rilassati durante un lavoro—l'adrenalina assicura uno stato continuo di allerta—ma c'è una differenza tra la vigilanza regolare della battaglia e l'ipersensibilizzazione che deriva dal combattere per le nostre vite.

Questo lavoro è filato liscio finora, e quando incapperemo in un ostacolo—cosa che succederà, perché la fortuna è una troia capricciosa—sarà molto dura.

Non possiamo farci niente però, a meno che non abbandoniamo la missione, così faccio un gesto verso Anton per indicargli di prepararsi, e Ilya si mette davanti alla porta.

Un duro calcio col suo piede massiccio, e i cardini della porta saltano, schiantandosi sul pavimento. All'interno, si sente un grido in preda al panico, e mentre ci precipitiamo tutti e tre nella stanza, vediamo il nostro bersaglio a terra, con le grasse membra che fanno movimenti convulsi e una donna nuda che si nasconde dietro al letto.

I minuscoli occhi da maiale del banchiere sono bianchi dal

terrore, con la stazza paffuta che trema, mentre si copre il cazzo floscio con un cuscino. "Fermi! Vi prego, posso pagarvi. Giuro, posso pagarvi. Vi darò tutto quello che volete. Che cosa volete? Centomila euro? Mezzo milione di dollari? Ce li ho. Ho i soldi, lo giuro!" Vedendo che non ci fermiamo, passa dall'inglese a un accentato mix di francese e tedesco, e poi a un dialetto Hausa, ripetendo freneticamente l'offerta fin quando Anton non lo colpisce alla gola per farlo stare zitto.

"Il cugino di Omuya manda i suoi saluti" dico in inglese, guardando l'uomo indebolirsi, mentre si soffoca con il sangue che gli esce dal collo. Impiega pochi secondi a morire—una morte serena, considerato tutto.

L'amante del coglione inizia a singhiozzare violentemente dietro al letto. Ignorandola, scatto una foto del corpo come prova per il cliente, e poi dico a Ilya in russo: "Legala e andiamo." Normalmente, avremmo eliminato anche la donna, ma questa volta voglio una testimone.

Voglio che le autorità ci cerchino in Africa, lontano da Sara e dal Giappone.

Slacciando la cinghia dell'M16 sulla spalla, Ilya gira intorno al letto e si avvicina alla donna in lacrime. Pensando che ce la possa fare da solo, mi dirigo verso la porta, con l'istinto ancora in allerta.

Improvvisamente, sento uno sparo.

Mi giro, con le orecchie che mi fischiano dall'esplosione, ma è troppo tardi.

Ilya è a terra, con una macchia color rosso scuro che gli sgorga dalla testa.

Sara

CAMMINO AVANTI E INDIETRO PER IL SECONDO PIANO, ANDANDO di stanza in stanza, mentre combatto l'ansia. Nel momento in cui la squadra è atterrata, Yan mi ha detto di lasciarlo in pace in modo da potersi concentrare sul proprio ruolo: controllare in remoto la tenuta del banchiere in caso di problemi inaspettati. E non stava solo cercando di sbarazzarsi di me. Quando sono uscita dalla cucina, ho intravisto diverse telecamere di sicurezza sullo schermo del suo computer, e quella che sembrava essere la visuale da un drone aereo.

Per distrarmi, ho cercato di rimettermi a leggere, poi ho guardato qualche video musicale, cantando insieme ad alcuni dei miei artisti preferiti. Sono andata anche nella sala da ballo incompiuta e ho provato qualche passo di danza che avevo imparato da piccola, insieme ad alcuni allenamenti alla sbarra per alleviare la rigidità alla schiena dovuta al ciclo. Nessun esercizio è riuscito a farmi mantenere l'attenzione per più di quindici minuti, così ora passo da una finestra all'altra, come se, guardando il buio all'esterno, potessi far apparire l'elicottero.

Dopo circa due ore, i crampi peggiorano e sono un fascio di nervi, così vado in cucina per assumere un altro Advil. Yan è ancora seduto dietro al tavolo con il suo computer e le cuffie che gli coprono le orecchie, ma ora non c'è niente di freddo nella sua espressione. È incredibilmente pallido, e delle linee di tensione gli incorniciano la bocca, mentre parla velocemente in russo nel microfono.

Mi si ferma il cuore, che poi si lancia in un galoppo in preda al panico.

*Qualcosa è andato storto.*

La paura mi attanaglia, e lo stomaco si contorce per una terribile premonizione; riesco a malapena a smettere di pretendere di sapere che cos'è successo. Non aiuterebbe, e non voglio distrarre Yan da quello che sta facendo. Così, corro per la cucina e mi fermo dietro di lui, sbirciando freneticamente sullo schermo da sopra le sue spalle.

Non mi rivolge l'attenzione, tutto concentrato sul computer, mentre ringhia quelle che sembrano delle istruzioni. In un primo momento, non riesco a capire che cosa stia succedendo, ma poi, su una telecamera, lo vedo.

Due corpi stesi accanto a un letto.

Uno è un uomo obeso, scuro, che nuota in una piscina di rosso, e dall'altra parte del letto c'è una donna nuda. Guardando più da vicino, noto del sangue anche intorno a lei.

Sono entrambi morti.

La nausea mi sale nella gola, e mi copro la bocca con la

mano, cercando di rimanere in silenzio. Yan sta ancora parlando con quel tono di urgenza e su un'altra telecamera, due uomini in uniformi simili a quelle della squadra speciale appaiono in un corridoio. Camminano velocemente e portano un uomo grosso per le braccia e le gambe.

Sono Peter e Anton che stanno portando Ilya, riconosco con un mix di orrore e sollievo. La testa di Ilya è fasciata con quella che sembra essere la federa di un cuscino, ma vedo il sangue che sgorga.

Il gemello di Yan è rimasto gravemente ferito, forse è addirittura morto.

Osando a malapena respirare, mi mordo il palmo, mentre li guardo dietro un angolo. Su un'altra telecamera, una dozzina di uomini armati stanno correndo in un altro corridoio, e scorgo l'angoscia sui loro volti mentre inciampano su altri corpi. Le altre guardie, forse? Comunque sia, si riorganizzano rapidamente, procedendo lungo il corridoio, mentre Yan parla ancora più in fretta nel microfono.

Peter e Anton scompaiono dalla telecamera, per poi riapparire un attimo dopo su un'altra, e vedo che si stanno avvicinando ad un salone con una porta che conduce a un grande garage. Stanno correndo a questo punto, con il corpo di Ilya che oscilla come un'amaca tra loro, e con una sensazione nauseante mi rendo conto del motivo della loro fretta.

Il corridoio con le guardie armate conduce allo stesso salone.

È una gara con la più letale delle poste in gioco—e sembra che le guardie stiano vincendo.

Devo aver emesso un suono, perché Yan si gira, con la mascella stretta mentre mi fissa. Non dice niente, però, torna a guardare il computer, e io continuo a fissarlo, non riuscendo a staccare gli occhi dall'orrore che si sta consumando dall'altra parte del mondo.

Sulla telecamera del drone, due esplosioni distruggono una piccola struttura accanto alla casa principale, e le guardie si fermano prima di dividersi in due gruppi. Un gruppo prosegue verso il salone, mentre altre guardie corrono indietro—verso le bombe che la squadra deve aver piazzato come diversivo.

Tuttavia, il ritardo non è sufficiente. Le guardie raggiungono il salone un paio di secondi prima di Peter e della sua squadra.

I russi sembrano pronti. Continuando a correre, fanno oscillare Ilya ancora di più, e Peter si accovaccia a metà corsa, poggiando lo stomaco di Ilya sulla spalla, mentre Anton lascia andare l'uomo incosciente e afferra il fucile d'assalto. Facendo una smorfia, Peter si raddrizza, tenendo la mole di Ilya sulla spalla, e guardo, stordita, mentre riprende a correre, bloccando il corpo di Ilya con una mano e tirando fuori una granata dalla tasca con l'altra.

Con tutto il frastuono che esce dalle cuffie di Yan, non riesco a sentire l'esplosione del fuoco delle armi, ma vedo i proiettili che distruggono le pareti, mentre i russi irrompono nel salone insieme alle guardie. Due di queste vengono abbattute dal fuoco di Anton, ma il resto si ripara dietro una colonna, e trattengo un urlo, quando Peter inciampa, con Ilya che quasi gli scivola dalla spalla. L'istante successivo, però, si riprende, sistemando meglio il peso umano, e scorgo la selvaggia determinazione sul suo volto, mentre solleva la granata, strappando la sicura con i denti.

*Boom!* Un lampo, e due telecamere si oscurano. Non sto toccando Yan, ma lo sento muoversi in maniera convulsa, come se gli avessero sparato. Una serie di imprecazioni in russo gli sfuggono dalla bocca, mentre sbatte le dita sulla tastiera, caricando altre telecamere, ed è solo quando riesco a vedere un movimento nell'occhio del drone che respiro e capisco che sto piangendo, con le lacrime che lasciano dei rivoli di fuoco che bruciano sulla mia pelle ghiacciata.

Yan deve aver notato lo stesso accenno di movimento, perché zooma sull'immagine del drone, mentre un enorme SUV esce dalla porta di un garage che si apre lentamente, distruggendo un pannello della porta e dirigendosi verso il cancello della tenuta.

Un respiro singhiozzante mi esce, e mordo nuovamente il palmo.

Almeno uno di loro è vivo, e sta abbastanza bene da poter guidare.

Tremando, guardo il SUV attraversare il cancello di ferro in mezzo ai proiettili, per poi lanciarsi su una strada stretta con due SUV di vigilanza. Il drone li segue abbastanza a lungo da mostrare un SUV inseguitore finire fuori strada, come se gli avessero sparato agli pneumatici, ma dopo pochi secondi le macchine scompaiono in lontananza, lasciando il drone alle spalle.

Yan mormora quella che sembra un'imprecazione in russo e sbatte di nuovo furiosamente sulla tastiera. Appare una nuova finestra, con un audio, e mi rendo conto che deve essersi sintonizzato su qualche segnale radio. Comunque sia, un minuto dopo, riprende a parlare freneticamente in russo, e faccio un respiro tremante.

Qualcuno in quel SUV dev'essere vivo.

*È Peter? Sono feriti? Quanto sono lontani dall'aereo? Ilya è ancora vivo? Peter è ferito?*

Le domande minacciano di fuoriuscire, ma scavo con le

unghie nei palmi e resto in silenzio, non osando distrarre Yan, mentre prende una mappa e sputa istruzioni in russo. La sua postura è tesa come sempre, con minor attenzione rivolta alla schermo, e capisco che sono ancora in pericolo.

*Se sono tutti vivi, voglio dire.*

Respirando, cerco di calmarmi, per impedire alle lacrime di rigarmi il viso congelato, ma la paura è troppo forte. Sono nauseata, avvelenata dall'eccesso di adrenalina. Non ho mai conosciuto questo tipo di preoccupazione debilitante per un altro. Il cuore mi martella intensamente nel petto, con ogni battito che segna un altro secondo di disperata attesa.

Peter deve stare bene. Dev'essere così.

Un minuto, due, tre, dieci... Guardo il piccolo orologio in un angolo dello schermo, mentre Yan smette di parlare, unendosi a me nell'attesa.

Dodici minuti.

Quindici.

Diciotto.

Non mi muovo. Riesco a malapena a respirare.

Venti.

Ventidue.

La postura di Yan cambia, per una nuova allerta. Prendendo il microfono, dice alcune frasi in russo, poi toglie le cuffie e si volta per guardarmi.

I segni dello stress continuano ad essere evidenti sui suoi lineamenti, ma la tensione che ho intravisto prima è scomparsa. "È finita" dice. "Stanno volando, sono diretti verso l'Egitto. Un proiettile ha perforato il cranio di Ilya, ma sono riusciti a fermare l'emorragia, e si è già svegliato per qualche minuto. Con un po' di fortuna, starà bene."

Stringo il tavolo, preparandomi. "E Peter?"

"È ustionato e un po' sanguinante, ma non è grave. Lo stesso vale per Anton."

Respiro, stordita dal sollievo, e mi asciugo l'umidità sulle guance con il dorso della mano tremante.

*Peter è vivo.*

Ustionato e sanguinante, ma vivo.

Vorrei collassare sul pavimento, con il calo dell'adrenalina che mi colpisce come un proiettile, ma afferro il tavolo, sforzandomi di far funzionare il cervello. "Allora perché—" Mi schiarisco la gola, scacciando la raucedine dalla voce. "Perché stanno andando in Egitto?"

"Ilya ha bisogno di un medico, e lì c'è una clinica" spiega Yan, che poi mi fissa.

"Che cosa?" chiedo, con il battito del cuore che accelera.

"Tu sei un medico" dice, piegando la testa. "Non è vero?"

"Io... sì." Non lo sa? "Sono un'ostetrica-ginecologa."

"Sai curare una ferita?"

Sto cominciando a capire dove vuole arrivare. "Sì, certo. Ho anche fatto un tirocinio al pronto soccorso, durante la mia specializzazione, ma—"

"Aspetta." Si gira verso il portatile e mette le cuffie.

"Aspetta, Yan. Ha bisogno di un ospedale" protesto, ma sta già parlando nel microfono in russo.

Frustrata, aspetto che finisca, e quando si gira di nuovo per guardarmi, gli dico fermamente: "È una cattiva idea. Tuo fratello potrebbe avere un trauma cranico o un'emorragia interna. Ha bisogno di una TAC, degli antibiotici, delle attrezzature mediche adeguate... Lui—"

"È sopravvissuto a incidenti peggiori, credimi" interrompe Yan, con fare risoluto. "Ha bisogno di riposo e tempo per guarire, e non possono fare queste cose nella clinica—non con le autorità che setacceranno tutto il continente africano per prenderci. Qui abbiamo antibiotici e medicinali di base—li teniamo nei nostri rifugi—e ora abbiamo anche un medico."

Aggrotto la fronte. "No, ascolta. Non è—"

"Dovresti dormire un po', Sara" suggerisce Yan, raggiungendo le cuffie. "Sembri stanca, e avremo bisogno che tu sia forte e riposata, quando atterreranno."

# 28

S ARA È IN PIEDI ACCANTO ALL'ELISUPERFICIE, QUANDO atterriamo, con la sua esile figura piccola e fragile accanto alla stazza di Yan. Mi si stringe il petto a quella vista, con il desiderio per lei dolorosamente acuto, e devo davvero impegnarmi per non afferrarla non appena il nostro elicottero tocca terra. Invece, la prima cosa che faccio quando salto fuori è aiutare Ilya a scendere. La ferita nel punto in cui il proiettile gli ha perforato il cranio ha smesso di sanguinare, ma è ancora debole per la perdita di sangue, ed è sicuramente più di una semplice commozione cerebrale.

Se l'amante del banchiere avesse usato qualcosa di diverso da una rivoltella calibro 22 con impugnatura in madreperla e avesse avuto una mira migliore, lo avremmo riportato a casa in un sacco per cadaveri.

La spalla che ho sforzato troppo mi brucia e le costole danneggiate mi fanno male, mentre prendo Ilya—la tuta antiproiettile ha bloccato due proiettili durante la fuga—ma non mi lamento. Sono stato fortunato. Cazzo, siamo stati fortunati tutti e tre. Si stava mettendo davvero male, ma ce la siamo cavata. Tra l'amante del banchiere che ha trovato la pistola sotto il materasso e gli agenti di vigilanza che hanno sentito il colpo, la nostra fuga dalla tenuta è stata dura quanto era stata semplice l'intrusione.

Su una scala da uno a dieci, questo lavoro è finito con un sette—non terribile come alcuni, ma decisamente peggio di altri.

"Ecco, lo prendo io" dice Yan, aiutandomi a sostenere Ilya, e mi faccio da parte, lasciandolo aiutare il fratello. Anton sta scendendo dall'elicottero dietro di noi, ma non gli presto attenzione. È stato colpito al braccio e alla spalla da qualche scheggia di granata, ma so che starà bene. Così, mi concentro sulla persona di cui non posso fare a meno.

Sara.

Il mio bel passerotto.

Il vento le agita le ciocche castane, con il sole che le mette in risalto le sfumature di rosso tra le folte onde castane. Il suo sguardo è serio, mentre mi guarda, con il volto privo di qualsiasi espressione. Eppure, sento la sua bramosia, la sento in profondità nelle mie ossa.

Potrebbe non ammetterlo, ma ha bisogno di me.

Anche lei percepisce la connessione che c'è tra noi.

Con cinque falcate, la raggiungo, prendendola in braccio, mentre poggio le labbra sulle sue. Dietro di noi, Anton emette un fischio, ma lo ignoro. Non mi frega un cazzo di quello che pensano i ragazzi, non mi importa che vedano la mia debolezza. Nulla ha importanza, tranne il modo in cui le sue esili braccia sono piegate intorno a me, e la dolce morbidezza delle sue labbra. L'odore di menta del suo respiro, la scivolosità della lingua, il caldo profumo—assorbo tutto, colmando il vuoto dentro di me, spingendo via l'oscurità del mio mondo.

Non la merito, ma sta con me.

È mia da amare e venerare, e la terrò.

Non so per quanto tempo la bacio, ma quando alzo la testa, gli altri stanno già entrando in casa. A malincuore, metto giù Sara, ma non riesco a lasciarla andare.

"Ti sono mancato, ptichka?" chiedo dolcemente, con le mani sulla sua vita sottile. "Eri preoccupata, mentre ero via?"

Il sole esalta le striature verdognole dei suoi occhi color nocciola, evidenziando il tormento al loro interno. "Io..." Si lecca le labbra gonfie a causa del bacio. "Non volevo vederti morto."

"Me l'hai già detto. Ma ti sono mancato?"

Mi rivolge un'occhiata torturata, poi mi spinge sul petto, liberandosi della mia presa. "Devo andare" dice. "La testa di Ilya non guarirà da sola."

Voltandosi, corre in casa e la seguo, deluso, ma incoraggiato.

Non è ancora pronta ad ammetterlo, ma prima o poi ci riuscirò.

Mi amerà, costi quel che costi.

 nella nostra stanza per fare la doccia prima di crollare. Mi sono lavato sull'aereo, ma sento ancora la voglia di eliminare da dosso tutta la violenza e la morte.

Non voglio che la bruttezza del mio mondo contamini Sara in qualche modo.

Impiego più di venti minuti per fare la doccia e cambiarmi—con i residui dell'adrenalina che svaniscono, mentre i muscoli doloranti e le costole danneggiate si oppongono a ogni movimento—e quando arrivo nella stanza di Ilya, Sara ha quasi finito con i punti. Mi fermo davanti alla porta e la guardo al lavoro, godendomi il piccolo cipiglio di concentrazione sul suo viso. Avevo fatto installare le telecamere nel suo ospedale, quindi conosco quell'espressione. L'aveva spesso quando prendeva appunti sulle sue pazienti o leggeva qualche nuovo studio emerso nel suo campo.

"Dammi quella garza" ordina a Yan quando ha finito, e sorrido davanti a quel tono autoritario. Il mio passerotto è nel suo habitat naturale, e per la prima volta dopo settimane vedo un accenno della sua usuale brillantezza. Yan aveva ragione a suggerire questo; non solo il fatto che Sara stia curando la ferita di Ilya rende le cose infinitamente più sicure per noi, ma le fa anche bene all'umore.

I suoi movimenti sono rapidi ed efficienti, mentre fascia la testa di Ilya, e il mio compagno di squadra chiude gli occhi, sembrando sereno, mentre gli antidolorifici che gli abbiamo somministrato prima cominciano a fare effetto.

"Qualche altra ferita?" chiede Sara, guardando dietro verso me e Yan.

"Non credo, ma controllerò" dice Yan. "So che Anton si è procurato qualche colpo, quindi potresti dare un'occhiata anche a lui. Credo che sia in camera sua."

Lei annuisce e si alza. "E tu, Peter?"

Voglio le sue mani su di me, così scrollo le spalle e, a quel movimento, faccio una smorfia. "Solo qualche graffio e livido" rispondo, facendo del mio meglio per sembrare stoico, ma dolorante.

Yan, che mi ha visto andare in giro con le ossa rotte senza fare un fiato, mi guarda come per dire: "Stai scherzando, vero?" ma è abbastanza astuto da non dire niente, mentre Sara si acciglia e mi si avvicina.

"Fammi vedere" ordina, raggiungendo la mia maglia, ma le afferro i polsi sottili, prima che possa iniziare a esaminarmi.

"Che ne dici di andare in camera, così posso sedermi?" suggerisco, ignorando Yan. "Saremo più comodi lì."

Sara mi guarda storto, apparentemente comprendendo il mio giochetto. "Devo ancora controllare Anton. Ecco, siediti qui." Strappando i polsi dalla mia presa, mi afferra la mano e mi porta verso una sedia all'angolo, mentre Yan—il bastardo rompicoglioni—ride sotto i baffi.

"Fammi vedere" dice Sara, sollevandomi la maglia da sopra la testa, e faccio una smorfia per davvero, con quel movimento che mi provoca dolore alla spalla.

Ne vale la pena, però, perché un attimo dopo, le mani fredde e delicate di Sara spingono sul mio busto, esaminando ogni costola per trovare eventuali fratture. Quel tocco dovrebbe farmi male, ma, mentre le sue delicate dita scivolano sui miei lividi, tutto quello che sento è un aumento di calore, mescolato a un dolore all'inguine di diverso tipo.

"Ti fa male qui?" mormora, mentre sposta le mani fino alla mia spalla, e scuoto la testa, ipnotizzato dalle sfumature verdi nei suoi occhi color nocciola.

"È solo—" Mi schiarisco la voce. "Solo un dolore muscolare, credo."

"Hmm." Con attenzione, mi solleva il braccio e lo agita con un movimento circolare. "Nessun dolore così?"

"No." Respiro profondamente, inalando il suo profumo dolce. "Solo un leggero indolenzimento."

"Ok." Mi abbassa dolcemente il braccio e, con mia delusione, fa un passo indietro. "Sembra che tu abbia ragione—hai solo qualche livido."

"Mi sono anche graffiato la schiena" dico, girandomi per mostrargliela. "Forse dovrebbe essere bendata."

Sara si china in avanti, passandomi le mani sulle spalle prima di spostarsi sulla schiena, dove sento una lieve irritazione.

"Qui?" chiede, toccando leggermente la zona ferita, e annuisco, anche se il dolore è appena percepibile.

"Sta già guarendo, quindi non c'è bisogno di bendarla" dice Sara, mentre mi giro per guardarla. "Qualcuno l'ha già medicata?"

"L'ha fatto Anton sull'aereo" ammetto, mettendo il muso. Per una volta, avrei preferito che io e la mia squadra non fossimo così esperti nel primo soccorso. "Sei sicura che non serva bendarla?"

"No. Guarirà meglio così. Qualcos'altro?"

Sollevo le mani per mostrarle i graffi sui palmi, e Yan scoppia a ridere.

"Che cosa vuoi che faccia con quelli? Baciarli e farti stare meglio?" dice in russo, ignorando la mia furiosa occhiataccia. "Sul serio, amico, se vuoi fare il gioco del medico-paziente, fallo dopo. Lascia che prima si occupi delle ferite vere."

Sara aggrotta la fronte, prima di chiedere a Yan: "Che cos'hai detto?"

"Gli ho detto che Anton ha bisogno della tua attenzione"

risponde Yan, continuando a sorridere. "E che lui non dovrebbe intrattenerti con i suoi eccentrici giochini erotici."

Il volto di Sara avvampa, e si gira, afferrando il kit di primo soccorso per infilarci la garza e altri materiali. "Vado a dare un'occhiata ad Anton" dice, rigida, e si affretta ad uscire dalla stanza senza guardarci.

Mi alzo e mi rimetto la maglia. "Domani ti distruggerò quella faccia del cazzo durante l'allenamento" dico minacciosamente a Yan. "Non appena mi sarò riposato, ti farò il culo."

Lo stronzo ride, mentre corro fuori dalla stanza, seguendo Sara, e anche Ilya sembra avere un sorriso sul volto, quando sbatto forte la porta dietro di me.

Anton farà meglio a non godere delle premure di Sara come ho fatto io.

Se lo farà, ucciderò quel figlio di puttana.

ara

ANTON HA UN PAIO DI FERITE POCO PROFONDE, DOVE LE SCHEGGE della granata lo hanno colpito alle braccia, ma a parte questo sta bene. Gli cambio le bende, mentre Peter mi guarda in cagnesco dall'altro lato della stanza, e poi do ad Anton alcune istruzioni su come curare le ferite. Non che il compagno di squadra di Peter ne abbia bisogno; da quello che vedo, questi uomini sono dei professionisti nel trattamento delle ferite non gravi.

"Grazie, Dottoressa Cobakis" dice, quando ho finito, e gli sorrido.

Anche gli spaventosi assassini barbuti sembrano rispettare la professione medica—almeno quando sono feriti.

Peter dice qualcosa di brusco in russo e attraversa la stanza per stare vicino a me. "Finito?" chiede, irritato, guardandomi storto, e rispondo al cipiglio con uno dei miei.

"Sì, per ora." Non capisco quale sia il problema, ma si comporta come un orso con una spina nella zampa da quando è entrato nella stanza.

Se non fosse così ridicolo, penserei che sia geloso dell'attenzione che sto rivolgendo all'amico ferito.

"Allora, andiamo." Afferrandomi la mano, mi porta fuori, e il mio cuore accelera, rendendomi conto che mi sta portando in camera.

"Peter..." Mi sento senza fiato, mentre cerco di tenere il passo delle sue lunghe falcate. "Che cosa stai facendo? Hai bisogno di riposare."

Mi guarda, ma non si ferma. La sua mascella è stretta, con la presa su di me così dura che mi fa quasi male. Trascinandomi, entra nella nostra camera e chiude con decisione la porta dietro di noi.

"Peter..." ripeto, non appena mi lascia andare la mano. "Sei ferito. Non so cosa stai pensando, ma devi—"

Le mie parole finiscono con un gemito, perché Peter mi raggiunge, chiudendo la distanza tra di noi con qualche passo deciso, prima di strofinarmi sul suo petto. Tre secondi dopo, mi ritrovo sul letto, con novanta chili di maschio furioso e arrapato sopra di me.

"Che cosa stai—"

Spinge la bocca sulla mia, dura e affamata, e con le mani lacera i miei vestiti, strappandomi letteralmente la maglietta in due. Sono tesa, sorpresa dalla violenza, ma non si ferma, abbassandomi i jeans lungo le gambe con movimenti rudi e scattanti, mentre mi divora col suo brutale bacio. Mentre mi tira giù la biancheria intima, rivolgo un pensiero alle lenzuola e all'assorbente sporco di sangue che indosso, ma intreccia le dita alle mie, inchiodandomi le mani sopra la testa, e dimentico tutto, sconvolta dalla selvaggia tempesta della sua lussuria.

È travolgente, addirittura spaventoso, ma il desiderio è ancora lì, in agguato sotto la paura. I miei muscoli istintivamente si irrigidiscono, anche se la calda scivolosità mi lubrifica il sesso, con la tensione che intensifica l'eccitazione. Brucio per lui, bramando il pericolo e la durezza, e, mentre spinge dentro di me, grido dallo shock, dall'oscuro piacere unito al dolore pungente.

Si ferma, sollevando la testa per incrociare il mio sguardo, e ricordo la nostra prima volta, il modo in cui mi aveva presa, perdendo ogni controllo. Mi aveva fatto male allora, ma, a differenza di quella volta, oggi non c'è odio nel mio cuore, non c'è amarezza o soffocante vergogna. Il dolore mi fa star bene, scacciando i residui della preoccupazione, ricordandomi che è vivo.

Ricordandomi che siamo vivi entrambi.

"Sara..." Il mio nome è un'espressione roca sulle sue labbra, con lo sguardo d'argento fuso che mi tiene prigioniera, mentre sbatte dentro di me, con il cazzo grosso che mi dilata i tessuti interni, riempendomi fino all'orlo, fino a star male. "Ptichka, ho un fottuto bisogno di te..."

"E io ho bisogno di te." È come se quelle parole provenissero dal centro stesso del mio essere, tirate fuori dall'impossibile fuoco che mi brucia nelle vene. Non posso più combatterlo, non posso più fingere di odiare questo bellissimo uomo pericoloso. Non c'è amore tra noi, né qualcosa di simile all'amicizia, ma il nostro legame è innegabile, con la chimica che ci lega in un mix di oscuro bisogno e violenta attrazione.

Voglio questo da lui: la durezza e la tenerezza, la paura e il calore che consuma tutto.

È tutto quello che non sapevo di desiderare, e quando i suoi occhi si rabbuiano per la mia ammissione, capisco cosa significa.

Sono *sua*, per quanto quel pensiero possa essere terrificante.

Chiudendo gli occhi, avvolgo le gambe attorno ai suoi fianchi, prendendolo ancora più in profondità, e, quando comincia a spingere, col suo sedere muscoloso che si flette contro i miei polpacci, mi arrendo all'inevitabile.

Mi arrendo a lui.

# PARTE III

3 0

ara

QUANDO IL SECONDO MESE DELLA MIA PRIGIONIA SI TRASFORMA nel terzo, il risentimento lentamente diminuisce, con la disperata nostalgia della mia vecchia vita che si trasforma in una sorta di dolore agrodolce. Continuo a cercare opportunità di fuga, ma c'è sempre qualcuno in casa, a controllarmi, e con il passare dei giorni, smetto di preoccuparmi per l'impossibilità di scappare e comincio a sfruttare alcuni vantaggi della mia tranquilla routine. Il tempo mite aiuta—siamo nel mese più caldo d'estate ora, e ci sono molte più cose da fare all'aperto—e lo stesso vale per il fatto che, a parte qualche uscita per le provviste, Peter trascorre quasi tutto il suo tempo con me.

"Non lavori da un bel po'" commento, mentre ci dirigiamo verso un torrente di montagna, dove nuotiamo nelle giornate

543

particolarmente calde. "È a causa di quello che è successo a Ilya l'ultima volta o semplicemente non hai clienti così spesso?"

"Ci contattano sempre, ma siamo selettivi con i lavori che accettiamo" spiega Peter, sollevando un ramo per farmi passare sotto. "Il rapporto rischio-ricompensa dev'essere equo, soprattutto ora."

Non spiega perché, ma non ce n'è bisogno. Da quello che mi ha raccontato, e da quello che ho capito dalle brevi conversazioni con i miei genitori, le autorità stanno intensificando la caccia, impiegando tutte le risorse sul problema che rappresenta Peter. In parte, è a causa della mia scomparsa; nonostante le telefonate bisettimanali, i miei genitori sono convinti che io sia in pericolo e trascorrono le giornate importunando l'FBI per ricevere aggiornamenti. Ma il problema principale è l'ultimo obiettivo sulla lista di Peter, un ex generale americano che sta dimostrando di essere inafferrabile come Peter e la sua squadra.

"Wally Henderson ha molte connessioni" mi ha spiegato Peter un paio di settimane fa. "Ha colto cosa stava succedendo molto prima di chiunque altro sulla mia lista, e ha pianificato una scomparsa degna di Houdini. Finora, ogni strada che i nostri hacker hanno seguito non ha portato da nessuna parte. Per quanto ne sappiamo, non è in contatto con nessuno della sua vita precedente—né amici, né colleghi, né parenti lontani— e non ha fatto un solo passo falso. Nessuna apparizione sui social media da parte dei figli adolescenti, nessun utilizzo di carte di credito, niente. Siamo a conoscenza di gran parte del suo background, ma girano voci secondo cui sarebbe stato un operativo della CIA per qualche tempo, forse un agente che lavorava sotto copertura. E anche se non siamo riusciti a scoprire i dettagli su come lo stava facendo, sembra che stia pressando le autorità per tornare in azione dal suo nascondiglio."

"Pensi che sappia di essere l'ultimo nome sulla tua lista?" chiedo.

"Ne sono certo" risponde Peter. "Come ho detto, ha connessioni, e non solo a Washington D.C. Conosce tutti nella comunità internazionale dell'intelligence, e sta facendo leva per far sì che io sia la priorità, come un leader dell'ISIS."

Ho cercato di non pensare alle implicazioni di questo, ma è impossibile. Non riesco a scacciare dalla mente la preoccupazione per Peter. In teoria, dovrei essere contenta di questo generale e sperare che le autorità trovino il mio carceriere, liberandomi, ma non sono molto razionale ultimamente.

"Perché non smetti completamente con questi lavori?" chiedo, mentre ci avviciniamo al torrente. "Devi avere già soldi a sufficienza."

Peter mi guarda storto. "I soldi non sono mai abbastanza, se sei un fuggitivo" dice, e toglie la maglietta, esponendo un busto potentemente muscoloso. "Gli aerei e gli elicotteri privati non sono economici."

Distolgo lo sguardo per evitare di arrossire, mentre toglie i pantaloncini—è già duro lì sotto—e si tuffa nel torrente dopo aver tolto gli stivali. Lo vedo sempre nudo, ma questo non riduce l'impatto del suo corpo muscoloso sui miei sensi. La natura ha donato al mio rapitore una perfetta proporzione maschile—spalle larghe, fianchi stretti, lunghi arti forti—e l'intenso allenamento militare gli ha consentito di avere un fisico che gli atleti olimpici invidierebbero. Ma non è il suo aspetto a riempirmi le vene di un liquido caldo; è la consapevolezza che, se lo guardassi in un certo modo, il fuoco oscuro sempre presente tra noi andrebbe fuori controllo, e finirei tra le sue braccia, gridando il suo nome mentre mi sbatterebbe contro le rocce scivolose.

"Sai, non avresti bisogno di tutti quegli aerei ed elicotteri, se non ti avventurassi tanto" faccio notare, quando è immerso nell'acqua. La mia voce è più roca di quanto avrei voluto, ma almeno il viso non è rosso brillante. "Saresti più al sicuro, e non dovresti... lo sai."

"Uccidere le persone?" suggerisce.

"Esatto." Mi affretto a indossare il costume da bagno, mentre Peter galleggia sulla schiena, muovendo pigramente le braccia per compensare la corrente. Non mi piace pensare alla terribile realtà della sua professione, non così in profondità almeno. Ovviamente sono consapevole del fatto che sia un assassino, ma se non ci penso è più un concetto astratto che qualcosa in primo piano nella mente.

Oggi, però, non riesco a togliermelo dalla testa, e, mentre nuoto verso la parte più profonda del torrente accanto a Peter, mi ritrovo a chiedermi: "Ti piace? È per questo che fai quello che fai?"

Mi aspetto che lo neghi, che indichi la necessità o l'educazione come forza trainante dietro la carriera scelta, ma si gira per guardarmi, con un sorriso oscuro che gli fa piegare le labbra, mentre risponde: "Certo, ptichka. Non lo sapevi?"

Lo guardo, con la pelle d'oca, mentre la corrente scorre intorno a me, con l'acqua che mi copre fino al petto. Il torrente che sembrava rinfrescante un momento fa ora sembra ghiaccio liquido, gelido come quella tempesta in cui ci siamo trovati. "Ti piace uccidere?"

Annuisce, con gli occhi color argento che brillano alla luce del sole. "La morte, come la vita, ha il suo fascino" dice dolcemente, avvicinandosi per tirarmi sul suo grande corpo caldo. "È un fascino oscuro, ma è lì, e ogni soldato lo sa. Essendo un medico, devi averlo visto qualche volta: il modo in cui il dolore si trasforma nella beatitudine del nulla, l'agonia nella pace del non esistere. La morte pone fine a tutte le lotte, guarisce tutte le sofferenze. E giocare con la morte... non c'è niente di simile. Li senti: la vulnerabilità tua e di tutto ciò che ti circonda, ma anche il potere. Il controllo. Dà dipendenza, una volta averlo vissuto... una volta aver avuto la vita di qualcuno nelle tue mani e averla spezzata."

Le sue parole mi travolgono come un'ondata, terrificante e affascinante al tempo stesso. Ho visto una parte di quello di cui sta parlando, ho addirittura provato il potere che sta descrivendo. Solo che per me è stato quando dovevo salvare una vita, non quando dovevo strapparla. Non riesco a immaginare la mancanza di empatia necessaria per usare quel potere per distruggere invece che guarire, per togliere la vita a qualcuno.

Avevo ragione a considerarlo un mostro. Lo *è*, ma questa conclusione non mi repelle come dovrebbe. La sua ammissione, per quanto sia terribile, non riduce il calore che cresce dentro di me, mentre modella la parte inferiore del mio corpo alla sua, con una mano che mi stringe il fianco e l'altra che mi incornicia il volto. È già eccitato, con l'erezione dura sul mio stomaco e, mentre si china in avanti, premendo le labbra con fare affamato sulle mie, chiudo gli occhi e gli avvolgo le braccia intorno al collo muscoloso, lasciando che il suo tocco bruci il freddo della consapevolezza di ciò che è.

Vado a letto con il diavolo, ma in questo momento non c'è altro posto che preferirei.

QUELLA SERA CENIAMO, TUTTI NOI CINQUE, E, COME SUCCEDE DAL lavoro in Nigeria, gli uomini di Peter parlano con me durante tutto il pasto, raccontandomi un sacco di storie divertenti sulla Russia e su alcune delle ex repubbliche sovietiche. Non sono ancora completamente a mio agio con i mercenari—sono consapevole che ucciderebbero me o chiunque altro senza alcuna esitazione, se Peter lo ordinasse—ma sono tutti eccessivamente gentili, da quando ho curato le ferite di Ilya e Anton. È durante pasti come questo che scopro le abitudini del Paese dei miei carcerieri—considerano educato togliere le scarpe, quando entrano in casa di qualcuno—e imparo anche qualche parola in russo.

"*Vkusno. V-koos-nah.*" Ilya ripete la parola lentamente, addolcendo la 'v,' quasi da farla sembrare una 'f .' "Significa delizioso o gustoso. Quindi, se vuoi dire a Peter che ti piace qualcosa, puoi indicare quel piatto e dire 'Vkusno.'"

"Vikusno" provo, indicando il pollo arrosto preparato da Peter. "Fi-koos-nah."

"Non c'è la 'i' in mezzo" dice Yan, sembrando divertito. "E non enfatizzare tanto la prima consonante. Dilla velocemente, senza spezzarla in tre sillabe. *Vkusno.* Prova."

"Vkusno" ripeto come un pappagallo al meglio della mia abilità, e tutti i ragazzi, tra cui Peter, ridono.

"Va abbastanza bene, ptichka" dice, tagliando altro pollo per me. "Presto parlerai russo anche tu."

Sorrido, assurdamente soddisfatta, e quando mi invita a cantare per loro dopo cena, come fa spesso senza successo, accetto per la prima volta e canto una delle mie canzoni preferite di Beyoncé, quella con cui mi sono esercitata nello studio di registrazione che ha installato per me. Gli uomini di Peter ascoltano, a bocca aperta, e quando ho finito, applaudono così forte che i piatti vibrano sul tavolo.

È la miglior serata che abbia avuto da mesi, e, quando Peter mi conduce al piano di sopra, lo abbraccio volentieri, con impazienza. Facciamo l'amore, e dopo non penso a George e al fatto che sia andata a letto con il suo assassino. Non penso nemmeno ai miei genitori.

Per quella notte, appartengo a Peter e a nessun altro.

## 31

_S_*ara*

LA MATTINA SEGUENTE, TORNO A COMBATTERE I SENTIMENTI PER il mio carceriere, ma, col passare dei giorni, mi rendo conto che sto cominciando a perdere la battaglia. Mi sta distruggendo, facendomi dimenticare perché stavo cercando di resistere. Non dice di amarmi da quando siamo qui— probabilmente perché gli ho detto quelle parole in faccia quando siamo arrivati la prima volta—ma non posso negare che, a suo modo, un modo molto contorto, Peter tiene a me.

Lo vedo da come mi guarda, da come mi tocca e mi abbraccia. Anche quando il sesso è duro, con l'oscurità che a volte ancora mi spaventa, mi coccola sempre, accarezzandomi e cullandomi finché non mi sento al sicuro, viziata e adorata. Il suo potere su di me è assoluto, e c'è qualcosa di perversamente confortante in questo, qualcosa che colpisce una parte di me di cui non ero a conoscenza.

Non ero insoddisfatta della mia vita sessuale con George. Nel corso degli anni, avevamo imparato a conoscere i nostri corpi e sapevamo esattamente cosa fare per soddisfarci a vicenda. Prima che cominciasse a bere, facevamo sesso regolarmente, almeno una o due volte alla settimana, e, anche se non eravamo più particolarmente avventurosi dopo il primo anno, facevamo alcuni giochini sexy di tanto in tanto, utilizzando addirittura dei giocattoli erotici. Era sufficiente, pensavo; doveva essere così. Non avrei mai immaginato il tipo di chimica sessuale che ho con Peter, non sapendo che potesse esistere una connessione fisica così forte.

Mi scopa così tanto che sono dolorante quasi tutti i giorni, con il suo appetito per me che non svanisce mai. E gli rispondo, anche se spesso mi sfinisce con le sue pretese sessuali. Non ho mai conosciuto qualcuno con una simile energia. Nelle ultime settimane, Peter e i suoi uomini si sono allenati ogni giorno, facendo ore di esercizi di peso corporeo, correndo per la foresta con gli zaini pieni di pietre e praticando il combattimento a mani nude, che sembra micidiale quanto quello armato; eppure, trova ancora la forza per fare escursioni con me, nuotare quando il tempo lo consente, cucinare per tutti e, naturalmente, fare sesso con me due o tre volte al giorno.

"Non ti stanchi mai?" sussurro una notte, quando mi sdraio sul suo petto, con il cuore che batte ancora forte per l'intensità dell'orgasmo che ho appena avuto. Normalmente, mi addormento subito dopo aver fatto sesso, ma ho fatto un pisolino nel pomeriggio, quindi, per una volta, rimango sveglia un po' più a lungo.

"Non mi stanco mai?" Si muove sotto di me, sistemandomi la

testa più comodamente sulla sua spalla. Affonda pigramente le dita nei miei capelli, con il battito cardiaco forte e costante sul mio orecchio. "Di cosa?"

"Solo fisicamente, voglio dire" spiego. "A volte sembri inesauribile, come una specie di cyborg. Non vuoi mai oziare o non fare niente? O riposarti, senza allenarti con i ragazzi per un giorno?"

"Sto oziando ora" osserva divertito. "E devo allenarmi; altrimenti corriamo il rischio di essere uccisi."

Nascondo il naso nel suo collo, respirandone il profumo caldo e pulito. Pisolino o meno, mi sta venendo sonno, con le sue dita nei miei capelli che mi stanno inducendo in uno stato di rilassamento quasi ipnotico. Sopprimendo un sbadiglio, gli mormoro sul collo: "Non è quello che intendevo. Non ti *stanchi* mai? Come un normale essere umano? Sai, arti pesanti, muscoli doloranti?"

Il suo potente petto si solleva per una risata. "Certo. Ho solo una tolleranza al dolore superiore rispetto alla maggior parte delle persone. Altrimenti, non sarei sopravvissuto fino all'età adulta."

Lo dice con leggerezza, con tono ancora divertito, ma il mio radar di rivelazione su Peter entra in stato di allerta. Raramente parla della sua giovinezza—quasi mai, in realtà—così, quando ho la possibilità di scoprire qualcosa di nuovo, ne approfitto, anche se ciò che scopro la maggior parte delle volte mi spaventa.

"Com'era?" chiedo, con la sonnolenza ormai scomparsa. Sollevando la testa dalla sua spalla, incrocio il suo sguardo sotto la luce soffusa proveniente dalla lampada sul comodino. "Quel campo di prigionia giovanile in cui ti mandarono, voglio dire."

Il volto di Peter si irrigidisce, con tutto il divertimento

svanito, mentre mi sposta dal petto, girandosi per sdraiarsi sul fianco rivolto verso di me. "Come l'inferno" risponde senza giri di parole, mentre tiro un cuscino sotto la testa. "Un inferno freddo e sporco, popolato da demoni con sembianze umane. Più o meno come qualsiasi altro campo di lavoro siberiano."

Rabbrividisco, ricordando un libro che avevo letto una volta sui campi di prigionia durante il periodo sovietico, e prendo una coperta per fermare il freddo che si diffonde nella pelle. "Era come un *gulag*?"

"Non esattamente." Un sorriso triste appare sul suo viso. "*Era* un gulag a un certo punto, utilizzato per punire e uccidere lentamente dissidenti e altra gente indesiderata. Quando l'Unione Sovietica andò in pezzi, il luogo non fu utilizzato per un po' di tempo, ma poi a qualcuno venne la brillante idea di ripristinare le strutture, trasformandole in un campo correttivo per giovani delinquenti. Ecco come nacque Campo Larko."

Combatto la voglia di staccare gli occhi dalle tenebre nei suoi occhi. "Quanto tempo sei rimasto là?"

"Fino al compimento dei diciassette anni. Quindi, quasi sei anni."

Sei anni a partire da quando era solo un bambino—quasi tutti gli anni dell'adolescenza. Stringo la mano a pugno sotto la coperta, con le unghie che mi tagliano il palmo. "Perché ti mandarono lì? Non c'era un'alternativa?"

Piega amaramente la bocca. "Non in Russia. Non per un criminale orfano come me."

"Ma non avevi neanche dodici anni." Non posso immaginare come qualcuno possa essere così crudele da mandare un bambino nel gelido inferno di cui ho letto in quel libro. "Che mi dici della scuola? Che mi dici—"

"Oh, ci insegnavano loro." I suoi denti lampeggiano per un

altro sorriso privo di umorismo. "Ricevevamo esattamente due ore di istruzione al giorno. Le altre quattordici, però, erano riservate al lavoro—eravamo lì per quello, dopotutto."

Quattordici ore? Per qualcuno che era ancora un bambino? Inghiottendo il nodo in gola, mi sforzo di chiedere: "Che genere di lavoro?"

"Per lo più attività mineraria. Riparavamo anche strade e tubature. Anche alcuni lavori di costruzione, ma questo solo intorno al nostro campo, per riparare la merda dell'epoca sovietica che si stava sbriciolando intorno a noi."

Lo guardo, non sapendo cosa dire. Sapevo che non aveva avuto una vita facile, naturalmente, ma in qualche modo non immaginavo questo, non avevo capito che la maggior parte dei suoi anni formativi—gli anni in cui i ragazzi della sua età giocavano ai videogiochi e sfidavano i genitori durante il coprifuoco—vennero trascorsi a lavorare duramente in condizioni infernali.

Cercando di ignorare il dolore al petto, mi allungo sotto la coperta e strofino le dita sui tatuaggi che gli coprono il braccio e la spalla sinistra. "È lì che hai fatto questi?"

Peter guarda giù, come se avesse dimenticato l'inchiostro che c'è. "La maggior parte, sì" risponde, piegando l'altro braccio sotto la testa. "Qualcun altro dopo, quando entrai a far parte della mia unità."

"Che cosa significano?" chiedo dolcemente, toccando i disegni intricati con le dita. Quello sulla spalla somiglia all'ala di un uccello, mentre altri sono più simili a teschi demoniaci, ma il resto sono solo linee e forme astratte.

Lo sguardo di Peter diventa opaco. "Niente. Li feci solo per fare qualcosa, ecco tutto."

"Tutto quest'inchiostro solo per un capriccio…"

Rimane in silenzio per alcuni secondi. Poi dice sottovoce: "Avevo un amico in quel campo. Andrey. Gli piacevano quelle cose—era un vero artista, sai. Dopo qualche anno esaurì lo spazio a disposizione sulla propria pelle, quindi lo lasciai praticare su di me. Ogni volta che ci succedeva una cosa, bello o brutta che fosse, la commemorava con un tatuaggio, e dato che era così bravo, lo facevo sbizzarrire con i disegni."

"Oh." Affascinata, mi alzo sul gomito. "Che cos'è successo a quell'amico?"

"È morto." Lo dice con indifferenza, come se non importasse, ma sento l'oscura eco del dolore nascosta in profondità, la rabbia che il passare del tempo non è riuscito a raffreddare. Qualunque cosa sia successa al suo amico, è stata sufficiente a lasciare una cicatrice... abbastanza brutta che ricordarla ora ha ancora il potere di fargli male.

"Mi dispiace" mormoro, ma Peter non risponde. Anzi, si allunga per spegnere la luce, poi mi tira a sé nella posizione in cui dormiamo solitamente.

Chiudo gli occhi e mi concentro sul respiro, cercando di calmarmi abbastanza da addormentarmi, ma è impossibile. Nemmeno il calore del grande corpo di Peter riesce a scacciare il freddo persistente dovuto alle sue rivelazioni. La mente ronza come un alveare devastato, con le domande che si rifiutano di lasciarmi in pace. Ci sono ancora molti particolari che non conosco dell'uomo che mi stringe ogni notte, tante cose che non capisco del suo passato. Tutto sulla sua vita in Russia è alieno per me, strano e misterioso, come se fosse venuto da un altro pianeta.

Infine, non ne posso più. Liberandomi dalla presa di Peter, accendo la lampada sul comodino e mi giro sul fianco per guardarlo. Come sospettavo, non sta dormendo, con lo sguardo d'argento offuscato dai ricordi, mentre mi osserva.

"Hai detto di essere stato reclutato in quel posto direttamente dalla tua unità" dico, appoggiandomi nuovamente sul gomito. "Perché? Lo fanno normalmente in Russia?"

Mi osserva in silenzio, poi si gira sulla schiena, mettendo le mani sotto la testa, mentre fissa il soffitto. "No" dice un attimo dopo. "Di solito reclutano attraverso l'esercito. Ma in questo caso, avevano bisogno di qualcuno con un profilo psicologico specifico."

Mi metto seduta, stringendo la coperta contro il petto. "Che genere di profilo?"

Incrocia il mio sguardo. "Nessun legame o attaccamento familiare, niente scrupoli, e una coscienza solo minima. Ma anche abbastanza giovane da poter essere addestrato e trasformato in quello di cui avevano bisogno."

"Cioè?" domando, anche se sospetto di saperlo già.

Peter si mette seduto, con espressione neutra, mentre si appoggia alla spalliera. "Un'arma" risponde. "Qualcuno che non si tirasse indietro davanti a nulla. Vedi, i ribelli stavano diventando sempre più spietati, più fanatici anno dopo anno. Il bombardamento della metropolitana di Mosca fu la goccia che fece traboccare il vaso. Il governo russo comprese che non poteva limitarsi ai metodi civili e approvati dall'ONU per combattere i terroristi; dovevano scendere al loro stesso livello, combatterli utilizzando ogni strumento disponibile. Così, formarono questa unità Spetsnaz segreta, e, non riuscendo a trovare soldati addestrati a sufficienza che corrispondessero al profilo desiderato, decisero di diventare creativi e di guardare altrove."

"A Campo Larko" dico, e Peter annuisce, con gli occhi simili ad acciaio lucido.

"Chi di noi riusciva a resistere lì per un lungo periodo di tempo aveva la tendenza ad essere forte, ad essere in grado di sopportare lunghe ore di sforzo fisico in condizioni estreme. La fame, la sete, il freddo—potevamo tollerare tutto. E come puoi immaginare, molti di noi corrispondevano al profilo che stavano cercando."

Un brivido mi attraversa la pelle, facendomi stringere la coperta intorno al corpo. "Allora, perché hanno preferito te agli altri?" chiedo, combattendo per mantenere il tono fermo.

Piega le labbra in un sorriso oscuro. "Perché appena prima che arrivassero, uccisi una guardia" dice piano. "Lo portai fuori in mezzo alla neve e lo costrinsi ad ammettere i suoi crimini prima di metterlo all'angolo come un coniglio davanti a tutto il campo. I miei metodi erano... Beh, diciamo che era esattamente quello che stavano cercando. Così, invece di essere punito per la morte della guardia, ottenni una nuova carriera, una adatta sia alle mie inclinazioni che alle mie capacità."

I miei palmi diventano scivolosi nel punto in cui sto stringendo la coperta. "Quali *erano* i crimini della guardia?" chiedo, pur non essendo sicura di volerlo sapere.

L'oscurità nello sguardo di Peter si approfondisce, e per un attimo temo di aver esagerato, di aver riportato alla sua memoria troppi ricordi dolorosi. Ma poi si appoggia alla spalliera e dice: "Gli piaceva bollire vivi i ragazzi."

Smetto di respirare, mentre la bile mi sale nella gola. "Che cosa?" sbotto, quando riesco a parlare.

"Nelle docce, avevamo l'acqua ghiacciata o bollente, nessuna via di mezzo" spiega Peter, irrigidendo il volto, con lo sguardo distante. "Le tubature erano sempre malfunzionanti, così usavamo i secchi per mescolare l'acqua prima di lavarci. Alcune guardie, però, ci punivano facendoci stare sotto l'acqua così com'era, ghiacciata per le infrazioni minori, bollente quando ci comportavamo davvero molto male. Una guardia, in particolare, amava il rimedio dell'acqua bollente. Si eccitava così, credo. Gli altri lo facevano per pochi secondi alla volta, forse mezzo minuto al massimo, provocando ai ragazzi ustioni superficiali. Ma questa guardia, esagerava. Un minuto, due, tre, cinque... Quando Andrey finì sulla sua lista di merda, aveva già ucciso due quindicenni facendo staccare la loro carne dalle ossa."

Assaporo il vomito nella gola. "Andrey... il tuo amico Andrey?" sussurro con le labbra intorpidite.

"Sì." Il volto scolpito di Peter assume un'espressione quasi demoniaca. "Andrey, che non sarebbe mai dovuto finire in quel buco di merda, tanto per cominciare. Il mio amico, che rifiutò di lasciare che quel coglione lo scopasse e morì in preda all'agonia."

"Oh Dio, Peter..." Preme il pugno tremante sulla bocca, poi mi allungo verso la sua mano, sentendo le sue dita contrarsi dalla rabbia appena soppressa, mentre cerca di controllarsi. "Mi dispiace così tanto."

Mi stringe la mano come se fosse un'ancora di salvezza e chiude gli occhi, respirando profondamente. Quando li riapre, la sua espressione è calma, ma ora conosco la profondità del dolore e della furia che si nascondono sotto quella maschera controllata.

Avevo sbagliato a pensare che fossero state le morti della sua famiglia a trasformarlo in un mostro. Era accaduto tutto molto prima di Daryevo, con gli orrori incontrati nella lotta per la sopravvivenza che avevano strappato via qualunque bontà potesse aver posseduto un tempo. Le sue prime vittime non erano dei santi, ma una volta sceso nel cupo sentiero della vendetta, è diventato come loro, facendo del male a innocenti e colpevoli.

Liberando con attenzione le dita dalla sua presa, mi sposto al centro del letto. "Che mi dici di quel direttore?" chiedo, sostenendo lo sguardo del mio carceriere. Ho già il voltastomaco, ma devo sapere quant'è profondo il danno. "Che cos'ha fatto per spingerti ad ucciderlo?"

Peter sorride tristemente. "Non ne hai avuto abbastanza per stasera? No? Va bene, se vuoi saperlo, gli piacevano i ragazzini. Più erano piccoli, meglio era. Sono stato fortunato, perché a undici anni ero già grande, quasi come un adolescente. Troppo grande per lui, quando arrivò nell'orfanotrofio. Ma i più piccoli... Durante la notte li sentivo urlare e piangere nelle loro camere, quando andava da loro. Ogni notte morivo un po' di più dentro, perché non c'era nulla che potessi fare, nessuno che mi avrebbe ascoltato. Gli insegnanti, la polizia—o non importava o non osavano intromettersi. Vedi, quel figlio di puttana aveva delle connessioni; proveniva da una famiglia importante. Quindi, nessuno faceva niente; e poi, arrivò un nuovo bambino, di due anni. Quando venni a sapere che andava anche da lui, non ce la feci più. Presi un coltello da cucina, lo seguii, e, mentre era impegnato ad aggredire il bambino, gli tagliai la gola."

Naturalmente. Il mio cavaliere oscuro si vendicò un'altra volta. Chiudo gli occhi per trattenere la calda ondata di lacrime, con il cuore che mi si spezza sia per Peter che per quel bambino. Sospettavo che fosse successo qualcosa di simile, solo che temevo fosse Peter stesso ad esserne stato vittima. Non che questo significhi che non lo sia stato. Aprendo gli occhi, incrocio il suo sguardo d'acciaio. "E tu?" chiedo, incerta. "Sei mai stato...?"

"No." Appiattisce le labbra. "Almeno, non credo. Sono sempre stato bravo a difendermi, anche da piccolo. Non ricordo molto dei miei primi tre anni di vita, però; quindi, immagino che sia possibile—*ero* un bel bambino, a giudicare dalle vecchie foto. In ogni caso, all'asilo sapevo usare pugni, denti, pietre... qualsiasi tipo di arma su cui potessi mettere le mani. L'unico stronzo che provò a farmi qualcosa quando avevo cinque anni si ritrovò con il dito spezzato a causa di un morso, e dopo quell'episodio in generale venni lasciato in pace."

Lo guardo, con il sollievo che si mescola a una dolorosa compassione. E alla rabbia. Provo una tale rabbia per la crudeltà del mondo che lo ha trasformato nell'uomo pericoloso e tormentato che è oggi, in questo assassino spietato e amorale che, nonostante tutto, desidera l'amore e la famiglia. Aveva avuto una tregua dai suoi demoni con Tamila e suo figlio? È per questo che aveva accettato la sua gravidanza così facilmente, diventando marito e padre quando avrebbe potuto semplicemente andarsene? Gli avevano restituito qualche pezzo della sua anima, che poi fu strappato via con la loro brutale morte?

Se è così, non c'è da meravigliarsi che la loro perdita lo abbia fatto impazzire—facendogli abbracciare la vendetta.

Notando il mio lungo silenzio, il volto di Peter si irrigidisce ulteriormente; poi, un sorriso beffardo gli curva le labbra. "È troppo per te, ptichka? Credo che avrei fatto meglio a raccontarti una bella storia, piena di arcobaleni, cuccioli e dolcetti."

"No, è solo che—" mi fermo, con la gola gonfia per le

emozioni. Ricomponendomi, riprovo. "Vorrei che ci fosse stato qualcuno lì per te, come hai fatto tu con quel bambino."

Sbatte lentamente le palpebre e si stacca dalla spalliera. "Te l'ho detto—stavo bene. Ho sempre saputo prendermi cura di me stesso."

"Lo so" sussurro, quando si allunga verso di me, tirandomi giù per farmi sdraiare accanto a lui, mentre si distende sul letto e spegne la luce. "Ma non avresti dovuto, Peter. Nessun bambino avrebbe dovuto averne bisogno."

Non risponde, ma so che mi ha sentita, perché il braccio intorno al mio fianco si irrigidisce, stringendomi più forte, mentre rimaniamo sdraiati al buio, sentendo l'uno il calore dell'altra e traendo il conforto dal costante battito dei nostri cuori.

## 32

Sara

DOPO QUELLA NOTTE, DIVENTA ANCORA PIÙ DIFFICILE RESISTERE agli sforzi di Peter di insinuarsi nella mia mente e nel cuore. Non so se pensa che le sue rivelazioni mi abbiano terrorizzata e stia cercando di compensare, o se semplicemente si è accorto che la mia determinazione sta iniziando a vacillare, ma diventa più premuroso verso di me, coccolandomi e viziandomi in un modo indescrivibile.

Tutti tranne me si occupano delle faccende domestiche. Peter si occupa soprattutto della cucina, e gli altri ragazzi sono responsabili del bucato e di mantenere la casa perfettamente pulita. Aiuto lo stesso con il mio bucato, per non sentirmi una totale nullafacente, ma Peter non esige questo da me, e, a parte quella volta in cui gli ho lanciato un piatto, non ho toccato un'aspirapolvere, né ho fatto altre cose che non mi sentissi di fare.

Inoltre, tutto quello che voglio è mio—all'interno dei confini della mia prigionia, ovviamente. Se dico di preferire le federe di seta, Peter me le fa avere entro pochi giorni. Se esprimo il desiderio di andare a fare una passeggiata, interrompe qualunque cosa sta facendo e mi accompagna, senza più affidare quel compito a uno dei suoi uomini. Soprattutto, però, fa tutto il possibile per assicurarsi che non mi annoi.

La sua idea della sala da ballo è stata un fallimento finora—utilizzo la stanza solo per un po' di yoga di tanto in tanto e per qualche esercizio—ma apprezzo molto l'apparecchiatura di registrazione che ha acquistato per me. È all'avanguardia come quella di un professionista. Posso registrare e cancellare tutto quello che voglio e, pur iniziando con le canzoni pop che amo, presto inizio a sperimentare con le variazioni di quelle canzoni e persino a comporne alcune mie, abbinando i testi alla musica che creo da brani diversi. Diventare un'esperta del software e dell'apparecchiatura richiede un intenso apprendimento, ma accetto la sfida con entusiasmo. Non solo è divertente, ma consuma gran parte del mio tempo libero, e, quando cerco di trovare le parole per esprimere la canzone che mi si forma nella mente, non penso a tutto quello che ho perso e al fatto che sono la prigioniera di un assassino.

Mi concentro solo sulla musica.

Ho iniziato anche a esibirmi per i ragazzi. Ormai è diventato un rituale dopo la cena, con Peter che mi chiede di cantare per intrattenere tutti e, a malincuore (ma in segreto, con molto entusiasmo), accetto di cantare una canzone, iniziando ogni esibizione dicendo di non garantire il ricordo di tutte le parole, di essere impreparata, e così via. Naturalmente, è sempre una canzone che ho provato prima, di solito la variazione di una hit famosa con cui mi sono esercitata quel giorno. Sono troppo timida per condividere i miei pezzi, ma i ragazzi sono così entusiasti dei miei rifacimenti della musica pop che un giorno potrei provare a eseguire uno dei miei brani.

"Hai davvero una bellissima voce" mi dice Yan dopo la prima settimana, con gli occhi verdi e freddi che mi scrutano con una certa sorpresa. "Peter aveva ragione."

Gli sorrido—la lode da parte del nostro psicopatico è un evento estremamente raro—e decido di eseguire due canzoni la prossima volta.

Se ai ragazzi piace e a me anche, perché no?

Tra la musica e le mie solite attività con Peter, ho abbastanza per occupare le giornate, ma il vecchio lavoro continua a mancarmi. Ogni volta che uno dei ragazzi si ferisce—cosa che accade con spaventosa frequenza durante il loro allenamento quotidiano—sfrutto le mie abilità mediche, ma non basta. Ho bisogno della stimolazione intellettuale della mia professione, di tutte le cose che ho imparato quotidianamente trattando un'ampia varietà di pazienti e di tenermi al passo con gli ultimi studi. Ora mi sento isolata dai nuovi sviluppi nel mio campo, e, quando lo dico a Peter, durante una delle nostre passeggiate, promette di fare qualcosa a questo proposito.

Inizia a farmi inviare dai suoi hacker studi medici all'avanguardia su ciò che succede in tutto il mondo ogni due settimane. Parte del materiale ovviamente è pubblico—si tratta di studi pubblicati sulle riviste accademiche a cui ero abbonata, eccetera—ma una gran parte sembra provenire direttamente dagli archivi privati delle aziende.

"Peter, è assurdo" dico, dopo aver letto una terapia genica

che si speri possa bloccare il cancro al seno in fase avanzata. "Come ha fatto la tua gente ad avere questo? È roba grossa."

"Davvero?" Sorride, guardando il portatile.

Annuisco vigorosamente. "Se questa terapia fosse efficace come indicano le note di questi ricercatori, milioni di vite verrebbero salvate. Come hanno fatto i tuoi hacker a trovarla? Avrei almeno dovuto sentir parlare di questo a casa. Sarebbe un cambiamento nel trattamento del cancro. Ti rendi conto?"

Il suo sorriso si allarga. "Che cosa posso dire? I nostri ragazzi sono bravi."

Scuoto la testa e torno a concentrarmi sull'analisi approfondita dello studio. Dovrei sentirmi in colpa, visto che sostanzialmente sto rubando la proprietà intellettuale di una startup, ma sono troppo affascinata per poter smettere di leggere. Inoltre, non utilizzerò questi studi per un guadagno finanziario o per condividerli con chiunque. Il mio accesso al mondo esterno è strettamente limitato alle telefonate con i miei genitori.

È l'unica cosa su cui Peter non cambierà mai idea, a prescindere dalle mie preghiere e suppliche.

"Andiamo, che male c'è a farmi leggere le notizie una volta ogni tanto?" discuto, quando mi sorprende a effettuare l'accesso sul suo portatile—un tentativo inutile, viste tutte le password e la sicurezza. "Puoi bloccare determinati siti, impedirmi di utilizzare tutti i messaggi di posta elettronica e social media, se vuoi. Ci sono un sacco di applicazioni per questo, e—"

"No, ptichka." Il suo volto è deciso, mentre allontana il portatile. "Non possiamo rischiare che tu esegua una ricerca che potrebbe esporre il nostro indirizzo IP all'FBI, né che tu scopra un modo intelligente per entrare in contatto con loro.

Ogni sito ha un posto per lasciare un commento al giorno d'oggi, e sei troppo intelligente per non saperlo."

Frustrata, rinuncio all'idea dell'accesso a Internet e cerco di pensare ad altre vie di fuga, ma non ne trovo. L'unica cosa che potrei provare—un messaggio in codice ai miei genitori durante le nostre brevi telefonate—è troppo rischiosa. Peter è sempre con me, ascolta ogni parola che dico, e so che, se dessi qualche indizio sulla nostra ubicazione, impedirebbe ulteriori contatti con la mia famiglia. L'ha detto, e so che lo farebbe.

Per quanto sia indulgente con me, non dimenticherò mai che la sua ossessione ha un lato oscuro, che è disposto a fare di tutto pur di tenermi con sé.

33

eter

MENTRE I CALDI GIORNI DELL'ESTATE LASCIANO IL POSTO all'autunno, con la foresta che assume tonalità di rosso e giallo, mi convinco sempre di più di aver fatto la cosa giusta prendendo Sara. Nonostante l'inizio burrascoso, sta cominciando ad abituarsi, e sono certo che un giorno si abituerà completamente, accettando e abbracciando la sua nuova vita con me.

La amo così tanto che è come un costante dolore al petto, e, pur sapendo che non prova le stesse emozioni, a volte colgo un bagliore di dolcezza nel suo sguardo, un calore che mi trafigge il cuore e mi dà speranza. Man mano che la sua rabbia per il sequestro diminuisce, le nostre discussioni diventano meno frequenti, e, anche se nessuno di noi può dimenticare com'è iniziata la relazione, il passato inizia a sembrare più lontano, con la stretta sul presente meno dolorosa e tagliente.

Penso ancora a Pasha e Tamila, e mi sveglio in preda a un sudore freddo, quando sogno le loro morti cruente. Ma non faccio incubi così spesso, e quando succede, Sara è sempre lì. Posso raggiungerla e stringerla, sentire il suo respiro costante, finché il ricordo dell'orrore non svanisce.

Posso anche scoparla. È l'unica cosa che riesce sempre a calmarmi, il modo migliore per placare le tenebre che mi tormentano dall'interno.

"Perché ti piace farmi male a volte?" mormora una notte, quando la sveglio e la prendo duramente, scopandola così violentemente che alla fine siamo entrambi doloranti. "Hai delle inclinazioni sadiche?"

Rifletto, poi scuoto la testa, anche se probabilmente non riesce a vedere il gesto con le luci spente. "Non in senso sessuale —almeno non finché non ti ho conosciuta." *Provavo* piacere uccidendo e torturando i miei nemici, ma era per lo più cerebrale, un modo per sperimentare una sensazione di potere e soddisfare il senso di giustizia. Almeno, così è stato con la guardia che bolliva Andrey nelle docce e, in misura minore, con i terroristi che catturavo per lavoro. Non provavo pietà per loro; la loro sofferenza mi rendeva felice. Ma non mi si induriva mai il cazzo dopo aver inflitto dolore, e durante il sesso sono stato sempre attento e gentile con le donne, sfruttando la mia conoscenza del corpo umano per soddisfare, non per far male.

Solo con Sara questi impulsi contrastanti—punizione e piacere, violenza e tenerezza—sono emersi. La adoro, la amo così tanto da starci male, ma a volte, quando la tocco, non riesco a controllarmi, non riesco a combattere l'impulso di punirla per essere quello che è.

Per essere appartenuta al mio nemico prima che mi rubasse il cuore.

"E così, con lei... non hai mai?"

La curiosità a stento trattenuta nel sussurro di Sara mi fa sorridere, anche se un familiare dolore mi stringe il petto. "Vuoi dire con Tamila?"

"Sì." Fa scivolare la mano sul petto, come se sentisse il dolore all'interno. "Non sei mai stato così duro con lei?"

"No." Le copro la mano con il palmo, stringendola forte sulla mia pelle. "Non era così con lei."

Quello che provavo per Tamila non aveva niente a che vedere con il legame intenso, quasi violento che ho con Sara. Con mia moglie, c'era un piacevole mix di attrazione fisica e simpatia, anche una specie di amicizia. L'ammiravo per il suo coraggio, vista la sua educazione, e per essere una buona madre per Pasha. Inoltre, era bellissima, e, anche se non avevamo molto in comune, mi affezionai a lei... forse l'amavo anche o credevo di amarla. Adesso, però, mi rendo conto che non era così.

Il mio affetto per Tamila era proprio questo, una semplice eco delle emozioni che Sara mi suscita.

La sua mano si contrae sotto il mio palmo, e la sento deglutire. "Capisco." C'è una strana nota nella voce di Sara, sembra quasi ferita. "Devi averla amata molto" continua con lo stesso tono, e sorrido di nuovo, capendo qual è il problema.

"Sei gelosa?" chiedo dolcemente, allungandomi per accendere la lampada sul comodino. Sara sbatte le palpebre per quella luce improvvisa, e, notando la sua bella bocca serrata, mi rendo conto che avevo ragione.

Ha frainteso la mia ammissione, pensando che il mio gentile

trattamento riservato a Tamila significhi che volevo più bene a mia moglie.

Sara non mi risponde; tira via la mano, e io rido, sentendomi particolarmente leggero, nonostante i tristi ricordi che mi annebbiano la mente. La mia ptichka *è* gelosa—di una donna morta, tra l'altro—e non potrei essere più felice.

Notando il mio divertimento, l'espressione di Sara si rabbuia ulteriormente, sollevando le delicate sopracciglia per un cipiglio. Con uno sbuffo appena udibile, spegne la luce e si allontana, letteralmente indifferente.

Il mio divertimento svanisce, sostituito dal complesso groviglio di emozioni che mi provoca sempre. Lussuria e tenerezza, rabbia e possessività—fa tutto parte della follia che è il mio amore per Sara, di questa ossessione da cui non guarirò mai.

"Vieni qui, amore mio." Ignorando la postura rigida, la tiro verso di me, curvando il corpo intorno a lei da dietro. Seppellendo il viso nei suoi capelli, respiro il suo profumo dolce —la mia fragranza preferita—e la stringo più forte, tenendola ferma mentre cerca di liberarsi di me.

"Voglio farti del male a volte" mormoro quando si ferma, con il respiro irregolare per lo sforzo. "Voglio farti cose che non ho mai sognato di fare a mia moglie. Ci sono notti in cui vorrei divorarti, ptichka, consumarti fino a farti sparire... fino a far scomparire questa dipendenza e a poter respirare senza volerti, senza sentirmi come se avessi più bisogno di te che della vita stessa."

Smette di respirare. "Che cosa stai dicendo?"

"Sto dicendo che ti amo, ptichka... e che ti odio. Perché fa male, vedi, sapere che ami ancora *lui*, che pensi ancora a *lui*, quando sei con me." La mia voce si fa dura, stringendo la presa, mentre cerca di scappare. "L'assassino di tuo marito—è così che mi vedi, è *tutto* ciò che vedi a volte. Se potessi cancellarlo dalla tua mente, lo farei in un batter d'occhio. Cancellerei ogni ricordo della sua esistenza, lo renderei il niente che è. In un mondo diverso, saresti nata mia, ma in questo ho dovuto combattere per te... uccidere per te."

Tutto il suo corpo si irrigidisce. "Per *me*? Di cosa stai parlando? Hai fatto tutto per vendetta, per quella lista—"

"Sì... finché non ho conosciuto te. Poi è diventato qualcosa di diverso." È una verità che non avevo ammesso a me stesso fino a questo momento, di cui non ero a conoscenza, se non nelle zone più selvagge della mia anima.

Quando ero davanti al letto di George Cobakis, ho esitato quando ho pensato a Sara, ma non perché volessi risparmiarlo per lei. Perché l'omicidio era così inutile, visto il suo stato vegetativo che lo rendeva praticamente un morto vivente.

Ho premuto il grilletto non malgrado la mia attrazione per Sara, ma a causa di essa.

Perché volevo liberarla da lui.

Perché, anche allora, sapevo che dovevo farla mia.

"No." La voce di Sara esce con un udibile tremito. "Non ci credo. Non puoi aver ucciso George a causa di un interesse malato per me—questa è follia pura."

"Forse." Sono disposto a concederg
lielo. "Ma in alcune culture, quello che ho fatto ti rende mia—il mio bottino di guerra."

"Guerra? Era in coma! Hai ucciso un uomo indifeso. Non avrebbe potuto opporsi—"

Rido. "Credi che io sia un nobile eroe? Pensi che mi importi delle lotte eque?"

Si blocca, con la pelle sempre più sudata, dove i nostri corpi nudi si toccano, mentre continuo. "No, Sara" le dico. "Non me ne frega un cazzo dell'equità, perché non frega a nessuno. Il mondo è incredibilmente ingiusto. Se vuoi qualcosa, devi lottare per quello... e te lo prendi. E io ti volevo, ptichka. Ti ho voluta dal primo momento in cui ti ho tenuta, quando hai pianto così dolcemente tra le mie braccia. E anche tu volevi me —mi vuoi ancora—perché, nonostante quello che dici, questo è vero... molto più vero del tuo miraggio di un matrimonio. Non era una favola quella che stavi vivendo, e Cobakis non era il tuo Principe Azzurro. Era un bugiardo, un debole che ha cominciato a bere, perché non riusciva a sopportare il senso di colpa per il massacro che aveva causato. Anche se non fosse stato sulla mia lista, l'avrei ucciso se ti avessi conosciuta— perché ti avrei voluta. Se le nostre strade si fossero incrociate, ti avrei fatta mia."

Sta rabbrividendo ora, e capisco di essere stato troppo sincero, di aver mostrato troppo della bestia interiore. Ma se c'è una cosa che non farò, è mentirle.

Con me Sara saprà sempre cosa otterrà, a prescindere da quanto possa essere brutto.

Tirando la coperta sopra di noi, le accarezzo il braccio, il fianco e la coscia, finché non smette di tremare e, quando sento il suo respiro che rallenta e si normalizza, chiudo gli occhi, tenendola stretta.

Questo potrà sembrare sbagliato agli occhi degli altri, ma ho Sara e sono felice—e farò qualsiasi cosa per rendere felice anche lei.

34

Sara

MAN MANO CHE L'AUTUNNO AVANZA E COMINCIA A FARE FREDDO, la mia vita con Peter comincia a ricordarmi una lunga luna di miele, anche se condividiamo il nostro rifugio di montagna con altre persone. Le sue premure non mostrano segnali di cedimento, e, pur continuando a ricordare che non sto qui di mia spontanea volontà, non posso ignorare il fatto che Peter stia facendo del proprio meglio per assicurarsi il mio piacere e il confort. A parte la sua professione e la piccola questione della mia prigioniera, Peter Sokolov è proprio il marito che chiunque vorrebbe: assolutamente casalingo e così premuroso che mi sento quasi come una principessa.

Ogni mattina inizia con lui che mi porta la colazione a letto. Essendo l'interrogatore qualificato che è, Peter ha imparato tutto quello che mi piace e che non mi piace in fatto di cibo, e mi vizia ogni giorno con i miei piatti preferiti. Crepes in stile russo con uva passa e formaggio dolce, omelette, tartine, piatti di frutta esotica—ottengo tutto, oltre ai succhi d'arancia freschi e al caffè. Per pranzo e cena, sono altrettanto viziata, tanto che i ragazzi hanno cominciato a chiedermi di far passare i loro piatti preferiti come miei.

"Ti è piaciuto lo *shashlik* quella volta, vero? Quei kebab di agnello che Peter aveva preparato prima di partire per la Nigeria?" Ilya fa uno spaventoso tentativo di guardarmi con occhi da cucciolo, quando mi incrocia in cucina.

Al mio cenno con la testa, sorride e dice: "Allora, digli di prepararli presto, ok? Specifica che ti piace l'agnello in salsa piccante. Lo farai?"

Rido e prometto di farlo, come l'avevo già promesso ad Anton con la torta di mele. Nonostante il loro ruolo nel mio sequestro, stanno cominciando a piacermi gli uomini di Peter, e sono abbastanza certa che io stia iniziando a piacere a loro. Questo è positivo per quanto mi riguarda, ma Peter sembra avere un'opinione diversa. Ho notato che guarda storto i ragazzi, quando sono particolarmente amichevoli, come se avesse paura che possano portarmi via da lui.

La sua possessività è uno dei nostri problemi principali ultimamente, e, una sera, Peter perde il controllo.

"Tieni quello sguardo del cazzo al di sopra del suo collo" ringhia ad Anton, quando finisco di cantare la mia variante dell'ultima hit di Lady Gaga. Mi sono travestita per questa performance, indossando uno dei vestiti scollati da festa che Yan ha acquistato per me e, mentre Anton e Peter si alzano, guardandosi, mi rendo conto che forse è stato un errore.

"Peter, non stava facendo niente" dico, nel disperato

tentativo di calmare le acque. "Stavo solo cantando e lui stava ascoltando, tutto qui."

"Stava sbavando, ecco cosa stava facendo." Peter spinge da una parte la sedia tra loro. "E non era nemmeno la prima volta."

"Vaffanculo, amico." La barba scura di Anton trema dalla rabbia, quando i due uomini si sfidano, con i pugni stretti e i denti digrignati. "Nessuno sta facendo niente di male; sei troppo ossessionato per vedere come stanno davvero le cose, cazzo."

Peter risponde in russo, e anche Yan dice qualcosa, con tono divertito, mentre Ilya scuote la testa, sorridendo. Un attimo dopo, Anton si precipita fuori, con Peter alle calcagna.

Frustrata, chiedo ai gemelli. "Dove stanno andando?" Detesto quando i ragazzi parlano in russo per nascondermi qualcosa. "Che cos'avete detto tutti quanti?"

"Peter vuole spaccare la faccia ad Anton, e gli ho suggerito di farlo fuori, così eviteremo costose riparazioni in casa" dice Yan, sorridendo come suo fratello. "Sembra che abbiano ascoltato."

"Che cosa? Si affronteranno?"

Inorridita, corro fuori e sono accolta dal frastuono dei pugni che colpiscono la carne. Peter e Anton stanno rotolando per terra, agitando le braccia e i gomiti, mentre si danno battaglia. L'odore del sangue si diffonde nell'aria, mentre Peter sferra un colpo particolarmente brutale, e resto a bocca aperta, mentre riesco a intravedere un furore selvaggio sul suo volto.

Non stavano scherzando; questa rissa è vera.

"Fermateli, vi prego" supplico Yan e Ilya, che sono venuti fuori con me. "Si uccideranno a vicenda."

"No." Yan scuote vigorosamente la testa. "Si romperanno solo alcune ossa. Non abbiamo lavori importanti fino al mese prossimo, quindi va tutto bene."

"Non va affatto bene!" Digrignando i denti, mi rivolgo a Ilya. "Semmai rivorrai lo *shash*-o come si chiama, scordatelo. Se non lo farai, svilupperò un'allergia all'agnello." Picchietto sul suo petto massiccio con un dito. "Hai capito?"

Yan scoppia a ridere, ma Ilya sembra preoccupato. "Va bene, va bene" mormora, e si avvia verso i combattenti.

Tiro un sospiro di sollievo, mentre si unisce coraggiosamente alla lotta, ma né Peter, né Anton reagiscono bene ai suoi tentativi di dividerli. Molto presto, tutti e tre gli uomini rotolano a terra, scambiandosi brutali colpi, e quando mi rivolgo a Yan, tiene in alto le mani, con i palmi rivolti verso l'esterno.

"Non ho intenzione di avvicinarmi" dice, e so che fa sul serio.

Sono sola.

Disperata, prendo in considerazione l'idea di spruzzare dell'acqua fredda addosso a loro, ma opto per una soluzione più opportuna.

"Aiuto" urlo a pieni polmoni e mi piego, come se fossi dolorante. "Oooh! Peter, aiutami!"

Funziona addirittura meglio di quanto mi aspettassi. Gli uomini si allontanano istantaneamente, e Peter salta in piedi, con la rabbia sul volto che si trasforma in frenetica preoccupazione, mentre corre verso di me. "Che cos'è successo?" chiede, stringendomi le mani, mentre mi esamina dalla testa ai piedi. "Stai male?"

"Sì, perché ti stai comportando come un barbaro" sbotto, cercando di allontanarmi mentre inizia ad accarezzarmi. "Ora, lasciami, e fammi vedere quanto vi siete fatti male."

Solleva le sopracciglia, mentre si ferma. "Non sei ferita? Volevi solo fermare la lotta?"

"Certo. Come potrei essere ferita?" Ignoro Yan, che sta ridendo così tanto che non riesce a stare in piedi, e si dirige verso Anton e Ilya, che sembrano ridotti molto peggio di Peter. Ilya ha un labbro spaccato, e il volto di Anton si sta già gonfiando, con il naso sanguinante leggermente storto.

"Ehi." Peter mi cattura il polso, prima che io possa fare più di due passi. "Ti occuperai prima di *loro*?" Sembra così indignato che sono tentata di negarlo—l'ultima cosa che voglio è provocare un'altra rissa—ma qualche diavoletto mi fa annuire.

"Non si sono aggrediti da soli." Strattono il polso in un futile tentativo di liberarmi. "E non mi sembri ferito."

Se Peter pensa che premierò il comportamento da cavernicolo con le dolci premure, si sbaglia di grosso.

Il suo cipiglio si approfondisce, e ha la faccia tosta di fingersi ferito, mentre mi lascia il polso. "*Sono* ferito. Vedi?" Si tocca la maglietta per mostrarmi un punto rosso sul torace. "E questo." Mostra il dorso della mano destra, dove le nocche cominciano a sembrare gonfie.

Nonostante la rabbia, i miei istinti da curatrice entrano in gioco. "Fammi vedere." Attentamente, esamino il suo busto— sarà un brutto livido, ma le costole sembrano a posto—e poi rivolgo l'attenzione alle sue nocche.

"Ti fanno male?" chiedo, premendo sul dito in mezzo. Peter scuote la testa, con gli occhi d'argento che brillano, quindi esamino il resto della sua mano. Con mio sollievo, non trovo ossa rotte.

"Andrà tutto bene" dico, poi noto un graffio sanguinante sull'orecchio sinistro. Dovrò occuparmene in casa dove ho le attrezzature mediche, ma prima devo controllare il naso di Anton e assicurarmi che Ilya non abbia un'altra commozione cerebrale.

I ragazzi sono già entrati, così li seguo, ignorando l'espressione cupa di Peter. Non capisco che cosa gli sia preso. So che è possessivo, ma Anton è amico di Peter, e per quanto ne so, non si è mai comportato in modo inappropriato verso di me. Lo stesso vale per gli altri, anche se sono uomini virili e sani che non hanno una compagna da mesi.

La mia spavalderia dura finché non entro in cucina e vedo l'estensione del danno sul volto di Anton. Peter non stava scherzando sul fatto di rompergli ogni osso; non c'è riuscito, ma ha fatto un ottimo tentativo. Con la violenza scoppiata così improvvisamente, non ho avuto la possibilità di riflettere sull'incredibile brutalità della lotta, ma mentre mi impegno per rimettere a posto il naso di Anton, le mani iniziano a tremarmi, con la scarica di adrenalina che mi colpisce come se fossi stata io quella coinvolta nella lotta.

Sono diventata compiacente nelle ultime settimane, lasciando che la vita domestica mi facesse dimenticare cosa sono Peter e i suoi uomini. Questa non è stata una rissa tra ubriachi in un bar, in cui qualcuno ha sferrato un colpo di successo o due. Peter è un assassino addestrato, che ha seguito il suo amico con l'intento di infliggergli gravi danni. Se non avessi interrotto la lotta, qualcuno sarebbe rimasto ferito davvero gravemente—ucciso, addirittura.

"Mi dispiace" sussurro, mentre Anton fa delle smorfie di dolore per le mie cure. "Mi dispiace tanto."

"Sto bene." La sua voce diventa nasale, mentre gli infilo del cotone nelle narici per fermare l'emorragia. "Prima o poi doveva succedere; quel bastardo è pazzo di te." Non c'è rancore nel suo tono; anzi, sembra divertito dal tentativo del suo amico di menomarlo per una gelosia fuori luogo.

"Proprio così" ringhia Peter, venendo da me. "Così smetterai di guadarla, cazzo. Chiaro?"

Con mio shock, la bocca gonfia di Anton si piega in un sorriso tormentato. "Sì, fottuto stronzo del cazzo."

Smetto quello che sto facendo, guardando sbalordita dall'uno all'altro. Ho le allucinazioni o hanno appena fatto pace?

Comunque sia, Peter dà una pacca sulla spalla del suo amico e si rivolge a Ilya, che è seduto su uno sgabello accanto a noi, con del ghiaccio premuto sul labbro. "Lo stesso vale per te e"—si rivolge a Yan, che ci ha appena raggiunti, un'occhiataccia—"per te."

Entrambi i fratelli annuiscono, e Ilya dice: "Chiaro. È tutta tua."

Ignorando quella dichiarazione atavica, finisco di tamponare il naso rotto di Anton, gli do il ghiaccio da applicare su tutto il volto e mi allungo verso la sua maglia per esaminargli il torace.

"Va tutto bene lì" dice con voce nasale, fermandomi prima che io possa sollevarla di più di un centimetro. Guardando attentamente Peter, aggiunge: "Ora puoi dare un'occhiata a Ilya, se vuoi."

Aggrotto la fronte, ma mi rivolgo a Ilya, come suggerito. "Lasciami vedere" dico, staccandogli il ghiaccio dal labbro. "Sei stato colpito altrove in testa?"

"No, solo questo" risponde Ilya con una smorfia, mentre gli controllo la mascella gonfia.

"Va bene" dico, dopo aver concluso il mio esame. "Non hai traumi cerebrali, ma devi darti una calmata. I colpi alla testa non fanno bene al cervello—basta chiederlo ai giocatori di football."

"Sì, Dottoressa Cobakis." Ilya sorride, per quanto il labbro spaccato lo permetta. "Starò attento."

Gli sorrido, ignorando una risata nasale da suo fratello, e poi mi rivolgo a Peter, che sembra essere ancora di cattivo umore.

"Lasciami vedere" gli dico, facendolo sedere su un altro sgabello in modo da poter esaminare la punta dell'orecchio. "A quanto pare, hai delle escoriazioni sulla pelle."

Peter si siede, lasciandomi pulire e bendare l'orecchio prima di esaminarlo per eventuali ferite minori. Quando ho finito, ho le mani di nuovo ferme, con il lavoro familiare che riduce il persistente shock dovuto all'esplosione della violenza.

Purtroppo, la calma non dura a lungo. Non appena metto via tutte le forniture mediche, Peter scende giù dallo sgabello e si china per prendermi in braccio. Ignorando il mio grido di sorpresa e le occhiate dei ragazzi, mi solleva tra le braccia e mi cattura la bocca per un bacio profondo e feroce.

Poi, tenendomi stretta al suo petto come un premio di guerra, si dirige verso le scale.

35

*eter*

SARA SI DIVINCOLA TRA LE MIE BRACCIA, MENTRE LA PORTO SU PER le scale, con il pallido viso arrossato—presumibilmente per la rabbia e l'imbarazzo. "Mettimi giù" sussurra furiosamente non appena arriviamo al secondo piano. "Peter, mettimi subito giù."

Non la metto giù finché non entriamo nella nostra camera da letto. Sono travolto dalla lussuria, con l'adrenalina della lotta che mi fa pompare il cuore con un ritmo feroce e furioso. La rabbia e la gelosia mi ribollono nelle viscere, e sotto c'è una frenesia profonda e insistente, una necessità di prenderla e di averla, di farla mia così completamente che non sorriderà mai più a un altro uomo.

So che quello che sento è irrazionale, al limite del patologico, ma vederla con questo vestito—con questo vestito rosso aderente e scollato—mi ha fatto perdere qualsiasi parvenza di razionalità che possedevo. Nelle ultime settimane, ho tollerato le occasionali occhiate dei ragazzi nella sua direzione, con la loro competizione per la sua attenzione durante i pasti e le richieste di cibo non tanto segrete. Ma quello che ho visto negli occhi di Anton stasera era un'immagine speculare della mia lussuria per Sara, e non sono riuscito a passarci sopra.

"Non indosserai mai più quell'abito in pubblico" dico duramente, raggiungendo la cerniera sul retro dell'indumento. "D'ora in poi, sarà riservato solo per la nostra camera da letto."

Sara mi guarda storto, con i seni gonfi—esposti da quel vestito del cazzo—che si sollevano per i respiri rapidi. "Sei pazzo." Spinge i palmi sul mio torace. "Me lo hai comprato tu questo abito."

"Lo ha preso Yan." Tiro giù la zip con una forza inutile, con la rabbia che ancora mi pompa nelle vene. "E se ce ne sono altri simili, farai meglio a tenerli solo per i miei occhi. La prossima volta che sorprendo un altro uomo a sbavare per te, lo farò a pezzettini. Lentamente."

Non sto bluffando, e Sara deve capirlo, perché sbianca. "Sei folle" sussurra, sgranando gli occhi color nocciola mentre mi guarda, e so che ha ragione. Sono *folle*, assolutamente pazzo di lei. Ho fatto del mio meglio per tenere sotto controllo l'intensità del mio desiderio, ma non posso più farlo. Non posso fingere che ogni minuto che passo lontano da lei non sembri un'ora, che ogni volta che la tocco, non voglia divorarla. La mia bramosia è oscura e violenta, ma mi sono sforzato di comportarmi da uomo civilizzato, di limitarmi ad agire come un amante, quando quello che voglio è denudarla fino all'osso e possederla completamente.

Ho combattuto una battaglia persa in partenza, e sono pronto a rinunciare alla lotta.

Alcuni dei miei pensieri devono essere evidenti, perché Sara inizia a dimenarsi, mentre tiro giù il vestito, esponendole i seni senza reggiseno e prendendole le braccia. Il contrasto del colore rosso brillante sulla sua pallida carnagione esalta le striature verdi dei suoi occhi color nocciola, e mi fa palpitare il cazzo per un bisogno selvaggio. La voglio. Cazzo, quanto la voglio. È come una malattia, questa lussuria che mi tormenta giorno e notte.

Cadendo in ginocchio, le avvolgo le braccia intorno, tenendole le braccia nell'abito, mentre prendo un capezzolo rosa ed eretto in bocca. Sara grida, intensificando la lotta, mentre succhio il capezzolo, sbattendolo sulla mia bocca con la lingua, ma non mi fermo. Non posso. Ha il sapore del sesso e della dolce perfezione, di una fantasia che prende vita. Non so come abbia potuto vivere la maggior parte della mia vita senza di lei, perché, ora che ce l'ho, ne ho bisogno ogni volta di più.

Ho bisogno di tutto di lei, e stasera, lo avrò.

"Peter, per favore..." Sta ansimando ora, con la pancia piatta tremante, mentre rivolgo l'attenzione all'altro seno. "È solo—oh Dio, ti prego..."

Tormento i suoi capezzoli finché il calore dentro di me non raggiunge il picco della febbre, e poi le tiro giù il vestito, lasciandolo penzolare intorno alle caviglie, mentre mi alzo e la porto verso il letto. Inciampa, mentre lo colpisce con il retro delle ginocchia, ma la prendo e la giro sullo stomaco prima di salire su di lei, completamente vestito.

"Che cosa stai—" Si ferma con un rantolo, quando tolgo la cinta e le catturo il polso, torcendoglielo dietro la schiena e avvolgendoci intorno la cintura. Poi ripeto il procedimento con l'altro polso, ignorando i suoi tentativi di opporsi, mentre le lego le mani, fissandole dietro la schiena con la cinta.

"Che cosa stai facendo? Ti prego, Peter... che cosa stai facendo?" Le sue parole sono soffocate sulla coperta, mentre afferro un cuscino e glielo metto sotto i fianchi. Non basta, così ne aggiungo un altro, sollevandole il culetto sodo. Si dimena, ovviamente spaventata, così, per impedirle di fuggire, mantengo la maggior parte del peso sulle sue gambe, mentre raggiungo il comodino per prendere il flaconcino di lubrificante che tengo lì dentro.

Sbottonando i jeans, libero il cazzo palpitante e mi chino su di lei, sostenendomi su un braccio, mentre spalmo il lubrificante sul suo sederino agitato, lasciandolo gocciolare nella fessura e scendere fino alle pieghe. Sara ansima, lottando più forte, e spingo il lubrificante da una parte, prima di penetrarle la figa con il dito. È calda e splendidamente scivolosa dentro, con il lubrificante che si mescola alla sua umidità, mentre spingo dentro un secondo dito, dilatandola per me.

Mentre la scopo con le dita, le passo il pollice sul clitoride, e presto, sono ricompensato da piccoli gemiti indifesi, con i tentativi di allontanarsi che si trasformano in movimenti per aumentare il piacere. Inizia a sollevare i fianchi verso di me, con il clitoride che mi sbatte sul pollice ad ogni colpo, e capisco che è al limite. Non volendo che venga ancora, mi fermo e afferro il cazzo, guidandolo sull'apertura rosa e tremante della sua figa.

Il calore umido mi avvolge, con le pareti scivolose che mi stringono forte, mentre le penetro la carne gonfia. Con il cuore che mi martella pesantemente, le palle si stringono, mentre i suoi muscoli interni si flettono attorno a me, accarezzandomi il cazzo. La sensazione è sublime, e tutti i sensi si risvegliano, anche se la mia consapevolezza del mondo esterno svanisce. Lei è tutto quello su cui mi concentro: i suoni che emette, il modo in cui il suo corpo si distende per lasciarmi entrare... Sento l'odore della sua eccitazione sulle dita, e le porto alla bocca, ordinando con voce roca: "Succhiale."

Obbedisce, con la sua agile lingua che circonda le mie dita, mentre gliele spingo in bocca e la scopo con esse, premendo più in profondità nella sua figa, facendole sfuggire un grido soffocato dalla gola, quando la punta del mio cazzo le colpisce la cervice. È piccola e delicata sotto di me, con il corpo esile che trema, mentre spinge le mani legate sul mio stomaco, e la consapevolezza che è completamente alla mia mercé intensifica la voglia, il bisogno di dominarla e di possederla.

"Dimmi a chi appartieni" ringhio, togliendole le dita dalla bocca per spalmare l'umidità lungo il mento e sul collo. Avvolgendole la mano intorno alla gola sottile, spingo in profondità, facendola gridare. "Dimmelo, Sara. Di chi sei?"

Respira così velocemente che riesco a sentire le sue rapide esalazioni, nel punto in cui le stringo il collo. "T-tua." Le parole sono appena udibili, mentre le escono dalla labbra, e non basta. Nemmeno lontanamente.

Lasciandole la gola, mi allungo tra le sue gambe, sentendo la carne setosa che si distende intorno al mio cazzo, con la scivolosità del lubrificante che si mescola alla sua crema. Ansima con maggior intensità, inarcando il sedere, mentre i gemiti aumentano, e le mie dita si spostano più in alto, scivolando tra i cumuli pallidi e sodi delle sue natiche.

"Peter... aspetta. Oh Dio, Peter..." Il mio nome esce con un grido soffocato, mentre trovo l'altra apertura e premo la punta del dito, ignorando la resistenza dei muscoli tesi. Devo far appello a tutto il mio autocontrollo per andare piano, per non prenderla con la violenza che desidera il mio corpo. Non voglio lacerarla, non voglio farle male, nonostante le tenebre nella mia anima. Il lubrificante facilita il passaggio del mio dito, mentre la penetro più in profondità, ma è ancora troppo stretta e quasi vengo, immaginando quanto sarà stretta intorno al mio cazzo, come il suo sedere mi prenderà e mi stringerà.

Sussurra per il disagio dovuto alla mia penetrazione, ma non mi fermo finché il dito non è entrato tutto e non sento il cazzo nella sottile parete interna che separa i suoi orifizi. La sensazione è vertiginosa, surreale nella sua intensità. Aumenta il desiderio dentro di me, rendendolo ancora più oscuro e più selvaggio.

La mia bellissima ptichka in gabbia.

È giunto il momento di averla tutta.

Dopo questa sera, non avrà dubbi sul fatto che sia mia.

## 36

Sara

SOPRAFFATTA, STRINGO I MUSCOLI PELVICI, SENTENDO l'impossibile circonferenza del suo cazzo e il bruciore di quel dito invasore. Nonostante le abbondanti quantità di lubrificante, non è entrato facilmente. Mi sento dolorosamente piena, violata e stravolta, con il respiro che si trasforma in un rantolo, mentre cerco di adattarmi alla strana sensazione di essere penetrata in due punti.

Con mio sollievo, il mio tormentatore ritira il dito, solo per reinserirlo insieme a un altro. Le dita spesse lavorano lentamente nel mio sedere, dilatando l'anello stretto del muscolo con grande premura, ma fa ancora male, con il corpo che resiste all'intrusione.

"Non mi respingere, ptichka." La sua voce è un sussurro

demoniaco, seducente e controllato, anche se il suo cazzo palpita dentro di me. "Rilassati e lasciami entrare. Ti piacerà."

Respirando a fondo, cerco di fare come dice, combattendo l'istintivo impulso di contrarmi più duramente. Fletto le mani legate dietro la schiena, contraendo le dita, mentre premono nei palmi. Nonostante il dolore pungente dell'invasione, una parte di me ne è incuriosita, quasi desiderosa in qualche modo contorto. Qualcosa di questo disagio—il modo in cui le viscere fremono e bruciano, la sensazione di essere costretta e violata—risuona con quella strana e sottomessa parte di me, con la voglia di essere punita che il mostro ha risvegliato in me.

Se fa male, non è un tradimento.

Se non ho scelta, non sto cedendo al nemico.

"Sì, così, amore mio... Ora rilassati e respira." Le due dita sono dentro di me ora, grosse e dure, con i bordi delle unghie che mi graffiano i teneri tessuti. È troppo, troppo sconvolgente, con le sensazioni più forti che mai. Il cuore è come un uccello che sbatte le ali nel mio petto, con il respiro così rapido che mi sento in preda al panico. Solo la sua voce mi tiene nel presente, ancorata al momento, quella voce roca e seducente con un leggero accento.

"Ecco, amore mio... Rilassati..." Mi strofina la mano libera sul fianco, con i calli del palmo sulla pelle. "La mia bella ptichka, così delicata, così dolce... Starai meglio tra un momento, te lo prometto, amore mio." Con altri incoraggiamenti, inizia a muovere il cazzo con spinte lente e superficiali, e il mio battito cardiaco accelera ulteriormente, con il movimento che mi sfrega il clitoride sulla pila di cuscini.

Il piacere cresce lentamente, in maniera sconvolgente, con la tensione che aumenta a ritmo di lumaca. La pressione del cuscino sul mio clitoride è troppo leggera, con le sue spinte superficiali troppo delicate. Sono troppo consapevole della pienezza nel sedere, e gemo nel materasso dalla frustrazione, sollevando i fianchi, avendo bisogno che vada più forte e veloce. Ero al limite prima, e ci sono quasi ora, ma ho bisogno di più.

Ho bisogno che mi prenda fino in fondo, che mi faccia provare più piacere e più dolore.

"Peter, per favore" lo supplico, ma il perverso bastardo si ferma e tira via completamente. Soltanto le sue dita restano nel mio sedere, e nel momento successivo, tira via anche quelle, lasciandomi dolorante e vuota, al limite e frustrata.

"Peter" gemo, ma poi lo sento dietro di me, e mi spalma altro lubrificante tra le natiche.

"Shhh" mi rassicura, mentre mi irrigidisco istintivamente alla sensazione del suo grosso cazzo premuto su quell'apertura. "Andrà tutto bene, amore mio, lasciami entrare..." Spinge più duramente, e la pressione sul mio sfintere si fa più intensa, con il dolore che peggiora. È molto più grande, molto più spesso delle sue dita, e non riesco a rilassarmi abbastanza da farlo entrare.

"Peter." Sempre più in preda al panico, comincio a lottare, dimenandomi contro la cinta, che mi lega i polsi dietro la schiena. "Peter, non credo che sia—"

L'anello del muscolo cede con un doloroso *dump*, lasciando entrare la grossa punta dentro di me, e un'ondata di vertigini mi travolge, mentre scivola più in profondità, con il lubrificante che facilita il passaggio. Mi sento trafitta, invasa nel modo più crudele, e mentre sbatte dentro di me, con il grosso cazzo che mi distende in maniera insopportabile, vorrei urlargli di fermarsi, di porre fine a tutto questo. La pienezza è al di là di ogni mia immaginazione, e lo stomaco è nauseato, con il sudore freddo che mi cola lungo la schiena tremante.

Perché ero così curiosa di questo?

Come ho potuto volerlo?

Eppure, dato che l'ho fatto, rimango in silenzio, respirando a fatica, mentre aspetto che il dolore si attenui. Peter mi sussurra di nuovo, accarezzandomi la schiena e il fianco—lodandomi di qualcosa, addirittura—e presto, il dolore si attenua, con il peggio del disagio che scompare. Tuttavia, l'estrema pienezza rimane, e, mentre la sua mano scivola tra le mie gambe per trovare il clitoride, comincio a tremare per una tensione diversa. È troppo, l'orgasmo doppio e l'invasione spietata, la sensazione di lui dove nessun altro uomo era mai stato.

"Ecco, ptichka" mormora, mentre grido per il suo leggero pizzicamento del clitoride. "Ora puoi. Ora puoi lasciarti andare."

Inizia a muoversi dentro di me, con attenzione e dolcezza, ma ogni colpo sembra una nuova invasione, con il corpo straziato ogni volta che tira fuori e spinge nuovamente. Fa male e brucia, ma il ritmo costante fa qualcosa, intensificando la tensione palpitante nel mio sesso. Comincia a sembrare ipnotica, la spinta ritmica dentro di me, con il pizzicamento delle dita sul mio clitoride, e mentre sprofondo sotto l'incantesimo delle sensazioni, la tensione sale, con il piacere che si raccoglie nelle profondità del mio intimo.

"Vieni per me, Sara" geme, spingendo in profondità, e con mio shock, lo faccio, con ogni muscolo del corpo che freme per il rilascio. L'estasi è violenta, esplosiva, con lo scoppio della tensione così forte che grido. Con i muscoli interni che si contraggono e si flettono, il cazzo all'interno del mio sedere sembra ancora più invasivo, ma il dolore affina le sensazioni, rende il piacere oscuro e ardente. Geme, e lo sento sbattere dentro di me, bagnando le mie viscere col suo seme.

Poi, resta solo il respiro irregolare—il suo e il mio—e si ritrae lentamente, rimuovendo la cinta dai polsi prima di scomparire nel bagno. Sposto le mani tremanti sui fianchi, ma rimango attaccata ai cuscini, troppo scossa per poter alzarmi. Dopo un paio di minuti, Peter torna con un asciugamano bagnato. Gli permetto di asciugare il lubrificante in eccesso intorno alla mia dolorante apertura, e poi prendo l'asciugamano da lui, tenendolo su di me, mentre mi alzo su gambe instabili e mi incammino verso il bagno.

Devo lavarmi. Assolutamente.

Peter mi consente un paio di minuti di privacy, poi si unisce a me nella doccia.

"Stai bene?" chiede dolcemente, bloccando il getto d'acqua con la schiena, e annuisco, con il viso in fiamme, mentre incrocio il suo sguardo. Quello che è appena accaduto tra noi è stato così intimo che mi sento come se fossi stata denudata. Non capisco che cosa ci sia in quest'uomo, che fa uscire questo lato di me, perché le cose che dovrebbero inorridirmi—come le striature di sangue sull'asciugamano che ho appena usato—mi eccitano, invece.

"Bene" mormora, e, nell'acciaio scuro dei suoi occhi, vedo un riflesso della mia confusione, dei desideri contrastanti che non hanno senso. Com'è possibile che io voglia liberarmi da quest'uomo, pur essendo ansiosa di avvicinarmici? Come può amarmi e aver voglia di farmi del male e punirmi al tempo stesso?

"Perché?" chiedo inaspettatamente, mentre mi prende il viso con le mani grandi, strofinandomi i pollici sulle guance bagnate dall'acqua. Allungandomi, avvolgo le dita intorno ai suoi polsi spessi, sentendo la forza del tendine e dell'osso duro. "Peter... perché siamo così?"

Non finge di aver frainteso. "Perché l'amore non è sempre bello e semplice, ptichka" dice dolcemente. "Né è con chi ci si aspetterebbe. Non possiamo scegliere i desideri dei nostri cuori; possiamo solo prenderli e pervertirli, trasformarli in ciò che possiamo per sopravvivere."

"Io non—" Mi si incrina la voce, mentre mi si chiude la gola. "Non ti amo, Peter. Non posso."

Con mia sorpresa, piega leggermente le labbra e abbassa la testa, dandomi un bacio sulla fronte, prima di tirarmi a sé per un abbraccio.

"Puoi" mormora, accarezzandomi il collo dolcemente con una mano, mentre con l'altra mi strofina la schiena. "Puoi e lo farai. Un giorno, presto, smetterai di combattere, e capirai. Perché è troppo tardi per te, ptichka—sei in trappola tanto quanto me.

# PARTE IV

NELLE TRE SETTIMANE SUCCESSIVE, FACCIO DEL MIO MEGLIO PER dimostrare a Peter che si sbaglia, per distaccarmi da lui, ma è un futile sforzo. Ogni volta che erigo delle barriere tra noi, le abbatte, e il perverso legame tra noi aumenta, aiutato da un'attrazione fisica così forte che strappa gli ultimi frammenti della mia resistenza.

Ora che mi ha avuta in ogni modo possibile, il mio rapitore non conosce confini con il mio corpo, e il nostro sesso è più intenso che mai—e l'utilizzo del preservativo sempre più sporadico. Non capisco come possa succedere, come il mio cervello smetta di funzionare al suo tocco, facendomi dimenticare una cosa così importante. Non voglio un figlio con Peter—il solo pensiero mi terrorizza—ma quando mi avvolge nel suo abbraccio, la gravidanza è l'ultima cosa che ho nella mente.

Finora, sono stata fortunata, con il ciclo che mi è venuto la settimana scorsa come al solito, ma so meglio di chiunque altro che basta una distrazione, un momento di spensieratezza. E non credo che Peter sia esattamente spensierato. Utilizza ancora i preservativi, quando riesco a ricordarglieli, ma non ci sono state più pillole del giorno dopo—non dopo quella volta.

"Ho letto tutta la letteratura medica sull'argomento, e non voglio che tu sia esposta a quegli ormoni" ha detto, quando l'ho pregato di prendermi nuovamente le pillole. "Sei estremamente sensibile—l'hai detto anche tu—e non rischierò la tua salute per il rischio di rimanere incinta."

E per quanto abbia provato a insistere, sottolineando che sono un'ostetrica e ginecologa e che so valutare i rischi da sola, non ha voluto sentire ragioni.

Sto cominciando a sospettare che Peter mi *voglia* incinta, e questo, più di ogni altra cosa, è ciò che mi spinge nuovamente a scappare.

QUESTA VOLTA, FACCIO LE COSE CON CALMA, PIANIFICANDO attentamente ogni passo. Sono quasi certa che Peter abbia detto la verità, quando ha affermato che la montagna è circondata da dirupi, ma, durante le nostre escursioni nella foresta, ne ho visti alcuni la cui pendenza era meno ripida, con le radici che fornivano buoni appigli. La montagna è sicuramente inaccessibile in auto, e salire sarebbe impossibile, ma un escursionista che sa cosa sta facendo potrebbe scendere.

Almeno, spero che sia così.

Comincio a riflettere sulle provviste e scopro dove sono riposte. Non posso prenderle in anticipo senza essere sorpresa, ma faccio attenzione a dov'è conservato tutto. Corda, coltello, zaino, cibo non deperibile, bottiglie d'acqua—prendo una nota mentale dell'essenziale, in modo che, quando arriverà il momento, potrò raccogliere tutto in pochi minuti. Aiuta il fatto che Peter e i suoi uomini siano ordinati quasi come se avessero il disturbo ossessivo-compulsivo; tutto in casa ha il proprio posto, quindi tutto quello che devo fare è ricordare dove si trova.

Prendo anche in considerazione l'idea di rubare una pistola. Gli uomini sono attenti intorno a me, nascondendo le loro armi, ma sono abbastanza sicura di poter mettere le mani su qualcosa, se ci provassi davvero. Non ho provato, però, perché anche se finalmente ho scoperto dove le tengono, nel frattempo ho conosciuto ciascuno dei miei carcerieri e non posso immaginare di far loro del male. L'istinto guaritore è troppo profondamente radicato in me. Potrei premere il grilletto in qualche circostanza—se la mia vita fosse in pericolo, diciamo—ma questi uomini non costituiscono una minaccia per me. Al contrario, sono gentili, ognuno a suo modo. E prendere l'arma per ingannarli e cercare di scappare sarebbe stupido; scoprirebbero immediatamente la mia patetica minaccia e mi strapperebbero la pistola.

Sto sfidando degli ex soldati dell'élite, dopotutto, non degli uomini normali.

Eppure, aggiungo mentalmente la pistola alla mia lista dei desideri, nel caso in cui si presentasse l'opportunità di averne una prima della fuga. Potrei non essere in grado di ingannare Peter e i suoi uomini, facendo accettare loro le mie richieste, ma non posso dire lo stesso di un contadino giapponese. Proverei prima l'approccio civilizzato, naturalmente, ma se ho già difficoltà a ottenere l'accesso a un telefono, non posso essere contraria a sventolare una pistola in aria—ovviamente scarica.

Mentre rifletto su questi preparativi, comincio anche a tener d'occhio il tempo, chiedendo ai ragazzi una previsione al giorno. Non è ancora nevicato, ma è già ottobre e l'inverno arriva presto a questa altitudine.

L'ultima cosa che voglio è essere travolta da un'altra gelida tempesta.

"Non mi piace il freddo" mi lamento con Peter un giorno, quando torniamo da una passeggiata. "E soprattutto non mi piace quando il giorno inizia con una temperatura, e la sera fa venti gradi in meno."

"Povera piccola" ribatte, togliendomi la giacca per strofinarmi le braccia. "Vieni, facciamo una doccia e rilassiamoci."

Lascio che mi vizi con una doccia calda e due orgasmi, e il giorno dopo ricomincio a lamentarmi del tempo—in questo modo, nessuno lo troverà strano, se continuo a chiedere una previsione al giorno.

Mentre faccio tutto questo, i ragazzi sono presi dalla loro organizzazione. Dopo una lunga pausa per far perdere le tracce alle autorità, la squadra ha accettato un altro incarico—un assassinio altamente pagato e altamente pericoloso di un politico in Turchia.

Ho cercato di non pensarci, perché ogni volta che lo faccio sono così ansiosa da non riuscire a mangiare o a dormire. Dopo quello che è accaduto in Nigeria, anche solo sentire la parola "incarico" mi fa salire la pressione sanguigna.

"Perché devi farlo?" chiedo a Peter, frustrata, quando metà ottobre—la scadenza del cliente per completare il lavoro—si avvicina. "Hai detto tu stesso che è particolarmente pericoloso là fuori per te ultimamente. Ti hanno pagato milioni—*milioni*—per quel banchiere nigeriano. Non puoi aver già esaurito tutto quel denaro."

"Naturalmente no, ma dobbiamo pensare al futuro" dice Peter. "A parte alcuni dei nostri giocattoli più cari, gli hacker costano una fortuna, e abbiamo bisogno di loro per continuare a sfuggire alle autorità—e per rintracciare Henderson."

Scuotendo la testa, faccio un respiro ed entro nello studio di registrazione, sia per distrarmi con la musica che per evitare un'altra discussione. Perché se Peter è inflessibile sulla necessità di questi lavori, è assolutamente irremovibile su Henderson—l'unico uomo rimasto sulla sua lista. L'unica volta in cui ho menzionato con cautela la possibilità di dimenticare il generale e voltare pagina, Peter mi ha guardata così severamente che non ho più osato parlarne.

"Ha emanato personalmente l'ordine per l'operazione di Daryevo" ha detto il mio rapitore, con il bel viso così contorto dalla rabbia da sembrare irriconoscibile. "Ha fatto questo"—ha spinto il telefono con le immagini del massacro verso di me—"e non dormirò sonni tranquilli, finché lui e chiunque lo stia aiutando non marcirà con i vermi, proprio come i cadaveri di mia moglie e mio figlio."

Così ho annuito, restando zitta, perché, per quanto vorrei fare altrimenti, capisco l'esigenza di vendetta di Peter. Non posso immaginare di perdere le persone a cui tengo in modo così orribile, e so che dev'essere stato ancora peggio per lui. Da tutto quello che mi ha detto, quei pochi anni con Pasha e Tamila sono stati l'unica volta in cui ha sperimentato qualcosa di simile alla famiglia e all'amore.

La scorsa settimana, per la prima volta, Peter ha parlato un po' di suo figlio. È successo dopo essersi svegliato da un incubo sulla morte della sua famiglia, con il corpo tremante e coperto da sudore freddo. Mi ha raggiunta e poi mi ha scopata, per poi confessare quanto gli mancasse il suo bambino—quanto ancora sentisse acutamente la sua assenza.

"Pasha era... la mia vita" mi ha detto. "Non so nemmeno come spiegarlo. Non avevo mai conosciuto un bambino che provasse gioia per il semplice fatto di esistente. Uccelli, insetti, alberi, cielo e rocce—era tutto una novità per lui, era tutto divertente. E aveva tanta energia. Tamila riusciva a malapena a stargli dietro. La faceva impazzire. E le macchinine..." Il suo potente torace si è alzato per un profondo respiro. "Adorava le macchinine. Voleva diventare un pilota da grande."

"Oh, Peter..." gli ho messo una mano sulla sua. "Doveva essere un bambino meraviglioso."

"Lo era" ha sussurrato Peter, girando la mano per stringermi le dita, con l'intensità del dolore in quelle parole che mi ha fatta sobbalzare.

Nonostante la sua ossessione per me, il mio carceriere è ancora in lutto per la perdita della sua famiglia—e delle persone che amava davvero.

3 8

*S*ara

CON L'AVVICINARSI DELLA METÀ DI OTTOBRE, I PREPARATIVI DEGLI uomini per il lavoro in Turchia aumentano, e decido che questa sarà la mia occasione.

Se faranno come l'ultima volta, lasciando un uomo a sorvegliarmi, potrei riuscire a svignarmela—soprattutto se il mio carceriere sarà occupato com'era Yan durante l'incarico in Nigeria.

"Allora" chiedo a Peter con fare indifferente durante una delle nostre passeggiate: "Qual è il programma per la prossima settimana? Yan resterà qui?"

Con mia sorpresa, scuote la testa. "Non può. Nessuno di noi può questa volta. La sicurezza intorno al politico è troppo stratificata; ci sarà bisogno di tutti e quattro per prenderlo."

601

Il battito del mio cuore aumenta per un'improvvisa speranza. Cercando di non sembrare troppo emozionata, dico: "Capisco. Starò bene qui. C'è un sacco di cibo e—"

"No, ptichka." Peter si allunga per prendermi la mano, poggiandola sul gomito. "Non ti lascerò qui da sola, non preoccuparti."

Inghiottisco la delusione e cerco di rivolgergli un'occhiata normale, mentre riprendiamo a camminare. "Perché? Non posso andarmene, quindi—"

"Esattamente." Peter mi guarda con un'espressione sardonica. "Non puoi andartene, ma questo non significa che non avresti la tentazione di provare. Inoltre, non voglio lasciarti bloccata qui, se dovesse succederci qualcosa."

"Ma allora, che cosa farai con me?" chiedo, sinceramente confusa. "Mi porterai con te?"

"No, ovviamente no, anche se Yan lo ha proposto. Il bastardo vuole un medico a portata di mano, in caso di ferite" spiega Peter con una smorfia. "No, sto aspettando la risposta da una persona, e, una volta ottenuta, ti farò sapere qual è il piano."

"Che cosa?" Aggrotto la fronte. "La risposta di chi? Riguardo a cosa?"

"Non preoccuparti" dice Peter, sollevando un ramo per farmi passare sotto. "Se non funziona, c'è un piano B, ma il piano A è molto meglio, fidati."

SCOPRO QUAL È IL PIANO A DUE GIORNI PRIMA DELLA PARTENZA degli uomini.

"Mi lascerai a Cipro con un trafficante illegale di armi?

"Resto a bocca aperta, così scioccata che dimentico che stavo togliendo i jeans. "E questo è meglio che lasciarmi qui, perché...?"

Peter si siede sul letto. "Perché lui e sua moglie mi devono un favore" spiega, togliendo la maglietta. "Così, se dovesse succedermi qualcosa, ti riporteranno a casa. Sarai al sicuro con loro, fin quando non potrò tornare a prenderti, e se, per qualche motivo, non potessi... Beh, otterresti quello che vuoi, amore mio. Riavresti la tua vecchia vita."

Stordita, finisco di spogliarmi e mi siedo sul letto accanto a lui, indossando solo la biancheria intima. "Ma un altro criminale? Come puoi fidarti di lui? E se ti tradisse? Hai detto che c'è una taglia sulla tua testa..."

Peter alza le spalle, concentrando lo sguardo sul mio corpo quasi nudo. "Come ho detto, Lucas Kent mi deve un favore, e non ha bisogno di soldi come ricompensa. Era il braccio destro di Julian Esguerra, un potente trafficante d'armi, e ora è il suo socio di affari in alcune imprese. Il denaro non gli interessa, e nemmeno altri favori che potrebbe ottenere dalle autorità tradendomi."

"Oh." Qualcosa mi frulla per la testa, qualcosa che non riesco a ricordare. Poi, mi torna in mente. "Aspetta, è questo Kent il trafficante d'armi di cui mi hai parlato? Quello che ti ha procurato la lista?"

"No, in realtà quello era il suo capo, Esguerra" risponde Peter, allungandosi dietro la mia schiena. "O tecnicamente, la moglie di Esguerra, visto che Esguerra aveva giurato di uccidermi a quel punto."

Gli prendo i polsi prima che abbia la possibilità di sganciarmi il reggiseno. "Ucciderti? Per cosa?"

Peter sospira. "È una lunga storia, ma ti dico solo che Kent non condivide l'odio di Esguerra verso di me. L'ho aiutato in momenti difficili, sia quando lavoravamo insieme—Esguerra era anche il mio datore di lavoro a un certo punto—che successivamente, quando Kent ha avuto bisogno di recuperare la moglie. Comunque, tutto quello che devi sapere è che Kent è in debito con me."

"Ma questo Esguerra—il socio di Kent—vuole ucciderti?" Al cenno con la testa di Peter, chiedo dalla frustrazione: "Perché?"

"Perché ho salvato la vita di Esguerra, ma l'ho fatto disobbedendo ai suoi ordini. Nello specifico, ho messo in pericolo la vita di sua moglie, la donna che avrei dovuto proteggere. Ho agito su sua richiesta—è stata lei a procurarmi la lista—ma lui non l'ha apprezzato." Liberandosi della mia presa con patetica facilità, Peter afferra nuovamente il reggiseno.

Mi arrendo e gli permetto di sganciarlo. "Ma lui e sua moglie stanno entrambi bene?"

Peter alza di nuovo le spalle, con lo sguardo carico di lussuria fisso sui miei seni esposti. "Bene è un termine relativo, ma sì, sono sopravvissuti entrambi, e lei ha mantenuto la promessa procurandomi la lista." La sua voce è roca, quando torna a concentrarsi sul mio viso e dice: "Non devi preoccuparti degli Esguerra, ptichka. Sono in Colombia, lontano dalla tenuta di Kent a Cipro. Starai con Kent e sua moglie durante i due giorni in cui sarò impegnato con il lavoro, e poi tornerò a prenderti. Cipro è proprio accanto alla Turchia, nel caso non lo sapessi." Mentre parla, mi tasta i seni, stringendoli dolcemente e massaggiandoli.

"È per questo—" deglutisco, mentre mi strofina il capezzolo

con il pollice, inviando un'ondata di calore dritto all'intimo. "È per questo che vuoi mandarmi lì? Perché è comodo?"

"In parte" risponde Peter, guardandomi. "Ma soprattutto perché Lucas Kent ti terrà al sicuro per me... al sicuro; quindi, quando tornerò, ti troverò lì."

E stringendomi il viso tra i palmi, mi bacia appassionatamente e mi porta a letto.

P*eter*

SARA È TRANQUILLA, QUASI CHIUSA IN SE STESSA NEI DUE GIORNI che mancano al viaggio, e so che è perché è preoccupata. Yan mi ha detto quanto era ansiosa durante il nostro lavoro in Nigeria, e, malgrado l'idea mi piacesse in quel momento, mi dispiace per lo stress che le sto provocando.

Che lo ammetta o meno, il mio passerotto è affezionato.

Molto affezionato.

Faccio del mio meglio per distrarla dal viaggio imminente, lasciandola parlare con i genitori ogni giorno, portandola a passeggiare e facendo l'amore con lei ogni volta che posso. Purtroppo, non ho molto tempo. C'è troppo da fare, ci sono troppi scenari da pianificare. Il politico—Deniz Arslan—è abituato alle persone che gli sparano, e la sua sicurezza è di prim'ordine, eccellente come quella che avrei allestito per i clienti di cui ero consulente all'epoca. Finora siamo riusciti a riscontrare solo un paio di piccole debolezze, e anche quelle potrebbero essere delle trappole.

Non sarà un lavoro facile, ed è questo il motivo per cui un oligarca ucraino ci pagherà venticinque milioni di euro per farlo.

La sera prima del viaggio, preparo un'altra bella cena per tutti, ma questa volta proibisco ai ragazzi di discutere di qualsiasi cosa relativa al pericolo imminente. Teniamo la conversazione sul leggero, ricordando storie divertenti del nostro passato, e Anton finalmente riesce a tirare Sara fuori dal guscio dicendole come ci siamo conosciuti.

"Ed eccomi qui, un punk dell'esercito di vent'anni reclutato da questa squadra d'élite, tutto pronto a conoscere il nuovo comandante" dice, sorridendo. "Pensavo che sarebbe stato un vecchio esperto, pieno di racconti interessanti sull'Afghanistan e sulla vita durante il comunismo. E invece, questo ragazzo della mia età"—punta la forchetta nella mia direzione—"fa un passo in avanti e comincia a ringhiare ordini. Ho creduto che ci fosse stato un malinteso e gli ho detto di andare affanculo, solo per finire col suo coltello sotto la gola."

Sara resta a bocca aperta per lo shock. "Peter ti ha minacciato?"

"Se la quasi apertura della carotide è una minaccia, allora sì." Anton ride e scuote la testa al ricordo. "È stato positivo, però. Ci ha aiutato a capire con quale genere di uomo avevamo a che fare."

Sara mi guarda, con gli occhi sgranati. "E così, sei diventato un leader, quando avevi solo ventun anni?"

Annuisco, finendo il salmone al vapore. "A quel punto, avevo quattro anni di esperienza nel rintracciare e interrogare la gente, ed ero molto bravo nel mio lavoro."

"Posso immaginare" dice Sara. Guardando i gemelli, chiede: "Avete cominciato a lavorare insieme nello stesso periodo?"

Yan scuote la testa. "Io e Ilya ci siamo uniti più tardi, quando la squadra esisteva già da un paio d'anni. Questi due"—fa un cenno con la testa verso Anton e me—"erano dei professionisti ormai, ma siamo riusciti a tenere il passo."

"Oh, per favore." Anton sbuffa. "Che mi dici di quella volta in cui siete rimasti bloccati in quel pozzo vicino Grozny? Da quando salvarvi il culo con un secchio d'acqua significa 'tenere il passo'?"

Yan scrolla le spalle, sorridendo freddamente. "Ho ottenuto un sacco di informazioni su quei ribelli ceceni, in quel pozzo, e immergermi là dentro era meglio che finire a pezzi a causa delle bombe."

Sara sbianca alla menzione delle bombe, e guardo storto Yan. Mi avevano promesso che avrebbero mantenuto la conversazione sul leggero stasera, evitando qualunque cosa avrebbe potuto ricordare a Sara l'imminente viaggio—e le bombe rientrano sicuramente in quella categoria.

Riconoscendo il suo errore, Yan dà una gomitata al fratello e dice: "Questo qui ha avuto qualche problema. Ricordi quella prostituta che ti ha rubato gli stivali?"

Ilya arrossisce, mentre Yan si lancia nel racconto tra le fragorose risate di Anton, e raggiungo il ginocchio di Sara sotto al tavolo, stringendole la gamba con forza per rassicurarla. Mi sorride, e sento quel caldo bagliore nel petto, quello che mi fa sentire vivo quando sono con lei. Siamo circondati dai miei compari, ma tanto varrebbe essere soli, perché mi concentro solo su di lei: è lei tutto quello che sento e vedo.

La mia Sara.

L'amo così tanto che fa male.

Concludiamo la cena con un ricco dessert, e poi conduco Sara al piano di sopra, dove faccio l'amore con lei fin quando non siamo esausti e doloranti.

<br>
*ara*

È STRANO CAMMINARE VERSO L'ELICOTTERO CON PETER, SAPENDO che sto lasciando la montagna per la prima volta dopo quattro mesi e mezzo. Per qualche motivo, non avevo fatto i calcoli, non avevo segnato i giorni e le settimane che trascorrevano, ma ora che l'ho fatto mi rendo conto che è passato un anno da quando Peter è entrato a far parte della mia vita... un anno da quando è entrato nel mio appartamento, torturandomi per arrivare a George.

Non vedo la mia famiglia da quattro mesi e mezzo e, se non fuggirò, non la rivedrò mai più.

*A meno che Peter non rimanga ucciso*, mi ricorda un'insidiosa vocina, e il mio cuore salta un battito. La preoccupazione per il mio rapitore è una pesante costrizione costante intorno ai polmoni, indistruttibile e soffocante, e, per quanto provi a ragionare, non riesco a scacciare la paura.

Non voglio la libertà.

Non a questo prezzo, almeno.

Non ho rinunciato all'idea di fuggire, ma, dopo questi sviluppi, il mio nuovo piano è quello di scappare a Cipro. Non so quale genere di sicurezza abbia questo Lucas Kent, ma c'è la possibilità che sia più spensierato di Peter e dei suoi uomini, meno interessato a tenermi lontana da internet e dai telefoni. Potrebbe addirittura farsi degli scrupoli a comportarsi da carceriere, anche se non ci conto.

Gli uomini del mondo di Peter non sembrano preoccuparsi della libertà di una donna.

Mentre l'elicottero decolla, osservo il nostro rifugio di montagna diventare sempre più piccolo dall'oblò, ma, al posto della speranza, tutto ciò che provo è il terrore. Dovrei essere felice di questo cambiamento, dovrei cogliere al volo le opportunità che offre, ma, pur volendo esattamente questo, non posso fare a meno di desiderare di non partire.

Non posso fare a meno di temere ciò che sta per accadere.

Questa volta non dormo sull'aereo—non ci riesco—e quando atterriamo a Cipro, su una pista d'atterraggio privata, mi bruciano gli occhi per la secchezza e la stanchezza. Non ha dormito nemmeno Peter, trascorrendo la maggior parte delle tredici ore di volo ad occuparsi della logistica dell'ultimo minuto con i gemelli, ma sembra fresco come quando siamo saliti sull'aereo—e lo stesso vale per i suoi uomini.

Se non li conoscessi meglio, penserei che tutti i russi siano sovrumani.

Fa caldo quando scendiamo dall'aereo, con la brezza tropicale che porta un accenno di sale e mare. Una limousine nera ci aspetta accanto alla pista, e ci fa salire per un giro panoramico nella zona scarsamente popolata. Un paio di volte intravedo anche quello che sembra un asino selvaggio. Il viaggio, però, mi rende nervosa. Non solo stiamo guidando sul lato sinistro della strada, come nel Regno Unito, ma le strade sono strette e tortuose, e di tanto in tanto costeggiano le pericolose scogliere.

Finalmente, arriviamo a un cancello automatico, e, alla fine di un lungo vialetto, vedo una casa in stile mediterraneo su una scogliera che si affaccia sulla spiaggia—la casa di Kent, secondo quanto mi ha detto Peter. È grande e ben mantenuta, ma non così ostentata come mi sarei aspettata da un ricco trafficante d'armi.

"Non lasciarti ingannare dalla grandezza della casa" dice Peter, quando glielo faccio notare. "Kent non ama tenere il personale in casa, ma possiede tutto il terreno intorno, compresa la spiaggia sottostante, e ha delle straordinarie misure di sicurezza. Al momento ci sono diverse dozzine di guardie che pattugliano l'area, e più di cinquanta droni militari che ci sorveglieranno. Se Kent ci avesse ritenuti una minaccia, non ci saremmo avvicinati a meno di un chilometro da questa abitazione senza saltare in aria."

"Oh." Alzo lo sguardo, con lo stomaco che mi si stringe. Sebbene sia solo tardo pomeriggio in questo fuso orario, il cielo è coperto di nubi, e ciò rende ancora più minaccioso il fatto che qualcosa di così letale e invisibile sia sopra di noi.

"Non ti preoccupare" dice Yan, apparentemente leggendomi

nel pensiero. Sta camminando dietro me e Peter, con uno zaino sulla spalla. "Se Kent ci volesse morti, non saremmo qui a camminare."

"Chiudi il becco, idiota" mormora il fratello, lanciando un'occhiata preoccupata a Peter, ma il suo capo non sta ascoltando. Sta guardando l'uomo alto e con le spalle larghe che ha appena aperto la porta d'ingresso, e che sta scendendo le scale verso di noi.

Lo guardo anch'io, affascinata dalla durezza dei suoi lineamenti e dal ghiaccio negli occhi chiari. Ha i capelli corti, di colore chiaro, ed è abbronzato. Come Peter, sembra avere una trentina d'anni, e, come il mio carceriere, dev'essere anche lui un ex militare. Lo capisco dalla postura e dalla viva allerta dello sguardo.

È un uomo abituato al pericolo.

No, mi rendo conto quando si avvicina: un uomo che nel pericolo ci *sguazza*.

Non è qualcosa in particolare a darmi quest'impressione— indossa jeans e maglietta, senza armi o tatuaggi in vista—ma sono certa della mia conclusione. C'è qualcosa in questi uomini che conoscono intimamente la violenza, una sorta di impavida spietatezza che manca alla gente civile. Peter e i suoi compagni di squadra ne hanno da vendere, e lo stesso vale per quest'uomo.

"Lucas" dice Peter con un saluto, fermandosi davanti a lui. "È bello rivederti."

L'uomo biondo annuisce, con il sorriso duro come il volto. "Sokolov." I suoi occhi chiari mi guardano. "E tu devi essere Sara."

Annuisco con cautela. "Ciao." Per qualche ragione, non mi aspettavo un accento americano, ma è proprio quello che sento nella voce di Lucas Kent, quando saluta i compari di Peter.

"Congratulazioni per il tuo recente matrimonio" dice Peter, mentre il padrone di casa ci lascia entrare. "Mi dispiace non aver avuto la possibilità di partecipare."

Kent sembra divertito. "Probabilmente è stata la cosa migliore. Esguerra è riuscito a stento a trattenersi."

"Ah." Peter sorride. "Ce l'ha ancora con la tua sposa?"

"Sai com'è" dice Kent con tono laconico, e Peter ride.

"Meglio di molti altri, ne sono certo. Dov'è la tua nuova moglie, a proposito?"

"In cucina, a preparare la cena per un reggimento" dice il trafficante d'armi, con il tono che si scalda per la prima volta. "La vedrai tra un minuto."

Ascolto mentre continuano a parlare, citando persone e luoghi che non conosco. Sono curiosa di sapere cosa intendesse Kent, quando ha detto che il suo capo/socio era riuscito a trattenersi a stento. Ho avuto l'impressione che a questo Esguerra non piacesse la nuova moglie di Kent, e, se è così, mi chiedo come mai.

Quando entriamo in casa, un saporito aroma di carne e di varie spezie mi fa borbottare lo stomaco. Abbiamo mangiato dei panini sull'aereo, ma questo è successo diverse ore fa, e sto di nuovo morendo di fame. Dubito che la signora Kent sia in grado di preparare i deliziosi pasti di Peter, ma se la cena di stasera è buona come si direbbe dall'odore, sarò felicissima.

Peter e i suoi uomini voleranno subito dopo cena—dovranno fare qualche ricognizione stasera—così, Lucas indirizza Anton e i gemelli in un bagno accanto all'ingresso prima di portare me e Peter nella stanza dove rimarrò. Mentre attraversiamo l'ampio salone, noto che l'interno della villa di

Kent è moderno ma sorprendentemente accogliente, con divani imbottiti e rifiniture in legno che addolciscono le linee dure dei mobili di ispirazione scandinava. Le finestre fino al soffitto lasciano entrare moltissima luce e consentono splendide vedute sul Mar Mediterraneo, mentre le pareti sono coperte da foto di una coppia sorridente—il nostro padrone di casa e una bella e giovane bionda, che dev'essere sua moglie. Anche un ragazzo adolescente appare spesso in quelle immagini, e la somiglianza con la signora Kent mi fa pensare che sia suo fratello.

La splendida donna di queste foto non sembra abbastanza grande da avere un figlio adolescente.

"Eccoci" annuncia Kent, mentre entriamo in una camera da letto con un bagno adiacente e un'altra grande finestra che si affaccia sul mare. "Gli asciugamani sono nel bagno, e le lenzuola sono già sul letto. Se hai bisogno di qualcos'altro stasera, parlane con Yulia."

"Yulia?" chiedo.

"Mia moglie" chiarisce Kent, quando Peter si avvicina alla finestra. "Lei sa dov'è tutto, non io."

"Capito" dico, facendo del mio meglio per nascondere il divertimento improvviso. In Giappone, mi sono abituata così tanto a Peter e ai ragazzi che si occupavano dei lavori domestici che ho dimenticato che la maggior parte degli uomini non è così. Mio padre chiede ancora a mia madre dove si trova il cucchiaio per il gelato, e George non sapeva fare niente, a parte il barbecue e i panini al formaggio.

A quel ricordo, mi si stringe il petto, con l'umore che peggiora, rendendomi conto che ho paragonato ancora una volta mio marito morto al suo killer. È qualcosa che ho fatto più spesso ultimamente, e ogni volta, provo vergogna e rabbia per me stessa. I confronti sono raramente lusinghieri per

George, e questo non è giusto. Ciò che io e George avevamo era una relazione regolare, con comprensione, rispetto e un'attrazione normale. Mio marito non era in alcun modo ossessionato da me, e io non provavo per lui nemmeno un accenno delle emozioni contrastanti che provo per Peter.

E questa era una buona cosa, mi dico, quando entro nel bagno per rinfrescarmi. Quello che ho con Peter è troppo intenso, troppo travolgente. Quello che è disposto a fare per avermi è terrificante, così come la mia incapacità di resistergli, nonostante le cose orribili che fa. L'idea stessa di noi due insieme è assolutamente sbagliata. E se avessi bisogno di ulteriori prove, quelle foto sulle pareti lo dimostrano. Persino il nostro padrone di casa, il trafficante illegale di armi, sembra avere un matrimonio felice—cosa che non avrò mai con Peter.

Dubito che Lucas Kent sia mai stato abbastanza crudele da tenere la bella moglie prigioniera, tanto meno ucciderle il marito.

Quando esco dal bagno, Kent se n'è andato, e Peter è seduto sul letto, ad aspettarmi. "La cena è quasi pronta" dice, alzandosi mentre mi avvicino. "Lucas ha detto di venire non appena ti sarai cambiata."

"Ok." Afferro il borsone che Peter ha preparato per me e tolgo i vestiti da viaggio, mentre Peter scompare nel bagno. Quando torna, indosso uno dei miei abiti estivi più belli, e sono riuscita ad applicare anche un rossetto sulle labbra—un recente acquisto di Yan, che mi sono ricordata di mettere nella borsa.

"Sono pronta" dico, mentre Peter viene verso di me, con lo sguardo metallico stranamente determinato. "Dovremmo andare, altrimenti non—oh!"

Prima di poter fare qualcosa di più che rimanere a bocca aperta, mi ritrovo piegata sul letto, con la gonna tirata su, che mi espone il perizoma. Un duro strattone con il pugno di Peter, e il tessuto si strappa, lasciandomi nuda dalla vita in giù. Il mio battito accelera, con le viscere che si stringono per un mix di paura e attesa, e poi Peter è su di me, piegandomi, mentre il cazzo preme sulle mie pieghe.

La sua voce è roca, quasi violenta. Una grande mano mi stringe la gola, costringendomi a inarcare la schiena, mentre spinge dentro di me, con l'altra mano che scivola verso il basso, trovando il clitoride. Non sono abbastanza bagnata in un primo momento, e le spinte selvagge bruciano, con il grosso cazzo che sembra un martello pneumatico dentro di me. Tuttavia, poco dopo le sue dita trovano il ritmo giusto, e una familiare tensione comincia a crescere nel mio intimo. La sua presa sulla mia gola mi impedisce di respirare, e le terminazioni nervose si infiammano per l'intenso piacere-dolore, con la mancanza di ossigeno che amplifica le sensazioni. È troppo, troppo intenso, e faccio qualche respiro irregolare, stringendo a pugno la coperta, mentre continua a martellarmi dentro, scopandomi così duramente che mi sento come se mi stesse facendo a pezzi.

E poi lo raggiungo, con la tensione che raggiunge il culmine. Il piacere incandescente esplode attraverso ogni muscolo del corpo, facendomi sentire come se il cuore mi stesse scoppiando nel petto. Tremando, e cercando di mandare giù aria, crollo sul materasso non appena Peter mi lascia andare la gola, e lo sento gemere, mentre spinge dentro di me per il rilascio.

Per un minuto non riesco a pensare, posso solo ansimare debolmente nella coperta, mentre si ritira da me e fa un passo indietro, ma poi l'umidità che mi cola lungo le cosce mi fa riflettere.

Peter ha nuovamente dimenticato di indossare il preservativo.

Chiudendo gli occhi, maledico mentalmente me stessa, poi Peter, e poi di nuovo me stessa. Tutte le altre volte in cui ce ne siamo dimenticati erano periodi minimamente fertili; ecco perché finora siamo riusciti a evitare le conseguenze. Adesso, però, sono a metà del ciclo—e probabilmente nel periodo dell'ovulazione.

"Puoi darmi un fazzoletto?" chiedo, aprendo gli occhi ma senza muovermi, per non sporcare il vestito nuovo. Ho portato solo un paio di abiti con me per questo viaggio, e non posso permettermi di sporcarne uno la prima sera.

Peter si avvicina al comodino accanto al letto e torna con un fazzoletto. "Ecco qui" mormora, strofinando l'umidità tra le mie gambe, e gli strappo il fazzoletto dalle mani, finendo il lavoro da sola prima di tornare in bagno. Il mio sesso è gonfio e dolorante, e le gambe non sono affatto stabili, ma tutto quello su cui riesco a concentrarmi è che potrei essere rimasta incinta.

Incinta del figlio di Peter.

Mi lavo nel modo più accurato possibile, pur sapendo che è inutile. Basta un solo spermatozoo, non i milioni che sono ancora dentro di me. Combattendo la voglia di piangere, mi pettino i capelli, assicurandomi che l'abito sia presentabile, ed esco dal bagno.

"Sara..." Peter si alza dal letto, dove si era rimesso a sedere. La sua mascella è serrata, con le sopracciglia sollevate in un cipiglio, mentre si allunga verso di me, con le dita delicate intorno alle mie braccia. "Ptichka, stai bene?"

"Che cosa vuoi dire?" Aggrotto la fronte.

"Ti ho fatto male?" chiarisce, con il volto scuro dalla preoccupazione. "Non volevo essere così rude. Solo che eri così bella e sexy e—" fa una smorfia. "Beh, la verità è che ho perso il controllo."

La mia disperazione lascia il posto a una rabbia improvvisa, e un furioso calore mi assale le guance. Bella e sexy? È questa la sua scusa?

"Hai perso il controllo?" A scatti, mi libero dalla sua stretta. "Davvero? E che mi dici di tutte le altre volte che l'hai fatto? Avevi 'perso il controllo'?"

I suoi occhi d'argento si riempiono di rimorso. "Ti ho fatto male. Mi dispiace, amore mio. Sono stato rude, e non intendevo esserlo—non stasera almeno."

"Non mi hai fatto male!" Stringo le mani lungo i fianchi. "Voglio dire, sì, ma non mi interessa—sono venuta, nel caso non te ne fossi accorto. Mi riferisco al fatto che non hai messo il preservativo."

I suoi lineamenti si addolciscono, con un'espressione che diventa opaca. "Capisco."

"Capisci cosa?" Lo guardo, avvicinandomi quasi fino a salirgli sulle dita dei piedi. Mi supera di una ventina di centimetri, ed è molto, molto più grosso, ma sono troppo furiosa per preoccuparmene. "Ammettilo" sussurro. "Stai cercando di mettermi incinta. Non è stato un incidente, e non lo è stato nemmeno le altre volte in cui ci siamo 'dimenticati'."

Per un attimo, sono certa che Peter lo negherà, ma mi prende la mano nella sua e la spinge sul petto, con gli occhi che brillano come vetro scuro.

"Sì" dice piano. "Hai ragione, Sara. *Sto* cercando di metterti incinta."

Sara

NON MEMORIZZO ALTRO DELLA CASA DI KENT, MENTRE PETER MI porta nella sala da pranzo, né presto attenzione agli uomini di Peter, quando si uniscono a noi nel salone e ci seguono al tavolo. Sto ancora riflettendo sulla confessione di Peter, con la rabbia che si sta lentamente trasformando in panico soffocante.

Naturalmente, non mi sorprende. Lo sospettavo, lo sapevo in un certo senso. Il mio rapitore aveva già ammesso che non gli sarebbe dispiaciuto avere un figlio con me, e un uomo come Peter—uno abbastanza preciso da pianificare improbabili assassinii e tenere conto di decine di variabili impreviste—non avrebbe dimenticato un preservativo. Non ripetutamente, almeno.

Avevo ragione a voler scappare. Se non fuggirò al più presto, non riuscirò mai a trovare una via d'uscita—e devo trovarla. Se non per me, per il mio futuro figlio.

Non posso avere un bambino con un fuggitivo, con un uomo la cui vita è immersa nella violenza e nel pericolo.

"Eccovi. Stavo iniziando a credere che aveste deciso di fare un pisolino prima di cena." La bellissima bionda delle foto—Yulia—ci saluta con un sorriso smagliante, quando entriamo nel salone. Di persona, è ancora più bella, con le gambe incredibilmente lunghe, dei brillanti occhi azzurri e i lineamenti perfetti come quelli di una modella. Come suo marito, è vestita in modo casual, con un paio di pantaloncini di jeans e una maglietta chiara, ma quei semplici indumenti non fanno che mettere in risalto la sua bellezza naturale. Sembra avere qualche anno meno di me, intorno ai venticinque anni. Il suo corpo alto e snello ha le curve nei punti giusti, e la carnagione pallida brilla per un sottotono dorato, in contrasto con i colpi di sole biondo platino dei lunghi capelli folti.

Se l'avessi incontrata per strada, l'avrei sicuramente scambiata per una modella o un'attrice.

Rendendomi conto di essere rimasta a bocca aperta come se fosse una celebrità, metto da parte tutti i pensieri su Peter e la gravidanza e le rivolgo un bel sorriso. "Ciao. Sono Sara. Tu devi essere Yulia?"

Non so se la moglie di Kent sia al corrente della mia situazione o meno, ma se non lo è, forse posso spiegarle la mia situazione e reclutarla per la mia causa. Per prima cosa, però, devo conoscerla un po', capire com'è.

"Sono proprio io." Con un sorriso luminoso, Yulia mi si avvicina e mi dà un bacio molto europeo sulla guancia. "Sono molto felice di conoscerti." Voltandosi verso Peter e i suoi uomini, sorride a tutti loro. "Ciao. Mi fa piacere conoscervi tutti."

Mentre gli uomini si presentano, mi rendo conto che la moglie di Kent parla un inglese-americano perfetto, senza alcun accento. Tuttavia, il suo nome mi fa pensare che provenga dall'Europa dell'Est—una congettura confermata quando Yan le dice qualcosa in russo, e lei risponde nella stessa lingua, con un sorriso a trentadue denti.

"Yan ha appena chiesto se il cibo sarà buono come quello dei suoi ristoranti" traduce Peter per me. "Yulia ne ha tre finora, e Yan a quanto pare è stato in uno di questi a Berlino."

"Oh." Mi rimangio il pensiero di prima; forse il cibo *sarà* davvero buono, come si direbbe dal profumo. "È straordinario. Complimenti."

"Grazie" dice Yulia, sorridendo ancora di più. "Ho moltissimo lavoro, ma lo adoro."

"Che cosa adori?" chiede Kent, entrando. Andando dritto da Yulia, la tira a sé, mettendole un braccio intorno alla vita con fare possessivo. Il suo volto duro è inespressivo, ma gli occhi chiari scintillano pericolosamente, mentre osserva Peter e i suoi uomini, con la postura che sembra un silenzioso avvertimento di tenere le mani—e gli occhi—giù dalla moglie.

"Gestire i miei ristoranti" spiega, sorridendo al suo grosso marito dall'aspetto minaccioso senza il minimo accenno di paura. Allungandosi, gli strofina la mano sui capelli corti. "A quanto pare, Yan è stato in quello di Berlino e gli è piaciuto."

"E perché l'avrebbe fatto?" L'espressione di Kent si addolcisce, mentre guarda Yulia. "Le tue ricette sono imbattibili, tesoro."

Lei arrossisce, e per un attimo sembrano ignari della nostra presenza. Gli sguardi che si scambiano sono teneri, così intimi che avvampo anch'io, nonostante il dolore agrodolce che mi trafigge il cuore.

Il matrimonio di Kent è davvero felice—e non posso fare a meno di invidiarlo.

"Cibo?" chiede Anton, e ridiamo tutti, mentre un'imbarazzata Yulia si libera della presa del marito e si affretta a tornare in cucina. Il padrone di casa la segue, e tornano un minuto dopo con dei deliziosi piatti dal profumo squisito che poggiano sul tavolo. Io e Peter entriamo in cucina per aiutarli a portare gli altri, e qualche minuto dopo gustiamo un pasto gourmet che supera i piatti più deliziosi che Peter abbia mai preparato per me.

"Dalle tue parti del mondo cucinano tutti così?" chiedo, stupita. Non solo ci sono due diversi tipi di pollo arrosto e agnello marinato, ci sono anche pesce affumicato, cinque diversi tipi di insalate, dolci e crepes ripiene di una varietà di stuzzicanti condimenti, e tanti piccoli contorni e piatti secondari che posso solo sperare di avere abbastanza spazio nello stomaco per provarli tutti. E tutto è disposto così splendidamente che ogni piatto somiglia a un'opera d'arte.

"No, sei solo stata fortunata con me—e siamo stati tutti fortunati con Yulia" risponde Peter, sorridendo. La sua espressione è rilassata, con il caldo sguardo d'acciaio che mi scruta. Se non mi avesse detto cinque minuti fa che intende a tutti i costi avere un bambino con me, sarebbe stato facile fingere di essere una coppia normale che sta cenando con un gruppo di amici.

Tutti affondano nel cibo, complimentandosi con Yulia boccone dopo boccone, ed è solo quando arriviamo a metà della cena che la discussione si concentra sull'attività. A quanto pare, Peter sa qualcosa sul traffico illegale di armi, compresi tutti i principali protagonisti, e ascolto affascinata, mentre lui e il nostro padrone di casa discutono delle assurde somme di denaro su cui mettere le mani—miliardi di dollari.

Non sapevo che il traffico di armi fosse così redditizio, né che il mio governo ne fosse di tanto in tanto coinvolto.

"Hai mai capito quel limite di produzione per l'esplosivo non rilevabile?" chiede Peter, allungandosi verso la pasta ripiena di un mix di shiitake-camembert—uno dei piatti più popolari tra i suoi uomini. "Era abbastanza richiesto, se ben ricordo."

"Lo è ancora, ma non troppo" risponde Kent, mentre Yulia mette un cucchiaio di insalata di granchio nel piatto. "Il materiale di base è così instabile che bisogna avere dei chimici altamente qualificati che supervisionino la procedura di fabbricazione passo dopo passo. E anche se potessimo ampliare la produzione, lo Zio Sam non sarebbe contento. Come potrai immaginare, gli americani sono abbastanza contenti di acquistare ogni lotto che produciamo, ogni volta che lo produciamo."

"Certamente." Peter agguanta dell'altra pasta per sé, prima che i gemelli Ivanov svuotino l'intero vassoio. "Frank lavora ancora per voi?"

"È andato in pensione qualche mese fa" dice Kent, e si allunga per giocare con la mano di Yulia, intrecciando le grandi dita abbronzate tra le sue. "Abbiamo un nuovo contatto della CIA ora—Jeff Traum. È duro, però. Detesta Esguerra e lavora con noi solo sotto costrizione."

"Come mai?" chiede Yan, sembrando molto interessato. "Gli avete fatto qualcosa?"

Kent alza le spalle. "Non proprio. Abbiamo dato una mano agli israeliani con qualche informazione un paio di volte, quindi può essere dovuto a quello. E quella cosa con Novak non ha aiutato."

Peter solleva le sopracciglia. "Il trafficante d'armi serbo?"

"Sì, quello." Kent lascia andare la mano di Yulia, serrando la bocca. "Sta interferendo con la nostra attività, e abbiamo dovuto reagire. Purtroppo, la CIA era nel bel mezzo di una pericolosa operazione quando siamo intervenuti, e abbiamo sparato ad alcuni agenti. Non volontariamente. Ma Traum è ancora incazzato, perché quell'operazione era tutto per lui."

"Sai, ne ho sentito parlare" dice Peter, riflettendo. Rivolgendosi ad Anton, chiede: "Ricordami una cosa... quella stronzata di cui i nostri hacker stavano parlando ad agosto—era avvenuta a Belgrado?"

"Esatto" conferma Anton, annuendo. "Due magazzini pieni di C-4, quindici carri armati e una fabbrica vicino a quel villaggio. È stata opera tua, Kent?"

Il sorriso del nostro padrone di casa è più affilato di una lama. "Certo. Dovevamo impressionare Novak con la nostra serietà. Abbassare i prezzi è una cosa, ma fare irruzione nella nostra struttura indonesiana e uccidere tutto il personale? È stata la *goccia* che ha fatto traboccare il vaso."

Ascoltando orribilmente affascinata, do un'occhiata a Yulia per vedere come sta reagendo a tutto questo. Ci si può abituare alle conversazioni durante le cene che ruotano intorno agli assassinii del personale e al far saltare in aria le fabbriche?

Ma la moglie di Kent mangia tranquillamente, apparentemente serena. O non si fa problemi sulla violenta attività del marito o è un'attrice straordinaria. Per qualche ragione, sospetto che sia un mix di entrambi, il che mi rende curiosa sul background di Yulia. Ha sempre fatto parte del settore della ristorazione? In caso contrario, che cosa faceva prima? Come ha conosciuto suo marito?

In generale, come si incontra un uomo di questo mondo, se il marito di una persona non ha la sfortuna di essere sulla lista di vendetta di un assassino?

Spinta dalla curiosità, mi alzo per aiutare, quando Yulia inizia a portare via i piatti. Cerca di declinare la mia assistenza, ma insisto per aiutarla a portare tutto in cucina, lasciando gli uomini a discutere di ciò che è successo a Belgrado. È importante che mi avvicini alla moglie di Kent, e non solo perché voglio sapere di più su di lei.

Se voglio avere la possibilità di allontanarmi prima del ritorno di Peter, avrò bisogno del suo aiuto.

"Di dove sei originariamente?" chiedo, mentre tira fuori diversi dessert da un frigorifero grande come quelli dei ristoranti. "Parli un inglese perfetto, ma il tuo nome..."

"È ucraino" spiega, sorridendo. "Anche se potrebbe facilmente essere russo. Il nome è comune in entrambi i Paesi. Se è difficile da pronunciare per te, puoi chiamarmi Julia— l'equivalente inglese."

Ricambio il sorriso e comincio a lavare i piatti sporchi. "Credo di poterlo pronunciare correttamente. *Yu-li-a*, giusto?"

Sembra soddisfatta. "Brava. Alcuni americani hanno difficoltà, ecco perché dico a tutti di chiamarmi Julia. La tua pronuncia è veramente buona, però, meglio di quella di molti altri."

"Grazie. Non mi sorprende—sono stata molto esposta alla lingua russa ultimamente" dico, sistemando i piatti sciacquati nella lavastoviglie. Spero che mi faccia qualche domanda, ma Yulia sorride e porta la prima serie di dessert nel salone, prima di tornare in cucina per prenderne altri.

Non ho altre occasioni per parlarle, perché continua a fare avanti e indietro, portando a tutti il tè e il caffè da accompagnare al dessert. Frustrata, torno al tavolo, dove gli uomini ora stanno discutendo della situazione in Siria e dei continui disordini in Ucraina. Cerco di seguire la conversazione, ma tanto varrebbe che parlassero in russo. Ogni due parole menzionano un luogo o un nome che non conosco, oltre a strane sigle come l'UUR. L'unica cosa che scopro è che l'attività di Kent ha a che fare con ogni genere di conflitto, dalla rivalità su piccola scala tra i cartelli della droga alle guerre tra nazioni.

Ogni uomo intorno a questo tavolo contribuisce, in un modo o nell'altro, alla morte e alla sofferenza nel mondo.

Ormai dovrei esserci abituata—vivo da mesi con un gruppo di assassini—ma ancora mi spaventa rendermi conto di quanto questo sia normale per loro e di quanto siano assolutamente indifferenti alla distinzione tra il bene e il male. Da dove provengo io, le persone si vergognano se non riciclano o donano gli abiti usati, figuriamoci se dicono o fanno cose per nuocere gli altri. Gli uomini cattivi nel mio mondo tradiscono le mogli, guidano ubriachi o si rifiutano di lasciare il posto a una donna incinta. Non uccidono per soldi, né vendono armi in grado di cancellare intere città.

Questo è un livello completamente diverso di malvagità.

Eppure, mentre mi ripeto questo, non posso fare a meno di ricordare che il tempo sta correndo, che ogni minuto che passa ci avvicina alla fine del pasto e alla partenza di Peter. Dopotutto, dovrebbe essere un sollievo che stia per partire, ma non riesco a sopprimere l'ansia che ribolle sotto la paura e la rabbia.

Nonostante tutto, non riesco a smettere di preoccuparmi per il mostro che dovrei odiare.

Presto, i dessert vengono consumati—soprattutto da Anton —e il tè finisce. Alzandosi, Peter e i suoi uomini ringraziano Yulia, lodando il pasto con tanti complimenti, e poi Anton e i gemelli si dirigono verso l'uscita, accompagnati dal nostro padrone di casa. Yulia scompare in cucina, e mi ritrovo da sola con Peter per la prima volta dalla sua rivelazione.

Avvicinandosi, mi strofina delicatamente le nocche sulla guancia. "Devo andare" dice sottovoce, e annuisco, cercando di ignorare il fastidioso nodo che si espande nella gola.

"Va bene" riesco a dire in modo semi-calmo. "In bocca al lupo."

*Fa' attenzione. Torna da me. Ho bisogno di te.* Ho la dolorosa confessione sulla punta della lingua, ma trattengo le parole, sopprimendo l'impulso di abbracciarlo e baciarlo. Non è il mio amante che sta partendo per la guerra; è il mio rapitore, il mio carceriere. Al suo ritorno, potrei essermene andata, e se non l'avrò fatto, avremo tra le mani la più grande battaglia di coscienza da combattere. Ciò che Peter desidera—mettermi incinta contro il mio consenso—è peggio del sequestro, più terribile della tortura.

Mi priverebbe della più elementare delle scelte e porterebbe un bambino innocente nell'intricata matassa della nostra relazione.

Peter sostiene il mio sguardo, e capisco che sta aspettando. Non so cosa, ma, quando continuo a rimanere in silenzio, fa una smorfia e lascia cadere la mano.

"Ci rivedremo presto" dice con voce cupa, voltandosi, e lo guardo, con il cuore a pezzi, mentre esce dalla stanza.

È APPENA PRIMA DELLA MEZZANOTTE, QUANDO ATTERRIAMO SU una pista privata vicino a Istanbul, a meno di cinque miglia dalla residenza suburbana del nostro bersaglio. Il nostro compito per stasera è quello di esaminare la zona di persona, come abbiamo fatto finora con le immagini satellitari e i droni.

Se tutto va bene, colpiremo tra pochi giorni.

Siamo tutti stanchi e storditi a causa del jet lag—è già mattina in Giappone—perciò la perlustrazione sarà breve. Anton e Yan si aggirano in auto nell'abitato recintato in cui si trova la villa, annotando i punti di riferimento chiave e le possibilità di fuga, mentre io e Ilya entriamo nell'abitato a piedi, sfruttando il cambio di turno della guardia per superare la recinzione di tre metri vicino al cancello principale.

Questo livello di sicurezza è stato pensato per tenere alla larga i normali criminali, non degli ex assassini degli Spetsnaz.

La parte difficile sarà la sicurezza della residenza di Arslan. Sebbene il posto sia nascosto come qualsiasi altra residenza di questa ricca comunità, è ben protetto, dai rivelatori di movimento a un piccolo esercito di guardie del corpo. Scanner retinici, sensori di peso, allarmi silenziosi, generatori di emergenza—ci sono eccessi su eccessi per la sicurezza del luogo, e per una buona ragione.

Quando si fa il doppio gioco con lo spietato oligarca che ti ha messo al potere, bisogna prepararsi al peggio.

Non appena entriamo nell'abitato, ci dirigiamo verso la villa di Arslan, facendo attenzione a tenerci lontano dalle telecamere collocate strategicamente agli incroci e davanti alla maggior parte delle sfavillanti case di lusso. Anche i vicini del nostro bersaglio—altri politici corrotti e ricchi uomini d'affari turchi—hanno dei nemici, sebbene nessuno sia potente come l'oligarca ucraino che è il nostro cliente.

Non ci avviciniamo alla proprietà di Arslan—sarebbe impossibile evitare le telecamere presenti lì—ma non ce n'è bisogno. Impieghiamo solo pochi minuti a disattivare gli allarmi della casa a tre piani all'estremità opposta della strada di Arslan—la residenza di un magnate dell'immobiliare, attualmente in vacanza in Tailandia. Una volta disattivati gli allarmi, saliamo sul tetto e collochiamo una telecamera a lungo raggio, in modo da poter osservare tutto ciò che accade nella casa del nostro obiettivo. Poi, ripetiamo la procedura con una villa sul lato opposto della strada, e poi con due residenze dell'isolato successivo, in modo da poter avere una vista a 360 gradi della residenza di Arslan.

Il modo più semplice e sicuro per uccidere il politico

sarebbe quello di eliminarlo con un fucile da cecchino. Purtroppo, le finestre della residenza sono antiproiettile, e ogni volta che il nostro obiettivo è fuori casa, è circondato dalle guardie del corpo. L'alternativa sarebbe quella di mettere una bomba telecomandata nella sua auto, ma cambia regolarmente i veicoli e senza alcun modello rilevabile—inoltre le auto sono sempre fortemente sorvegliate, persino quando sono solo parcheggiate in strada. Anche le consegne in casa sua sono attentamente controllate, così come ogni persona che entra ed esce dalla sua dimora.

A prima vista, la sicurezza di Arslan è impenetrabile, ma sappiamo che non lo è. La casa è sempre il luogo in cui tutti si sentono più al sicuro—e questo la rende una debolezza.

Lasciando le telecamere, io e Ilya ci dirigiamo fuori dall'abitato e arriviamo all'incrocio, dove Yan e Anton ci vengono a prendere. Passiamo il resto della serata in una casa privata che abbiamo affittato sotto false identità e organizziamo turni per guardare il filmato delle telecamere che abbiamo collocato.

Yan è il primo, seguito da Anton, quindi ho sei ore di sonno a disposizione prima di alzarmi per le mie tre ore di monitoraggio della telecamera. Ilya, il fortunato bastardo, ha avuto un totale di nove ore di riposo.

È durante il mio turno che notiamo del movimento all'interno della casa. Nonostante le serrande abbassate, vediamo le luci accese della camera da letto al secondo piano, seguite da altre luci al piano di sotto.

La famiglia Arslan si sta svegliando.

Ha pochi domestici: solo una governante, due cameriere e un maggiordomo/guardia del corpo che vivono lì. Le loro camere sono al piano di sotto, il che è positivo per il nostro piano. Le altre guardie—ventiquattro in tutto—sono posizionate sul retro. Per non essere appariscenti con i vicini, escono in piccoli gruppi a intervalli casuali per pattugliare la strada e il cortile ben curato che circonda la residenza.

Guardando le telecamere, annoto l'ora e segno lo schema delle luci al piano di sopra. Le persone sono abitudinarie, anche quelle istruite dalle guardie del corpo per essere il più imprevedibili possibile.

"Tieni d'occhio l'orario di partenza" dico a Ilya, quando viene per sostituirmi. "Sappiamo che lascia la casa ogni giorno a un'ora diversa, ma voglio vedere quanto tempo passa tra quelle luci accese e la sua partenza."

Ilya annuisce e si siede davanti al computer, mentre mi dirigo in una delle camere per un pisolino. Le tempie mi scoppiano a causa del mal di testa, e ho bisogno di riposare per essere lucido quando pianificheremo l'attacco.

Non appena chiudo gli occhi, però, la mia mente pensa a Sara e alla nostra tesa separazione. Ho provato a non pensarci, a concentrarmi esclusivamente sul lavoro, ma non posso fare a meno di richiamare alla mente l'espressione ferita sul suo viso, quando ho ammesso le mie intenzioni... quando ho confermato che non ho dimenticato i preservativi e che non si è trattato di un incidente.

Non l'avevo capito nemmeno io fino a quel momento; non sapevo di aver ceduto ai miei desideri più profondi, finché non ho sentito quelle parole uscirmi dalla bocca. Non appena le ho pronunciate, però, ho capito che era la verità. Non sarà stata una decisione consapevole quella di metterla incinta, ma non si è trattato nemmeno di un errore. A un livello primitivo e istintivo, ho *scelto* di riempirla con il mio seme, di renderla mia nel modo più viscerale possibile.

L'unica volta in vita mia in cui ho dimenticato la contraccezione è stata a Daryevo tutti quegli anni fa, quando Tamila mi ha sedotto prima che io mi svegliassi.

Aprendo gli occhi, fisso il soffitto dell'inconsueta camera da letto. Nonostante la reazione di Sara, mi sento più leggero, come se mi fossi tolto un peso dal petto. È una liberazione poter abbracciare la parte peggiore di me, lasciar andare gli ultimi pezzettini di scrupoli morali. Non so perché io abbia resistito così a lungo, perché abbia provato così duramente a combattere per il suo amore, quando è determinata ad aggrapparsi all'odio.

Ormai è chiaro che qualunque cosa io faccia, Sara non dimenticherà il passato, e se è così, tanto vale che abbia un altro motivo per odiarmi.

Deciso, chiudo gli occhi e cerco di rilassare i muscoli tesi.

Quando tornerò, non ci saranno più preservativi. In un modo o nell'altro, Sara avrà un figlio da me.

Se non riesce ad amarmi, amerà una parte di me.

S*ara*

IMPIEGO DIVERSI MINUTI A RICOMPORMI DOPO CHE PETER SE NE va, e quando mi dirigo in cucina per parlare con Yulia, Kent torna e mi riporta gentilmente, ma con fermezza in camera.

"Dovresti dormire un po'" dice, e a giudicare dall'espressione implacabile sul suo viso, posso dire che userà la forza fisica per farmi obbedire, se necessario.

Non ha alcuna intenzione di aiutarmi, di questo sono certa.

"Grazie per la tua ospitalità" dico, quando arriviamo in camera mia, e annuisce, con un'espressione imperscrutabile.

"Buonanotte, Sara" dice, e, quando chiude la porta dietro di sé, sento il debole scatto di una serratura.

Attendo trenta secondi, poi provo la maniglia della porta per confermare i miei sospetti.

Ovviamente, mi ha chiusa a chiave.

Facendo un respiro per calmarmi, cammino verso la grande finestra. La parte inferiore dovrebbe aprirsi scivolando verso l'alto, ma per quanto cerchi di spingerla su, il vetro spesso non si muove. O è sigillato o è semplicemente troppo pesante per me. Un vetro antiproiettile, forse? Avrebbe senso, data la professione di Kent.

Comunque sia, aprire la finestra è fuori discussione.

Così, esamino la piccola finestra del bagno. Ha lo stesso vetro spesso della finestra in camera da letto, e ci sono due problemi aggiuntivi: è troppo piccola per lasciarmi strisciare fuori, e non vedo meccanismi di apertura di alcun tipo.

Frustrata, lascio stare le finestre e mi avvicino all'armadio e al comò, cercando un telefono dimenticato o un vecchio tablet. Le probabilità di trovare simili dispositivi qui sono molto esigue, ma in casa la gente tende a lasciare i dispositivi elettronici ovunque, ed è fattibile che Kent e sua moglie l'abbiano fatto. Dopotutto, questa è la loro casa, non un luogo dove tengono regolarmente dei prigionieri.

Almeno, spero sia così.

Purtroppo, non trovo niente. L'armadio e il comò conservano quello che ci si aspetterebbe di trovare in una camera per gli ospiti: lenzuola e asciugamani extra, oltre ad alcuni articoli da bagno non aperti.

Sentendomi sempre più stanca e sconsolata, decido di fare una doccia e di riposare, come ha suggerito Kent.

Con un po' di fortuna, domani riuscirò a parlare con Yulia.

A questo punto, lei è la mia migliore amica, se non la mia unica speranza.

～

CON MIA DELUSIONE, NON VEDO YULIA IL GIORNO DOPO, NÉ posso uscire dalla mia stanza. Kent stesso mi porta i pasti—un mix di rimanenze della cena e nuovi intrugli da intenditori indubbiamente preparati dalla moglie—e poi porta via i piatti un'ora dopo. Non so se stia cercando intenzionalmente di tenermi lontana da Yulia, o se sia solo una sfortunata coincidenza, ma la sera impazzisco, con la frustrazione per la mia situazione che si mescola alla crescente preoccupazione per Peter. Tutto quello che ho sono dei libri che Kent mi ha portato intorno all'ora di pranzo, e non è abbastanza per impedirmi di pensare ai pericoli che la squadra di Peter probabilmente sta affrontando in questo momento.

"Li hai sentiti? Stanno bene?" chiedo a Kent, quando mi porta la cena. Il duro trafficante d'armi mi intimidisce, ma sono determinata a non darlo a vedere.

Dopotutto, vivo da mesi con quattro criminali altrettanto pericolosi.

Alla mia domanda, Kent sembra divertito. "Vuoi sapere se stanno bene?"

Annuisco, anche se una fiamma mi fa avvampare. So come deve sembrare. Visto il trattamento di Kent fino a questo momento, evidentemente sa che non sono qui di mia iniziativa. Tuttavia, preferisco che pensi che sia affetta dalla Sindrome di Stoccolma che continuare a rimanere all'oscuro e preoccuparmi per Peter tutta la notte.

"Stanno bene" dice Kent, mettendo il vassoio sul comò. Il suo viso è di nuovo inespressivo, anche se un accenno di divertimento brilla nelle gelide profondità dei suoi occhi. "Peter mi ha mandato un messaggio un paio d'ore fa, chiedendomi di te. Per ora, stanno solo raccogliendo informazioni per l'attacco, quindi dubito che succederà qualcosa stasera. Puoi dormire tranquilla."

Tiro un sospiro di sollievo. "Grazie."

Annuisce e si gira per andarsene, ma decido di tentare la fortuna. "Aspetta, Lucas... dov'è Yulia? È tutto il giorno che non la vedo, e volevo ringraziarla per quei deliziosi pasti."

Mi rivolge un'occhiata indecifrabile. "La ringrazierò da parte tua."

Dovrei comportarmi come una brava prigioniera e lasciar perdere, ma non ho intenzione di cedere così facilmente. "Preferisco farlo di persona, se non ti dispiace" dico, con un sorriso leggermente imbarazzato sulle labbra. "È davvero così occupata? C'è una cosa che volevo chiederle... su alcune cose femminili, sai..."

"Ah." Kent sembra nuovamente divertito. "Yulia mi ha detto di dirti che gli assorbenti e gli altri articoli da ragazza sono nell'armadietto sotto al lavandino."

"Oh, non si tratta di questo" dico subito, anche se era proprio questo che stavo suggerendo. "Si tratta di un'altra cosa."

Solleva le sopracciglia. "Oh? E di cosa?"

Cazzo. Contavo sul fatto che fosse come la maggior parte degli uomini, che si imbarazzano quando si confrontano con la realtà delle funzioni biologiche femminili. Riflettendo velocemente, dico: "Di una crema per qualcosa. Non fa niente, però; sono sicura che andrà via da solo."

La sua espressione non cambia. "Dimmi quale crema è, e vedrò se possiamo acquistarla."

"*Monistat*" dico, guardandolo dritto in faccia, mentre menziono un famoso trattamento per la candida. "Il nome generico è *miconazolo*. È per—"

"La candida. Lo so." Non sembra affatto imbarazzato. "Lo acquisteremo per te."

Digrigno i denti. "Va bene, grazie."

*È* determinato a tenermi lontana da Yulia, e questo mi fa venir voglia di parlarle ancora di più.

~

IL GIORNO SEGUENTE TRASCORRE IN MANIERA SIMILE, CON ME chiusa tutto il giorno in camera. L'unica differenza è che, a cena, Kent mi aggiorna su Peter di propria iniziativa.

"Stanno pensando di agire dopodomani, in mattinata" dice, poggiando il mio vassoio di cibo sul comò. "Se c'è qualche cambiamento, ti farò sapere."

Guardo il trafficante d'armi. "Va bene, grazie."

Mi sento come se avessi un'ascia—un'ascia che si muove molto lentamente—sulla testa. Temo sia il fallimento di questa operazione in Turchia che il suo successo. Se qualcosa andrà storto, perderò Peter e riotterrò la mia vecchia vita, e se tornerà indenne, rimarrò legata a lui per sempre, legata da un figlio che vuole avere con me.

L'unica via d'uscita è fuggire prima che Peter torni, e non vedo come sia possibile, visto che sono ancora più prigioniera qui di quanto non lo fossi in Giappone.

Kent se ne va, e mangio la cena con il pilota automatico, gustando appena il saporito cibo. Sul vassoio, insieme ai piatti coperti, c'è il tubicino della crema che ho chiesto—cosa di cui non ho assolutamente bisogno; l'ho chiesta solo per spiegare la mia necessità di parlare con Yulia. Ora che sono passati due giorni, sono ancora più convinta che la bellissima bionda potrebbe comprendere la mia situazione—se solo potessi spiegargliela dettagliatamente.

Concludendo il pasto, studio la crema, notando che è confezionata in modo un po' diverso da come sono abituata a vederla negli Stati Uniti. Non mi sorprende, naturalmente. Siamo in Europa. Anche la pillola del giorno dopo giapponese non sembrava affatto simile a quella a cui ero abituata.

*La pillola del giorno dopo...*

Respirando, salto in piedi, non riuscendo a contenere l'improvvisa emozione. Non so come abbia fatto a non pensarci prima, ma se Kent è stato disposto ad acquistare questa crema per me, c'è una possibilità che possa farmi avere ancora qualcos'altro—come la pillola di cui ho tanto bisogno.

Il mio primo istinto è quello di correre verso la porta e di bussare finché il mio carceriere non viene, in modo da poter cominciare subito il mio piano. Tuttavia, non sarebbe saggio. L'impazienza potrebbe insospettire Kent, forse addirittura spingerlo a consultare Peter.

Facendo un respiro per calmarmi, mi sforzo di sedermi e aspetto che Kent torni a riprendere il vassoio. Per avere le migliori possibilità di successo, devo essere astuta.

Devo fingere di avere un altro motivo per parlare con Yulia.

L'attesa sembra interminabile, anche se l'orologio mi dice che è passata solo un'ora. Alla fine, Kent apre la porta, e procedo col mio piano.

"Allora" dico con fare indifferente, mentre entra: "Yulia è ancora occupata? Vorrei *tanto* parlarle."

Il trafficante d'armi mi guarda con freddezza. "Perché? Si tratta di un altro prodotto femminile?"

Cerco di sembrare imbarazzata. "Sì, in realtà. Mi dispiace

aver dimenticato di parlarne ieri, ma è qualcosa di cui ho davvero bisogno."

"E sarebbe?"

"*Plan B*." Lo guardo nel modo più innocente possibile. "Sai che cos'è? Ci sono anche altre marche, come *Next Choice, My Way*—"

"D'accordo. Lo avrai presto."

E prendendo rapidamente il vassoio, si dirige verso la porta.

4 4

*S*ara

QUELLA NOTTE, MI RIGIRO NEL LETTO, TORTURATA DALLA preoccupazione per l'imminente operazione di Peter e dalla consapevolezza che, nonostante la mia piccola vittoria di questa sera, la pillola non farà che ritardare l'inevitabile. Ogni volta che affondo nel sonno leggero, mi sveglio con il cuore che mi batte forte, come se avessi un attacco di panico. Mi ricorda i primi mesi dopo l'aggressione di Peter nella mia cucina, quando gli incubi riguardanti la tortura con l'acqua e gli uomini spietati con gli occhi grigi erano la mia realtà notturna.

Alla fine, rinuncio all'idea di dormire e mi alzo per andare al bagno. Non ha alcun senso, ma quello che voglio di più al momento è Peter. Voglio il suo calore nell'oscurità e quelle braccia forti intorno a me, che mi stringono. Voglio la sua voce profonda che mi chiama "ptichka" e che mi dice quanto mi ama.

Mi manca il mio tormentatore, sto male per lui con ogni fibra del mio essere—anche se temo il suo ritorno.

Avvicinandomi al ripiano del bagno, accendo la luce, fissando il mio viso pallido nello specchio. Ho gli occhi rossi, circondati da cerchi scuri, e i capelli sono in disordine. Scommetto che se Peter mi vedesse ora, non sarebbe così smanioso di avermi.

Naturalmente, questo ammesso che il mio aspetto sia la ragione per cui è così fissato con me—un'ipotesi probabilmente errata. So di essere attraente, ma nemmeno lontanamente bella come Yulia. No, qualunque cosa sia a legare Peter a me—e viceversa—va più in profondità dell'attrazione in superficie. Lui lo sa, e lo so anch'io. C'è qualcosa dentro di noi che ci unisce come due pezzi di porcellana rotti... qualcosa di oscuro e perverso che attira l'uno ai difetti dell'altra.

Sto per aprire il rubinetto per lavarmi il viso quando un suono raggiunge le mie orecchie.

Mi blocco, ascoltando attentamente, e poi lo sento ancora.

Il gemito di una donna, seguito da un grugnito soffocato di un uomo.

Avvampo, quando mi rendo conto di quello che sto ascoltando.

Questo bagno dev'essere proprio sotto la camera da letto di Lucas e Yulia, con il condotto di ventilazione che collega i due piani.

So che dovrei tornare a letto e concedere loro la privacy, ma le mie gambe rifiutano di muoversi. Se non altro, questo è più divertente dei thriller che Kent ha lasciato per me. Arrossendo e sentendomi una pervertita, ascolto i rumori del piano di sopra aumentare di volume, prima di culminare in un evidente climax.

Quando cala di nuovo il silenzio, apro il rubinetto con mani instabili e mi spruzzo l'acqua fredda sul viso caldo. È stata una cattiva idea, perché non solo ho violato la privacy dei miei padroni di casa/carcerieri, ma sono così eccitata che non riesco a tornare a dormire. I miei capezzoli sono duri, e il sesso è scivoloso e dolorante dal bisogno.

Inoltre, Peter mi manca più che mai.

Con un leggero gemito, torno a letto. Come immaginavo, non riesco ad addormentarmi, così mi allungo sotto la coperta e gioco con me stessa, finché non vengo, pensando tutto il tempo a Peter.

Nonostante la notte inquieta, mi sveglio presto la mattina seguente, e, mentre mi preparo a lavare i denti, sento dei passi al piano di sopra, seguiti da voci tese.

A quanto pare, i Kent stanno litigando.

Insopportabilmente curiosa, metto giù lo spazzolino e ascolto.

All'inizio, le loro voci sono soffocate, come se fossero dall'altra parte della stanza, ma poi si avvicinano al condotto—e il mio battito cardiaco accelera, quando mi rendo conto del motivo della loro discussione.

*Io.*

"Come puoi esserne così sicuro?" dice Yulia animatamente. "È la vedova del suo nemico. Le ha ucciso il marito e l'ha rapita. Non ti sembra un maltrattamento? Le ha impedito di decidere e le ha rovinato la carriera. Quella donna è un medico—un *medico*, Lucas. Non è come te e me. Non ha mai fatto parte di questo mondo—"

"Ora ne fa parte" interviene Kent, con voce dura. "E non sono affari nostri. Gli devo un favore, e lei lo è."

"*Lei* è un essere umano, non un favore. Almeno, lasciami parlare con lei, scoprire se la maltratta—"

"Perché? Per fare cosa? Lasciarla andare e finire sulla sua lista? Sai quali bersagli ha la sua squadra in questi giorni. Non abbiamo bisogno di affrontare anche quella merda, oltre alla situazione di Novak."

"No, certo che no." Yulia sembra frustrata. "Ma è un'innocente, Lucas, ed è ospite in casa nostra. Devo assicurarmi che tu abbia ragione e che lei lo *voglia*—perché altrimenti non starei bene con me stessa. Lo capisci, vero?"

Suo marito resta in silenzio per qualche momento, e mi mordo il pollice, con il cuore che mi martella, mentre ascolto la risposta. Avevo ragione a riporre le speranze in Yulia; lei *comprende* la mia condizione.

"Capisco" dice Kent alla fine. "Ma non posso farci niente. Non metterò la tua vita in pericolo per questa donna."

"Ma—"

"Ma niente. Sokolov mi ha chiesto di tenerla al sicuro per lui, e questo è esattamente quello che farò."

"Lucas..." La voce di Yulia si addolcisce, diventando più persuasiva. "Lasciami parlare con lei. È tutto quello che chiedo. Non farò niente senza consultarti. Non sono stupida, e non voglio inimicarmi Peter. Voglio solo assicurarmi che stia bene... rassicurarla, se ha paura. Non ci sarebbe niente di male, no? Solo una chiacchierata."

Kent non risponde, anche se sento dei fruscii, seguiti da un rumore metallico—forse la fibbia di una cinta?

"Yulia..." Kent alza la voce. "Tesoro, non devi—oh cazzo. Cazzo..." Le sue parole finiscono con un gemito, e arrossisco, rendendomi conto un'altra volta di quello che sto ascoltando.

Sentendomi doppiamente una pervertita, rimango in silenzio—per vedere se parlano di nuovo di me, dico a me stessa—ma quando tutto quello che sento per i dieci minuti che seguono sono i rumori del sesso, mi sforzo di finire di lavare i denti e torno in camera mia.

Forse, la tattica persuasiva di Yulia funzionerà, e potrei trovare una via d'uscita da questa situazione.

Almeno, ora ho una speranza concreta.

Trascorriamo il resto della giornata prima dell'attacco a ripassare le diverse versioni del piano, calcolando le probabilità di successo e trovando soluzioni ai possibili problemi. Il nostro piano è rischioso, ma ha buone probabilità di funzionare—ammesso che la tempistica sia giusta.

Durante la notte, siamo più pronti che mai, e questo è positivo, visto che il nostro cliente, l'oligarca ucraino, sta diventando impaziente. Tra due giorni, Arslan dovrebbe votare un disegno di legge che comprometterebbe il lavoro del nostro cliente in Turchia, e dobbiamo agire prima che succeda.

Quando chiudo il portatile per riposare qualche ora prima del mio turno, Anton mi chiama, con un tono insolitamente emozionato.

"Guarda" dice, con l'adrenalina che mi inonda le vene, quando vedo una nuova e-mail da parte dei nostri hacker.

Rapidamente, la leggo sullo schermo di Anton, e un sorriso selvaggio si diffonde sul mio viso.

Il mio avversario finalmente ha commesso un errore.

La moglie di Walter Henderson III, Bonnie, è stata in un'enoteca di Marlborough, nella Nuova Zelanda—cosa che abbiamo scoperto grazie a una foto pubblicata su Instagram dall'inconsapevole proprietario dell'enoteca. Il programma di riconoscimento dei volti degli hacker lo ha scoperto poche ore dopo la sua apparizione online.

"Preparati" dico ad Anton e ai due gemelli, quando finisco di leggere l'e-mail. "Domani, appena avremo finito qui, partiremo per la Nuova Zelanda."

"E Sara?" chiede Ilya. "La lascerai con Kent?"

Esito, poi scuoto la testa. "No." Non posso sopportare di stare lontano da lei un giorno di più. "Verrà con noi."

E prima di andare a letto, chiamo Lucas per sapere come sta.

## 46

S*ara*

TRASCORRO LA GIORNATA CAMMINANDO AVANTI E INDIETRO PER la stanza, con l'ansia che si intensifica ad ogni ora che passa. A cena, sono sul punto di strapparmi i capelli.

Tra meno di dodici ore, la pericolosa missione di Peter avrà inizio, e Yulia non è ancora venuta a parlarmi—né suo marito mi ha portato la pillola come aveva promesso.

"Dovrei averla nel pomeriggio" ha detto, quando mi ha consegnato il pranzo. "Anche se è più probabile entro domani."

Domani sarebbe troppo tardi, ma ho tenuto la bocca chiusa, non volendo che il mio carceriere sapesse che ho davvero bisogno di quella pillola. Se non altro, posso conservarla per il futuro, e pregare che il periodo fertile non sia stato così fertile questo mese.

Qualcuno che bussa alla porta interrompe la mia camminata avanti e indietro.

"Sara?" chiede una voce femminile. "Posso entrare?"

Il mio battito cardiaco aumenta dalla gioia. "Sì! Prego."

La porta si apre, e Yulia entra nella stanza, tenendo un pesante vassoio con i piatti coperti.

"Ecco, aspetta, lascia che ti aiuti." Corro da lei, trattenendo a stento l'emozione, mentre l'aiuto a mettere il vassoio sul comodino.

Mi sorride. "Grazie. Come sta andando il tuo soggiorno?"

"Bene" rispondo, ricambiando il sorriso. "E ovviamente, il cibo è delizioso. Ti ringrazio tanto per questo."

Gli occhi azzurri di Yulia brillano dalla soddisfazione. "Prego. E come va tutto il resto? Hai tutto quello di cui hai bisogno? Lucas ha detto che hai chiesto alcuni farmaci..."

Annuisco, poi decido di andare dritta al punto. Con Peter che probabilmente tornerà domani, non ho tempo da perdere, e so già che Yulia è dalla mia parte. "Ho bisogno della pillola del giorno dopo" dico sinceramente. "E oggi è l'ultimo giorno che posso prenderla."

Resta a bocca aperta dalla sorpresa. "Oh. Wow. Lucas non me l'ha detto. Ha mandato una delle sue guardie in città a prendere alcune cose, ma so che è successo qualcosa e che il ragazzo si è distratto. Fammi vedere se l'ha acquistata, ok?"

"Aspetta." Afferro il braccio esile di Yulia, mentre si allontana. "Ti prego. Ho bisogno del tuo aiuto."

Il suo volto diventa inespressivo. "Che cosa vuoi dire?"

Lascio cadere la mano. "Devo andarmene. Ora. Stasera. Prima che torni Peter. Ti prego, è molto importante. Non sono la sua ragazza; sono la sua prigioniera. Mi ha rapita, e ora—"

"Aspetta, Sara. Per favore." Solleva la mano, con il palmo

rivolto verso l'esterno. Anche se sembra calma, vedo che è in difficoltà. Evidentemente non si aspettava che avrei implorato così apertamente il suo aiuto. "Sta abusando di te? Ti ha fatto del male?" chiede con cautela.

"Mi ha minacciata con un coltello e mi ha torturata con l'acqua" dico, e mi sento subito in colpa per l'orrore sul volto di Yulia. Forse dovrei specificare che la tortura è avvenuta prima della nostra relazione, che è solo iniziata in quel modo, ma, se voglio davvero ottenere aiuto, non posso permettermi di dipingere la prigionia sotto una luce rosa.

Per quanto Yulia possa sembrare gentile e comprensiva, non posso dimenticare che è la moglie di un trafficante d'armi e che potrebbe avere una visione della moralità diversa da quella della maggior parte delle persone.

"Inoltre, vuole un figlio da me" continuo, insistendo mentre è ancora scioccata. "Ecco perché ho bisogno della pillola del giorno dopo oggi. Tra altre due ore, sarò fuori dall'arco delle trentasei ore. Non che la pillola sarebbe di grande aiuto, se sarò ancora qui al ritorno di Peter. Farà quello che vuole con me, e nessuno lo fermerà. Per favore, Yulia"—le prendo di nuovo il braccio—"non dovrai nemmeno lasciarmi andare. Basterebbe una telefonata o un'e-mail. Nessuno verrà a sapere che sei stata tu ad aiutarmi. Ti prego."

Impallidisce sempre di più ad ogni parola che dico, e mi sento quasi male. Mi rendo conto dell'impossibile situazione in cui la sto mettendo. Anche se sembra chiudere un occhio davanti all'attività del marito, Yulia non è come lui—perlomeno è abbastanza empatica da mettersi nei miei panni. Allo stesso tempo, sa quanto è pericoloso Peter e cosa rischierebbe, se lo tradisse.

"Stai—" Si schiarisce la gola. "Stai con lui perché lo vuoi? La prima sera, a cena, ho percepito la tensione tra voi, ma il modo in cui ti guardava... E poi, il modo in cui l'hai guardato quando l'hai salutato... Entravo e uscivo dalla cucina, ma credo di aver visto— Ho avuto l'impressione sbagliata? Ti sta facendo del male? Ti costringe ogni volta?"

Avvampo, imbarazzata da quella domanda così intima, e lascio di nuovo cadere la mano. "Non è— Voglio dire, mi ha rapita. Secondo te?"

Con mia grande sorpresa, sembra a disagio. "Credo che a volte sia complicato" dice un attimo dopo. "Non tutte le relazioni seguono lo stesso percorso, e ci sono momenti in cui..." Si ferma, come se ci avesse ripensato.

Accigliata, la guardo. C'è una storia lì dietro, ma qualunque essa sia, non posso concentrarmici. Devo convincerla ad aiutarmi prima che sia troppo tardi.

"Yulia, ti prego" dico. "Questa è la mia unica possibilità. *Tu* sei la mia unica possibilità. Se torna e sono qui, non rivedrò mai più i miei genitori, non avrò mai più alcun controllo sulla mia vita... Per favore. So che capisci la mia situazione. Peter Sokolov ha ucciso mio marito e mi ha torturata. Mi ha seguita e rapita, e mi ha tenuta prigioniera per quasi cinque mesi. Devo andarmene prima che torni, e tutto quello che devi fare è lasciarmi telefonare. Solo per un secondo. Potrei contattare l'FBI e poi—"

"E poi avremmo tutte le autorità in casa nostra" dice Kent, spalancando la porta senza bussare. La sua mascella quadrata è serrata dalla rabbia, con gli occhi chiari simili a fessure, mentre attraversa la stanza e afferra la mano di Yulia con durezza. "Andiamo" dice alla moglie, digrignando i denti, e osservo con crescente disperazione mentre la trascina fuori dalla stanza.

"Mi dispiace" mormora Yulia, prima che lui chiuda la porta, bloccandomi di nuovo all'interno, e mi rendo conto che è finita.

La mia unica possibilità di fuga è sfumata.

PIANGO PER DUE ORE PRIMA DI ADDORMENTARMI—E DEVO SUBITO affrontare una serie di incubi. Non so perché mi stia accadendo di nuovo, ma quando mi sveglio, tremante e sudata per un altro vivido sogno in cui annego nel lavandino della mia cucina, capisco che non riuscirò a dormire stanotte.

Gettando via la coperta, muovo le gambe per alzarmi, quando la serratura della porta scatta e la porta si apre lentamente.

Spaventata, afferro la coperta per coprirmi, ma non entra nessuno nella mia stanza.

Avvolgendola intorno al corpo, corro verso la porta, e in fondo al corridoio vedo una figura alta e snella che scompare dietro l'angolo, con i capelli biondi che splendono come un faro nell'oscurità illuminata dalla luna.

*Yulia.*

È tornata per me.

Non ho idea di come abbia fatto a liberarsi del marito, ma non perdo tempo a mettere in discussione la mia fortuna. Indossando in fretta un abito e un paio di sandali, attraverso il corridoio e mi dirigo in cucina, facendo attenzione a non fare rumore.

Ho bisogno di trovare un telefono o un computer—qualunque cosa possa mettermi in contatto col mondo esterno.

"Ecco." Mi ritrovo un paio di chiavi in mano, e sopprimo un grido, quando Yulia appare davanti a me dalla parete alla mia destra. Con la luce della luna che filtra dalle grandi finestre, il suo pallido viso sembra provenire da un altro mondo. "La Mercedes è proprio qui fuori" sussurra, prima che io possa riprendermi dallo shock. "Ho disattivato gli allarmi perimetrali, ho aperto i cancelli automatici e ho diretto i droni sulla spiaggia. Hai dieci minuti a disposizione, chiaro? C'è un benzinaio sette chilometri a sud-ovest. Arriva lì, e troverai un telefono."

Annuisco, con il cuore che mi batte forte, mentre stringo le chiavi che mi ha dato. "Grazie. Grazie, davvero."

"Vai." Guardandosi le spalle con aria preoccupata, Yulia mi spinge verso la porta d'ingresso, e non spreco nemmeno un secondo di più.

Con le chiavi in mano, corro fuori dalla casa e salto in macchina.

eter

"CINQUE MINUTI" SUSSURRO NEL MICROFONO DELLE CUFFIE. "Tenetevi pronti."

Sono passati esattamente venti minuti da quando le luci sono apparse al secondo piano della villa di Arslan. Ciò significa che il nostro bersaglio uscirà dalla porta d'ingresso e salirà sull'auto antiproiettile tra cinque/dieci minuti a partire da adesso. Come avevamo sperato, è una creatura abitudinaria, con la routine del mattino quasi sempre uguale. Il tempo che trascorre fuori casa varia, così come il percorso per andare al lavoro e il posto in cui le guardie del corpo lasciano la sua auto, ma questo—il tempo che trascorre in casa, sentendosi al sicuro mentre fa colazione—è del tutto prevedibile.

Tra pochi minuti, ci sarà una piccola opportunità, mentre è fuori all'aperto con le guardie del corpo, e a quel punto colpiremo.

"Il lanciamissili è carico, e Ilya ha l'auto pronta" mi riferisce Yan nelle cuffie. È sul tetto della casa dall'altra parte della strada in cui siamo io e Anton.

"Bene." Osservo Anton, che è sdraiato sullo stomaco accanto a me, guardando nel mirino del fucile da cecchino. "Sei pronto?"

Annuisce, senza distogliere l'occhio dal bersaglio. "Sparerò alla testa, nel caso indossino il giubbotto antiproiettile."

"Bene." Spostando l'attenzione sul mio M110, prendo la mira. I colpi alla testa sono difficili, soprattutto quando i tuoi obiettivi iniziano a reagire, ma sono il modo migliore per garantire che un professionista muoia.

Sotto ai vestiti si nasconde troppo spesso un giubbotto antiproiettile.

I secondi passano, l'uno più lungo dell'altro. È facile diventare impazienti in un momento del genere, così cerco di stabilizzare il respiro e di assicurarmi che niente mi ostacoli la visuale.

Questo è troppo importante per rovinare tutto.

Il pensiero di Sara mi frulla per la testa. Mi chiedo che cosa sta facendo, se sta ancora dormendo o se è già in piedi. Per quanto questo sia emozionante per me—e lo *è*, non posso mentire—preferirei essere a casa in Giappone, a stringerle il corpo caldo e nudo, mentre si sveglia. In soli pochi mesi, il mio passerotto è diventato più importante di qualsiasi altra cosa al mondo, con la passione per lei che mette in secondo piano qualunque altra cosa di cui un tempo mi importava.

Il rumore di una porta che si apre mi distoglie dai pensieri.

"Sta arrivando" sussurra Yan nell'auricolare, e mi sforzo di concentrarmi.

Avrò tempo per Sara più tardi.

Se sopravvivo oggi, voglio dire.

4 8

 _ara_

*DIECI MINUTI*. GLI PNEUMATICI DELL'AUTO STRIDONO, MENTRE esco dal lungo vialetto e attraverso i cancelli aperti, stringendo il volante così duramente che le mie dita scavano nella pelle.

Ho solo dieci minuti.

Dieci minuti, ammesso che la stima di Yulia fosse corretta. Non so come abbia fatto a sfuggire al pericoloso marito e a disattivare tutte quelle misure di sicurezza, ma è del tutto possibile che lui mi stia già dando la caccia.

Non ci sono luci lungo questa strada, nessun cartello stradale—niente che indichi dove sto andando. La luna e i fari della mia auto sono le uniche fonti di illuminazione. Non ho idea di quale sia il sud-ovest, così, quando raggiungo una strada a due corsie, svolto casualmente a sinistra, procedendo per istinto.

Se ho sbagliato strada, sono rovinata.

Il cuore mi martella nel petto, con il respiro forte nelle orecchie. Il sudore si accumula sotto le ascelle e mi cola lungo i fianchi, con le ginocchia che tremano, mentre spingo sul pedale dell'acceleratore. Guidare sul lato sinistro della strada, con il volante sul lato sinistro della vettura, è molto strano per un'americana come me, ma non oso rallentare.

*Otto minuti.*

*Sette minuti.*

Posso farcela.

Devo farcela.

I fari di un'automobile che si sta avvicinando mi accecano, facendo alzare i livelli di adrenalina. È Kent? Le sue guardie?

L'auto mi supera senza fermarsi e tiro un sospiro di sollievo, sollevando il piede dal pedale dell'acceleratore, quando la strada curva bruscamente davanti a me. L'ultima cosa di cui ho bisogno è perdere il controllo della macchina e andare a sbattere contro il guardrail, come ha fatto George quella terribile notte. Anche con velocità ridotta, sto viaggiando a 110 chilometri orari. Se la stazione di servizio è a sette chilometri, dovrei farcela ampiamente.

Passa un altro minuto, prima della prossima curva, e li vedo.

Altri fari, questa volta dietro di me.

Stringendo il volante ancora più forte, spingo nuovamente sul pedale del gas.

Anche l'auto dietro di me accelera.

Ho il cuore in gola. Con la coda dell'occhio, intravedo il cartello del limite di velocità. Indica 50 km/h—sessanta, no, *settanta* chilometri in meno della mia attuale velocità. E se quell'auto continuerà ad avvicinarsi, dovrò accelerare ancora di più.

È ufficiale.

Mi stanno seguendo.

La strada curva di nuovo, e trattengo un urlo quando un'altra macchina sfreccia, con i fari che mi accecano per un lungo secondo. La fiancata della mia auto graffia il guardrail, producendo scintille mentre il metallo stride sull'altro metallo. Sospirando, alzo il piede dall'acceleratore e mi allontano dal guardrail, avvicinando l'auto al centro della strada tortuosa.

I fari che mi inseguono sono sempre più vicini, e, quando la strada curva di nuovo, vedo due auto dietro di me, ognuna grande e scura. Due SUV. Il battito del cuore ora è un tumultuoso ringhio nelle orecchie, con le mani così sudate che mi scivolano sullo sterzo. Combattendo il panico, premo di nuovo sul pedale del gas, ma le macchine dietro di me accelerano, e con la curva a destra una mi affianca, mentre l'altra si mette davanti a me.

La disperazione prende il sopravvento.

È finita.

Mi hanno presa.

Tremando, tolgo il piede dall'acceleratore.

La mia unica possibilità di fuga, e l'ho sprecata.

Anche il SUV davanti a me riduce la velocità, e quello accanto si sposta dietro di me. Sanno che non ho scelta, se non arrendermi.

È ufficialmente finita.

Ho perso.

Il SUV davanti a me rallenta ulteriormente, costringendomi a frenare. Il mio tachimetro segna quaranta chilometri orari, poi trentacinque... poi trenta. Sto praticamente strisciando ora, e mi rendo conto che mi stanno facendo fermare.

Mi faranno scendere da questa macchina e mi riporteranno nella casa di Kent, dove rimarrò chiusa in camera fino al ritorno di Peter.

Vedo il futuro che mi aspetta, buio e pericoloso come questa strada tortuosa. Senza speranza di fuga, senza scelte, apparterrò a Peter, e lo stesso varrà per nostro figlio. Non rivedrò mai più i miei amici e familiari, non aiuterò mai più le donne a mettere al mondo i bambini. Mentre i miei genitori invecchiano, non ci sarò per loro, e non conosceranno mai i loro nipoti.

Avrò solo Peter, e la cosa più spaventosa di tutte è che questo non mi sembra terribile.

Lo immagino chiaramente: il modo in cui si prenderà cura di me, la tenerezza nei suoi occhi quando terrà il nostro bambino. Mi amerà con un'intensità che mi brucerà l'anima, e alla fine il mio amore contorto si solleverà dalle proprie ceneri. E dopo un po', tutto sembrerà normale, dalla mia mancanza di libertà alla violenza della sua professione.

Saremo una famiglia, come vuole lui, e mentre osservo il tachimetro scendere sotto i quindici chilometri orari, mi rendo conto che non posso permetterlo.

Non posso arrendermi alla parte più malata di me, quella che desidera quell'assurdo futuro.

Un'altra curva, altri fari che arrivano. Il mio frenetico battito cardiaco si stabilizza, con una strana calma che ha la meglio, mentre mi allungo e metto la cintura di sicurezza. Avrò meno di un secondo per agire, e dovrò approfittarne.

Staccando il piede dal freno, afferro il volante il più forte possibile, e, quando la macchina che sopraggiunge sfreccia, con i fari che accecano me e i miei inseguitori, giro tutto il volante a destra, immettendomi nella corsia opposta, mentre spingo sull'acceleratore.

L'automobile scatta in avanti, sfrecciando oltre il SUV che mi blocca davanti. Posso praticamente sentire i miei inseguitori imprecare, mentre li lascio nuovamente nella polvere, con la mia elegante Mercedes che prende velocità con il ruggito di un motore V8. Il tachimetro sale a 100... 110... 120... 130...

Volano scintille, con il metallo che raschia sul metallo, mentre sfioro nuovamente il guardrail, ma questa volta non rallento. Tengo il piede sul gas, correggendolo il necessario per mantenere il controllo.

È un videogioco, dico a me stessa. Solo un videogioco sulle corse, in cui sto guidando sul lato sbagliato della strada.

Dopo essermi ripresa dallo shock della manovra improvvisa, ho di nuovo gli inseguitori alle calcagna, ma non ho intenzione di facilitare loro le cose. Ogni volta che si avvicinano, mi metto in mezzo alla strada, impedendo loro di affiancarmi. E mantengo la mia velocità, tenendo il piede sull'acceleratore anche nelle curve più impegnative. Fingere che sia un videogioco aiuta—sono sempre stata brava da piccola.

Un altro minuto sulla strada.

Due.

Tre.

Posso farcela.

Devo farcela.

In lontananza, vedo delle luci, e il mio cuore ricomincia a battere forte.

È la stazione di servizio. Deve esserlo.

Il mio piano è semplice: fermarmi davanti a qualsiasi negozio ci sia, saltare fuori e correre, urlando a pieni polmoni per avere un telefono. Con un po' di fortuna, gli uomini di Kent saranno troppo presi a preoccuparsi delle autorità per catturarmi in pubblico, ma anche in caso contrario, qualcuno—un benzinaio, un altro conducente—vedrà cosa sta succedendo e chiamerà la polizia.

Non è un grande piano, ma è tutto quello che ho.

La stazione di servizio si avvicina secondo dopo secondo. Con mio sollievo, nonostante siano le prime ore del mattino e l'aspetto selvaggio della zona, vedo un negozio ben illuminato con poche persone all'interno e alcune auto nel parcheggio.

La mia speranza è che Kent non voglia causare problemi così vicino alla sua casa, e i SUV dietro di me riducono la velocità, permettendomi di avvicinarmi alla stazione di servizio.

Con il trionfo che mi inonda le vene quando sollevo il piede dall'acceleratore, mi preparo ad eseguire la manovra di arresto e corsa a piedi.

Sono giunta a destinazione.

Anche se dovessero prendermi prima che io possa raggiungere il telefono, la mia cattura non passerebbe inosservata.

Sto a meno di duecento metri dalla stazione di servizio, quando succede.

Un cane attraversa la strada davanti a me.

Reagisco istintivamente, premendo sul freno, e, quando la mia auto va a sbattere conto il guardrail, ho un ultimo illogico pensiero.

Spero che Peter e i suoi uomini tornino indenni dal loro lavoro.

"ORA" RINGHIO NELL'AURICOLARE, E YAN SPARA CON IL lanciamissili, mentre le guardie del corpo di Arslan scortano il loro capo nella sua auto.

*Boom!*

Per un attimo, non c'è altro che il lampo accecante del missile che esplode e il frastuono nelle orecchie, ma poi le vedo.

Le guardie del corpo sopravvissute che scappano come scarafaggi, mentre altre escono dal corpo di guardia per affrontare la minaccia.

"Fallo" dico ad Anton, e lui inizia a colpirle una dopo l'altra, con il fucile semi-automatico che spara con letale efficacia. Mi unisco a lui, e dopo un po' una dozzina di corpi affollano il terreno, con le teste aperte dai nostri proiettili.

"A ore due" grida Yan nell'auricolare, e intravedo un movimento sul terreno. Una guardia è accovacciata, utilizzando l'auto in fiamme come copertura. Ha il braccio intorno alla schiena di un uomo per proteggerlo.

La rabbia mi attraversa, non appena lo riconosco.

*Deniz Arslan.*

Il nostro bersaglio è ancora vivo.

È sanguinante e coperto di sporcizia, ma sta camminando— il che significa che le sue guardie del corpo sono decisamente migliori di quanto pensassimo.

"È Arslan" ringhio nell'auricolare, spostando la posizione per inquadrare l'ostacolo dell'auto in fiamme.

Devo prendere quel figlio di puttana.

Deve morire oggi.

In lontananza, le sirene suonano e altre guardie del corpo si precipitano nel cortile di Arslan. Abbiamo minuti, se non secondi a disposizione per portare a termine il nostro compito.

Ignorando il frastuono del battito del mio cuore nelle tempie, mi concentro e premo il grilletto.

Il protettore di Arslan cade, con il cervello che esplode sul politico, mentre sparo un secondo colpo.

"Fanculo!"

Che sia stato grazie al mio allenamento o alla fortuna, il mio obiettivo cade e rotola—nello stesso preciso istante.

Imprecando sottovoce, sparo di nuovo, e sento il ruggito dell'arma di Anton accanto a me.

Con una cupa soddisfazione, osservo i due proiettili perforare il cranio di Arslan, facendogli saltare il cervello.

È fatta.

Il politico corrotto è morto.

"Stanno arrivando" urla Yan, e salto in piedi, sentendo un elicottero in lontananza.

Come previsto, ci stanno dando la caccia.

Io e Anton impieghiamo pochi secondi a scendere dal tetto del vicino e ad unirci a Yan in strada. La recinzione dell'abitato è a soli pochi isolati da qui, e corriamo più velocemente che mai, man mano che il suono delle sirene aumenta. Anche l'elicottero si sta avvicinando rapidamente.

"Ilya? Dimmi che ci sei" ordino, senza fiato, mentre corro per strada.

"Pronto e in attesa" riferisce. "Fareste meglio a sbrigarvi. Tra un attimo qui sarà un manicomio."

Digrignando i denti, aumento la velocità, e Yan e Anton fanno lo stesso, mentre un veicolo sfreccia sulla strada un isolato dietro di noi.

Le restanti guardie del corpo di Arslan ci stanno raggiungendo.

La recinzione di tre metri incombe davanti a noi, con le guardie che si riversano in strada, armate fino ai denti.

"Ora" grido a Yan, che tira fuori una granata, strappando la sicura con i denti senza rallentare.

Le guardie si dividono, mentre Yan lancia la granata, e io e Anton estraiamo le nostre armi, sparando indiscriminatamente.

Non abbiamo bisogno di ucciderle tutte, ci basta solo allontanarci.

Ora abbiamo raggiunto la recinzione, così mi alzo in piedi, aggrappandomi a un ramo d'albero per sollevarmi. Ecco perché ci alleniamo così duramente, perché dobbiamo essere più forti degli atleti. I miei muscoli protestano, mentre rimango appeso con una mano, abbassando l'altro braccio per tirare su Anton, e, quando scala la cima della recinzione, mi tira su prima di tornare giù per Yan, mentre procuro il fuoco di copertura.

Un'altra granata di Yan esplode con un lampo assordante, facendo scappare le guardie, mentre saltiamo giù dalla recinzione, e poi siamo di nuovo in strada, correndo alla massima velocità.

Dobbiamo arrivare al nostro punto di incontro.

Solo così ce la faremo.

Il ruggito dell'elicottero si intensifica sopra di noi, con le sirene della polizia che urlano sempre più forte.

"Ora, Ilya" grido nell'auricolare, e la sua macchina stride sulla curva, rallentando abbastanza da permetterci di saltare su.

Lasciamo alle spalle l'abitato di Arslan, dirigendoci verso una galleria, e, quando i rumori dell'inseguimento svaniscono, scambiamo l'auto e ci dirigiamo verso il nostro aereo.

Ce l'abbiamo fatta.

Il nostro bersaglio è morto, e nessuno è rimasto ferito.

Euforico, chiamo Lucas, non appena il nostro aereo si solleva dal suolo.

"È finita" dico, quando risponde al telefono. "Stiamo tornando da te, perciò puoi dire a Sara di prepararsi. Passeremo a prenderla prima di fare una piccola deviazione verso la Nuova Zelanda."

Per un attimo, c'è solo il silenzio. Poi, Lucas parla.

"Peter..." Il suo tono è serio. "A proposito di Sara... Temo che sia rimasta coinvolta in un incidente."

*P*eter

IL MIO CUORE SI TRASFORMA IN UN BLOCCO DI GHIACCIO, CON I polmoni calcificati per le parole di Lucas. Sara è rimasta coinvolta in un incidente—è impossibile, impensabile.

È il mio peggior incubo che è diventato realtà.

Lucas sta parlando, raccontando qualcosa su un'auto e un cane, ma non riesco a riflettere. C'è un ruggito nelle mie orecchie, e tutto quello a cui riesco a pensare è l'altra volta in cui qualcuno mi ha dato notizie per telefono in quel tono.

*Il fetore della morte, le lunghe ciglia di Tamila, bruciate e incollate dal sangue, la manina di Pasha avvolta intorno a un'auto giocattolo...* La mia vista si oscura, con la consapevolezza che svanisce, mentre l'angoscia mi attraversa, decimando tutto dentro di me.

*Mi faccio strada tra un mucchio di corpi, sento il ronzio delle mosche, e capisco che non ero lì per salvarli...*

Non riesco a respirare, non riesco a sentire nient'altro che l'orrore che mi fa venire il mal di stomaco.

*Un incidente d'auto. Sara. Il suo corpo schiacciato da cumuli di metallo.*

La sofferenza è troppo intensa per poterla sopportare. Non riesco a immaginarla morta, non posso immaginare la sua scintilla vitale spenta.

Qualcosa di rosso e caldo mi riga l'avambraccio. Vagamente, mi rendo conto che le mie dita stanno scavando nel telefono così forte che mi si è staccata un'unghia. Non provo alcun dolore, però. Non sento nulla, tranne la vuota sofferenza che si diffonde nel petto.

Non posso perdere Sara.

Non sopravvivrei.

"—quindi, potrebbe aver riportato una commozione cerebrale, ma i medici non pensano che—"

"Una commozione cerebrale?" Mi aggrappo all'unica parola che non ha senso. I miei pensieri sono sconclusionati e lenti, paralizzati dallo shock e dal crescente dolore. "Di cosa stai parlando?"

"I medici pensano che non sia troppo grave" spiega Lucas, con la voce che assume un tono esasperato. "Mi stai ascoltando? Ha una brutta ferita sulla fronte, ma si assicureranno che non le rimarrà una cicatrice. E ovviamente, mi occuperò io di tutte le spese—è il minimo che possa fare in queste circostanze."

"Una cicatrice?" Per un attimo non riesco a ragionare, con la disperazione che mi avvolge in modo troppo forte, troppo assoluto, ma poi le sinapsi iniziano a funzionare. Respirando profondamente, gracchio: "È... viva?"

"Che cosa?" Lucas sembra confuso. "Sì, certo. Te l'ho detto, ha una spalla fratturata e una possibile commozione cerebrale. La ricezione è scarsa lì? Sì, Sara è viva. È andata a sbattere contro un guardrail con la macchina, ferendosi alla testa e alla spalla. L'abbiamo portata nella clinica in Svizzera—quella che piace a Esguerra, ricordi? Peter, mi stai ascoltando?"

Sì, ma non posso dirglielo. I miei muscoli della gola sono bloccati, così come il resto del corpo. Il sollievo è così intenso che mi attraversa come la scheggia di una mina, doloroso proprio come l'angoscia che mi ha soffocato prima. Non ricordo di aver pianto, quando ho perso mio figlio, ma ora sento l'agonizzante umidità sul viso, con le lacrime che lasciano sentieri ardenti su ciò che resta del mio cuore.

Non ho perso Sara.

È viva.

È rimasta ferita durante la mia assenza, ma è viva.

"Peter? Mi senti?" La voce di Lucas cresce di volume. "Cazzo, amico, mi senti?"

"Sto arrivando" dico, e riattacco, ordinando ad Anton di cambiare rotta e di dirigersi verso la Svizzera.

 ara

STO ANDANDO ALLA DERIVA NELLA FLUTTUANTE OSCURITÀ, CON I sensi che si alternano tra la stordita consapevolezza e il vuoto totale. Quando riesco a pensare, mi rendo conto del dolore, ma posso anche soffermarmi su altri stimoli... come le voci.

"Come hai potuto farlo? Non immagini cosa farà al suo ritorno? Dovevamo tenerla al *sicuro*." È una voce maschile, dura e minacciosa. Conosco l'uomo a cui appartiene, ma il palpitante dolore alle tempie diventa insopportabile ogni volta che cerco di pensare al nome.

"Sono state le *tue* guardie a inseguirla. Avresti potuto lasciarla andare" ribatte una voce femminile. La donna sembra arrabbiata. So che ha un nome straniero ed esotico, ma sono troppo confusa per ricordarlo. "Stava abusando di lei, Lucas—"

*Sì, Lucas, proprio così*, ricordo con sollievo. Lucas Kent, il trafficante d'armi che vive a Cipro.

"Stava abusando di lei? Ma se venera il terreno su cui cammina, cazzo. Non hai visto come la guarda?" Kent sembra essere sul punto di uccidere qualcuno. "E te l'ho detto—ha chiamato ogni giorno, volendo sapere se mangiava, dormiva... se era *contenta*. Ti sembra l'atteggiamento di un uomo che tortura una donna? E lei ha chiesto di *lui*. Una donna che odia il proprio rapitore si preoccuperebbe della sua sicurezza?"

"No ma—"

"Ma niente! Anche se l'ha torturata con l'acqua quella sera, non sono affari nostri, cazzo. Gli stavo facendo un favore, e ora saremo fortunati se non finiremo sulla sua lista."

"Lucas, per favore." La donna con il nome esotico—la moglie di Kent, la bellissima bionda, ricordo ora—sembra ancora più arrabbiata. "Si è trattato di un terribile incidente, niente di più. Capirà. Lasciami parlare con lui, spiegare cos'è successo—"

"No." La voce di Kent è assolutamente risoluta. "Non voglio che sappia che eri coinvolta in qualche modo. Tornerai a casa prima che arrivi qui. E mi farò dare qualche altra dozzina di guardie da Esguerra, finché non potremo assoldarne noi."

"E tu?" chiede la moglie di Kent, con il tono preoccupato che intensifica il mio nauseante dolore alla testa. Facendo una smorfia, cerco di trovare una posizione più comoda—e devo soffocare un grido, mentre l'agonia esplode nella spalla sinistra.

"Rimarrò qui ad aspettarlo" dice Kent, mentre faccio dei respiri irregolari per sopportare il dolore. Vorrei aprire gli occhi, ma qualcosa me lo impedisce, e non oso più muovere le braccia per scoprire di cosa si tratti.

"E se provasse a ucciderti?" ribatte la moglie di Kent. "Se, come pensi tu, non sentirà ragioni —"

"Terrò una dozzina di guardie con me, e poi sarà preoccupato per *lei*." Sento l'attenzione di Kent spostarsi su di me, e poi dice: "Credo di averla appena vista muoversi. Gli antidolorifici evidentemente stanno smettendo di far effetto. Chiama subito le infermiere, sbrigati."

Sento dei rapidi passi, e un minuto dopo, fluttuo nuovamente nel nulla.

QUANDO RIPRENDO CONOSCENZA, UNA DELICATA MANO femminile mi accarezza i capelli. È una piacevole sensazione, soprattutto perché la mia testa sembra un pallone pieno di calcestruzzo.

"Mi dispiace, Sara" mormora una donna, e questa volta ricordo il suo nome. Yulia—è così che si chiama la moglie di Kent. "Devo andare ora, ma volevo che sapessi che mi dispiace tanto. Pensavo che avresti avuto più tempo per allontanarti, ma Lucas sospettava che ti avrei aiutata e ha attivato alcuni allarmi perimetrali extra. Mi dispiace così tanto. Non volevo finisse in questo modo. Spero che tu mi creda."

Apro la bocca per ringraziarla, ma finisco per tossire dolorosamente. Ho la gola asciutta, e il pesante pallone che ho nella testa mi palpita dal dolore. Inoltre, sembra che ci sia qualcosa sul mio viso, che mi impedisce di aprire gli occhi. Forse una benda spessa sulla fronte?

"Ecco. Devi avere sete." Una cannuccia mi sfiora le labbra, e le chiudo, succhiando avidamente il liquido tiepido.

"Che cos'è successo? Dove mi trovo?" gracchio, dopo aver scolato la tazza piena d'acqua. La mia voce è debole e roca, ma almeno riesco nuovamente a parlare.

"Sei in una clinica privata della Svizzera" spiega Yulia con dolcezza. "Sei rimasta coinvolta in un'incidente d'auto. Ti ricordi?"

Annuisco, e me ne pento subito. "Sì" riesco a dire, quando la terribile ondata di dolore passa. "C'era un cane e—"

"Sì, esatto." Sembra sollevata. È perché ho una ferita alla testa? Mi chiedo quanto sia grave, e poi mi irrigidisco, con i polmoni che si stringono, quando ricordo una cosa molto più importante.

Freneticamente, chiedo: "Dov'è Peter? Sta—"

"Temo di sì" dice Yulia, e il mio cuore cessa di battere, notando il sincero rammarico nella sua voce. "Mi dispiace" continua con lo stesso tono. "Sta tornando. Non ho potuto fare niente."

I miei polmoni si espandono per un respiro tremante. "Vuoi dire che... sta bene?" La mia voce è tesa, con le terminazioni nervose che formicolano per un violento picco di adrenalina. "Non è rimasto ferito?"

C'è un momento di silenzio. Poi, Yulia dice lentamente: "No. Sara... me l'hai chiesto perché hai paura che *non* si sia fatto male —o che si sia fatto male?" Notando la mia confusa non-risposta, chiarisce: "Provi qualcosa per quell'uomo?"

Inumidisco le labbra screpolate, consapevole di un indesiderato senso di colpa. Non intendevo mentire a Yulia o approfittare della sua gentilezza, ma questo è essenzialmente quello che ho fatto, quando ho sottolineato gli aspetti negativi della mia complessa relazione con Peter.

Non solo non sono riuscita a scappare, ma le ho causato un mare di guai. La cosa peggiore, però, è che sono segretamente sollevata di aver fallito, felice di non essere riuscita a fuggire da Peter e dal futuro che voglio e temo al tempo stesso.

"È... complicato" dico alla fine, ricordando le sue parole di quel giorno.

Sospira e si alza. "Capisco."

"Yulia, aspetta" dico, quando sento i suoi passi, ma è troppo tardi.

Se n'è andata, e poco dopo i farmaci hanno il sopravvento ancora una volta.

## 52

UNA SPALLA FRATTURATA E UN FERITA ALLA FRONTE.

Logicamente, so che nessuna di queste ferite è pericolosa per la vita, ma mentre guardo Sara sul letto dell'ospedale, con il pallido volto ferito e per metà coperto da una benda, la paura e la rabbia si mescolano nel mio petto, sfidando ogni tentativo di logica.

Il volo di quattro ore per la Svizzera è stato tra i più lunghi della mia vita. Dopo aver deviato, ho richiamato Lucas, pretendendo ulteriori dettagli e spiegazioni, e, pur avendomi ripetutamente assicurato che le condizioni di Sara erano stabili e che i migliori medici d'Europa si stavano occupando di lei, non gli ho creduto davvero finché non l'ho vista.

Il destino non è mai stato gentile con me prima d'ora.

Sedendomi sul bordo del letto, le stringo premurosamente la mano nelle mie, sentendo il fragile calore della sua pelle e la delicatezza delle ossa sottili. Mi tremano le mani, con le emozioni troppo estreme per poter essere controllate.

*Un cane.*

È quasi morta a causa di un cane del cazzo.

Il mio cuore si spezza di nuovo, con il dolore intenso come quello che ho provato quando ho pensato che fosse morta. Se il guardrail non fosse stato così forte, se l'auto non avesse avuto gli airbag, se il frammento del vetro che le ha tagliato la fronte le fosse entrato negli occhi... Rabbrividisco, immaginando tutti i modi crudeli in cui sarebbe potuta morire e le debilitanti lesioni che avrebbe potuto riportare.

E tutto questo per colpa mia.

Non posso nascondermi da quella brutale realtà, non posso scacciare quel soffocante senso di colpa.

Non c'ero, e Sara è scappata.

Ha rubato una macchina e ha cercato la libertà, disperata, con il desiderio di scappare da me così grande da non importarle della vita o della morte.

La furia che mi ribolle nel petto è solo parzialmente rivolta a Lucas. Pagherà per la sua disattenzione, naturalmente, ma non posso fingere che la colpa sia soltanto sua.

La colpa è *mia.*

È stato il mio egoistico bisogno di averla, di imprigionarla e di possederla che ha spinto Sara a correre quel rischio. Ho quasi ucciso la donna che amo, e non riesco a farmene una ragione.

Non so se, anche ora, riuscirei a lasciarla andare.

Le sue labbra gonfie si socchiudono per una delicata esalazione, e mi metto in ginocchio sul pavimento, cullando il dorso della sua mano sulla mia guancia con la barba incolta, mentre chiudo gli occhi. La sua pelle è così morbida, le dita così piccole rispetto alle mie. Mi si stringe il cuore dal dolore. Mi sento soffocare, annegare nel desiderio e nella disperazione. Perché non riesce ad amarmi? Perché non può accettare che siamo fatti per stare insieme? Ci sono stati momenti in cui ho pensato che ci stesse riuscendo, in cui ero sicuro che c'era quasi.

E forse le cose stavano così. Forse potrebbero ancora stare così. Il mostro dentro di me ringhia, pretendendo di tenerla, nonostante tutto… nonostante quello che le fa. Con il tempo, si abituerà, comprendendo che era destino che stessimo insieme.

Che se mi dà una possibilità, la renderò felice... renderò felici lei e il figlio che desidero tanto.

Un gemito mi distoglie dai pensieri, e apro gli occhi per vedere le labbra di Sara che si muovono.

"P-Peter?" sussurra, e una supernova mi esplode nel petto. Basta quella parola, e il mio mondo è mille gradi più caldo, un milione di watt più luminoso. Tutto il dolore e la sofferenza svaniscono, con l'oscurità che scompare invece di prosciugarmi l'anima.

"Sì, ptichka" rispondo con voce roca, premendo la sua mano sulle mie labbra. "Sono qui."

Le sue dita affusolate tremano, mentre le bacio una per una. "È... è andato tutto bene?" Sembra stordita a causa degli antidolorifici. "Qualcuno è rimasto ferito?"

Un dolore mi colpisce il petto. "No, amore mio. Nessuno tranne te."

"Bene." Le sue labbra si piegano in un sorrisetto. "Sono contenta."

Sospiro, con il senso di colpa e l'angoscia che mi travolgono di nuovo. In qualche modo, sarebbe più facile se Sara mi odiasse, se tutto ciò che provasse per me fossero l'odio e la paura. Così, potrei andarmene, cercare di ridimensionare la mia ossessione, permettendole di vivere la sua vita, mentre torno al freddo vuoto della mia. Ma Sara non mi odia; è più complesso di questo.

Ha bisogno di me. Me l'ha confessato.

"Perché sei scappata?" chiedo in modo rozzo, osservando i lividi sulla sua mascella. "È per quello che ho detto sui preservativi? Hai così tanta paura di avere un figlio con me?"

Devo capire che cosa l'ha spinta a farlo.

Devo sapere se c'è qualche speranza per noi.

Arriccia le dita nella mia presa. "Io… sì. Voglio dire, no. Non lo so. Non è quello che voglio, ma forse..." Si ferma, ancora sotto l'effetto degli antidolorifici.

"Ma forse?" chiedo, con il cuore che mi martella dolorosamente nel petto.

"Ma forse, in una vita diversa, lo vorrei." La sua voce si affievolisce, trasformandosi in un sussurro. "In un mondo diverso, uno in cui fossi nata per essere tua, sarebbe diverso. Non saresti un assassino in fuga... non mi avresti rapita dopo aver ucciso George. Saresti mio marito, e io la tua amorevole moglie, e potremmo avere un cane dietro alla recinzione... Porteremmo i nostri bambini al parco e festeggeremmo i compleanni dei miei genitori... Ci sarebbero amici, barbecue e musica... e tu mi ameresti tanto, davvero tanto... così tanto da non portare via la mia vita."

Stringo gli occhi, con le sue parole che mi girano le viscere come la lama di un assassino. Non dovrebbe farmi male la sua ammissione sotto l'effetto dei farmaci; dovrei essere felice che vuole tutto questo con me. Ma tutto quello a cui riesco a pensare è che non sarà mai davvero mia, che non le darò mai la vita che desidera. Anche se riuscissi a fare di noi una famiglia, anche se Sara mi amasse di più nel corso degli anni, il passato ci dividerebbe sempre come una crepa, con lo stile di vita di un fuggitivo che sarebbe sempre una fonte di tensione e di stress. Non ci sono barbecue e recinzioni nel nostro futuro, nessun cane, né bambini che giocano nel cortile.

Amerà nostro figlio, ma non la renderò felice.

Potrei darle tutto quello che ho, ma non sarebbe sufficiente.

Un monitor emette un segnale acustico mentre il respiro di Sara si stabilizza, e apro gli occhi per vederla nuovamente addormentata, con gli antidolorifici che l'aiutano a riposare e a guarire.

Un respiro irregolare mi sfugge, con un peso impossibile che mi comprime i polmoni doloranti.

Dovrei alzarmi, aggiornare i miei uomini e dir loro di dare la caccia a Henderson, ma non riesco a muovermi.

Non posso fare altro che non sia rimanere in ginocchio accanto al letto di Sara, stringendole la mano, mentre la vuota oscurità prende il sopravvento.

53

*S*ara

QUANDO MI RISVEGLIO, QUESTA VOLTA SENZA LA SPESSA BENDA sugli occhi, Peter è lì, seduto su una sedia accanto al mio letto con un computer sulle gambe. Sembra esausto, stanco come non l'avevo mai visto. Ha dei cerchi scuri intorno agli occhi arrossati, e le guance coperte di barba incolta sono scavate, come se avesse perso un po' di peso. Sta lavorando con il portatile, ma, nel momento in cui mi giro, il suo sguardo scatta immediatamente, come un metallo attratto da un magnete.

"Sei sveglia." La sua voce è roca, mentre mette da parte il portatile e si alza in piedi. "Come ti senti, ptichka? Hai bisogno di qualcosa? Ecco, bevi un po' d'acqua." Prende una tazza con una cannuccia dal tavolo accanto al mio letto e me la porge, aiutandomi a stare seduta, mentre mi spinge la cannuccia sulle labbra.

Sono ancora un po' stordita a causa dei farmaci e tranguggio con piacere la maggior parte dell'acqua. "Quanto tempo sono stata incosciente?" gracchio, quando porta via la tazza.

Anche dopo aver bevuto, è come se della carta vetrata mi fosse stata passata sulla gola, con la bocca così asciutta che la lingua continua ad attaccarsi alle guance.

"Tre giorni" risponde Peter, sedendosi sul bordo del mio letto. "I medici pensavano che questo avrebbe accelerato la tua guarigione."

Mi passo la lingua sulle labbra screpolate, sentendo il doloroso gonfiore da una parte. Ora che sono più sveglia, mi rendo conto di avere ancora una benda sulla fronte—la sento premere sulle sopracciglia—e la spalla sinistra è rigida e malandata. "Quanto sono grave?" chiedo, facendo una smorfia, mentre cerco di muovermi.

Peter flette la mascella. "Un frammento di vetro ti ha tagliato la fronte e ti sei fratturata la spalla sinistra. Fortunatamente, avevi la cintura di sicurezza, e l'airbag ha assorbito la maggior parte dell'impatto causato dall'incidente. Però, hai lividi su tutto il corpo, compresa la maggior parte del viso." La sua voce si fa più dura mentre parla, col volto che si stringe dal dolore.

Sbattendo le palpebre per trattenere le lacrime improvvise, sollevo lentamente la mano destra, sentendo la benda sulla fronte. Probabilmente dovrei preoccuparmi dell'aspetto che avrò con una brutta cicatrice, ma tutto quello su cui riesco a concentrarmi è l'angoscia nello sguardo d'argento di Peter.

Ho ferito quest'uomo letale e indomabile.

L'ho ferito quando era già ferito, quando la sofferenza era tutto ciò che conosceva.

"Non ti rimarranno cicatrici" dice bruscamente, seguendo il movimento della mia mano. "Hanno i migliori chirurghi plastici qui, e tornerà tutto come prima. Te lo prometto, amore mio— andrà tutto bene."

Lo guardo, con gli occhi che mi bruciano per un mix di emozioni. Forse è la conseguenza degli antidolorifici, ma non posso sopportare il dolore nel suo sguardo, non posso sopportare la consapevolezza di averlo ferito. Perché, nonostante quello che mi piace raccontare a me stessa, sono fieramente felice di rivederlo, così sollevata che non sia rimasto ucciso che vorrei mettermi in ginocchio e piangere.

Se dovessi scegliere tra lui e la mia libertà in questo momento, rinuncerei a tutto pur di averlo nella mia vita.

Sento qualcuno che bussa alla porta, e poi due infermiere entrano nella stanza, e faccio un respiro affannoso, quando Peter si alza in piedi.

"Aspetta!" Ignorando un'ondata di vertiginoso dolore, mi metto seduta, afferrandogli il polso tatuato. "Resta con me... Ti prego, Peter, rimani qui."

Si siede immediatamente, coprendomi la mano con il suo grande palmo. "Certo." La sua voce è profonda e delicata, calda come l'oscura fiamma nel suo sguardo. "Tutto quello che vuoi, amore mio."

Rimane con me, mentre le infermiere mi cambiano la benda sulla testa, e, quando cercano di mandarlo via, sostenendo che ho bisogno di riposare, lo supplico di rimanere e di stringermi. So che non ha alcun senso, ma ho smesso di provare a ragionare in modo logico. Non posso smettere di cercare di fuggire—se non altro, lo devo al mio futuro figlio e ai miei genitori—ma ora, ho bisogno di Peter con me.

Vorrei strisciare tra le sue braccia e non lasciarlo mai.

Rimane con me per tutto il resto della giornata e la notte successiva, cullandomi dolcemente mentre dormo, e, quando mi sveglio la mattina seguente, mando via le infermiere e mi aiuta a fare la doccia, prima di sistemarmi sul suo grembo per guardare la TV.

Resto aggrappata a lui nei due giorni successivi, incapace di lasciarlo andare, e me lo lascia fare, anche se deve trovarlo strano. Ci sono così tante cose ancora in sospeso tra noi, tante cose ancora irrisolte, ma tutto quello a cui penso in questo momento è che sta con me.

È mio da amare e odiare, nonostante tutto.

Con mio fastidio, guarisco lentamente, con la ferita sulla fronte che richiede un altro intervento chirurgico per ridurre al minimo la cicatrice, e la spalla mi fa male ad ogni movimento che faccio. Dopo un'altra settimana in clinica, però, mi rifiuto di rimanere tutto il giorno nella stanza, e Peter quasi uccide il medico, che permette di farmi alzare e di camminare lungo il corridoio senza essere sorvegliata.

O almeno, senza essere sorvegliata da lui.

Non sono l'unica a comportarsi in modo irrazionale dopo l'incidente. Da quello che mi hanno riferito le infermiere, Peter non mi ha lasciata per più di pochi minuti da quando è arrivato nella clinica. Prova ad accompagnarmi anche al bagno con il pretesto che gli antidolorifici mi fanno girare la testa. Quando rifiuto categoricamente, insiste affinché almeno una delle infermiere sia presente, in modo da poter essere subito informato, se qualcosa andasse storto. Deve sapere che questo livello di preoccupazione non è del tutto sano, ma come me, non può farne a meno.

"Devo sapere che sei al sicuro. Devo vederti, toccarti in ogni momento" spiega con voce cupa, quando gli assicuro che mi sento meglio, e accetta di lasciarmi un'ora per una riunione d'affari con i suoi uomini.

"Stai andando fuori di testa" ha detto Anton davanti a me, quando Peter ha rimandato una telefonata importante con un potenziale cliente per poter essere con me durante il cambio della benda. "Sara ha otto infermiere che si prendono cura di lei, e almeno quattro medici. Credi davvero che abbia bisogno di te?"

In realtà sì, ma sono rimasta in silenzio, non volendo peggiorare la nostra reciproca follia. Sono abbastanza certa che Peter non abbia trascurato le sue responsabilità lavorative—ogni volta che mi sveglio, lo trovo alle prese col portatile o a discutere di affari con i suoi uomini—ma le infermiere mi hanno detto che tutte le riunioni dei russi si sono tenute nella stanza accanto alla mia, mentre dormivo, con Peter che veniva a sorvegliarmi ogni dieci minuti.

"Tuo marito è così affezionato" mi dice una giovane infermiera tedesca, quando Peter la lascia a sorvegliarmi, mentre fa la doccia. "Vorrei che il mio fidanzato fosse altrettanto pazzo di me."

Sono tentata di correggerla, di dirle che Peter è il mio rapitore, non mio marito, ma non riesco a rivelare tutto questo. Non otterrei nulla, comunque. I medici e il personale infermieristico di questa clinica devono essere pagati eccezionalmente bene per la loro discrezione, perché nessuno con cui ho parlato finora è stato disposto a contattare le autorità da parte mia. Non che io abbia provato a convincerli. Non solo sono patologicamente incapace di stare lontana dal mio carceriere, ma mi sento anche terribilmente in colpa per aver coinvolto Yulia in questa storia.

Spero disperatamente che Peter non aggiunga lei o Lucas alla sua lista.

Prendo in considerazione l'idea di parlare con lui, di spiegargli che non sono in alcun modo responsabili del mio incidente, ma ogni volta che gli uomini di Peter menzionano Cipro o i Kent, intravedo un'espressione così dura e minacciosa nei suoi occhi che non oso insistere sulla questione. Per il momento, Peter sembra concentrato esclusivamente sulla mia salute, e voglio mantenerlo così il più a lungo possibile.

Non posso rischiare che il mio cavaliere oscuro si infuri di nuovo—non quando è tutta colpa mia.

In generale, non abbiamo parlato del mio tentativo di fuga o degli eventi che l'hanno preceduto. Nessuno di noi lo sopporterebbe. Non so se Peter intenda avere con la forza un figlio da me. Comunque sia, non mi ha toccata—almeno, non in modo sessuale.

Mi ha fatto piacere in un primo momento—non ero assolutamente nelle condizioni di avere rapporti sessuali i primi giorni—ma ora che mi sento meglio, sto cominciando a chiedermelo. Il mio rapitore mi vuole ancora; sento la sua erezione quando mi stringe nel suo abbraccio. Ma non fa niente, a parte baciarmi sulle labbra. Anche dopo aver ottenuto il permesso da parte dei medici, si astiene, e so che è perché dà la colpa a se stesso per l'incidente. Forse non abbiamo parlato di quello che è accaduto, ma è accaduto, con le mie ferite che sono un ricordo costante di quello che è successo quella notte. Vedo il tormento nei suoi occhi, quando guarda i miei lividi che si schiariscono, con lo stesso senso di colpa che mi ha consumata dopo l'incidente di George.

Ciò che è accaduto forse ci ha fatti avvicinare, ma sta distruggendo Peter all'interno.

5 4

Dopo aver trascorso dieci giorni in clinica, Sara insiste per poter camminare da sola, e glielo lascio fare, anche se Yan installa delle telecamere nel corridoio in modo che io possa sorvegliarla dal portatile, quando lo fa.

Sono così preso da Sara che non riesco a pensare ad altro, nemmeno al bisogno di vendetta. Sono riuscito a inviare la mia squadra in Nuova Zelanda poche ore dopo l'arrivo in clinica, ma come immaginavo, quando sono arrivati, Henderson aveva capito l'errore della moglie ed era già scomparso. Normalmente, una cosa del genere mi avrebbe fatto infuriare, ma non sono riuscito a raccogliere energia a sufficienza per poterlo fare. Ancora non posso. Anche Lucas, che è prudentemente volato a casa non appena sono arrivato in clinica, non è attualmente sul mio radar per la sua negligenza con Sara. Ho ancora intenzione di fargliela pagare, ma per il momento tutto ciò che conta è che sia viva e guarisca completamente.

La guardo sempre ormai, giorno e notte. Sono arrivato al punto in cui mangio o dormo a malapena. Non so cosa fare, come attenuare questa paura ossessiva per la sua sicurezza. Ogni volta che chiudo gli occhi, sogno Lucas che mi comunica che è ferita, solo che quando arrivo all'ospedale scopro che ha mentito e che lei sta morendo.

È il mio nuovo incubo, e non riesco a fermarlo, così come non riesco a lasciarla tornare a casa.

È quello che dovrei fare, lo so. Tenere Sara con me la distruggerà. Lo vedo chiaramente, come i punti sulla sua fronte. Anche se ci sono stati momenti in cui sembrava felice in Giappone, dentro di sé era a pezzi e lacerata. La separazione dalla sua famiglia e la perdita della carriera sono ferite che potrebbero non rimarginarsi mai completamente. Anche qui, in questa clinica, sta cercando di aiutare i medici con gli altri pazienti—quando non chiede di poter contattare l'FBI, voglio dire.

Il mio passerotto non ha rinunciato al desiderio di volare, e temo che non lo farà mai.

Le telefonate con i genitori non aiutano. Le ho permesso di parlare con loro ogni giorno questa settimana, ma questo non fa che peggiorare le cose. Ormai, Sara è lontana da loro da cinque mesi e, nonostante le sue rassicurazioni, la famiglia è convinta che sia trattenuta contro la sua volontà.

"Perché non torni a casa?" chiede la madre, frustrata, mentre ascolto una di quelle conversazioni. "Se stai davvero viaggiando con quell'uomo, non dovrebbe essere un problema passare a trovarci. Sai che ti hanno già sostituita all'ospedale, vero? Io e tuo padre li abbiamo supplicati di aspettare, ma non potevano proprio. E la tua amica Marsha—telefona ogni settimana per chiedere di te. Perché non hai chiamato nessuno dall'ospedale? Sono tutti preoccupati per te, cara, compresi noi. E il cuore di tuo padre—" Si ferma, ma non prima che Sara impallidisca sotto i lividi.

"Il cuore di Papà?" La sua voce assume una nota di panico. "Ti prego, Mamma, che cosa sta succedendo al cuore di Papà?"

"Beh, non ringiovanirà, e nemmeno io" dice Lorna Weisman, e sento che Sara tira un sospiro di sollievo, rendendosi conto che la madre non intendeva dire niente di particolare. I miei hacker hanno tenuto d'occhio i referti medici dei Weisman, e l'avrei comunicato a Sara, se ci fosse stata qualche novità. Eppure, posso dire che è spaventata. È uno dei suoi timori più grandi: che possa succedere qualcosa ai suoi genitori, mentre non è con loro... che non possa aiutare le persone che ama di più, perché è mia prigioniera dall'altra parte del mondo.

"Per favore, Mamma, non parlare nemmeno di queste cose" dice, con un tono falsamente allegro. "Sto bene, e cercherò di venire presto a trovarvi."

"Quando?" insiste la madre. "Dacci una data."

Sara mi guarda. "Non posso. Non ancora."

"Perché no? Perché non te lo permetterà?"

"No, Mamma. Te l'ho già spiegato. L'intera faccenda con l'FBI è un grosso equivoco, ma finché non si sarà risolta, Peter non può andare—"

"Stronzate." Interviene il padre; deve aver ascoltato la conversazione con il vivavoce. "Lui non potrà, ma tu sicuramente puoi—e dovresti. Se non ti sta tenendo prigioniera, torna a casa. Allontanati da quel criminale. Sai che pensano che abbia ucciso delle persone? Non ci dicono niente, naturalmente, ma li abbiamo sentiti parlare e—"

"Papà, devo andare. Mi dispiace. Ci risentiamo in settimana, ok? Ti voglio bene!"

Sara riattacca prima che suo padre possa aggiungere un'altra parola e, pur avendo un volto inespressivo, posso dire che è sull'orlo delle lacrime. Lentamente, mi avvicino al suo letto, facendo attenzione a non toccarle la spalla ferita, e la tiro a me.

Poi, la stringo mentre piange, con la mia stessa disperazione che cresce, rendendomi conto che qualcosa dovrà cambiare.

Non posso lasciarla andare, ma non posso nemmeno tenerla.

Ciò che rende più complicato il mio dilemma è che dall'incidente qualcosa è cambiato tra noi. Lo sento, e questo colpisce i miei impulsi più nobili ogni volta che sorgono. Quello che ho sempre voluto—che Sara provasse i miei stessi sentimenti—sembra finalmente a portata di mano. Il modo in cui si aggrappa a me, il modo in cui mi guarda questi giorni— tutto aggiunge carburante al mio compulsivo bisogno di tenerla vicino, di stringerla e di non liberarla mai.

Voglio tenerla in una gabbia d'oro per sempre, assicurarmi che sia sempre al sicuro.

Voglio proteggerla da tutto, compresi i miei bisogni perversi.

"I medici hanno detto che sto bene, sai" mormora quella notte, allungando la mano sotto la coperta per avvolgerla intorno al mio cazzo dolorante. "Lasciami—"

"No." Facendo una smorfia per la sofferenza, allontano

lentamente la mano, anche se ogni cellula del mio corpo piange la perdita di quel tocco volontario. "Non stasera, ptichka. Non stai ancora bene."

I medici avranno anche dato il permesso per qualche attività sessuale poco impegnativa, ma mi conosco, e l'intensità della mia passione per Sara mi terrorizza. La mia necessità di averla è troppo violenta, troppo incontrollata. Non posso rischiare di toccarla, fin quando non sarà completamente guarita, così mi sforzo di aspettare fin quando non starà meglio.

Fin quando non avrò superato questa straziante indecisione e avrò capito cosa fare.

Alla fine della seconda settimana, i medici tolgono i punti a Sara e ci dicono che non ci sono motivi per trattenerla nella clinica. Dovrei anche sottolineare che in un normale ospedale Sara sarebbe stata dimessa dopo la prima notte. Non me ne frega un cazzo delle loro opinioni, naturalmente, ma Sara la pensa diversamente.

Non ne può più di stare in questa clinica ed è pronta ad andare ovunque, perfino a casa nostra in Giappone.

"Ti prego, Peter, basta. Sto benissimo" insiste, e alla fine cedo, dicendo ad Anton di preparare l'aereo per domani mattina.

"Era ora, cazzo" borbotta confusamente. "Eravamo certi che avresti deciso di ritirarti qui."

Resisto alla voglia di ucciderlo, perché ha assolutamente ragione. Dopo l'incidente di Sara, ho lasciato in sospeso tutto il resto, ignorando le offerte di lavoro. La nostra fama nel mondo della criminalità si sta diffondendo, e dobbiamo approfittarne.

Qualche altro lavoro come quello in Turchia, e io e i miei compari potremo davvero ritirarci.

Avremo abbastanza denaro da aggirare la legge per sempre.

È TARDI QUELLA SERA, QUANDO CONTROLLO LA POSTA elettronica. Come al solito, la mia casella è inondata da messaggi di clienti sia attuali che potenziali. Alcune delle offerte sono ridicole—cinquecentomila dollari per eliminare un mafioso locale, un milione di euro per liberare qualcuno da uno zio ricco—ma molte meritano la mia considerazione.

Ho quasi finito di leggere i messaggi, quando una nuova e-mail cattura la mia attenzione. La apro—e rimango scioccato per il denaro offerto.

Cento milioni di euro.

Quattro volte più del nostro pagamento più redditizio fino ad oggi.

È da parte di Danilo Novak, il trafficante d'armi serbo che si sta infiltrando nelle attività di Kent ed Esguerra. E se l'importo non fosse sufficiente a intrigarmi, il nome dell'obiettivo sicuramente lo è.

Novak vuole eliminare Julian Esguerra, il mio ex datore di lavoro—l'uomo che ha giurato di uccidermi per avergli salvato la vita, mettendo in pericolo la moglie.

Sorpreso, rileggo il messaggio, con la mente che vaga alla ricerca delle possibili implicazioni. Leggendo tra le righe, Novak sembra avere delle forze in campo che ridurrebbero la difficoltà del colpo da impossibile a estremamente pericoloso. Comunque sia, se accettassimo questo lavoro, Esguerra sarebbe il nostro obiettivo più impegnativo.

Inoltre, si tratta dell'unico lavoro di cui avremmo bisogno per sistemarci finanziariamente per tutta la vita.

Mentre rimango seduto lì, a fissare lo schermo del portatile, mi viene un'altra idea— altrettanto pericolosa e infinitamente più tentatrice.

Se farò le cose per bene, questo incarico potrebbe essere la risposta a tutto.

Potrei tenere Sara... e darle la vita che desidera.

**FINE**

Grazie per la lettura! Se poteste lasciare una recensione, ve ne sarei davvero grata. La storia di Peter & Sara continua con *Destinati per Sempre*. Se desiderate essere avvisati quando uscirà, vi prego di iscrivervi alla mia mailing list delle nuove pubblicazioni all'indirizzo www.annazaires.com/book-series/italiano/.

Se vi piace questa serie, potrebbero piacervi anche i seguenti libri:

- *La Trilogia Strapazzami* - la storia di Julian & Nora, nella quale Peter compare come personaggio secondario e ottiene la sua lista
- *La Trilogia Catturami* - la storia di Lucas & Yulia.

Avete voglia di altri personaggi accattivanti? Allora, non perdetevi:

- *Il Titano di Wall Street* - una storia d'amore sugli opposti che si attraggono che vede come protagonista un irresistibile alfa miliardario
- *La Trilogia su Mia & Korum* - Una storia d'amore dark-fantascientifica
- *La Prigioniera dei Krinar* – uno standalone fantascientifico

Preferite azione, fantasia e fantascienza? Date un'occhiata a queste collaborazioni con mio marito, Dima Zales:

- *I lettori di pensieri* – Fantasia urbana
- *La Veggente* – l'emozionante storia di Sasha Urban, un'illusionista teatrale che scopre poteri segreti inaspettati

E ora, voltate pagina per un breve assaggio de *Il titano di Wall Street, Strapazzami* e *Catturami.*

## ESTRATTO DE IL TITANO DI WALL STREET

**Un miliardario che vuole una moglie perfetta...**

Il trentacinquenne Marcus Carelli ha tutto: ricchezza, potere e il tipo di look che lascia le donne senza fiato. Un miliardario che si è fatto da sé, dirige uno dei maggiori hedge fund di Wall Street ed è in grado di affossare le grandi società con una sola parola. L'unica cosa che gli manca? Una moglie che sarebbe una grande conquista come i miliardi sul suo conto bancario.

**Una gattara che ha bisogno di un appuntamento...**

Emma Walsh, impiegata ventiseienne in una libreria, è rinomata per essere una gattara. Non è esattamente d'accordo con tale valutazione, ma è difficile negare la realtà dei fatti. Vestiti logori ricoperti da peli di gatto? Ce li ha. Ultimo taglio di capelli professionale? Più di un anno fa. Oh, e tre gatti in un piccolo monolocale di Brooklyn? Sì, ha anche quelli.

E sì, non frequenta un ragazzo da... beh, non riesce nemmeno a ricordarlo. Ma quella parte può essere corretta. Non è a questo che servono i siti d'incontri?

**Un caso di errata identità...**

Un'elegante organizzatrice di incontri, un'app di incontri, un fraintendimento che cambia tutto... Gli opposti possono attrarsi, ma può durare?

"Sì, è vero" dico con impazienza. "Voglio che sia sempre carina e curata. Deve avere un senso dello stile; è molto importante. Una bruna sarebbe la cosa migliore, ma anche una bionda andrebbe bene, purché la sua pettinatura sia conservatrice. Non deve sembrare appena uscita da Playboy, capisci?"

"Sì, certo, Signor Carelli." L'elegante bruna di fronte a me incrocia le lunghe gambe e mi rivolge un sorriso educato. Victoria Longwood-Thierry, organizzatrice di incontri per l'élite di Wall Street, è esattamente quello che ho in mente per la mia futura moglie, se non fosse che ha cinquant'anni e che è sposata con tre figli. "Che mi dici degli hobby e degli interessi?" chiede con voce attentamente modulata. "Che cosa vorresti che le piacesse?"

"Qualcosa di intellettuale" rispondo. "Voglio poterle parlare fuori dalla camera da letto."

"Certo." Victoria prende nota sul suo notepad. "E la sua professione?"

"Quella non ha molta importanza per me. Può essere un avvocato, un medico o trascorrere tutto il suo tempo facendo lavori di beneficenza per gli orfani di Haiti—non c'è problema per quanto mi riguarda. Una volta sposati, può restare a casa con i bambini o continuare la sua carriera. Mi vanno bene entrambe le opzioni."

"È molto saggio da parte tua." L'espressione della donna è immutata, ma ho la sensazione che stia ridendo segretamente di me. "Che cosa ne pensi degli animali domestici? Preferisci i cani o i gatti?"

"Nessuna delle due categorie. Non mi piace avere animali in casa."

Victoria prende un'altra nota, prima di chiedere: "E la sua altezza? Hai una preferenza?"

"Alta" dico subito. "O almeno sopra la media." Sono un metro e ottanta, e le donne basse mi sembrano delle bambine.

"Okay, bene." Victoria lo annota. "Che mi dici del tipo di corpo? Atletico o snello, immagino."

Annuisco. "Sì. Mi piace il fitness e voglio che sia in buona forma, in modo che possa stare al passo con me." Accigliato, guardo il mio orologio Patek Philippe e realizzo che ho solo mezz'ora a disposizione, prima dell'apertura del mercato. Riportando la mia attenzione su di lei, dico: "Fondamentalmente, voglio una donna intelligente, elegante e curata, che si prenda cura di se stessa."

"Ho capito. Non rimarrai deluso, te lo garantisco."

Sono scettico, ma mantengo un volto inespressivo, mentre si alza e mi accompagna educatamente fuori dal suo ufficio. Promette di contattarmi entro un paio di giorni, mi stringe la mano e torna dentro, lasciando dietro di sé una nuvola di profumo costoso. Non è troppo forte—Victoria Longwood-Thierry non sarebbe mai così pacchiana da usare un profumo forte—ma starnutisco, mentre mi dirigo verso l'ascensore.

Dovrò aggiungerlo alla lista: la candidata per diventare mia moglie non può mettere il profumo, punto.

Quando arrivo al mio edificio di Park Avenue dall'ufficio nel West Village di Victoria, i miei programmatori e trader sono incollati ai loro schermi. Solo pochi se ne accorgono, mentre mi dirigo verso il mio ufficio all'angolo. Normalmente mi fermerei alle loro scrivanie per chiedere del fine settimana e ottenere un aggiornamento sulle nostre posizioni, ma il mercato è già aperto e non posso distrarli.

Con novantadue miliardi di denaro dei miei investitori in gioco, non c'è spazio per gli errori.

Il mio ufficio è enorme e ha una magnifica vista sui grattacieli di Park Avenue, ma non mi soffermo ad apprezzarla. Un tempo, questo ufficio sembrava l'apice del successo per un ragazzaccio di Staten Island, ma ora ho fame di altro. Il successo è la mia droga, e ad ogni colpo, ho bisogno di una dose maggiore per sentirmi euforico. Non si tratta più del denaro—oltre alla mia partecipazione personale nel fondo, ho un paio di miliardi di dollari riposti in immobili e altri investimenti passivi—si tratta di sapere che posso farcela, che posso avere successo dove altri hanno fallito. La recente instabilità del mercato ha comportato perdite record sia per gli hedge fund che per i fondi comuni, ma Carelli Capital Management è in crescita, sovraperformando il mercato di oltre il quaranta percento. Fondazioni, fondi pensione, individui benestanti—stanno tutti sgomitando per correre a investire con me, e voglio ancora di più.

Voglio tutto, compresa una moglie che si adatti alla vita per la quale ho lavorato così duramente.

Apparentemente, dovrebbe essere facile. A trentacinque anni, ho soldi a sufficienza per mantenere la popolazione femminile di Manhattan con borse Louis Vuitton e scarpe Louboutin per il resto della loro vita, non ho un brutto aspetto e mi alleno tutti i giorni per mantenermi in forma. Quest'ultima cosa la faccio più per salute che per vanità, ma le donne sembrano apprezzare i risultati. Posso avere qualsiasi donna in un club nel giro di pochi minuti, ma nessuna di loro è ciò che voglio.

Voglio l'alta classe. Voglio l'eleganza.

Voglio una donna che sia esattamente l'opposto di quella che mi ha cresciuto—da questo derivano il contatto con Victoria Longwood-Thierry e le sue altolocate conoscenze.

È stato il mio amico Ashton a indirizzarmi da lei. "Sai che il tipo di donna che desideri non frequenta i bar, giusto?" mi ha detto quando, dopo un paio di birre, ho menzionato le caratteristiche che dovrebbe avere la mia moglie ideale. "Stai parlando dell'aristocrazia americana, Mayflower e tutto il resto. Se fai sul serio per quanto riguarda il toccare una figa di fascia alta, devi parlare con l'amica di mia zia. È un'organizzatrice di incontri professionista, che lavora con politici e ricchi tipi di Wall Street come te. Ti troverà esattamente ciò di cui hai bisogno."

Ho riso e cambiato argomento, ma il germe dell'idea era stato piantato, e più indagavo sull'amica della zia di Ashton, più m'incuriosivo. Ho scoperto che Victoria ha fatto accoppiare almeno due gestori di hedge fund che conosco—uno con una ginnasta olimpica, l'altro con una biologa di Princeton, che una volta lavorava come modella. Dopo ulteriori approfondimenti, ho appreso che entrambi i matrimoni stanno andando alla grande finora, e questo, più di ogni altra cosa, mi ha convinto a dare una possibilità all'organizzatrice di incontri.

Intendo avere successo nella mia vita personale come l'ho

avuto negli affari, e avere il giusto tipo di moglie è una parte importante di questo.

Sedendomi davanti alla mia scintillante scrivania in legno di ebano, accendo il monitor Bloomberg e raccolgo una pila di analisi di ricerca. Victoria sta lavorando sul caso, così allontano dalla mente la caccia alla moglie e mi concentro su ciò che conta davvero: il mio lavoro e far guadagnare soldi ai miei clienti.

Sono già le otto di sera, quando il mio telefono vibra per un messaggio in arrivo. Strofinando gli occhi, distolgo lo sguardo dallo schermo del mio computer e vedo che è un messaggio di Victoria.

*Ho la candidata perfetta per te,* c'è scritto. *Può incontrarti al Sweet Rush Café a Park Slope domani alle 18:00. Se va bene per te, t'invierò maggiori dettagli tramite e-mail. Emmeline vive a Boston ed è in città solo per un paio di giorni.*

Aggrotto la fronte. Alle diciotto? Non esco quasi mai dall'ufficio così presto il martedì. E Boston? Come potrei mai conoscere questa Emmeline, se non vive a New York?

Inizio a scrivere a Victoria che non posso farcela, ma mi fermo all'ultimo momento. Questo è quello che volevo: che lei mi presentasse una donna che non avrei mai incontrato da sola. Visto il curriculum dell'organizzatrice di incontri, posso ritagliarmi una sera per vedere se ci sia davvero qualcosa per cui valga la pena andare lì.

Prima di poter cambiare idea, scrivo un breve messaggio a Victoria accettando l'appuntamento e riportando la mia attenzione sullo schermo del computer.

Se domani lascerò l'ufficio prima del solito, stasera dovrò lavorare qualche ora in più.

Visitate il mio sito web all'indirizzo www.annazaires.com/book-series/italiano/ per saperne di più e per iscrivervi alla mia mailing list delle nuove pubblicazioni.

# ESTRATTO DA CATTURAMI

**Nota dell'Autrice**: *Catturami* è una trilogia dark romance, che vede come protagonisti Lucas & Yulia. Presenta delle somiglianze con la trilogia *Strapazzami*. Tutti e tre i libri sono disponibili.

**Lo teme dal primo momento in cui l'ha visto.**

Yulia Tzakova non è nuova agli uomini pericolosi. È cresciuta con loro. È sopravvissuta a loro. Ma quando incontra Lucas Kent, sa che il duro ex-soldato potrebbe essere il più pericoloso di tutti.

Una notte—è tutto quello che ci vuole. L'opportunità di farsi perdonare un incarico fallito e di ottenere informazioni sul commerciante d'armi, nonché capo di Kent. Quando il suo aereo precipita, potrebbe essere la fine.

Invece, è solo l'inizio.

**La vuole dal primo momento in cui l'ha vista.**

A Lucas Kent sono sempre piaciute le bionde con le gambe lunghe, e Yulia Tzakova è stupenda. L'interprete russa potrebbe aver tentato di sedurre il capo di Kent, ma finisce nel letto di Lucas— che ha tutte le intenzioni di rivederla.

Poi il suo aereo viene abbattuto, e scopre la verità.

Lei lo ha tradito.

Ora, la pagherà.

Non appena la porta si apre, entra nel mio appartamento. Nessuna esitazione, nessun saluto—semplicemente entra.

Sorpresa, faccio un passo indietro, nel breve corridoio stretto che improvvisamente sembra troppo soffocante. Mi ero dimenticata di quanto fosse grosso, di quanto fossero larghe le sue spalle. Sono alta per essere una donna—abbastanza alta da fingere di essere una modella, se un incarico lo richiedesse—ma lui mi supera di una trentina di centimetri. Con il giaccone pesante che indossa, occupa quasi l'intero corridoio.

Ancora senza dire una parola, chiude la porta alle sue spalle e mi si avvicina. Istintivamente, mi ritraggo, sentendomi come una preda in trappola.

"Ciao, Yulia" mormora, fermandosi, appena usciamo dal corridoio. Il suo sguardo ceruleo è concentrato sul mio volto. "Non mi aspettavo di vederti in questo modo."

Deglutisco, con il cuore che mi batte all'impazzata. "Ho appena fatto un bagno." Voglio sembrare calma e sicura, ma mi ha letteralmente colta alla sprovvista. "Non mi aspettavo delle visite."

"No, me ne rendo conto." Un lieve sorriso appare sulle sue labbra, addolcendo i lineamenti duri della sua bocca. "Eppure, mi hai lasciato entrare. Perché?"

"Perché non volevo continuare a parlare dietro la porta." Faccio un respiro per calmarmi. "Posso offrirti un tè?" È una cosa stupida da dire, visto il motivo per cui è venuto, ma ho bisogno di qualche istante per riprendermi.

Solleva le sopracciglia. "Tè? No grazie."

"Allora, posso prendere il tuo giaccone?" Non riesco a smettere di comportarmi da brava padrona di casa, agendo con gentilezza per nascondere la mia ansia. "Fa piuttosto caldo qui dentro."

Un accenno di divertimento prende vita nel suo sguardo freddo. "Certo." Si toglie il giaccone e me lo porge. Rimane con un maglione nero e un paio di jeans scuri infilati negli stivali neri. I jeans gli stringono le gambe, mettendo in risalto cosce muscolose e polpacci forti, e sulla sua cinta vedo una pistola nella fondina.

Irrazionalmente, il mio respiro accelera a quella vista, e ci vuole un grande sforzo per impedire alle mie mani di tremare, mentre prendo il giaccone e lo appendo al mio piccolo armadio.

Non mi sorprende che sia armato—sarei scioccata se non lo fosse—ma la pistola mi ricorda chi è Lucas Kent.

*Che cosa è.*

Non è un grosso problema, mi dico, cercando di calmare i miei nervi scossi. Sono abituata agli uomini pericolosi. Sono cresciuta in mezzo a loro. Quest'uomo non è molto diverso. Dormirò con lui, otterrò tutte le informazioni possibili e poi scomparirà dalla mia vita.

Sì, ecco cosa farò. Prima lo farò, prima tutto questo sarà finito.

Chiudendo la porta dell'armadio, mi stampo un bel sorriso sul viso e mi volto verso di lui, finalmente pronta a riprendere il ruolo della seduttrice sicura di sé.

Ma nel frattempo è già accanto a me, dopo aver attraversato la stanza senza fare il minimo rumore.

Il cuore riprende a battermi forte, e la mia ritrovata compostezza ricomincia ad abbandonarmi. È così vicino che posso vedere le striature grigie nei suoi occhi azzurri, così vicino che potrebbe toccarmi.

E un attimo dopo, mi tocca davvero.

Sollevando la mano, fa scorrere il retro delle sue nocche sulla mia mascella.

Lo fisso, confusa dalla reazione immediata del mio corpo. La mia pelle si scalda e i capezzoli si induriscono, con il respiro che accelera. Non ha senso che questo duro e spietato estraneo mi ecciti così tanto. Il suo capo è più bello, più attraente, eppure il mio corpo reagisce a Kent. Tutto quello che ha toccato finora è il mio viso. Non dovrebbe significare niente, eppure in qualche modo è un tocco intimo.

Intimo e inquietante.

Deglutisco di nuovo. "Signor Kent—Lucas—sei sicuro che

non posso offrirti qualcosa da bere? Forse un caffè o—" Le mie parole si affievoliscono in un rantolo senza fiato, quando raggiunge la cintura del mio accappatoio e la tira, con la stessa disinvoltura con cui si scarterebbe un pacco.

"No." Guarda il mio accappatoio che si apre, mostrando il mio corpo nudo. "Niente caffè."

Tutti e tre i libri della trilogia *Catturami* sono già disponibili. Visitate il mio sito web all'indirizzo www.annazaires.com/book-series/italiano/ per saperne di più e per iscrivervi alla mia mailing list delle nuove pubblicazioni.

# ESTRATTO DI STRAPAZZAMI

**Nota dell'Autrice**: *Strapazzami* è una trilogia dark erotica su Nora & Julian Esguerra. Tutti e tre i libri sono disponibili.

Rapita. Portata su un'isola privata.

Non avrei mai immaginato che potesse succedermi questo. Non avrei mai immaginato che un incontro casuale alla vigilia del mio diciottesimo compleanno avrebbe potuto cambiarmi la vita in questo modo.

Ora appartengo a lui. A Julian. A un uomo che è così spietato quanto bello—un uomo il cui tocco mi fa bruciare. Un uomo la cui tenerezza trovo più devastante della sua crudeltà.

Il mio rapitore è un enigma. Non so chi sia, né perché mi abbia presa. C'è un'oscurità in lui—un'oscurità che mi spaventa anche se mi attira.

Mi chiamo Nora Leston e questa è la mia storia.

~

È sera ormai. Ogni minuto che passa, l'ansia sale sempre di più al pensiero di rivedere il mio rapitore.

Il romanzo che stavo leggendo non mi interessa più. Lo poso e cammino in cerchio per la stanza.

Indosso gli abiti che Beth mi ha dato prima. Non è quello che avrei scelto di indossare, ma è sempre meglio di una vestaglia. Un paio di mutandine di pizzo sexy e bianche e un reggiseno abbinato come biancheria intima. Un bel prendisole blu con i bottoni nella parte anteriore. Mi sta tutto benissimo in modo sospetto. Mi seguiva da tempo? Scoprendo tutto di me, compresa la mia taglia di vestiti?

Quel pensiero mi dà la nausea.

Cerco di non pensare a quello che avverrà, ma è impossibile. Non so perché sono così sicura che verrà da me stasera. Forse ha un intero harem di donne da qualche parte sull'isola e fa visita ad ognuna solo una volta a settimana, come facevano i sultani.

Eppure qualcosa mi dice che verrà presto. Ieri sera aveva semplicemente stuzzicato il suo appetito. So che non ha finito con me, neanche per sogno.

Finalmente, la porta si apre.

Cammina come se fosse a casa sua. Ed è proprio così, infatti.

Rimango di nuovo colpita dalla sua bellezza mascolina. Potrebbe essere un modello o una star del cinema, con un viso del genere. Se ci fosse giustizia nel mondo, sarebbe stato basso o avrebbe avuto qualche altra imperfezione sul volto per compensare.

Ma non è così. È alto e muscoloso, perfettamente proporzionato. Ricordo cos'ho provato ad averlo dentro e sento una sgradita scossa di eccitazione.

Indossa ancora jeans e T-shirt. Una grigia questa volta. Sembra preferire i vestiti semplici e fa bene a farlo. Il suo aspetto non ha bisogno di altri accessori.

Mi sorride. È quel sorriso da angelo caduto—oscuro e seducente allo stesso tempo. "Ciao, Nora."

Non so cosa rispondere, così sputo la prima cosa che mi passa per la mente. "Per quanto tempo hai intenzione di tenermi qui?"

Inclina leggermente la testa di lato. "Qui in camera? O sull'isola?"

"Entrambi."

"Beth ti farà fare un giro domani, potrai nuotare se vuoi" dice, avvicinandosi. "Non verrai chiusa a chiave, a meno che tu non faccia qualcosa di stupido."

"Tipo?" chiedo, con il cuore che mi batte forte nel petto mentre si ferma accanto a me e solleva la mano per accarezzarmi i capelli.

"Cercare di fare del male a Beth o a te stessa." La sua voce è dolce, il suo sguardo ipnotico mentre mi guarda. Il modo in cui mi tocca i capelli è stranamente rilassante.

Sbatto le palpebre, cercando di spezzare il suo incantesimo. "E per quanto riguarda l'isola? Per quanto tempo mi terrai qui?"

Mi accarezza il viso con la mano, piegandola sulla mia guancia. Mi sorprendo ad appoggiarmi al suo tocco, come una gatta che viene coccolata, e mi irrigidisco subito.

Le sue labbra si arricciano in un sorriso presuntuoso. Il bastardo sa quale effetto ha su di me. "A lungo, mi auguro" dice.

Chissà perché, non mi stupisce. Non mi avrebbe portata fin qui, se avesse solo voluto scoparmi un paio di volte. Sono terrorizzata, ma non sono sorpresa.

Raccolgo il coraggio e passo alla prossima domanda logica. "Perché mi hai rapita?"

Il sorriso abbandona il suo volto. Non risponde, semplicemente mi guarda con uno sguardo blu imperscrutabile.

Comincio a tremare. "Hai intenzione di uccidermi?"

"No, Nora, non voglio ucciderti."

La sua negazione mi rassicura, anche se potrebbe benissimo mentire.

"Hai intenzione di vendermi?" riesco a malapena a far uscire le parole. "Come prostituta o qualcosa del genere?"

"No" dice a bassa voce. "Mai. Sei mia e solo mia."

Mi sento un po' più calma, ma c'è ancora una cosa che devo sapere. "Hai intenzione di farmi del male?"

Per un attimo, non risponde. Per un istante qualcosa di oscuro lampeggia nei suoi occhi. "Probabilmente" dice lentamente.

E poi si china in avanti e mi bacia, con le sue calde labbra morbide e delicate sulle mie.

Per un attimo, resto lì bloccata, senza rispondere. Gli credo. So che dice la verità quando afferma che mi farà del male. C'è qualcosa in lui che mi fa paura, che mi ha spaventata fin dall'inizio.

Non è come i ragazzi che ho frequentato. Lui è capace di qualunque cosa.

E sono completamente alla sua mercé.

Rifletto ancora una volta sulla possibilità di affrontarlo.

Questa sarebbe la cosa normale da fare nella mia situazione. La cosa coraggiosa da fare.

Eppure non lo faccio.

Sento l'oscurità dentro di lui. C'è qualcosa di sbagliato in lui. La sua bellezza esteriore nasconde qualcosa di mostruoso dentro.

Non voglio scatenare quell'oscurità. Non so cosa accadrà se lo faccio.

Così, resto immobile mentre mi abbraccia e gli permetto di baciarmi. E quando mi tira di nuovo su e mi porta sul letto, non cerco in alcun modo di opporgli resistenza.

Anzi, chiudo gli occhi e mi abbandono alle sensazioni.

Tutti e tre i libri della trilogia *Strapazzami* sono già disponibili. Visitate il mio sito web all'indirizzo www.annazaires.com/ book-series/italiano/ per saperne di più e per iscrivervi alla mia mailing list delle nuove pubblicazioni.